미스터리
책   장

초대받지 않은
손님들을 위한 뷔페

크리스티아나 브랜드 지음 — 권도희 옮김

경위님, 솔직히 범인이 누구라고 생각하세요?

BUFFET FOR
UNWELCOME
GUESTS

엘릭시르

작가·편집자 **로버트 E. 브라이니**

크리스티아나 브랜드의 작품 세계 —

주최 측에서는 그 행사를 '미스터리의 밤'이라고 불렀다. 1976년 9월 말의 어느 저녁, 장소는 샌디에이고의 캘리포니아 대학 교정이었다. 대학 평생교육원의 후원으로 미스터리 소설 재판 기획을 맡게 된 미스터리 라이브러리 편집부원들은 행사를 준비하기 위해 이틀 동안 그 자리에 모였다. 의논 결과 편집부원들과 작가, 편집자, 미스터리 소설 비평가를 비롯한 초대 손님들은 이 행사에서 공개적으로 짧은 대담을 나누기로 했다. 크리스티아나 브랜드 역시 이 모임의 초대 손님으로 저녁 행사의 막간 여흥을 담당하기로 되어 있었다. 이틀간 그 자리에 있었던 사람이라면 누구나 예측할 수 있었겠지만, 그가 스스로에게 가지고 있던 의심("청중들이 재미있어할 만한 이야깃거리를 찾을 수 있을까?")은 전혀 근거 없는 것이었다고 입증되었다. 크리스티아나 브랜드는 강단에 올라서서 이 분이 지나기도 전에 자신이 무엇을 해야 하는지 정확히 알고 있음을 확실하게 보여주었고, 청중들도 그녀의 친근하면서도 재치 넘치는 강연을 들으며 즐거워했다.

그보다 훨씬 뒤인 1981년에 열린 제3회 범죄소설가 국제 회의에서 작가 바버라 마이클스는 "크리스티아나 브랜드의 대중적인 이미지는 애거사 크리스티와 바버라 카틀랜드[I]가 근사하게 결합된 느낌이다"고 밝혔다.[II] 크리스티적인 요소에 대해서는 아무 이의 없이 받아들일 수 있지만, 카틀랜드적인 요소가 포함되었다는 것에 대해서는 논쟁의 소지가 있을지도 모르겠다. 그와 더불어 그레이시 필즈[III]에 관해서도 언급되었다면 좋았을 것이다.

'미스터리의 밤'에서 보여준 그의 모습은 며칠 뒤 캘리포니아 주 컬버시티에서 열린 제7회 앤서니 바우처 추모 미스터리 회의, 그다음 해 뉴욕에서 열린 제8회 바우처콘, 1978년 여름에 열린 제2회 미스터리 라이브러리 작가 회의, 그리고 그와 비슷한 여러 행사에서 다시 볼 수 있었다. 물론 인기 있는 몇 가지 이야기들의 경우 반복되기도 했지만 그는 다양한 화제와 일화를 선보였다. (도러시 L. 세이어스와 계단통에 있던 피에 관한 이야기는 잘 알려진 일화가 되었다.) 어쨌든 청중들의 반응은 언제나 같았다. 청중들은 날카로운 묘사가 돋보이는 그

[I] 영국의 로맨스 소설가. 주로 빅토리아 시대를 배경으로 한 소설을 썼다.

[II] "스톡홀름에서의 잠복근무: 범죄소설가 회의", 1981년 7월 19일 자 《워싱턴포스트》.

[III] 20세기 초 영국에서 가장 인기 있었던 배우이자 가수. 1956년에 영화 〈예고 살인〉에서 미스 마플을 연기했다.

의 이야기에 기뻐했고, 심각한 이야기에서는 열심히 귀를 기울였다. 청중들은 이야기의 흐름이 자신들의 예상대로 흘러가기를 기대하다가, 예상하지 못한 지점에서 뒤통수를 맞으면 아까워하며 탄식을 내뱉곤 했다. 사실 청중들의 그런 반응은 지난 사십여 년간 크리스티아나 브랜드의 작품을 읽어온 독자들의 반응과 흡사했다.

메리 크리스티아나 밀른은 1907년 12월 17일에 말레이반도에서 태어났다. 말레이 반도와 인도에서 어머니 없이 어린 시절을 보낸 그는 유모들의 연이은 보살핌 아래에서 성장했고, 마침내 서머싯 주 톤턴에 있는 프란체스코회 수녀원 부속학교에 들어가게 되었다. 그는 학교를 아주 좋아했지만, 열일곱 살이 되던 해에 아버지가 전 재산을 잃는 충격적인 사건이 벌어지면서 생계를 위해 직접 돈을 벌어야 하는 상황에 처했다. 저자 약력에서 흔히 볼 수 있는 표현처럼 '막연하고, 당황스럽고, 완전히 미숙했던' 그는 오랫동안 어떤 일에서도 두각을 드러내지 못한 채 여러 직업을 전전했다. 보모 겸 가정교사, 수출용 비즈 드레스 포장 노동자, 화려한 나이트클럽 종업원, 전문 사교 댄서, 본드 스트리트에 있는 드레스 상점의 모델, 그리고 (그중에서도 가장 가망이 없었던) 비서까지. 크리스티아나 브랜드는 그 시절을 "늘 돈이 없었고, 배가 고팠다"

고 회상했다. 그후 그는 런던 빈민가에서 일하는 여성들을 위한 클럽을 운영하기도 하고, 무역 박람회에 제품을 선보이거나 상품용 원예 농원과 실내장식 사업에도 손을 댔지만 모두 실패했고, 결국에는 아가 쿠커Aga cooker의 조리 기구 판매원이 되었다.

바로 그때 크리스티아나 브랜드의 운명이 바뀌었다. 세 가지 요인이 합쳐져 한 가지 결과를 만들어낸 것이다. 첫 번째는 문학이나 저널리즘에 대한 배경적 지식이 부족했음에도 그가 소설을 쓰기로 마음먹은 것이다. 그 결과로 완성된 아주 짧은 범죄소설 「장미The Rose」는 《태틀러》에 팔려 1939년 10월 호에 '메리 브랜드'라는 필명으로 소개되었다. 이 데뷔작은 그 뒤로 오랫동안 브랜드의 작가적 특성으로 언급될 건조한 문체, 인간관계에 대한 역설적인 관점, 이야기를 뒤집는 절묘한 결말을 고스란히 보여주고 있다.

두 번째 요인은 메리 밀른이 동료에게 느꼈던 지독한 반감이었다. 아마 그 감정을 떨쳐버리기 위해 살인 사건을 소재로 하는 미스터리를 쓰기로 마음먹었던 것 같다. 동료를 모델로 삼아 가상의 인물을 만든 뒤, 그가 고통스럽고 끔찍한 죽음을 맞이하게 할 수 있기 때문이다. 작품에 따라 그 인물은 희생자가 되기도, 살인자가 되기도 했다. 어쨌든 소설은 가게에서 조리 기구를 판매하는 동안 생기는 짬을 이용해 연습장에 끼적거리던 것에서부터 시작되었다. 그리고 그 소설이 완성되기 전에, 그녀 인생에서 세 번째 결정적인 사건이 일어난다. 메리 밀른이 젊은 외과 의사 롤런드 S. 루이스와 사랑에 빠져 마침내 1939년에 결혼한 것이다.

소설이 완성되자 그는 여러 출판사에 원고를 보냈다. 열다섯 곳의 출판사로부터 거절당한 끝에, 런던에서 가장 명망 높은 출판사인 보들리 헤드가 원고를 받아줬다. 이 작품이 바로 『하이힐 살인Death in High Heels』인데, '크리스티아나 브랜드'라는 필명으로 1941년에 정식 출간되었다. 그 뒤로 그는 소설을 쓸 때는 크리스티아나 브랜드라는 필명을 사용했다. 그의 두 번째 추리소설 『사라진 머리Heads You Lose』(1941) 역시 보들리 헤드에서 순조롭게 출간되었다. 비록 크리스티아나 브랜드의 첫 작품은 미국에서 볼 수 있게 되기까지 십사 년이 걸렸지만, 두 번째 작품은 곧바로 미국에서도 출간되었을 뿐 아니라 도드 미드 사가 주최하는 레드 배지 미스터리 콘테스트에서 수상하여 천 달러의 상금을 받기도 했다.

이 작품에서 브랜드의 시리즈 주인공인 켄트 주 경찰 코크릴 경위가 처음 등장한다. 키가 작고 새처럼 생긴 중년의 코크릴은 사소한 것도 놓치지 않는 날카로운 눈과 상대방의 성격을 파악하는 명민함, 종종 보여주는 인간의 나약함에 대한 연민, 진실을 추구하는 강렬한 열정을 가지고 있다. 오토 펜즐

러의 문집 『위대한 탐정들The Great Detectives』(1978)에 나오는 인물 소개에 따르면, 브랜드는 웨일스의 작은 탄광 마을에서 오십 년간 의사로 일했던 시아버지를 코크릴의 모델로 삼았다고 한다.

"환자들을 돌보는 의사의 자질과 범인을 잡는 경관에게 필요한 자질 사이에 어떤 차이가 있는가? 관찰력, 이해심, 아무 연관 없어 보이는 것들을 계속 파고들어 올바르고 유일한 판단을 내릴 수 있는 능력, 인과관계에 대한 날카로운 이해, 계속 축적되는 경험, 도덕성과 지혜라는 측면에서 본다면 말이다."

코크릴은 이 작품 이외에 다섯 편의 장편소설과 (1983년을 기준으로) 그와 똑같은 수의 단편소설에 등장한다.

다음 작품을 쓰기 전, 남편이 입대해 외국으로 떠나자 브랜드는 전쟁 관련 작품에 많은 시간을 들인다. 『녹색은 위험 Green for Danger』(1944)은 독일군의 런던 대공습 기간 동안에 쓴 작품으로, 당시 상황을 자세하게 묘사하고 있다. 이 작품은 크리스티아나 브랜드의 대표작으로 알려져 있으며, 다른 작품을 더 추천하는 사람들조차 『녹색은 위험』을 고전으로 인정한다. 폭격 피해자들을 치료하는 육군병원의 수술실에서 살인 사건이 일어나는데, 사건 당시 그 자리에 있던 일곱 명 중 하나가 틀림없는 범인이다. 하지만 코크릴의 노력으로도 살인 방법과 범인의 정체는 쉽게 밝혀지지 않는다. 앤서니 바우처는 이 작품을 '세상의 위대한 탐정소설'이라는 복간 시리즈에 포함시키면서 "독자들을 기막히게 속여 넘기는 정통 탐정소설"이라고 소개했으며, 이십여 년의 세월이 흐른 뒤에도 훌륭한 시대소설이라는 평가를 내렸다. 『녹색은 위험』은 1947년에 영화로도 만들어졌는데, 알라스테어 심Alastair Sim 이 코크릴 경위 역을 맡았다.

1946년, 브랜드는 처음으로 미스터리 소설의 세계를 떠났다. 이때 그는 친하게 지내던 보건부 장관의 요청으로 『단일 이주자The Single Pilgrim』라는 소설을 '메리 롤런드'라는 이름으로 출간했다. 당시로서는 파격적이게도, 이 소설은 전쟁 이후 영국에서 점차 증가하고 있던 매독의 위험에 대해 파헤쳤다.

전쟁이 끝난 뒤, 롤런드와 브랜드는 직업적으로 자리를 잡으면서 경제적으로도 안정을 찾았다. 두 사람은 런던의 메이다 베일 지역에 리젠시 하우스¹를 얻었는데, 정원에는 뽕나무 한 그루가 있었다. 그곳에서 그들은 딸을 입양했고, 『하이힐 살인』의 여주인공의 이름을 따서 빅토리아(토라)라고 이름 지었다.

ᅵ 섭정 시대(1811~1820년)에 지어진 주택 양식을 가리킨다.

그후 브랜드는 코크릴 경위가 등장하는 추리소설을 두 편 더 발표했다. 1946년에 출간된 『비뚤어진 화관The Crooked Wreath』과 1948년에 출간된 『제제벨의 죽음Death of Jezebel』이다. 그리고 비슷한 시기에 『하이힐 살인』의 영화 대본을 썼으며, 〈카인의 표식The Mark of Cain〉(1947)의 대본도 공동 집필했다. 그리고 같은 해에 청소년을 위한 추리소설 『끝없는 위험Danger Unlimited』을 발표했다. 1950년에는 『고양이와 쥐Cat and Mouse』라는 로맨틱 서스펜스 소설을 출간했는데, 이 작품은 훗날 줄리언 시먼스가 선정한 '100대 범죄소설'[1]에 포함되었다. 1952년에는 또 다른 영화 〈은밀한 사람들Secret people〉의 대본 집필에 공동으로 참여했으며 그와 동시에 코크릴이 등장하는 작품 중 최고로 꼽히는 작품 중 하나인 『런던의 명물London Particular』[2]을 발표했다. 이 작품은 복잡한 구성뿐만이 아니라, 범죄 해결의 최종 실마리가 작품 마지막 줄에서야 드러나는 놀라운 기교를 보여줌으로써 작가로서 크리스티아나 브랜드의 명성을 더해주었다. (이 작품만큼 인상적이진 않지만 『비뚤어진 화관』에서도 비슷한 기교를 선보였다.)

실제로 크리스티아나 브랜드의 작품은 마지막 한 구절까지 치밀하게 구성되어 있는 것으로 알려져 있다. 하지만 거기

---

[1] 《선데이 타임스》, 런던, 1959년.
[2] 미국에서는 『의심의 안개(Fog of Doubt)』라는 제목으로 출간되었다.

에는 최후의 반전 이상의 역할이 있다. 이런 구성은 종종 작품의 세부적인 내용들을 모두 잊어버린 뒤에도 감정적인 부분이나 주제 의식을 오랫동안 잊지 않게 만든다.

코크릴 경위가 마지막으로 등장하는 작품은 『절묘한 솜씨 Tour de Force』(1955)다. 브랜드는 이 작품에서 코크릴 경위가 마지못해 사랑하는 영국을 떠나 지중해에 있는 산 후안 엘 피라타 섬으로 휴가를 간 것으로 설정했다. 『하이힐의 죽음』에 등장했던 (또한 『녹색은 위험』에서도 간략하게 언급되었던) 의상 디자이너 세실도 관광객들 중 한 명으로 다시 등장한다. 당연히 살인 사건이 일어나고, 코크릴은 현지 경찰에게 용의자로 의심받게 된다. 『절묘한 솜씨』는 제목에 걸맞은 작품이다. 여기서도 사건은 작품 말미에 가서야 해결된다. 그 뒤로 크리스티아나 브랜드는 개인적인 사정과 상업적인 이유로 이십 년간 새로운 장편 추리소설을 발표하지 않았다.

그렇다고 더이상 작품을 쓰지 않았다는 건 아니다. 그는 소설 한 편에만 쓰고 버리기에는 아까웠던 장소인 가상의 섬 '산 후안 엘 피라타'를 배경으로 하는 『삼각 모양의 후광The Three-cornered Halo』이라는 작품을 1957년에 발표했다. 이 작품에서 그는 노먼 더글러스의 『남풍South Wind』(1917)처럼 환상적인 분위기에 미스터리 요소를 결부시켰는데, 주인공은 해리엇 코크릴이다. "나의 소중한 친구 코크릴 경위의 친동생이죠. 런던 경찰청만큼이나 가치가 있는 여성이랍니다." 이 작품의 끝부분에서 대공이 말한다. 그후 크리스티아나 브랜드는 역사 로맨스인 『별빛 아래Starrbelow』(1958)를 '차이나 톰슨'이라는 필명으로 발표했다. 그 밖에 역사 로맨스 『궁중의 여우들Court of Foxes』을 1969년에, '애너벨 조네스'라는 필명으로 『빛나는 비둘기The radiant dove』를 1974년에 각각 발표했다.

크리스티아나 브랜드는 1960년에 『아무도 모른다Heaven knows who』라는 작품을 출간했다. 1862년에 글래스고에서 실제로 일어났던 사건을 소재로 삼았는데, 당시 논란이 많았던 제시 매클라클런의 살인 재판에 대해 철저하게 조사한 끝에 나온 흥미진진한 작품이다. 1962년에는 말썽쟁이 아이들을 소재로 쓴 『버릇없는 아이들Naughty Children』을 발표했고, 이 년 뒤에는 "끔찍하게, 정말 끔찍하게 버릇이 없는" 아이들과 그 아이들을 돌보는 이상한 유모가 등장하는 세 편의 연작 동화를 처음으로 발표했다. 바로 '유모 마틸다' 시리즈로, 내용도 재미있지만 화가이자 책 삽화가로 유명한 에드워드 아디존Edward Ardizzone의 훌륭한 삽화가 더해져 완벽한 완성도를 가진 작품으로 오랫동안 사랑받았다. 1979년에 사망한 아디존은 크리스티아나 브랜드의 사촌으로, '유모 마틸다' 시리즈는 두 사람이 어릴 때 들었던 이야기를 바탕으로 한 작품이다.

1970년대 중반, 브랜드는 다시 추리소설의 세계로 돌아왔다. 하지만 초기에 성공했던 스타일의 전형적인 탐정소설은 아니었다. 삼 년이 채 되지 않는 시간 동안 그는 다양하고 만족스러운 소설 네 편을 발표했다. '메리 앤 애시'라는 필명으로 쓴 『아, 그녀가 나를 만났다니!Alas for her that met me!』(1976)는 매들린 스미스 살인 사건[1]에서 따 온 몇 가지 사실들을 바탕으로 쓴 로맨틱 미스터리다. 『장미 고리A Ring of Roses』(1977)는 당시 시대상을 보여주는 추리소설로, 빈번하게 약한 모습을 보이다가 가끔씩 반발하는 등장인물들의 생동감 넘치는 모습을 보여주고 있다. 이 두 작품은 처음에는 페이퍼백으로 출간되었는데, 그중 『장미 고리』는 하드커버로도 재출간되었다. 성적 강박관념에 관한 소설 『달콤한 매춘부The Honey Harlot』(1978)는 메리 셀레스트 호[2]의 미스터리를 재현해냈다. 크리스티아나 브랜드의 최근작인 『어둠 속의 장미The Rose in Darkness』(1979)에서는 교묘하게 구성한 살인 퍼즐만이 아니라, 독특하면서도 그럴듯한 등장인물을 창조해냈다.

등장인물이 보여주는 개연성은 크리스티아나 브랜드 소설의 특징 중 하나다. 선과 악, 비열함과 관대함, 영리함과 우둔

---

[1] 1857년에 글래스고에서 매들린 스미스라는 여성이 자신의 프랑스인 연인을 살해한 사건이다.
[2] 1872년에 대서양 한복판에서 배 안의 승객과 승무원들이 흔적도 없이 사라진 채 발견된 떠돌이 범선이다.

함, 그녀의 작품에는 언제나 행동이나 동기에 탄탄한 근거를 가지고 있는 완전한 인물들이 등장한다. 런던의 《데일리 텔레 그래프》에 게재되었던 서평에 따르면 "브랜드는 단순히 긴장 감을 조성하고 퍼즐을 만드는 사람이 아니다. 그녀는 소설가 다." 크리스티아나 브랜드는 충분한 긴장감과 퍼즐을 만들어 내는 소설가로서의 기교를 가지고 있을 뿐만 아니라, 모든 소 재를 아우를 수 있는 신기에 가까운 기술을 가지고 있다고 하는 편이 나을 것이다. 이 기술은 장편소설뿐만 아니라 단편 소설에서도 확연하게 드러난다. 그리고 마침내 여러분 앞에 펼쳐져 있는 이 작품집에 도달했다.

이제까지의 논의에서 크리스티아나 브랜드의 이력 가운데 중 요한 요소 한 가지를 빼놓았다. 탐정소설을 쓰는 것을 중단했 던 1950년대 중반, 그녀의 관심은 단편소설을 쓰는 일에 다 소 기울어 있었다. 미국추리작가협회MWA 회원들의 작품들이 실린 단편집 『수단 방법을 가리지 않고For Love or Money』(1957) 에는 크리스티아나 브랜드의 「우리 경찰이 근사하지 않은가 요?Aren't our Police Wonderful?」가 실렸다. 이듬해, 영국추리작가 협회CWA 회원들의 작품들을 모은 단편집 『무기의 선택Choice of Weapons』에 수록된 「사건이 막을 내린 뒤에」는 코크릴 경위 가 등장하는 최초의 단편소설이다. (브랜드는 당연히 양쪽 협회의 회원이었으며, 더불어 영국추리작가클럽Detection Club의 회원이기도 했다.) 간격을 두기는 했지만, 그녀는 계속해서 잡지를 통해 단편소설을 발표했고 책도 출간했다. 점점 늘어나는 독자들이 그의 신작 단편소설에 대한 기대감을 충족할 수 있을 만큼 정기적이거나 자주 있는 일이 아니라, 일종의 이벤트에 가까웠지만 말이다.

1966년에는 《엘러리 퀸 미스터리 매거진》의 후원으로 영국추리작가협회의 회원들을 대상으로 한 특별한 단편소설 경연 대회가 열렸고, 브랜드의 「말벌집」[1]이 1등을 했다. 이 작품은 그의 다른 소설들과 마찬가지로 심리적인 측면이 강렬하고 복잡하게 얽혀 있으며 깜짝 놀랄 반전을 지니고 있는데, 1967년에 《엘러리 퀸 미스터리 매거진》에 게재되었다. 또한 이듬해 열다섯 편의 단편들을 모아 출간된 단편집 『어떤 무서운 손What Dread Hand』의 권두에 당당하게 실렸다. 비록 그 단편집은 미국에서는 출간되지 않았지만, 수록작들 대부분은 개별적으로 소개되었으며, 그중 열 편이 《엘러리 퀸 미스터리 매거진》을 통해 발표되었다. 크리스티아나 브랜드의 단편소설을 가장 많이 읽은 곳은 미국이었다. 육 년 뒤 또 단편집이 하나 출간되었지만, 그 역시 영국에서만 출간되었다. 『상표

---

[1] 부제는 '왜곡을 위한 왜곡(Twist for twist)'이다.

X『Brand X』에는 열여덟 편의 단편소설이 수록되었는데(한 편은 예전 단편집과 중복 수록되었다), 그중 미국에 소개되었던 작품은 절반이 채 되지 않았다. 『초대받지 않은 손님들을 위한 뷔페』는 『어떤 무서운 손』에 수록되었던 일곱 편의 단편소설과 『상표 X』에 수록된 네 편의 단편소설, 그리고 처음으로 수록되는 여섯 편의 단편소설들로 구성되어 있다.

영국과 미국 양국에서 출간된 작품들이라 때때로 두 판본 사이에 차이가 나는 경우도 있다는 사실에 주목해야 한다. 『초대받지 않은 손님들을 위한 뷔페』에 수록된 작품들 중에는 「살인 게임」의 마지막 단락이 특히 눈에 띌 것이다. 여기 수록된 판본은 작가가 선호하는 쪽을 따랐다.

이 단편집에는 코크릴 경위가 등장하는 단편소설이 네 편 수록되어 있다. 그중 두 편은 장편소설에서 보던 것과는 다른 분위기의 작품이다. 이른바 '도서 추리'라 불리는 '역발상' 탐정소설로, 독자들은 범인의 정체를 알고 있으며 심지어 그 사건의 목격자라고 할 수 있다. 이런 작품의 긴장감은 탐정이 어떻게 단서를 찾아내며, 범인을 붙잡는가에서 찾을 수 있다. 이런 유형의 소설에는 살인자의 관점에서 진행되는 작품들도 포함되며, 작가가 깜짝 놀랄 만한 속임수를 부릴 수도 있다. 엘러리 퀸은 이런 작품들 중 한 편에 관해 이렇게 질문한 적이 있다. "눈으로 보는 것보다 빨리 생각할 수 있는가?" 그 대상이 크리스티아나 브랜드(혹은 그녀의 대리인 코크릴 경위)라면 대답은 명백하다.

다른 작품들은 범죄가 일어나고, 범죄를 숨기고, 예기치 못한 운명의 힘에 의해 범죄가 밝혀지는 이야기들이다. 이를테면 완벽한 계획이 틀어지고, 제 꾀에 자기가 넘어가고, 지속적으로 긴장감을 이끌어가는 (작가에게 이런 표현을 붙이는 게 적절하다면) 직설적인 이야기들이다. 이 모든 작품들은 간결하면서도 문체가 살아 있고, 연민이 담겨 있으면서도 역설적인 객관성이 드러나는 독특한 조합이라는 평을 받았다. 그리고 독자의 눈앞에 수많은 단서들을 늘어놓으면서도 동시에 그것이 무엇을 의미하는지 알지 못하게 만드는 짜증나는 능력도 보여준다.

어쨌든 이 작품집의 제목을 지나치게 심각하게 받아들이지 않기를. 이 만찬에 초대받지 않은 손님들은 없으니까.

1부

코크릴 칵테일

사건이 막을 내린 뒤에

"그래, 이 일을 하면서 내가 해결하지 못한 살인 사건은 단 한 건도 없었다고 말할 수 있겠군요." 원로 형사가 만족스럽다는 듯 말했다. 하지만 코크릴 경위의 작지만 빛나는 눈과 마주치자 황급히 한마디를 덧붙였다. "결국엔 말입니다."

지난 한 시간 동안 코크릴 경위는 마치 파티에 등장한 마술사의 비법을 모두 알고 있는 어린아이와 같은 입장이었다.

"오셀로 사건도 그랬습니까?"

그렇게 질문한 코크릴은 의자에 기대앉아 손가락을 만지작거리기 시작했다.

"오셀로 사건이라." 원로 형사는 이야기 도중 전혀 방해받은 적 없다는 듯 말을 이었다. "말했다시피 그 사건도 해결했습니다. 결국에는 말이죠." 그는 코크릴 경위를 도전적으로 쳐다보았다.

"하지만 너무 늦었죠."

유감스럽다는 듯한 코크릴의 말에 원로 형사도 동의했다.

"확실한 증거를 가지고 있었냐고 한다

면, 뭐라고 말해야 좋을까……. 그래, 빛이 바래긴 했습니다. 너무 늦은 것도 사실이에요. 하지만 그 문제만 제외하면 살인자의 정체도 밝혀냈고, 완벽한 체포 작전으로 그자를 잡아넣기도 했습니다. 난 그자를 정식으로 법정에 세웠어요. 그러니 다시 말하지만, 내가 그 사건을 해결했다고 할 수 있죠."

"다만 배심원단이 유죄 평결을 내리지 않았죠." 코크릴 경위가 말했다.

"공교롭게도." 원로 형사는 고상하게 그 사실을 일축했다. 그리고 한마디를 덧붙였다. "배심원들이 유죄 평결을 내지 못했습니다."

"그럴 만했으니까요." 코크릴이 말했다. 그는 멋진 시간을 보내고 있었다.

"그자를 두 번째로 본 건 〈오셀로〉 공연에서였습니다. 주위 사람들은 제임스 드래건이 그사이에 이십 년은 더 나이가 들어 보였다고 하더군요. 그래서인지 역할에는 더 잘 어울리는 것 같기도 했습니다. 그자가 오셀로를 연기했던 지난 삼 주간, 그러니까 매일 밤 새로운 데스데모나의 목을 조르는 동안 그를 살인자라고 믿고 있는 관객들이 극장을 가득 채웠거든요. 불과 며칠 전 드래건의 아내가 목이 졸려 죽었다는 사실은 모두가 알고 있었고, 남성 관객들은 전부 그녀를 죽인 범인이 드래건이라고 확신하고 있었습니다."

"하지만 그자는 범인이 아니었죠." 코크릴 경위가 말했다. 그의 원숙하고 생기 있는 눈동자는 심술궂은 기쁨으로 빛나고 있었다.

"그자는 범인이었고…… 범인이 아니었습니다."

원로 형사가 무겁게 말했다. 그는 자신이 배우라도 된 것처럼 행동하고 있었다. 하지만 지금껏 관객들이 열광적으로 참여하는 경우는 겪어본 적도 없었고, 그런 일을 즐기지도 않았다.

"더이상은 이야기 중간에 방해받고 싶지 않네만?"

"이제는 극단이 전부 할리우드로 떠나버리긴 했지만, 무대 위에서 연기하는 제임스 드래건을 보신 분들이 여러분 가운데에도 있을 겁니다. 하지만 그가 연기하는 오셀로를 본 사람은 없겠죠. 그 시즌을 끝으로 드래건 프로덕션은 〈오셀로〉를 상연 목록에서 제외시켰으니까요. 그들은 대단한 가족 극단이었습니다. 물론 지금도 그렇지만, 이제는 제임스와 그의 여동생 레일라만 남았어요. 게다가 불쌍한 제임스는 이미 한물간 상태고. 완전히 내리막길입니다."

원로 형사는 안타깝다는 듯 노쇠한 머리를 흔들었다.

"하지만 살인 사건이 벌어졌던 시기에 제임스는 배우로서 절정의 자리에 있었습니다. 서른 살도 채 되지 않았던데다 기량도 최고였으니까요. 정말 근사했어요. 그날 밤 그의 모습이 지금도 눈에 선할 정도입니다.

그녀가 사망한 밤, 제임스는 무대 위 커다란 침대에 누운 그녀 앞에 우뚝 서 있었습니다. 검은색과 금색으로 된 거대한 의상을 걸친 모습이었죠. 왜소한 체격을 가리기 위해 가슴과 어깨에는 두툼한 패드를 대고, 보석으로 장식한 소매는 캔털루프 멜론처럼 풍성했습니다. 그는 머리 위로 들어 올린 양팔을 천천히, 천천히 아래로 내리더니 매처럼 갑작스레 달려들었어요. 검게 칠한 그의 손이 그녀의 하얀 목을 감쌌습니다. 사랑스러운 목소리를 가진 드래건 가문의 배우가 에밀리아를 연기하고 있었죠. 비탄에 찬 그날의 비명이 지금도 귓가에 들리는 것 같습니다. '오, 장군님은 아무 죄 없는 순진한 분을 죽이셨군요. 눈을 뜨고⋯⋯.'"

하지만 그녀는 결백하지 않았다. 제임스 드래건의 데스데모나였던 글렌다 크로이는 실제로 그의 아내였고 나쁜 여자였다. 배우로서의 야망이 컸던 글렌다 크로이는 자기 커리어를 위해 제임스를 협박해서 결혼했다. 그 뒤에도 자기 목적을 이루기 위한 그녀의 행동은 한결같았다. 1920년대 후반이라는 훨씬 안락한 시절에 접어들었는데도, 유명한 극단 가족은 지나칠 정도로 협박에 민감했다. 드래건 프로덕션이 화려한 명성을 쌓아가기 시작했을 무렵, 불미스러운 사건이 한두 건 있었다. 그중 최악이었던 사건으로 단기간이긴 하나 징역형까지 받은 바 있었지만 사건은 사실상 묻혔다. 그러나 이제 드래건 프로덕션은 아무도 건드릴 수 없는 명문가의 대명사였고, 글렌다 크로이는 여기저기서 파낸 소소하고 별 볼 일 없는 스캔들 몇 가지만으로도 드래건 일가를 다시 진흙탕 속에 끌어들일 수 있었다.

제임스 드래건은 세기의 전환기에 지방 극단의 무대 뒤에서 고전적인 방식으로 태어났다. 무대 위에 오른 로미오가 줄리엣의 저택에서 열린 무도회장을 안을 돌아다니면서 독백하는 사이, 제임스 드래건은 소품 바구니 속에서 힘찬 울음을 터뜨렸다.

"막이 오르기 직전에 태어났어요. 산모와 아이, 모두 무사합니다. 아들이에요!"

생후 삼 주 만에 무대에 오른 그는 열 살 무렵, 여동생과 함께 천부적인 재능을 보이기 시작했다. 그들의 부모는 자신들의 전도유망한 경력을 포기하고 아이들의 재능을 키우는 데 헌신했다. 제임스가 결혼할 즈음, 드래건 프로덕션이 소유한 극단 세 개는 늘 순회공연을 하고 있었고, 제임스 드래건과 여동생 레일라는 런던의 셰익스피어 정기 공연에서 주연을 맡고 있었다. 그에게 아내가 생기기 전까지는 말이다.

제임스와 결혼한 날부터 글렌다는 여주인공 역을 맡게 되었다. 모두가 그 문제 때문에 다퉜다. 가족끼리 다투고, 극단 전체가 다투고, 제임스는 자기 자신과도 다퉈야 했다. 하지만 글렌다는 한편으로는 살짝 눈치를 주고 다른 쪽에서는 절묘하게 위협하고 협박했다. 그들 중 그녀의 협박에 넘어가지 않은 사람은 아무도 없었다. 제임스 드래건은 어쩔 수 없이 죽기 아니면 살기로 모두의 뜻을 하나로 모았고, 결국 레일라는 주연 자리에서 물러나 조연의 자리를 받아들였다. 그렇게 하는 것이 모두를 위해 좋은 일이었으니까. 극단의 운영과 연출을 맡고 있던 아버지 아서 드래건은 그렇게 들어온 새 단원을 위해 정직하게 최선을 다했다. 그래서 글렌다는 (솔직히 말하자면 원숙해 보이는 로미오의 상대역으로) 줄리엣이 되고, 맥베스 부인이 되었으며, 데스데모나가 되었다. 그녀가 사망했을 당시, 극단은 미국 최초 공연을 준비하고 있었고 글렌다는 로절린드 역을 연습하는 중이었다. 하지만 그 모습을 지켜보는 아서 드래건의 마음은 착잡했다.

로절린드는 레일라 드래건이 가장 잘하는 배역이었다.

"아빠, 새언니는 가망이 없어요. 미국까지 가서 수줍은 하이에나처럼 미소 짓는 새언니가 의기양양하게 돌아다니는 꼴을 볼 순 없어요. 오빠한테 다시 말해서……."

"제임스도 어쩔 수 없을 거다, 얘야."

"지금까진 그랬죠. 하지만 벌써 삼 년이나 지났어요. 우리 모두 이런 상태가 한 해 이상 지속될 거라고는 생각하지 않았잖아요."

"그 애는 자기가 유리한 상황이라는 걸 잘 알고 있어." 아서 드래건이 씁쓸하게 말했다.

"하지만, 아빠. 지금까지는 우리와 같이 연기해왔지만 이제 새언니가 독립하고 싶어 할 수도 있지 않을까요?"

"그 애가 무엇 때문에 독립하고 싶겠니? 우리와 같이 있으면 안정적이면서도 자연스럽게 주인공 역을 맡을 텐데."

"혹시 새언니가 다른 남자한테 빠지기라도 하면……."

"그럴 일은 없을 거다. 아주 약삭빠른 애니까. 그렇게 되기만 한다면 우리에게도 기회가 있겠지. 하지만 그 애는 성공하는 것 이외에는 전혀 관심이 없어. 남자들 따위는 안중에도 없단 말이다." 정말 이상한 건, 남자들 역시 한두 번 만나고 나면 그녀에게 더이상 관심을 갖지 않았다.

그렇게 로절린드 역에 얽힌 갈등은 글렌다 크로이가 죽은 밤, 1막이 오르기 전에 정점을 이루었다. 이따금 보이지 않는 곳에서 싸우기도 하고, 막간이나 윌리엄 셰익스피어의 대사 중간에도 쉭쉭거리는 소리들이 여기저기서 울려 퍼졌다. 그리고 거대한 팔이 침대에 누운 그녀 위로 드리워지고, 목을 조를 준비가 완료됨과 동시에 독사가 독을 내뿜는 듯한 위협이 쏟아졌다. "감옥", "죄수", 그리고 미국 공연에 관한 협박. 그와 함께 극은 마무리되었다.

이십 분 뒤, 엄청난 분노와 극심한 공포에 휩싸인 남자가 대기실 안에서 여자와 마주하고 있었다.

"글렌다, 무대에서 했던 말, 대체 무슨 뜻이지? 죽는 장면에서 말이야. 죄수니, 감옥이니⋯⋯ 대체 무슨 뜻으로 한 말이야?"

그녀는 가운을 벗어 그에게 집어 던진 다음 카우치에 앉아 무대용 스타킹을 벗기 시작했다.

"내가 미국 공연에서 로절린드 역을 맡겠다는 뜻이예요. 그렇지 않으면 극단은 미국에 가지 못할 거예요."

"그 둘이 무슨 상관인지 모르겠어." 그가 말했다.

"알게 될 거예요."

"하지만 글렌다, 잘 생각해봐. 네가 로절린드 역을 맡을 순 없어."

"그래요. 그건 귀여운 레일라의 역이죠. 하지만 난 로절린드 역을 맡을 거예요. 그렇지 않으면 극단은 미국에 가지 못하게 될 테니까." 글렌다가 말했다.

"미국에 가고 싶지 않다는 거야?"

"나야 원하면 언제라도 갈 수 있어요. 하지만 당신은 그럴 수 없을걸. 내가 없으면 드래건 프로덕션은 그대로 영국에 남아 있어야 할 테니까."

그가 침착함을 유지하며 말했다.

"미국 공연 제안은 이미 받아들였어. 극단을 이끌고 가야해. 원한다면 셀리아 역을 맡아."

글렌다는 스타킹을 벗어 어깨 너머로 던지더니, 몸을 숙이고 다른 쪽 스타킹을 끌어내리기 시작했다. 하얗고 둥그스름한 무릎이 드러났다.

"미국에서도 범죄자는 별로 환영받지 못할 거예요."

"뭐라고? 지금 그 말은……." 그는 불안해했다. "말도 안돼……. 그건 이미 오래전 일이야. 어쨌든 별일도 아니었어. 그저 허세를 좀 부렸던 것뿐이야. 전쟁 전에 우리는 전부 무모하고 어리석었으니까……."

"미국인들한테도 그렇게 설명하면 되겠네요."

"그들이 알게 된다면 물론 그래야지. 그 사람들이 그 일을 알아낼 거라고 생각하지는 않지만."

그는 침착하게 대꾸했지만 마음은 흔들리고 있었다.

"알고 있는 줄은 몰랐어, 글렌다. 어떻게 알아낸 거지?"

"관련된 신문 기사를 우연히 발견했거든요."

그녀는 무의식적으로 어깨 너머를 흘깃 쳐다보며 말했다. 대기실 어딘가에 그 신문 조각이 있다고 알려준 셈이었다. 그가 글렌다의 손목을 붙잡았다.

"그 신문 내놔!"

글렌다는 자유롭게 움직일 수 있는 손으로 저항하려 하지도 않았다. 그저 그를 올려다보며 살짝 거만한 미소를 지었을 뿐이었다. 그녀는 스스로에 대한 확신이 있었다.

"좋아요. 신문 기사는 내 핸드백 안에 있어요. 하지만 당신도 알다시피 그 내용은 신문사 사무실에도 남아 있을 거예요. 내 머릿속에도 사건 내용, 날짜 같은 온갖 것들이 다 들어 있고. 거기에 내가 뭔가를 특별히 덧붙일지도 모르겠네요."

그는 붙잡고 있던 그녀의 손목을 놓았다. 글렌다는 다른 쪽 손으로 잡혔던 손목을 살살 주무르기 시작했다.

"당신이 진실을 이야기하면, 사람들이 누구의 거짓말을 믿을지 두고 보는 것도 재미있겠어요."

그 자리에 우뚝 선 그는 솟구치는 혐오감과 분노, 온갖 지저분한 감정들에 휩싸여 이성을 잃고 그녀에게 욕설을 퍼붓고 또 퍼부었다. 글렌다는 살쾡이처럼 덤벼들어 손바닥으로 남자의 얼굴을 힘껏 내리쳤다. 그 매서운 손찌검에 그는 자제심을 잃었다. 그는 머리 위로 팔을 들어 올리더니, 아주 위협적으로 천천히 내렸다. 그리고 양손으로 그녀의 목을 감싸 쥐고는 그녀가 봉제 인형이라도 되는 것처럼 흔들기 시작했다. 그런 다음 글렌다를 침대 위에 힘껏 내동댕이치고는 대기실 안을 돌아다니며 그 신문 기사 조각을 찾기 시작했다. 그녀의 말대로 신문 조각은 핸드백 안에 들어 있었다. 그는 그것을 주머니 속에 쑤셔 넣은 뒤 의기양양하게 그녀를 돌아보았다.

그리고 글렌다가 죽어 있다는 것을 알아챘다.

원로 형사가 말했다.

"저는 그때 마침 극장 건너편에 있는 식당에 있었습니다. 극장으로 불려 가보니 여자가 카우치 위에 쓰러져 있더군요. 양팔을 머리 위로 올리고 있었는데, 손바닥은 위쪽을 향하고 손톱은 바닥에 스칠 듯했죠. 그날 저녁 공연에서 죽은 척 연기하던 모습과 똑같았습니다. 데스데모나의 화려한 의상 대신, 요새 실크 가운 속에 많이들 입는 여성용 콤비네이션 속옷과 속치마를 걸치고 있었지만요. 사체에는 가볍게 몸싸움을 한 흔적이 있었습니다. 오른쪽 손목에 붉은 손자국이 있었고, 손바닥에도 흐릿한 분홍색 자국이 남아 있었죠.

부하들이 극단 단원들과 극장 직원들 대부분을 조사했는데 결과적으로 당시에 별다른 특이 사항은 없었습니다. 하지만 오래전 배우로 활동하다 은퇴한 이력이 있는 문지기가 글렌다 크로이의 불 켜진 대기실 창문을 통해 그림자를 보았다고 증언했죠.

'제임스 씨가 크로이 양과 함께 있었습니다. 두 사람은 목을 졸라 죽이는 장면을 연습하고 있었죠. 그런 다음 대기실 불이 꺼졌어요. 내가 알고 있는 건 그게 전부입니다.'

'방 안에 드래건 씨가 있다는 건 어떻게 알았습니까?'

이번에도 문지기는 무리 없이 대답했습니다.

'그야 두 사람이 목 졸라 죽이는 장면을 연습하고 있었으니까요.'

'글렌다 크로이가 실제로도 교살당했다는 것을 알고 있습니까?'

'네, 알고 있습니다.' 문지기는 곤란한 것처럼 보였습니다. 드래건 일가는 그자처럼 한물간 연기자들에게도 잘해주었으니까요.

'알겠습니다. 지금도 대기실 안에 있던 남자가 드래건 씨였다고 생각합니까?'

'그렇게 생각했습니다. 남자가 대사를 읊고 있었으니까요.'

'그렇다면 그 남자의 목소리를 들었다는 말이군요? 무슨 말을 하던가요?'

'드문드문 들렸죠. 남자의 목소리가 커졌을 때 연극에 나오는 대사처럼 들렸습니다. 데스데모나를 죽이는 장면에 나오는 듯한……' 문지기는 희망을 담아 말을 이었습니다. '그러니까 그건 그저 연기 연습이었을 겁니다.'

그들은 모두 배우 휴게실로 보이는 곳에 모여 있었습니다.

제임스 드래건의 옆에는 오셀로의 광대 역과 함께 극의 연출을 담당하고 있는 그의 아버지, 의상과 소품을 담당하고 단역으로 출연하기도 하는 제임스의 어머니, 에밀리아 역을 맡은 레일라 드래건이 있었죠. 또 이상하게도 그들 가족의 일원이 아니었지만 각각 이아고, 카시오, 카시오의 정부 비앙카 역을 맡은 세 명의 배우도 있었습니다."

원로 형사는 자신의 이야기에 열심히 귀 기울이고 있는 사람들을 환한 얼굴로 돌아보며 말을 이었다.

"혼동하지 않기 위해 그들을 배역 이름으로 부르는 편이 나을 것 같습니다."

"정말 그렇습니까?" 코크릴이 믿지 못하겠다는 듯 물었다.

"뭐가 말인가?"

"혼동하지 않는다는 것 말입니다."

코크릴은 그렇게 묻곤 다시 엄지손가락을 만지작거리기 시작했다. 원로 형사는 코크릴 경위의 말을 무시했다.

"그들은 그때까지 무대 화장을 지우지도, 의상을 갈아입지도 않은 상태였습니다. 앉아 있는 사람도 서 있는 사람도 공포와 슬픔, 당혹스럽고 절망스러운 감정을 드러내고 있었죠. 마치 무대 위에서 연극을 하고 있는 것처럼 보였습니다.

그리고 지난 삼십 분간 자신들의 행적에 대해 이야기했습니다. 제가 굳이 '이야기'라고 표현한 이유는 이제 곧 아시게 될 겁니다.

드래건 극장의 여주인공 대기실은 본관 바로 밖에 있습니다. 위치상 그 방의 창문은 휴게실에서도 문지기의 처소에서도 잘 보였죠. 드리워진 블라인드 뒤에서 한참 수사중인 부하들의 윤곽이 보였습니다.

그들 일곱 명은 〈오셀로〉가 막을 내리고 이십 분간 이 휴게실에 모여 있었다고 말했습니다. 오셀로, 오셀로의 광대, 에밀리아, 드래건 부인과 이아고, 카시오, 그리고 비앙카를 연기한 젊은 여배우였죠. 그들은 여기 모여 '뭔가'를 의논했다죠. 그사이에 방을 떠난 사람은 없었다고도 했고요. 순간 그들의 시선이 제임스 드래건에게로 향했다가 다시 흩어졌습니다.

제임스 드래건은 무슨 말이든 해서 자신에게 쏠린 주의를 다른 곳으로 돌려야겠다는 생각이 문득 들었던 모양입니다. 그가 불쑥 말했어요.

'그때 우리가 모여 의논했던 내용이 알고 싶다면 말씀드리죠. 제 아내에 관한 것이었습니다.'

그러자 드래건 부인이 극적이면서도 비통한 목소리로 말했습니다.

'그 애는 바람을 피우고 있었어요.'

'어머니가 말씀하신 대로 아내는 요즘 다른 사람을 만나고 있었습니다. 우린 그 일이 감당할 수 없을 정도로 커질까 봐 걱정이었죠. 혹시 아내가 그 남자 때문에 미국에 가지 않겠다고 하면 계획에 차질이 생길 테니까 말입니다. 공연할 작품은 〈뜻대로 하세요〉인데, 아내가 로절린드 역을 맡았거든요.'

'그래서요?'

'그때 복도에서 발소리가 들렸습니다. 그리고 누군가 아내의 방문을 두드렸죠. 우리 중 누군가가 우연히 아내의 대기실 블라인드 뒤로 비치는 그림자를 보기 전까지는 몰랐습니다. 아내는 남자와 같이 있었어요. 우린 그 사람이 아내의 연인일 거라고 생각했습니다.'

'그 사람이 누굽니까?' 내가 물었습니다. 사실이라면 혹시 모르니 그자를 데려오라고 하는 편이 나을 것 같았기 때문입니다.

하지만 그들은 모두 그 남자가 누군지 모른다고 말했습니다. 드래건 부인이 비통함이 섞인 목소리로 말했죠.

'며느리는 그런 걸 들킬 만큼 어리석지 않았어요.'

'그렇다면 그자는 극장 안에 어떻게 들어온 걸까요? 문지기 말로는 아무도 보지 못했다고 하던데.'

그들은 모르겠다고 했습니다. 물론 미리 합의해둔 사항이 었을지도 모르죠. 그게 그날 밤의 유일한 '합의 사항'은 아니 었을 겁니다. 미리 연습한 것이 틀림없었습니다. 왜냐하면 그들이 마치 연극처럼 장황한 설명을 늘어놓기 시작했거든요.

사건이 막을 내린 뒤에

이아고(또는 카시오) 우리가 보기에 두 사람은 싸우고 있었습니다.

에밀리아 우리로서는 정말 다행스러운 상황이었죠!

광대 우리가 고민하던 문제가 해결된 것처럼 보였습니다.

오셀로 우리 문제라고는 할 수 없습니다. 내 문제를 해결하지 못했던 거니까요.

에밀리아 (연극 대사를 인용하며) 이 깨끗한 종이는, 이 훌륭한 책은 '매춘부'라고 쓰기 위한 것이었단 말인가?[1]

드래건 부인 (낮은 목소리로, 나를 흘깃 쳐다보며) 레일라, 제임스, 조심하렴.

광대 (뭔가를 감추려는 듯 황급히) 창문에 비치는 그림자만으로는 마치 남자가 여자를 덮치는 것처럼 보였습니다. 잠시 뒤 남자는 방을 가로질러 갔고, 갑자기 대기실 불이 꺼졌습니다. 잇달아 요란하게 창문을 여는 소리가 들렸습니다. 내 아들 제임스가 제일 먼저 정신을 차렸죠. 제임스가 황급히 뛰어나가고, 대기실의 불이 다시 켜졌습니다. 그래서 우리는 제임스를 뒤따라갔죠. 대기실에 도착해보니 아들이 며느리 위로 몸을 숙이고 있었습니다.

---

1 『오셀로』 4막 2장.

'아내는 죽어 있었습니다.'

제임스는 연기라도 하는 것처럼 휴게실 벽난로에 기대서서 검은 칠을 한 얼굴에 무거운 슬픔에 잠긴 표정을 내비치더니, 마찬가지로 검은 칠을 한 손 위에 이마를 얹었습니다. 아까도 말했지만, 그 사건 이후로 사람들은 제임스가 며칠 사이에 이십 년은 나이 든 것처럼 보인다고 했죠. 실제로 내가 기억하기에도 그는 몇십 분 사이에 이십 년은 더 늙어 보였던 것 같습니다. 그 모습까지 연기처럼 보이지는 않더군요.

대기실의 창문은 열려 있었고, 그 밖은 극장 뒤쪽의 작은 길로 이어져 있었습니다. 글렌다 크로이의 정부가 어떻게 도망쳤는지는 물어볼 필요도 없었죠.

'그 사이 휴게실을 떠났던 사람은 없습니까?'

'아무도 없었습니다.' 모두가 대답했습니다. 다만 이번에는 제임스를 쳐다보지 않으려고 애를 쓰더군요.

그런데 여러분께 알려야 할 것이 있습니다."

원로 형사가 자기 잔에 와인을 채우며 말했다.

"지금 여러분에게 이야기한 모든 내용을, 그 당시에 저는 몰랐다는 사실을 말입니다. 당시 들었던 이야기 중에 제가 믿은 것은 오직 하나뿐이었습니다. 어떤 남자가 여자의 목을 조르면서, 오셀로가 데스데모나를 죽이는 장면에 나오는 대사를 옳었다는 문지기의 증언 말입니다. 그 말은 여자를 매춘부라고 불렀다는 뜻일 겁니다. 그 여자가 정말 정부와 즐겼다면 매춘부라고 불릴 수도 있었겠죠. 그리고 그 자리에 있던 여섯 명 중 가족이 아닌 나머지 단원 세 사람이 제임스 드래건은 살인 사건이 일어나던 시각에 그들과 함께 휴게실에 있었으며 결백하다고 증언했습니다. 나는 피해자의 정부에 관한 이야기를 액면 그대로 받아들일 수밖에 없었죠. 글렌다 크로이가 그런 연애 관계를 기피했다는 사실은 나중에야 알게 됐으니까요. 하지만 그럼에도 불구하고 확실히 의심스러운 부분이 있었습니다."

이런 순간에 이야기를 멈추는 것이 원로 형사의 습관이었다. 그는 온화한 미소를 띤 얼굴로 청중들을 돌아보며 자신이 품었던 그 의문들이 무엇인지 추측해보기를 청했다.

바로 의견을 말할 준비가 되어 있는 사람은 아무도 없는 듯했다. 그럴 때마다 원로 형사는 만족스러워하며 의자에 편안히 기대앉았다. 그러고는 아마추어들이 무슨 말이든 먼저 꺼내기를 예의 바르게 기다리는데, 반갑지 않은 코크릴 경위의 목소리가 들렸다.

"어떻게 그렇게 절묘한 시점에 피해자의 정부가 등장할 수 있는지 이상하다는 생각이 들었겠죠. 일곱 명의 사건 관계자들만 알고 있고, 다른 사람들은 아무도 모르는 '살인자'가 말입니다. 게다가 그 사람의 정체는 끝내 밝혀지지 않았죠. 실제로 그자는 누군가의 혐의를 벗기기 위해 일부러 만들어낸 인물이었으니까요."

"사건이 종결된 뒤에 알아채는 거야 어렵지 않지."

원로 형사가 화를 내며 말했다. 그러나 아무리 코크릴 경위라 할지라도 의문점은 남아 있었다. 그 자리의 주최자가 황급히 원로 형사에게 그다음 어떻게 되었는지 물었다. 원로 형사는 코크릴 경위 때문에 기분이 상한 채로 그 질문에 대답했다. 온갖 생각들이 스쳤지만, 차라리 자기가 직접 말하는 편이 낫다고 생각한 것 같았다.

"문지기를 불러 그들의 행적을 확인했겠죠." 코크릴이 또다시 끼어들었다.

(여전히 기분이 풀리지 않은) 원로 형사는 실제로 그렇게 했다. 그리고 대기실 불이 꺼지는 순간까지는 정확하게 일치한다는 것을 확인했다.

─그때 휴게실 쪽에서 나는 발소리를 들었습니다. 그리고 이십 분 뒤에 형사님이 나타나신 겁니다. 그리고 그제야 크로이 양이 죽은 것을 알았죠.

문지기는 이렇게 말했다.

그래서 그다음은 어떻게 되었는가?

"어째서 십오 분이나 지난 뒤에 경찰에게 연락을 했는지 물었겠죠." 코크릴 경위가 다분히 과장된 어조로 말했다.

"어째서 십오 분이 지연됐다고 생각하는 건가?"

"문지기는 형사님이 이십 분 뒤에 도착했다고 말했습니다. 그리고 형사님은 극장 바로 건너편에 있었다고 했으니까요."

"내가 품고 있던 의문점을 알아맞힌 걸 보니 자넨 확실히……."

"답도 알고 있죠." 코크릴 경위가 말을 받았다. "네, 알고 있습니다. 그들은 무대의상을 다시 입을 시간이 필요했습니다. 그때 배우들은 이미 옷을 갈아입었거나, 적어도 갈아입기 시작했을 테니까요."

"맞아. 여자들은 끈도 제대로 묶지 못한 상태였고, 이아고는 더블릿[1] 속에 평상복을 입고 있었지. 그들이 서둘러 다시 무대의상을 입고 분장까지 한 건 분명했어. 그런데 자넨 그걸 어떻게 알았나?"

"충분히 추론할 수 있죠. 글렌다 크로이는 자기 속옷으로 갈아입을 만큼 시간이 있었습니다. 나머지 사람들은 휴게실에 모여 글렌다 크로이의 '정사'에 대해 의논했다고 했죠. 하지만 그 '정사'라는 건 갑자기 일어난 일이 아닙니다. 그 사람들이 무대의상도 갈아입지 못한 채 의논해야 할 정도로 다급

---

[1] 14세기에서 17세기까지 남자들이 입던 몸에 딱 붙고 길이가 짧은 상의.

한 일이 아니었을 거란 말이죠. 공연이 끝나면 배우들은 본능적으로 제일 먼저 의상을 갈아입고, 또 그렇게 하도록 훈련이 되어 있다고 알고 있습니다. 형사님도 알고 있었겠지만, 그 상황에서 다른 사람은 몰라도 오셀로만큼은 옷을 갈아입었다가 다시 무대의상을 입었다는 것이 확실했으니까요."

"내가 알고 있었다고?"

"형사님은 대기실에서 피해자와 같이 있던 남자가 오셀로, 그러니까 제임스 드래건이라고 생각하고 있었으니까요. 실제로 문지기는 사건 당시 그 남자가 무대의상을 입고 있었다는 말을 하지 않았습니다."

"그래서 지금도 내가 그 문지기의 증언에 지나치게 영향을 받았던 건 아닌지 걱정이야."

원로 형사의 말에 코크릴은 깜짝 놀랐다.

"글쎄요, 하지만…… 형사님은 문지기에게 창문 블라인드에 비친 윤곽이 어땠는지 물어봤습니다. 문지기가 제임스 드래건이라고 '알고 있던' 그림자에 대해 말이죠. 그러자 문지기는 잠시 생각한 뒤에 남자의 목소리와 말소리 때문에 알게 되었다고 대답했습니다."

코크릴은 단순하게 논리적으로 접근했다.

"그가 무대의상을 입고 있었다면 문지기는 분명 이렇게 말했을 겁니다. '창문에 비친 남자의 그림자가 팔을 들어 올렸을 때, 그 소매에 두툼하게 패드가 대어져 있어 꼭 캔털루프 멜론처럼 부풀어 있었다'고 말이죠."

잠시 정적이 흘렀다. 주최자는 재빨리 손님들의 잔에 와인을 채웠다. 손님들은 가지고 있던 호두 까기 도구로 아무렇게나 호두를 까기 시작했다. 어쨌든 그 광경은 준비되지 않은 마술사가 모자에서 흰 토끼를 꺼내려고 하는 것처럼 창피한 일이었다! 코크릴 경위가 존경 어린 목소리로 말을 이었다.

"자, 이제 말씀해주십시오. 그다음에는 어떻게 됐습니까?"

당시 휴게실에서 원로 형사는 마음속으로 사건과 관련된 단서를 다시 한번 순서대로 되짚어보았다.

'10시 30분, 공연 종료. 무대의상을 갈아입은 뒤 10시 50분에 긴급 대책 회의를 위해 이 자리에 모였을 수도 있고, 모이지 않았을 수도 있다. 피해자가 살해당한 시각은 11시. 그 시간에는 이 자리에 모여 의논을 하고 있었다……. 십 분 정도 열띤 토론이 이어졌다. 그리고 오 분, 많이 잡아도 십 분이 채 지나기 전에 다시 무대의상으로 갈아입고 경찰을 맞을 준비를 했다.'

무엇 때문에? 그는 그들을 차례대로 살펴보았다. 실크와 벨벳, 레이스로 된 보디스로 밀어 올린 둥근 가슴, 푹 파인 가슴 선, 쫙 달라붙는 바지, 보석 장식이 박힌 더블릿, 멜론 모양의 소매⋯⋯.

소매. 원로 형사는 카우치 머리 부분에 느슨하게 늘어져 있던 피해자의 손과 날카로운 손톱을 떠올렸다. 몸싸움의 흔적은 보이지 않았지만, 그건 모르는 일이었다. 그가 천천히 물었다.

"어째서 지금 다시 무대의상으로 갈아입고 분장을 하고 있는 겁니까?"

그 순간 휴게실 어딘가에서 누군가 갑자기 숨을 들이마셨던가? 아마 그랬을 것이다. 하지만 그들 대부분은 연극을 할 때와 마찬가지로 침착한 태도를 유지하고 있었다. 에밀리아와 이아고가 또다시 입을 모아 설명하기 시작했다. 두 사람은 무대의상과 평상복을 반반씩 걸치고 있었다. 아마도 큰 소리가 들린 순간 재빨리 무대의상으로 갈아입는 건 어렵지 않았을 것이다. 미리 연극을 연습한 것이 무색하게, 거기서 진실이 엿보였다.

"'그 소리가 났을 때' 여러분들은 모두 이 휴게실에 모여 의논을 하고 있었다고 했죠."

"맞습니다. 이야기를 하느라 옷은 반만 갈아입은 상태였죠." 카시오가 재빨리 말했다. 그리고 무대에 서는 사람들은 보통 사람들과 달리 옷을 갈아입을 때의 부끄러움 같은 건 크게 느끼지 않는다고 덧붙였다.

"잘 알겠습니다. 그렇다면 지금 이 자리에서 평상복으로 갈아입으시지요. 하지만 그러기에 앞서……." 그는 복도 쪽으로 머리를 내밀었다. 문 바로 앞에는 경관 두 명이 조용히 서 있었다. "제임스 드래건 씨, 소매를 걷고 손목을 보여주시겠습니까?"

그러자 비앙카가 뭔가 두려워하는 목소리로 외쳤다.

"안 돼요!"

"쉬, 조용히 해." 제임스 드래건이 위엄이 어려 있으면서도 상대방을 달래는 목소리로 말했다.

"하지만, 제임스……. 저 형사가 생각하고 있는 건…… 사실이 아니잖아." 비앙카가 미친 듯이 소리쳤다. "그건 다른 남자였어요. 제임스는 여기서 우리와 함께 있었어요."

"정말 그렇다면 드래건 씨가 팔목을 보여주지 못할 이유가 없죠."

"어째서요? 왜 이 사람 팔을 보자는 거예요? 제임스는 이 의상을 입고 있었어요. 계속 말이에요. 그 순간에도 이 옷을 입고 있었는데……."

휴게실 어딘가에서 갑자기 누군가 쉿 소리를 내자, 비앙카는 깜짝 놀라 말을 멈추고 손으로 입을 가렸다. 하지만 그녀는 계속 말했다.

"제임스는 옷을 갈아입지 않았어요. 저 무대의상을 입고 있었어요. 지금껏 내내요. 제임스의 손목에는 아무것도 없을 거예요. 그렇지, 제임스? 모두들, 안 그래요? 우린 알고 있어요. 모두 제임스를 봤으니까요. 저 사람이 돌아왔을 때 무대의상을 입고 있었다는 걸⋯⋯."

그러자 다시 날카로운 쉿 소리가 울려 퍼졌다. 레일라 드래건이 재빨리 나섰다.

"제임스가 시신을 발견하고 이 방으로 돌아왔을 때를 말하는 거예요."

그런 다음 레일라는 비앙카 쪽으로 다가가더니 거칠게 팔을 붙잡았다. 비앙카는 갑자기 입을 벌리고 기차 경적 같은 날카로운 비명을 지르기 시작했다. 그렇게 그녀가 갑자기 이성을 잃자, 레일라 드래건이 비앙카의 얼굴을 찰싹 때렸다.

효과는 놀라웠다. 비앙카는 비명을 멈추더니 깜짝 놀랐을 때처럼 작은 소리를 냈다. 그때 드래건 부인이 날카롭게 소리쳤다.

"그만두지 못해!"

제임스 드래건도 나섰다.

"레일라, 이 바보야!"

그들은 모두 자리에서 일어나 완전히 당황한 듯 서로를 쳐다보고 있었다. 그러자 레일라 드래건이 말했다.

"미안해. 이럴 생각은 아니었어. 얘가 비명을 지르는 바람에 그만 반사적으로…… 히스테리를 막아보려고…….”

레일라는 그들에게 호소하는 것처럼 보였다. 비앙카가 아닌 다른 사람들에게 호소한다는 것이 이상했다.

제임스 드래건이 당혹스러운 분위기를 깼다. 그가 불확실하게 말했다.

“그만하면 됐어……. 우린, 그러니까 다른 사람들을 적으로 만들고 싶지 않아.”

그러자 비앙카가 거칠게 말했다.

“감히 날 때려? 네가 감히?”

그 자리에 있던 사람들은 잠깐이나마 입을 조금 열었지만, 이내 다시 그 곤경에서 벗어나야 한다는 신호를 받았다. 레일라 드래건이 말했다.

“네가 히스테리를 부렸잖아. 제정신이 아니었어.”

“네가 어떻게 그래?” 비앙카가 소리쳤다. 그녀의 예쁜 얼굴은 잔뜩 화가 나 보기 싫게 일그러져 있었다. “난 그냥 제임스를 지키려고 했던 것뿐이야. 다른 사람들도…….”

“조용히 해.” 드래건 부인이 연기하는 것 같은 목소리로 말했다.

“비앙카 양이 한 말이 무슨 뜻인지 말씀해주시죠.”

형사가 물었지만 드래건 부인은 아무 말도 하지 않았다.

“자, ‘저 사람이 돌아왔을 때 무대의상을 입고 있었다’…….

오셀로 복장을 말하는 거죠. 거기서 '저 사람이 돌아왔을 때' 를 레일라 드래건 양은 시신을 발견한 뒤 돌아왔을 때라고 했어요. 하지만 제임스 드래건 씨는 '돌아오지' 않았습니다. 여러분이 제임스 드래건 씨의 뒤를 따라 대기실로 갔으니까요. 아까 그렇게 말하지 않았습니까?"

레일라 드래건은 아무 말도 하지 않았다. 형사는 그녀를 나중에 상대하기로 했다. 시간은 자꾸 흘러가고 있었고, 단서는 점차 사라지고 있었다.

"자, 드래건 씨. 이제 보여주시죠. 나는 당신의 손목과 팔을 보고 싶습니다."

"저한테 왜 이러시는 겁니까?"

제임스 드래건이 화를 내다시피 말했다. 또다시 어떤 분명한 목적을 가지고 무대 위에 오른 사람처럼 부자연스럽고 이질적인 느낌이었다. 무어인의 검은 분장으로 가려져 있던 순진한 진짜 얼굴이 순식간에 초췌하고 늙어 보였다.

"당신한테만 이러는 것이 아닙니다. 때가 되면 다른 사람들도 다 조사할 거예요."

"그렇다면 어째서 저를 제일 먼저 조사하시는 겁니까?"

"어서 보여주시죠." 형사가 조급하게 말했다.

계속해서 실랑이를 벌인 끝에 결국 제임스 드래건은 마지못해 거대한 소매를 천천히 걷어 올렸다.

아무것도 없었다. 분장을 위해 손목까지만 갈색으로 칠해서 그와 대조적으로 팔꿈치가 깜짝 놀랄 만큼 하얗게 보였을 뿐, 어떤 종류의 흔적이나 긁힌 자국은 보이지 않았다.

"이아고에게서도 아무것도 찾지 못했습니다. 혹시 몰라 카시오나 광대도 조사했지만, 그 방에 있던 사람들 중 손목이나 팔에 흔적이 남아 있는 사람은 아무도 없었어요. 결국 아무 성과 없이 오 분을 낭비한 셈이었죠."

"그랬겠지." 코크릴 경위가 옆자리에 앉은 사람에게 호두를 넘기며 중얼거렸다.

"뭐라고? 코크릴 경위, 다시 한번 말해주겠나?"

"그 상황은 결국 경찰이 오 분을 낭비하게 만들기 위한 것이었으리라고 혼잣말을 한 것뿐입니다."

"?"

"오 분을 낭비했다고요." 코크릴 경위가 말했다.

오 분을 낭비했다. 그랬다. 그들은 시간을 벌기 위해 그런 상황을 만들었던 것이다. 뭔가를 기다리고 있었다. 아니면 의도적으로 시간을 끌었던 것일까?

"물론 그 사이에는 비앙카 양과의 일도 있었죠. 그건 시간 낭비가 아니었습니다. 그 여자는 많은 것을 알려주었으니까요. 그러니까 비앙카 역을 맡았던 그 사람은 제정신이 아닐 정도로 흥분한 상태로 '그 순간에……', '저 사람이 돌아왔을 때' 제임스 드래건이 오셀로의 무대의상을 입고 있었다고 소리쳤지 않습니까. '제정신이 아니었'음에도 그녀는 적어도 한 가지 거짓말만큼은 계속하고 있었어요. 왜냐하면 사건 발생 당시 제임스 드래건이 무대의상을 입고 있지 않았다는 것을 우리는 확실히 알고 있으니 말입니다."

코크릴 경위는 그들이 연극을 하는 내내 그 사실만큼은 기억하고 있어야만 했기 때문이라고 덧붙였다.

하지만 그 여자와의 일은 그것으로 끝이 아니었다. 원로 형사는 형식적으로 여자들의 팔도 검사했다. 여자들에게서 살인의 흔적이 나오지 않을 것이 확실했기 때문이다. 그때 비앙카가 밖에서 잠시 할 이야기가 있다고 그에게 속삭였다. 그리고 그녀는 혐오스러운 표정으로 다른 사람들을 흘깃 쳐다보더니, 조금 전에 얻어맞은 뺨을 양손으로 감싼 채 형사를 따라 복도로 나왔다.

"거기에서 그 여자와 이야기를 나눴습니다. 비앙카는 짙은 무대화장을 하고 있었지만, 그 분장 밑으로 레일라 드래건에게 맞은 손자국이 남아 있는 것이 보였죠. 비앙카는 더이상 히스테리를 부리지 않았고, 차분하게 제정신으로 돌아온 상태였습니다. 하지만 그 여자는 연기를 하고 있을 때와는 달리 처음으로 뭔가 두려워하고 있는 것처럼 보였어요. 정말 그래

사건이 막을 내린 뒤에

보였습니다. 내게 하려던 말 때문에 두려웠던 거지요. 하지만 그녀는 입을 열었어요. 그건 해결책이었습니다. 그 사건을 해결할 수 있는 방법이었죠. 물론 비앙카는 그 말 이외에는 아무것도 말하지 않았지만 말입니다.

나는 휴게실로 돌아갔습니다. 그들은 모두 얼굴이 하얗게 질린 채, 자리에 서서 나를 따라 들어오는 비앙카를 쳐다보고 있었죠. 그 분위기로 그들이 진정 엄청난 두려움과 공포를 느끼고 있다는 것을 알 수 있었습니다. 비록 그들이 연기로 아무렇지 않다는 듯 넘어가긴 했지만요. 레일라 드래건은 자기 왼손으로 오른손목을 붙잡고 있었어요.

난 제임스 드래건에게 말했습니다. '아무래도 이쯤에서 같이 경찰서로 가는 게 좋을 것 같군요. 좀더 물어볼 말이……'

나는 엄청난 소란이 일어날 거라고 생각했습니다. 그들이 시간을 더 끌기 위해 말이죠. 하지만……."

원로 형사는 탁자에 둘러앉은 사람들을 교활하게 돌아보았다.

"그때 난 알았습니다. 그들은 무엇을 기다리는 것일까? 시간을 끄는 이유가 무엇일까? 그게 뭔지 알았단 말입니다."

"그래서 그자를 경찰서로 데리고 갔다는 겁니까? 비앙카가 했던 말 때문에요?" 쓸데없이 알쏭달쏭 말하는 게 짜증스럽다는 듯 코크릴이 물었다.

"그게 뭔지 자네는 당연히 알고 있겠지?"

"물론이죠." 코크릴이 말했다.

"그렇겠지. 당연히 말이야." 원로 형사가 화를 내다 어깨를 으쓱했다. "어쨌든 구실은 찾은 셈이었습니다. 그러니까 합리적인 의심을 바탕으로 제임스 드래건을 경찰서로 데려가 구금할 수 있게 되었다는 거죠. 제임스 드래건의 알리바이가 깨졌으니까요. 결국 부하 두 명이 제임스 드래건을 연행해 갔지요. 그리고 잠시 뒤에 나도 따라갔습니다. 하지만 그곳을 떠나기 전에 찾아야 할 것이 있었어요. 제임스 드래건의 대기실에서 말이죠."

여기서 그는 또다시 뜸을 들였다. 하지만 이번에는 오직 코크릴 경감에게만 말을 걸었다.

"그게 뭔지 알겠나?"

"글쎄요, 분장 지우는 크림일 것 같은데요."

그러자 원로 형사는 자신이 배우라도 되는 듯 말하기 시작했다. 그는 포기한 것처럼 가장하고 있었다.

"경위, 자네도 잘 알고 있으니 나를 대신해 우리 청중들에게 설명해주면 좋을 것 같군. 난 잠자코 있을 테니까."

그는 그의 영향력을 산산조각 내버리겠다는 역설적인 의미로 '우리 청중'이라는 어휘를 사용했다. 그리고 저 작고 지긋지긋한 남자가 무너지고 모든 것이 끝난 듯 보일 때 비밀 모

사건이 막을 내린 뒤에

자에서 튀어나오게 만들 흰 토끼를 몰래 끌어안고 있었다.

코크릴 경위는 자신에게 차례가 돌아오자 깜짝 놀라며, 자신은 없었지만 마지못해 받아들였다. 그는 투덜거리는 듯한 목소리로 이야기를 시작했다.

"아, 좋습니다. 비앙카라는 여자가 뺨을 맞았죠. 형사님은 사실 그 여자가 복도에서 한 이야기에는 거의 신경 쓰지 않았다고 말씀하셨을 겁니다."

코크릴은 속으로 원로 형사가 조금만 더 주의를 기울였다면 상황을 더 유리하게 끌고갈 수 있었을지도 모른다고 생각했다.

"형사님은 그 대신 비앙카의 얼굴에 난 손자국을 보았고, 레일라 드래건이 무의식적으로 왼손으로 오른손을 잡은 채 앉아 있는 것을 문득으로 얼핏 보았습니다. 형사님은 최근에 다른 여자의 손바닥에서도 분홍 자국을 본 것을 떠올렸죠. 형사님은 그제야 알게 되었다고 말씀하셨습니다. 레일라가 격노해서 비앙카의 뺨을 때렸을 때 그들이 그토록 놀랐던 이유를 말이죠. 바로 그날 밤 그런 일이 또 있었기 때문이 아닐까 하는 생각이 떠오르셨겠죠.

형사님은 알았습니다. 그들이 기다렸던 게 무엇인지를, 그들이 의도적으로 시간을 끄는 이유가 무엇인지를 말입니다. 또한 그들이 부랴부랴 무대의상으로 갈아입었던 이유도 알게 되었습니다. 그들은 제임스 드래건이 오셀로 분장으로 얼굴을 검게 칠한 채 나타나더라도 이상하게 보이지 않도록 그렇게 했던 겁니다. 그들은 짙은 분장 밑에서 또 다른 얼룩, 그러니까 글렌다 크로이가 살인자의 뺨에 남긴 손자국이 사라질 때까지 기다리고 있었죠." 코크릴이 원로 형사의 얼굴을 쳐다보았다. "제 생각이 맞습니까?"

"아주 정확하네. 바로 그대로야." 원로 형사가 수긍하며 어깨를 으쓱했다. "그래. 정말 그랬어. 우리는 제임스 드래건을 경찰서로 데려간 뒤 곧장 얼굴 분장을 지웠지. 그 순간…… 우리가 무엇을 찾았는지 알겠나?"

코크릴 경위가 대답했다.

"아무것도 찾지 못했겠죠."

"맞아." 원로 형사가 시무룩하게 말했다.

"아무것도 찾지 못했을 겁니다. 제임스 드래건은 경찰서에서 풀려나 그 뒤로도 삼 주간 〈오셀로〉 무대에 섰어요." 코크릴이 간단하게 설명하더니 다시 말을 이었다. "형사님은 제임스 드래건을 구속할 수 없었습니다. 붙잡아둘 수 있는 증거가 아무것도 없었으니까요. 그자의 뺨에 손자국이 남아 있지 않는 이상, 비앙카의 진술만으로는 충분하지 않았습니다. 그리고 그때쯤이면 설사 손자국이 남았다 해도 사라져버렸을 테죠. 그 사람들의 전략이 들어맞은 겁니다. 형사님은 제임스 드

사건이 막을 내린 뒤에

래건을 풀어줄 수밖에 없었습니다."

"당시엔 그랬지." 원로 형사가 말했다. 토끼가 모자 챙 위로 귀를 보이며 올라왔지만, 그는 다시 토끼를 모자 속으로 밀어 넣었다. "자네는 그로부터 삼 주 뒤에 제임스 드래건이 체포되고, 정식으로 재판에 회부되었던 것도 기억하고 있을 테지? 그사이에 무슨 일이 있었을 것 같나?"

모자 위에 손을 얹고 토끼가 나오지 못하게 막으면서, 원로 형사는 재빨리 적에게 한 방을 날렸다.

코크릴은 호두 두 개를 동시에 깨느라 고개를 숙인 채 생각에 잠겼다.

"형사님이 극장에 가셨을 때 무슨 일이 있었던 것 같습니다만."

"극장에 갔을 때?"

"네, 극장이요. 드래건 극장 말입니다. 거기서 제임스 드래건이 연기하는 오셀로를 두 번째로 봤다고 하지 않았습니까."

"대단한 공연이었어. 아주 좋은 공연이었지." 원로 형사가 거북하게 대답했다. 이제 토끼가 모자 위로 머리를 완전히 내민 채, 청중들을 향해 윙크하고 있었다.

"그랬나요? 형사님이 제임스 드래건을 처음 봤을 때는 그랬겠죠. 하지만 두 번째도 그랬습니까? 형사님은 그 당시 주변 사람들로부터 제임스 드래건이 부쩍 나이가 들어 보인다는 말을 들었다고 했습니다." 코크릴이 갑자기 말을 멈췄다. "실례했습니다. 이 자리는 형사님을 위한 자리라는 것을 자꾸 잊어버리네요."

이건 원로 형사를 위한 자리였다. 마술사의 신기한 모자에서 꺼내는 하얀 토끼처럼 그가 오랜 세월 동안 자랑거리로 여겨왔던 이야기였다. 그런데 지금 그 비법이 무엇인지 알고 있는 기분 나쁜 애송이 녀석이 완전히 망쳐버렸다. 원로 형사가 골을 내며 말했다.

"그게 다야. 나중에 알게 된 일이지만, 글렌다 크로이는 과거에 징역을 살았던 일을 꺼내 협박했지. 연극이 끝나자 그들은 모두 대기실로 돌아가 평상복으로 갈아입었어. 제임스 드래건은 옷을 갈아입자마자 아내의 대기실을 찾아갔지. 오 분 뒤, 제임스 드래건은 휴게실에 극단의 주역들을 불러 모았어. 글렌다 크로이는 죽었고, 그녀가 죽기 직전에 그의 뺨을 때린 흔적이 고스란히 남아 있었지.

그들은 모두 뜻을 합쳤어. 극단의 흥망은 제임스 드래건에게 달려 있었지. 그들은 제임스를 보호하기로 했어. 모두들 글렌다 크로이의 대기실 창문 블라인드에 비치는 그림자가 문지기 자리에서 보인다는 것을 알고 있었지. 어쩌면 글렌다가 제임스의 얼굴을 때리는 장면까지 봤을 수도 있었어. 그들은 제임스 드래건이 제일 먼저 의심을 받으리라는 걸 예상하고 있었지. 무슨 수를 쓰든 제임스 드래건의 얼굴에 남아 있는 손자국을 감춰야 한다는 걸 알고 있었던 거야. 하지만 어느 정도 시간이 지나야 자국이 사라질지 알 수 없었어.

그래서 그들이 어떻게 했는지는 알고 있겠지. 그들은 황급히 무대의상으로 다시 갈아입고 분장을 했어. 짙은 분장으로 얼굴에 남아 있는 손자국을 숨겼지. 바로 그때 내가 도착했어. 이제 그들로서는 시간을 질질 끌 수밖에 없었던 거야.

그들은 시간을 끌었어. 피해자에게 정부가 있었다는 이야기를 만들어내고 그 죄를 떠안겼지. 그렇게 하면 누구도 유죄 판결을 받을 일이 없으니까. 그녀의 정부라는 남자가 결백을 주장하는 일은 없을 테니 말이야. 하지만 그렇게 몇 분이 흐르고, 나는 그들에게 평상복으로 갈아입으라고 요청했지. 제임스는 자신의 팔을 보여주길 거부하며 계속 시간을 끌었고. 그렇게 몇 분이 더 흘렀어. 그런 다음 그들은 비앙카에게 준비한 대로 하라는 신호를 보냈지."

원로 형사는 오래전에 있었던 일을 떠올렸다.

"제법 괜찮은 연기였어. 비앙카는 연기를 꽤 잘하는 배우였으니까. 하지만 그날 밤 보여준 연기가 썩 훌륭했다는 생각은 들지 않아. 아무래도 승산이 없는 싸움을 하고 있었으니까 그랬겠지. 불쌍한 아가씨 같으니. 바로 그때 난 한 가지 사실을 알게 되었네. 그게 뭔지 알겠나?"

"그들이 시간을 끌고 있다는 걸 알게 된 거죠. 그게 아니라면 제임스 드래건이 팔을 보여주지 않을 이유가 없었어요. 그 자의 팔에는 아무 흔적도 없었으니까."

"맞아. 그래서 난 그 아가씨를 신중하게 대했지. 하지만 비앙카는 계속 좋은 연기를 펼치고 있었어. 그 상황에서는 연기하기가 좀 쉬웠을 거야. 그때 그 아가씨는 정말 두려움에 떨고 있었거든. 그들이 시간을 지연시킬 수 있는 마지막 단계였고, 자신들의 뜻대로 되지 않을까 봐 걱정하고 있었지. 그들은 서로를 배신하지 않는 한 그 방법이 아주 좋은 '해결책'이라는 것을 알고 있었어."

"하지만 그건 이미 형사님이 간파하고 일축해버린 해결책 아니었습니까?"

"코크릴 경위. 자네가 그 해결책이 뭔지 설명해주면 기쁠 것 같군."

"형사님이 괜찮으시다면 그렇게 하죠. 하지만 이 사건에는 오직 하나의 '해결책'밖에 없었습니다. 아닙니까? 특히 형사님 말에 따르면 그 아가씨는 계속 한 가지 사실만을 강조하고 있었습니다. 제임스 드래건의 알리바이를 입증하는 일이었지요. 그들 모두가 제임스 드래건에게 알리바이를 제공해주었습니다. 그 사건이 일어났던 순간부터 불이 꺼질 때까지 말입니다. 비앙카는 형사님을 복도로 끌고 나가 이렇게 말했을 겁니다."

"뭐라고 말인가?"

"새로운 내용은 없었을 겁니다. 특별히 한 가지 사실만을 반복해서 말했을 거예요. 누군가 이미 말한 사실을 말입니다."

"광대의 증언이었지. 맞아."

"광대는 불이 켜져 있을 때 대기실 블라인드에 비쳤을 법한 모습에 대해 설명했죠. 그는 어떤 남자가 여자를 덮치는 걸 그들 모두가 봤다고 말했습니다. 그리고 불이 꺼지자마자 창문이 요란하게 열리는 소리도 들었다고 했어요. 아들인 제임스가 급하게 휴게실을 나섰고, 그들이 뒤따라가 보니 제임스가 글렌다 크로이 위로 몸을 숙이고 있었다고 했습니다. 비앙카는 뭔가 의미심장하게 이 말을 되풀이했을 거예요. '제임스가 글렌다 크로이 위로 몸을 숙이고 있었다'고."

"우스꽝스러운 암시였지."

"물론입니다." 코크릴 경위가 대답했다. "글렌다 크로이의 자세로 보면, 남자가 덮쳤다는 그 모습은 정사를 치르기 위한 것이었을 확률이 높습니다. 더구나 불도 꺼졌죠. 그런 상황에서 남자가 여자를 내버려두고 가장 가까운 창문으로 달아났을 가능성은 낮습니다. 주위 평판에 따르면 글렌다 크로이는 자기만족이 우선인 사람이었다고 하니까요. 하지만 그랬다고 가정한다면, 황급하게 대기실로 뛰어들어온 남편이 아내가 그 모습 그대로 누워 있는 것을 보고 격분한 나머지 충동적으로 여자의 목을 졸랐을 수도 있겠죠. 그러니 제임스 드래건의 아버지는 일단 그 부분에 관해서는 형사님의 관심을 끊어내고 싶었어야 합니다. 그런데 어째서 '제임스가 글렌다 크로이 위로 몸을 숙이고 있었다'는 말을 한 걸까요?"

"그래, 정말 훌륭하군."

원로 형사가 말했다. 이제 마술사의 손에 남아 있는 유일한 카드는 친절한 지지뿐이었다.

"그래도 비앙카의 이야기로 그들이 바라던 효과는 얻었겠죠?"

"내가 분장을 지우라고 요구하기 전에 조금이나마 더 시간을 끌긴 했지. 거기에 제임스 드래건이 경찰서로 연행되기까지 했으니 그들로서는 더할 나위 없었을 거야."

자기 이야기를 친절하게 받아준 것에 대한 보답으로 코크릴이 말했다.

"형사님으로선 그렇게 할 수밖에 없었습니다. 그렇게 해야 한다고 믿고 있던데다가 노골적인 암시까지 받았으니까요. 그들도 형사님께 그런 암시까지 줄 생각은 없었을 겁니다. 레일라 드래건이 이성을 잃고 비앙카의 얼굴을 때리는 바람에 그렇게 된 거죠."

"더군다나 레일라는 무의식적으로 자기 손목을 붙든 채 앉아 있었지."

"그래서 형사님은 제임스 드래건을 체포하기로 마음먹었던 거죠. 경찰서에 도착한 뒤, 그 모든 일들을 명백하기 밝힐 수 있는 가장 좋은 방법으로 제임스 드래건의 분장을 지우자······."

아무도 그를 비난하지 않았음에도 원로 형사가 변명하듯 말했다.

"다른 배우들은 데려가지 않았지. 맞은 자국이 남아 있는지 확인하기 위해 그의 얼굴 분장을 일부분 지워보니 아무런 흔적도 없었어. 그 외 남은 분장은 제임스 드래건이 직접 지우도록 남겨두었지. 이마와 눈 주변의 분장이 여전히 두껍게 남아 있는 상태였어. 그때 제임스 드래건이 나이보다 늙어 보이고, 초췌해 보였던 기억이 나네. 하지만 그런 상황에서는 그리 놀랄 만한 일도 아니었지. 극장에서 본 아서 드래건의 얼굴도 그랬어. 그 사람은 나이보다 훨씬 젊어 보인다는 생각을 했던 것 같아. 하지만 그 사실을 완전히 잊고 있었지." 원로 형사가 한숨을 쉬고 다시 말을 이었다. "어쨌든 그때는 이미 늦어버렸어. 손자국은 사라지고 없었으니까."

원로 형사가 다시 한번 한숨을 쉬었다.

"불그레한 손자국을 감추려고 했던 삼십 대 남자. 그리고 오십 대 남자. 두 사람은 가족이니 외모는 물론이고 독특한 목소리까지 닮았지. 두 사람 모두 배우이고, 오셀로 역에 익숙해. 그리고 아버지는 그 연극의 연출을 맡고 있었지. 두 사람이 할 수 있는 가장 효과적인 변장은……."

"베니스의 무어인이죠." 코크릴 경위가 말했다.

"그리고 광대였지." 원로 형사가 말했다. 이제 흰 토끼가 모자에서 튀어나와 관중들을 향해 오른쪽, 왼쪽을 돌아보며 인사했다.

"……그러니까 그자가 계속해서 아들의 역할을 연기하고 있었던 거야. 무대 위에서나, 무대 밖에서나. 나는 절대 알 수가 없었지. 하지만 그자가 그랬을 거라고 생각해. 그들은 감히 바로 내 눈앞에서 옷을 갈아입고 싶지 않았을 거야. 충성스러운 단원들의 도움을 받아 그들은 내 앞에서 역할을 바꿔치기 했지. 이미 말했다시피 관객들은 오셀로가 살인자라고 믿고 있었어. 그건 맞기도 하고 틀리기도 하지. 나도 오셀로가 살인자라고 생각해. 하지만 오셀로 역을 연기한 사람은 다른 사람이었지."

"그래서 다시 제임스 드래건이 연기하는 모습을 보러 갔던 겁니까?"

코크릴 경위가 의심의 여지없이 존경심으로 억눌린 목소리로 물었다.

"그리고 그자가 스무 살은 늙어 보이는 것 같다는 말을 듣게 된 거지…… 그렇게 우린 그자를 재판에 회부했다네. 우리는 사건을 제대로 해결했어. 당연히 징역형을 선고받으리라 예상했지. 우리는 글렌다 크로이에게 정부가 있었다는 것을 믿지 않았어. 무대 문지기의 증언도 있었고, 극단원들의 증언은 신빙성이 없었으니까. 하지만 유감스럽게도! 확실한 증거였던 손자국은 오래전에 사라지고 없었어. 그래도 우린 해냈지. 내가 범인의 정체를 밝혀냈단 말이야. 그렇게 그자를 체포하고 재판에 회부했어. 배심원단으로부터 유죄 평결을 얻어내진 못했지만"

"당연한 일이죠." 코크릴 경위가 말했다.

"당연한 일이긴 했지." 원로 형사가 관대하게 동의했다. "영국 배심원단은 언제나 공정하니까. 구체적인 증거도 부족했고, 공정한 목격자도 없었어. 명백한 증거도 없었고……"

"살인자도 없었죠." 코크릴 경위가 말했다.

"경위는 아서 드래건이 자기 아들 역할을 한 게 아니라고 생각하는 건가? 그렇다면 누가 그 역할을 했을 거라고 생각하고 있는지 물어봐도 될까? 혹시 레일라 드래건이 자기 오빠 역할을 했던 것일까? 그 여자는 글렌다 크로이에게 개인적인 원한이 있었어. 게다가 레일라는 키가 크고 체격이 좋지. (로절린드 역에 완벽하게 어울려. 경위 생각대로 그 또한 단서야!) 반면 제임스는 남자치고는 몸이 마른 편이었지. 레일라 역시 드래건 일가의 독특한 목소리를 가지고 있고."

"레일라 드래건은 '둥근 가슴'도 가지고 있죠. 형사님이 말씀하신 대로, 레이스로 된 보디스에, 목이 많이 파인 드레스를 입은 채 가슴을 드러내고 있었어요. 어쩌면 레일라가 자기 오빠의 대역을 할 수도 있을 겁니다. 제임스가 동생 대역을 하긴 어렵겠지만."

코크릴 경위가 말했다. 그리고 그는 호두 두 알을 까려고 애를 쓰면서 원로 형사에게 어째서 누군가가 다른 사람의 대역을 했을 거라고 생각하는지 물었다.

"하지만 그들은…… 그들 모두…… 그러니까 그들 모두 경찰이 오셀로에 관심을 기울이게끔 하는 말이나 행동을 했으니까. 분장 밑에 숨겼던 손자국이 희미해질 때까지 시간을 벌기 위해서 말이야……."

"광대의 분장이었죠." 코크릴이 말했다. 그 목소리는 단단한 갈색 손 안에서 호두가 깨지는 소리처럼 날카로웠다.

코크릴 경위가 원로 형사에게 말했다.

"그날 밤, 피해자의 대기실로 '겁에 질리고 화가 잔뜩 난' 누군가가 들이닥쳤어요. 글렌다 크로이가 무대 위에서 작은 소리로 '감옥'이니 '죄수'니 하면서 아들을 위협한 뒤에 말입니다. 그런데 형사님께서는 오래전에 징역형을 받았던 사람이 아서 드래건이라는 사실을 명확하게 말하지 않으셨죠."

"내가? 그건 별로 중요한 문제가 아니니까. 그들의 스타이자 단장은 제임스 드래건이지만, 아서 드래건은 그 극단의 운영을 담당하고 있었지. 둘 중 어느 한쪽만 없어도 순회공연을 떠날 수 없어. 어쨌든 징역형을 받았던 사람은 아서야. 그건 당연한 것 아닌가?"

"그렇죠." 코크릴이 원로 형사의 말에 동의한 뒤, 말을 이었다. "아서 드래건은 글렌다 크로이의 대기실에서 많은 이야기를 했습니다. '만일 네가 나에 대해 말한다면……' 또는 '전쟁 전에 우리는 전부 무모하고 어리석었으니까……' 여기서 전쟁은 당연히 1914년에 일어났던 전쟁이죠. 삼십 년 전에 일어났던 일이란 말입니다. 하지만 1914년 전이면 제임스 드래건은 아직 어린애였어요. 제임스 드래건은 세기가 바뀔 때 태어났으니까. 감옥에 가긴 너무 어린 나이였죠.

형사님은 계속해서 그 사람들을 배역 이름으로 언급하셨습니다. 덕분에 혼동이 일어났죠. 우리는 그 광대를 광대라고 생각했지, 제임스 드래건의 아버지이자 드래건 프로덕션을 운영하고 있는 연출가인 아서 드래건이라는 사실을 잊었습니다. '미국에 극단을 이끌고'라는 말은 이건 제임스 드래건이 한 게 아니었어요. 제임스는 극단의 스타였지만, 극단을 여기서 저기로 이끌고 가는 건 극단의 운영자인 아서 드래건의 일이었기 때문입니다. 그리고 '원한다면 셀리아 역을 맡아'라고 했다죠. 그것도 제임스 드래건이 할 말이 아니었습니다. 배역을 지정하는 건 연출가인 아서 드래건이 할 일이니까요. 가운 이야기가 나왔을 때부터 이런 생각을 하기 시작했습니다."

코크릴 경위가 생각에 잠긴 채 계속 말했다.

"누군가 말했죠. 그들은 직업상 옷을 갈아입을 때 부끄러움 같은 건 크게 느끼지 않는다고 말입니다. 글렌다 크로이의 남편이었다면 정말 대기실 문에 노크를 했을까요? 미친 듯 화가 나고 불안한 상태에서 정신없이 달려간 남편이 아내의 대기실 문 앞에서 멈춰 서서 정중하게 노크를 한다고요? 그리고 글렌다 크로이는 속옷 위에 가운까지 걸치고 남편을 기다리고 있었을까요? 물론 상대가 시아버지라면 그렇게 하는 게 당연할 겁니다. 하지만 상대가 남편이라면…… 글쎄요, 잘 모르겠군요. 어쨌든 전 거기서부터 의심스럽게 생각하기 시작했습니다.

어쨌든 그 사람은 여자를 죽였습니다. 글렌다 크로이는 그들의 순회공연 일정을 무산시킬 수도 있었고, 가문의 명성을 진창에 빠뜨릴 수도 있었으니까요. 그렇게 되면 이제껏 자신의 성공을 포기하고 극단을 위해 모든 것을 바친 노년의 배우로서 모든 것을 잃어버리게 될 테죠. 그래서 그자는 글렌다 크로이를 죽였습니다. 그리고 헌신적인 가족과 충성스럽고

'냉정하지 않은' 극단원들이 그를 구하기 위한 계획을 세웠습니다. 그 사건으로 그를 비난하는 사람은 아무도 없었어요. 바로 그 지점에서 우리가 실수를 한 거죠."

코크릴은 그 실수에 자신까지 광범위하게 포함시키며 말을 이었다.

"전 그 계획이 아주 정교할 거라고 생각했습니다. 하지만 그렇지 않았어요. 배우였던 그들은 스스로 극의 구성을 만들어내는 일에 익숙하지 않았습니다. 실제로는 믿을 수 없을 정도로 단순한 구성이었죠. '모두 분장을 다시 하고, 광대의 얼굴에 남아 있는 붉은 자국이 흐릿해질 때까지 가능한 시간을 끈다. 그리고 광대로부터 경찰의 주의를 돌리기 위한 최선의 방법은 오셀로를 주목하게 만드는 것이다.' 그리고 모두들 정중하게 덧붙였겠죠. '제임스, 그렇게 해도 괜찮겠어요?'

그렇게 우리는 다시 제임스 드래건에게로 돌아왔습니다. 그로서는 그 시간이 다소 힘겨웠을 겁니다. 아내가 배신을 해서 자신의 극단에 심각한 위협을 가했고, 그러다 교살당했으며, 그 살인을 저지른 것이 아버지라는 자백을 들었죠. 그다음 중앙형사법원에서 사형선고를 받을 수도 있는 배역을 대본도, 예행연습도 없이 연기했습니다. 그날 밤 분장을 지웠을 때 그가 나이가 든 것처럼 보인 건 당연한 일이었는지도 모릅니다."

코크릴 경위는 사건이 일어났던 당시 원로 형사가 이런 것들을 생각해냈더라면, 지금처럼 사건이 막을 내린 뒤 진상을 알게 되는 일은 없었을 거라고 덧붙였다.

코크릴이 그 말을 덧붙일 수 있었던 것은 원로 형사가 자리에서 일어나 변명을 중얼거리며 방을 나갔기 때문이다. 혹시 흰 토끼를 찾으러 간 것일까?

피를 나눈 형제

"사이가 좋다고 들었습니다. 친형제란 다윗과 요나단[1] 같은 거겠지요?" 그가 물었다.

빈정거린 것일 수도 있다. 하지만 우리, 프레드와 나는 실제로 리디아가 나타나기 전까지는 그 정도로 가까운 사이였다.

우리는 같은 마을에 살았다. 버즈웰이라는 마을을 들어본 적이 있는가? 켄트 주에 있는 버즈웰이다. 설령 우리 두 사람을 쉽게 구분하진 못하더라도 버즈웰에 사는 사람들이라면 모두 우리를 안다. 그들은 튼튼한 다리, 넓은 어깨, 아이처럼 곱슬곱슬한 붉은 머리카락까지 우리 두 사람이 완전히 닮았다는 게 얼마나 신기한 일인지, 뿐만 아니라 우리가 서로를 잘 이해하며 특별한 유대감을 갖고 있다는 게 얼마나 굉장한 일인지 말하곤 했다. 사람들은 일란성쌍둥이에 대해 말도 안 되는 소리를 하곤 한다.

리디아도 외모만으로는 우리 두 사람을 구분하지 못했다. 그게 내 잘못이었을까?

---

[1] 성경에 나오는 다윗과 사울 왕의 아들 요나단을 말하는 것으로, 막역한 친구 관계를 의미한다.

그것은 차치하더라도, 그녀는 원래 프레드의 여자였다. 그녀의 남편은 셈하지 않고, 프레드를 포함할 수 있도록 기준을 너그러이 잡는다면 말이다. 그녀의 남편은 키가 196센티미터였는데, 마을 사람들이 그를 블랙 윌Black Will이라고 부르는 것은 단순히 직업이 대장장이Blacksmith이기 때문만은 아니었다. 그런데 데이트 상대를 나로 바꾼 건 그녀였다. 내가 그녀에게 환멸을 느꼈다고 밝히기에는 너무 이르지만, 애초에 그녀가 나와 바람을 피우기 시작한 건 나를 프레드로 착각했기 때문이었다.

"이제 그녀가 너보다 나를 더 좋아한다고 해도 어쩔 수 없어." 내가 프레드에게 말했다.

"이렇게 내 뒤통수를 친 걸 후회하게 될 거다. 이 배신자 녀석아." 프레드는 원래 성질이 더러웠다.

얼마 지나지 않아 난 그 일을 후회했다. 프레드와 나는 차를 같이 쓰고 있었는데, 소유주가 네 번이나 바뀐 이력이 있는데다 아주 오래되고 심하게 낡은 가족용 모델이었지만 잘 굴러가기는 했다. 어느 날 저녁, 여느 때처럼 시무룩하니 축 처진 프레드가 목사관 숲 옆을 흐르는 강으로 내려가 허가 없이 물고기를 잡는 동안 나는 리디아를 차에 태우고 기분 좋게 드라이브에 나섰다. 하지만 즐거움은 오래가지 못했다. 나는 주행 도중에 리디아를 끌어안고 키스하느라 운전에 집중하지 못했고, 출발한 지 이십 분도 지나지 않아 도로에 아이가 있는 것을 보지 못하고 그만 차로 치고 말았다. 아이는 작은 블랙베리 통을 들고 풀밭 가장자리를 따라 뛰고 있었다. 막 어둠이 내려앉을 무렵이라 아이는 약간 겁이 났는지 집을 향해 전속력으로 달리고 있었던 듯했다. 뭐, 어둠이 그 애를 낚아챈 거나 다름없기는 했다. 불쌍한 녀석. 나는 밖으로 뛰어나가 쓰러진 아이의 몸을 뒤집어보았다. 그리고 재빨리 원래대로 눕혔다.

"아이가 죽었어. 가능한 한 빨리 여기서 벗어나야 해."

리디아는 여자들이 노상 그러듯 호들갑을 떨었다. 하지만 이 상황에서 가장 중요한 것이 무엇이겠는가? 아직 아이가 살아 있다 하더라도 이내 죽을 것이다. 거기엔 의심의 여지가 없었다. 쓰러진 아이가 통통하고 작은 손으로 쥐고 있는 통에서 쏟아진 블랙베리가 주위에 흩어져 있었다. 내가 할 수 있는 일은 아무것도 없었다. 무언가 할 수 있었다면 얼마든지 거기 머물렀을 것이다. 하지만 그럴 수 없었다. 게다가 내가 자초한 곤경으로부터 벗어날 수 있는 기회가 얼마든지 있는데, 스스로 문제를 불러일으켜서 무슨 소용이란 말인가?

그래서 나는 그곳에서 벗어났다. 도로는 단단하고 건조했다. 혹시 바큇자국이 남았더라도 뒤에 지나갈 다른 차들이 내 바큇자국을 지워줄 것이다. 내가 아이 옆에서 몸을 숙일 때 건조한 흙바닥에 남긴 반쪽짜리 발자국을 누군가 찾아낼지도 모른다. 하지만 내 신발은 흔한 브랜드에서 구입한 싸구려인데다 새것이라서 특별한 단서가 되지는 않을 것이다. 신발 사이즈가 약간 크긴 하지만 그것도 유별날 건 없었다. 내가 그 길에 서 있었다는 것은 아무도 모를 것이다. 리디아는 우리 두 사람의 일을 철저히 비밀로 하고 있었다. 남편인 블랙 윌 때문이었다. 현재 윌은 서리를 하던 중에(우리는 거의 매일 밤마다 서리를 했다) 나타난 경비원을 폭행한 혐의로 징역을 살고 있었다. 하지만 머지않아 감옥에서 나올 것이다.

사고에 대해 이야기하자 프레드는 내 알리바이를 입증해주기로 약속했다. 나는 그의 팔을 붙잡고 매달렸다. 이제 와서 리디아가 비겁하게 나를 배신해 협박하고 있었기 때문에 완전히 신뢰할 수 없는 상황이었다.

"같이 숲속에 있었다고 말해줄게."

그는 정말로 약속한 대로 해줬다. 경찰들이 집집마다 찾아가 '의례적인 탐문 조사'를 했지만 리디아는 사실을 말하지 않았다. 사실 냉정하게 생각해보면 경찰이 나를 특별히 의심할 이유가 없었다. 아무도 나를 의심스럽게 생각하지 않을 것이다. 어떤 외지인이 텅 빈 국도에서 과속하다가 일으킨 사고 정도로 여기리라. 프레드는 마지못해 내 알리바이를 입증해주는 척했다. 그날 밤 서리를 하고 있었기 때문에 우리가 함께 있었던 장소에 대해서는 말하고 싶지 않은 것처럼 행동한 것이다. 그의 제대로 된 연기는 경찰의 관심을 반쯤 다른 곳으로 돌렸다. 프레드는 정말 친절했다. 리디아와 내 관계를 생각해보면 더욱 그러했다. 우애란 참 아름다운 것이지 않은가?

혹은, 그렇지도 않은 것일까? 왜냐하면 아무런 목적 없이 한 행동이 아니었기 때문이다. 프레드는 내 혐의가 벗겨지자마자 물었다.

"그 여자가 너한테도 말했어?"

"뭘 말해? 누가? 리디아 말이야?"

"그래, 리디아. 임신했대."

내가 재빨리 말했다. "난 아니야. 그 여자와 사귄 지 이 주밖에 안 됐으니까."

"그 여자 남편도 아니야. 그자는 다섯 달 전에 감옥에 들어갔으니까."

"남편이 애 아빠를 반쯤 죽여놓겠네."

난 생각에 잠긴 채 말한 다음, 프레드를 빤히 쳐다보았다. 이미 말했다시피 프레드와 나도 몸이 허약한 편은 아니었지만 블랙 월은 거인에 가까웠다.

"그자는 10월 말이면 출소할 거야." 프레드가 말했다.

"두 사람에게 행운을 빌어줘야지. 나와는 상관없는 일이야. 그 여자와 만난 건 겨우 이 주 동안이었고, 그나마도 이제 끝나버렸으니까. 리디아는 내가 아이를 보고 차를 세웠어야 한다고 생각해. 나를 경멸하고 있지."

"그 여자는 널 경멸하는 정도로 끝내지 않을 거야. 나 역시, 월이 집에 돌아오면 마찬가지 신세고. 만일 그자가 아기에 대해 알게 된다면 리디아 주위에 있던 사람들을 모두 때려잡을 거야. 그땐 너도 나도 끝장나는 거지."

"아기 아빠는 지미 그린일 수도 있어. 아니면 빌 브레이일 수도 있고. 리디아는 그들하고도 어울렸으니까."

"그건 네가 질투하게 만들려고 리디아가 그냥 한 말이야. 그 여자에게 집적거리기에 그들은 월을 너무 무서워해. 우리도 머리가 있다면 그랬어야 했는데."

다만 리디아에 관해서라면 그런 생각을 할 여유가 없었을 뿐이다. 여섯 달 전에 프레드는 블랙 월이 돌아올 때까지 영겁같이 긴 시간이 남아 있다고 말했었다.

"그래서 어떻게 할 생각인데?" 내가 물었다.

"넌 어떻게 할 거야? 뺑소니 사고를 냈으니 감옥에서 오랫동안 썩을 수도 있어. 경찰이 아이를 발견했을 때 아직 죽지 않은 상태였대."

정말 눈물겨운 우애가 아닌가! 내가 자기 여자를 빼앗았는데도 프레드는 나를 걱정해주고 있었다. 게다가 그 역시 곤경에 처해 있었다.

우리는 아무도 우리 이야기를 듣지 못하게 차에 올라탔다. 늙은 하숙집 주인은 귀가 많이 어두워서 우리가 들어오고 나가는 일에 관심이 없었다. 하지만 프레드는 만에 하나라도 위험을 무릅쓸 생각이 없었다…….

어쨌든 이건 모두 프레드의 의견이었다. 나는 끝까지 이렇게 주장할 생각이었다. 모두 그의 의견이었다고. 프레드가 말했다. 죽은 남자는 말이 없고, 죽은 여자 역시 말이 없다고.

"그들이 리디아의 임신 사실을 알게 되더라도, 네 말대로 그 여자가 마을에 있는 남자 절반과 어울렸다는 소문이 퍼져 있으니까 괜찮을 거야. 게다가 설령 리디아가 사실대로 털어놓는다 해도 윌은 우리 두 사람 중 누가 아이의 친부인지 알아내지 못할 거야."

"그건 네 생각이지." 내가 말했다.

"리디아는 뺑소니 사고에 대해서도 털어놓을 거야." 프레드가 말했다. "그 여자가 그 사고를 신경 쓰고 있다고 네가 말했잖아. 지금 당장이야 아무 말도 하지 않겠지. 그 이야기를 하면 너와 드라이브를 갔다고 인정하는 셈이니까. 하지만 일단 블랙 윌에게 너와의 관계가 들통나면 리디아는 그 사고에 대해서도 말할 거야. 그래야 자기 마음이 편해질 테니까."

"그래서 어쩌겠다는 거야? 분명히 말하지만 난 리디아를 죽이지 않을 거야."

"내가 할 거야. 넌 이미 살인을 한 번 저질렀잖아."

프레드의 말이 그렇게 기분 좋게 들리진 않았다.

"그걸로 충분해. 지금 내가 너한테 바라는 건 알리바이야."

"네 알리바이를 내가 대라고? 아무도 믿지 않을걸. 쌍둥이가 서로의 알리바이를 증명하는 거잖아. 더군다나 온 마을 사람들이 우리가 얼마나 '가까운' 사이인지 증언할 텐데." (마을 사람들은 우리와 리디아의 관계에 대해서는 모르고 있었다.)

하지만 프레드는 그 문제에 대해서도 생각이 있었다. 그는 만일 알리바이를 확실하게 입증하지 못하더라도 다른 방법이 있다고 했다. 프레드가 전부 계획해놓은 상태였다.

그때 나는 수상쩍을 정도로 준비가 잘되어 있음을 의심했어야 했다. 하지만 그는 내게 생각할 여유를 주지 않았다.

"애초에 우리 이름이 드러날 일은 없을 테니 알리바이를 내세울 일도 없을 거야. 네 말대로 버즈웰 마을의 남자들 중 절반은 리디아의 아기 아빠 후보니까. 그래도 혹시 필요한 상황이 되면 네가 내 알리바이를 입증해주는 거야. 난 네 알리바이를 입증해줄게. 혹시 우리 두 사람 중 한 명이 범인이라는 것을 알게 될지도 몰라. 하지만 우리 중 누구인지는 모르지. 누군지 가려낼 수 없다면 경찰은 결국 우리 두 사람 다 보내주는 수밖에 없어."

"그럼 블랙 윌은? 자기 아내를 유혹했을 뿐만 아니라 죽이기까지 했는데 우리를 가만히 놔둘 것 같아?" 내가 물었다.

"어떻게든 정리해야지. 혹시 계획대로 되지 않는다면 그땐 어딘가 다른 곳에 가서 새로 시작하면 돼. 하지만 그런 일이 생길 확률은 만분의 일이야. 실제로 그 뺑소니 사고도 범인이 너라고 의심하는 사람은 없잖아."

프레드는 계속해서 그 사고를 상기시켰다. 다소 악의적이었다. 나는 내가 프레드에게 저지른 잘못, 그러니까 그의 여자를 가로챘다는 사실을 잊지 않고 있었다. 그건 프레드에게 무기였다. 프레드는 계속 내게 그 사고를 상기시키면서, 그걸 빌미로 나를 자기 계획에 억지로 끼워 넣었다. 그는 곤경에 처해 있었다. 하지만 나는 그보다 더한 곤경에 처해 있었다.

그래서 우리는 계획을 세웠다. 아주 사소한 부분까지 모든 것을 계획했다. 그날은 화요일이었고, 우리는 목요일 밤에 계획을 실행하기로 했다. 내게는 더이상 그 여자를 볼 일이 없었기에, 프레드가 아기 문제에 대해 이야기하자는 구실로 리디아를 불러내 드라이브를 갈 계획이었다. 그런 다음 화제를 뺑소니 사고로 자연스럽게 유도한 뒤, 그녀에게 경찰서에 가서 그 사고를 일으킨 범인이 나라는 사실을 고발하라고 조언하는 것이다. 그리고 바로 그 사고가 일어났던 곳을 지나간다. 그때 리디아에게 차에서 내려 죽은 아이가 어디에 쓰러져 있었는지 알려달라고 한다……. 그 순간 인적이 드문 모퉁이에서 두 번째 뺑소니 사고가 일어나는 것이다.

"거기서 네가 사고를 한 번 냈잖아. 그러니까 한 번 더 일어난다고 해도 이상할 게 없어." 프레드가 집요하게 말했다.

나는 그것이 일종의 정의라고 생각했다. 어쨌든 리디아는 뺑소니 사고를 신고하겠다고 나를 위협했으니, 나 역시 그녀가 살해당하게 내버려두는 게 당연했다.

"단서는 어떻게 할 거야? 나도 발자국을 남겼는데."

프레드는 그 역시 염두에 두고 있었다. 그와 나는 체격도 비슷하지만 가지고 있는 옷들도 대부분 똑같았다. 옷을 똑같이 입겠다는 어리석은 이유 때문이 아니라, 그냥 같이 쇼핑을 다니다 보면 둘 다 같은 옷을 좋아했다. 때로는 프레드가 산 옷이 괜찮아 보여서 나도 나중에 같은 것을 사곤 했다. 프레드는 거사 당일에 알리바이를 위해 반드시 같은 옷을 입어야 한다고 말했다. 그래서 우리는 가지고 있는 옷들을 확인한 뒤, 재킷은 입지 말고, 셔츠에 회색 플란넬 바지를 입고, 똑같은 신발을 신기로 했다. 그때는 9월이었다. 우리가 가지고 있는 푸른색 포플린 셔츠는 일요일에 깨끗이 입은 뒤 월요일까지 입고 세탁하는 중이었다. 그래서 결국 그 날씨에는 약간 덥겠지만 줄무늬가 들어간 양모와 나일론 합성 셔츠를 입기로 했다. 누군가 그 옷을 눈여겨볼 수도 있겠지만, 우리 입장에서

피를 나눈 형제

는 하숙집 주인에게 푸른색 셔츠를 먼저 빨아달라고 부탁하는 위험을 무릅쓸 수 없었다. 절대로 평소와 다른 모습을 보여선 안 된다. 경찰들은 일상에서 벗어난 것들을 찾는다. 그게 바로 경찰들이 원하는 것이다.

신발도 똑같았다. 같이 구매했던 똑같은 크기에 똑같은 상표의 신발이었다. 고무 밑창에 가로 줄무늬가 있는 것으로, 이미 말했다시피 산 지 얼마 되지 않은 새 신발이라 그리 많이 닳지도 않았고 아무런 특색이 없었다. 그렇게 우리는 모든 것을 똑같이 차려입었다.

알리바이뿐 아니라, 리디아의 손톱에 긁힌다거나 하는 만일의 상황도 대비해야 했다. 그런 건 신문만 읽어도 알 수 있었다. 물론 프레드가 그 정도로 리디아에게 가까이 다가갈 거라는 의미는 아니었다. 하지만 혹시라도 리디아가 한 번에 죽지 않는다면 프레드가 차에서 내려 무슨 일이든 해야 할 수도 있었다. 프레드는 혹시 자기 몸에 리디아가 할퀸 자국이라도 남게 되면, 그땐 나 역시 같은 위치에 할퀸 자국을 만들어야 한다고 했다. 우리가 같이 블랙베리를 따든가, 뭔가 그런 일을 하다가 다쳤다고 말할 수 있게 말이다.

"블랙베리를 따다니, 그건 정말 말도 안 되잖아! 우리가 블랙베리를 싫어한다는 건 온 동네 사람들이 다 알고 있는데? 적어도 하숙집 주인은 자기가 만든 블랙베리 파이에 우리가 손도 대지 않는다는 걸 알고 있을 거야."

나는 프레드가 내가 죽인 아이를 상기시키기 위해 일부러 그 말을 했다는 것을 알고 있었다. 아이와 그 애가 들고 있던 블랙베리 통, 그리고 주변에 흩어져 있던 블랙베리들…….

"그럼 강가로 내려가다 블랙베리 나무에 긁혔다고 하지, 뭐. 블랙베리 나무가 모여 있는 곳 아래쪽에서 열매를 따고 있어."

하지만 리디아는 프레드에게 손끝 하나 대지 못했다. 내가 생각하기에도 너무 잔인했지만, 그녀가 정말로 죽었는지 확신이 서지 않은 프레드는 차에서 내린 다음 리디아를 살펴보러 가야 했다. 그런 다음 그녀를 다시 한번 차로 받았다. 그러니 리디아는 프레드를 할퀼 수가 없었다.

마침내 달빛이 내리는 목사관 숲에서 만났을 때, 그는 여전히 기분이 안 좋아 보였다. 프레드는 아무 말 없이 그 자리에 선 채, 심한 중압감에 속이 울렁거린다는 듯 나를 쳐다보고 있었다. 나는 뭐라 할 말이 없었다. 말로 들은 것보다 훨씬 더 끔찍했으리라는 생각이 들었다. 나는 어떻게 됐느냐고 물어보는 것처럼 프레드를 쳐다보았다. 그러자 그는 지친 듯 고개를 한 번 끄덕인 뒤, 강가 쪽으로 시선을 돌렸다. 나로서는 그 편이 말을 걸기가 쉬웠다. 마침내 내가 입을 열었다.

"목사님을 봤어."

"목사님이 널 알아봤어?"

우리는 알리바이를 입증해줄 사람으로 목사님을 골랐다. 목사님은 목요일 저녁마다 교회 앞을 지나가기 때문에 시간만 맞으면 자연스레 마주치게 되어 있었다.

"그래. 목사님이 나를 봤어. 내가 작은 소리로 '안녕하세요'라고 인사하니까 목사님이 싱긋 웃으며 '블랙베리라도 따러 가나 보죠?'라고 대답하셨어. 잘 기억하도록 해."

프레드는 또다시 고개를 끄덕였지만, 아무 말도 하지 않았다. 나는 침묵을 깨기 위해 다시 말했다.

"차는 괜찮아? 아무 흔적도 안 남겼겠지?"

"혹시 남겼다고 한들 무슨 상관이야? 여기저기 자국이 남아 있을 텐데. 그 자국이 새로 생긴 건지, 예전부터 있던 건지 누가 알겠어. 너도 그 아이를 쳐봐서 알잖아."

그는 리디아의 옷에서 떨어진 실밥이나 핏자국 같은 것이 남을 걸 대비해 미리 차 앞을 비닐로 감싸두었다. 피가 잔뜩 묻은 비닐은 갈색 포장지로 감싼 뒤 돌을 달아 강에 던져버렸다. 나는 몸서리를 쳤다.

하지만 그 뒤에 프레드가 한 말은 더욱 오싹했다.

"그건 그렇고 큰일 났어. 그 여자가 널 밀고한 모양이야."

나는 제자리에 서서 그를 쳐다보았다. "밀고라고?"

"그래, 널 밀고했어. 리디아가 벌써 익명으로 경찰에 투서를 보낸 모양이야. 그 뺑소니 사고에 대해서." 프레드가 말했다.

"넌 그걸 어떻게 알았어?" 내가 물었다. 그 사실을 믿을 수가 없었다.

"리디아가 말해줬어. 양심에 가책을 느꼈다면서."

양심이라. 리디아가 양심에 가책을 느꼈다니! 나는 웃음을 터뜨렸다. 그 상황이 준 부담감 탓에 약간 신경질적으로 웃었던 것 같다. 그러자 프레드가 내 손목을 잡고 살짝 흔들었다.

"침착해. 당황하지 마. 내가 널 지켜줄게."

프레드가 말했다. 평소 그답지 않게 너무 감상적이었다. 하지만 상황이 좋지 않을 때, 형제만 한 친구는 없다는 말도 있지 않은가.

"알리바이를 입증하는 일에 집중하면 돼."

하지만 이미 말했던 것처럼 거기엔 문제가 있었다. 경찰 측에서 우리 두 사람이 함께 있었다는 증언을 형제간의 알리바이 입증이라는 이유로 받아들이지 않을 가능성 말이다. 다른 상황이었다면 그 사고에서 나를 특정해 의심할 만한 특별한 이유가 없었기에 경찰도 증언을 받아들였을 것이다. 하지만 이제 사고가 살인 사건으로 바뀌는 건 시간문제였다. 경찰이 뺑소니 사고에 대해 알게 되었으니, 우리는 살인 사건의 용의선상에 오르게 될 것이다. 그래도 프레드의 말처럼 우리에겐 대안이 있었다.

　　　　　　　　　　　　　　　　　　　　　　　피를 나눈 형제

하지만 막상 코크릴 경위를 보자 그 대안은 통하지 않을 수도 있겠다는 생각이 들었다. 멀리 헤런스퍼드에서 왔다는 경위를 처음 만났을 때부터 나는 느낄 수 있었다. 그리고 경찰들이 진심으로 수사하고 있다는 것도 알게 되었다. 솔직히 심장이 오그라드는 듯한 느낌이 들었다.

코크릴 경위는 경찰치고는 체구가 작았으며, 거의 은퇴할 나이가 된 할아버지처럼 보였다. 하지만 경위의 눈동자는 새처럼 반짝였고 눈빛은 사람을 꿰뚫어보는 것 같았다. 코크릴은 하숙집 주인의 가장 좋은 응접실로 우리를 부르더니 우리를 위아래로 살펴보았다.

"자, 두 분이 그 유명한 버즈웰 마을의 쌍둥이로군요! 진짜 똑같이 생기셨는데요?"

코크릴 경위가 말했다. 이상하게도 그는 즐겁다는 표정을 짓고 있었다. 아니, 적어도 내 눈에는 그렇게 보였다.

"두 분은 사이가 굉장히 좋다고 들었습니다. 신기할 정도로 강한 유대감도 있다고 하더군요. 다윗과 요나단, 다몬과 피티아스[1]처럼 말입니다. 실제로 형제란 그런 거겠죠?"

경위 앞에 선 우리 두 사람은 아무 말도 하지 않았다. 마침내 경위가 말했다.

---

[1] 고대 그리스에서 목숨을 걸고 맹세를 지킨 친구들. 매우 절친한 사이를 의미한다.

"자, 어느 쪽입니까? 그리고 장난은 하지 맙시다."

우리는 장난을 하는 게 아니라고 말했다.

"그러니까 둘 중 한 사람이 그 아이를 죽인 거잖아요? 그리고 그대로 도망쳐버렸죠." 경위가 내게 말했다.

"전 그 아이 근처에도 가지 않았습니다. 그때는 숲에 있었으니까요. 월요일 저녁에는 숲에서…… 몰래 블랙베리를 따고 있었습니다."

"익명의 투서에서 당신 이름이 나왔습니다."

"그 편지를 쓴 사람이 누군지 모르겠군요. 하지만 우리, 그러니까 저와 제 형제가 떨어져 있었다고 말할 수 있는 사람은 없을 겁니다." 내가 말했다.

"당신이 좋아하던 여성도 그럴까요? 편지를 쓴 사람이 그분인 것으로 밝혀졌습니다."

"제가 좋아하던 여성이라니 무슨 말인지 모르겠군요."

"글쎄, 모두 그러던데요. 두 분이 리디아 씨를 사이에 두고 경쟁하고 있다고요. 그분의 남편이 돌아오기를 고대하며 두 분 몰래 웃고 있더군요." 경위가 말했다.

"하지만 그 사람들도 우리가 함께 있었다는 사실을 부정할 순 없을 겁니다. 전 숲에 있었으니까요."

내가 그렇게 말하자 프레드가 미리 입을 맞춘 대로 연기를 시작했다.

"새빨간 거짓말이에요. 블랙베리를 따러 간 건 접니다."

"두 분 중 한 사람이 숲에서 블랙베리를 땄다는 말이군요." 코크릴 경위가 침착하게 말했다. "그렇다면 나머지 한 사람은 리디아 씨와 함께 있었겠군요? 상대 여성분도 누가 누군지 모르는 겁니까?"

뭐랄까, 그는 우리를 도발하고 있었다.

"만나서 뭔가를 했다면 나중에는 알아차렸겠죠. 하지만 그날 밤은 아무것도 하지 않았습니다. 그럴 시간이 없었으니까요. 그 사고 때문에 말입니다." 내가 말했다.

"그렇다면 어째서 리디아 씨는 사고를 낸 사람이 당신이라고 단정한 걸까요?"

"그 여자가 그렇게 생각했기 때문이겠죠." 내가 말했다. "아니면 저 녀석이 그렇게 말하라고 시켰거나. 그 여자는 프레드와 끝난 상태였어요. 아마 그렇게 하는 게 저 녀석이 리디아를 되찾을 유일한 방법이었던 모양이죠."

"그렇군요. 정말 기발한데요!"

나는 지금 코크릴 경위가 프레드의 발상이 기발하다고 하는 건지, 아니면 내가 하는 말이 기발하다고 하는 건지 알 수 없었다.

"저 녀석 말은 듣지 마십시오. 몹쓸 거짓말쟁이니까요." 프레드가 말했다. "전 그날 밤 리디아와 같이 있지 않았습니다.

말씀드렸다시피 전 숲에서 블랙베리를 따고 있었어요."

"그렇군요. 숲에 있었던 건 당신이란 말이군요. 다른 목격자는 없습니까?" 코크릴 경위가 물었다.

"당연히 없죠. 숲에서 블랙베리를 따는데 목격자가 있을 리 있겠습니까. 전에는 쭉 저 녀석과 같이 다녔습니다만" 프레드가 내 쪽으로 고갯짓을 하며 씁쓸하게 덧붙였다. "하지만 저 녀석이 내 여자를 가로챈 뒤에는 같이 다니지 않았습니다. 빌어먹을 자식 같으니라고."

"그럼 지난밤에는 무엇을 했습니까? 리디아 씨가 살해당한 날 말입니다." 경위가 부드럽게 물었다.

"어젯밤도 마찬가지였죠. 전 숲속에서 블랙베리를 따고 있었습니다." 프레드가 말했다.

"날 거짓말쟁이라고 부르다니! 숲속에 있었던 사람은 접니다. 목사님하고도 마주쳤어요." 내가 말했다.

"목사님이 본 건 저예요. 제가 '안녕하세요' 하고 인사하자, 목사님이 웃으면서 '블랙베리라도 따러 가나 보죠?'라고 대답하셨습니다." 프레드가 말했다.

"이봐요!"

코크릴 경위는 끈질기게 말썽부리는 아이에게 잘못을 실토하게 만드는 선생님처럼 나를 보며 말했다.

"저분은 그 일을 어떻게 아는 겁니까? 목사님께서 확인해주실 수 있을까요?"

"저 녀석이 그 일을 아는 건 제가 말해줬기 때문입니다. 숲
으로 가다가 목사님과 마주쳤는데, 제가 가는 곳이 어디인지
목사님이 몰랐으면 좋았겠다고 이야기했으니까요."

"기발하군요. 정말 기발하다니까."

코크릴 경위는 모든 상황이 이해가 되지 않는다는 듯 그
자리에 앉은 채 고개를 내저으며 감탄사를 연발했다. 하지만
나는 경위가 시간을 벌고 있으며, 우리가 그를 속여 넘겼다는
것을 알고 있었다. 프레드 역시 알고 있었다. 그는 그 상황에
어울리는 질문을 했다.

"어째서 리디아가 살해당했다고 확신하시는 거죠? 단순한
뺑소니 사고일 수도 있지 않습니까?"

"우연의 일치라는 말인가요?" 코크릴 경위가 가볍게 대꾸
했다. "같은 장소에서 똑같은 사고가 연달아 일어났는데 말
입니까? 뿐만 아니라 우리는 리디아 씨가 뺑소니 사고에 대
해 폭로하겠다고 어떤 인물을 위협했다는 사실을 알게 됐는
데……."

경감이 말끝을 흐리더니 경사에게 물었다.

"의복은 찾았나?"

"네, 신발 두 켤레와……."

경사는 마치 '일부러 맞춰놓은 것처럼 신발이 똑같았습니

다' 하고 말하는 듯 고개를 끄덕인 뒤 다시 말을 이었다.

"……일주일 치 빨랫감을 모두 수거했습니다."

"월요일에 입었던 옷까지 수거했나?" 경위가 물었다.

"월요일 저녁에 입었던 옷부터 모두 수거했습니다. 하숙집 주인은 월요일 아침에 세탁을 한답니다. 그후 두 사람이 입었던 옷들은 각각 셔츠 두 벌을 포함해, 모두 자기 침실에 놓여 있는 세탁물 바구니 두 개에 나뉘어 들어 있었습니다."

"바구니 두 개?" 경위가 조금 전보다 훨씬 더 눈을 빛내며 말했다. "운이 좋군. 세탁물이 구분되어 있다는 말인가?"

"그렇습니다. 저 녀석 것은 저 녀석 방에 있고, 제 건 제 방에 있죠." 프레드가 대신 대답했다. 나는 그가 왜 쓸데없이 그들의 대화에 끼어드는지 알 수 없었다.

"그렇다면 두 분의 옷이 뒤섞일 일은 없습니까? 그 사실이 아주 중요할 수도 있습니다."

코크릴 경위가 작고 반짝거리는 눈으로 프레드를 쳐다보았다. 당연히 프레드는 사전에 의논했던 대로 상호 비방을 계속하면서, 약간 지나치다 싶을 정도로 열심히 대답했다.

"그럴 일은 없습니다."

나도 쐐기를 박았다. "그럴 일은 전혀 없습니다."

"사실입니다, 경위님. 하숙집 여주인에게 확인했습니다." 경사가 말했다.

"좋아."

코크릴 경위가 몇 가지 지시를 내리자 경사는 그 자리를 떠났다. 우리 방에는 여전히 경관들이 부산스럽게 돌아다니고 있었다.

"곧 가겠네." 경위가 계단참에 있던 누군가에게 말했다. 그리고 우리를 돌아보았다. "이봐요, 카인과 아벨. 지금 당장은 당신들을 내버려두겠습니다. 하지만 노랫말에도 나오듯 하루 이틀 뒤에 '당신들을 만나러 올' 겁니다. 예고 없이 말이에요. 그러니 이곳을 떠나지 마십시오. 알겠습니까?"

"그 말에 따르지 않겠다고 하면요? 우리가 범인이라는 증거가 없으니 우리를 체포할 수는 없을 텐데요. 그러니 경찰은 우리에게 명령을 내릴 수 없습니다." 내가 말했다.

"누가 명령을 했다는 겁니까? 그저 충고를 했을 뿐입니다. 하지만 그 충고를 무시하기 전에 스스로를 잘 살펴보십시오. 당신들은 거울도 필요 없겠군요. 잘 생각해봐요, 본인들이 얻는 것이 무엇인지……."

코크릴이 우리를 발끝에서부터 타오르는 듯한 붉은 머리까지 천천히 훑으며 말했다.

정말 그랬다. 경위는 그 뒤 이틀 동안 우리를 가만히 내버려두었다. '다윗과 요나단, 카인과 아벨', 그가 말했던 형제들처럼.

사흘째 되는 날, 그는 우리를 헤런스퍼드 경찰서로 불렀다. 그들은 프레드를 작은 방에 데려가고, 나는 다른 방으로 데려갔다. 코크릴 경위는 먼저 프레드와 이야기를 나누었다. 그동안 나는 기다렸다. 그사이에 모두들 친절하게 담배와 차, 버터 바른 빵을 권하기도 했다. 하지만 어디까지나 대기하는 시간이었을 뿐이다⋯⋯.

더는 일 분도 기다리지 못하겠다는 생각이 든 순간, 코크릴 경위가 나타났다. 경찰 쪽에서 뭔가 의례적인 말들을 중얼거리긴 했지만 기억이 나지 않았다. 프레드와 나는 서로를 미워하고 있을지도 모른다. 그 순간만큼은 진심으로 서로를 증오하고 있었으리라. 그건 부인할 수 없다. 하지만 프레드가 없었다면 지금 이 상황은 천배쯤 더 나빠졌을 것이다. 나는 머릿속이 온통 답답하고 기분 나쁜 회색 솜 같은 구름으로 뒤덮인 듯한 느낌이 들었다. 코크릴 경위가 내 앞에 앉았다. 그가 말했다.

"이제 정신을 차렸습니까? 그러니까 당신이 리디아 씨를 죽인 거죠?"

"누군가 그 여자를 죽였다면 그건 틀림없이 저 녀석의 짓일 겁니다."

나는 사전에 계획했던 대로 같은 입장을 고수했다.

"당신 형제 말입니까? 어째서 당신 형제가 그 여성을 죽였다고 생각하는 거죠?"

"아무래도 그 여자가 아기를 가졌으니……."

"아기요?" 경위가 깜짝 놀라며 반문했다. 그리고 그의 눈동자가 반짝거리기 시작했다. 잠시 생각에 잠겼던 코크릴 경위가 다시 입을 열었다.

"그 여성은 임신하지 않았습니다."

"아니라고요? 그 여자가 아기를 가지지 않았단 말입니까? 하지만 아기가 생겼다고 말했다고……."

사실은 그렇게 말한 적 없었던 걸까? 뭔가 반짝거리고, 가볍고, 차가운 고드름 같은 것이 내 머릿속을 가득 메우고 있던 컴컴한 구름을 꿰뚫기 시작했다.

"빌어먹을 놈, 배신자 녀석……!"

"프레드 씨는 그 여자가 임신하지 않았다는 것을 제대로 알고 있는 것 같던데요." 경위가 부드럽게 말했다.

그랬다! 그랬던 것이다! 그래서 나를 그 살인에 끌어들이며, 도움을 청했던 것이다……. 좀더 빨리 알아챘어야만 했다. 다른 사람도 아닌 프레드가 무엇 때문에 살인까지 불사할 정도로 블랙 월을 두려워한단 말인가? 월은 위험한 남자다. 하지만 프레드도 그렇게 약한 사람은 아니다……. 고드름이 내 머릿속을 이리저리 뚫고 다니자 구름 사이로 밝은 빛이 비치기 시작했다.

복수다! 이건 우리 두 사람에 대한 냉정하고 음험한, 확실한 복수다. 리디아가 나를 선택했기 때문이다. 내가 그녀를 빼앗았기 때문이다. 리디아를 죽이고, 그 일에 나를 공범으로 만드는 것이다. 그리고 나는…… 이제야 뺑소니 사고에 대한 익명의 투서를 누가 보냈는지 알 것 같았다. 리디아의 일이 이렇게 쉽게 (그녀가 죽자마자) 해결된 것도.

하지만 프레드는 이번 일에 나보다 더 깊이 연루되어 있었다. 그도 그 사실을 잘 알고 있었다. 나는 곤경에서 벗어나기 위해 애를 썼다.

"설령 리디아가 임신을 했다 하더라도 그건 나와는 상관없는 일입니다. 내가 그 여자를 만난 건 이 주일밖에 되지 않으니까요."

"그건 당신 주장이죠." 경위가 말했다.

"하지만 마을 사람들이 다 알고 있다고……."

"모두들 무슨 일이 일어났는지만 알고 있죠. 언제 어디서 무슨 일이 일어났는지까지는 아무도 모르는 법입니다. 게다가 당신들은 각별히 조심했을 테니까요."

나는 다른 방법을 시도했다.

"하지만 리디아가 임신하지 않았다면, 내가 그 여자를 죽일 이유가 없지 않습니까?"

"이미 나한테 말했듯이 당신은 그 여성이 임신했다고 생각했으니까요."

"그건 그 녀석이 그렇다고 말했기 때문입니다. 내 형제가 그렇게 말했어요. 잠깐만요, 제 말 좀 들어주세요. 경위님."

나는 계속 마음먹고 있던 대로, 이 사기극을 시작한 것이 프레드라는 것을 알리기 위해 노력했다.

"리디아가 임신하지 않았다고 하셨죠? 그런데 제가 어떻게 그 여자가 임신했다고 생각했겠습니까? 리디아가 임신하지 않았다면 그런 말을 제게 할 리가 없잖아요. 리디아가 무엇 때문에 그러겠습니까? 이건 전부 저 녀석이 한 말이에요. 제 형제 프레드 말이에요. 하지만 경위님 말씀대로라면, 그 녀석은 그게 사실이 아니라는 것을 알고 있었다는 뜻 아닙니까. 그런데 어째서 제게 그렇게 말한 걸까요?"

코크릴 경위가 얼음처럼 차가운 시선으로 나를 쳐다보았다.

"그야 쉽죠. 프레드 씨는 당신이 자신을 위해 그 여성을 죽여주길 원했으니까요."

내가 그녀를 죽여주기를 프레드가 원했다니! 나는 웃을 수밖에 없었다. 일이 감당할 수 없을 만큼 거창하게 확대되었다. 그와 동시에 이 상황이 가차 없이 잔인하고 비현실적이라는 느낌이 들었다. 한번 휩쓸리고 나면 다시는 빠져나갈 수 없을 것 같았다. 나는 말을 더듬기 시작했다.

"그렇다면 그 녀석은 왜 그 여자를 죽이고 싶어 한 거죠?"

"그야 리디아 씨가 어린아이를 치어 죽게 내버려둔 뺑소니 사건의 범인이 프레드 씨라는 사실을 밝힐 거라고 위협했기 때문이죠." 경위는 냉정하고 씁쓸하게 계속 말했다. "당신을 함정에 빠트리고 싶진 않습니다. 우리는 그 아이를 죽인 사람이 당신 형제라는 것을 알고 있으니까요. 그가 범인이라는 것을 입증할 수 있습니다. 그리고 당신이 그 여자를 죽였다는 것도 알고 있습니다. 그 또한 입증할 수 있어요. 당신 소매에 그 여성의 피가 묻어 있었으니까요."

내 소매. 프레드가 지난밤 붙잡았던 부위다. 내 손목을 꼭 잡고 흔들며 '침착하라'고 형제애를 보여주었다. 나는 심지어 그때 그가 평소와 달리 감상적이라고 생각했던 것까지 기억하고 있었다.

프레드는 비닐에 묻어 있던 피를 묻힌 채 내 손목을 잡았던 것이다. 그후로는 지저분한 셔츠가 서로 뒤바뀔 기회가 전혀 없었다.

그렇게 된 것이다. 나는 우리가 같은 감옥에서 징역을 살게 될지 궁금했다. 어쩌면 같은 감방에서 지낼 수도 있지 않을까? 우린 형제니까…….

프레드 역시 나처럼 징역을 살 것이기 때문이다. 내가 그 여자를 죽인 죄를 뒤집어쓰고 형을 사는 동안, 그는 내가 저지른 뺑소니 사고의 죄를 뒤집어쓰고 형을 살게 될 것이다.

그래도 나는 괜찮다. 프레드가 먼저 석방될 것이다. (그가 유리한 입장에 있을 때 말했듯, 아이를 죽게 내버려둔 것은 살인일까? 나는 그렇게 생각하지 않는다. 실제로 차로 친 것은 사고였기 때문이다.) 그렇게 프레드가 먼저 나가면, 블랙 윌이 그를 맞이할 것이다. 내가 나갈 때쯤 윌은 프레드에게 한 짓 때문에 감옥 안에 있을 것이다. 그렇게 모든 일들이 풀어지기까지는 아마 오랜 시간이 걸릴 것이다.

정말 놀랍지 않은가? 이렇게 멀리까지 앞을 내다보며 계획을 세우고, 끈기 있고, 조용하고, 교활하게 이끌어간다는 것이? 내 소매에 피를 묻혀놓고 이토록 조용하게, 교활하게 이끌어가다니……. 그 모든 것이 복수였다. 자기 쌍둥이 형제에게 하는 복수!

어쨌든 내가 한 일은 나 자신을 지키기 위해서였다. 하지만 그에겐 아무 원한도 없고, 해가 되는 일도 일어나지 않기를 바라고 있었다. 바로 그 사고가 있었던 날 밤, 내가 저지른 일 말이다. 그때 나는 도와달라고 부탁하면서 프레드의 팔을 붙잡았다. 그리고 조심스럽게 그의 소매에 블랙베리 즙을 문질렀다.

말벌집

"내 집에 있는 오래된 느릅나무에 또 말벌집이 생겼소."

마지막 굴을 꿀꺽 삼킨 캑스턴 씨가 두꺼운 손가락을 냅킨으로 닦으며 말했다.

"말벌이란 참 흥미롭지." 그는 말을 하다 말고, 크고 하얀 손수건을 꺼내 요란하게 코를 풀었다. "망할 감기 같으니!"

"말벌집을 없애려는 건 알고 있었습니다. 현관 탁자 위에 청산가리 통이 놓여 있더군요."[1]

코크릴 경위가 말벌에 대해 언급했지만 사이러스 캑스턴은 그의 말을 무시했다.

"방금 말했다시피 말벌은 아주 흥미롭지. 요새 말벌에 관한 책을 읽고 있다오."

그는 심술궂고 공격적인 시선으로 자신의 결혼 피로연에 참석한 손님들을 둘러보았다.

"특정한 시기가 되면 말벌집에는 수많은 수벌들이 모여든다. 수벌은 눈이 커다란

---

[1] 청산가리는 말벌을 퇴치하는 데 흔히 사용된다.

데, 먹는 것 이외에는 아무런 활동도 하지 않는다……'"

캑스턴이 책에 나온 구절을 인용했다. 그는 그 자리에 참석한 신사들을 특별히 의식하는 듯 다시 손님들을 차례로 보았다.

"'……그러다 처녀인 여왕벌을 뒤쫓아 대규모 혼인비행에 참가한다.'"

캑스턴은 뭔가를 가늠하는 듯한 시선으로 신부를 쳐다보며 말을 이었다.

"당신 이름을 아주 잘 지은 것 같아. 엘리자베스, 처녀 여왕." 그리고 불쾌한 말을 덧붙였다. "정말 그렇길 바랄 뿐이야."

그 말에 격노한 좌중의 침묵을 깨며 코크릴 경위가 말했다.

"수벌들 중에서 짝짓기에 성공하는 건 한 마리뿐이죠. 그 한 마리도 교미를 한 뒤에는 바로 죽습니다."

경위는 의자에 기대앉아, 손가락을 만지작거리며 사이러스 캑스턴의 얼굴을 의도적으로 쳐다보았다.

사이러스 캑스턴은 성질이 고약한 노인네였다. 첫 번째 아내에게도 지독하게 굴더니, 두 번째 아내에게도 지독하게 굴려는 게 빤히 보였다. 두 번째 아내는 죽은 첫 번째 부인의 간호사였는데, 수심이 담긴 푸른 눈동자를 가진 젊고 예쁜 여자였다. 캑스턴은 몸집이 거대한 자기 아들 시오에게도 고약하게 굴었다. 런던에서 소소하게 채권과 주식을 굴리며 사는 시오는 아버지와 떨어져 사는 것을 천만다행으로 여겼다. 캑스턴은 또한 죽은 아내가 데려온 의붓아들 빌에게도 지독하게 굴어서, 결혼하자마자 자기 눈에 띄지 않도록 미국에 있는 친척에게 보내버렸다. 뿐만 아니라 첫 번째 아내가 죽기 전까지 헌신적으로 치료했으며, 이제는 혈압이 급상승한 탓에 뇌졸중까지 생긴 캑스턴 본인의 치료를 담당하고 있는 가련한 젊은 의사 로스에게도 못되게 굴었다. 얼마 되지 않는 친구들과, 가난한 친척들에 대한 태도 역시 마찬가지였다. 그는 숨이 넘어갈 것 같은 발작 한 번에 자신이 죽을지도 모른다며 유언장을 빌미 삼아 그들 모두의 애를 태우고 있었다.

그런 인간이니 코크릴 경위에게도 얼마나 지독하게 굴었을지 말할 필요도 없었다. 캑스턴은 자신뿐만 아니라, 모두를 위해 만들어진 법을 얌전하게 지키는 위인이 아니었다. 처음에는 캑스턴과의 사이가 나쁘지 않았지만 이내 홀대를 받은 코크릴은 자신에게 청첩장을 보낸 사람이 엘리자베스라고 확신했다.

불쌍한 캑스턴 부인이 사망한 뒤 작은 간호사는 계속 이 집에 머물며 온갖 일들을 돕기 시작했다. 그러다가 점차 이 집에서 없어서는 안 되는 사람이 되었고, 결국 저 홀아비의 뭉툭한 손을 잡게 된 것이다. 그러나 심사숙고의 과정이 전혀 없었던 건 아니다. 캑스턴이 그녀에게 거침없이 구애하던 시기, 코크릴 경위는 비번일 때마다 그녀의 상담 상대가 되어주었다. 그녀는 조금 슬퍼하며, 대단했지만 잃어버린 사랑에 대해 털어놓았다. 그러면서 더이상 행복한 결혼을 기대하진 않는다고 했다. 그녀는 일에 지쳐 있었고, 외로움과 불안감에 힘들어하고 있었다.

"당신은 솜씨 좋은 간호사니까 좋은 일자리를 얻을 수 있을 겁니다. 어디로든 떠나 넓은 세상을 봐요."

경위의 말에 그녀는 이미 세상에 나가봤다고 대답했다. 세상은 너무 크고, 무서웠다고. 그녀는 이대로 머무를 수 있는 집을 원했다. 여기서 집이란 남자를 의미했다.

"다른 남자는 없나요?"

코크릴이 묻자 그녀는 실제로 자신을 좋아한다고 하는 남자들이 있었다고 털어놓았다. 심지어는 아주 많았고, 거의 모든 남자들이 그렇게 말했다고. 하지만 이유도 모르는 채 아무 남자들이 쳐다보고, 집적거리고, 그들이 원하는 여자가 된다는 것은 끔찍하고 무서운 일이었다.

"적어도 저 사람과 함께 있으면 안전할 거예요. 저 사람이 있으면 누구든 감히 내 옆에 다가오진 못할 테니까."

코크릴 경위는 황급히 그녀와 거리를 두었다. 캑스턴이 두 번째 결혼을 하자마자 죽었던 이 사건 당시에는 경위 역시 젊었기 때문이다. 그는 위험을 무릅쓰고 싶지 않았다.

그렇게 그들의 연애는 계속되었다. 약혼과 동시에 곧 결혼식을 올리겠다고 발표하자, 캑스턴가에서 일하는 사람들이 바로 들고 일어났다. 캑스턴의 죽은 부인이 살아 있던 시절부터 내내 충성스러운 사람들이었다. 그들은 진작 알아차렸어야 했다면서, 그동안 일할 수 있게 해준 건 고맙지만 자신들 중 어느 한 사람도 그 간호사 밑에서는 일하지 않겠다고 선언했다. 그래서 부득이하게 신부는 시중들어주는 사람 하나 없이 결혼식 직전까지도 런던에 있는 호텔에서 지내야 했고, 결혼식 준비의 대부분은 캑스턴의 아들 시오와 의붓아들 빌이 도맡아야 했다. 시오는 런던에서 집까지 오고 갔고, 빌은 임시로 저택에 머물렀다.

그렇게 힘들게 준비했는데도 캑스턴은 피로연 음식에 전혀 만족하지 못했다.

"당신도 알다시피 난 굴을 정말 싫어해, 엘리자베스. 어째서 훈제 연어를 준비하지 않은 거지? 게다가 난 차가운 고기 요리는 싫어. 싫단 말이야, 어떤 종류든."

그렇게 고집을 부리는 캑스턴은 또다시 추악하고 음흉한 표정으로 자신의 처녀 여왕을 쳐다보았다. 그 순간 코크릴 경위는 그 자리에 참석한 남자들의 얼굴을 보고 깜짝 놀랐다. 수벌을 닮은 그들의 표정에 드러난 적대감은 경위에게 큰 충격을 주었다.

엘리자베스가 온몸을 떨면서 항의했다.

"하지만 사이러스, 하인들이 없으니 아무래도 힘들어요. 그게 가장 준비하기 쉬운 음식이었어요."

"그럼 좋아. 받아들여야지. 받아들여야 하고말고." 캑스턴이 텅 빈 굴 껍질을 가리켰다. "거기 계신 여성분들, 내가 계속 이 지저분한 접시 앞에 앉아 있어야 합니까?"

그 노골적인 언사에 자리에 앉아 있던 여성 친척들은 꿩 떼가 일제히 날아오르듯 자리에서 벌떡 일어났다. 그들은 식탁 사이를 왔다 갔다 하면서 빈 접시들을 치우고, 차가운 닭고기와 햄 요리가 담긴 접시들을 나르기 시작했다.

"무리할 건 없어요, 여러분." 캑스턴이 애써 일하는 여자들을 비웃듯 쳐다보았다. "어차피 당신들 모두 유언장에서 지워지게 될 테니까."

그 말에 모두가 제자리에 멈춰 섰다. 노골적이고도 잔인한 말에 그들은 접시를 든 손을 부들부들 떨며 캑스턴을 노려보았다. 아마 그들 중 절반은 사이러스 캑스턴의 유언장에 명시된 오 파운드, 이십오 파운드를 받든 받지 못하든 전혀 개의치 않았을지도 몰랐다. 그런데도 그들은 이의를 제기하듯, 어쩌면 비난을 담은 눈빛으로 새로운 상속자를 쳐다보았다.

"사이러스. 그건 사실이 아니잖아요!" 캑스턴의 빈정거림에 엘리자베스가 항의하며 외쳤다. "사이러스가 예전 유언장을 파기하기는 했어요, 그건 맞아요. 하지만 새 유언장을 작성했어요. 그리고, 음, 제 말은, 이전 유언장에 언급되었던 분들을 한 사람도 빼놓지 않았을 거라고 확신해요."

점심 식사는 계속되었다. 그들은 자신들에게 사심이 없고, 유산을 빼앗긴 것에도 관심이 없다고 보여주려는 듯 차가운 닭고기 요리와 마요네즈를 곁들인 감자, 얇게 자른 오이가 담긴 접시를 나르는 데 열중했다. 최고급 커트 글라스에 보리차도 채웠다. (캑스턴은 절대 술을 입에 대지 않았다.) 신랑은 자신이 괄시했던 차가운 고기 요리를 우적우적 먹어치웠다. 코크릴이 보기엔 좋지 않은 징조였다. 불쌍한 엘리자베스는 자기가 짊어져야 할 짐이 얼마나 끔찍한 것인지 새삼 실감하고는 말없이 앉아 있었다. 그녀는 음식을 나르는 걸 돕기도 힘들 정도로 겁에 질려 있었다. 캑스턴의 아들 시오가 음식을 잘라 담고, 의붓아들인 빌이 접시를 건네주었다. 심지어 젊은 의사 로스도 샐러드 그릇을 들고 손님들 사이를 돌아다녔다. 하지만 신부는 여전히 자기 자리에서 꼼짝도 않은 채 앉아 있었다. 코크릴이 보기에, 세 남자는 극도의 공포심으로 새하얗게 질린 엘리자베스의 작은 얼굴에서 한시도 시선을 떼지 못했다.

다 먹은 고기 접시를 치우자, 이번에는 꽃으로 장식한 접시에 병조림 복숭아를 하나씩 담아 시럽을 뿌린 후식이 나왔다. 의붓아들 빌이 찬장에서 은으로 된 후식용 숟가락과 포크를 꺼내 손님들에게 나누어주었다. 손님들은 예의 바르게 숟가락을 받아 후식을 먹을 준비를 했다.

사이러스 캑스턴은 다른 사람을 기다리지 않았다. 그는 나팔 소리처럼 요란하게 코를 풀더니 손수건을 치웠다. 그리고 접시 옆에 놓여 있던 숟가락이 깨끗한지 살피려는 것처럼 보란 듯이 위로 들어 올렸다. 그런 다음 그 숟가락과 포크로 복숭아를 푹 찔러 접시 위에서 빙빙 돌려 시럽을 묻히더니, 한 숟가락 크게 떠서 그대로 입안에 넣어 삼켰다.

그 순간, 캑스턴이 온몸이 경직된 채 분노와 고통이 뒤섞인 걸걸한 괴성을 지르기 시작했다. 그의 얼굴이 하얗게 질렸다가 다시 보라색으로 변하더니, 이내 무서울 정도로 거무칙칙하고 시뻘건 색으로 변했다. 그런 다음 그대로 고개를 접시에 처박고 말았다. 엘리자베스가 소리쳤다.

"복숭아씨가 목에 걸렸나 봐요!"

의사인 로스가 성큼성큼 방을 가로지르더니 캑스턴의 머리카락과 턱을 잡고 의자 뒤로 젖혔다. 캑스턴의 얼굴은 시럽에 뒤덮여 엉망이었다. 의사는 냅킨으로 캑스턴의 얼굴을 깨끗이 닦았다. 그런 다음 의자 팔걸이 위에 손을 얹은 채 그 앞에 서서, 컥컥 소리를 내는 입과 옆으로 돌아간 눈동자를 집중해서 살폈다. 그러는 동안 시간이 아주 많이 흐른 것처럼 느껴졌다. 나중에 엘리자베스는 코크릴 경위에게 의사의 모습이 마치 영리하고 의심 많은 테리어가 냄새를 맡는 것 같았다고 말했다.

마침내 로스가 다급히 움직이기 시작했다. 그는 먼저 캑스턴을 의자에서 끌어내려 바닥에 눕힌 다음 큰 소리로 외쳤다.

"엘리자베스! 내 가방을 가져다줘요. 현관에 있는 의자 위에 있을 거예요."

하지만 그 갑작스러운 상황에서 엘리자베스는 공포심으로 꼼짝도 할 수 없었다. 그녀는 간신히 더듬거리며 말했다.

"시오?"

그러자 문 가까이에 있던 통통한 시오가 힘겹게 현관으로 뛰어갔다. 그리고 잠시 뒤 가방을 가지고 돌아왔다. 의붓아들 빌은 의사 옆에 무릎을 꿇고 앉아 시오가 내민 가방을 받아 열었다. 엘리자베스가 온몸을 바들바들 떨면서 말했다.

"틀림없이 복숭아씨가 목에 걸린 거예요."

의사는 그녀의 말을 무시하고 왼손으로 떨어진 냅킨을 집어 들었다. 그는 기도를 확보하기 위해 반쯤 말려들어간 캑스턴의 혓바닥을 냅킨으로 감싸 잡아당겼다. 동시에 오른손으로는 의료 가방 속을 더듬거리며 무언가를 찾았다.

"골무가 이쪽 어딘가에 있었는데……."

　　　　　　　　　　　　　　　말벌집

빌이 즉시 의료용 골무를 찾아 로스에게 건네주었다. 로스는 손가락에 골무를 어설프게 끼더니, 오른쪽 가운뎃손가락을 컥컥거리는 캑스턴의 목구멍에 밀어 넣었다.

"아무것도 없어요."

그렇게 말하며 자리에서 일어난 로스는 그대로 서 있었다. 그는 캑스턴을 멍하니 내려다보며 냅킨으로 손가락을 닦은 다음 골무를 뺐다. 훌쩍이며 들이마신 신선한 공기가 이상한 효과를 일으켰는지, 정신이 든 의사는 다시 한번 캑스턴의 옆에 무릎을 꿇고 앉았다. 왼손바닥의 불룩한 부분으로 복장뼈를 빠르고 정확하게 누르면서, 오른손으로 가방을 가리켰다.

"피하주사기. 왼쪽 주머니에 들어 있는 아드레날린 앰풀을 준비해줘요."

빌이 익숙하지 않아 필요한 물건을 잘 찾지 못하자 로스가 고개를 들고 날카롭게 말했다.

"엘리자베스? 제발 좀……."

"네? 네?" 깜짝 놀라 벌떡 일어난 그녀가 짧고 날카롭게 대답했다. 순간 제정신을 차린 것처럼 보였다. "네, 당연히 제가 해야죠."

엘리자베스는 가방 옆에 무릎을 꿇고 앉더니, 앰풀을 찾아 주사기에 넣었다.

"그 상태로 대기해줘요. 그리고 누구라도 좋으니 캑스턴 씨의 소매를 좀 잘라주세요." 로스가 말했다. 그는 양손으로 심장마사지를 하고 있었다. "제가 심장마사지를 하는 동안, 캑스턴 씨에게 인공호흡을 해줄 수 있는 사람 있나요?"

신부를 포함해서 그 자리에 있던 사람들 중 누구도 어떤 식으로든 캑스턴과 입을 맞대겠다고 자원하지 않았다. 한참 뒤 의사가 다시 말했다.

"엘리자베스?"

이번에는 의심스러운 어조였다. 엘리자베스는 꺽꺽 소리를 내며 입을 쫙 벌린 채, 침을 줄줄 흘리고 있는 캑스턴의 얼굴을 내려다보며 말했다.

"제가 해야만 하나요?"

"당신은 간호사예요. 사람이 죽어가고 있잖아요."

"알았어요. 당연히 제가 해야죠."

그녀는 작은 손수건을 꺼내 자기 입을 문질렀다. 너무도 끔찍한 일을 하기 전에 대충이라도 닦아내고 싶다는 것처럼 보였다. 그리고 심장마사지를 하고 있는 로스에게 방해가 되지 않도록 자리를 옮겼다.

"지금요?"

다행히 그 질문에는 사이러스 캑스턴 본인이 답을 해주었다. 그대로 갑자기 죽어버렸기 때문이다. 캑스턴은 마지막으로 크게 경련을 일으켰고, 짧은 비명과 함께 눈동자가 돌아갔다. 그러자 엘리자베스는 손수건으로 입을 틀어막으며 그대로 주저앉고 말았다. 로스는 심장마사지를 멈추더니 그녀를 옆으로 밀치고 자신이 직접 캑스턴의 입에 인공호흡을 하기 시작했다. 하지만 곧 로스도 끝났다는 것을 인정할 수밖에 없었다.

"소용없군요." 로스가 아픈 등에 양손을 대며 몸을 쭉 폈다. "캑스턴 씨는 사망하셨습니다."

사망했다. 그 말은 어쩌면, 이 기분 나쁘게 크고 요란하게 장식된 방 안에 일종의 안도감을 안겨주었는지도 모른다. 사이러스 캑스턴의 추악함과 상스러움, 잔인함도 함께 사라졌다. 이 사실은 그 자리에 있는 모든 사람들의 마음을 가볍게 했으리라. 어쨌든 그곳에는 슬픈 척하는 사람조차 없었다. 오직 미망인이 된 새 신부만이 캑스턴의 시신 앞에 무릎을 꿇은 채 고개를 들어, 의구심이 담긴 의사의 눈동자를 올려다보고 있었다. 그러다 그녀는 자리에서 벌떡 일어나더니, 현관으로 뛰어나갔다가 다시 문가에 모습을 드러냈다.

"청산가리가 없어졌어요."

로스는 조심스럽게 냅킨을 집어 캑스턴이 반쯤 먹다 남긴 복숭아 위를 덮었다.

코크릴 경위의 부하들이 캑스턴의 친구들과 친척들을 조사했고, 살해 혐의가 없는 사람들은 피해자를 애도할 수 있게 끔 각자의 자리로 돌려보냈다. 청산가리는 생각보다 쉽게 찾았다. 현관에 있는 탁자 한복판에 놓여 있던 팜파스풀 화병 뒤에 숨겨져 있었다. 뚜껑이 열린 청산가리 통에서는 내용물이 소량 사라져 있었는데, 뭔가를 이용해 내용물을 퍼 간 것은 분명했지만 특별한 흔적은 남아 있지 않았다. 어쨌든 육안으로는 별다른 것이 없었다. 통은 결혼식 전날부터 테이블 위에 놓여 있었다고 했다. 코크릴도 점심 식사 직전에 같은 자리에 있는 것을 보았다.

경위는 이 사건에 대해 전반적으로 깊이, 조용히 생각해보았다. 이번 사건은 보이지 않는 곳에서 아주 은밀하게 계획된 범행이었다.

"네 사람은 내가 조사하지. 캑스턴 부인은 물론 그 아들, 의붓아들, 의사 선생까지 말이야."

코크릴이 경사에게 말했다. 주요 용의자인 그들을 조금 건드려보면 뭔가가 드러날 것이다. 그러면 나머지는 자연스럽게 따라온다는 것을 경위는 잘 알고 있었다.[1] 언제, 어떻게, 무엇 때문에, 그리고 범인이 누구인지까지. 세부적인 사항들은 자연스럽게 드러나기 마련이다. 그렇게 되면……. 그는 알고 있

---

[1] 그리고 독자들도 알게 될 것이다.

었다. 몇 마디 말이 모이면 열두 마디가 되고, 그럼 사건은 끝난다. 거기서 조금만 더 심사숙고하면 진상은 명쾌하게 밝혀질 것이다! 좀처럼 연결된 것처럼 보이지 않는 간단한 두 문장이 서로 꼬이고 엮이다가, 마침내는 줄이 되고, 올가미로 완성된다는 것이 얼마나 신기한 일인지.

코크릴 경위는 사이러스 캑스턴의 서재에 자리를 잡고 엘리자베스를 불렀다.

"캑스턴 부인, 시작해볼까요?"

엘리자베스가 새하얀 앞니로 떨리는 아랫입술을 신경질적으로 깨물면서 말했다.

"경위님, 그런 끔찍한 이름으로 부르지 말아주세요!"

"지금은 그게 부인의 이름입니다. 그리고 우리는 살인 사건 수사를 하고 있습니다. 허튼소리할 시간이 없어요."

"경위님은 믿을 수 없으시겠지만······."

"알고 계셨죠." 코크릴이 말했다. "부인이 제일 먼저 알아봤어요."

"로스 선생님이 먼저였어요. 경위님도 직접 보셨잖아요. 사이러스의 몸을 의자에 기대게 하면서 로스 선생님이 몸을 숙여 냄새를 맡는 걸 말이에요. 꼭 테리어처럼요. 선생님은 사이러스의 입에서 청산가리 냄새를 맡았던 거예요. 틀림없어요. 청산가리 냄새는 비릿한 아몬드 냄새 같다고 하니까."

복숭아와 그 위에 듬뿍 끼얹어진 시럽에서 하얀 독약의 흔적을 찾아내는 데는 전문가의 도움도 필요치 않았다.

"캑스턴 부인, 점심 식사를 준비한 사람은 누굽니까?"

"다 같이 했어요…… 메뉴를 정한 건 시오와 빌, 저예요. 아시다시피 하인들이 없어서 준비가 쉽지 않았어요. 게다가 전 런던에서 지내고 있었으니까요. 음식 대부분은 해러즈에서 주문했고, 시오에게 포트넘 앤드 메이슨에서도 두어 가지 따로 사 오라고 부탁했는데……" 엘리자베스는 공교롭게도 말꼬리를 흐렸다.

"따로 구입한 게 뭡니까? 복숭아였나요?"

"네, 복숭아예요. 어제 시오가 직접 사 왔어요. 시오는 런던에서 집까지 왔다 갔다 하면서 빌을 도와주었죠." 그녀가 애원하듯 말을 이었다. "하지만 시오가 무엇 때문에 이런 끔찍한 짓을 저지르겠어요? 자기 아버지인데! 말이 나와서 말이지만, 대체 누가 무엇 때문에 이런 짓을 한단 말이에요?"

"바로 그게 문제죠!"

사이러스 캑스턴이 죽기 전에 말하지 않았던가? '특정한 시기가 되면 말벌집에는 수많은 수벌들이 모여든다. 수벌들은 눈이 커다란데, 먹는 것 이외에는 아무런 활동도 하지 않는다……. 그러다 처녀인 여왕벌을 뒤쫓아 대규모 혼인비행에 참가한다.' 코크릴은 그때 그들을 봤다. 캑스턴이 굴과 차가운 닭 요리, 햄을 먹어치울 때, 놀랍게도 그들 모두가 캑스턴의 새 신부에게서 시선을 떼지 못했다. 코크릴은 자신이 했던 말을 다시 한번 떠올렸다. '수벌들 중에서 짝짓기에 성공하는 건 한 마리뿐이죠. 그 한 마리도 교미를 한 뒤에는 바로 죽습니다.' 그것 또한 사실이 되었다.

그 순간 그는 살인 사건을 수사하는 중이라는 사실도 허튼소리를 해서는 안 된다는 것도 잊고 있었다.

"엘리자베스, 말벌의 시각에서 보면 당신은 여왕벌입니다."

시오는 런던에 있는 아늑한 플랫[1]에서 채권과 주식으로 소일하며 사는, 살집 많고 무기력한 젊은 수벌이었……. 코크릴 경위는 시오를 어릴 때부터 알고 있었다.

"경위님, 제가 아버지 돈을 탐내고 있을 거라고 생각하지 마세요. 돈이라면 제법 있으니까. 어머니가 돌아가실 때 유산을 남겨주셨거든요."

"그래? 그럼 자네의 이부형 빌도 유산을 물려받았나?" 코크릴이 물었다.

"어머니는 재산을 아버지에게 남겼어요. 때가 되면 형에게 넘겨주라고 말이에요."

---

[1] 영국에서 한 세대를 한 개 층에 배치하는, 아파트와 유사한 형태의 집합 주택을 가리킨다.

"그건 좀 부당하지 않나? 빌은 네 아버지의 아들도 아닌데. 그리고 그 돈은 네 어머니의 것이잖아."

"제 생각에는 어머니가 형에게 편지를 쓰셨을 거예요. 요즘은 미국에서 들어오는 것도 쉽잖아요? 하지만 형은 어머니를 보러 오지 않았어요. 어머니가 돌아가셨다고 하인들로부터 연락을 받았을 텐데도요. 어머니와 형은 편지를 주고받았거든요. 몰래 말이에요. 아버지가 허락하지 않으셨으니까."

"그랬겠지!" 유산 문제는 일단 제쳐두고, 코크릴이 시오에게 다시 물었다. "그런데 시오, 네 아버지의 새 부인에 대해서는 얼마나 알고 있지?"

"잘 몰라요. 엘리자베스를 처음 본 건 병환중인 어머니를 찾아뵀을 때였고, 다시 만난 건 어머니가 돌아가신 다음이었으니까요. 하지만 당연히……."

그가 엘리자베스에 대해 잘 알지 못한다는 사실이 어조에 드러났지만…… 뭔가 더 있는 것 같았다.

"그녀를 네 결혼 상대로 생각해본 적은 없다는 거지?"

게으르고 자유분방한 시오는 미혼이었다.

시오가 대답했다. "당연하죠, 경위님. 생각만 해도 속이 메스꺼운데요. 그러니까 제 말은 우리 아버지가……."

심술쟁이 시오가 내심 자기 아버지의 엄청난 권력을 흠모하는 동시에, 품고 있던 반발심을 물리적으로 드러내서 그를 죽인 것일까?

"시오, 병조림 복숭아 말이야. 그건 네가 사 왔다고 들었는데 개봉까지 직접 했나? 그러니까 자네가 뚜껑을 열었냐는 말이야."

"아뇨, 키르슈¹의 향이 날아간다면서 먹기 직전에 개봉하라고 했어요."

"그 사실을 증명할 수 있나?"

"엘리자베스가 확인해줄 거예요. 제가 런던에서 엘리자베스를 차에 태워 왔는데, 식장에 가는 도중에 화장실에 가려고 집에 잠깐 들렀어요. 그렇지 않았으면 교회에 도착하자마자 뛰어들어가야 하는 상황이었거든요. 그때 엘리자베스가 준비가 제대로 되어 있는지 식당을 둘러봤어요. 그때까지 복숭아 병조림이 밀봉된 상태였다는 걸 엘리자베스가 증언해줄 거예요. 물어보세요."

"식당을 둘러봤다고? 그때 일을 자세히 말해보게."

"맙소사, 경위님! 저희가 집에 머물렀던 시간은 겨우 삼 분 정도였어요. 결혼식엔 이미 늦었고, 노인네 성질이 어떤지는 경위님도 아시잖아요. 우리는 서둘러야 했어요. 급히 화장실로 달려갔다가 볼일을 마치고 나와보니, 엘리자베스는 식당

<hr />

¹ 버찌를 증류해서 만드는 과일 브랜디.

앞에 서서 안을 둘러보고 있었어요. 그리고 말했죠. '아주 근사해 보여요.' 형과 제가 준비를 잘했다는 칭찬이었어요. 그리고 엘리자베스도 화장실에 다녀왔고, 우린 차를 타고 다시 교회로 향했죠."

"그때도 현관에 있는 탁자 위에 청산가리가 놓여 있었나?"

"네. 엘리자베스가 자기를 위해서 빌이 구해놓은 것 같다며 고맙다고 했어요. 신부님에게 폐를 끼치지 않아도 되겠다면서요."

"그때는 집 안에 아무도 없었나?"

"없었어요. 빌은 아버지와 함께 교회에 있었으니까."

"알겠네. 이제 나가서 빌을 들여보내주겠나? 그리고 여권도 가져오라고 전해주게."

이부동생보다 열 살이 많은 빌은 현재 삼십 대였다. 금발에 민첩하고 강인해 보이는 남자로, 비 오는 밤에 만나면 위협적으로 보일 듯한 인물이었다. 하지만 그럼에도 호감이 가는 사람이었다. 코크릴은 그의 여권을 펼쳐 보았다.

"어릴 때 이후로 영국에 들어온 적이 없습니까?"

"네. 새아버지는 날 원하지 않았고, 어머니는 그에게 맞서지 못했기에 어릴 때 미국으로 보내졌어요. 그래서인지 그다지 돌아오고 싶지 않았습니다."

"어머니가 돌아가셨을 때조차 말입니까?"

"그때는…… 갇혀 있었어요." 빌이 간략하게 대답했다.

"그게 무슨 뜻인지 물어봐도 되겠습니까?"

"돌담 안에 갇혀 있었단 말입니다. 감옥에 있었다고요. 즉, 징역살이를 하고 있었습니다. 어떤 놈과 싸우는 바람에 육 개월 형을 받았어요. 몇 주 전에야 간신히 감옥에서 나왔습니다." 빌이 거칠게 말했다.

"싸운 이유는 뭡니까?"

"굳이 알아야겠다면 말씀드리죠. 아내 때문입니다. 내가 빈둥거렸다는 건 인정해요. 거기에 대한 반발로 아내도 그 남자를 받아주었겠죠. 뭐, 내가 한량이든 아니든, 그놈한테서 아내를 억지로 떼어놓았더니 결과적으로 아내와는 완전히 끝나고 말았어요. 그래서 그놈을 끌고 와 끝장나게 패줬죠. 어쨌든 아내를 유혹한 놈이니까 말입니다." 빌이 무뚝뚝하게 말했다.

"부인과는 이혼했습니까?"

"네, 이혼했습니다."

빌은 코크릴 경위를 쳐다보았다. 냉랭하게 빛나던 눈동자에 갑자기 절망의 빛이 어렸다.

"지금 생각해보면 끔찍한 실수를 한 것 같아요."

"어쨌든 감옥에서 나오자마자, 새아버지가 간호사와 결혼한다는 것을 알게 된 거군요. 당신 어머니가 남긴 유산을 잃을지도 모른다고 생각하지는 않았습니까? 그래서 새로 캑스

118

턴 부인이 될 사람이 어떤 사람인지 살피려고 부리나케 영국으로 건너온 건 아닌가요?"

어떤 사람인지 살피기 위해 왔다……. 여전히 사랑하고 있는 아내를 빼앗기는 바람에 오랫동안 여자 없이 지내야만 했던 또 다른 수벌 역시, 여왕벌을 쫓는 이 혼인비행에 싫든 좋든 참가한 것이다.

"청산가리를 집에 가져온 사람이 당신이라고 하던데요?"

"네, 제가 가져왔습니다. 엘리자베스가 주문해놓지 않았다고 노인네가 엄청 화를 냈거든요. 이 집에서 계속 지내는 것도 아닌데 엘리자베스가 어떻게 그런 것까지 할 수 있겠습니까? 그래서 내가 가져왔습니다. 더는 그 일로 엘리자베스가 마음 고생하지 않게 청산가리를 현관에 두었죠. 그 노인네는 엘리자베스가 가져다놓은 줄 알았을 겁니다."

"그때 캑스턴 부인은 런던에서 지내고 있었는데, 어떻게 그렇게 생각할 수 있습니까?"

"그 노인네는 그런 건 신경 쓰지 않습니다. 원하는 게 제자리에 없으면 무조건 엘리자베스의 탓이 되는 거죠."

"그렇게 온갖 소란을 일으키고 채근했으면서, 왜 청산가리를 사용하지 않았을까요?"

"모르겠습니까? 그냥 엘리자베스를 고생시키려는 거예요. 그저 트집거리를 찾는 거죠."

"알겠습니다. 어쨌든 청산가리를 가져다둔 사람은 당신이라는 것을 확인했습니다. 의붓아버지 앞에 고기 접시를 갖다준 사람도 당신이었나요?"

"내가요? 맙소사, 경위님! 늙은 여자들이 목 잘린 암탉 떼처럼 돌아다니면서 우리 손에서 접시를 낚아채더니 사람들 앞에 아무렇게나 내팽개쳤잖아요."

"그렇지만 그들 중 누군가에게 특별히 일러두었을 수도 있지 않습니까. '이 접시는 특별히 캑스턴 씨 앞에 놔주십시오'라고 말이죠."

"그랬다고 합시다. 그럼 그 여자를 찾아내서 물어보면 되겠네요. 그 사람이 말해줄 거 아닙니까."

빌이 쾌활하게 대꾸했다. 그런 다음 어깨를 으쓱하더니 말을 이었다.

"그런데 그렇다 한들 무슨 상관입니까? 요리에는 독이 없었잖아요? 청산가리는 복숭아에 들어 있었다던데."

"거기에 독이 들어 있었다면 이 사건의 범인은 아주 영리한 사람일 겁니다." 코크릴은 생각에 잠겼다. "어떻게 범행 의도나 목적에 딱 맞는 치사량의 독이 그 한 숟가락에 다 들어가게 할 수 있었을까요? 그것도 처음 한 입에?"

그런 다음 코크릴은 빌을 밖으로 내보내고 로스를 불렀다.

"선생님도 기억하시겠죠. '짝짓기에 성공하는 건 한 마리

뿐이다. 그 한 마리도 교미를 한 뒤에는 바로 죽는다'는 사실 말입니다."

"지금 말벌에 대해 말씀하시는 겁니까?" 로스가 다소 뻣뻣하게 대꾸했다.

"그렇습니다. 말벌에 대한 이야깁니다. 하지만 아무도 선생님을 수벌이라고 부르진 않을 겁니다. 현관에 놓여 있던 청산가리를 당신 가방에 넣어서 들고 오느라 바빴을 테니까."

"당신 같은 경찰들이 의사들에게 아무도 없는 차에 의료 가방을 남겨두지 말라고 일주일마다 훈계합니다."

로스는 화가 잔뜩 난 검은 눈으로 코크릴 경위를 뚫어지게 쳐다보았다.

"지금 경위님은 내 환자를 내 손으로 죽였다고 말하고 싶은 겁니까?"

"선생은 혼인비행 무리에 끼지 않았다고 말하고 싶은가요? 선생은 우리들의 어린 여왕이 죽은 캑스턴 전부인의 병실에 있을 때부터 자주 만났을 텐데요."

"저 혼자 어린 여왕에 대한 마음을 품었을 뿐입니다, 경위님. 아직 비행에 참가할 준비도 되지 않은 어린 수벌들까지 언급하실 필요는 없습니다."

"알고 있습니다. 선생 입장에서 많이 힘들었을 테죠." 코크릴이 친절하게 말했다. 그런 다음 이렇게 덧붙였다. "선생을 비난하는 게 아닙니다."

곧 화를 누그러뜨린 로스는 안쓰러운 모습으로 항복했다.

"난 엘리자베스의 손조차 잡아본 적 없습니다. 하지만 그녀에 대한…… 감정이 있는 건 사실입니다. 그 추악한 짐승 같은 늙은이만 생각하면……."

"그 노인은 죽었습니다. 당신과…… 내 코앞에서 살해당했죠. 코 이야기가 나왔으니 말입니다만……."

"캑스턴의 입 냄새를 맡아보았습니다. 희미하긴 했지만…… 무슨 냄새가 나더군요. 난 그게 키르슈 향인 줄 알았습니다. 복숭아가 절여져 있던 키르슈 말입니다."

"메뉴가 참 이상하지 않습니까!" 코크릴 경위가 생각에 잠긴 채 말을 이었다. "캑스턴 씨는 신랑이었어요. 누구든 그 사람이 좋아하는 음식을 준비했으리라 생각했을 겁니다. 하지만 아니었어요. 캑스턴 씨는 굴을 싫어하는데 굴을 먹어야 했고, 차가운 고기 요리도 싫어하는데 먹어야 했죠. 게다가 지독한 금주가인데 술에 절인 복숭아가 나왔어요."

코크릴이 손으로 턱을 받치며, 반짝거리는 눈으로 허공을 쳐다보았다.

"이번 범행은 우연히 눈에 띈 청산가리를 때마침 앞에 있던 절인 복숭아에 발랐다는 식의 단순한 사건이 아니라, 오랜 시간 고심한 끝에, 정교하고 완벽하게 계획하고 저지른 범행입니다. 하지만 이 계획을 세우고 실행한 사람이 누구든, 그에게는 결정적인 동기가 있을 거예요……."

경위는 말을 멈췄다가, 한참 뒤에 천천히 이었다.

"유언장 내용이 어떻든지 간에, 법에 따르면 캑스턴 부인은 이제 아주 부유한 미망인이 될 겁니다. 짐작건대, 그녀로서도 부자의 아내가 되는 것보다는 지금 이 상황이 더 좋겠죠."

"……엘리자베스를 의심하시는 건 아니겠죠?"

"엘리자베스는 음식 준비에 관여하지 않았습니다. 뿐만 아니라 지난 사흘간 집에 있지도 않았죠. 시오와 함께 교회 가는 길에 잠깐 들른 걸 제외하면 말입니다. 그때 두 사람이 각자 혼자 있었던 시간은 기껏해야 일이 분 정도일 겁니다. 아마 엘리자베스가 혼자 있었던 시간은 그보다 더 짧았을 거예요. 청산가리가 든 통을 열고, 독을 퍼서 복숭아(게다가 복숭아 병은 밀봉된 상태였죠)나 차가운 고기나 굴에 뿌릴 시간은 없었을 겁니다. 반면 엘리자베스는 솜씨 좋은 간호사였으니……." 경위가 말끝을 흐렸다. "캑스턴 씨는 심한 감기에 걸려 있었어요. 엘리자베스가 약이나 뭔가를 주었을지도 모르죠. 이를테면 교회에서 돌아오는 길에 말입니다."

"캑스턴 씨는 약을 먹지 않습니다. 그가 감기에 걸렸다는 것을 알고 알약과 물약을 처방해주었지만 아예 먹으려고 들지를 않았어요. 더군다나 독은 복숭아에 들어 있지 않았습니까?"

로스도 빌과 똑같이 말했다. 복숭아를 준비한 사람은 몸집이 거대하고 행동이 둔한 시오였다. 로스는 황급히 시오가 자기 아버지를 죽였다는 뜻으로 말한 건 아니라고 덧붙였다. 하지만……

"시오가 엘리자베스에게 집적거리는 걸 봤다는 뜻은 아닙니다."

"여러분이 엘리자베스에게 집적거리는 걸 보지 못했단 뜻이 아닙니다."

"난 결심했습니다. 만일 아무 일 없이 사건에서 벗어날 수 있다면 가능한 한 엘리자베스를 다시 보지 않을 겁니다."

"선생은 일벌이에요. 진짜 수벌이 아니죠. 그 편이 당신에게 유리할 겁니다. 빌은 수벌이에요. 자신을 한량이라고 부르면서 인정하더군요."

그리고 시오 역시 수벌이었다. 빌, 시오, 의사……

하지만 의사에겐 가족이 있었고, 여왕인 엘리자베스를 얻기 위해 가족을 버릴 생각은 없었다. 빌에게도 역시 아내가 있었다. 그는 엘리자베스를 알고 난 뒤 지금까지도 여전히 아내를 사랑하고 있었다. 시오는 혼자서도 충분히 만족하고 있었기에, 이따금 비대한 심장이 감상적인 재주넘기를 하거나 작은 열정으로 서성거리는 선에서 끝났을 것이다. '짝짓기에 성공하는 건 오직 한 마리뿐……’ 여왕을 쫓아 혼인비행을 하던 네 사람 중 오직 한 사람만이 짝짓기에 성공할 뻔했다. 그리고 진짜 죽었다.

　남아 있는 세 사람 중…… 짝짓기를 막기 위해 살인을 저지른 자는 누구일까?

계속된 조사와 신문……. 해러즈와 포트넘 앤드 메이슨, 마을 약제상에 전갈을 보내고, 캑스턴의 변호사들과 미국에서 지내던 의붓아들 빌의 연고자들, 그만둔 하인들에게 전화를 하고…… 그렇게 그날 오후가 지나가고도 여름날의 저녁은 여전히 환했다. 그리고 코크릴은 그들 네 사람과 함께, 지내기 썩 좋다고는 할 수 없는 커다랗고 요란한 저택의 테라스에 서 있었다. 이제는 엘리자베스의 소유였다.

　“엘리자베스…… 아니, 캑스턴 부인과 신사 여러분. 이번 사건의 동기는 단 하나입니다. 금전적인 동기는 아닙니다. 새 유언장은 이미 작성되어 있고, 캑스턴 씨가 지금 사망하나 나중에 사망하나 내용이 달라질 리 없으니까요. 그리고 여러분 중 급하게 돈이 필요한 사람도 없었어요. 따라서 동기는 하나입니다. 그에 따라 발생하는 질문은 이렇습니다. 사이러스 캑스턴이 엘리자베스를 품에 안는 것을 막기 위해 살인을 저지른 사람은 누구인가?”

통통한 시오? 어쩌면 격렬한 감정을 느꼈을지도 모른다. 자기 아버지가 연관되어 있다는 사실 때문에 그 상황에 대한 역겨운 혐오감이 극심했을 수도 있다.

의붓아들 빌? 지난번처럼 자기가 사랑하는 여자가 다른 남자의 품에 있다는 생각에 이성을 잃고 남자를 반쯤 죽여 그녀와 영원히 헤어지게 만들 수도 있었을 것이다.

그렇지 않으면 의사? 로스는 그들 중 누구보다도 엘리자베스에 대해 가장 많이 알고 있다. 사이러스 캑스턴의 담당 의사이기도 하니 그의 육중한 몸이나, 정복자처럼 잔인한 성향에 대해서도 잘 알고 있었을 것이다.

시오, 빌, 로스. 이 세 명 중에 있다. 원숭이를 붙잡을 때처럼 살살, 조심스럽게 잡아야 한다고 코크릴 경위는 생각했다. 그는 큰 소리로 말했다.

"이번 사건은 완벽한 계획 살인입니다. 요행을 바란 것이 아니었어요. 나는 스스로에게 계속 물었습니다. 캑스턴 씨는 어째서 처음 입에 넣은 복숭아 한 입에 목숨을 잃게 되었는가? 답은 '숟가락에 집중하라'였죠!"

엘리자베스가 황급히 나섰다.

"시오가 복숭아를 접시에 담을 때 썼던 숟가락을 말씀하시는 건가요? 하지만 그건 아니에요. 시오는 자기 아버지에게 접시를 건네지 않았으니까요. 시오는 사이러스 앞에 어떤 복숭아가 놓일지 알지 못했어요."

"그게 아니면 시오가 자기 아버지 앞에 특정 접시를 놓으라고 지시라도 했단 말입니까?"

빌이 코크릴 경위에게 의아한 시선을 던지며 물었다. 그런 다음 펄쩍 뛰며 항의하는 시오를 달랬다.

"괜찮아, 진정해. 그 문제는 이미 다 밝혀졌으니까."

"지금은 독이 든 복숭아에 대해 말하려던 게 아닙니다. 그리고 엘리자베스." 코크릴 경위가 엄하게 말했다. "제발 방해하지 말아요! 내 주의를 자꾸 다른 숟가락 쪽으로 돌리려고 하고 있지 않습니까. 난 빌이 당신 남편에게 직접 건네주었던 숟가락을 말한 겁니다."

엘리자베스가 공처럼 돌돌 말아 쥔 하얀 손수건을 깨물면서 절망한 듯 서럽게 울기 시작했다.

"경위님, 사이러스는 죽었어요. 이제 어떻게 해도 그 사람은 돌아오지 않아요. 안 그래요……? 그렇지 않나요……?"

그녀는 모든 일이 자기 탓이라는 것처럼, 사람들을 이런 곤경에 처하게 만든 것이 무섭다는 듯 소리쳤다.

"하지만 당신 남편은 살해당했습니다. 그런데 당신은 단순히 그 살인자에 대한 감상적인 연민 때문에 내게 아무것도 하지 말고 가만히 내버려두라고 요구하는 겁니까?" 코크릴은 다시 숟가락 이야기로 돌아갔다. "만일 그 숟가락에 독이 묻어 있지 않았다면……."

그 즉시 엘리자베스는 울음을 멈추고, 의기양양하게 고개를 치켜올렸다.

"숟가락에 독이 묻어 있었을 리 없어요. 사이러스가 직접 숟가락이 깨끗한지 확인했으니까요. 그 사람은 하인들이 돌아가고 나면 항상 그랬어요. 그리고 내게……." 그녀의 아랫입술이 다시 떨리기 시작했다. "저도 그 사람이 죽었다는 건 알아요. 하지만 그는 그리 너그러운 사람이 아니었어요."

그렇다면 시오는 범인이 아니다. 그는 독이 묻은 복숭아가 아버지 앞에 놓여 있다는 것을 몰랐다. 빌도 범인이 아니다. 그는 그 복숭아에 독이 들어 있다는 것을 몰랐다.

로스가 코크릴에게 물었다.

"그렇다면 내가 범인이라는 말입니까?"

테라스에 정적이 흘렀다. 해는 완전히 저물었다. 저녁 하늘이 옅어 잘 보이지는 않았지만 이제 곧 별이 뜨기 시작할 것이다. 그들은 여전히 조용히 서 있었다. 아무도 말을 꺼내지 않았다.

이윽고 엘리자베스가 천천히 입을 열었다.

"경위님…… 로스 선생님께는 부인과 아이들이 있어요."

"선생은 스스로 '추악한 짐승 같은 늙은이'라고 부르는 자의 품에 당신이 안기는 것을 상상조차 할 수 없었을 겁니다."

"그 말은 우리 모두에게 해당됩니다." 의사가 말했다.

"그렇다면 선생은 캑스턴 씨를 구하려고 달려간 것이 맞습니까? 아니면 본인의 의도대로 접근한 겁니까? 그때 선생은 캑스턴 씨 옆으로 가서 손가락을 보호하는 의료용 고무 골무를 끼고 캑스턴 씨의 기도를 확보했지요."

그 골무는 질식한 환자의 목구멍을 살필 때 사용하는 것이다. 거기에 미리 청산가리를 묻혀놓았을 것이다.

"정말 그렇게 생각한단 말입니까? 그렇게 믿고 있단 말인가요? 내가 내 환자를 죽였다고!" 로스가 깜짝 놀라 말했다.

엘리자베스가 그의 팔을 붙잡으며 소리쳤다.

"경위님은 그런 뜻으로 말씀하신 게 아닐 거예요!"

하지만 로스는 엘리자베스의 말을 무시했다.

"내가 그런 식으로 캑스턴 씨를 살해했다는 겁니까! 그자의 목에 복숭아가 걸릴지 어떻게 알 수 있단 말입니까?"

"캑스턴 씨는 자주 음식물이 목에 걸리곤 했으니까요." 코크릴이 말했다.

"하지만 로스 선생님은 청산가리에 손을 댈 수 없었어요. 현관에 있던 의료 가방을 가져온 사람은 선생님이 아니었으니까요." 엘리자베스가 말을 하다가 입을 다물었다. "오, 시오, 내 말은 그게 아니라……."

"가방은 제가 가져왔어요. 하지만 별다른 의미는 없었어요." 시오가 말했다.

"그건 골무에 독을 묻힌 사람이 너일 수도 있단 뜻이야."

시오의 둥그스름한 얼굴에서 핏기가 사라졌다.

"경위님, 제가요? 어떻게 제가 그런 짓을 할 수 있다는 거죠? 그런 게 있는 줄도 몰랐는데? 전 의사들이 골무를 쓴다는 것도 몰랐고, 그런 걸 가지고 다니는 줄도 몰랐어요."

"어쨌든 시오는 그럴 만한 시간이 없었어요. 그 잠깐 사이에 청산가리 통을 열고, 가방에서 골무를 찾아 독을 묻힐 수는 없어요. 골무는 의료 가방을 열면 바로 보이는 곳에 들어 있는 게 아니라 옆 주머니에 들어 있으니까요." 엘리자베스가 말했다.

하지만 실제로는 의료 가방을 열면 바로 눈에 띄는 곳에 골무가 들어 있었다. 의사 옆에 앉아 있던 빌이 캑스턴의 육중한 몸을 살피고 있던 로스에게 금세 골무를 찾아 건네주었기 때문이다.

"그 골무는 교회에 가기 직전에 사용했던 겁니다. 확인해 보셔도 좋습니다. 전 골무를 끓는 물에 소독해서 말린 다음 그대로 가방 안에 던져 넣었습니다. 결혼식에 늦을까 봐 서두르고 있었으니까요." 로스가 끈기 있게 해명했다.

서둘러…… 엘리자베스의 결혼식에 갔다.

"그렇다면 더욱 그 골무 생각이 바로 났겠군요. 안 그렇습니까, 선생? 가방을 현관에 있는 의자에 내려놓다가 탁자 위에 놓여 있는 청산가리를 보게 됩니다. 결혼식에서 돌아온 직후라 모두 정신이 없을 때니, 신랑과 신부를 제외한 다른 사람들에게는 신경을 쓰지 않고 있을 때죠. 선생은 청산가리를 약간 떠서 골무에 바릅니다. 혹시 모를 기회가 왔을 때에 대비해서 말입니다. 그리고 그 기회가 찾아옵니다. 운이 따라준 거예요!"

엘리자베스가 침착하게 말했다. "코크릴 경위님. 그건 말도 안 돼요. 로스 선생님은 사이러스의 목에 골무를 집어넣기 전에 냄새를 맡았어요. 경위님도 보셨잖아요. 아까도 말했다시피…… 냄새를 맡았다고……."

"아무 냄새도 나지 않았을 겁니다. 냄새 같은 건 나지 않았습니다. 안 그런가요, 선생? 그때까지는 말이에요. 하지만 알다시피 미리 골무에 독을 발라놓은 상태였어요. 캑스턴 씨가 질식해서 쓰러지자, 선생은 그에게 몸을 숙이고 독살이 의심스럽다는 듯한 시늉을 합니다. 그런 다음 그 골무를 캑스턴의 목에 밀어 넣은 거죠. 그다음에는 진짜로 냄새가 났을 겁니다. 나중에 골무를 검사해 청산가리가 검출되더라도 캑스턴의 목에 집어넣었기 때문이라고 하면 되는 거죠. 이제 남은 문제는 캑스턴 씨가 독을 먹게 된 경로를 감추는 것뿐이었습니다. 그것도 아주 쉬웠죠. 로스는 냅킨으로 골무를 닦았습니다. 너무나 천연덕스럽게 말이에요! 그런 다음 그 냅킨으로 복숭아를 덮어버렸습니다."

코크릴 경위가 새처럼 반짝거리는 눈으로 그들을 의기양양하게 돌아보았다.

그들은 경악스러운 듯, 미심쩍은 눈빛으로 의사를 쳐다보며 뻣뻣하게 그 자리에 서 있었다. 엘리자베스가 외쳤다.

"그럴 리 없어요!"

하지만 그 목소리에도 의심이 어려 있었다.

"나도 아니라고 생각합니다. 이번 사건은 요행을 바라고 저지른 범죄가 아니에요. 이런 경우에는 그 노인의 목에 음식이 걸린다는 전제 조건이 성립되어야 기회가 생기니까요." 코크릴이 말했다.

엘리자베스가 의사에게 다가가 작은 두 손을 그의 팔에 올리더니 어깨에 잠시 이마를 기댔다. 교태를 부리려는 것은 아니었다.

"오, 하느님, 감사합니다! 경위님 때문에 정말 놀랐어요."

"난 놀라지 않았습니다."

로스가 담대하게 말했지만 그의 얼굴은 하얗게 질려 있었다. 그가 코크릴에게 말했다.

"캑스턴 씨는 가끔 목에 음식이 걸리곤 했습니다. 하지만 일 년에 한두 번 있는 일이었죠. 그가 질식하기를 기다린다는 건 말이 안 됩니다."

"그럼 이제 화살은 다시 네게로 돌아가겠구나, 시오. 네가 키르슈에 절인 복숭아를 아버지에게 드리고, 먹게 만들었으니까." 코크릴 경위가 온화하게 말했다.

시오는 자기 아버지가 질식했을 때와 똑같은 표정이었다.

"제가 아버지한테 먹게 했다고요?"

"시오! 캑스턴 씨는 엄격한 금주가였어. 넌 그런 아버지에게 키르슈에 푹 절인 복숭아를 줬지. 캑스턴 씨는 심한 감기에 걸려 술 냄새를 맡지 못했어. 네 아버지는 복숭아를 한 입 먹은 뒤에야, 자기가 속아서 술을 먹었다는 것을 알게 되지. 넌 네 아버지에 대해 잘 알고 있었어. 캑스턴 씨는 몹시 화를 내며 씩씩거리기 시작했을 거야. 혹시 네 아버지가 복숭아 때문에 질식하지 않더라도 그렇게 씩씩거리는 바람에 숨이 막혔을 수도 있지 않을까? 네 아버지가 질식했을 때 골무를 낀 손가락으로 기도를 확보한다는 것을 몰랐다는 건 거짓말이야, 그렇지? 지금까지 네 아버지가 그렇게 질식하는 걸 적어도 한두 번은 봤을 테니까."

시오가 더듬거리며 대답했다. "전 그런 짓 안 했어요. 제가 의료 가방을 가지러 현관에 나갔을 때, 골무에 독을 묻혔단 말이에요? 엘리자베스도 말했지만, 그런 일을 할 만한 시간도 없었어요."

"우리 모두 네 아버지를 의자에서 끌어내려 바닥에 눕히는 일에만 집중하고 있었어. 그땐 시간이 순식간에 지나갔지."

하지만 엘리자베스는 이번에도 시오를 위해 가만히 있지 않았다.

"경위님 말 듣지 마, 시오. 무서워할 것 없어! 다른 추리처럼 이것도 사실이 아니야. 경위님은…… 그러니까 경위님은 우리를 괴롭히려는 거야. 우리를 자극해서 뭔가 털어놓게 만들려고 이러시는 거라고. 경위님, 만일 시오가 그런 짓을 했다면 로스 선생님은 어떻게 된 거죠? 사이러스를 의자에 기대게 했을 때, 어째서 그 사람 숨결에서 냄새를 맡은 거죠? 그때까지는 아무 냄새도 나지 않았을 텐데 말이에요. 경위님이 아까 말씀하셨죠, 로스 선생님이 냄새를 맡는 척한 거라고. 하지만 만일 골무에 독을 묻힌 사람이 시오라면 로스 선생님이 무엇 때문에 그런 연기를 하겠어요? 그게 아니라면……."

엘리자베스가 말을 중간에 끊은 뒤 손으로 입을 틀어막았다. 그리고 바로 손을 입에서 뗀 뒤 손수건을 무심히 만지작거리기 시작했다. 코크릴 경위가 말했다.

"엘리자베스, 계속 말해봐요. 그게 아니라면?"

"아무것도 아니에요. 만일 시오가 그런 짓을 했다면 의사 선생님이 그런 연기는 하지 않았을 거라는 말을 하고 싶었던 거예요."

그런 게 아니라면……. 코크릴 경위는 그 말에 대해 생각했다. 순간 그의 눈이 별처럼 빛났다.

"엘리자베스, 당신은 이 말을 하려고 했던 거예요. 그게 아니라면…… 그런 게 아니라면 그들이 함께 저지른 일일 거라고." 경위는 그들 세 사람을 돌아보며 호랑이가 웃는 것 같은 미소를 지었다. "그것도 아니면 이 세 사람이 함께 저지른 일이거나."

세 사람은…… 뜻이 통했다. 같은 여자를 사랑한다는 점에서, 그리고 실제로 그 여자를 얻으려는 의도는 없다는 점에서, 또한 네 번째 남자가 그녀를 얻지 못하게 해야겠다고 결의를 다졌다는 점에서.

처음에는 가볍게 그들이 공통으로 가지고 있는 혐오감과 불안감에 대한 생각과 느낌에 대해 의견을 나누었을 것이다. 어떤 행동을 해야 하지 않을까, 가벼운 협박 정도를 해보면 어떨까. 처음에는 그 정도로 엘리자베스를 구할 방법을 논의하다가 점차 결의가 굳어져 사안이 확실해지고, 현실적인 계획을 세우는 단계로 나아가게 됐을 것이다. 하지만…… 살인이다! 나머지 사람들이 도와준다고는 하지만 그들 중에 누가 직접 살인을 저지를 것인가? 사형을 집행할 때 누가 죽였는지 모르게 열두 사람이 동시에 총을 쏘듯, 그들도 범행의 직접적인 책임을 지려 하지는 않았을 것이다.

빌의 임무는 독을 구해, 언제라도 이용할 수 있게 현관에 두는 것이었다. 시오의 임무는 독이 묻은 골무를 사용할 확실한 기회를 만드는 역할이었다. 의사는 당연히 그 골무를 실제로 사용하는 것이었다. 하지만 그 죄를 어느 한 사람이 짊어지지 않도록 임무를 적당하게 분담한 것처럼 보였다. 시오는 현관에서 골무에 독을 묻히고, 빌은 가방을 받아서 독이 묻은 골무를 의사에게 건네준다. 형을 집행하는 입장에서…… 독을 구한 사람보다 독을 직접 사용한 사람의 죗값이 더 무거운 것일까? 살인자에게 희생자를 제공한 사람이 실제로 범죄를 저지르지 않았다고 해서 그 죄가 더 가벼운 것일까? 하나를 위한 모두, 모두를 위한 하나! 그리고 모든 것은 처녀 여왕 엘리자베스의 순수함을 위한 것이었다.

홀에선 엘리자베스가 코크릴 옆에서 훌쩍거리고 있었다. 그러는 동안, 경사는 경찰차가 올 때까지 세 남자를 터무니없이 크고 흉물스러운 응접실로 데려갔다.

"믿을 수가 없어요. 도저히 믿을 수가 없어요. 경위님, 저세 사람이 범인이라고요? 어떻게 그런 계획을……."

그는 모든 이야기를 시작하기 한참 전에 이렇게 말했었다.

―오랜 시간 고심한 끝에, 정교하고 완벽하게 계획하고 저

지른 범행입니다.

"굳이 말하자면 로스 선생님과 시오는 그럴 수 있다고 해요. 하지만 빌은…… 이 일에 빌은 왜 끌어들인 걸까요?"

"아, 빌 말입니까. 그렇지만 빌이 없었다면……? 당신은 아주 잘 처신했어요. 하지만 이제부터 빌에 관한 이야기를 해야 할 것 같군요."

경위는 엘리자베스에게 돌아와 사이러스 캑스턴이 청혼을 했다고 털어놓기 몇 주 전의 일을 상기시켰다.

—당신은 어디든 갈 수 있는 직업을 갖고 있잖아요, 엘리자베스. 어디로든 떠나 넓은 세상을 봐요.

—세상이라면 이미 많이 봤어요.

당시 코크릴의 충고에 엘리자베스는 그렇게 대답했었다.

"알았어요." 엘리자베스도 작은 목소리로 인정했다. "맞아요. 환자와 함께 미국에 갔었어요. 그곳에서 결혼했죠. 사이러스는 제가 결혼했고, 이혼도 했다는 걸 알고 있었어요. 전 그 이야기를 아무에게도 할 수 없었어요. 제 과거에 대해 다른 사람들이 아는 걸 그가 원하지 않았거든요. 그 사람은 절…… 중고품이라고 불렀어요."

결혼했고, 이혼했다. 그녀가 결혼한 남자는 '빈둥거리던 한량'이었는데 그 남자의 어머니가 병환으로 돌아가시기 직전이라는 이야기를 충성스러운 하인들을 통해 알게 되었다.

"경위님, 우리는 절망적이었어요. 그 사람은 일을 하지 않고, 미친 사람처럼 도박만 했어요. 제가 간호사 일을 하며 버는 돈으로는 생활을 꾸려나갈 수가 없었어요. 그렇지만 그때까지만 해도 전 그 사람을 떠나지 않았어요. 예전에 경위님께 말씀드린 적 있죠, 제가 사랑하는 사람을 잃었다고. 그건 나름 사실이었어요. 제가 사랑했던 사람이 그 사람이에요. 그렇지만 정말 완전히 잃었던 건 아닌가 봐요. 아직도 그를 사랑하고, 그 때문에 모든 게 엉망이 돼버렸어요. 여자들 중에는 이런 사람이 있는 모양이에요."

"남자들 중에도 있어요." 코크릴이 말했다. 그리고 문득 황량한 표정으로 생각에 잠겼다. "이제 와 생각해보니 내가 큰 실수를 저지른 것 같군요."

엘리자베스가 다시 훌쩍거리면서 말했다. "너무 부끄러워요. 경위님. 우리가 저지른 짓뿐만 아니라, 지금까지 한 거짓말, 연기한 것들 전부 다요."

"그렇지만 당신은 끝까지 잘해냈어요."

"경위님은 빌을 몰라요. 하지만 그래요. 그건 사실이에요. 빌은 하인들을 통해 몰래 어머니와 편지를 주고받았어요. 그 사람은 어머니와 자신을 연결해줄 여자가 있다고 했어요. 좋은 간호사가 곧 영국에 도착할 거라고 했죠. 그 사람은 그 여자에게 노인에게는 아무 말도 하지 말고, 어머니를 보살피는 일에만 집중하라고 했어요. 제가 바로 그 여자에요, 경위님.

처음에는 단순히 빌을 위해 어머니가 돌아가시기 전에, 그 사람에게 물려주기로 되어 있던 돈만 확보할 생각이었어요. 하지만 그때 빌은 다른 계획을 세우고 있었어요. 사이러스는 곧 홀아비가 될 상황이었고, 빌은 그가 나이 든 노인이리라 여기고 건강 상태도 좋지 않을 거라고 생각했어요. 빌은 오랫동안 의붓아버지를 보지 못했고, 사춘기 소년의 눈에 어른들은 실제보다 훨씬 나이 들어 보이는 법이니까요. 빌은 노인에게 아내보다는 간호사가 더 필요할 거라고 생각했어요. 그래서 일단 저와 이혼하기로 했어요. 마침 빌은 저랑 바람을 피웠다고 오해한 남자를 심하게 폭행한 상황이었는데 상황이 나빠져서 결국 감옥에 들어가게 됐어요. 하지만 빌은 아무래도 상관없었어요. 그가 저지른 폭행 사건 덕분에 이혼이 좀더 빨리 성사되었으니까요."

"이혼하지 않으면 당신이 유산을 상속받지 못하니까. 노인과 결혼하기 위해 빈틈없이 준비를 해야 했을 테죠."

"경위님." 엘리자베스가 괴롭다는 듯 말했다. "그때부터 살인 계획 같은 걸 세웠다고는 생각하지 말아주세요. 아까도 말씀드렸다시피 시작은 소소했어요. 그런데 빌의 마음속에서 도박꾼 기질이 점차 자라나기 시작한 거예요. 여기서 천금 같은 기회를 얻은 셈이었죠. 빌은 알고 있었어요. 그러니까 제가…… 남자들에게 영향력을 행사할 수 있다는 걸 말이에요. 경위님도 아시다시피, 아무런 노력을 하지 않아도 제가 지닌 무언가가 저절로 그렇게 만들어버려요. 그런 재능이 있는데…… 빌이 그걸 이용하지 않고 내버려두겠어요? 최근에 홀아비가 된 몸이 아픈 노인, 옆에 자리 잡고 있던 어리고 예쁜 간호사. 실패할 리가 없잖아요?"

"그래서 빌은 준비를 하고 기다린 겁니까?"

"빌은 일이 년 정도는 걸릴 거라고 예상하고 있었어요. 그동안에는 영국에 머무를 작정이었죠. 서로 얼굴을 볼 수 있게 말이에요. 어쨌든 그 사람도 이 가족의 일원이었으니까. 그러면 전 그 사람에게 돈을 줘야 했을 거예요. 빌은 그 돈으로 도박을 했겠죠. 하지만 그 모든 조건이 충족되기 위해서는 먼저, 빌의 죽어가는 어머니를 간호해야만 했어요. 그런 다음 홀아비의 부인 자리를 차지하기 위한 작전을 시작했죠."

엘리자베스가 고개를 옆으로 돌렸다.

"경위님이 끔찍하게 생각하실 거라는 건 알아요. 이 말을 하고 있는 저도 끔찍하게 느껴지니까요. 언제나 그랬죠. 그렇지만 전 당연히 이곳의 상황에 대해 빌이 알려준 대로만 알고 있었어요. 아내보다는 간호사가 필요한 병든 노인의 모습을 떠올리고 있었죠……. 그런데 막상 와보니 예상과 다르다는 것을 알게 됐어요.

다시 말씀드리지만, 경위님은 빌이 어떤 사람인지 잘 모르실 거예요. 빌이 무슨 말을 하면 그대로 해야만 해요. 그래서 전 빌의 어머니를 간호했어요. 그분이 죽어가고 있다는 것만큼은 알고 있던 그대로였으니까. 그래서 전 그분을 간호하며 보살펴드렸어요. 빌의 어머니는 눈을 감기 직전에 제게 고맙다는 말을 남기셨어요. 그분이 돌아가시자 전 견디기 힘들었어요. 미국에 있는 빌에게 전화를 걸어 더이상 못하겠다고 말했죠. 하지만…… 그 사람이 말하더군요."

"빌은 반드시 당신이 끝까지 해내야만 한다고 말했겠죠. 그리고 당신이 제대로 하고 있는 지 확인하기 위해 직접 영국으로 오겠다고 하던가요?"

"또 무슨 이유가 있었겠어요?" 엘리자베스가 희미하게 말했다.

"그렇군요." 경위는 생각에 잠겼다가 다시 말을 이었다. "다른 이유도 있었어요. 그 사람은 아직 나름대로 당신을 사랑하고 있으니까요, 엘리자베스. 빌이 당신을 저 끔찍한 노인네와 결혼하게 만들었는지는 모르지만, 그 사람은 당신을 그 노인네의 침대에 들여보낼 생각은 결코 없었어요."

그리고 그가 결의를 다졌을 때, 뜻밖의 동지들이 있다는 것을 알게 된 것이다.

"경위님, 아무래도 그 사람은 자기가 직접 할 생각이었던 것 같아요……. 물론 사실 어땠는지는 알 수 없죠. 빌은 그런 이야기를 제게 조금도 하지 않았으니까요. 이미 말씀드렸듯, 미국에 있을 때 그는 사이러스와 저를 그저 노인과 간호사의 관계로만 생각하고 있었어요. 어쨌든, 그 사람은 도박꾼이기도 해요. 기회가 여기 있으니 그로서는 전혀 망설일 게 없었죠. 그래서 그 사람은 이곳에 왔고, 저와 다시 만났어요. 그리고 제가 자기 의붓아버지와 함께 있는 모습도 봤죠……. 바로 그때 다른 두 사람의 감정에 대해서도 알게 됐을 거예요. 전 빌이 그 두 사람을 끌어들였을 거라고 생각해요. 또 다른 기회였던 거죠. 빌은 항상 그런 식이에요. 이번 일은 여느 때와 달리 성공할 것 같네요. 이런 상황이라면 그들 모두 법의 심판을 받는 일은 없겠죠?"

"무슨 말입니까? 심판을 받지 않는다니?"

"그러니까…… 아무도 범행을 저지르지 않았잖아요? 빌은 말벌을 죽이기 위한 청산가리를 샀어요. 그건 잘못이 아니잖아요? 시오도 병조림 복숭아를 샀죠. 그 역시 잘못한 게 없잖아요? 의사 선생님이…… 사이러스의 목구멍에 골무를 집어넣긴 했지만, 거기에 독이 묻어 있는지 몰랐어요. 그들 중 실제로 잘못을 저지른 사람은 아무도 없잖아요. 감옥에 집어넣지 못할 상황 아닌가요?"

"아주 잠시 감옥에 갇혀 있을 겁니다."

코크릴의 말에 엘리자베스가 깜짝 놀랐다.

"잠시요?"

"교수형 당하기 전까지 말이에요."

"정말인가요? 세 사람이 교수형을 당한단 말이에요?"

"그들은 살인 사건에 연루되어 있으니까요. 그게 법입니다, 엘리자베스. 여왕벌의 혼인비행과 연관해 말하자면, '특정한 시기가 되면 수벌들은 먹기만 하죠.' 우리는 그들이 그렇게 하는 것을 보았습니다. 그런 다음 '커다란 눈으로 여왕벌만을 쳐다봅니다.' 이 또한 목격했죠. '여왕벌을 쫓아 혼인비행에 나선다.' 이 광경 또한 보았죠. 하지만 이렇게 비교하다 보면 뭔가 다른 점이 나옵니다. 바로 그중에 단 한 마리만 짝짓기에 성공하고, 그 한 마리는 죽게 된다는 부분이죠." 코크릴이 말했다.

"지금 그 세 사람을 말씀하시는 건가요?"

"그 세 사람은 죽지 않을 거라는 뜻입니다. 그렇게 되면 비유라고 하기에는 지나치게 비예술적인 결말이 될 테니까."

"그들을 어떻게 구할 수 있죠?" 엘리자베스가 온몸을 떨기 시작하면서 물었다.

"그들을 살릴 수 있는 건 말입니다. 말로 그들을 살리게 될 겁니다."

"말이요?"

"열한 개의 어절로 된 말이요. 부주의하게 흘리는 바람에 누구도 귀 기울여 듣지도, 주의를 기울이지도 않았던 말이죠. 나를 제외한다면 말이에요. 나는 그 말을 똑똑히 기억하고 있습니다. 당신 남편이 말했죠. '어째서 훈제 연어를 준비하지 않은 거지?' 그러자 당신이 대답했어요. '그게 가장 준비하기 쉬운 음식이었어요.'"

현관 옆에 조용히 앉아 있던 사복 경찰이 자리에서 일어나더니, 마찬가지로 조용히 다가왔다. 코크릴 경위가 강철 같은 손을 내밀어 엘리자베스의 가느다란 손목을 꽉 붙잡았다.

"어째서 굴이 훈제 연어보다 준비하기 쉽다는 거죠, 엘리자베스?"

ㅡ오랜 시간 고심한 끝에, 정교하고 완벽하게 계획하고 저지른 범행입니다.

남편과 아내의 추악한 결탁으로, 아내는 어머니가 죽으면 곧 혼자가 될 부유한 홀아비의 새 신부가 되기 위해 그 집에 자리를 잡는다. 아마 남편의 입장에서는 다소 기대에 미치지 못했던 생활에 종지부를 찍어줄 날이 오기만을 끈기 있게 기다리는 것 이상도, 그 이하도 아니었을 것이다. 아내의 입장에서…… 아! 어쩌면 그녀는 자신이 받을 유산을 법에서 허용하는 최소한도까지 깎을 수도 있는 위험한 노인을 아주 오랫동안 섬겨야 할지도 모른다는 사실을 일찌감치 깨달았을 것이다.

엘리자베스가 사이러스 캑스턴에게 자신이 결혼했었다는 사실을 털어놓았다는 건 사실일까? 그럴 리 없다!

—당신 이름을 아주 잘 지은 것 같아. 엘리자베스, 처녀 여왕.

그런 다음 캑스턴은 이렇게 덧붙였다.

—정말 그렇길 바랄 뿐이야!

그들 중에서 캑스턴과의 첫날밤을 가장 두려워했을 사람은 엘리자베스 본인이었다.

그때까지만 해도 계획은 마음속에 있었다. 이제는 희생시켜도 상관없는 전남편을 용의자로 정했다. 그리고 오래전부터 자각하고 있던, 자신의 거부할 수 없는 매력으로 유혹한 두 명의 바보를 이용해 수사를 혼란스럽게 만드는 것이다. 누구도 상황을 정확히 파악할 수 없도록, 지금까지 오랫동안 충성심을 보였으나 이제는 방해가 되는 하인들을 조심스럽고 차근차근히 소외시켰다. 달콤한 미소를 짓고, 작은 손을 흔들며, 부드러운 푸른색 눈동자를 촉촉하게 적시고 범행을 준비했다. 그러면서도 교활한 마음 깊숙한 곳에서부터 생각하고, 또 생각했다. 계획을 세우고 또 세웠다……

"경위님은 몰라요."

그들이 탄 차가 집에서 멀어지자, 엘리자베스가 코크릴에게 털어놓았다. 세 명의 남자는 완전히 당황한 채, 괴롭고 혼란스러운 마음으로 엘리자베스가 연행되어가는 장면을 지켜보고 있었다. 지금 엘리자베스는 매끈한 검은색 경찰차의 뒷자리, 코크릴 경위와 경사 사이에 앉아 붙잡힌 손목을 빼내려고 쉴 새 없이 움직였다.

"경위님은 아무것도 몰라요. 이건 모두 날 속이려는 속임수예요."

"아니요, 그렇지 않아요. 당신이 나를 속이려고 했던 속임수는 완전히 파악했으니까."

코크릴은 그녀의 손을 잡고 있던 팔의 힘을 풀었지만, 여전히 꽉 붙잡고 있었다.

"아주 잘했어요! 당신은 내 코앞에서 단서들을 휘젓고, 수사가 제대로 진행되지 않게끔 단서를 뒤로 빼돌렸죠. 그리고 불쌍한 추종자들을 지켜주려는 듯한 분위기를 풍기면서 무서운 함정에 빠뜨렸어요. 하지만 난 당신의 속임수를 알아챘죠." 코크릴 경위가 만족스럽다는 듯 말했다.

"경위님은 아무것도 몰라요." 엘리자베스가 다시 말했다.

"그때 바로 알았어요. 캑스턴 씨가 어째서 훈제 연어를 내지 않았는지 물어봤던 것이 기억난 순간 말입니다. 음식을 주문한 건 당신이었어요. 음식 때문에 비난을 받을 게 뻔했죠.

하지만 무슨 소리를 듣게 되더라도 당신은 그 음식을 준비하기로 마음먹었어요. 그렇다면 어째서 캑스턴에게 굴 요리를 준 걸까요, 단지 그 사람을 화나게 만들기 위해서? 다른 조건들을 참작해보면, 해답을 알게 될 겁니다."

"그렇다면 청산가리 통은 어떻게 된 거죠! 경위님도 식당으로 들어갈 때 봤잖아요. 난 한 번도 식당을 떠난 적 없어요. 그런데 어떻게 꽃병 뒤에 그 통을 숨길 수 있었단 말이죠?"

"당신은 그 통을 '확인하러' 나갔을 때 숨긴 겁니다. 그걸 숨기는 데는 일 초도 걸리지 않았을 거예요. 거기다 당신은 손에 작은 손수건을 쥐고 있었죠, 그렇지 않습니까? 통에 지문을 남기지 않을 준비까지 되어 있었죠."

그 순간 경위가 다른 한 손으로 자기 무릎을 탁 쳤다.

"이런, 젠장! 그것도 처음부터 계획하고 있었던 거 아닙니까? 손수건이라는 아주 사소한 부분까지 말입니다."

두 사람 사이에 앉은 엘리자베스는 손목을 옥죄고 있는 그들의 손을 떨쳐내려 애썼다.

"날 좀 놔줘요, 이 짐승 같은 사람들! 아프단 말이에요."

"사이러스 캑스턴 씨는 편히 죽지 못했습니다."

"그따위 늙은 돼지! 그런 짐승이 죽었다고 누가 신경이나 써요?" 엘리자베스가 매정하게 말했다.

"사람이 죽었으니까요."

"내가 그자를 죽였다는 걸 증명하진 못할 거예요, 경위님." 엘리자베스는 주의를 돌리듯 몸부림을 잠시 멈추고 의기양양하게 물었다. "이를테면 그 통에 들어 있던 청산가리를 내가 어떻게 가져왔을까요?"

"시오와 함께 교회에 가던 길에 집에 들렀을 때 가져갔겠죠. 시오가 아래층 화장실에 갔을 때 말입니다."

"기껏해야 삼십 초도 안 되는 시간이었어요. 남자가 화장실에 가서 볼일 보는 데 시간이 많이 걸렸겠어요? 그사이에 청산가리를 꺼내 남은 일을 처리한다는 건……."

"아, 난 당신이 '남은 일'도 했다고 말하진 않았습니다, 그때는 말이죠. '남은 일'은 그보다 훨씬 전에 준비해두었을 테니 말입니다. 조금 더 조사해보면 당신이 두 번째 청산가리를 산 약국을 찾을 수 있을 겁니다. 집 안에 놓여 있던 청산가리는 눈속임이었어요. 시오가 화장실에 다녀온 시간이 아무리 짧다고 해도 청산가리를 조금 덜어내는 정도는 충분히 할 수 있었을 겁니다. 그렇게 하기 위해서 청산가리 통을 현관 탁자위에 놔뒀던 거겠죠. 단순한 눈속임이었어요. 그리고 시오가 화장실에서 돌아온 다음 당신이 화장실에 들어가 방금 덜어낸 청산가리를 처리했겠죠."

"당신은 모르는 게 없나 보군요, 안 그래요?"

엘리자베스가 빈정거렸다. 하지만 점점 지치고 무력해진

그녀는 몸부림을 멈추고, 두 사람 가운데서 힘없이 등받이에 털썩 기댔다.

오랜 시간 고심한 끝에, 아주 정교하고 완벽하게 계획하고 저지른 범행. 모든 것이 이 작은 여자의 머릿속에서 나왔다. 자신이 언제든 남자들의 마음을 완전히 사로잡을 수 있다는 위험한 사실을 깨닫자 여자는 범행을 저지르는 데 몰두하며 스스로를 망가뜨렸다. 하지만 코크릴이 생각하기에 그녀의 가장 큰 능력은 바로 인내심이었다. 그녀는 길고 긴 준비 기간을 거쳐, 단계적으로 쌓아 올렸다. 연출자로서 계획한 연출을 위해 몇 달 전부터 준비했을 것이다. 우선 '극본'에 따라, 무대에 쓸 도구들을 준비하고, 구성하고, 장치를 설계한다. 그런 다음, 드디어 무대를 만들고, 꼭두각시 연기자들을 고른다. 그리고 개막! 상황은 이러하다.

'빌, 부디 약제상에 가서 청산가리를 좀 구해다줘요. 말벌들을 없애지 않으면 저 노인이 날 죽일 거예요. 약은 현관에 있는 탁자 위에 놔두고 가요. 그럼 노인은 내가 약을 구해 왔다고 생각할 거예요……'

'시오, 해러즈에서 음식은 주문했어요. 그런데 디저트를 미처 생각하지 못했네. 포트넘 앤드 메이슨에 가서 키르슈에 절인 복숭아 좀 사다 줄래요? 저번에 보니까 맛있어 보였어요. 금주요? 이런, 그이는 술을 안 마시지! 그렇지만 그 사람 때문에 다른 사람들까지 고생할 필요가 있을까요? 샴페인도 없는데, 그것으로라도 대신하면 좋지 않을까요. 그리고 그이는 심한 감기에 걸려 있으니까 눈치채지 못할 거예요.'

흥분과 혼란 속에서도 계획을 정확히 실행에 옮기고, 모두에게 명령하고 복종을 요구하며, 무수히 많은 사소한 결정들을 내린 것은 누구인가?

문제는 세 명의 정부情夫가 그녀의 치마 뒤에 숨어서 큰 소리로 외칠지도 모른다는 것이었다. '엘리자베스가 이렇게 하라고 했어요.' 빌은 집에 독약을 구해 왔고, 시오는 독을 넣을 복숭아를 사 왔다. 만일 의사가 의료 가방을 들고 들어오지 않았다면 전직 간호사인 엘리자베스가 경찰의 권고 사항을 상기시켜줬을 것이다. 무대는 준비되었다. 배우들도 모였다. 관찰자 역을 맡은 코크릴 경위를 포함해 꼭두각시 연기자들은 실이 잡아당기는 방향으로 움직였다. 그렇게 그 작은 손은 희생자의 붉은 피로 물들었다.

사이러스 캑스턴이 마지막 굴을 삼키고, 화를 내며 차가운 고기를 씹어 먹은 다음, 복숭아를 먹기 시작했을 때…… 그는 이미 죽어가고 있었다. 의사는 캑스턴의 숨결에서 청산가리 냄새를 맡지 못했을까?

—어째서 훈제 연어를 준비하지 않은 거지?

그가 화를 내며 물었다. 무엇보다 해러즈에서 훈제 연어를 배달시키는 일은 굴을 주문하는 것 만큼이나 쉬운 일이었을 것이다. 하지만 엘리자베스는 이렇게 대답했다.

―그게 가장 준비하기 쉬운 음식이었어요.

코크릴 경위는 지금까지도 스스로에게 묻고 있었다. 어째서일까? 어째서 굴을 준비한 것일까? 굴 요리에는 레몬 조각과 빨간색 피망을 곁들였고, 갈색 빵과 버터도 준비했다. 훈제 연어를 준비한다고 해도 곁들이는 음식은 똑같을 텐데, 어째서 더 쉽다고 하는 걸까?

답은 독이 든 캡슐을 굴 열두 개가 담겨 있는 접시에 숨기는 것보다 훈제 연어 접시에 숨기는 것이 더 어렵기 때문이다.

굴을 좋아하는 사람은 그 특유의 맛을 음미하기 위해 굴을 입에 머금고 있다가 조금씩 부드럽게 베어 먹으며 삼키기도 한다. 하지만 굴을 싫어하는 사람, 이를테면 캑스턴 같은 사람은 그럴 일 없이 통째로 삼키기 마련이다.

사이러스 캑스턴은 심한 감기에 걸려 있었다. 그는 자주 감기에 걸렸고, 집 안에는 온갖 종류의 감기약들이 준비되어 있었다. 비록 캑스턴은 약에 손도 대지 않았지만. 틀림없이 약들 중에는 천천히 용해되는 젤라틴 캡슐에 여러 성분이 들어 있는 알약이 있을 것이다. 내용물을 버리고 청산가리를 대신 채워 넣은 캡슐이 그 남자를 죽게 만들었을 것이다. 아마 날카로운 칼로 굴에 구멍을 낸 다음 캡슐을 집어넣고 다시 잘 덮어 놓았으리라.

엘리자베스가 시오와 함께 집에 잠깐 들렀을 때는 당연히 그런 준비를 할 시간이 없었다. 하지만 시간은 좀 걸릴지 몰라도 런던에 있는 굴 요리를 하는 식당들을 뒤지다 보면 키가 작고 푸른 눈동자를 지닌 여자가 하루 전날 찾아와 굴 열두 개를 먹고 갔다는 사실을 확인할 수 있을 것이다. 만일 그녀가 떠난 뒤에 누군가 굴 껍질 개수를 세어봤다면 열한 개뿐이었으리라. 굴을 담아간 축축하고 작은 비닐봉지는 틀림없이 아래층 화장실에 버렸을 테고, 식당에 들어가 사이러스 캑스턴의 접시 위에 놓여 있던 굴 중에 한 개를 바꿔치기하는 데는 잠깐이면 충분했을 것이다. (어린아이처럼 교회에 뛰어들어가면 안 된다고 하면서 시오를 화장실에 보냈을 것이다.)

그로부터 십 분 뒤, 여왕벌 엘리자베스는 바로 그 손으로, 한 시간 뒤면 이 세상 사람이 아니게 될 남자의 손을 잡았다. 그리고 하느님 앞에서 사랑을 맹세했고, 죽음이 서로를 갈라놓을 때까지 함께하겠다고 서약했다.

그로부터 두 달 뒤, 코크릴 경위는 중앙형사법원을 나오며 생각했다. 내세가 있다면 캑스턴 부부는 곧 다시 만나게 될 거라고.

한편 그는 다음번에 말벌을 자세히 살펴보아야겠다고 생각했다. 여왕벌들도 침을 가지고 있는 건 아닌지.

여자는 문에 완전히 기대어 서 있었던 모양이었다. 스텔라가 문을 열자 하마터면 그대로 복도에 쓰러질 뻔했기 때문이다. 그녀가 말했다.

"모르핀을 너무 많이 먹은 모양이에요."

스텔라는 내심 당혹감에 휩싸였다. 어떻게 해야 하나? 이럴 때 적절한 처치 방법은 뭐지? 의사의 아내로 십오 년을 살았지만 여전히 알지 못했다. 스텔라는 그런 쪽에는 마음의 문을 닫아버렸다. 병과 고통 때문에 음울한 사람들이 자신의 집 정원을 지나다니는 것도, 1층에서 가장 좋은 방 두 개를 차지하고 있는 것도 모두 다 지긋지긋했기 때문이다. 스텔라는 여자를 진료실로 데리고 간 뒤, 그 방에 놓여 있는 안락의자에 앉혔다.

"남편은 없어요. 하지만 같이 일하는 다른 의사를 불러줄게요."

프레더릭을 호출하면 될 것이다.

여자는 눈을 감은 채 커다란 의자에 기대앉았다. 머리색이 붉고 키가 작은 여자로,

눈꺼풀은 납덩이처럼 축 처지고, 분홍빛 입술도 아래로 늘어져 있었다. 앞으로 쭉 내밀고 있는 다리의 모양은 예뻤지만 작은 몸에 비해 너무 굵어 보기 좋진 않았다. 작고 지저분해 보이는 손은 단정치 못하게 무릎 위에 축 늘어져 있었다. 벌써 혼수상태에 빠진 것일까? 통화하느라 시간 낭비하지 말고 구토제나 해독제부터 주어야 하는 건 아닐까?

프레더릭은 집에 없었다. 스텔라는 절망적으로 수화기를 내려놓았다. 병원! 그녀는 병원으로 전화를 해야겠다는 생각이 들었다. 맙소사, 그 망할 전화번호가 몇 번이었더라? 스텔라는 멍하니 전화번호부를 뒤적거리며 생각했다. 나는 남편의 병원 전화번호도 모르는구나…….

그때 여자의 작은 손이 살포시 움직이더니 은근하게 스타킹을 끌어올렸다. 비틀대며 복도를 가로질러 오는 동안 스타킹이 비스듬히 흘러내리는 바람에 통통하고 하얀 허벅지에 걸려 무척 불편한 모양이었다. 갑자기 모든 상황을 알아챈 스텔라가 말했다.

"당신이 그 아가씨로군요. 새로 왔다는 간호사, 켈리!"

눈을 뜬 여자는 달콤하면서도 비열해 보이는 미소를 살며시 지었다. 그리고 작고 기운 없는 목소리로 중얼거렸다.

"당신이 그 사람 부인이군요?"

스텔라는 전화기를 내버려둔 채 여자 앞으로 다가갔다.

"그렇다면 모르핀 같은 건 먹지 않았겠군요. 그렇죠? 지금까지 모두 연극이었어. 그냥 소란을 피우려고 이러는 거죠?"

여자는 다시 미소를 지었다. 약간 교활하기도, 어렴풋이 조롱하는 것 같기도 한 은근한 미소였다. 그녀는 아무 말도 하지 않았다.

스텔라는 축 늘어져 있던 여자의 팔을 붙잡아 일으켰다.

"그렇게 쳐다봐도 소용없어요. 난 남자가 아니라서 아무 감흥도 없으니까. 모르핀이나 무슨 약을 먹은 것도 아니니 이제 부끄러운 줄 알고 일어나서 병원으로 냉큼 돌아가요." 스텔라는 축 늘어진 부드러운 팔을 다시 잡아당겼다. "어서, 나가요!"

여자는 잡힌 팔을 빼더니, 다시 의자에 몸을 기댔다. 그리고 살짝 불그레한 눈썹 아래 심술궂은 눈빛을 하고 스텔라를 올려다보았다.

"리처드가 말하지 않던가요?" 여자는 터무니없을 만큼 기운 없는 목소리로 덧붙였다. "그 사람과 내가 사랑하는 사이라는 건 알아요?"

"당신이 병원에 온 뒤로 계속 남편 뒤를 쫓아다니고 있다는 건 알아요. 하지만 의사들한테는 흔히 있는 일이죠. 혹시 내가 아가씨의 환상을 깼다면 미안하지만, 리키는 당신 같은 사람을 끔찍하게 지겨워하고 있어요. 꾸며낸 목소리로 자꾸 전화를 걸고, 온갖 감상적인 메모들을 남기고……. 아가씨, 내 남편은 당신보다 열다섯 살이나 많아요. 결혼도 했고, 아주 바쁜 사람이에요. 당신이란 사람이 있다는 것도 모를걸요."

여자는 의자에 몸을 기댄 채 말없이 스텔라의 말을 듣고 있었다. 이윽고 여자가 눈을 떴다.

"당신은 모르는 게 당연하죠. 안 그래요?"

그리고 다시 눈을 감았다.

아무 소용 없었다. 이 어리석고, 집요하고, 신경질적인 계집애는 자꾸 그녀의 관심을 끌려고 한다. 스텔라는 인내심이 바닥났다.

"좋아. 당신 마음대로 해요. 하지만 이제 나도 리처드처럼 당신이 지겨워요. 그러니 그만 일어나 내 집에서 나가줬으면 좋겠어요."

그러자 여자는 여전히 기운 없는 목소리로 대꾸했다. 반쯤은 비웃는 것 같은, 의기양양한 말투였다.

"난 아기를 가졌어요."

여자는 조금 천박하고 다소 싸구려로 보이는 코트를 살짝 벌려 배를 드러내 보였다가 다시 몸을 감쌌다.

진찰대 끝에 걸터앉은 스텔라는 순간 극심한 절망에 빠졌다. 작은 괴물 같은 저 끔찍한 여자는 단순히 그 사실을 알리고 싶다는 충동을 충족시키려고 이토록 야비하게 그들을 치명적이고도 밑바닥이 없는 진창에 빠뜨린 게 아닐 수도 있다. 어느 의사…… 그리고 이 뻔뻔한 여자는 얼마간 남편이 맡았던 환자였다. 여자의 손이 병균에 오염되어 리처드가 이틀 동안 그녀를 치료했다. 이 말도 안 되는 일은 전부 거기서 시작되었다. 이 여자가 정말로 남편이 맡았던 환자라면, 리처드는 이 일로 영국의학협회의 주의를 끌게 될 수도 있었다.

여자가 임신한 것은 분명한 사실이었다. 뒷소문, 사람들의 곁눈질, 수군거림, 시끌벅적 재미있어하는 병원 직원들, 아니 땐 굴뚝에 연기 나겠느냐는 식으로 덧붙여지는 소문들, 그리고 이 여자로 인한 온갖 소동과 사건, 실신이나 습관적인 거짓 자살 시도로 위기가 이어질 수도 있다 생각하니 구역질이 날 듯했다. 지금까지는 리처드와의 결혼 생활을 지루해했지만, 이런 상황에 처하게 되니 지루하더라도 안정적인 생활이라는 것이 얼마나 소중한지 알 것 같았다.

오랜 세월 우울하게 진료실을 전전하고, 야간 왕진을 쫓아다니고, 파티는 취소하거나 늘 지각하면서 현재의 생활수준까지 쌓아올렸다. 만일 환자들이 떨어져 나가기 시작하고, 거기에 다시 가난과 고난이 더해진다면…… 나는 견딜 수 없을 거야. 스텔라는 그렇게 생각했다. 아주 적은 돈을 절약해 근근이 생활해야 하고, 건방진 소매상인들을 상대하고, 얼마 안

잔속에든독

되는 할부금까지 매달 갚아나가야 하는 생활을 다시 할 수는 없어. 하지만 이 여자가 계속 이렇게 나온다면…….

그때 현관에서 발소리가 들리더니, 리처드의 동업자인 프레더릭 그레이엄이 진료실에 들어왔다.

리처드였다면 그 자리에 멈춰 선 채 어쩔 줄 모르고 머뭇거렸을 것이다. 하지만 붙임성이 좋은 프레더릭은 곤란하다는 듯 눈썹을 슬쩍 치켜올리고는 미안하다는 듯 부드러운 미소를 지으며 안에 아무도 없는 줄 알았다고 했다.

이 멍청하고 조그만 계집애가 의사 중 아무나 붙잡고 싶었다면 어째서 프레더릭을 노리지 않았을까? 볼품없고 눈에 띄지도 않는데다 조용한 리처드에 비해 프레더릭이 열 배는 더 매력적인데 말이다. 프레더릭은 독신인데다가, 결정적으로 이런 종류의 공갈에 크게 흔들리지 않았다. 그리고 아직은……어찌되었건, 그는 독신이었다. 그러므로 이런 경우에는…….

스텔라는 부드럽고 질척한 크림처럼 감기는 저 작은 계집의 품에 안긴 프레더릭을 상상하자 견딜 수 없을 정도로 가슴이 아팠다. 사실 지난 몇 달 동안, 리처드와의 단조로운 생활이 견디기 힘들어지면 스텔라는 프레더릭과 사귄다고 상상하면서 흥분하곤 했다. 스텔라는 생각했다. 따지고 보면, 나도 지금 여기 와 있는 저 기분 나쁜 매춘부보다 나을 게 없지. 하지만 적어도 자신은 소동을 일으키거나 연기를 하진 않았다.

스텔라의 백일몽은 리처드도 프레더릭도 알지 못했다.

의자에 앉아 있던 여자는 눈을 뜨더니, 프레더릭을 발견하고 눈동자를 빛내기 시작했다.

"당신을 알아요! 외과 의사인 그레이엄 선생님이죠." 여자가 어처구니없이 아기 같은 목소리로 덧붙였다. "난 앤이라고 해요."

프레더릭이 검은 눈썹을 찡그렸다.

"병원에 있던 켈리 간호사 아닙니까? 이 사람이 왜 여기 있는 거죠?"

진실이 드러나기 시작했다. 프레더릭이 말했다.

"아직까지 리처드를 쫓아다니는 건 아니겠죠?"

"그이와 이 여자 사이에 아기가 생겼다고 하네요⋯⋯." 스텔라가 말했다.

"그럴 수가!"

"⋯⋯그리고 지금 저 여자가 모르핀을 많이 먹었대요. 정말일까요?"

프레더릭은 전문가의 날카로운 눈으로 여자를 살펴보았다.

"모르핀을 먹었다고요? 얼마나 됐죠?"

"병원에서 나오기 직전에요." 앤 켈리가 반항적으로 대답했다.

"여기 온 지는 십오 분쯤 됐어요. 처음 봤을 때는 완전히 정신을 잃을 것처럼 보여서 내가 부축했어요. 정말 그런 줄 알았으니까요."

스텔라는 그런 상태였던 여자가 기운을 차린 모습이 흥미롭다는 듯 의기양양하게 빈정거렸다. 그렇지 않은가?

"기운을 차린 건 초기 증상 때문이에요." 여자가 변명하듯 말했다.

"그런 증상이 한 시간이나 지속되진 않지. 나도 그 정도는 알아요. 그런데 갈증도 느껴야 한다는 건 잊어버렸나 봐요?"

"동공도 축소되어야 하죠."

프레더릭이 몸을 숙이더니, 여자가 눈을 감아버리기 전에 재빨리 눈꺼풀을 들어 올리고 살폈다. 그런 다음 다시 몸을 일으켰다.

"그건 그렇고, 이 말도 안 되는 상황은 대체 뭡니까?"

여자는 천천히 코트를 펼쳤다가 다시 여몄다.

"이 아기의 아빠가 리처드 해리슨이에요." 여자가 말했다. 그리고 고개를 돌려 스텔라를 쳐다보았다. "당연히 부인은 내 말을 믿지 않고 있어요."

"그 말을 믿을 사람은 아무도 없어요."

프레더릭이 말했다. 모르핀에 대한 걱정은 가라앉았지만 그는 이 상황에 대해 좀더 깊이 생각할 시간이 필요했다. 스텔라는 순간 찌푸린 프레더릭의 얼굴을 보고, 그가 약간 충격을 받았다는 것과 이 모든 상황이 그녀와 리처드, 프레더릭의 체면은 물론 그들의 경력에 있어서까지 문제가 되리라는 것을 깨달았다.

갑자기 여자가 작고 부드러운 목소리로 말했다. "내가 직접 이 사람들을 납득시켜야 하는 건가요, 그래요?"

돌아보니 어느새 리처드가 집에 돌아와 문가에 서 있었다. 그를 감싼 분위기는 조용하고 순박했지만, 그의 표정은 자조적이면서도 의심으로 가득했다.

"이게 무슨……? 맙소사! 저 여자가 지금 여기서 뭘 하고 있는 거야?"

"오, 리처드."

앤 켈리가 한숨을 내쉬었다. 그리고 갑자기 의자에서 떨어지더니, 리처드의 발밑에 몸을 웅크리며 쓰러졌다.

스텔라는 화가 났다.

"하느님 맙소사! 저 계집애가 연기를 하네!"

두 남자가 여자를 일으키려고 몸을 숙이자, 스텔라는 두 사람을 옆으로 밀쳤다.

"그냥 내버려둬요! 저 여자는 멀쩡하니까. 몰래 스타킹을 끌어올리는 걸 내가 봤어요. 그러니까 기절 같은 건 하지 않을 거예요."

스텔라는 쩌렁쩌렁 울리는 목소리로 그 어리석은 계집애

에게 지금 당신 모습이 얼마나 끔찍하게 보이는지, 주름진 치마가 말려 올라가 다리가 얼마나 이상하게 보이는지, 또 사랑하는 리처드에게 깨끗하지도 않은 속옷을 계속 보여줄 생각이 아니라면 빨리 일어나는 게 좋을 거라고 심술궂게 말했다. 마침내 앤 켈리가 비틀거리면서 일어나 의자로 돌아가는 것을 보며 스텔라가 설명했다.

"저 여자가 여기 와서 모르핀을 많이 먹었다고 연극을 했어. 그러더니 당신 아이를 가졌다고 하네."

"맙소사!"

리처드는 한순간도 그 사실을 견딜 수 없다는 듯 외쳤다.

"신경 쓸 것 없어, 여보. 이 모든 일이 끔찍할 정도로 지겹긴 하지만, 거기까지야. 저 여자는 스스로 궁지에 빠진 거야. 여기서 빠져나갈 유일한 방법은 흥미를 끄는 순교자가 되는 것밖에 없을 테지. 당신만 모르는 척하면 다른 사람들도 다 그렇게 할 거야."

"두고 보면 알겠죠." 여자가 말했다.

리처드는 여자를 불쌍하게 쳐다보았다.

"날 파멸시키고 싶지 않다는 건 진심이에요?"

"내가 이 진창에서 무사히 빠져나가게 되면요. 그러면 당신도 나와 함께하고 싶은지 알고 싶어요." 여자가 말했다.

"당신이 이렇게 어리석게 굴지 않았다면 진창 따위에 빠질 일은 없었을 거예요."

"하지만 난 진창에 빠져 있고 싶어요. 이 상황을 즐기고 있는걸. 당신도 같이 빠지면 좋겠어요. 당신은 너무 차갑고, 불친절하고, 내 사랑이 아무것도 아니라는 것처럼 던져버렸으니까. 그리고 저 여자도……. 아주 영리하게도 저 여자는 오늘 밤 일을 잘 수습해내려 하겠죠. 너무나 자신만만하게 내 빈약한 변명거리를 파악해내고, 나를 비웃고 조롱했죠……. 하지만 유리한 쪽은 나예요. 난 내가 가진 걸 이용해서 저 여자에게 비웃음과 조소를 그대로 되돌려줄 거예요. 두고 봐요!"

앤은 지쳤다는 듯 의자에 몸을 기대며 눈을 감았다. 그녀의 입가에 비열하면서 악의적이고 달콤한 미소가 어렴풋이 번졌다.

리처드는 여자의 말을 무시했다. 그는 냉정하게 그 자리에 선 채 여자를 내려다볼 뿐이었다. 아니, 스텔라가 보기에 그는 연민이 담긴 짜증을 내고 있었다. 리처드가 말했다.

"정말 모르핀을 먹은 건 아니지? 그렇지?"

"죽을 만큼 먹었어요."

"먹은 지는 얼마나 됐어요?"

"병원에서 나오기 직전이에요. B병동 약장에서 모르핀을 꺼냈어요. 원한다면 병원에 있는 사람들한테 전화해서 물어봐도 좋아요. 내가 약을 훔쳤다는 메모를 남겼으니까."

잔속에튼독

"이유도 말했어요?" 프레더릭이 물었다.

앤이 눈꺼풀을 파르르 떨며 리처드를 향해 대답했다.

"물론 말하지 않았죠. 실망시킬 생각 없어요. 아무도 몰라요." 하지만 이어서 스텔라를 사악하게 쳐다본 뒤 덧붙였다. "아직까지는."

리처드는 프레더릭이 했던 것처럼 몸을 앞으로 숙인 뒤, 앤의 손목에 손을 올렸다. 그런 다음 엄지손가락으로 여자의 입술을 뒤집고 촉촉한 잇몸과 혓바닥을 살펴본 뒤, 눈꺼풀을 뒤집어 보았다. 여자는 그의 손길이 닿을 때마다 몸을 꿈틀거리거나 억지웃음을 지었다. 하지만 리처드의 행동은 상태가 의심스러운 양이나 소를 진찰하는 수의사 같았다.

"약 같은 건 먹지 않은 게 확실해." 그는 그렇게 말한 뒤, 스텔라를 돌아보았다. "난 그만 가봐야 해. 환자들이 줄줄이 밀려 있는데, 십 분 휴식 시간을 틈타 집에 들른 거니까. 저 여자도 병원으로 돌려보내는 게 좋을 거야. 그래도 뭐든 마실 것을 먹여서 보내. 뜨거운 커피 같은 게 좋겠어. 설탕을 듬뿍 넣은 진한 커피 말이야."

그런 다음 리처드는 망설이며 프레더릭에게 물었다.

"프레디, 괜찮다면 자네가 저 여자를 좀 데려다주겠나?"

"그러지. 저 여자가 아무 수작 부리지 않고 떠나는지 누군가는 지켜봐야 할 테니까."

프레더릭이 여자를 병원까지 데려다준다……. 여자는 자기에게 가장 잘 어울리는, 가련하면서도 당당해 보이는 여주인공 역할을 하고 있었다. 잔인한 해리슨 부인을 향해 야단스럽게 분노를 표출하며 쓰러지고, 아기를 갖게 해 곤경에 빠뜨린 리처드에게 욕을 퍼붓고……. 주방에서 주전자 물이 화가 치민 것처럼 끓기 시작했다. 스텔라는 마음의 평온이 영원히 사라졌다는 암울한 절망 속에서 생각에 잠겼다. 아무것도 없었다. 저 여자를 막을 수 있는 것은 무엇도. 만일 이번 계획이 실패한다면 그녀는 다른 계획을 세울 것이다. 계속해서 그들의 집 앞을 어슬렁거리거나, 환자나 친구의 집 앞을 지키고 서 있거나, 리처드를 따라다니며 병동에서 소동을 일으킬 것이다…….

수간호사는 결국 여자를 병원에서 쫓아내리라. 하지만 피해는 거기서 끝나는 게 아니다. 애원이나 호소, 위협이나 명령도 소용없었다. 수치심을 모를뿐더러 더이상 잃을 것도 없는 그녀는 가장 유리한 위치에 있었다. '여자가 모르핀을 먹었기를 하느님께 빌어야지.' 그런 생각을 하면서, 스텔라는 뜨거운 물을 커피 가루 위에 부었다. 여자를 살리기 위해 내가 이런 일까지 해야 하다니! 차라리 내가 저 여자에게 그 망할 약을 먹여버리면 어떨까! 이 부질없는 생각은 체계적이고 확실하며 확정된 계획으로 거듭났고, 반드시 필요한 일이 되었다.

스텔라는 무엇을 해야 하는지 알았다. 심장은 두근거리고, 손은 차갑고 축축해졌지만 자신이 해야 한다고 깨달은 일에 대해 회한이나 망설임 같은 건 전혀 느끼지 않았다. 앤 켈리는 죽고 싶어서 스스로 모르핀을 과다 복용했다고 동네방네 떠들고 다녔다. 그리고 이제 정말로 그렇게 될 것이다.

스텔라의 마음 한복판에는 커튼이 드리워져 있었다. 한쪽은 감정을, 다른 한쪽은 행동을 담당하고 있었다. 모든 게 너무 쉽고, 안전하고, 확실했다. 앤 켈리가 병원 관계자들에게 남겼다는 메모가 그 여자의 사인을 규명해줄 것이다. 만일 병원 약장에서는 모르핀이 없어지지 않았다고 밝혀지더라도 다른 경로로 약을 구했으리라 여길 것이다. 여자는 신경질적이었고, 정신 상태가 온전치 않았으며, 과시욕이 강했다. 더구나 임신중이었다. 임신한 사이코패스가 아기를 품은 채 자살하는 것이다. 그리고 리처드 해리슨이 아이의 아빠라는 여자의 말을 들은 사람은 더 없었다.

스텔라는 더이상 고민하지 않고, 냉정하고 단호하게 진료실로 향했다.

"리키, 저 여자를 거실로 데려가는 게 낫겠어. 저 여자가 여기 있는 모습을 다른 사람들에게는 보여주고 싶지 않아."

스텔라는 두 남자가 반박할 시간을 주지 않고 그들을 다그쳐 여자를 반쯤 끌다시피 거실로 데려가게 했다.

"저 소파에 앉혀. 커피는 금방 준비될 거야."

스텔라는 거실 문을 닫은 뒤, 잠겨 있는 진료실 약장의 문을 재빨리 열고 모르핀 알약이 들어 있는 병을 꺼냈다.

어느 정도 먹어야 하는 거지? 스텔라는 그 병에서 여섯 알을 꺼냈다. 그다음 모르핀 통을 원래 자리에 돌려놓고, 다시 약장 문을 잠근 뒤 열쇠도 제자리에 갖다놓았다. 다시 주방으로 돌아온 스텔라는 더이상 고민하지 않고 그대로 커피가 담긴 잔에 모르핀 알약을 넣었다. 그리고 진하게 내린 뜨거운 커피에 설탕을 듬뿍 넣고 저었다. 그런 다음 거실로 돌아가 여자의 얼굴 앞에 커피 잔을 내밀었다.

"자, 어서 마셔!"

여자는 커피 잔을 밀어냈다.

"마시고 싶지 않아요."

"마시라니까!"

스텔라의 목소리는 악의적일 정도로 단호했다. 그에 다소 놀란 듯, 남자들이 불안하게 쳐다보았다. 결국 여자는 커피 잔을 받아들고 천천히 커피를 마시기 시작했다. 하지만 밑바닥에 미처 녹지 않은 약이 남아 있었다. 스텔라는 재빨리 여자에게서 잔을 돌려받은 뒤 다시 주방으로 돌아갔다. 그리고 바닥에 남은 약이 흔적 없이 사라지도록 뜨거운 물로 잔을 헹궜다. 하지만 테두리에 묻은 앤 켈리의 립스틱 자국과 지문, 그리고 잔 바깥쪽에 묻었을 자신의 지문은 지워지지 않게 조심했다. 그런 다음 주전자에 남아 있던 커피를 휘저어 잔에 찌꺼기가 섞여 들어가도록 다시 따랐다. 그리고 잔을 개수대에 내려놓고 다시 거실로 돌아갔다. 이 모든 일을 하는 데 삼십 초도 걸리지 않았다. 스텔라는 그 여자 때문에 짜증을 내는 것처럼 보이려고 노력했다.

"이제 좀 나아졌겠지?"

한 걸음 떨어지고 나니 스텔라는 자신이 이런 단호한 결정을 내렸다는 데에 놀랐다. 커튼으로 가려진 마음 반쪽의 무자비함에 자신의 감정이 고분고분 복종하다니.

그들은 모두 자리에 서서 여자를 내려다보고 있었다. 프레더릭은 참을성 있게 기다리고 있었지만, 리처드는 이미 오래전에 병원으로 돌아갔어야 하는 상황이라 안절부절못했다. 스텔라는 겉으로는 얼음처럼 차가워 보였지만, 내심 가슴이 두근거렸다. 이제 활동을 시작한 그녀의 다른 쪽 마음이 이 일 때문에 자신이 위험해질 수도 있음을 인지했다. 그녀는 그에 따른 대응책을 세우고 계산적으로 행동해야 할 필요가 있다고 판단했다. 만일 이 여자가 지금 병원으로 돌아간다면, 다른 사람들이 그녀가 모르핀을 먹었다는 것을 알게 되어 그에 따른 처치를 할 수도 있었다. 그렇게 여자가 목숨을 건지면 상황은 지금보다 백배 나빠질 것이다.

이 여자는 자기가 약을 먹지 않았다는 사실을 알고 있다. 그러니 누군가 자기에게 약을 먹였다는 사실을 알아차릴 것이다. 게다가 그때는 병원에서 실제로 모르핀이 없어지지 않았다는 사실도 확인될 것이다. 이 여자가 그 문제를 그냥 넘어갈 리 없지 않은가? 만일 그렇게 하지 않더라도, 이 여자가 자기 목숨이 위험했었다는 진단을 받고도 정말 자살하려고 했던 것처럼 보이기 위해 입을 다물어버린다면 앞으로 이 여자가 하는 말이 무엇이든 신빙성을 얻게 될 것이다. 그러면 안 된다. 첫 단계는 실행했고, 여기서 다시 되돌아갈 수는 없었다. 스텔라는 생각했다. 나는 살인자야. 살인자. 나는 이미 살인의 첫 번째 단계를 저질렀어. 다시 돌아갈 순 없지.

그녀는 급히 다른 계획을 세웠다. 스텔라는 두 남자를 식당 끝으로 데려갔다.

"저 여자를 지금 병원으로 돌려보내는 게 잘하는 걸까? 아무래도 오늘 밤은 여기서 지내는 게 나을 것 같아. 수간호사한테 연락해서 그럴듯한 이유를 대면 괜찮을 거야. 아침에 저 여자가 좀더 이성을 찾으면, 그때 논리적으로 이야기를 해보면 어떨까. 이렇게 밤늦은 시각에 저 여자를 돌려보냈다가 자기가 해리슨 박사 집에서 마음껏 난동을 부렸다고 의기양양하게 떠들고 다니기라도 한다면 그게 더 문제가 될 거야. 차라리 밝은 아침에 돌려보내서 수간호사한테 혼나게 하는 편이 나을 것 같아. 빈방에 잠자리 봐놓을 테니까 오늘은 그냥 여기 있게 하자."

"스텔라 말대로 하는 게 좋을 것 같아. 이럴 거였으면 조금 전에 저 여자한테 진한 커피를 주는 게 아니었는데." 프레더릭이 말했다. 그러면서 소파 쪽을 흘깃 돌아보았다. "이제 완전히 깬 것 같은데." (안절부절못하고 말을 많이 하는 것은 혼수상태에 빠지기 전 나타나는 첫 번째 징후였다. 시간이 많지 않았다.)

리처드는 벌써 몇 번째인지 모르게 시계를 들여다보았다.

"난 정말 가봐야겠어. 그래, 그러는 게 좋을 것 같아, 스텔라. 해가 뜨고 모든 게 좀더 분명해지면, 내가 직접 수간호사한테 가서 저 여자 문제를 정리할게. 수간호사는 좋은 사람이니까!"

그는 소파에 축 늘어져 있는 여자를 돌아보며 말했다.

"아내 말대로 당신은 오늘 밤 여기서 지내도록 해요. 아침에 차분하게 다시 이야기하는 게 좋을 것 같아. 하지만 안타깝게도 커피를 마셨으니, 일단 당신이 푹 잠드는 데 도움이 될만한 약을 줄게요. 당신도 그러는 편이 나을 겁니다."

리처드는 여자가 대꾸할 새도 없이 그대로 진료실에 들어가 작고 흰 알약 여섯 개를 가지고 돌아왔다.

"이 약을 따뜻한 우유와 함께 저 여자한테 먹여, 스텔라."

그는 알약을 높은 벽난로 선반 위에 내려놓았다.

"여섯 알이나?" 프레더릭이 약간 미심쩍다는 듯 약들을 쳐다보면서 말했다.

"아주 가벼운 수면제야. 약효가 세지 않은데, 저 여자는 커피까지 마셨잖아. 난 이제 정말 가야겠어."

리처드는 여자 쪽은 쳐다보지도 않고 그대로 현관으로 뛰어나갔다. 곧 이어 차에 시동 거는 소리가 들려왔다.

소파에 누워 있던 여자가 차갑고도 달콤한 목소리로 말했다. "사람들이 이상하게 여길 거예요. 안 그래요? 날 이 집에서 재운다니 말이에요. 다들 내가 당신 남편의 아기를 가지는 바람에 자살 시도를 했다는 걸 숨기고 싶어서라고 여기겠죠. 몸이 괜찮아질 때까지 온갖 해독제를 주면서 여기 잡아두는 거라고 말이에요."

"당신이 틀렸을지도 모른다는 생각은 안 들어요?"

프레더릭이 매정하게 빈정거리자 앤 켈리가 살포시 미소를 지으며 대답했다.

"전혀요."

순간 스텔라의 자제력이 무너졌다. 마치 입고 있던 옷이 갈가리 찢겨 벌거벗은 채로 남게 된 듯한 기분이었다.

"이 나쁜 년아! 입만 열면 거짓말에, 협박이나 일삼는 비열하고 더러운 여자 같으니라고!"

스텔라는 온몸을 심하게 떨면서 여자 앞에 우뚝 섰다. 때리기라도 할 것처럼 한 손은 주먹을 쥔 채였다. 프레더릭이 스텔라의 어깨를 잡더니 뒤로 잡아당겼다. 그녀는 무너지듯 그의 가슴에 몸을 기댄 채, 경련이라도 일으키는 것처럼 심하게 몸을 떨면서 흐느껴 울기 시작했다.

"오, 프레더릭! 세상에. 프레더릭, 이 모든 일들이 너무 불쾌하고, 끔찍하고, 무서워요……."

스텔라가 불쾌하고 끔찍하고 무서운 건, 하얗고 사악한 꽃처럼 냉정하게 미소 지으며 조롱하듯 자신을 쳐다보는 여자의 작은 얼굴 때문이었다. 그리고 저 사람을 비웃는 옅은 미소가 곧 사라지리라는 것을 알고 있기 때문이었다……. 또한 자신이 더이상 보통 인간이 아니며, 남들처럼 연민이나 후회를 느끼지 못한다는 것을 알게 되었는데도 여전히 자신의 마음이 변하지 않았기 때문이었다.

프레더릭은 안심시키려는 듯 스텔라를 다정하게 안아주었다.

"자, 자……. 기분 상할 것 없어요. 우울해하지도 말아요. 당신은 정말 굉장한 사람이에요. 이런 상황에 완벽하게 처신했잖아요. 아침이 되면 전부 괜찮아질 거예요."

그는 그녀에게서 몸을 살짝 뗀 상태로, 손수건을 꺼내 눈물 자국이 남은 스텔라의 얼굴을 닦아주었다.

"자, 사랑스러운 푸른 눈동자에서 눈물부터 닦아요. 이제 더이상 나쁜 일은 없을 거예요."

스텔라는 잠깐, 아주 잠깐 프레더릭의 단단하고 다정한 어깨에 머리를 기댔다. 그녀는 처음으로 그와 육체적인 접촉을 했다는 사실에 참을 수 없을 만큼 기뻤다. 짧은 순간이었지만, 그가 처음으로 보여준 부드러움에 빠져들었다.

"오, 프레더릭……!"

"'오, 프레더릭……!'" 여자가 작고 약하지만 빈정거리는 목소리로 스텔라의 말을 흉내 냈다.

두 사람은 마치 칼로 그들 사이를 갈라놓기라도 한 것처럼 순식간에 서로에게서 떨어졌다. 스텔라는 원한이 서린 시선으로 흘깃 소파 쪽을 쳐다본 뒤, 그 자리를 떠났다.

"수간호사한테 연락하고 올게요."

수간호사는 켈리가 해리슨 박사 집에 있다는 것을 알고도 크게 놀라는 것 같지 않았다.

"병원에는 아무 일 없었나요? 저 여자 말로는 모르핀을 가져갔다는 메모를 남겼다고 하던데……."

"네, 그런 사소한 소동이 있었죠. 하지만 약품은 모두 잘 관리되고 있고, 그런 젊은 아가씨들의 장난에는 어느 정도 익숙하답니다. 정말 진절머리가 날 정도라니까요. 켈리가 무슨 일로 댁에 간 거죠?"

"켈리가 제 남편에게 반한 사실을 아세요?" (가끔은 솔직한

잔속에 든 독

게 좋을 때가 있다.)

"늘 있는 일이죠. 켈리가 인턴들 중 한 명과 어울리는 것도 막지 못했거든요."

"그녀가 임신한 것도 아시나요?"

"이런, 정말인가요?" 수간호사가 단호하게 물었다.

"수간호사님께서 직접 보시면……."

"그 부분은 제가 먼저 알아봤어야 하는 문제 같군요. 그게 사실이라면 그 아가씨는 내일 내보내야겠어요. 남자도 내보내야 하는데, 그건 제 권한 밖이네요."

"남자요?"

"아이 아빠는 젊은 베이츠 선생일 것이 확실해요. 두 사람은 아주 깊은 관계였고, 다른 의심스러운 사람은 없으니까요."

확실한 아이 아빠……! 쓸모없는 일이었다. 살인은 쓸모없었다. 모든 지저분한 위험 요소가 거미줄처럼 사라졌다. 스텔라는 리처드에 관한 이야기를 무시했어야 했음을 깨달았다. 처음 그런 추문이 돌기 시작했을 때 단호하고 솔직한 수간호사가 그들을 경멸하며 짓밟아버렸어야 했다. 이렇게 더 큰 문제를 만들기 전에 여자를 내보내고, 젊은 인턴에게서 그녀를 책임지겠다는 다짐을 받아냈어야만 했다. 그랬다면 모두 무사했을 것이다. 누구에게도 해를 끼치지 않고, 명쾌하게 해결되었을 것이며, 다른 이들의 관심을 끌지도 않았을 것이다. 그런데 지금은…….

너무 늦었다. 지금 스텔라가 저 여자를 구하기 위해 무언가 한다면 앤 켈리는 이 집 안에서 자신을 죽이려는 시도가 있었다는 무시무시한 진실을 여기저기 떠들고 다닐 것이다. 아주 잘된 일이다. 그 여자가 가진 어리석음과 사악함이 자신의 사형 집행 영장에 서명한 것이다. 처형은 이루어질 수밖에 없었다. 여자는 자살하겠다는 의사를 서면으로 남겼고, 간호사들은 약을 구할 기회가 있을 뿐만 아니라 그 유통 경로도 숨길 수 있다. 이제 여자가 주위에 알린 바와 같이 죽게 된다면 경찰은 자살로 여길 것이다. 추문의 위협은 사라졌다. 여자의 죽음과 해리슨 일가 사이에 연관성은 전혀 없었다.

수간호사도 켈리가 이곳에서 밤을 보내는 편이 좋겠다고 동의했다. 아침이 되면 그녀도 다소 진정이 될 테고, 그때는 상대하기 더 편할 것이다. 두 사람은 서로에 대한 신뢰로 화기애애한 분위기 속에 전화를 끊었다.

주사위는 던져졌다. 스텔라는 진료실 안에 있는 약품 장부를 황급히 집어 들었다. 장부에는 기입하기 편하도록 늘 볼펜이 끼워져 있었다. 진료실 안의 불을 켜지 않은 채로, 스텔라는 장부를 펼친 다음 여기저기 숫자를 아무렇게나 바꿔 적었다.

앤 켈리는 잘생긴 그레이엄 선생을 노릴 때처럼 눈을 반짝이며 쳐다보고 있었다. 스텔라는 생각했다. 재잘거리면서 흔들고 있는 그 여자의 손이 살집 많은 짐승의 발 같다고. 프레더릭은 약간 이상하다는 눈으로 여자를 쳐다보고 있었다.

"아무래도 많이 흥분한 것 같아요. 이제 그만 위층으로 올려 보내는 게 좋을 것 같아요."

그가 스텔라에게 말했다. 그리고 벽난로 선반 위에 놓인 약을 챙겼다.

"이것도 잊으면 안 되죠."

"난 그 약 먹고 싶지 않아요." 여자가 고집불통 아이처럼 스텔라를 쳐다본 뒤, 수줍어하는 눈빛으로 프레더릭을 바라보면서 말했다.

"해리슨 부인이 뭔가 따뜻한 음료를 가져다줄 테니……."

"부인이 주는 따뜻한 음료 같은 건 더이상 안 마셔요. 비소를 넣을지도 모르잖아요. 아까 넣지 않았다면 말이에요."

앤 켈리는 그 말에 프레더릭이 검은 눈썹을 치켜올리며 얼굴을 찌푸리는 것을 알아차렸다.

"알았어요. 선생님을 위해서 먹을게요." 여자가 말했다.

프레더릭은 여자의 손에 알약을 건네주었다. 앤 켈리는 한 알 삼킬 때마다 고개를 뒤로 젖히고 물도 없이 약을 삼켰다. 그 모습은 마치 암탉이 물을 마시는 것처럼 보였다. 스텔라는 혐오스럽다고 생각했다.

여자는 프레더릭의 부축을 받으며 위층으로 통하는 계단을 올라갔다. 하지만 그녀는 그 이상의 도움은 받지 않으려 했다.

"저 여자가 내 옆에서 유난 떠는 걸 보고 싶지 않아요."

앤 켈리가 황급히 침대를 정리하는 스텔라를 보고 고개를 치켜올리며 말했다.

"날 혼자 있게 해준다면 조용히 침대로 들어갈게요. 정말이에요. 좀…… 피곤하네요. 아무래도 무리했나 봐요."

앤 켈리는 마지막 순간까지도 연기하듯 행동했다.

"욕실은 저쪽이에요."

스텔라가 말했다. 그녀는 벽장에서 깨끗한 수건을 꺼낸 뒤, 앤 켈리를 욕실로 안내해주었다. 스텔라가 다시 침실로 돌아와 보니, 프레더릭이 앤 켈리의 지저분한 가방을 다급하게 뒤지다가 코트 주머니 속에 손을 집어넣었다.

"확실하게 해두려고요."

하지만 가방 안에는 아무것도 없었다. 앤 켈리가 간단하게 씻고 방으로 들어오자, 두 사람은 그녀만 남겨두고 그 방에서 나왔다. 스텔라는 이젠 돌이킬 수 없다고 생각했다. 이 상황을 돌이키려면 삼십 분 전으로 돌아가야만 했다.

프레더릭의 도움을 받아 아래층으로 내려온 스텔라는 어

질러진 소파 위에 지친 듯이 털썩 주저앉았다. 그러자 프레더릭이 그녀에게 마실 것을 가져다준 뒤 조용히 곁에 앉았다. 위스키를 마시자 다시 기운이 생기는 듯했다. 프레더릭은 위층에 올라가 컴컴한 침실에 고개를 들이밀고 여자의 상태를 확인했다.

"푹 자는 것 같진 않지만, 일단 잠든 것 같아요. 코 고는 소리가 그다지 듣기 좋지는 않네요."

다시 아래층으로 내려온 프레더릭이 싱긋 웃으며 말했다. 그리고 리처드가 돌아오자, 프레더릭은 그에게도 똑같은 말을 했다. 잠이 들었다……. 푹 자는 것 같진 않다……. 스텔라는 침몰하는 배에 오른 것 같다고 생각했다. 흔들리다가, 가라앉기 시작하더니, 끝내는 죽음의 물속으로 침몰하는 배.

"뭔가 좀더 잘해줬어야 하는 건 아닐까요……?"

잘해주다니…… 무엇을? 이젠 전부 끝났다.

스텔라와 리처드가 침실로 가는데 또다시 앤 켈리의 코 고는 소리가 들렸다. 그녀는 남편을 먼저 침실로 보낸 뒤, 앤 켈리가 괜찮은지 살펴보러 가는 척했다.

"이제 완전히 잠든 것 같아. 코 고는 소리가 약간 나긴 하지만." 스텔라가 침실로 들어가 남편에게 말했다.

"많이 피곤했던 모양이네. 불쌍한 여자 같으니. 아침이 되면 괜찮아질 거야." 남편이 말했다. 그리고 미안하고 고맙다는 듯 덧붙였다. "고마워, 여보. 당신은 정말 멋진 여자야."

그리고 리처드는 스텔라에게 키스했다. 그녀는 고개를 돌렸다.

아침이 되자, 여자는 죽어 있었다. 앤 켈리는 더이상 달콤하지만 비웃는 듯 사악한 미소를 짓지 못할 것이다. 그리고 스텔라 해리슨은 살인자가 되었다.

곧 키가 작고, 동작이 재빠르며, 날카롭게 말을 하는 코크릴 경위라고 불리는 사람의 지휘 아래 체구가 크고, 동작이 느리며, 친절하게 말하는 경관들로 집 안이 가득 찼다.

"해리슨 부인, 죄송합니다. 불편을 끼쳐드리게 됐군요. 저 여성에 대해서는 부인이나, 남편이신 해리슨 박사님도 잘 모른다고 하셨죠……?"

수간호사가 말했다. 관심을 끌고 싶어 하는 켈리의 신경증이 이렇게 심할 거라고는 아무도 생각하지 못했고, 그녀는 어느 정도 양이 안전한지도 모르고 약을 지나치게 많이 먹은 것 같다고……. 집을 조사하는 경찰들은 예상했던 대로 행동했다. 당초 계획했던 대로 남겨둔 커피 잔이 모든 사실을 증명해주었다. 코크릴 경위는 불안해하면서 커피 잔에 남아 있던 커피를 새끼손가락에 조금 찍은 뒤 빨아 먹었다.

"이 안에는 아무것도 없어. 그냥 커피야."

그리고 조금만 따로 덜어낸 뒤 나머지는 연구실로 보내라고 지시했다.

"여기서도 속성으로 검사할 수 있을 거야, 경사. 의사들도 이런 경우에 쓸 수 있는 시약을 가지고 있을 테니까. 아무것도 나오지 않겠지만, 그래도 확실하게 해야지. 해리슨 부인, 부인과 같이 계시는 의사 선생님들은 크게 걱정하지 않으셔도 됩니다. 그 여성은 아마 잔에 스스로 뭔가를 넣었을 겁니다."

"그렇다면 설거지를 하지 않은 게 다행이네요. 하지만 너무 어질러져 있어서……."

그날은 일요일이었다. 리처드와 프레더릭은 소파에 나란히 앉아 상황을 지켜보고 있었다.

"사망자는 어떤 약도 먹지 않았습니다."

"저도 그렇게 생각합니다." 프레더릭이 말했다.

"그녀를 주의 깊게 진찰해보신 겁니까?"

"우리 둘 다 처음부터 그 여자가 아무 약도 먹지 않았을 거라고 생각하고 있었습니다. 저런 부류의 여자들에 대해서는 잘 알고 있으니까요. 저런 여자들은 결국 약을 쓰지 못합니다. 스텔라도 저 여자가 의식이 없는 척하다가 스타킹을 끌어 올리는 걸 봤다고 했어요. 만일 저 여자가 무슨 약을 먹었다면…… 그건 틀림없이 우리가 저 여자를 보기 한 시간 전쯤이었을 겁니다. 그 정도 시간이 지났으면 어떤 증상이든 나타났을 거고요." 리처드가 말했다.

"저도 그렇게 생각합니다." 프레더릭이 말했다. 그리고 천천히 덧붙였다. "리키, 우리는 당연히 저 여자가 병원에서 나오기 전에 약을 먹었다는 가정하에 살펴봤어. 저 여자가 그렇게 말했으니까. 하지만 여자가 이 집에 들어오기 직전에 약을 먹었다고 가정해보면 어떨까? 아직 약효가 퍼지지 않았을 시간이라 우리가 아무것도 알아차리지 못한 거라면?"

"설령 그랬더라도 나중에는 뭔가 증상이 나타났을 거야." 리처드가 말했다.

('아무것도 모르는 바보 천치 같으니라고! 그냥 가만히 내버려두면 될 텐데.' 스텔라는 생각했다.)

프레더릭이 돌아보면서 말했다.

"저도 말씀드릴 게 있습니다. 그 여자가 잠자리에 들 때 지나치게 흥분한 상태인 듯하다는 느낌이 들었어요. 내가 그런 말 했었죠, 스텔라? 얼굴도 약간 달아오른 것처럼 보였는데, 침대에 바로 누우려 하지 않았어요. 하지만…… 그전에 있었던 스타킹의 사례처럼 그 모습도 연기일지 모른다고 생각했습니다." 하지만 그는 결국 사람 목숨을 구하지 못했다는 불행한 결과를 인식하고, 비참하다는 듯 말을 멈췄다.

리처드 역시 확신이 없다는 듯 허둥대기 시작하자 스텔라는 남편에게 짜증과 멸시만 솟구쳤다. 프레더릭은 전에 없이 당황한 것처럼 보였다. 그런 그에게 스텔라는 보호 본능을 느

잔속에든독

껐다. 스텔라가 지적했다.

"정신을 차리라는 뜻에서 제가 그 여자에게 진한 커피를 갖다줬어요……."

"사망자는 침대에 혼자 들어갔습니까, 해리슨 부인?"

"저보고 돕지 말라고 하더군요. 그래서 그 여자 혼자 내버려두고 방에서 나갔어요."

"피곤하다는 말을 했어요. 무리한 것 같다고도 했죠. 아시겠지만, 그렇게 받아들이는 게 자연스러운 상황이었어요. 하지만 사실은 전부 다 징후였던 겁니다, 얼굴이 달아오르고, 흥분하고……." 프레더릭이 생각에 잠긴 채 말했다.

"그리고 숨도 거칠게 몰아쉬었어요. 내가 들어가봤어야 하는 건데……." 리처드가 말했다.

이 남자들이! 그들은 점점 더 구제불능 바보들처럼 행동하고 있었다.

"제가 들어갔었어요. 그 여자는 코를 골고 있었어요. 맞아요. 깊이 잠든 것처럼 보였죠."

그리고 계속해서 기타 등등…… 여러 가지 질문과 대답이 이어졌지만 평범한 대화를 나누는 것처럼 차분하고 우호적이었다. 시간, 장소, 했던 말, 하지 않았던 말들. 수간호사에게 전화했던 이야기를 하는 도중, 젊은 여자들이 종종 의사에게 반한다는 이야기도 가볍게 언급하고 지나갔다.

"선생님도 그런 경험이 많으십니까?"

"의사들은 많이 겪죠." 리처드가 짧게 대답했다.

"어쨌든 그녀에게 진짜 애인이 있었단 말이죠?"

의심스러운 부분은 전혀 없었고 우호적이며 안전했다. 그동안 제복을 입은 경찰들이 집 안을 돌아다니고 있었다. 하지만 그들이 여기서 무엇을 찾을 수 있겠는가? 코크릴 경위는 도저히 알아볼 수 없는 뭔가를 끼적거리던 공책을 덮더니 자리에서 일어났다.

"해리슨 부인, 집 안을 좀 구경시켜주시겠습니까. 구조를 알 수 있도록 말입니다."

2층으로 올라가는 도중, 스텔라의 뒤를 따라오던 코크릴 경위가 말했다.

"아무래도 부인 입장에서는 이 일들이 달갑지 않으셨겠죠?"

"끔찍하죠. 아무래도 이번에 그녀를 처음 봤으니, 좋아한다고 말할 수는 없겠네요. 저로선 마음 상한 척할 필요도 없고요." ('신중하게 처신하자!')

"적어도 남편 되시는 의사 선생님에 관한 소동은 더이상 피우지 못하겠군요. 병원에서 그 여성이 소문들을 만들어냈다고 들었습니다."

스텔라가 어깨를 으쓱했다.

"그래도 사람들은 진짜 애인이 그 여자의 배 속 아기를 책임질 사람이라는 걸 알고 있을 거예요."

코크릴 경위는 순간 멈칫하는 것처럼 보였다. 그가 재빨리 물었다.

"다른 문제는 없었습니까?"

스텔라는 자기 혀를 끊어버렸어야 했다고 생각했다. 하지만 조만간 리처드가 그 사실을 불쑥 털어놓을 게 확실했다. 그녀는 정면 돌파하기로 했다.

"그 여자는 내 남편이 아기 아빠인 것처럼 굴었어요. 그렇지만 아무도 그 말을 믿어주지 않을 거라는 사실도 잘 알고 있었죠."

두 사람은 층계참에 이르렀다. 경찰 치고는 작고, 나이도 많고, 잿빛 머리카락이 정수리를 인상적으로 덮고 있는 코크릴 경위가 그 자리에 서서 스텔라를 바라보았다.

"그렇다 해도 걱정을 많이 하셨을 것 같은데요? 안 좋은 소문은 쉽게 사라지지 않는 법이니까요. 만일 그녀가 그런 이야기를 계속 떠들고 다니기라도 한다면……."

"하지만 죽었으니 그런 말을 퍼뜨리고 다닐 수 없을 거예요."

"그야 그렇죠." 코크릴 경위가 말했다.

스텔라는 침착함을 조금 잃었다.

"어쨌든 우리 모두 병원에서 일하는 젊은 인턴이 아기 아빠라는 걸 알고 있었어요."

"부인은 그 사실을 어떻게 아셨습니까?"

"병원에 전화했을 때 수간호사님이 말씀해주셨어요."

"부인이 수간호사와 통화한 것은 제법 늦은 저녁 시간 아니었던가요? 그렇다는 건 부인이 무슨 일이든 할 수 있는 시간이 있었단 말인데요." 코크릴이 반짝거리고 짙은 눈동자로 스텔라를 쳐다보며 말했다.

갑자기 모든 일들이 어렵고 불편하게 느껴졌다. 그 여자가 죽은 방과 그녀가 잠시 사용했던 욕실을 경위에게 보여주는 일 역시 어렵고 불편했다. 스텔라는 마음속으로 히스테리를 일으키고 있었다. 그녀를 뒤따라 계단을 오르느라 난간을 붙잡고 있는 경위의 손이 스텔라의 생활을 옥죄기 위해 뒤에서 다가오는 커다란 거미처럼 느껴졌다. 그녀는 그 공포를 애써 짓밟아버린 뒤, 말없이 계속 걸어갔다, 하지만 스텔라의 머릿속은 따뜻한 솜털로 가득 채워진 것처럼 온통 답답하기만 했다. 아무것도 기억나지 않았고, 연관시킬 수 없었으며, 계산할 수 없었다.

그때 복도에서 나타난 리처드가 그녀 곁으로 다가와 잡아당기며 말했다.

"스텔라, 아무래도 진료실에서 모르핀이 몇 알 없어진 것 같아."

"말도 안 돼! 그럴 리 없어."

스텔라가 날카롭게 말했다. 이제 곧 경찰도 이 질문을 할 것이다. 그는 반드시, 반드시 침착하게 안전한 대답을 해야만 했다.

"그 여자가 혼자 진료실 들어가서 가져간 걸까?"

"그 여자는 이 방에 혼자 들어간 적이 없었어, 리키. 난 단 일 초도 그 여자 옆을 떠나지 않았단 말이야. 그리고 그땐 당신과 프레더릭도 같이 있었잖아. 게다가 그 열쇠는……."

"간호사니까 열쇠를 대개 어디에 두는지는 알겠지. 모두들 찾기 쉬운 곳에 놔두니까."

"리키, 분명히 말하지만 난 그 여자를 혼자 내버려둔 적 없어. 이제 그만 중얼거리는 게 좋겠어. 그렇지 않으면 경찰들이 의심할 거야. 그러니까 나중에 하자, 당신이 꼭 그렇게 해야 마음이 편하겠다면 나중에 경찰에 신고하면 돼."

하지만 리처드는 말을 듣지 않았다! 리처드는 가슴 아프다는 듯 얼굴을 잔뜩 찌푸린 채, 경위에게 가 자신에게 한 말을 고스란히 전할 것이 분명했다. 모르핀 관리를 좀더 잘했어야 했다고 비통해하면서 말이다.

"당신도 알잖아, 스텔라. 저 여자가 무슨 수를 써서든 가져 갔을 거야. 만일 그 여자가 여기서 약을 꺼낸 거라면, 우린 그

책임을 다른 누군가가 대신 지게 해선 안 돼." 리처드가 큰 소리로 그녀에게 말했다.

진료실 문 앞에서는 언쟁이 있었다. 누군가 자기 아이가 쓰러졌다며 차에 태워 여기까지 데려왔다고 했다. 그 여자는 자기가 잘 모르는 다른 의사에게 아이를 데려갈 수는 없다고 했다.

"선생님은 그만 가보십시오." 입구를 지키는 경찰 때문에 아이의 엄마가 들어오지 못하자 점점 굳어지는 리처드의 얼굴을 보며 코크릴이 말했다. "난 선생의 독약 장부만 살펴보면 됩니다."

그런 다음 코크릴은 무릎을 꿇고 앉아 그림책을 보는 아이처럼 장부를 열심히 들여다보기 시작했다. 프레더릭은 장부에 아무런 이상이 없을 거라고 믿고 있었기에, 울고 있는 아이의 치료를 도우러 갔다. 잠시 뒤, 경위가 고개를 들었다.

"해리슨 부인, 동업자분도 이 장부에 접근할 수 있습니까?"

"물론이죠." 스텔라가 대답했다.

"장부 기입할 때 볼펜을 쓰나 봅니다."

"간편하게 장부에 표시하려고 계속 끼워두고 있죠."

"음, 편리하겠는데요. 잉크를 다 써서 새로 채워야 할 때만 제외하면 말이죠. 지금은 잉크를 파란색으로 바꿨군요. 일주일 전만 해도 검은색이었는데 말입니다." 코크릴이 말했다.

그랬구나! 지난밤에 불을 켜지 않아, 그녀는 이 장부에 손을 댄 것이 이토록 명백한 증거가 되리라고는 예상하지 못했다. 두 가지 색이 어느 정도 스며들기는 했지만 자세히 보면 검푸른색이라 다른 숫자들과 색이 달랐다. 임의로 고른 두 달 전, 석 달 전, 여섯 달 전 페이지에 고쳐 쓴 숫자들이 색이 다른 잉크 때문에 눈에 띄게 두드러졌다.

스텔라는 재빨리 열정적으로 말을 꺼냈다.

"이 숫자들을 고쳐 쓴 게 무슨 의미가 있을까요?"

"부인은 어떻게 보십니까?" 경위가 물었다.

"글쎄요……. 경위님은 장부에 새로 바꾼 파란 잉크로 이 숫자들을 고쳐 쓴 것이 무슨 의미가 있다고 보시는 것 같지만……. 글쎄요. 제 남편이 이런 짓을 할 리가 없어요. 우리 모두 다요. 그러니까 제 말은, 우리들은 볼펜 잉크가 다른 색으로 바뀌었다는 것을 알고 있었다는 뜻이에요. 안 그런가요? 그러니 이 일은 틀림없이 그 여자가 저지른 짓일 거예요. 약장에서 약품을 꺼낸 뒤 장부의 숫자를 고쳐 쓴 거죠……."

"무엇 때문에 그랬을까요?"

"무엇 때문이라니요? 숫자를 왜 고쳐 썼느냐는 의미인가요? 그 여자는 아마 제 남편이 곤경에 처하는 걸 원하지 않았기 때문일 거예요. 일단 그 여자는 남편을 사랑한다고 했으니까요."

"부인은 남편분과 그녀가 사랑에 빠졌다는 것을 믿지 않는다고 하지 않았습니까?"

"아무래도 제가 잘못 생각하고 있었나 봐요, 안 그래요? 무엇보다도 우리는 그 여자가 정말로 자살할 거라고 생각하지 않았어요. 그렇잖아요? 그렇지만 그 여자는 간호사였으니까, 약품이 들어 있는 약장에 접근하는 일이 일상적이지는 않아도, 실제로 그리 어렵지 않다는 걸 잘 알고 있었을 거라는 뜻이에요. 환자라고 해도 약장의 작은 열쇠만 어디 있는지 알면 가능한 일인데……."

"부인은 남편의 평판을 지켜주실 의향이 없으신 모양이로군요. 이 장부는 약장 근처에 놓여 있었습니까?"

"네, 볼펜을 끼워놓은 채로요. 항상 같은 자리에 놔두죠."

"어젯밤에도 말입니까?"

"어젯밤에도 그 자리에 있었을 거예요. 그러니까 그 여자가 장부에 손을 대서 숫자들을 고쳐놓았겠죠. 사람들이 금방 눈치채지 못하게 예전 기록들을 말이에요."

"부인은 장부의 예전 기록들이 고쳐졌다는 걸 어떻게 알았습니까?"

"그야, 경위님이 예전 기록들을 보고 계셨으니까요."

스텔라는 필사적으로 대답했다. 머릿속을 뒤덮고 있던 솜털이 약간은 사라졌다.

"전 그 여자에게도 상식이 있을 거라는 의미였어요. 제 남편과의 거짓 연애를 품은 채로도 이런 일을 할 수 있으니 말이에요. 그리고 그 여자는 쪽지를 남겼다고 말했어요. 자기가 모르핀을 먹을 거라고……."

"쪽지에는 그 여자가 모르핀을 가져갔다고 되어 있었습니다."

"하지만 우리는 그 여자가 모르핀을 먹지 않았다는 것을 알고 있었어요. 그렇지 않았다면 증상이 나타났을 테니까. 그리고 병원에서는 모르핀이 없어지지 않았다고 했어요. 그러니 틀림없이 우리 진료실에서 가져갔을 거예요."

"바로 부인의 눈앞에서 말입니까?"

스텔라는 굴복하고 그대로 입을 다물었다. 코크릴 경위가 계속 말했다.

"부인은 사망자를 단 한 순간도 혼자 놔둔 적이 없다고 하지 않았습니까."

"그건, 그러니까 제 말은…… 그런 의미로 혼자가 아니었어요. 당연히 저야 왔다 갔다 할 수밖에……."

하지만 리처드가 그녀를 무너뜨릴 것이다. 그가 진료실에서 앤 켈리가 그 약을 가져갔을 가능성이 있냐고 물었을 때, 그런 일은 절대 없었을 거라고 스텔라가 확실하게 대답했다는 사실을 멍청할 만큼 정직하게 떠들고 다닐 것이다……. 스텔라는 리처드가 저지른 모든 해악에 대해 깊은 분노를 느꼈다. 위험천만한 곤경을 슬기롭게 넘기더라도 그의 순진무구한 정직함은 상황을 악화시키는 방해물이 될 뿐이다. 게다가 애초에 이 빌어먹을 상황을 만든 사람이 누구인가? 결국 장부도 그의 것이고, 독약이 들어 있는 약장도 그의 것이며, 진단을 내린 것도, 정사를 벌인 것도 그였다.

그의 정사.

실제로 리처드에게 아무 죄도 없다는 게 사실인지 누가 안단 말인가? 아니 땐 굴뚝에 연기가 날까? 실제로는 그가 그 계집애를 부추겨 자기 뒤를 쫓아다니게 만든 걸지도 모른다. 그리고 만일 그게 사실이라면……. 정말 그런 거라면, 남편은 내게 전혀 가치가 없는 게 아닐까? 정말 날 속였다면, 저 천박하고 작고 지저분한 매춘부와의 일로 나를 속인 거라면…… 만일 리키가 온당하지 않다면…….

그녀는 프레더릭의 품에 안겼을 때 느꼈던 향기롭고 뜨겁고 격렬했던 감정을 떠올렸다. 스텔라는 생각했다. 그 사람은 나를 사랑해. 지금껏 프레더릭 역시 나를 사랑하고 있었다. 그리고 우리 두 사람은 그저…… 그저 좋았다. 그렇게 리처드를 저버렸다. 스텔라는 프레더릭의 탄탄하고 강인한 팔과, 그녀를 굉장한 사람이라고 이를 때의 목소리를 떠올렸다…….

그가 그녀의 '사랑스러운 푸른 눈동자'에 대해 뭐라고 말했더라……? 프레더릭은 비열하기 그지없는 연극에 붙잡힌 나의 처지와, 그 끔찍한 여자…… 그리고 리처드에게 수모를 당하는 내 모습을 지켜보는 게 끔찍했을 것이다. 리처드는 지금까지 계속 간호사들과 놀아나면서 아무렇지도 않게 나를 배신했으니까.

스텔라는 이제 무엇을 해야 할지 잘 알았다. 이제 진실이 드러났다는 것도 알고 있었다. 그들의 작은 집에 살의가 존재를 드러내며 퍼지자 그녀는 그를 따를 수밖에 없었다. 스텔라는 그 일을 해냈다. 그건 리처드를 구하기 위해서였다. 전적으로 그를 위해 한 일이었다. 스텔라는 리처드가 저지른 역겨운 죄의 결과로부터 그를 구하기 위해서였다고 스스로 주장하기 시작했다. 만일 누군가 이 일의 대가를 반드시 치러야만 한다면, 그 대상이 그녀는 아니지 않을까? 죄가 있든 없든, 이 끔찍한 비극을 불러온 당사자는 리처드였다. 이 대가는 그가 치러야 할 것이다. 스텔라는 푸른 눈동자로 코크릴 경위의 반짝거리는 갈색 눈동자를 마주 보았다.

"경위님은 누굴 범인이라고 의심하고 계시나요?"

그의 반짝이는 눈이 그녀의 시선과 마주쳤다.

"부인, 질문하는 건 제 일입니다만."

스텔라가 고개를 숙였다.

"제가 무슨 말을 해야 할까요? 그야 물론…… 아니에요. 그 여자를 혼자 내버려두지 않았다는 건 사실이 아니에요. 그렇게 하려고 했지만……."

그리고 스텔라는 다시 고개를 들고 푸른 눈동자로 비참하게 경위를 쳐다보며 불쑥 말했다.

"누군가는 그…… 사랑을 지켜야만 했으니까요."

"지금 남편분을 말씀하시는 겁니까, 해리슨 부인?"

"남편이요?" 스텔라는 깜짝 놀라 되물으며 말을 이었다. "네, 물론이죠, 경위님. 하지만 정말 제 남편이 그 여자의 배 속에 있는 아이의 아빠일 거라는 생각은 조금도 하지 않았어요……."

"오, 그건 저도 그렇게 생각합니다, 부인." 코크릴이 희미하게 여자의 어조를 흉내 내며 말했다.

"물론 당혹스럽긴 했죠. 그 여자가 병원에서 역겨운 소동을 일으키겠다고 협박했으니까요. 경위님 말씀대로 나중에야, 그러니까 수간호사와 통화한 뒤에야 걱정할 일은 전혀 없다는 걸 알게 됐어요."

그런 다음 스텔라는 그때 남편이 누가 봐도 부자연스럽게 병원으로 돌아갔다는 말을 덧붙였다.

"그때 남편분이 그 여자에게 주라면서 수면제를 놔두고 갔단 말이죠?"

스텔라는 겁에 질린 듯 살짝 위를 쳐다본 뒤, 다시 시선을 아래로 내렸다.

"하얀 알약 여섯 개였어요. 혹시 그녀가 죽은 원인이 약물 과다 복용 때문은 아닌지 걱정이 돼서요. 물론 의도한 건 아니죠, 당연해요. 그저…… 그 여자가 모르핀을 먹은 다음에 그 약들을 먹어서 그렇게 된 건 아닐까 하고……."

"아주 기발하군요, 부인. 하지만 그것만으로는 장부의 숫자가 고쳐진 사실을 설명할 수 없군요. 안 그렇습니까?"

"'부인'이라고 부르지 말아주세요. 그리고 갑자기 그 얘기는 왜 꺼내시는 거예요? 절 범인으로 의심하시기라도 하는 건가요?" 스텔라가 온몸을 떨면서 물었다.

"제가 말입니까? 당신은 범행을 저지를 기회가 없었어요. 아닙니까?"

"전 그 여자한테 커피를 줬는걸요."

코크릴이 고개를 저었다.

"거기엔 아무것도 들어 있지 않았어요. 이미 확인해봤습니다."

스텔라는 숨을 쉬기가 편해졌다.

"잘됐네요. 하지만 그전에도 짧은 시간이긴 하지만 그녀와 단둘이 있었어요."

"몇 분 정도였겠죠. 차나 커피를 준비하기에는 부족한 시간인데다, 부인이 어떤 약이나 가루를 주었다면 그 여자가 분명 언급했을 겁니다. 그 뒤로는 줄곧 의사 선생들 중 적어도 한 사람이 그녀와 같이 있었죠. 심지어 부인은 그녀가 있는 침실에 들어가지도 않았습니다. 곧장 그레이엄 선생님과 함께 아래층으로 내려왔죠."

"잠깐 그 여자가 있는 방에 들어가긴 했어요. 자러 가는 길에요." 스텔라는 그렇게 말하고 잠시 멍하니 허공을 응시했다.

"하지만 그레이엄 선생이 그전에 중독의 첫 번째 증상들을 알아차리지 않았던가요?"

코크릴이 끼어들었다. 그의 반짝거리는 눈은 그녀를 평가하는 것처럼 바라보았다. 스텔라가 대답했다.

"어쩌면 그 여자가 침실에 뭔가를 몰래 가지고 갔을지도 몰라요. 그래서 제가 방에 들어오지 못하게 한 걸 수도 있죠."

"하지만 부인도 말했다시피, 그레이엄 선생은 이미 그 증상을 알아차렸습니다. 그래도 여전히 장부 문제는 설명되지 않는군요."

마지막 희망이 사라졌다. 스텔라는 기뻤다. 이제 리처드만 치우면…….

스텔라가 코크릴에게 물었다. "경위님, 솔직히 범인이 누구라고 생각하세요?"

그는 가르쳐주지 않겠다는 듯 미소를 지은 뒤, 눈을 가늘게 뜬 채로 수첩을 펼친 뒤 어떤 문장에 밑줄을 그었다. 거기에 뭐라고 적혀 있는지 스텔라는 알 수 없었다. 하지만 틀린 셈치고 추측해보지 못할 이유가 없지 않은가? '그는 벽난로 선반 위에 여섯 개의 알약을 올려놓았다'……? 프레더릭이 말했었다.

—여섯 알이나?

그러자 리처드는 입심 좋게 변명했다.

—아주 가벼운 수면제야.

하지만 만일 그 약이 수면제가 아니었다면…….

두 남자가 진료실에서 나왔다. 아이를 치료한 뒤에 손을 씻어서인지 두 사람 다 손이 촉촉하고 분홍빛이었다. 코크릴 경감이 자리에서 일어섰다.

"선생님, 괜찮으시면 이야기를 좀 나눌까요?"

리처드는 경위의 말을 아무 의심 없이 받아들였다. 두 사람은 함께 진료실로 들어갔다. 스텔라는 프레더릭과 함께 그 자리에 남았다. 그가 연민을 담아 말했다.

"안색이 너무 안 좋아요."

하지만 지금 그녀는 다시 괜찮아진 상태였다. 끔찍하게도 지난 삼십 분간 잔뜩 긴장한 채 온갖 함정을 빠져나왔고, 그 안도감 때문에 여전히 속이 매스껍고 어지럽기는 했지만.

스텔라는 프레더릭 옆으로 다가가 그의 어깨에 이마를 대고 쓰러질 듯 몸을 기댔다. 그는 한 팔로 그녀를 감싸 안으며 살짝 흔들었다.

"기운을 내요! 이제 더이상 걱정할 일은 없을 거예요. 경위는 장부를 확인하려고 리키를 데려갔을 거예요. 그러면 모든 일들이 해결되고, 전부 다 예전으로 돌아가게 될 거예요."

스텔라는 움직이지 않았다. 그녀는 희미하게 말했다. (하지만 그 여자만큼 가련해 보이게 할 수는 없다는, 반쯤은 암울하고 반쯤은 우스꽝스럽다는 생각이 들었다. 무엇보다 스텔라는 죽은 앤 켈리와는 전혀 다르게 행동하고 있었다.)

"프레더릭, 지난밤 이후로 우린 다시 '예전'으로 돌아갈 수 없어요."

그가 감싸 안고 있던 스텔라의 어깨에서 손을 떼고 돌려 세우더니, 미소를 지으면서 스텔라의 눈을 쳐다보았다.

"그렇게 비관적으로 생각할 것 없어요! 불쌍한 여자가 죽긴 했지만, 우리와는 상관없는 일이에요. 그러니까……"

스텔라가 프레더릭의 말을 가로막았다.

"내 말은…… 당신과 나를 뜻하는 거예요."

"당신과 나라뇨, 스텔라?"

그때 스텔라는 알았다. "당신과 나라뇨, 스텔라?"라고 곤혹스러운 듯 말하는 프레더릭의 목소리를 듣자마자 알 수 있었다. 그녀는 확실히 깨달았다. 프레더릭은 그녀를 사랑하지 않으며, 그러므로 이대로 계속하는 건 미친 짓임을. 하지만 스텔라는 계속했다. 그녀는 폭주하고 있었다. 도저히 멈출 수가 없었다.

"프레더릭, 이제 우리는 서로에 대해 알게 됐어요. 더이상 모르는 척하며 지낼 순 없어요. 지금까지는 참았지만, 솔직히 더는 견딜 수가 없어요."

스텔라는 상대방이 충격을 받고 뒤로 물러서며 거부하는 것을 느꼈다. 하지만 그녀는 그 사실을 받아들일 수 없었다. 꿈이 사라지게 내버려둘 순 없었다.

"어젯밤 당신이 날 안아주었을 때, 날 굉장한 사람이라고 불러주었을 때……."

"그야 당신이 굉장한 사람이었기 때문이죠. 천사처럼 행동했으니까요."

프레더릭은 너무 늦기 전에 모든 일들을 정상으로 되돌리고, 그녀가 수치심을 느끼지 않게 하려 애썼다.

스텔라는 다시 프레더릭에게 몸을 붙이며 그의 팔에 매달렸다.

"나를 멀리하려고 하지 말아요, 프레더릭. 더이상 아닌 척하지 말아요."

그녀는 초조해하며 한층 유창해진 언변으로 씁쓸한 변명

을 늘어놓는가 하면, 또다시 리처드에 관해 듣기 싫은 험담을 하기 시작했다. 고지식하고 올곧기만 하다고 생각했던 리처드가 실은 그동안 그 지저분하고 하찮은 매춘부 같은 여자와 함께 자신을 기만하고 있었다고……. 스텔라는 그런 자신 앞에서 의자에 축 늘어져 있던 그 여자, 모든 공포와 끔찍한 지난날들을 불러일으킨 장본인이 부푼 배를 보여주었을 때 느낀 역겨움과, 길고 긴 세월 동안 이어온 애정 없는 부부 생활에서 느낀 사랑과 증오, 열정과 에로티시즘에 대한 혐오감을 영혼 깊은 곳에서부터 쏟아내었다.

"어째서 그 사람이 우리 앞을 가로막아야 하는 거죠? 우리는 더이상 그 남자에게 어떤 의무도 가질 필요가 없어요. 날 속이고, 배신하고, 그따위 매춘부와 어울려서 임신까지 시켰잖아요. 그리고 이런 상황에서 그 여자가 살해당하고…… 누군가 그 여자를 살해한 사건까지 일어났죠. 솔직히 난, 그 사람이 그녀의 입을 막기 위해 그랬을지도 모른다고 생각해요."

프레더릭이 스텔라의 손을 뿌리치자, 그녀는 갈망하듯 쳐다보며 다시 그를 붙잡았다. 스텔라는 이 상황이 계속되어야만 한다는 것, 결코 끝나지 않아야 한다는 것 이외의 모든 사실에는 눈을 감고 있었다. 왜냐하면 상황이 끝나면 더이상 아무런 희망이 없기 때문이었다.

"오, 프레더릭! 당신과 내가 모든 일에서 자유로워지면 우리는 함께할 수 있어요······."

스텔라는 어찌할 수 없이 떨리는 몸으로 간신히 프레더릭의 팔을 붙잡고 있었다.

하지만 그는 그녀를 힘껏 밀쳐낸 뒤, 손을 들어 스텔라의 파리한 뺨을 때렸다. 그리고 쾅 소리가 나게 문을 닫고 그곳을 떠났다.

스텔라는 소파에 털썩 주저앉았다. 지난밤 그 작은 악마 같은 여자가 밉살스럽게 미소 지으며 그들을 조롱하고, 그들의 인생을 벼랑으로 몰고 가는 내내 늘어져 있던 바로 그 소파였다. 이제 모든 것이 끝났다. 스텔라는 아무 쓸모없는 살인을 저질렀다. 친절하고 좋은 사람이며, 어떤 죄도 없는 남편을 배신한 것이다. 지난밤 스텔라가 남편과의 빈곤한 생활을 두려워했다면 이제는 남편 없이 어떻게 살아야 할지 두려워졌다. 남편이 비열한 살인마로 종신형을 선고받으면 어떻게 해야 하는 걸까.

이혼? 하지만 꿈이 사라졌는데 이혼이 무슨 소용이란 말인가? 스텔라는 그 꿈이 자신의 병적이고 탐욕적인 상상이 만들어낸 씁쓸한 환멸에 지나지 않는다는 것을 즉시 깨달았다. 그녀는 뺨에 손을 올린 채, 자리에서 일어나 벽난로 위에 걸린 거울을 들여다보았다······.

여섯 개의 알약은 벽난로 선반 위에 놓여 있었다. 그녀가 아무 죄도 없는 남편에게 처음 의심의 그림자를 드리웠던 건 바로 그 여섯 개의 하얀 알약 때문이었다. 그 어둡고 위험한 그림자는 지금 이 세상에서 그녀를 사랑해준 유일한 사람에게까지 뻗어 나가 그의 목숨을 위협하고 있었다.

스텔라는 거울 속 하얗게 질린 자신의 얼굴을 쳐다보며 중얼거렸다.

"오, 하느님……. 리키! 내가 그 사람에게 무슨 짓을 저지른 거지?"

하지만 스텔라는 아직 자신이 모든 것을 잃지 않았다는 것을 깨달았다. 그녀는 리처드를 구하고, 뺨을 맞은 복수를 할 수도 있었다. 스텔라는 문을 쾅 닫고 집 밖으로 나간 프레더릭이 밖에서 지키고 서 있던 경찰과 싸우는 소리를 들었다. 그녀는 재빨리 머리를 단정하게 가다듬고 옷매무새를 정리했다. 그리고 떨리는 손을 진정시켰다. 그녀는 복도로 나갔다.

"경위님, 잠깐 시간 좀 내주시겠어요?"

리처드가 복도에 서 있었다. 그는 당혹스럽고 겁에 질린 눈으로 그녀를 쳐다보았다. 의심과 슬픔, 쓸쓸한 비난이 어린 표정이었다. 이건…… 늘 그랬듯이 나중에 설명할 수 있을 것이다. 스텔라는 언제라도 리처드를 뜻대로 할 수 있었다. 그런 반면…….

"앉으세요, 경위님. 말씀드릴 게 있어요."

스텔라는 불안한 듯 무릎을 모으고, 소파 끝에 걸터앉았다.

"너무 무서운 일이에요. 정말 끔찍해요. 제가 먼저 여쭤볼게요. 제 남편을 범인이라고 생각하시는 건가요? 그러니까 장부 숫자를 고친 것 때문에⋯⋯."

코크릴 경위가 호기심이 어린 눈으로 스텔라를 보았다.

"그 점에 관해서라면 남편분께서는 전혀 모르겠다고 하시더군요. 다른 말씀은 없으셨습니다."

"그럼 그 알약은요? 수면제라고 했던 여섯 개의 알약이 모르핀이었을지도 모른다고 생각하시는 건가요?"

경위는 말없이 스텔라를 쳐다보았다.

그녀는 다시 침착해졌다. 하지만 큰 목소리로 강조했다.

"하지만 제 남편은 그 여자에게 아무것도 주지 않았어요."

경위가 고개를 들었다.

"여자에게 약을 주지 않았단 말입니까?"

"경위님, 상황을 한번 그려보시겠어요? 남편은 벽난로 선반 위에 알약을 놓고 그대로 집을 나갔어요. 전 다른 방에 가서 수간호사에게 전화를 걸었죠. 제가 다시 거실로 나갔을 때 벽난로 선반 위에는 알약들이 그대로 놓여 있었어요. 실제로 그 여자에게 약을 건네주고 먹게 한 건 그레이엄 선생이었어요."

스텔라가 앉은 자세를 바로 했다.

"경위님. 제 남편이 위험에 빠졌어요. 그 사람은 제 남편이에요. 그레이엄 선생이 그 여자에게 먹인 약이 남편이 준 약과 같은 거라고 누가 그러던가요?"

코크릴 경위는 잠시 미동도 없이 앉아 있었다. 그가 차분하게 말했다.

"지금 그 말씀은, 부인이 전화를 거는 사이에 그레이엄 씨가 진료실에 몰래 들어가 모르핀을 꺼내고, 장부의 숫자를 고쳐놓은 뒤, 그 여자가 알아채지 못하게 약을 바꿔치기했을지도 모른다는 뜻인가요?"

정말 깔끔한 정리다.

"경위님도 그럴 가능성이 있다는 것을 이미 알고 계셨던 것 같은데요?"

"다양한 측면에서 생각해봐야 하니까요." 경위가 너그럽게 대답했다.

"제가 통화를 하는 사이 그레이엄 선생이 거실에 그대로 있었는지, 혹은 자리를 비웠는지는 아무도 모르잖아요."

"그레이엄 씨가 그런 짓을 저질렀다면 동기가 뭘까요?"

"아시다시피, 그 여자는 온갖 악의적인 추문으로 병원 문을 닫게 할 수 있었어요." 스텔라는 자신의 말에 코크릴이 동

잔속에든독

의하지 않는다는 것을 알았다. "물론 그게 동기는 아니에요, 경위님."

그리고 그녀는 다시 한번 어깨를 쭉 펴고, 무릎 위에 가지런히 올려놓았던 손을 깍지 꼈다. 깍지를 끼자 하얗고 흐릿한 피부에 비해 손가락 관절이 어슴푸레 빛나는 아이보리 색으로 변했다. 스텔라가 다시 말했다.

"저한테는 너무 끔찍한 일이에요. 하지만 전 남편을 지켜야만 해요. 경위님……. 그레이엄 선생이 저를 사랑하고 있어요."

경위는 그 말에 깜짝 놀랐다.

"부인을 사랑하고 있다고요?"

"제 생각에는 오래된 것 같아요. 그 사람은 한 번도 말한 적이 없어요. 전 정말 몰랐고, 아무도 모르는 일이었죠. 리키도 몰랐어요. 하지만 지난밤, 처음에는 여느 때와 마찬가지로 저를 친절하고 편안하게 대해주었는데 아무래도 시간이 지나면서 흥분한 모양이에요. 그 사람이 갑자기 절 끌어안으면서, 제게 굉장한 여자, 멋진 여자라고 하더니 제 푸른 눈동자를 칭송했어요. 경위님도 어떤 상황이었는지 아시겠죠. 전 정말 깜짝 놀랐어요. 이 일을 남편이 알게 되면 뭐라고 하겠어요!"

경위는 이번에도 아무 말도 하지 않았다. 마침내 그가 입을 열었다.

"그 일이 앤 켈리 살인 사건과 무슨 상관입니까?"

스텔라는 점차 흥분했다.

"경위님은 그 여자에 대해 아무것도 모르시잖아요? 그녀는 악랄했어요. 악의적이고, 신경질적이며, 우리 사이를 이간질했어요. 그 여자는 남편과 사랑에 빠졌다는 착각을 하고 있었기 때문에 절 미워하고 있었죠. 제 이름을 더럽히기 위해서라면 무슨 짓이든 했을 거예요. 그런데 그 여자가 그 광경을 전부 본 거예요. 그레이엄 선생은 그 여자가 반쯤 잠들어 있을 거라고 생각한 모양이에요. 그리고 제가 말했다시피 그 사람은 이미 흥분한 상태라, 그녀가 거기 있는데도 전혀 신경 쓰지 않았어요.

하지만 그 결과…… 그 여자는 우리를 파멸시킬 수 있게 되었죠. 우리 모두를 파멸시킬 수 있게 된 거예요. 남편의 아이를 가졌다는 소문이 도는 것만으로도 상황은 좋지 않았어요. 거기에 제가 남편의 동업자와 바람이 났다는 소문이 더해지기라도 한다면! 그러면 일이 정말 쉬워지는 거죠! 사람들은 다른 추문은 이미 알고 있었지만 이 일에 대해서는 전혀 모르고 있었어요. 그 사람에 대해서는 아무도 의심하지 않았어요. 게다가 그 여자는 보잘 것 없는 사람이었고요. 어쨌든 그 여자는 죽고 싶어 했고, 사람들에게 그렇게 떠들고 다녔는걸요……."

중요한 사항과 뒤틀려버린 상황을 모두 떠올리자 그녀의 마음은 이상할 정도로 개운해졌다. 그리고 한계점까지도. 그녀의 의식 어딘가에서는 그게 전부가 아니라는 것을 인식하고 있었다. 여전히 누군가가 한 번에 무너뜨릴 수 있다는 위험이 있었다. 그렇게 되기 전에…….

"오늘 아침에 전…… 전 경위님이 남편을 의심하고 있다는 걸 알았어요. 경위님, 용의선상에 있는 사람은 세 명뿐이죠. 남편은 저만큼이나 죄가 없다는 것을 제가 잘 알아요. 그래서…… 전 남편을 이 방에서 잠시 떠나 있게 만들었어요. 경위님이 남편한테 독약 장부를 보여달라고 하실 줄 알았으니까요. 그리고 아시다시피…… 그래요, 전 시험해보고 싶었어요. 그래서 그레이엄 선생에게 다가가 말을 했어요. 그 사람이 지난밤에 말한 것처럼…… 그러니까 제가 자기를 싫어하지 않는다고 생각하게 만들었죠. 그레이엄 선생은 금세 반응을 보였어요. 절 끌어안고 천사라고 부르더군요. 그래서 저도 그 사람에게 맞춰줬어요. 남편에게 실망했다고 말하고, 그이가 그 여자와 함께 저를 속였다는 말을 믿는 척했어요.

그런 다음 저는 그레이엄 선생의 얼굴을 살피기 위해 뒤로 한 발자국 물러나면서 말했죠. 만일 남편이 그 여자를 죽인 범인으로 유죄판결을 받게 되면 그때는 우리가 자유로워질 거라고 말이에요. 그 사람은 제 말뜻을 바로 알아들었어요. 하지만 그는 제 얼굴을 보고, 제가 진실을 알고 있다는 사실을 알아챘죠. 그 사람이 그 여자를 죽였고, 리키에게 그 죄를 뒤집어씌울 작정이었다는 것을 말이에요. 그러자 그 사람은 또다시 흥분했어요. 절 거칠게 밀치면서 제 뺨을 때리더군요……. 여기 손자국 보이실 거예요. 그리고 그 사람은 이 집에서 뛰쳐나갔어요. 어디로 갔는지 누가 알겠어요! 그 사람 입장에서는 분명히 제가 자기를 유혹했고, 남편을 범인으로 만들고 싶어 했다고 생각할 거예요! 하지만 경위님도 대비하셔야 해요. 어떻게든 대책을 마련하셔야 한단 말이죠."

"물론입니다. 전 이미 대책을 마련했습니다." 코크릴이 말했다.

스텔라는 지쳤다. 그녀의 마음은 의구심과 공포심으로 가득 찬 무시무시한 지하 동굴을 헤쳐나가고 있었다. 하지만 겉으로는 애써 침착함을 유지하고 있었다. 떨리는 손을 무릎에 숨긴 채, 아무 말 없이 앉아 있었다. 창백해진 얼굴을 아래로 숙이고 시선을 떨어뜨렸다.

"그다지 재미있는 이야기는 아니었죠." 스텔라가 말했다.

코크릴은 그녀 옆에 앉더니 몸을 앞으로 내밀며 스텔라의 손목을 붙잡았다. 스텔라는 살짝 놀랐다. 경위가 말했다.

"해리슨 부인, 아시다시피, 나는 부인의 의견에 동의하지 않습니다. 하지만 아주 재미있는 이야기라고 생각해요. 지금껏 이렇게 재미있는 이야기는 들어본 적이 없습니다. 심지어 앞서 부인이 해주었던 이야기보다 더 재미있어요."

스텔라는 갑자기 공포심이 맹렬하게 솟구쳤다.

"그게 무슨 뜻이죠? 제가 무슨 이야기를 했다는 거예요?"

"남편분에 관한 이야기 말입니다."

코크릴은 가늘지만 단단한 손으로 여전히 그녀의 손목을 붙잡고 있었다. 마치 정신을 딴 데 둔 채, 아이를 조용히 시키기 위해 멍하니 손을 잡는 엄마처럼.

"해리슨 부인, 부인은 정말 영리해요. 부인은 진실에 아주 밀접하게 서 있죠. 대부분의 사람들은 그렇게 하지 못한답니다. 지금 부인이 말씀하신 그레이엄 씨와의 대화에 관해, 복도에서 지키고 있던 경사에게 물어보면 두 사람 사이에 실제로 오고 간 단어를 거의 모두 그대로 썼다는 것을 확인할 수 있을 겁니다. 다만 해석이 문제죠. 당연히 그럴 겁니다. 모든 건 자세히 뜯어보면 그런 법이니까. 그렇지 않습니까?"

경위는 냉소적인 농담 같은 어조를 버리고, 날카롭게 말했다.

"예를 들어…… 커피에 대해 말해볼까요?"

"커피요?"

스텔라가 머뭇거리며 대답했다. 하지만 그녀는 확실히, 확실하게 안전했다. 실수는 전혀 없었다. 커피 잔 가장자리에 립스틱 자국, 지문들, 그 여자의 것뿐만 아니라 자신의 지문까지, 보통 사람들이 흔히 그러듯 잔에 남아 있는 모든 지문들을 다 닦아버리는 터무니없이 어리석은 짓은 하지 않았다. 스텔라는 그 점이 자랑스러웠다.

"제가 그 여자에게 커피를 가져다주었어요. 맞아요. 남편이 그렇게 하라고 했거든요."

"맞습니다. 남편께서 부인에게 그렇게 하라고 했죠. 부인은 진료실에 그 여자와 두 남자를 남겨놓고 주방으로 향했습니다. 그때 생각할 틈이 생긴 거죠. 부인은 갑자기 진료실로 돌아가 그 자리에 있던 모든 사람들에게 거실로 가라고 말합니다. 그렇지 않습니까? 부인 입으로 한 말씀입니다."

"네, 제가 그랬어요. 그게 어때서요? 전 그 사람들이 거실로 가는 게 좀더 편안할 거라고 생각했어요. 진료실에는 제대로 된 의자가 하나밖에 없었으니까요."

"전에 부인께선 거실로 자리를 옮기라고 했던 이유가 응급 환자가 중간에 들어올지도 모르기 때문이라고 하셨습니다만."

"그것도 맞아요. 여러 가지 사항들을 고려했죠."

"그중에는 진료실을 비우기 위해서라는 이유도 있지 않았을까요?"

"그 말씀은, 제가 진료실에 가서 모르핀을 꺼내 왔다는 뜻인가요……?"

"고맙습니다. 말씀하신 대로 입니다." 코크릴이 말했다. 그의 눈동자가 다시 반짝거렸다. "그 모르핀을…… 커피에 넣었죠. 뜨겁고 진한 커피에 설탕을 듬뿍 넣어서 다른 맛은 전혀 나지 않았을 겁니다. 그런 다음 부인은 거실로 나가 그 여자에게 커피 잔을 건네주었죠."

그리고 그 여자에게 마시라고 소리쳤다!

─자, 어서 마셔!

프레더릭이 갑자기 나타나서 조금 위험하고 불리한 이 기억을 떠올리면 어떻게 하지? 스텔라는 또다시 솜털이 머릿속을 뒤덮는 기분을 느꼈다. 체계적인 사고를 가로막는 무능하고 불합리한 구름 떼에 머리가 갑갑해지기 시작했다. 그녀는 힘없이 그 구름의 표면을 뚫고 나왔다.

"그렇다면 대체 제가 그 장부를 언제 고쳤다는 거죠?"

"언제든지요. 그때였을 수도 있고, 나중에 했을 수도 있겠죠. 그건 중요하지 않습니다. 부인은 그 여자에게 커피를 줬어요. 시적으로 표현해보자면 '잔 속에 든 독'인 거죠."

스텔라는 투지를 최대한 끌어모았다.

"문학적인 경찰이라…… 정말 매력적이네요!"

코크릴은 비웃는 것처럼 그녀에게 고개를 까딱하며 인사했다. 그건 마치 고양이가 곧 잡아먹을 불쌍한 생쥐에게 아무

도움이 되지 않는 위로를 하는 거나 마찬가지였다.

그렇지만 어찌 되었든…… 경위가 무엇을 입증할 수 있지? 그녀는 생각했다. 그는 그저 나를 속이려고 하는 거야. 물론 경위는 알고 있겠지. 하지만 내가 아무것도 인정하지 않으면 그가 사실을 알고 있다 해도 아무 소용이 없어. 괜찮아. 내가 모르핀을 가져갔을 수도 있고, 장부의 숫자를 고쳤을 수도 있어. 하지만 그 약을 내가 언제 먹였다는 거야? 난 그 여자와 단둘이 있었던 적이 없고, 그 여자도 그렇게 말했잖아. 이를테면, 내가 그 여자에게 새로 가져다줄 따뜻한 음료에는 비소가 들어 있을지도 모른다고 말이야. 그 뒤로 난 그 여자와 단둘이 있었던 적이 없어. 그 여자가 첫 번째 증상을 나타낸 뒤에도 그랬지. 기회는 오직 커피밖에 없다고 경위도 추측하겠지만 어떻게 했는지는 모를 거야. 그 잔은 깨끗해. 이제 내가 할 일은 자멸하지 않고 굳게 버티는 거야…….

그렇게 무사히 넘어가고 나면 스텔라는 경위를 비웃으며 이렇게 물어볼 것이다. 생쥐가 갑자기 크게 자라나서 비웃기도 하고 발칙하게 위협할 수도 있다면, 더이상 평범한 생쥐가 아닌 하얀 송곳니를 가진 쥐가 된다면 어떤 멍청한 고양이 정도는 상대할 수 있지 않겠냐고.

"경위님, 제가 질문 하나 드려도 될까요? 아까 말씀하신 시적 표현대로 잔 속에서 독을 찾아내셨나요?"

　　　　　　　　잔 속에 든 독

"아뇨, 부인이 깨끗하게 씻어냈으니까요." 경위가 대답했다.

"하지만 그 잔에는 아직 찌꺼기가 남아 있잖아요."

"그건 커피포트에 남아 있던 찌꺼기입니다."

"세상에, 교묘하기도 하지!" 스텔라가 한껏 빈정거리며 말했다.

"네, 그렇습니다. 아주 교묘했습니다. 어쨌든 다른 사람은 그 잔에 손을 대지 않았겠죠? 부인이 그 사실을 직접 확인해주시겠습니까?"

"물론이죠. 그 잔에 관해서는 조금도 거리낄 게 없으니까요. 전부 책임을 지죠. 제가 그 잔을 개수대에 둔 뒤 주방에 들어간 사람은 아무도 없어요. 잔에는 커피 찌꺼기 이외에는 아무것도 없었어요. 경위님도 잘 생각해보세요. 잔에 남아 있던 커피를 손가락으로 찍어 먹고 난 뒤에 말씀하셨잖아요……."

"저는 그 잔에 커피밖에 없다고 했습니다. 정말 그랬죠."

코크릴이 말했다. 그런 다음 갑자기 그녀의 손목에 수갑을 채우며 말했다.

"부인은 남은 커피에 설탕 넣는 걸 잊어버리셨더군요."

2부

앙트레 선택

살인 게임

노인은 그를 만난 것만으로도 기뻐했다.

"어서 오게, 친구. 최근엔 새로운 얼굴을 통 보질 못했다네. 그러니 내 맘에 드는 사람을 만나지 못한 건 당연한 일이지. 자넬 보니 내가 젊었을 때가 조금씩 떠오르는군. 함께 있어줄 텐가?"

그들 앞에는 부드러운 초록빛 잔디밭이 눈부신 봄 햇살을 받으며 드넓게 펼쳐져 있었다. 한쪽에 있는 화려한 꽃밭에서는 남자들이 끌과 괭이를 들고 일을 하고 있었다.

"여긴 어떻게 왔는가?"

"제미니 사건 때문에요." 자일스가 대답했다.

"그렇군. 자네도 알다시피 난 살인 수수께끼를 정말 좋아한다네. 예전에는 자백도 많이 받아냈지." 노인이 생각에 잠겼다. "제미니라. 변호사였던가? 이름은 귀에 익는데, 요즘 건망증이 심해져서 말이야. 내 기억으로는 좋은 사람이었다는 것 같은데?"

노인은 지난 몇 달간의 기억들을 더듬기 시작했다.

"신문에서 그 이름을 본 기억이 나는군. 밀실 살인. 다들 그렇게 불렀지?"

"그분은 사무실 안에 있었고, 문은 안쪽에서 잠겨 있었어요. 창문은 깨져 있었는데…… 유리가 계속 떨리고 있었죠. 사무실은 4층에 있었어요. 그분은 목이 졸린 채 칼에 찔려 의자에 묶여 있는 상태였죠. 경찰이 안에 들어가 보니 찔린 지 얼마 되지 않은 상처에서 계속 피가 흐르고 있었어요. 하지만 사무실 안에는 아무도 없었죠."

"놀랍군!"

노인은 혈관이 불거진 주름진 손으로 자일스의 젊은 팔을 붙잡았다.

"비탈길에서 좀 쉬어가지. 저기 뽕나무 아래 있는 의자에 앉자고. 최근에는 정원에 뽕나무가 많이 보이지 않는 것 같던데, 안 그런가? 저기 앉아서 사건에 대해 말해주게나. 난 다 잊어버렸으니까. 요즘은 전부 잊어버린다네. 그러니까 처음부터 차근차근 말해주게." 노인의 눈이 반짝거렸다. "날 시험해보게나! 자네만 괜찮다면 골무 찾기 놀이¹를 해보면 어떤가……. 살인자 찾기 놀이라고 할까. 일단 내게 사건의 개요

ㅣ 여러 사람이 함께 하는 놀이로, 방 안에 한 사람만 남아 골무처럼 작은 물건을 숨기면 다른 사람들이 들어와 찾는다. 물건을 숨긴 장소에 가까이 가면 '뜨겁다'고 외치고, 멀어지면 '차갑다'고 말해준다.

를 설명해주게. 경찰들이 수사를 하면서 단서나 증거를 찾아
내는 것처럼 차례대로 말해달라는 거야. 반드시 사실일 필요
는 없지만 있는 그대로 알려줘야 하네. 그걸 취합해서 사건을
해결해볼 테니……."

자일스는 마음속에서 공포심이 솟구치는 것을 느꼈다. 그
일을 다시 떠올리고, 헬렌의 이름을 피와 공포와 의심 속에
다시 끌어들이는 것만으로도 속이 울렁거리는 듯했다. 하지
만 그 사건을 털어버리고 잊어버리기 위해서는 가능한 한 많
은 이야기를 하라고 했다. 헬렌은 말했다. '나를 잊도록 해. 잊
어버리는 거야. 그럼……'

두 사람은 뽕나무 아래 의자에 다다랐다. 자일스 카베리
는 노인과 함께 자리에 앉아 제미니 사건에 관한 이야기를 털
어놓기 시작했다.

제미니의 사무실은 그리 크지 않은 정사각형 모양인데 기
본적인 가구들만 놓여 있었다. 출입문은 두껍고 묵직했으며,
맞은편에는 커다란 유리 한 장짜리 창문이 있었다. 창유리에
는 직경 60센티미터 정도의 구멍이 나 있었다. 깨진 유리 조
각 일부는 창틀 안쪽 바닥에 떨어져 있었고, 나머지는 전부
창밖 아래 창고에 있는 마당에 떨어져 있었다. 자일스는 창문
이 4층 높이였다고 설명했다.

토머스 제미니는 창문과 출입문 중간에 놓인 책상 앞에 있

　　　　　　　　　　　　　　　　　　　　　살인 게임

었다. 그의 나이는 칠십 세로, 지금까지 대부분 형사사건을 담당해온 변호사였다. 뜯어낸 블라인드 조절 끈으로 의자에 묶인 그는 서류가 잔뜩 흩어져 있는 책상에 엎드린 모양으로 쓰러진 채, 보랏빛으로 변한 얼굴을 문 방향으로 돌리고 있었다. 제미니 본인의 실크 손수건은 목에 감겨 있었고, 어깨뼈 사이에는 칼에 찔린 상처가 있었다. 상처에서는 조금이긴 했지만 피가 흐르고 있었다. 책상 위에 항상 놓여 있던 종이칼은 보이지 않았다.

경찰들이 쿵쾅거리며 계단을 올라오는데 문 밑으로 연기가 새어 나오기 시작했다. 루퍼트 체스터가 주먹 쥔 양손으로 문을 두드리며 큰 소리로 불러보았지만 젬 아저씨에게선 아무런 대답이 없었다.

"루퍼트 체스터?"

"루퍼트도 젬 아저씨의 피후견인 중 한 명입니다. 우리 모두 그분의 피후견인이죠. 젬 아저씨는 우연히 마주친…… 그러니까 불우한 환경에 있는 아이들의 보호자가 되어주었습니다. 이 부분은 따로 기억해주세요. 나중에 말씀드릴 테니까요. 어쨌든 루퍼트도 그런 애들 중 한 명이었습니다."

"알았네……." 노인은 마음의 눈으로 그림을 그려보며 생각에 잠겼다. "전체적인 풍경은 어떤가? 건물 맞은편에는 뭐가 있지?"

자일스 카베리는 자갈이 깔린 길 위에 선을 그렸다.

"여기가 그 건물이 있는 블록입니다. 실제로는 아주 커다랗고 낡은 건물이죠. 우리는 그 건물의 맨 위층을 쓰고 있습니다. 엘리베이터는 없고 계단뿐이죠. 토요일 오후라 다른 사람들은 아무도 없었습니다. 게다가 그날은 월드컵 결승전을 하는 날이었으니 말할 것도 없죠. 길은 이쪽입니다. 루퍼트의 방과 제 방은 이쪽으로, 길 건너편에 있는 경찰서가 보여요. 젬 아저씨의 사무실은 복도 가장 끝에 있는 모퉁이 방이었어요. 그 방에는 창문이 하나뿐이었는데, 그 창으로는 이쪽 길 오른편에 있는 창고 마당이 내려다보입니다."

"마당은 좁은가?"

"네. 하지만 반대편 지붕까지 줄사다리나 도르래 같은 걸 이용해 건너갈 수는 없습니다. 선반이나 도장공들이 쓰는 로프 의자 같은 도구들을 이용해도 어렵죠. 결국 그 가설은 배제할 수밖에 없었습니다."

"당연한 소리는 하지를 말게." 노인이 놀이를 하고 있는 어린아이처럼 말했다.

"하지만 이건 맞을 수도 틀릴 수도 있는 증거가 아니라 명백한 사실입니다. 더군다나 창문의 깨진 구멍으로는 아무도 빠져나갈 수가 없어요. 일단 높이가 15미터나 되니까요."

"알았네. 그런 그렇고, 루퍼트 체스터라고 했지? 제미니에

살인게임

게 그 사람 외에 다른 피후견인이 있다고 했나?" 노인이 엄지
손가락 마디를 만지작거리며 물었다.

"피후견인이든 입양아든 편하신 대로 부르면 됩니다. 이른
바 '제미니의 귀뚜라미들'이었죠. 루퍼트와 저, 헬렌 말입니다.
물론 저희 말고도 더 있습니다만……."

좋은 사람. 노인은 그렇게 말했었다. 실제로 토머스 제미니
는 착하고 친절하고 동정심이 많은 사람이었다. 그는 수많은
범죄자들을 상대로 하는 일에 파묻혀 지내면서도, 아무 죄
가 없는 범인의 가족들에게 진심으로 연민을 느끼며 그들이
차별받지 않고 이 세상을 살아갈 수 있도록 노력했다. 경제적
인 지원이나 새 일자리 또는 집을 찾는 것을 도운 것은 물론
이고, 종종 과거를 청산하고 영국에서 멀리 떨어진 곳에서 새
삶을 살 수 있게 돕기도 했다…….

"젬 아저씨가 이민을 떠날 수 있도록 도운 사람들에게 위
험한 과거가 있다는 것 정도는 알고 있었어요." 자일스가 말
했다. "하지만 자세히 알지는 못했죠. 우리 중 누구도 서로에
대해 알지 못했어요. 아저씨는 그게 공정하지 않다고 하셨
죠."

심지어 제미니의 아내가 살아 있을 때는 자기 집을 불쌍한
아이들에게 제공했다. 그래서 아주 어린 아이들은 종종 그들
을 친부모라고 생각하곤 했다. 제미니의 귀뚜라미들. 그는 점

잖지만 시시한 농담으로 아이들을 그렇게 불렀다. 제미니는 자신의 손을 거친 모든 아이들이 필요할 때 도움을 받을 수 있도록 '제미니 귀뚜라미 신탁'을 만들었다. 그의 유언에 따라 모든 재산은 신탁으로 넘어갔다. ("거기엔 단서가 없어요. 돈 문제는 잊으시는 게 좋을 거예요.") 제미니는 아이들의 과거를 감추기 위해서는 무슨 일이든 했다. 심지어 아이들 본인에게도 숨겼다. (자일스의 경우는 거기에 해당되지 않았다. 자일스는 아버지와 어머니가 도끼를 든 미친 남자에게 목숨을 잃은 일을 기억할 수 있는 나이였기 때문이다. 토머스 제미니는 범죄자의 아이들뿐만 아니라 피해자의 아이들 역시 보살펴주었다.)

제미니는 그들 중에서 비슷한 나이 또래의 아이들 세 명을 가까이 했다. 바로 자일스, 루퍼트, 헬렌이었다. 자일스와 루퍼트는 자신의 일을 도울 수 있었기 때문이고, 헬렌은 아내가 죽기 전 집에 들인 아이들 중에서 제미니가 가장 아끼던 아이였다. 숱이 많고 부드러운 검정 머리카락을 지닌 헬렌은 머리카락 아래 가려진 커다란 눈동자로 용감하게 상대를 바라보곤 했다.

"젬 아저씨는 그 애를 '말하는 난초'라고 불렀죠. 하지만 헬렌은 실제로는 아주 강인해요. 지금까지 저희 같은 남자애들과 지내면서 저희가 하는 일은 전부 다 함께 했으니까요. 더 잘하는 것도 있었죠……" 자일스가 말했다. 그의 눈에서 미소가 사라졌다. "재판에서 모든 사실이 드러났어요."

"더 말할 필요 없네." 노인이 다시 말했다. 그리고 옆에 앉은 젊은이를 날카롭게 쳐다보았다. "내가 맞혀보지. 자넨 그 아가씨를 좋아하지?"

그 말을 듣자 자일스는 통증을 느꼈다. 헬렌을 떠올릴 때마다 그는 찌르는 것 같은 아픔과 고통을 느꼈다. 그렇지만 가벼운 어투로 대꾸했다.

"그렇게 생각하세요?"

"루퍼트는?"

"루퍼트도 헬렌을 좋아합니다."

"그 아가씨는 어느 쪽을 좋아하나?"

루퍼트. 화사하면서도 상냥한 미소에 푸른 눈동자, 아무리 빗어 내려도 다시 곱슬곱슬해지는 풍성한 적갈색 머리카락을 지닌 루퍼트. 자일스는 검은 머리에 호리호리한 몸매를 지니고, 진지하면서도 농담을 잘하고 웃음이 많았다.

"어떤 날은 한 사람을, 또 다른 날은 다른 사람을 좋아했어요. 헬렌은 우리를 혼란스럽게 만들었죠. 그때 제삼자가 나타나서……."

"제삼자가 있단 말인가? 자네들 세 사람만 있는 게 아니란 말이지? 당연히 살인 사건이 일어났을 때를 말하는 거야. 그럼 이제 용의자는 하나, 둘, 셋, 네 명이 됐군. 자네와 루퍼트,

헬렌, 그리고 또 다른 네 번째 인물?"

노인이 자리에서 일어나더니 묵직한 팔과 어깨를 앞으로 들어 올렸다.

"잠깐 걸을까. 가만히 앉아 있으니 좀 춥군. 살해당한 경관에 대한 정보는 없나? 제미니가 경찰서에 전화를 걸어 전언을 남겼다지? 그리고 나중에 죽은 경찰 역시 전화를 걸었고?"

'밀실'에서 죽어가던 토머스 제미니는 길 건너에 있는 경찰서에 전화를 걸어 횡설수설 말했다. 무언가, 혹은 누군가가 "흔적도 없이 사라졌다"고 하고 창문에 대해 뭐라고 하기도 했다가, 완전히 공포에 휩싸인 목소리로 "긴 팔"이 어떻다는 말을 했다고도 한다.

그로부터 한 시간 뒤, 평소처럼 순찰을 돌고 있는 줄 알았던 크로스 순경이 몇 킬로미터 떨어진 곳에서 경찰서로 전화를 걸어 이상한 말을 남겼다. "뭔가 목에 걸렸어⋯⋯." 그리고 창문이 어떻다느니, 뭔가가 흔적도 없이 사라졌다는 말을 하다가 갑자기 공포에 질린 목소리로 말했다. "긴 팔⋯⋯." 그가 전화를 건 공중전화 부스의 유리는 깨져 있었다. 그의 시신은 그곳에서 백 미터 떨어진, 반쯤 무너진 공장의 물탱크에서 발견됐다. 크로스 순경 역시 교살당한 채 온몸이 묶여 있었는데, 그의 등에는 제미니의 사무실에서 없어진 종이칼이 꽂혀 있었다.

　　　　　　　　　　　　　　　　살인 게임

"그 순경도 같은 경찰서 소속인가?"

작은 시골 마을이라 경찰서라고는 한 곳뿐이었다. 아무래도 사무실 바로 건너편에 경찰서가 있다 보니 거기서 일하는 사람들을 잘 알고 있었다. 의심스러운 의뢰인들을 대신해, 토머스 제미니와 두 명의 젊은 직원들은 매일같이 경찰서를 들락날락하며 애원하고, 말다툼하고, 신중히 생각하고, 싸웠다.

제미니가 처음 전화를 걸었을 때, 경찰서에서는 젊은 경찰들 여섯 명이 지하에 있는 구내식당에 모여 차를 마시고 있었다. 그곳에서는 다섯 층 위에 있는 제미니의 사무실 창문이 잘 보였다. 경찰들은 제미니의 이름을 듣자마자 자리에서 벌떡 일어나 명령을 기다릴 새도 없이 모자를 쓰고 밖으로 뛰쳐나갔다.

"전화를 받은 지 이 분도 안 되는 시간이었을 거예요……."

"정확하게 무슨 말을 했다고 했지?"

"아까 말씀드렸잖아요. 젬 아저씨는 죽어가고 있었어요. 누군가 젬 아저씨의 목을 조르고 있었기 때문에 전화교환원은 아저씨의 말을 제대로 알아듣지 못했죠. 책상이 불타고 있었으니 틀림없이 아저씨는 급하게 구조를 요청하셨을 거예요. 그러면서 창문이 어떻다느니, 뭔가가 흔적도 없이 사라졌다느니 하는 말을 한 거죠. 전화교환원은 전화를 건 사람의 이름과 주소를 알아내기 위해 계속 아저씨의 말을 가로막았어요. 마침내 아저씨가 제미니라고 이름을 밝혔고, '긴 팔'에 대해 말하며 무시무시한 비명을 질렀어요. 그리고 채 이 분도 지나지 않아 경사를 포함해 적어도 다섯은 되는 경찰들이 사무실 문 앞에 도착했어요."

하지만 그때는 벌써 루퍼트가 문 앞에 서서 주먹으로 문을 두드리고, 다시 어깨로 쾅쾅 밀치며 "젬 아저씨! 젬 아저씨!"라고 소리치고 있었다. 경사는 계단 앞에 서 있던 순경에게 건물에서 빠져나가는 사람이 없는지 지켜보라고 지시한 뒤, 나머지와 함께 문을 향해 달려들었다. 마침내 루퍼트가 소리쳤다.

"빗장이 걸려 있나 봐요. 문 위쪽과 아래쪽에 빗장이 달려 있어요."

그는 위쪽 문짝을 부순 다음 그 틈으로 손을 밀어 넣어 빗장을 풀고, 아래쪽 문짝을 발로 걷어차 부순 뒤 다시 손을 집어넣어 아래쪽 빗장도 풀었다. 그런 다음 뒤로 물러선 그들은 모두 합심하여 여전히 꼼짝도 하지 않는 문을 향해 달려들었다. 일순 정적이 흐르고, 사무실 안쪽에서 창문이 깨지는 것처럼 와장창 하는 날카로운 소리가 이상하리만큼 분명히 들렸다.

마침내 문이 열렸다. 사무실 안을 자욱하게 메우고 있던 연기가 푸른색 제복을 입은 경찰들을 향해 덤벼들었다. 안에는 아무도 없었다. 살아 있는 사람은.

살아 있는 사람은 없었다. 오직 죽은 사람만이, 불타오르는 책상 너머에서 목이 졸린 채 그들을 바라보고 있었다. 칼자국이 난 등에서는 아직도 피가 새어 나오고 있었다. 시신 뒤쪽으로 보이는 깨진 유리창은 마치 누군가 금방 그 틈으로 빠져나가기라도 한 것처럼 떨리고 있었다.

하지만 구멍의 직경은 60센티미터밖에 되지 않았고, 창문은 지면으로부터 15미터나 떨어져 있었다.

루퍼트 체스터와 경관 두 명이 시신 쪽으로 황급히 달려갔다. 경사는 다른 경관과 함께 창문으로 다가갔지만 아무것도 없었다. 아래쪽에서도 인기척은 없었다. 배달이 있을 때만 사용하는 창고 쪽 뜰은 창고 건물 외벽과 아무것도 없는 벽, 높은 방책이 달린 대문에 둘러싸여 있는 텅 빈 공간이었는데 깨끗하게 청소되어 있었다.

"잘 지켜보게. 시선을 떼지 말고 잘 봐."

경사가 옆에 있는 경관에게 말했다. 하지만 그는 이미 거기서 아무것도 찾지 못하리라 예감하고 내심 불안과 혼란을 느끼고 있었다. 사무실 중앙은 아수라장으로, 그 자리에 있던 사람들 모두가 불붙은 책상에서 솟아오르는 연기 탓에 숨이 막히고 기침을 하면서 불타는 종이들을 수습하려고 애쓰고 있었다. 그 혼란스런 와중에 루퍼트 체스터가 날카로운 목소리로 크게 소리쳤다.

"맙소사! 이것 좀 봐요! 헬렌이에요. 그녀가 위험해요. 가봐야겠어요."

그리고 그는 사무실을 뛰쳐나갔다.

"쫓아갈까요?"

경관들 중 누군가 물었지만 경사가 이렇게 대답했다.

"아니, 괜찮아. 그냥 가게 내버려둬. 하던 일이나 계속해."

당장 해야 할 일에 비해 사람이 너무 부족했다. 게다가 루퍼트 체스터는 그들 모두가 잘 아는 인물로, 신원을 알아내지 못한 채 사라진 용의자가 아니었다. 뿐만 아니라 루퍼트는 빗장이 질러져 있던 문 밖에서 안으로 들어가려고 애를 쓰고 있지 않았나. 이윽고 불길이 점점 거세지면서 시신까지 삼키기 시작하자 누군가 외쳤다.

"맙소사, 어디 소화기 없어요?"

그러자 다른 누군가 외쳤다.

"내가 가서 소방대를 불러오겠습니다."

이 상황에서 무엇을 해야 한단 말인가? 불에 다 타버릴지도 모르니 범인에 관한 단서가 남아 있는 시신부터 옮겨야겠지? 경사는 타오르고 있는 책상 쪽으로 힘겹게 다가가 시신을 살펴보았다. 그는 범죄 현장의 전체적인 모습과 인상을 기억하려고 애를 쓴 뒤, 부하들에게 지시했다.

"좋아, 이제 시신을 옮긴다. 의자와 같이 밖으로 옮기자."

루퍼트 체스터를 걱정할 시간은 없었다. 정말 헬렌 크레인이 조금이라도 위험에 처했다면 누군가는 대응해야만 했다. 그때 천만다행으로 소방대가 도착했다.

"사무실은 심하게 탔나?"

"대부분 목재로 되어 있었으니까요. 가구나 문은 전소됐고, 종이들도 당연히 다 타버렸죠. 사무실 안에 서류가 정말 많았거든요. 단서가 될 만한 것은 하나도 남지 않았습니다. 모두 물을 뒤집어쓰기도 했고요. 당연한 일이지만 메모도 찾지 못했습니다."

"메모라니?"

"루퍼트가 헬렌을 찾으러 뛰어나가게 만든 메모요. 그 친구 말로는 메모지에 크게 휘갈긴 글씨로 '—헬렌—위험—'이라 적혀 있었다더군요."

"다른 사람들은 보지 못했다고 하던가?"

"루퍼트 말로는 경관들 중 한 명도 메모를 읽었다고 했습니다. 하지만 확인해보니 다들 보지 못했다고 하더군요."

"그럴 줄 알았지."

노인이 무뚝뚝하게 말하자 자일스가 깜짝 놀라 그를 쳐다보았다.

"벌써 도달하신 건가요?"

"어디에 도달했다는 뜻이지? 나는 지금 열두 가지 정도의 결론을 생각하고 있다네. 어떻게 그럴 수 있는지 묻는 거라면……."

"아직 죽은 경관에 대해서는 아무 이야기도 듣지 않으셨잖아요."

"그자 때문에 사건이 더 복잡해지는 것 같지는 않아. 이미 용의자들을 전부 찾아냈으니 말이야." 노인이 의미심장하게 눈을 찡긋하면서 말을 이었다. "용의자들 모두 잠겨 있던 사무실 밖으로 나와 자유롭게 돌아다닐 수 있었네. 그러니 경관을 살해하든 다른 어떤 일을 하든 마음대로 할 수 있었겠지. 그래도 일단 그 경관에 관해 말해보게."

"그는 5시경에 살해당했습니다. 젬 아저씨가 경찰에 전화를 건 시간은 4시인데, 삼사 분가량 통화를 했죠. 경관은 5시에 전화를 걸었어요. 게다가 두 사람은 불가사의할 정도로 똑같은 말을 했습니다. 긴 팔이니, 뭔가가 흔적도 없이 사라졌느니 하면서요. 그 경관은 처음에 '조지? 나 딩컴이야'라고 말했습니다. 딩컴은 그 경관의 별명이었고, 조지가 그때 경찰서 전화교환기를 담당하고 있었거든요. 그는 자기 번호를 말한 다음, 지금 전화를 걸고 있는 위치를 말하려는 순간에 누군가의 방해를 받았던 모양입니다. 젬 아저씨에게 그랬던 것처럼 이번에도 누군가 목을 조르자, 경관은 무시무시한 비명을

229   살인 게임

지르면서 '창문'이니 '흔적도 없이 사라졌다'는 말을 남겼어요. 그러면서 쉴 새 없이 비명을 질러댔죠. 그런 와중에 전화교환원이 알아들을 수 있었던 말은 '긴 팔'이라는 말밖에 없었습니다. 그다음은 이미 말씀드린 대로입니다. 그가 전화를 건 전화박스는 유리가 깨져 있었고, 거기서 백 미터쯤 떨어진 반쯤 버려진 공장에서 시신이 발견된 겁니다."

자갈길 끝에 도착한 그들은 다시 돌아섰다.

"이번 사건의 범인은 운 좋게도 범행 준비를 아주 은밀히 해낸 것 같습니다."

"그 정도로 준비했다고 할 수 있을까? 하긴 그것도 준비라면 준비겠지! 토요일 오후였고, 월드컵 결승전 날이었으니까. 사람들은 모두 텔레비전 앞에 붙어 있을 테니 말이야. 게다가 비가 내리고 바람도 거센 날씨였지. 그날은 전국적으로 날씨가 좋았는데, 여기만 비가 오고 바람이 세차게 불었어."

두 사람은 의자가 있는 곳으로 돌아와 다시 앉았다. 노인은 쉽게 지쳤다. 아래쪽에서 잔디 깎는 기계가 내는 윙 소리가 들렸다. 아직 작업이 진행중인 잔디밭에는 짙고 연한 초록색이 교차하는 줄무늬가 그려져 있었다. 하지만 노인의 마음은 자물쇠와 빗장이 걸린 문 안쪽, 창문이 깨진 밀실에서 남자가 칼에 찔려 사망했는데도 다른 사람은 누구도 없었던 사건에 가 있었다. 그리고 한편으로는, 목이 졸린 시골 마을 경관이 전화박스 안에서 무언가 중얼거리다 얼마 뒤 사망한 사건을 생각하고 있었다.

"두 사건 사이에 실질적인 연관점이 있나?"

"두 사람이 같은 말을 했죠. 겁에 질린 채 '흔적도 없이'나 '긴 팔'에 대해 말했어요. 그리고 경관을 찌른 칼은 젬 아저씨의 사무실에 있던 종이칼이었습니다. 칼에 묻은 혈흔을 검사해보니 경관과 아저씨의 피가 섞여 있었어요, 물 때문에 조금 희석되긴 했지만 말입니다. 경관의 시신은 반쯤 못 쓰게 된 쓰러진 물탱크에서 발견했는데, 온몸을 전선으로 묶은 뒤 물탱크에 빠뜨렸더군요."

"그렇군, 알겠네. 이제 사실들이 다 모였군." 노인이 손을 문지르며 말했다. "그럼 이제 알리바이를 들어볼까."

"루퍼트와 헬렌과 제 알리바이 말인가요……?"

"그리고 제삼자의 것도. 헬렌의 세 번째 구혼자를 잊으면 안 되지. 범행 동기가 돈이 아니라면 헬렌과 관계가 있을 거라는 생각이 드네만?"

그렇게 두 사람의 화제는 헬렌으로 돌아왔다. 이제 자일스는 그것을 극복해야만 했다.

"경찰도 같은 결론에 도달했습니다." 자일스가 말했다.

"그래, 우리도 경찰 관점에서 생각해봐야지. 하지만 그보다 먼저, 제미니는 헬렌에게 어느 정도 영향력이 있었나? 그러

니까 그 아가씨의 결혼 문제에 관해서 말이야. 결혼을 막을
수도 있었을까?"

"법적으로는 막지 못하셨겠죠. 혹시 그런 뜻으로 물어
보신 거라면 말이에요. 하지만 젬 아저씨는 조언을 하셨을
겁니다. 그분의 조언은 과거에 근거를 두고 있죠. 젬 아저씨
는…… 헬렌이든 저희든 다른 사람에게든 경고를 해서 결혼
을 막았을지도 모릅니다. 그분은 우리의 과거사와 유전자를
알고 있으니까요……."

"제미니가 입을 다물게 하기 위한 일이라면 확실히 동기가
될 수 있겠군. 그건 실질적인 권한보다 더 막강한 거니까."

"누군가는 그렇게 생각했을 겁니다." 자일스가 노인의 말
에 엄숙하게 동의했다.

"아주 좋아. 이제 사건의 순서에 따라 실제로 무슨 일이 일
어났는지 알아보도록 하세."

아이처럼 들뜨고 기대에 찬 모습으로, 노인은 의자에 앉은
채 몸을 꼼지락거리며 좀더 편안한 자세를 찾았다.

"경찰들이 하는 대로 진위 여부부터 가려야지. 일단 추려
내는 거야. 경찰들은 그렇게 하니까."

어떻게 보면 이 사건은 크로스 경관에서부터 시작된 것일
수도 있다. 구내식당에서 이른 저녁 식사를 하고 순찰을 나갔
던 그는 5시에 전화가 온 뒤에야 주목을 받았다. 그리고 그의

시신은 버려진 공장에서 한 시간 뒤, 어쩌면 그보다 더 늦게 발견되었다.

"그다음 우리가 알고 있는 정확한 시간은 제가 제미니 아저씨를 보러 사무실에 갔을 때였죠."

제미니는 사무실에 남아 있었다. 그는 두 사람, 그러니까 자일스와 루퍼트하고만 이야기를 나누고 싶다 했다. 하지만 따로따로 만나기를 원했다.

"전 2시 30분에 만나기로 했고, 루퍼트는 4시에 만나기로 했죠. 젬 아저씨는 집에서 이야기를 하고 싶지는 않다고 했어요. 헬렌이 집에 있을 수도 있으니까⋯⋯. 헬렌은 아직도 젬 아저씨와 같이 살고 있거든요. 루퍼트와 저는 사무실에서 차로 십오 분 거리에 있는 플랫에 같이 살고 있고요. 어쨌든 제삼자가 나타난 것이 젬 아저씨의 마음에 들지 않았던 모양이에요. 우리는 그 사람이 누군지 몰랐지만, 아저씨는 알고 계셨거나 누군지 짐작하고 계셨던 듯해요. 아저씨는 그 상황이 마음에 들지 않았죠. 아저씨는 헬렌의 마음이 그에게로 돌아섰다고 생각했고, 그 애가 자기 마음을 제대로 모른다고 생각하셨어요. 아저씨는 내심 헬렌의 짝으로 저나 루퍼트를 염두에 두고 계셨지만, 그 사실을 바깥에는 알리고 싶지 않으셨던 거든요. 어쨌든 아저씨는 저희 두 사람과 함께 그 일에 대해 의논하고 난 다음, 다음 행동을 취하기 전에 헬렌에 대한 우리의 마음을 알아보실 생각이었어요. 그 밖에 별다른 일은 없었어요. 그냥 가족 간의 대화 같은 거였으니까."

"그랬군. 그래서 자네는 2시 30분에 사무실로 갔나?"

"네, 플랫에 루퍼트를 남겨두고요. 젬 아저씨와 저는 편안하게 대화를 주고받았어요. 그 일에 관해 제 의견을 말씀드렸죠."

"그 남자가 누군지는 말해주지 않던가?"

"네, 알려주지 않으셨어요." 자일스가 대답했다.

"음, 걱정하지 말게. 누군지 쉽게 추론해낼 수 있을 테니까. 그다음엔?"

"전 3시 30분에 그곳에서 나왔어요. 그때까지만 해도 젬 아저씨는 아무 일 없이 무사하셨어요. 그렇지 않았을 거라고 말씀하지 마세요. 젬 아저씨는 정말 괜찮았으니까. 아저씨는 제가 나가자마자 루퍼트에게 전화를 걸었어요. 그때는 아저씨가 경찰서에 전화를 걸기 전, 그러니까 4시 이전이었어요."

"그렇군. 그래서?"

"전 집으로 갔어요. 차를 주차한 뒤 모퉁이를 돌아 플랫 입구로 가던 도중에, 루퍼트가 계단을 뛰어내려오는 걸 봤죠. 모자도 쓰지 않고, 비가 오는데도 우비를 그냥 손에 든 채 말이에요. 아마 걸칠 새도 없이 그냥 집어 들고 나왔던 모양이에요. 그런 다음 자기 차에 올라타더니 총알처럼 사라졌어요."

"뭐가 그렇게 급했다던가? 약속 시간인 4시도 되지 않았는데?"

"루퍼트 말로는 젬 아저씨의 전화를 받았기 때문이라고……"

"정확하게 말해보게."

"젬 아저씨가 먼저 이렇게 말했답니다. '아직 출발하지 않았니?' 그래서 루퍼트가 대답했죠. '지금 막 나가려던 참이에요. 자일스와 같이 계신 거 아니었어요?' 그러자 젬 아저씨가 대답했죠. '아니, 그 애는 삼십 분 전에 나갔단다.' 그런 다음 젬 아저씨가 아주 '유익한 대화'를 나눴다는 식의 이야기를 하시다 갑자기 말을 멈췄다고 하더군요. 그리고 이렇게 말씀하셨답니다. '이런 일이 또 있다니. 난 마음에 들지 않는구나, 루퍼트. 창밖에서 뭔가 재미있는 일이 벌어지고 있는 것 같아.'"

"15미터 높이에서 말인가?"

"어쨌든 그렇게 말씀하셨다고 해요. 그리고 또 이렇게 말씀하셨다고도 했어요. '빨리 와라, 루퍼트. 뭔가 잘못된 것 같아.' 그래서 루퍼트는 우비를 걸칠 새도 없이 바로 뛰어나갔던 거예요."

"그렇다면 어째서 경찰서에 먼저 전화하지 않았을까? 바로 건너편에 있는데."

"보통 그렇게 하긴 힘들죠. 젬 아저씨도 거기까지는 생각이 미치지 못했을 겁니다."

노인은 생각에 잠겼다. 그리고 냉담하게 말했다.

"모든 일들이 자네에게는 아주 유리하게 되어 있군, 안 그런가? 만일 플랫 앞에서 루퍼트를 보지 않았더라면 차로 십오 분 걸리는 사무실로 돌아가 제미니를 죽인 건 자네라고 할 수도 있을 거야. 안 그런가?"

"제가 루퍼트를 봤다고 했는데도 경찰은 정말 그렇게 생각했답니다. 걱정하지 마세요! 경찰 쪽에서는 제가 루퍼트의 차가 주차되어 있는 곳을 미리 확인해놓고 그가 뛰어나갔다고 말했을지 모른다고 생각했어요. 그 친구는 항상 무슨 일이든 서두르곤 하니까요. 그렇게 제가 알리바이를 날조했다는 거죠. 하지만 우비가 절 도와줬어요." 자일스가 말했다.

"사실 그런 날씨에 루퍼트가 우비를 입지 않았을 거라고 추측하기는 힘들었을 테니까. 나도 그 덕분에 자네가 혐의를 벗었을 거라고 생각했네."

"그리고 루퍼트도요. 제가 플랫 앞에서 그 친구를 본 덕에, 루퍼트가 2.6킬로미터 떨어진 사무실까지 가서 젬 아저씨를 살해하고 다시 돌아오지 않았다는 것이 확인된 셈이니까요."

"제미니는 루퍼트가 사무실에 도착할 때까지 죽지 않았으니까."

"네, 하지만 그때 이미 뭔가 일이 벌어지고 있었어요. 아저씨가 루퍼트에게 그렇게 말했으니까요."

"그건 루퍼트가 한 말이라는 것을 잊어선 안 돼." 노인이 말했다. 그리고 화제를 돌렸다. "그동안 헬렌은 어디 있었나?"

"헬렌도 외출중이었어요. 황야를 거닐고 있었죠. 그것도 사건 장소에서 24킬로미터 떨어진 곳에서요." 자일스가 재빨리 대답했다.

"그날 오후 내내 말인가? 그렇게나 비가 오고 바람이 센 날씨에?"

"헬렌은 체력을 유지하기 위해서 그렇게 해요. 영화와 관련된 일을 하고 있거든요. 많이 위험하지 않은 대역 일을 하고 있어요. 배우를 대신해 승마나 다이빙, 스키, 사격 같은 것들을 하는 거죠. 어릴 때 저희 같은 남자애들과 같이 자라는 바람에 헬렌은 강인한 편이었다고 말씀드렸잖아요."

"그렇다면 헬렌이 황야에 있는 것을 본 사람이 많겠군. 안 그런가?"

"말씀하셨듯이, 그런 날씨에 누가 그런 곳에 가겠어요?"

"그럼 헬렌이 거기 있었다는 건 누가 한 말인가?"

"제가 했어요. 거기서 만나기로 약속했거든요."

"그래서 만났나?"

"아뇨. 하지만 그건 제 잘못이에요. 약속을 헷갈리게 했으니까요. 황야는 아주 넓은 곳이잖아요. 제가 헬렌에게 먼저 가 있으면 만나러 가겠다고 했어요. 젬 아저씨를 만난 다음에 출발할 생각이었지만 헬렌은 제가 아저씨를 만나는 걸 몰랐기 때문에 그 말은 할 수 없었죠. 그래서 전 4시 30분쯤 '벨'에, 그러니까 선술집에 있겠다고 했어요. 하지만 헬렌은 우리가 가끔 소풍을 가곤 했던 '델'에서 만나자는 걸로 이해한 거죠. 똑바로 발음하지 않으면 비슷하게 들리잖아요."

"그리고 자네는 제대로 발음하지 않았고?"

"네, 헬렌과 만나기로 한 것을 루퍼트가 몰랐으면 했어요. 젬 아저씨를 만난 뒤에 제가 먼저 헬렌을 만나야겠다고 생각했어요. 수단과 방법을 가릴 처지가 아니잖아요?" 자일스가 약간 자조적으로 말했다.

"알았네. 3시 45분경, 헬렌은 황야에 있었고 알리바이는 없다는 말이군. 자네와 루퍼트의 알리바이도 플랫 앞에서 서로 본 게 전부고. 그래서 그다음 이야기는 어떻게 되나?"

"그다음에 저는 집에 들어가 차를 한잔 마셨습니다. 4시 30분쯤 헬렌을 만나기로 했다는 말을 못 하기도 했고, 젬 아저씨의 집에서 좀 일찍 나왔거든요. 그런 다음에 차를 몰고 벨로 갔죠. 그때쯤 루퍼트는 젬 아저씨의 사무실이 열리지 않아서 문을 두드리다가, 도착한 경찰들과 함께 문을 부수고 들어갔다고 했습니다. 그리고 그들과 함께 사무실로 들어간 루퍼트가 책상 위에 놓여 있던 메모를 본 겁니다. 살인 사건에 큰 충격을 받았는데도 그 순간에는 헬렌을 찾으러 나가야겠다는 생각뿐이었다고 하더군요. 헬렌이 집에 없어서 루퍼트는 몇몇 친구들에게 전화를 걸어보았는데 누구도 행방을 알지 못했어요. 그래서 그 친구는 다시 차에 올라타고 무작정 헬렌이 있을 것 같은 장소들을 찾아다니기 시작한 겁니다……."

"루퍼트가 헬렌이 있을지 모른다고 생각하며 찾아간 장소들 중에 그 경관이 살해당한 현장과 가까운 곳도 있었나?"

"좁은 지역이잖습니까." 자일스가 간단하게 대답했다. "반경 3킬로미터 이내니까요. 헬렌이 있던 황야를 제외하면 어디든 차로 삼십 분이면 갈 수 있죠. 결국엔 루퍼트도 헬렌이 주말이 되면 종종 황야를 거닐었다는 사실을 떠올리고 그곳으로 갔습니다. 하지만 말씀드렸다시피 황야는 아주 넓은 곳이라 저희 모두 서로 만나지 못했죠."

"그래서 경관이 살해당했던 시간, 즉 오후 5시경에 헬렌과 루퍼트에게는 알리바이가 없다는 말인가? 그건 자네도 마찬가지겠지?"

"이번에도 유리하다고 하실 것 같아 걱정입니다만, 제게는 알리바이가 있습니다. 벨에서 이십 분쯤 헬렌을 기다렸는데 나타나지 않아서, 전 그녀가 오지 않기로 한 모양이라고 생각했습니다. 아무래도 날씨가 좋지 않았으니까요. 그래서 헬렌의 집에 전화를 걸었습니다. 가정부가 그 사실을 확인해줄 겁니다."

"자넨 어디서나 알리바이가 있는 것 같군."

"실망시켜드렸다면 죄송합니다. 전화는 벨 밖에 있는 공중전화로 걸었는데 선술집 안에 있던 사람들은 마침 모두 텔레비전 앞에 모여 있었어요. 영업이 끝나긴 했지만 저는 단골이라 종업원들과 안면이 있었거든요. 창문을 두드려서 수신호로 경기 점수를 물어봤어요. 그러자 연장전이 진행되는 중이라고 알려주더군요. 그래서 무승부라는 걸 알았죠. 우리는 유리창을 사이에 두고 승리를 기원했습니다……."

"그걸로 확실하게 알리바이가 입증된 셈이군."

"경찰도 그렇게 말했습니다." 자일스가 냉담하게 말했다.

"그렇다면 이제 루퍼트와 헬렌만 남았군."

"친애하는 세 번째 인물도 남아 있죠. 선생님께서는 그들 중 누가 제미니 아저씨를 죽였는가보다는 어떻게 죽였는지를 설명해주실 수 있으시겠지요. 문은 잠겨 있었고, 열쇠는 다 타버린 책상 잔해 속에 있었어요. 뿐만 아니라 안에서 빗장까지 걸려 있었죠. 창문에 난 구멍은 어린아이도 못 빠져나갈 만큼 작았고, 창문은 지상으로부터 15미터 높이에 있었습니다. 게다가 창문이 깨진 바로 그 순간에 젬 아저씨는 칼에 찔렸어요. 범인에 대한 가설을 세우기 전에 먼저 그 문제에 관한 설명이 필요할 것 같습니다만." 자일스가 말했다.

노인이 두툼한 귓불에 닿을 정도로 어깨를 크게 으쓱했다.

"아, 그 부분에 관한 설명은 여섯 가지 정도로 정리할 수 있을 듯하네. 지금 당장 세 가지는 설명할 수 있어. 각 용의자에 맞춰서 말이야. 루퍼트의 입장에서 한 가지, 헬렌의 입장에서 한 가지, 자네 말에 따르면 내가 친애한다는 세 번째 인물의 입장에서 한 가지……"

자일스는 그 말에 즉시 반응했다.

"어째서 헬렌을 용의자로 보시는 겁니까? 선생님도 이번 사건의 동기가 헬렌이라는 사실에는 동의하셨잖아요."

"그렇다면 이번 사건에 가장 큰 관련이 있는 사람은 헬렌이지 않겠나?" 노인은 이야기 중에 방해를 받은 것에 대해서는 신경 쓰지 않았다. "토머스 제미니는 자신에게 가장 소중한 존재인 헬렌의 결혼에 대해 의논했어. 그는 그들의 과거와 혈통을 전부 알고 있지. 어쩌면 제미니는 헬렌과 누군지 모를 그 사람과의 결혼을 완전히 끝낼 수 있는 어떤 사실을 말했을 수도 있어. 그래서 그자가 제미니의 입을 다물게 만든 거야. 그리고 자신에게 위협이 될 서류가 남아 있을지도 모를 책상에 불을 질렀어. 그렇게 제미니의 입을 영원히 막아버린 거지."

"그건…… 알겠습니다. 하지만 어떻게 말입니까?"

노인은 말없이 깊은 생각에 잠겼다. 잎이 남지 않은 뽕나무의 가지 사이로 쏟아지는 햇살 때문에 노인의 커다란 대머리는 빛과 그림자로 얼룩져 있었다. 자일스가 마침내 그의 주의를 다른 이름으로 돌렸다.

"만일 루퍼트라고 한다면……." 노인은 다시 정신을 차린 것 같았다. "그래, 좋아. 루퍼트가 범인이라면! 루퍼트는 제미니에게서 전화를 받은 척하며, 그걸 구실 삼아 약속 시간보다 일찍 사무실로 갔어. 아니면 실제로 전화를 받았을지도 모르지. 제미니는 그저 자네가 떠났으니 루퍼트에게 지금 와도 좋다는 말을 하고 싶었던 건지도 몰라. 하지만 어느 쪽이든 자네와는 전혀 상관이 없겠지. 루퍼트는 제미니를 목 졸라 죽인 뒤 의자에 묶었어. 그런 다음 어딘가에 종이칼을 숨긴 채 밖으로 나와서 사무실 문을 잠갔네. 경찰들이 도착했을 때 그는 문을 두드리고 있었지. 경찰들에게 문 안쪽에 빗장이 걸려 있다고 한 다음, 문짝을 부순 뒤 제일 먼저 팔을 집어넣어 빗장을 푸는 시늉을 했어. 당연히 빗장 같은 건 걸려 있지 않았지. 그런 다음 경찰들이 잠긴 문을 열고, 사무실 안으로 몰려들어가자 루퍼트도 같이 들어갔어. 그리고 불길이 치솟는 책상 위에 열쇠를 던져놓기만 하면 전부 끝이지." 그리고 노인은 골무 찾기 놀이를 하는 어린애처럼 물었다. "이제 좀 뜨거워졌나?"

"아직 아니에요. 무엇보다 칼로 찌른 건 어떻게 한 거죠?"

"그거야 범죄 스릴러에 등장하는 아주 오래된 트릭이지. 쓰러진 사람을 걱정하는 것처럼 허둥지둥 살펴보는 척하다가 칼로 찌르는 거야. 죽은 지 얼마 되지 않았으면 그렇게 피가 조금씩 흐르게 되어 있어."

"경찰 여섯 명이 보는 앞에서요?"

"사무실 안에는 연기가 자욱하게 차 있었어. 모두 경황이 없었을 테니까……."

자일스는 지푸라기라도 잡으려고 했다.

"그렇다면 창문은요! 그 자리에 있던 사람들은 사무실 안으로 들어가기 전에 유리창이 깨지는 소리를 들었다고 했어요."

"그들은 유리가 깨지는 소리를 들은 거라네. 그건 완전히 다른 문제지." 노인이 대답했다.

"깨진 창문이 여전히 떨리고 있었어요."

노인은 다시 어깨를 으쓱했다.

"루퍼트가 부서진 문짝 안으로 손을 밀어 넣으면서 뭔가를 던졌을 수도 있어. 아마 문에서 떨어진 나뭇조각 같은 거겠지. 그건 불에 타버릴 테니까. 아니면 미리 창문을 깬 다음, 나중에 던질 요량으로 그 유리 조각을 가지고 있었을 수도 있고. 창틀에 유리 조각이 조금 남아 있었다고 했지? 부서진 문틈으로 손을 집어넣고, 보이지도 않은 상태에서 유리 조각을 집어 던지는 거야. 그런데 운이 좋아 부서진 창틀에 명중해서 창문이 다시 흔들리기 시작한 거지. 하지만 그 순간 그가 노린 것은 유리가 깨지는 소리였어."

"세상에! 사건을 완전히 해결하셨군요!"

자일스가 말했다. 그로서는 마지못해 칭찬을 할 수밖에 없었다.

"그렇다고 할 수는 없다네. 난 그저 여섯 가지 대답 중 한 가지를 말했을 뿐이니까. 이건 루퍼트가 범인일 경우에 해당되는 답이었어."

"좋아요. 그럼…… 루퍼트라고 하죠. 그렇다면 그 메모는 뭐죠?"

"당연히 메모 같은 건 없었네. 그건 루퍼트가 사무실을 빠져나가려는 구실이었으니까."

"무엇 때문에요?" 자일스가 물었다.

"무엇 때문이냐고? 그 경관을 처리하기 위해서라면 어떤가? 어쩌면 담당 구역을 순찰하던 경관이 뭔가를 목격했을 수도 있겠지?"

자일스의 회의론이 다시 살아나기 시작했다.

"무엇을 봤다는 거죠? 거기서는 아무것도 볼 수 없어요. 루

퍼트가 약간 일찍 도착한 것 말입니까? 그게 어때서요? 루퍼
트는 그 사실을 숨길 이유가 없어요. 어쨌든 젬 아저씨의 전
화를 받았다고 말했으니까요. 루퍼트에게는 경관을 죽일 이
유가 없습니다."

"나도 그렇게 생각하네. 그리고 만일 루퍼트가 경관을 죽
이지 않았다면, 제미니 역시 죽이지 않았다는 거지."

"선생님은 처음부터 루퍼트를 범인이라고 생각하지 않으
셨군요?"

"말했잖나. 이건 그저 루퍼트가 범인이라고 가정했을 때
의 해답일 뿐이라고."

"만일 루퍼트가 범인이 아니라면…… 헬렌이 위험에 처했
다는 메모도 진짜일 수 있겠군요."

"그렇겠지." 노인이 말했다.

"하지만 헬렌은 위험에 빠지지 않았어요."

"그랬을 거네." 노인이 말했다.

"그렇다면 헬렌에 관한 메모는 누가 남긴 걸까요?"

"헬렌 본인이 놔둔 거겠지." 노인이 대답했다.

강인한 여자. 승마, 등산, 사격, 칼 던지기 훈련을 받은 여
자……. 남자애들과의 놀이에서도 이겼던 여자다. 그런 여자
가 사랑에 빠졌는데, 후견인이 그녀의 사랑을 허락하지 않는
다. 그는 과거의 비밀을 너무 많이 알고 있었고, 그녀의 사랑

을 영원히 끝낼 수 있었다. 여자는 후견인이 먼저 한 사람을 만난 뒤, 다음 사람을 만날 때까지 남은 삼십 분 사이에 일을 저지른다…….

"이제 뜨거워졌나?"

헬렌의 이름이 이 추악한 사실 앞에 거론되자, 자일스는 또다시 오한을 느끼며 몸서리를 쳤다. 가슴이 아팠다.

"당연히 아니죠. 전부 말도 안 됩니다. 어떻게 헬렌이 그런 짓을 할 수 있단 말입니까? 문을 부술 때 헬렌은 근처에 있지도 않았습니다. 그리고 문 안쪽에 빗장이 걸려 있었던 건 사실이에요."

"오, 자네도 알겠지만, 문 밑으로 끈을 통과시켜 빗장을 걸 수 있다네. 그런 것도 가능하지. 그후 문은 화재로 망가졌고, 끈도 함께 사라졌지. 불을 지른 이유이기도 하다네."

"그렇다면 그 자상은요! 깨진 유리창은 뭡니까!"

"유리창은 당연히 미리 깨놓은 거지. 직경 60센티미터인 그 구멍 말이야. 그리고 희생자는 죽어가거나, 죽은 상태에서 의자에 묶였다네. 유리창에 난 구멍은 피해자의 등 쪽에 나 있었지. 맞은편에는 창고 지붕이 보이고, 그 사이에 있는 뜰은 넓지 않아. 헬렌이라면 정확하게 명중시킬 수 있어. 안 그런가? 다른 것들처럼 칼도 잘 던지겠지. 깨진 유리창을 보면 경찰들이 문을 부수고 있던 그 순간 사무실 안쪽에서 유리가 깨지는 소리가 들렸던 이유도 설명이 되지 않나? 어쨌든 우리는 그 유리 조각의 일부분이 창틀 안에 남아 있었다는 것을 알고 있어. 헬렌은 새총을 잘 쏠 거야, 안 그런가? 자네들은 그런 모습을 어릴 때 많이 봤을 테지."

"헬렌이 무엇 때문에 그런 짓을 했다는 겁니까? 왜 그런 짓을 했어야 하는 거죠? 어째서 이런 속임수를 쓴단 말입니까?"

"혼란스럽게 만들기 위해서지. 이 모든 일들은 헬렌이 현장에서 멀리 떨어져 있다고 생각될 때 일어나야 하니까." 노인은 젊은이의 하얗게 질린 얼굴을 호기심어린 눈으로 바라보면서 말을 이었다. "이건 놀이에 불과해. 우린 그저 놀이를 하고 있는 거라네. 하지만 자네는 이걸 듣기조차 싫어하는군."

"놀이가 아닐 때 몇 번이나 들었던 이야기니까요. 아시다시피 경찰들이 전부 바보는 아니잖습니까. 오직 바보가 아닌 사람들만이 거기서 더 나아가 스스로에게 두 가지 질문을 던지겠죠. 어째서 메모를 남겼을까……?"

"루퍼트를 원하는 대로 행동하게 만들기 위해서지. 그렇게 밖으로 뛰쳐나가게 해서, 경관이 살해당하던 시간에 그 친구의 알리바이를 지우려고 말이야."

"……그렇게 우리를 다시 끌어들인 거군요. 그렇다면 도대체 그 경관은 왜 죽인 걸까요?"

"경관은 막 순찰을 돌기 위해서 사무실 건너편에 있는 경찰서에서 나왔을 거야. 혹시 그때 고개를 들었다가 창고 지붕 위에서 새총을 들고 있는 소년을 본 게 아닐까……? 살인 사건이 일어났다는 소식을 들었다면 그가 이런저런 사실들을 종합해 진상을 알아냈을지도 모르지. 그렇지 않은가? 그래서 헬렌은 경관의 입을 막아야만 했다네. 헬렌이 그에 대해 알고 있나? 자네들처럼 헬렌도 경찰서에 있는 경관들을 모두 알고 있겠지?"

"네, 우리 모두 그를 알고 있습니다. 또한 그 경관이 아주 체격이 건장한 사람이라는 것도 알죠. 그런데 어떻게……?"

"자네 입으로 헬렌이 강인하다고 말하지 않았나."

"아무리 그래도 죽어가고 있거나, 이미 죽은 경관을 공중전화박스에서 백 미터나 떨어진 공장까지 끌고 가서 물탱크 속에 빠뜨릴 만큼 힘이 셀까요……?"

"그 점은 확인해봐야겠군." 노인은 기이한 눈빛으로 그 사실을 인정했다.

"그리고 그 칼이요……. 만일 헬렌이 칼을 던졌다면 경찰이 안으로 들어갔을 때 칼도 남아 있어야 합니다. 헬렌은 칼을 되찾기 위해 사무실 안에 들어온 적이 없어요." 자일스가 심하게 비꼬았다. "선생님도 그 칼에 끈을 묶어 잡아당겼을 거라는 말씀을 하시진 않으시겠죠? 아니면 그 칼이 일종의 부메랑 같은 거라거나……?" 그러다가 터무니없이 안도하며 딱딱한 의자에 몸을 기댔다. "이 늙은 악마 같으니! 선생님은 헬렌이 젬 아저씨를 죽인 범인이라고 생각하지 않으시는군요."

노인의 반짝거리는 눈에 비웃음이 어렸다. 심하게 비웃는 건 아니었다.

"맞아, 그렇지."

"그럼…… 이제 세 번째 인물을 생각해봐야 하나요?"

"그리고 부메랑에 대해서도."

"부메랑…… 무슨 부메랑이요? 제가 조금 전 말했던 부메랑 칼 말입니까? 그건 농담이었는데요."

"부메랑 칼이 아니야. 오래된 부메랑을 말하는 거지." 노인은 그 정도로 대답한 뒤 한참 깊은 생각에 잠겼다. "이 단계에서 우린 경찰들이 알아낸 모든 정보를 입수했네. 진위 여부를 떠나서 말이야. 그래서…… 나는 경찰의 입장에서 생각해봤다네. 가장 중요한 의문점이 무엇인지 자문해보았지. 그러자 다음과 같은 문제점들이 떠오르더군. 첫 번째, 그 경관은 왜 살해당한 것일까? 두 번째, 어째서 그는 그런 방식으로 목숨을 잃었는가? 어째서 두 사람 다 그런 식으로 살해당한 걸까? 목이 졸리고 결박당한 뒤에 이미 죽었거나, 죽어가는 중에 등에 칼을 맞는 방식으로 말이야. 세 번째는 어째서 두 사람 모두 전화로 뭔가가 흔적도 없이 사라진다는 이상한 말을 남긴 것일까? 그리고 끔찍한 비명과 함께 들려온 '긴 팔'이라는 말은 대체 무슨 의미인 것일까? 네 번째, 어째서 루퍼트가 봤다고 한 메모를 다른 사람들은 모두 보지 못했다고 부인한 것일까? 다섯 번째, 여섯 번째, 일곱 번째…… 이 끝없는 질문들 중에서 가장 중요한 의문점은 바로 그날 오후, 죽은 사람이 상처에서 피를 흘리며 묶여 있고, 창문은 깨졌고, 사무실 안 책상에서는 불길이 치솟고 있는데 누군가가 소방대를 불러오겠다고 외친 이유는 무엇일까 하는 거라네."

그리고 노인은 또다시 거실에서 놀이를 하는 아이처럼 물었다.

"이제 뜨거워졌나?"

"많이 뜨거워졌어요. 아주 많이요." 자일스가 대답했다.

"처음 경찰서에 전화했을 때 이미 사무실에 불이 났다는 사실은 알렸네. 구조를 위해 뛰어나가는 경찰들이 남아 있을 직원들에게 절차에 따라 소방대를 부르라고 하지 않았을까?"

"불이 있든 없든, 이 상태로 더 뜨거워지면 선생님은 화상을 입게 될 겁니다." 자일스가 말했다.

"크로스 경관은 이른 저녁 식사를 끝내고 순찰을 나간 후로 누구도 보지 못했다고 했지?"

"타는 것 같아요." 자일스가 말했다.

"그렇다면 이제 부메랑으로 돌아가보세."

"전 부메랑이 뭘 의미한다는 건지 모르겠습니다."

"부메랑은 오스트레일리아에서 온 말이지. 자네가 말하는 순간 떠오르더군. '딩컴' 역시 오스트레일리아 말이라는 걸. 그렇지 않나? 그 경관 별명이 딩컴이라고 했지? 딩컴 크로스."

—이민을 떠날 수 있도록 도운 사람들에게 위험한 과거가 있다는 것 정도는 알고 있었어요.

배경이 아주 나쁜 아이는 신변의 안전과 마음의 평화를 위해 먼 곳으로 보냈다. 아이는 어른이 되어 돌아와 친절하고 나이 많은 후견인의 보호 아래, 도움과 격려를 받으며 경찰이 된다. 제미니 귀뚜라미의 다른 아이들처럼 그 역시 자신을 꼼짝 못하게 만들 수도 있는 과거에 대해서는 거의 알지 못한다. 일을 하면서 형제 귀뚜라미들과 접촉을 하게 되고, 여자 형제 귀뚜라미인 헬렌을 알게 되어 사랑에 빠진다. 그의 혈통을 알고 있는 후견인은 두 사람 사이의 결혼을 결코 허락할 수가 없었다.

"당연히 헬렌은 그 남자에게 그날 오후 일정에 대해 말해주었겠지. 제미니가 자신에 대해 두 사람과 의논하고 있는 상황이었으니, 헬렌도 순진해 보이는 자네들에게 아주 흥미가 없지는 않았을 거야. 그때 그 남자는 창고가 있는 뜰 구석에서 사무실을 나오는 자네 모습을 지켜보고 있었지. 제미니는 그자가 거기 있는 것을 보고, 루퍼트에게 전화를 걸어 빨리 오라고 한 거야. 창문 아래에서 뭔가 이상한 일이 일어지고 있었으니까……"

"아저씨는 그때 바로 경찰에 전화를 걸었어야 했어요."

"하지만 제미니는 그 순간에도 그 젊은이의 비밀을 지켜주고 싶었겠지."

"맞아요." 자일스가 동의했다. 그리고 말을 이었다. "그분 성격으로는 그러셨을 겁니다. 그래서요?"

"그래서 루퍼트에게 전화를 건 거야. 그런데 통화 중간에 살인자가 사무실에 들어왔지." 노인이 말을 멈췄다. "아직도 뜨겁나?"

"정말 뜨거워요. 하지만 아주 차갑기도 하네요."

"끝까지 한번 해보지. 그자는 서둘러 일을 마쳐야 했을 거야. 우리 살인자 말일세. 루퍼트가 오고 있는 중이라는 경고를 받았기에 자기가 원하는 만큼 시간이 없었어. 그자는 제미니를 목 졸라 죽이고, 칼로 찌르기까지 했다네. 그리고 책상 앞에 똑바로 앉힌 뒤, 찬바람이 들어올 수 있게 창문을 깨뜨려 구멍을 냈어. 그렇게 일을 끝마쳤지. 그자의 비밀은 타버려 재가 되었고, 이 세상에 그런 비밀이 존재한다는 사실을 알고 있는 유일한 사람은 죽었어. 그자가 누구인지는 아무도 몰라. 헬렌조차 토머스 제미니와 그자를 연관시키진 못했을 거야. 살인은 말할 것도 없었지. 그자가 사무실의 문을 닫고 나와 막 계단을 내려가려 할 때 무슨 소리가 들리는 것 같았어……."

"루퍼트가 올라오는 소리를 들은 모양이군요. 도망치기에는 너무 늦어버린 거죠. 다른 길도 없는데."

"그자가 어떻게 했을 것 같나?" 노인이 물었다. 그는 서두르지 않고 한 번 더 생각했다. "난 그자가 가장 가까운 방에 몸을 숨겼으리라 생각한다네. 아마 자네 사무실이 아니었을까? 오, 루퍼트의 사무실이라고 해도 상관없겠지. 어디든 차이는 없을 테야. 잠시 몸을 숨긴 뒤 루퍼트가 연기가 자욱한 제미니의 사무실 안에서 시신을 발견할 때까지만 기다리면 됐으니까 말이네. 그리고 루퍼트가 경찰을 부르기 전에, 살짝 빠져나와 계단을 내려가면 그만이었어. 하지만……."

"하지만?"

"하지만 그자는 그만 제미니의 사무실 문을 잠그고 말았던 거지. 끔찍했던 과거와 자신이 저지른 엄청난 일을 숨기기 위해 문을 잠근 건 반사적이고 상징적인 행동이었어. 그자는 아무 생각 없이 살인을 저지른 방의 문을 잠가버린 거야. 그래서 루퍼트는 사무실 안에 들어갈 수가 없었어."

"그렇다면 그자는 옆에 있는 루퍼트의 사무실에 숨어 있다가 빠져나갈 수가 없게 된 거군요?"

"언제까지겠나?"

"자신과 같은 푸른색 제복을 입은 경관들이 우르르 계단을 뛰어올라와 잠긴 사무실 문을 두드리기 시작할 때까지요. 그들이 문 아래에서 뿜어져 나오는 연기가 좁은 층계참을 자욱하게 채운 것을 발견하고 모두 합심하여 '하나, 둘, 셋, 지금!' 이렇게 구호를 외치며 문에 몸을 부딪칠 때 슬쩍 합류하는 거죠. 그리고 누군가 문에 빗장이 걸려 있다고 말하자, 재빨리 머리를 굴린 그자는 문짝을 부순 뒤 팔을 밀어 넣고 빗장을 내리는 척했던 겁니다. 하지만 정말로 아무도 그자가 누군지 알아차리지 못했을까요?" 자일스가 물었다.

"사무실 안은 불길과 짙은 연기로 자욱했을 테니, 만일 손수건으로 얼굴이라도 가리고 있었다면 아무도 알아차리지 못했을 거야. 다른 사람들도 모두 그렇게 하고 있었을 테니까. 숨이 막히는 상황이었으니, 목소리도 알아듣기 힘들었을 테지. 더군다나 소화기가 있어야 한다느니, 소방대를 불러오겠다느니 하는 말이 오고 가는 상황에서는……."

"범인은 결국 그렇게 해서 그 사무실에서 빠져나갔다는 겁니까?"

"그렇다네. 정말 영리하지 않은가! 도망간다는 의심도 받지 않을 뿐만 아니라, 그 자리에 있던 사람들 중 누군가는 계단을 지키고 있던 경관에게 소방대를 부르러 사람이 빠져나갈 거라고 말해줄 테니까. 사실 그자는 더 좋은 방법을 시도했었지. 다른 방에 숨어 있는 동안 헬렌에 관한 메모를 쓴 거야. 루퍼트가 그 메모를 보면 그대로 뛰쳐나갈 것을 예측하고 자기도 그 뒤를 따라 나갈 생각이었던 거지. 하지만 생각대로 되지 않자, 소방대를 부르러 가겠다고 할 수밖에 없었던 거라네. 임기응변으로 떠올린 생각이었겠지만 나쁘진 않았어."

노인이 등을 굽히며 미소 지었다.

"뜨거운가?"

"어느 정도는요. 하지만 사소한 사실 하나가 아직 차갑네요. 젬 아저씨는 경찰서에 어떻게 전화를 걸었을까요? 흔적도 없이 사라졌다느니, 긴 팔이니 하는 이상한 말들은 또 무엇이며……."

"젬 아저씨가 걸었다고? 맙소사, 이 친구야! 자네는 상황을 하나도 이해하지 못한 모양이군. 자네, 생각해보지 않았나?"

노인이 말을 멈추더니, 스스로에게 만족스럽다는 듯 빙그레 웃으며 두꺼운 손을 문질렀다.

"자네가 그 자리에 있다고 상상해보게! 지금 루퍼트가 사무실 문을 두드리고 있어. 살인자는 옆방에서 몸을 웅크린 채 숨어 있는 상황이지. 바로 루퍼트의 방에서 말이야. 이제 루퍼트가 어떻게 할 것 같은가? 곧 상황을 파악하고 어떻게 해야 할지 머리를 쓰겠지. 자기 사무실에 들어가 바로 길 건너편에 있는 경찰서에 신고를 할 거야. 그런 루퍼트를 막을 수 있는 건, 그가 신고하기 전에 경찰이 도착하는 것뿐이지. 그리고…… 살인자는 창문을 통해 경찰서 구내식당에 경찰 여섯 명이 앉아 있는 것을 볼 수 있었어. 이제까지의 경험으로 그자는 경찰서에 긴급한 전화가 오면, 그리고 정말 다급한 상황이라면 그들이 다 함께 몰려오리라는 걸 알고 있었지. 그래서…… 목이 졸리고 숨이 막힌 것처럼 목소리를 변조해, 긴팔이니, 흔적도 없다느니 말도 안 되는 소리를 해서 그들을 속인 거야. 역시나 경찰들은 절차에 따라 우르르 달려왔고, 우리가 아는 대로 그자는 도망칠 수 있었던 거지!"

"그러고는 자기 몸을 직접 결박하고 입을 틀어막은 채 공중전화박스에서 경찰서에 전화를 걸어 조금 전 했던 것과 거의 비슷한 내용의 말을 남긴 다음, 몸을 숨길 만한 곳으로 자리를 옮겨서 조용히 자살했단 말입니까?"

"자살? 자네 지금 자살이라고 했나?"

노인이 말했다. 그는 큰 체구를 돌려 앉으며, 하얗게 질려 긴장한 티가 역력한 젊은이의 얼굴을 똑바로 쳐다보았다.

"그건 처형에 가까웠다는 걸 자네도 알고 있을 줄 알았는데……."

자일스가 앉은 자세를 바로 했다.

"그 말씀은 제가 했다는……?"

"자넨 황야에 가 있었잖은가. 그곳 사람들이 자네를 봤다고 확인해준 이상, 그 알리바이는 깰 수가 없지."

"그렇다면 루퍼트가……?"

"자네들의 후견인을 살해한 범인이 누군지 루퍼트가 알고 있었을까?"

"그 당시에는 아무도 몰랐을 겁니다. 심지어 젬 아저씨가 살해당했다는 사실조차 몰랐을 거예요, 경찰과…… 그 살인자를 제외하면. 살인 사건이 있었다는 사실조차 모르는 상황에서 대체 누가 그 살인자에게 복수를 할 수 있단 말입니까?"

"살인범이 누군가에게는 직접 말했을 수도 있지 않겠나?"

"누구에게 말입니까? 그자는 저나 루퍼트에게 접근할 수가……."

"없었겠지. 그렇다면 누구에게 말했을까?"

"맙소사! 지금 헬렌을 말씀하시는 겁니까?"

"그자가 실제로 헬렌에게 말할 필요가 있었을까? 하지만…… 그날 오후 헬렌과의 밀회는 잘 성사되지 않았을지도 몰라. 두 사람이 함께 할 미래가 논의한 중요한 오후 말이네. 헬렌은 자네와 만나기로 했지만, 약속 장소를 헷갈린 척하며 나오지 않을 작정이었어. 그리고 그 공중전화박스 근처에서 남자를 기다리고 있었겠지. 그러다가 그자의 얼굴, 아니면 태도에서 뭔가를 알아챘을 거야. 그리고 우리는 그의 제복에 피가 묻어 있다는 것도 알고 있지. 물속에 잠겼는데도 그 흔적은 남아 있었으니까."

"종이칼에서 묻은 피였죠. 그자는 무엇 때문에 그 칼을 가져갔던 걸까요?"

"호신용이 아니었을까? 루퍼트가 무사했던 건, 계단에서 그자와 실제로 마주치지 않았기 때문일 수도 있어. 그렇지 않으면 지문을 남겼을까 봐 두려웠을지도 모르지. 그자는 몹시 서두르고 있었으니까 말이야. 자기가 생각했던 것보다 시간이 부족했거든. 제미니는 그자에게 계속해서 지금 루퍼트가 오고 있다는 경고를 했을 거야. 어쩌면 제미니가 생각보다 빨리 죽지 않았을지도 모르지. 그래서 그자가 칼을 집어 들었던 건지도 몰라. 그러면 살해 방식이 두 가지인 것도 설명이 되지. 하지만 그런 상황에서 지문까지 신경 쓸 수 있었을까? 만일 경찰이 칼을 찾아내기만 하면 그자는 끝장나는 거야. 그래서 그자는 시신에서 칼을 뽑아 뭔가로 감싼 다음 경찰 제복 재킷 안에 숨겼던 거겠지."

"그렇다면 헬렌은요?"

"헬렌은 달려가 그자를 끌어안았어. 그때 그 재킷 속에 들어 있던 딱딱한 칼자루를 느꼈을 거야. 아니면 그자가 칼을 떨어뜨렸을 수도 있고. 몹시 불안에 떨고 있는 상태였으니까 그랬을지도 모르지. 어쨌든 헬렌은 무슨 일이 벌어졌는지 알아채고 말았어. 그래서 그녀는 남자에게서 몸을 뗀 뒤, 그자가 자기 후견인을 죽였다는 사실에 분노와 고통을 느끼면서 공격했을 거야……."

"그자는 교살당했어요." 자일스의 입술이 하얗게 질렸다.

"어느 쪽이 먼저인지 확실한가? 물탱크에 잠겨 있었으니 어느 쪽이 먼저인지 확인하기는 어려울 텐데. 먼저 남자를 등 뒤에서 찔렀을 수도 있어. 일단 칼에 맞은 그자는 힘이 빠졌겠지. 아무리 힘이 세다고 해도 여자가 남자를 죽이는 건 힘들었을 거야. 그러면 어떻게 헬렌이 그 남자를 최종 은신처로 끌고 갈 수 있었는지도 설명이 되지. 살아 있긴 하지만 고통에 취해 약해진 남자를 거기까지 끌고 가서 결박했을지도 몰라. 일단 그자는 온전히 힘을 쓸 수 없는 상태였고……."

"맙소사!" 자일스가 말했다. 그는 생각만으로도 속이 울렁거리는 것을 참아냈다. "그렇다면 그 전화는……."

"칼에 찔린 시점에 했을 수도 있겠지? 아마 그자는 제미니의 사무실에서 가짜 전화로 경찰을 어떻게 속였는지 다 털어놓았을 거야. 자유로운 상태에서 그랬을 수도 있고, 아니면 칼에 맞은 다음에 말했을 수도 있겠지. 그러자 헬렌은 그자가 한 번 더 전화를 걸어 아까와 똑같은 말을 하게 만들었을 거야. 그자가 제미니의 목소리를 흉내 낸 데서 시작한 못된 마술에서 힌트를 얻어 그처럼 기괴한 미스터리로 이어간 거지."

살인 게임

노인이 문득 하얗게 질린 자일스의 얼굴을 뚫어지게 쳐다 보았다.

"이보게. 이건 그저 놀이일 뿐이야. 안 그런가? 만일 이게 사실이라면, 자네는 그런 여자를 더이상 사랑할 수 없겠지? 그래서 이런 상황에 헬렌의 이름이 언급되는 것조차 견딜 수 없는 것 아닌가."

"선생님은 모르실 겁니다. 전 평생 그녀를 사랑해왔습니다. 그런 제가 어떻게 그 사실을 받아들일 수 있단 말입니까……." 생각만으로도 끔찍한 느낌이 엄습하더니, 이내 자일스는 마음이 아파왔다. "아무리 복수라고 해도, 미칠 것 같은 분노가 치솟았다고 해도, 그녀가 그런 짓을 했다는 것을 어떻게……."

"그 편이 냉정하게 살인을 저지른 것보다는 낫지 않나. 슬픔이나 분노 때문인 편이 냉혹하고 계획적으로 범행을 저지른 것보다는 낫지." 그런 다음 노인이 다시 물었다. "자네는 그 아가씨에 대해 얼마나 알고 있나? 만일 제미니가 헬렌에게 그 연인에 대한 이야기를 했던 것이 아니라, 그 연인에게 그녀에 대해 말했다면 어떻게 되었을 것 같나?"

해가 뉘엿뉘엿 저물자 약간 쌀쌀해졌다.

"한 번만 더 저기까지 갔다가 들어가서 차를 마시세."

노인은 자일스의 팔을 잡고 자리에서 일어나, 모래가 덮인 길을 다시 걷기 시작했다.

"그 젊은 경찰의 과거는…… 그렇게까지 나쁘진 않았던 게 아닐까? 그자는 이 나라로 돌아와 자네들의 후견인의 격려를 받아 경찰이 되었네. 아니면 그저 허락만 받았을지도 모르지. 어쨌든 자네들의 후견인은 모든 것을 알고 있으니 말이야. 그런 상황에서 여자 쪽에 별 문제가 없다면, 제미니가 그렇게까지 적극적으로 엄하게 결혼에 반대했을까? 혹시 헬렌 쪽 혈통에 문제가 있었던 것은 아닐까? 어쩌면 그 남자가 헬렌이 어느 누구하고도 결혼할 수 없다는 것을 알게 된 건 아닐까?"

"헬렌은 정말 착해요. 아주 착하단 말입니다."

"하지만 지금 우리가 말하는 건 헬렌의 죄가 아니라, 그 아가씨의 선조의 죄라네."

자일스가 팔을 잡아 빼자, 노인이 다시 붙잡고 손에 힘을 주었다.

"헬렌이 사랑한 사람이 그 경관이 아니라고 생각해보세. 그 아가씨가 실은 자네나 루퍼트 중 한 명을 좋아했다고 상상해보는 거야. 헬렌이 자네들을 질투하게 만들고, 자기가 쉽게 얻을 수 있는 사람이 아니라는 것을 보여주기 위해 그냥 놀리고 있었던 거지. 하지만 제미니는 그 사실을 몰랐네. 그래서 창문 아래에 있는 그 젊은 경찰을 보자, 그자와 헬렌 사이에 무슨 말이 오고 갔는지 궁금했던 거지. 제미니는 그자를 사무실로 올라오라고 불렀네. 그리고 헬렌뿐만 아니라 그 사람을 위해 두 사람은 유전적으로 섞이면 안 된다고 말했던 거야. 그러자 그 남자는 자신의 핏줄에 흐르는 나쁜 성향에 따라 제미니를 죽이고 만 거지. 그리고 헬렌이 사랑하는 후견인의 피를 손에 묻힌 채 그녀를 찾아가, 이제 그녀의 숨겨진 과거를 알게 되었다고 밝히는 거야. 그런 다음 만일 헬렌이 성경 말씀처럼 '그를 따르지' 않으면, 어느 누구와도 결혼할 수 없는 그녀의 비밀을 밝히지 않겠다고 한 게 아닐까? 자네는 그런 상황에서 그 아가씨와 결혼할 수 있겠나? 루퍼트라면 결혼할 수 있을까? 자네 아이들이 어떻게 될지 스스로에게 질문하며 불안해하지는 않았겠나……?"

노인이 다시 침묵했다. 그러다 말했다.

"그 사건은 어쩌면 처형이 아니었을지도 모르겠군. 물론 살인자가 그녀에게 빌미를 제공했을 수는 있겠지. 나는 그 일이 책상에 불을 지른 것과 같은…… 안전조치와 같은 거라고 생각하네."

그리고 노인은 반짝거리는 눈으로 다시 자일스의 얼굴을 쳐다보았다.

"지금 아주 뜨겁지 않은가?"

"얼음처럼 차가워지고 있습니다." 자일스가 냉정하게 말했다. "좀 전까지 손가락을 불에 델 정도였는데 이제는 진실에서 멀리 떨어졌어요. 그래서 다시 차가워진 겁니다."

그런 다음 자일스는 한 가지 사실을 지적했다.

"젬 아저씨가 실력 행사를 한 목적은 '가족을 지키기' 위해서였습니다. 그분은 헬렌이 저나 루퍼트 중에 한 명과 결혼하기를 바라셨어요. 그런데 헬렌이 비밀을 지키기 위해 살인을 저질러야 할 정도로 안 좋은 유전자를 가지고 있다면 그러지 않으셨을 겁니다."

길 끝에 도달한 두 사람은 다시 돌아서서, 웅장하게 가지를 뻗고 있는 뽕나무 아래 의자가 있는 곳으로 돌아가기 시작했다. 멀리서 징 소리가 들렸다. 그들이 작은 언덕의 경사면을 내려가기 시작하자 정원사들이 자리에서 일어나 허리에 손을 대고 몸을 쭉 펴더니, 두 사람을 쳐다보고는 정원용 연장들을 모으기 시작했다.

"그럼 이제 헬렌은 제외해야 되겠군. 안 그런가?" 노인이 말했다.

"물론이죠. 마치 헬렌이……."

헬렌에게 혐의가 있다는 생각을 할 때마다 자일스의 마음속에 스며들었던 뜨겁고 하얀 안개가 이제는 공기처럼 다가와 그를 아프고 망연자실하게 만들었다. 그 안개 속을 간신히 헤쳐 나오자, 노인은 자기가 고른 다섯 가지 의문점에 다시 몰두하고 있었다.

"아무래도 중요한 의문점의 순서가 약간 바뀐 것 같군. 우리는 어째서 경찰 가운데 헬렌에 관한 메모를 보았다는 사람이 없는 것인지, 이미 출동했을 소방대를 어째서 누군가 부르러 가야 했는지에 대해 의문을 품었지. 이제 그 두 가지 질문의 해답은 찾아냈네. 살인자가 그곳을 빠져나갈 첫 번째 방법에 실패해서 다른 방법을 찾았다는 거지.

한편 우리는 '흔적도 없이 사라진다'나 '긴 팔'과 같은 이상한 말들이 무슨 의미인지에 대해 의문을 가졌지만, 그 말들은 그저 혼란을 야기하기 위한 것이었다는 것도 알게 되었네. 그리고 어째서 자네의 젬 아저씨가 그런 방식, 그러니까 결박당한 채 목이 졸리고 칼에 찔리는 방식으로 살해당해야 했는지에 대해 의문을 품었으나 그 또한 수사에 혼란을 야기하기 위함이었다는 것도 알게 되었지. 찔린 지 얼마 되지 않는 것 같은 자상이나 막 깨뜨린 것 같은 유리창, 빗장을 여는 일과 같은 모든 세부적인 사항들 역시, 실제로는 아무도 없었던 밀실 안에서 그 순간 바로 살인이 일어난 것 같은 착각을 일으키기 위한 것이었음을 알게 됐어.

하지만 우리에게는 아직 해결하지 않은 한 가지 의문이 남아 있다네. 결정적인 의문이기도 하지. 어째서 그 경관을 살해한 것일까? 그것만 아니었다면 완벽하게 루퍼트의 범행으로 볼 수 있었을 텐데, 바로 그 사건 때문에 혐의를 벗게 되었지. 루퍼트에게는 그 경관을 죽일 이유가 없었으니까."

자일스는 완만한 내리막길에서 휘청거리며 걷는 노인을 부축하며 천천히 걸었다.

"이제 아주 뜨거운데요. 타오르고 있어요. 맞아요. 정말 결정적인 질문이에요. 그 경관은 어째서 살해당한 걸까요?"

"제미니 아저씨를 살해한 복수를 하기 위해서. 다른 이유가 있겠는가? 그리고 그 말은 곧 자네들 세 사람, 자네 혹은 헬렌, 또는 루퍼트 중 누군가가 범인이라는 뜻이지. 하지만 우리 둘 다 알다시피 자네는 범행 현장에서 멀리 떨어진 곳에 있었고, 헬렌 역시 그랬다고 해주지. 하지만 그건 거짓말이야. 헬렌은 그런 일을 저지를 수 없다고 자네가 내게 주장했기 때문이니까. 그런 상황이니 우리는 또다시 루퍼트를 주목할 수밖에 없다네."

"그렇다면 좀 전에 선생님이 하셨던 질문으로 돌아가야죠. 무엇 때문에 루퍼트가 그 경관을 죽여야 했을까요? 복수라고 하셨잖습니까. 그렇다면 루퍼트는 어떻게 그 경관이 살인자라는 것을 알게 된 걸까요?"

"헬렌을 찾으러 다녔기 때문이라네. 루퍼트는 틀림없이 그렇게 했을 거야. 눈에 보이는 경찰마다 불러 세운 뒤 헬렌을 본 적이 없느냐고 물어봤겠지. 그러다 범행 현장에서 자신이 본 메모를 그 경관도 봤다는 것을 알아챈 거야."

노인은 자일스의 팔을 놓고 그의 앞으로 돌아섰다. 주름 많은 커다란 얼굴에는 의기양양하고 환한 미소를 짓고 있었다.

"이제 뜨거운가?" 노인이 물었다.

그러자 다시 하얀 안개가 깔리더니, 눈이 부시고 정신이 멍해질 만큼 고통스러워졌다. 안개가 걷히자 자일스는 그에 대답하는 자신의 목소리를 들었다.

"네, 완전히 타오르고 있어요."

헬렌 역시 루퍼트를 사랑했다. 틀림없이 그렇게 믿고 있을 것이다. 예전에 그녀가 사랑했던 만큼은 아니라는 것을 알게 되었어도, 그 사실만큼은 확실했다. 그들의 후견인 역시 루퍼트를 가장 좋아했다. 지금 자일스의 마음속에서는 하얀빛이 눈부시게 빛나고 있었다. 그 하얀 안개는 최근 들어 그의 내면에 빈번하게 나타나 무서울 정도로 환한 빛을 발하며 끔찍한 고통을 안겨주었다.

"지금 뜨거운가?"

노인이 여전히 놀이를 하고 있는 것처럼 물었다. 갑자기 이 살인자 찾기 놀이가 싫고 끔찍해졌다. 제발 이대로 덮고 잊어버리고 싶어졌다. 하지만 마침내, 뭔가가 완전히 끝났다고 단호히 선언하지 않는 한 그 일은 결코 덮을 수도, 잊어버릴 수도 없을 것이다. 잔인하고 가학적인 마음을 가진 이 덩치 큰 노인네는 결코 잊어버리지 않으면서 쥐를 가지고 노는 고양이처럼 오래된 고통을 반복하게 할 것이다.

그때 노인이 말했다.

"뜨겁냐니까?"

"완전히 타올랐어요. 놀이는 끝났습니다."

자일스가 노인의 승리를 인정하며 대답했다.

"그래. 놀이는 끝났지. 이제부턴 현실이야."

노인은 혈관이 드러난 늙은 손으로 자일스의 떨리는 팔을 꽉 붙잡더니, 차를 마시기 위해 천천히 걸어갔다.

"내가 아까 많은 살인자들의 자백을 들었다고 했지. 이제 자네 고백을 들어보세."

대답을 할 수 없었다. 다만 노인에게 붙잡힌 팔이 떨렸다. 제어할 수 없을 정도로 심각하게 떨리더니, 갑자기 온몸이 아프고 움직임이 느려지는 것 같았다. 노인이 재촉했다.

"그 경관이 죽은 이유는…… 아마도 지금까지 알려진 경찰의 사인 중에 가장 이상할 거야. 자넨 그저 그 경관의 제복을 빌리고 싶었던 거니까. 자네는 제미니가 무슨 말을 할지 미리 알고 있었겠지……"

제미니 아저씨가 무슨 말을 할지 이미 알고 있었다.

─너도 그날 밤을 기억하고 있을 거다. 아주 오래 전, 그날 밤에 있었던 모든 일들을 알고 있겠지. 너의 몸속에는 수 세대를 걸쳐 내려온 씨앗이 있다. 아주 무시무시한 씨앗이.

어린 시절 겪은 그 끔찍한 밤 이후로, 때때로 뜨겁고 하얀 빛이 찾아와 자일스의 마음을 모조리 차지하곤 했다. 눈이 부시고, 어지럽고, 혼란스럽다가, 모든 것이 분명해지고, 모든 감정을 죽이고, 사고를 강화시켜준다⋯⋯. 가장 먼저 이런 생각이 떠올랐다. 그는 헬렌을 잃게 될 것이고, 늘 그랬듯이 루퍼트가 승리할 것이다. 그녀는 그를 떠나 언제나 사랑했던 루퍼트에게 갈 것이다.

계획이 떠올랐다. 오랫동안 신중하게 생각하며 정교하고 완벽하게 다듬어왔지만, 바람이나 꿈, 놀이처럼 실현 가능성을 무시한 채 커져만 가고 있던 그 계획을 개시하기로 했다. 만일 그 계획을 행동에 옮기려면, 지금, 오늘, 이 순간이어야만 했기 때문이다. 경찰을 죽여야 한다. 아니, 바로 죽일 필요는 없다. 경찰 제복을 빌려 입은 다음, 다시 돌려줄 때까지는 죽이지 않을 것이다. 그때까지는 묶어두기만 할 것이다. 그래서 평소 잘 아는 경관으로 골라야 한다. (최근 들어 헬렌에게 추파를 던지는 젊은 놈이 있는데 그 인간으로 해야겠다. 그놈이 적합하다!) 아무래도 안면이 있으니 버려진 건물에 이상한 일이 있다고 말하면 자신을 믿고 함께 갈 것이다. 믿는 도끼에 발등 찍히는 법이다.

그런 다음 경관의 제복을 입고 사무실로 간다. 월드컵 경기가 있는 날이니 다른 사람은 없을 것이다. 혹시 누군가 있더라도, 제복 입은 경찰이 순찰 도는 것쯤으로 여기지 않겠는가? 제미니 아저씨를 죽여 영원히 입을 다물게 만든다면, 너의 몸 안에 있는 광기의 씨앗에 대해 아는 사람, 이 세상에 더러운 아이들을 남기면 안 되기에 절대 결혼을 하면 안 된다는 사실을 아는 사람은 너 혼자뿐이게 된다…….

제미니 아저씨를 의자에 묶는다. 경관을 묶어 놓고 칼로 찌를 수밖에 없는 정당한 이유가 있었다. 바로 두 살인 사건 사이에 '불가사의하게' 닮은 점들을 만들어 수사를 혼란에 빠뜨리기 위해서다. 그리고 전화로 이상한 말들을 몇 마디 던져 놓기만 하면 두 사건에 지옥과 같은 오싹한 분위기가 드리워질 것이다.

루퍼트에게 전화를 걸어 빨리 오라고 부탁한다. 젬 아저씨의 버릇을 잘 알고 있기에, 목소리를 흉내 내면 위험에 빠진 척할 수 있을 것이다. 루퍼트가 서두른다면 십 분 뒤에 도착할 것이다. 창문을 깨고, 유리 조각을 남겨둔다. 책상에 불을 지른다. 루퍼트가 도착하기 전에 경찰서에 전화를 걸고, 알 수 없는 공격을 받은 것처럼 횡설수설 떠들어서 최대한 빨리 경찰들이 달려오게 만든다. 창문으로 늘 그들을 지켜보고 있었기에 경찰들의 습관을 잘 알고 있다. 그들은 긴급 호출을 받자 헬멧을 집어 들고 정신없이 뛰어나온다. 반드시 몇 명이 출동하는지 확인해야 한다. 그것이 이번 계획에서 중요한 점이기 때문이다.

이제 책상은 불타오르고, 사무실 안은 연기가 자욱하다. 문은 잠겨 있다. 루퍼트가 주먹으로 문을 두드리기 시작할 때, 시신을 칼로 찌른 다음 피가 제대로 떨어지는지 지켜본다. 칼에 찔린 지 얼마 되지 않았다는 것을 알려주기 위해서다. 칼을 뽑아서 미리 준비한 비닐로 대충 싼 다음, 입고 있던 제복 재킷 안쪽에 집어넣고 단추를 끝까지 채운다. 만일 제미니 아저씨의 피가 이 제복에 묻게 되면, 경관을 죽이는 데에도 같은 칼이 사용되었다고 확인될 것이다. 실제로 젬 아저씨가 살해당했을 당시, 사무실 안에 문제의 제복을 입은 누군가가 있었다는 사실은 전혀 눈치채지 못할 것이다.

문 뒤쪽에 숨어서 기다린다. 마침내 그들이 문짝을 부순 뒤 마지막 돌진을 위해 뒤로 물러선다. 바로 그 순간 유리창을 깰 때 가지고 있던 유리 조각을 던진다. 운이 좋게도 그 조각이 정확하게 명중해 유리창이 울리기 시작한다. 하지만 정말 필요한 건 유리가 깨지는 소리다. 누군가 깨진 유리창 구멍으로 '흔적도 없이' 사라지는 소리.

그리고 문이 열릴 때, 너는 재빨리 문 뒤쪽 벽에 바짝 붙어

선다. 사람들이 앞으로 밀려들어오자 너도 그들 속에 휩쓸려 앞으로 나아간다. 사무실 안은 연기가 자욱하고, 푸른 제복을 입은 사람들로 가득하다. 그 광경을 누군가 지켜보고 있었다면 푸른색 제복을 입은 사람들 중 한 사람은 문을 통해서 들어온 것이 아니라, 문 뒤에서 뛰어나왔다는 사실을 알았으리라…….

물론 루퍼트도 경찰들과 함께 들어왔다. 이제 플랫을 떠나는 루퍼트를 봤다는 알리바이에 더해줄 작은 행운만 있으면 된다. 당연히 너는 루퍼트의 차가 주차되어 있는 곳을 미리 알아두었고, 그가 황급히 뛰어나오리라는 것도 예측할 수 있었다. 루퍼트에 대해 잘 알고 있었기에 전화를 걸어 그렇게 만든 것이다. (물론 그가 일찍 나오기만 한다면 다른 건 아무래도 상관없었다. 그 상황을 자신의 알리바이로 이용하기 위해, 루퍼트가 서둘러 뛰어나오던 모습을 설명하기 위해, 그 시간에 있었던 일을 정확하게 알고 싶었던 것뿐이다. 거기에 루퍼트가 이곳에 도착하는 데 시간이 얼마나 걸렸는지 알고 있으면 유리할 것이다.)

이제 루퍼트가 우비를 걸칠 새도 없이 그대로 뛰어왔다는 것을 알게 되었다. 연기와 불길을 막기 위해 손수건으로 얼굴을 가리고 있는 너에게 루퍼트는 가까이 다가와 헬렌이 위험하다는 메모를 보여준다. 그리고 루퍼트의 밝은색 재킷의 어깨 부분이 젖어 있는 것을 볼 수 있다. (플랫 안을 둘러보고 루퍼트가 우비를 가지고 간 것을 알게 되었을 것이다. 비록 루퍼트는 우비를 걸칠 시간조차 기다리지 못하고 뛰쳐나가긴 했지만.) 한편 그 메모를 본 루퍼트는 네가 예측한 대로 아무 생각 없이 곧장 헬렌을 찾으려 뛰어나갔다. 네가 바라던 대로, 루퍼트를 쫓아나가는 것을 경사는 허락하지 않는다. 그래서 너는 분명치 않게 소방대를 불러오겠다는 말을 소리친 뒤 승낙이나 거절을 기다리지 않고 계단 위를 지키고 있던 경찰에게 아무 말이나 던지고는 뛰어갔다.

임무를 받고 서둘러 뛰어나가던 제복 경찰은 건물 밖을 벗어나자마자 담당 구역을 순찰하는 것처럼 속도를 줄여 걷기 시작한다. 그런 다음 버려진 공장으로 돌아가, 제복을 다시 경관에게 입힌다. 죽었을 때보다는 살아 있을 때 갈아입히는 편이 쉽다. 옷을 다 갈아입히고, 그를 물탱크 속에 밀어 넣는다. 경찰들이 이 경관을 찾아내는 데 오래 걸릴수록 사망 시간 추정은 더 어려워질 것이다. 시신을 물속에 넣어두면 더욱 힘들어질 것이다. 그렇게 되면 원래 계획한 대로 제미니의 피가 묻은 칼이 제복 속에 들어 있는 것도 설명될 것이다.

이십 분 뒤, 바퀴가 타들어갈 듯이 전속력으로 텅 빈 도로를 달려 황야로 간다. 원래는 문을 두드려 선술집에 있던 사람들에게 밖에 있는 공중전화에 쓸 잔돈을 바꿔달라고 할 참이었지만, 창을 통해 사람들이 텔레비전 앞에 모여 월드컵 결승전을 보고 있는 모습을 보게 된다. 그들과 제법 잘 아는 사이다 보니 더욱 자연스럽게 궁금하다는 표정으로 유리창에 물음표를 그린다. 그리고 그들이 '무승부, 연장전'이라고 신호를 해주자, 너는 두 손을 모으고 승리를 기원하는 흉내를 낸다. 그런 다음 돌아서서 다시 일을 시작한다.

당연히 헬렌은 멀리 떨어진 곳에 안전하게 있다. 너는 그녀에게 델에서 만나자고 했다. 그래서 너는 공중전화로 진짜 헬렌의 집에 전화를 걸어 그녀가 있는지 물어본다. 그런 다음…… 5시. 경관은 이미 삼십 분 전에 죽었다……. 하지만 여기서 너는 그 경관의 목소리를 흉내 내며 '조지'를 찾는다. 그날 전화교환기 담당은 조지라는 걸 이미 알고 있다. 그리고 죽은 경관인 체하기 위해 그의 별명을 말한다……. 어렴풋한 경고에 말이 끊기고, 공격을 받고 있기라도 한 것처럼 횡설수설하다가 비명을 내지른다……. 오후 5시, 모두가 크로스 경관이 살아서 전화를 걸었다고 믿고 있을 때, 너는 그가 24킬로미터 떨어진 곳에 죽어 있다는 것을 알고 있었다.

그는 가능한 한 루퍼트에게 의심이 가도록 만들었다. 하지만 헬렌은…… 그건 너무 끔찍했다……. 그때부터 하얀빛은 점점 더 무섭게 커져만 갔고, 그의 마음속에서 타오르는 낮과 밤은 마치 태양의 눈을 쳐다볼 때처럼 눈부신 현기증을 일으키며 오직 어둠만을 남겼다. 하지만 그것은 끔찍하다기보다 무한하게 펼쳐진 하얀색이다. 그후에 이어질 고통과 공포를 적나라하게 보여주는, 고통과 공포로 가득 채워진 광채다.

그들은 아주 친절했다. 그런 일이 일어났던 것을 생각하면, 모두들 너무 친절했다. 그들은 그가 죽지도 않고, 감옥에 가지도 않을 거라고 했다. 하지만 머릿속에 있는 빛으로부터 숨을 수 있는 장소에는 가야 한다고 했다. 그는 두려웠다. 더이상 그 빛에 눈이 멀지 않게 되었을 때 그가 마주하게 될 진실이 두려웠다. 하지만 그들은 그럴 일이 없을 거라고 말했다. 그들은 혈통이 '원인'이라고 했다. 제미니 아저씨가 말했던 바로 그것 때문이라고. 아주 오래전 그가 어린아이였을 때, 양팔과 전신에 피를 뒤집어쓴 채 커다란 손도끼를 들고 문가에 서 있던 할아버지가 무서워 비명을 지르며 도망쳤기 때문이라고 했다…….

정원사들은 꽃밭에서 나와, 이제는 눈에 띄지 않을 만큼 거리를 두고 두 사람의 뒤를 따르고 있었다. 그들은 또한 경계심을 늦추지 않고 있었다. 요즘 말로 '교활한 정신병자'라고 불리는 그들을 모욕적으로 대하지도, 적대감을 가지지도 않았다. 정원 여기저기에서 두 명씩, 또는 여러 명씩 모여 산책을 하고 있었다. 그들 앞에 우뚝 선 커다랗고 하얀 건물에는 큼지막한 빗장과 자물쇠가 여럿 달린 문이 있는데, 마치 방목지에

풀어놓은 양 떼를 단속하는 듯하다. 노인은 다정하게 옆에 서서, 신참이 철판과 방탄유리로 이루어진 커다란 문으로 들어갈 수 있게 안내해주었다.

"고맙네, 아주 즐거웠어. 다음엔 내가 저질렀던 살인에 대해 말해주겠네. 어느 날 밤, 도끼를 들고 내 가족들을 전부 죽였지. 내 잘못은 아니었어. 우리 아버지가 완전 미친 사람이었거든. 그리고 그건 이제 아주 오래전 일이라네. 이런! 그 일이 있었을 때, 자넨 아직 어린아이였겠군."

"와인 병만 있으면 돼. 사과만 있으면 만족하지!"[1] 미스테리오소가 하얗고 부드러운 손을 흔들면서 말했다.

십삼 년 전 살인이 일어났던 현장에 와인 병이 없었다는 건 그도 잘 알고 있었다. 하지만 사과는 있었다. 속을 꽉 채워 입구 부분을 끈으로 묶은 갈색 종이봉투의 터진 틈으로 나온 사과 세 개가 지저분한 바닥 위를 구르고 있었다. 그리고 라이플총 한 자루가 삼 층 아래, 70미터 떨어진 곳에 놓인 주춧돌을 조준하고 있었다.

그 주춧돌의 발치에는 위대한 미스테리오소가 절뚝거리는 다리로 바닥에 주저앉아, 오랜 세월 그의 의상 담당자이자 운전사였으며, 하인이고 친구였던 남자가 죽어가는 모습을 지켜보고 있었다. 그는 오 년 전, 사고를 당해 불구가 된 미스테리오소의 옆을 정말 한시도 떨어지지 않았다. 그 자리에서 미스테리오소는 죽어가는 남자

[1] 아일랜드의 변호사 모리스 힐리가 쓴 와인에 대한 책에서 따온 구절이다.

를 품에 안은 채, 총알이 날아온 맞은편 건물을 향해 격노하며 소리쳤다.

"이 바보! 살인자! 사람을 잘못 죽였단 말이다!" 그런 다음 고개를 숙여 귀를 기울였다. "하느님 맙소사, 이 친구가 말하고 있어……. 이 친구가 말을 하고 있다고……. 이리 가까이 와서 들어봐요! 그가 말하고 있어요. '저만 맞아서 천만다행입니다! 저들은 주인님을 노렸던 거예요.'"

십삼 년 전, 뛰어난 무대 마술사였던 미스테리오소가 지역 병원의 주춧돌을 놓는 기념식에 참석한 건 그리 대단하지 않은 일이었다. 그런데 하인의 부축을 받은 그가 불구의 몸으로 작은 연단에 올라서자 날카로운 소리와 함께 라이플총이 발사되었다. 그들은 완공되지 않은 병원 건물 맨 위층에서 한 번 발사된 라이플총이 고정되어 있는 것을 발견했다. 그곳에선 아래쪽을 훤히 내려다볼 수 있었고, 아무도 없었다. 지붕에서 사진을 찍고 있던 사진기자는 총이 고정되어 있던 층의 창문은 제대로 보지 못했지만, 총성이 울린 직후 정문을 지키고 있던 경찰이 범행 현장으로 이어지는 계단을 뛰어올라가는 것은 십여 명의 사람들이 목격했다. 그 건물은 크긴 해도 환하게 개방되어 있어 수색하기 쉬웠다. 상대가 유령이 아니고서야.

그게 바로 십이, 아니 십삼 년 전 그때 있었던 일이었다. 그리고 지금 그때 그 자리에 있던 사람 중 여덟 명이 모여 한 소년이 지닌 원한을 없애기 위해 무엇이든 해야 한다는 이야기를 나누었다. 소년의 아버지는 '근무 태만'을 사유로 해고되었는데, 그날의 일 때문에 내내 고통스러워하다가 죽었다.

소년의 분노는 오직 한 사람에게 집중되었다. 바로 당시 지붕 위에 있던 사진기자로, 최근 스스로를 '미스터 포토즈Mr. Photoze'라고 부르는 자였다. 그는 그 사건이 있던 날 찍은 사진으로 명성을 얻기 시작했다. 사자 같은 미스테리오소가 고개를 치켜든 채, 번쩍거리는 눈빛으로 노려보며 거칠게 분노를 표출하고 있는 사진이었다.

"우리 아버지는 총을 쏘지 않았어. 당신은 틀림없이 알고 있을 거야."

소년의 분노 어린 말은 점차 수위가 높아지더니 위협이 되어, 끝내는 물리적으로 공격하는 일까지 벌어졌다.

그들은 소년을 정신과 의사에게 보냈다. 그러자 의사는 소년이 편집증과 강박증을 가지고 있다는 진단을 내렸다.

"오이디푸스 콤플렉스도 가지고 있습니다. 어머니를 지배하는 아버지에 대한 상당한 질투심이 잠재하고 있었던 것으로 보이는군요. 이 소년은 아버지에게 죄책감을 느끼고 있는데, 그런 내적인 증오심에 대한 기억을 덮기 위해 아버지를 지켜야겠다는 마음이 지나친 방식으로 표출된 겁니다. 그런데 그런 아버지가 죽어버렸으니, 스스로를 보호할 수 없게 된 거죠."

정신과 의사는 소년에게 장기적인 치료가 필요하다고 했다.

미스터 포토즈는 친구인 미스테리오소에게 치료는 삼십 분이면 충분할 것 같다고 말했다. 일단 소년을 납득시키는 것으로……

"약식재판을 여는 거예요. 당장 참석할 수 있는 사람들을 전부 모아 사건에 관한 이야기를 하는 겁니다."

"바로 그거야!"

미스테리오소는 기뻐하며 동의했다. 아주 재미있을 것이다. 그는 나이가 너무 많아서 오래전 무대에서 은퇴한 상황이었다. 하지만 약식재판을 열면 온종일 불구인 몸으로 무력하게 앉아 있는 것 외에 뭔가 할 일이 생길 것이다.

그리하여 그들은 미스테리오소의 크고 화려한 방에 모였다. 미스테리오소, 사건 당시에는 젊은 경관이었던 블록 경위, 그리고 병원 발코니에서 총이 발사된 직후에 계단을 뛰어올라가는 젊은 경관을 보았다는 사람들. 그중 현장 가장 가까이에서 모든 소리를 들었다고 증언한 숙녀는 한때 사랑스러운 배우였던 마거리트 디바인이었다. 그녀는 그때 어떤 대화 소리와 미스터 포토즈의 소리를 들었다고 했다. 미스터 포토즈는 지나치게 장신구를 많이 달고 있어서 팔을 움직일 때마다 여섯 개의 금팔찌들이 짤랑이는 소리를 냈다.

소년은 맞은편에 자신을 위협하는 것이라도 있는 듯 소파 팔걸이에 몸을 바짝 붙인 채 웅크리고 앉아 있었다. 그는 그들을 증오하고 있었다. 소년은 그들에게 이런 어리석은 도움을 받고 싶지 않았다. 그는 범행을 저지르고도 완전한 자유의 몸으로 살고 있는 미스터 포토즈에게 복수하고 싶었다. 결과적으로 그의 아버지는 직업과 행복, 사람들의 신뢰를 잃었다. 아직 어리지만 예민한 소년의 마음은 끝없는 비난과 싸움의 연속이던, 무섭고 불안한 어린 시절로 되돌아가 있었다. 극심한 빈곤과 좌절감……

"그런 이야긴 듣고 싶지 않아요. 내가 알아야 할 건 이미 다 알고 있으니까. 저자의 행동이 우리 아버지의 인생을 파멸시켰어요. 난 분명히 경고했어요. 지난번에는 실패했지만, 다음번에는 꼭 잡아넣을 거예요."

"이것 보세요!" 미스터 포토즈가 번쩍거리는 금팔찌를 흔들며 다른 사람들을 향해 크게 팔을 휘둘렀다.

"네 아버지는 고발당한 게 아니야. 해고된 거지……" 블록 경위가 말했다.

"'근무 태만으로 해고당했다.' 사람들은 그게 무슨 의미인지 모두 알고 있었어요. 아버지는 돌아가시는 그날까지 범인이라는 의심을 받았어요. 그러고는 직업도, 돈도 없이 돌아가셨죠. 어머니도 가난하게 사셨죠."

"우리가 그 의심을 떨쳐버리게 해주마." 미스테리오소가 친절하게 말했다. "이제 여기 모여 모든 일을 명확하게 밝혀낼 거란다. 넌 네 아버지를 대변하고, 미스터 포토즈도 피고석에 서서 자신을 변호할 거야. 그리고 여기 있는 우리들은 목격자인 동시에…… 배심원단이 될 거다. 그리고 내가 판사 역할을 맡을 거야. 이 약식재판을 통해 네 아버지의 결백이 밝혀지고, 미스터 포토즈도 죄가 없다는 것이 밝혀진다면 네마음이 한결 나아지지 않겠니? 우리는 그저 널 돕고 싶은 것뿐이야."

소년은 경계하는 눈빛으로 그를 쳐다보며 생각했다.

'저 사람은 나를 위해 이 일을 하는 게 아니야. 다시 한번 무대에 서고 싶어서 저러는 거지. 이건 무대에 서는 것과 매우 비슷하니까. 저 사람은 그저 자만심 넘치고 쓸모없는 노인에 불과해. 그냥 자신을 과시하고 싶은 거야.'

쓸모없는 사람이 맞다. 허영심으로 가득 찬 남자. 이제는 거의 백발로 변했지만 한때는 황갈색 갈기라 불렸던 숱 많은 머리털을 휘날리던 미남이었다. 그의 자화자찬을 곧이곧대로 믿을 수는 없을 것이다. 하지만 마술사로서 절정의 인기를 얻고 있을 때 닥친 교통사고 때문에 누군가의 도움 없이는 몇

걸음도 걷지 못하는 불구가 된 뒤에도 세간에 그의 명성이 대단했던 것은 사실이다. 여자와 달콤한 시간을 보낼 때도 그의 하인 톰이 그를 침대까지 데려다주고 눕혀줄 거라고 사람들이 뒤에서 쑥덕거릴 정도였다. 확실히 톰이 없었다면 그는 대중 앞에 나설 수 없었을 것이다. 지팡이만으로는 움직이기 힘들었고, 목발을 쓸 때는 이런 말을 했다.

"내가 롱 존 실버[1]처럼 한쪽 발로 껑충껑충 뛰어다니는 거 알고 있나?"

톰에게 몸을 바짝 붙이고, 그의 강인한 왼팔로 부축을 받으면 미스테리오소가 다리를 전다는 것은 거의 알아채지 못할 정도였다. 무대 위에서는 붙잡거나 기댈 수 있는 무대장치들을 적절하게 이용해가며 아무 지장 없이 공연을 훌륭하게 이끌어나갔다. 다만 체력이 약해졌을 뿐이다. 고통은 없었지만, 몸 상태는 악화되고 있었다.

미스테리오소가 옆에 있는 탁자를 세 번 두드렸다. 중앙형 사법원의 최고위 판사도 장내를 정리할 때 탁자를 세 번 두드렸다.

"먼저 경찰 측 증인을 소환하겠습니다."

블록 경위는 진상을 밝히는 일에 관심이 있다는 듯, 이런

---

[1] 로버트 스티븐슨의 『보물섬』에 나오는 외다리 해적.

얼빠진 상황에서도 입에 발린 소리를 했다.

"존경하는 재판장님, 배심원 여러분. 경찰은 지금으로부터 십이 년 육 개월 전, 오늘과 비슷한 날짜에 유명 마술사 미스테리오소 씨가 받은 익명의 편지 한 통을 보게 됩니다. 그건 그 뒤로 여섯 달에 걸쳐 날아오게 될 여섯 통의 편지 중 첫번째였죠. 편지에 담긴 내용은 중앙 일간지에서 잘라낸 글자를 붙여 만든 것으로, 크기나 모양이 제각각이었습니다. 편지지가 들어 있던 싸구려 봉투에는 여기서 아주 멀리 떨어진 지역의 소인이 찍혀 있었죠. 더불어 이번 사건과 관계된 인물들 중에는 편지를 부칠 기회가 있었을 듯한 사람은 아무도 없었다는 점을 말씀드리겠습니다. 물론 다른 사람을 시켜 편지를 붙일 수도 있었겠죠. 어쨌든 편지는 추적할 수 없었습니다. 그 내용은 모두 모욕적이고 위협적이었으며, 같은 사람이 보낸 것은 분명했습니다. 전부 '그녀의 남편'이라는 서명이 있었죠.

미스테리오소 씨는 그런 편지를 받았다는 사실을 숨기지 않았습니다. 새로 편지가 도착할 때마다 상당히 흥분하곤 했죠. 경찰은 가능한 한 미스테리오소 씨의 신변을 보호하기로 했습니다. 그렇게 6월이 되고, 미스테리오소 씨는 주춧돌을 놓는 기념식에 참석하기 위해 켄트 주 스러시퍼드로 가게 되었죠. 마침 저희가 경호 당번이었습니다. 당시 젊은 경관이었던 저는 경호 업무에 대해 잘 알지 못했습니다. 하지만 경호는 상관들에게도 긴장되는 업무였습니다. 이 년 전에 잠깐이지만 극장에서 경호 업무를 해봤기 때문이죠.

　일단 기념식장 주변까지 어느 정도 경호 대책을 세워야 했습니다. 주춧돌은 새로 짓는 병동에 놓는 것이었어요. 주춧돌과 본관 사이에 지어진 두 번째 병동은 외관은 완성되었지만, 아직 내부 공사가 끝나지 않은 상황이었습니다."

　경위는 오른쪽 손바닥을 둥글게 돌리면서 병원의 본관을 가리켰고, 왼손 집게손가락으로는 주춧돌이 놓여 있는 위치를 가리켰다. 그리고 그 사이에 공사가 끝나지 않은 새 병동의 위치를 손칼로 내리치며 설명했다.

　"이 건물 맨 위층 중앙에 있는 창문에서 총알이 날아왔습니다."

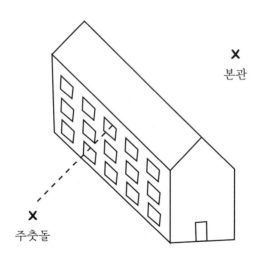

그는 아직 공사가 끝나지 않은 병동에 대해 설명했다. 단순한 육면체 모양의 삼 층 건물로, 출입구는 건물 한쪽 끝에 있었다. 출입구에는 아직 문짝이 달리지 않아서 안으로 통하는 구멍만 뚫려 있을 뿐이었다. 계단은 비어 있는 승강기 자리 주위를 빙 돌아 놓여 있었고, 비스듬한 슬레이트 지붕은 툭 튀어나온 나지막한 난간으로 둘러싸여 있었다.

"내부를 수색하는 건 쉬운 일이었습니다. 가장 위층만 제외하면 내벽이 없었고, 제일 위층도 절반만 완성된 상태였으니까요. 각 층에는 중앙 복도가 있고 양쪽 끝에서부터 작은 방들이 시작되는 구조로 설계되어 있었습니다. 판자들이나 도구들, 잘라내고 남은 부스러기 같은 것들이 많이 있었지만, 실제로 사람이 숨을 정도의 넓은 공간은 어디에도 없었습니다. 우리는 기념식이 있기 전날 밤 그곳을 철저하게 수색했고, 다음 날 아침에도 다시 한번 확인한 뒤, 입구에 경관을 배치한 뒤 자리를 떠나지 말고 지키라는 지시를 내렸죠."

"실제로 경관은 거기서 움직이지 않았어요. 바로 우리 아버지였죠."

블록 경위는 소년의 말을 무시했다.

"사건 경과는 다음과 같습니다. 기념식이 시작되기 한 시간 전에 미스테리오소 씨가 도착했고, 담당자는 식순을 설명했죠. 두 사람은 공사가 끝나지 않은 병동 입구를 지나 기념식 준비 위원회가 기다리고 있는 병원 본관으로 향했습니다.
그때 밖에서는 입구를 지키고 있던 경관과 한 남자가 이야기
를 나누고 있었습니다."

"저 살인자가 근무중이던 경관에게 말을 걸었어요."

경위는 또다시 소년의 말을 무시하며 말을 이었다.

"그 남자는 경찰 쪽에서도 잘 알고 있는 사진기자였습니
다. 그때까지만 해도 자기를 '미스터 포토즈'라고 부르지 않았
죠. 기자는 지붕에 올라가 기념식 사진을 찍을 수 있게 해달
라고 했습니다."

"흥미로운 각도에서 찍을 수 있으니까요." 미스터 포토즈
가 익살맞게 말했다.

"기념식 담당자는 그 제안을 거절했지만, 미스테리오소 씨
가 기자를 알아보고 올라가도 좋다고 허락했습니다. 그래서
기자가 무기를 가지고 있지는 않은지 신중하게 몸수색을 한
다음, 다 함께 맨 위층으로 올라갔습니다. 물론 미스테리오소
씨를 도와주는 하인 톰도 같이 있었죠."

"우리는 오랫동안 함께했습니다." 미스테리오소가 말했다.
"끝내는 정말 한 몸인 것처럼 움직였죠. 항상 이인삼각 경주
를 하는 것처럼 말입니다. 저는 통증을 전혀 느끼지 않았어
요. 그저 체력이 전반적으로 떨어졌을 뿐이죠. 우리에게 그 정
도 계단을 오르는 일은 아무것도 아니었답니다."

'이래서 이 사람들과 잘 지낼 수가 없는 거지. 저들은 모두 과시하고 싶어 죽을 지경이니까.' 경위는 생각했다.

"어쨌든 사람들은 위층으로 올라갔습니다." 경위는 약간 성급하게 진술을 이어나갔다. "제일 위층 천장에 달린 통풍용 문이 지붕으로 나갈 수 있는 유일한 통로였죠. 요즘 부르는 이름으로 '미스터 포토즈'는 장비를 이용해 그 문을 열었고, 그 순간 톰은 주인만 남겨놓고 복도로 나갔습니다. 미스테리오소 씨는 작은 방 안에 있는 창틀 하나에 기대서서 이 광경을 흥미롭게 지켜보고 있었죠. 톰은 그 상황이 마음에 들지 않는다고 했습니다. 모든 게 불안하다고 했죠. 미스터 포토즈가 지붕에 올라가게 해서는 안 됐다면서 말입니다. 그리고 누군가…… 입구를 지키고 있던 로빈스 경관, 즉 저 소년의 아버지가 안에서 빗장을 지르면 사진기자는 지붕에 갇히고 말 거라고 말했습니다. 그리고 실제로 그렇게 됐죠. 미스테리오소 씨는 작은 방 문 앞에서 그들을 기다렸다가, 다 같이 주춧돌이 있는 쪽으로 갔습니다.

바로 그때 사건이 일어났습니다. 주빈인 미스테리오소 씨는 낮은 계단 네 단 위에 있는 연단으로 향하고 있었습니다. 주춧돌 바로 앞에 설치되어 있는 연단이었죠. 총성이 울리고, 두 남자가 쓰러졌습니다. 일 분 뒤, 톰은 주인의 품 안에서 숨을 거뒀습니다. 죽어가면서 그는 말했죠. '저만 맞아서 천만다행입니다! 저들은 주인님을 노렸던 거예요.'"

"그 사람은 그 말을 반복했어요." 사건 당시 근처에 있었던 여자가 말했다. "계속해서요. 너무나 무서웠지만 감동적이기도 했어요……."

"목격자들의 이야기는 나중에 듣도록 하죠." 미스테리오소가 말했다. 하지만 그는 자기 무릎 위에 내려놓은 손만 쳐다보고 있었다. 여자가 계속 말을 했지만 더 말릴 생각은 없는 듯했다.

비극적인 기억을 떠올리자 여자는 흥분해서 큰 소리로 말하기 시작했다.

"지금도 그 사람들의 모습이 눈에 선해요! 그 일이 일어나기 조금 전까지만 해도 모든 게 너무나 근사하고 화사하고 유쾌했어요. 병원에 있는 모든 의사들과 수많은 손님들, 수간호사를 비롯한 간호사들, 그리고 미스테리오소 씨가 너무나도 숭고하게 보였죠. 이런 말씀을 드려도 될지 모르겠지만……."

여자는 위대한 남자가 기꺼이 응해주자, 살짝 고개를 숙였다가 말을 이었다.

"……실크해트를 쓴 미스테리오소 씨가 검은 망토를 펄럭이며 다가오는 모습은 마치 주춧돌을 놓아주기 위해 무대에서 걸어 내려오는 것 같았죠.

그때…… 두 사람이 함께 걸어갈 때 미스테리오소 씨는 왼쪽에 서 있었어요. 그분의 하인은 옆에 바짝 붙어 걷고 있었는데, 제가 보기에는 하인이 망토 안쪽으로 손을 넣어 미스테리오소 씨를 꽉 잡아주고 있는 것 같았어요. 미스테리오소 씨는 전혀 다리를 절지 않는 것처럼 보였죠. 두 사람은 햇살 속에 멈춰 서더니 몇 마디를 나누었어요. 그러다 하인이 과장되게 손을 앞으로 내밀면서 주인이 지나갈 수 있도록 오른편으로 비켜섰죠. 그때 갑자기 날카로운 소리가 울려 퍼졌어요! 무슨 일이 벌어진 건지 미처 알아채기도 전에 하인이 쓰러졌고, 주인도 함께 쓰러졌죠."

그 순간 그는 근사하고 희끗희끗한 황갈색 머리를 들고, 총알이 날아온 창문을 도전적으로 올려다보며 포효하듯 소리쳤다…….

"그자가 누굴 노렸을지 생각해보세요! 우리 모두 총알이 날아온 방향을 찾아 주위를 살피다가 지붕 위에 사람이 있는 걸 보았어요. 당연히 그자가 범인이라고 생각했죠. 바로 그 순간 그자가 다시 총을 쐈다면 그때는 정말로 정확한 목표를 맞혔을지도 몰라요."

여자가 그렇게 말하자 블록 경위가 따뜻한 감정의 바다에 차가운 조약돌을 던졌다.

"톰이 진짜 목표였다면, 그 당시 범인이 틈을 노린 게 아니었다고 우리 모두 확신하지는 않았을 겁니다."

"세상에! 대체 누가 톰을 죽이고 싶어 한단 말입니까? 불쌍하고, 폐를 끼친 적도 없고, 충성스럽고 사랑스러운 톰을 말이오. 그렇다면 그 협박 편지들은 뭡니까? 게다가 조금 전에 여기 계신 숙녀분도 말씀했다시피 톰은 계속해서 말했어요. 만일 그 친구에게 그런 적이 있다면 알고 있었을 겁니다. 하지만 그 친구는 이렇게 말했어요. '저들은 주인님을 노렸던 거예요.'" 미스테리오소가 그 여자를 보며 호소했다. "그 친구가 하는 말을 들었죠?"

"그럼요, 물론이죠. 그때 절 부르셨잖아요. '이리 가까이 와서 들어봐요'라고 하셨죠." 여자가 몸서리를 쳤다. "그는 피를 흘리고 있었어요. 입에서도 피가 솟구쳤죠. 그게 그 사람이 한 마지막 말이었잖아요. '저만 맞아서 천만다행입니다! 저들은 주인님을 노렸던 거예요.'"

"그리고 그 친구는 죽었습니다. 나 때문에……."

위대한 미스테리오소가 말했다. 그리고 다시 침묵이 흘렀다. 하지만 소파 구석에 앉아 있던 소년은 그가 진심으로 미안해하지 않는다고 생각했다. 커다랗고 잘생긴 미스테리오소의 얼굴은 깊은 슬픔에 잠겨 있었지만, 자기만족에 몰두하고 있는 기색이 여실했다. 그는 그만큼 나이가 있는데도 여전히 여자들을 유혹할 수 있고, 남의 가정을 깰 수도 있으며, 그들의 남편들로부터 협박 편지를 받았다는 사실에 내심 기뻐하고 있었다. 그렇지만 점차 시간이 흐르자 사자와 같던 그도 나이를 먹기 시작하면서 대중의 기억에서 사라지는 듯했다. 하지만 그 끔찍하고도 대단했던 날, 그는 또다시 사람들에게 깊은 인상을 남겼다.

"정말 미쳐버릴 것 같아서 다른 것은 전부 잊었지만 톰만큼은 잊지 않고 있답니다. 내 잘못으로 죽은 그 친구에 대해서만큼은!"

미스테리오소는 자신의 여성 편력에 따른 대가로 죽은 남자에 대해 가식적인 유감과 후회를 내보이며 방송 따위에서 백 번도 넘게 했던 말을 또 반복했다.

"내가 보기에 당신은 기뻐하고 있어요. 자랑스러워하고 있다고요. 그런 게 아니라면 그렇게 계속해서 사람들에게 그 일을 떠들어댈 수는 없을 텐데요." 소년이 말했다.

"저 아이가 당신을 제대로 아네요." 배우 마거리트 디바인이 악의 없이 말했다. 그리고 웃으면서 이렇게 덧붙였다. "사실 좀 비열하긴 하잖아요. 미안해요, 내 사랑!" 그런 뒤 더이상은 웃지 않았다.

"난 사람들에 대해 많이 알아요."

소년의 말은 사실이었다. 그는 불안정한 어린 시절을 보낸 덕분에 통찰력을 키울 수 있었다. 고독하고 비사교적인 소년은 진부하고 가식적인 인사치레 같은 것은 하지 않았고, 다른 사람에게 속지도 않았다. 그는 인생에서 최악의 상황을 준비하는데 익숙했다.

"좋아, 이 건방진 원숭이 녀석아!"

미스테리오소가 분위기를 띄우겠다는 것처럼 우스꽝스러운 말투로 말했다. 블록 경위는 그들에게 진술을 계속해도 좋을지 침착하게 물었다.

"그다음에는……."

"그다음은 제가 말하죠. 제가 알고 있으니까."

소년이 말했다. 그는 긴장한 듯 양손을 꼭 맞잡고, 낡은 신발로 미스테리오소의 집에 깔린 부드러운 양탄자를 꾹 누르고 있었다. 맑은 눈동자 주위도 이상할 정도로 검게 푹 꺼져 있어 보들보들한 피부색이 달라진 것처럼 보였다. 지금부터 소년은 아버지를 변호할 것이다.

"그때 아버지는 지시받은 대로 건물 입구를 지키고 계셨어요. 난 아버지한테 그때 이야기를 백 번도 넘게 들었어요. 아버지는 항상 이렇게 말씀하셨죠. 총소리가 들리자 모퉁이로 달려가 현장을 살폈고, 곧 무슨 일이 일어났는지 알게 됐다고 말이에요. 아버지가 자리를 비운 그 짧은 순간에 누군가 건물 밖으로 도망갔을지도 모른다는 말씀은 하지 마세요. 그런 일은 없었으니까요. 그렇지 않나요?" 소년이 블록 경위에게 물었다.

"맞아. 너무 짧은 시간이었지. 총이 놓여 있던 창문가에서 발포한 뒤 계단까지 다다르기도 힘들었어. 실험도 해봤고."

"맞아요. 아버지는 두 사람이 쓰러지는 것을 봤고, 그들 주위에 있던 사람들이 주위를 둘러보다 건물 위쪽을 쳐다보는 것을 보셨어요. 그렇게 총이 어디서 발사되었는지 알게 됐고, 곧장 돌아서서 건물로 뛰어들어가 계단을 올라가셨어요. 1층에는 신경 쓰지 않으셨죠. 왜냐하면 범인은 아직 1층까지 내려오진 못했을 터였으니까요. 개방된 공간이라 아무도 없다는 걸 금세 알 수 있었어요. 2층 역시 텅 비어 있었죠."

"그래. 네 아버지는 현명하고 완벽하게 처신하셨어. 계속 이야기해보렴. 아주 잘하고 있어." 블록 경위가 말했다.

긴장감에 안색이 한층 어두워진 소년의 얼굴에 고마워하는 기색은 없었다.

"아버지는 계단을 뛰어올라가셨어요. 그리고 건너편으로 병원 본관이 보이는 계단의 대형 유리창 옆을 지나가다 휠체어를 타고 발코니에 나와 있는 환자들과 병상에 누워 있는 환자들을 보셨죠……"

위대한 미스테리오소는 놀라운 열정으로 오래전 그날 병원 발코니에 앉아 있었던 환자 두 명을 찾아내 이 자리에 목격자로 데려왔다. 그들은 말없이, 이야기에 귀를 기울이며 앉아 있었다.

"맞아요, 똑똑히 기억하고 있어요." 여자가 말했다. "병원 직원들이 햇볕이라도 쬐라며 휠체어에 태워 발코니에 데려다 줬죠. 하지만 볼 게 없었어요. 저 너머에 있던 공원은 공사가 끝나지 않은 병동으로 가려져 있었고, 주춧돌도 당연히 보이지 않았어요. 그 자리에서 기념식을 볼 수 있었다면 재밌었을 거예요. 하지만 제대로 보이지 않았죠. 그래도 신선한 공기를 마실 수 있어서 좋았어요. 여기 계신 신사분은 남자 병동에서 온 다른 사람들과 함께 칸막이 저편에 있었죠. 우리는 조용히 그 자리에 누운 채 햇볕을 쬐며 졸고 있었어요."

"맞아요. 그런데 갑자기 총소리가 나더니, 삼십 초도 지나지 않아 경찰이 공사가 끝나지 않은 병동의 계단을 뛰어올라가는 게 보였어요. 한 면이 유리로 되어 있었거든요. 지금은 아무것도 없는 커다란 공터지만, 그때는 그랬어요. 그 경찰은 전속력으로 뛰어올라가고 있었죠. 그런데 그다음에 무슨 일이 있었던 모양이에요. 다시 되돌아오더니 한쪽 손으로 기둥을 붙잡고 창문으로 몸을 내밀곤 우리한테 소리치기 시작했거든요. '계단을 잘 보고 계세요! 지나가는 사람이 없는지 좀 봐주세요!' 우리는 흥분해서 소리쳤어요. '무슨 일인데요?' 그러자 그가 외쳤죠. '사람이 총에 맞았어요!'인지 '저 사람을 잡아야 해요!'였는지 제대로 알아듣진 못했지만요. 그런 다음 경찰은 다시 계단을 뛰어올라 위층으로 갔어요."

"난리가 났었죠! 모두가 비명을 지르고 신경이 날카로운 상태였어요. 그중에는 졸도한 사람도 있었다니까요. 어쨌든 우리는 몸 상태가 좋지 못했으니까요. 당시엔 갑자기 저쪽 창문에 살인자가 나타나서 우리가 있는 쪽으로 총을 쏠지도 모른다고 생각했던 것 같기도 해요." 여자가 말했다.

"또는 지붕에서 쐈을 수도 있죠." 소년이 말했다.

"그때 우리가 지붕 위로 올라갔단다." 미스테리오소가 침착하게 말했다. 그의 표정은 미스터 포토즈에 대해서는 걱정하지 말라고 사람들에게 말하는 것 같았다. 그것이 그들이 이 자리에 모인 이유였으니까.

"그럼…… 네 아버지는 그때 계단을 오르고 있었단 말이지?"

"네, 3층에 도착해서 복도를 가로지르셨어요. 벽이 완성된 방은 몇 개 없었고, 나머지 공간은 다 트여 있었어요. 천장도 아직 완성되지 않아서 머리 위쪽으로 들보와 슬레이트가 다 보이는 상태였죠. 아버지는 칸막이가 되어 있는 작은 방 몇 개를 지나쳤어요. 문도 창문도 없을 때였죠. 그러다가 갑자기 그중 한 곳에서 총을 발견하신 거예요. 22구경 라이플이 주춧돌 쪽을 조준한 채 고정되어 있었어요.

아버지는 한번 살펴본 뒤 다시 복도로 나와 범인을 찾으려고 했어요. 살인자가 아직 가까운 곳에 있다는 걸 알고 계셨으니까요. 하지만 아무도 없었어요. 그때 아버지는 계단을 올라오는 발소리를 들으셨죠. 그 사람은…… 바로 여기 계신 블록 경위님이었어요."

소년은 자기 아버지가 로빈스 경위가 될 기회조차 없었다는 사실에 상처받은 것 같았다.

"계단 위에서 네 아버지와 마주쳤지. 그때 난 병동 반대편을 지키고 있었거든. 그때 그가 말했어. '세상에, 아무도 없어! 분명히 여기서 총을 쐈는데 아무도 없다니!' 네 아버지는 마치…… 유령이라도 보고 겁먹은 사람처럼 보였지. 그러고는 말했어. '여기 총이 있다네. 같이 가서 살펴보세!'"

3층에는 방이 총 여섯 개 있었고, 그중 가장 끝 방에 판자 세 장으로 만든 삼각대가 놓여 있었다. 벽의 세 면이 만나는 굽도리에 기대 세운 삼각대는 총신과 아귀가 딱 들어맞게 조립되어 있었다. 먼저 길이가 짧은 끈으로 총신을 묶어 고정시킨 다음, 두 배는 더 튼튼하게 고정시키려는 듯 다시 3.6미터 길이의 긴 줄로 그 위를 둘둘 감아놓았는데 상당히 급했는지 매듭은 짓지 않았다. 그리고 나무 창틀에 못을 두 개 박아 총구가 딱 들어갈 크기의 삼각형 틀을 만들어놓았다. 총은 바위처럼 단단하게 고정된 채 아래쪽을 겨냥하고 있었다.

마지막으로, 너무 많이 쑤셔 넣어서인지 옆구리가 터진 종이 봉투에서 빨간 사과 세 개가 빠져나와 지저분한 나무 바닥 위를 구르고 있었다.

"우리는 그 자리에 서서 가만히 쳐다보고 있었어. 그러는 사이 머리 위에서 뭔가 움직이면서 작은 먼지 조각들이 떨어지기 시작했지. 올려다보니 머리 위에 있던 슬레이트가 부서지면서 사람 손이 두 개 불쑥 튀어나오더니 그 틈으로 누군가의 얼굴이 보였어. 그리고 목소리가 들렸지. '대체 무슨 일입니까? 누군가 총에 맞았죠!' 그런 다음 이렇게 말하더군. '세상에, 굉장한 사진이야!'"

그 사진으로 미스터 포토즈는 부와 명성을 얻었다. 바로 사자가 고개를 들고 입을 반쯤 벌린 채, 위험하단 생각은 전혀 하지 않고 엄청나게 포효하고 있는 사진이었다…….

─이 바보! 살인자! 사람을 잘못 죽였단 말이다!

보통 이런 사진은 핵심적인 부분만 잘라서 실리곤 하지만, 전체 사진은 총알이 발사된 직후의 정경을 고스란히 보여주고 있었다. 제일 먼저 난간 끄트머리와 본관과 주춧돌 사이에 넓게 펼쳐진 잔디밭이 보였다. 기념식을 위해 깐 부드러운 잔디 옆에는 임시로 꾸며놓은 꽃밭과 제라늄 화분들도 보였다. 중앙에는 주춧돌이 놓여 있고, 일부만 완성된 병동의 벽면과, 총소리에 깜짝 놀라 돌아보는 사람들 무리가 있었다.

그 순간 사진기자는 자신이 굉장한 사진을 찍었다는 것

을 깨닫고 환호성을 질렀다. 피해자가 죽어가는 모습이 찍힌 데다, 그를 붙잡고 있는 것은 세상에서 가장 유명한 마술사의 손이었다. 숱이 많고 보기 좋은 머리칼이 엉망이 된 마술사는 고개를 들고 있었다. 그렇지만 미스터 포토즈는 이제 와서 생각해보니 그 사진에서 가장 아름다운 것은 얼핏 보이는 난간 끄트머리라는 생각이 들었다.

"사진에 난간이 나온 덕분에 내가 총이 발견된 방이 아니라 지붕 위에서 사진을 찍었다는 것을 입증할 수 있었으니까."

"사진이야 조작할 수 있죠." 소년이 말했다.

"당시에 경찰들은 사진을 조작할 새도 없이 내 장비들을 전부 압수해 갔어. 네가 영리하다는 것을 과시하려다가 도리어 당한 셈이구나. 사진기 혼자 작동하게 만들 장치도 없었어. 그러니 내가 지붕에 올라가 있었다는 사실에 거짓은 없는 거지."

그들이 모인 방은 굉장했다. 미스테리오소처럼 실제보다 더 넓게 보이는 크고 화려한 공간이었다. 하지만 소년은 어디선가 무서운 것이 튀어나오기라도 할 것처럼 잔뜩 긴장해 앉아 있었다. 그 긴장감이 다른 사람들에게 그대로 전달되고, 그들은 이해와 연민과 초조함이 담긴 시선으로 아픔과 분노가 가득한 소년의 눈과 마주했다. 소년은 입버릇처럼 되풀이하는 말을 다시 시작했다.

"당신은 거기 있었어. 다른 사람은 아무도 없었고. 우리 아버지가 저지른 게 아니니까 틀림없이 당신 짓이야."

미스터 포토즈는 어쩔 줄 몰라 했다. 사실 충분히 이해가 갈 만한 상황이었다.

"저기, 여기 좀 봐요!" 사진기자가 다른 사람들에게 호소했다. "난 지붕 위에 있었어요. 내내 거기 있었단 말입니다. 그 자리에 있던 사람들은 다 나를 볼 수 있었고……."

"아무도 보지 못했어요. 거기 있던 사람들은 모두 기념식을 보고 있었으니까." 소년이 말했다.

"그래도 난 거기 있었어, 이 바보야! 사진을 찍고 있었단 말이야……. 그 때문에 거기 갔던 거라고. 그때 갑자기 아래쪽 어디선가 총소리가 들렸어. 그리고 두 남자가 쓰러지는 광경을 보았지."

그는 그 장면이 마치 영화에 나오는 슬로모션 같았다고 했다. 두 사람은 아주 천천히, 느리게 쓰러졌다.

"난 제자리에서 얼어붙었어. 그때 미스테리오소 씨가 총알이 날아온 창문 쪽을 올려다보며 소리치는 것을 보았지. 그제야 난 정신을 차리고 미친 듯이 셔터를 누르기 시작했어……."

"사람이 죽어가고 있다는 생각은 안 들었어요?"

"반사적으로 움직였던 것 같아." 미스터 포토즈가 말했다.

그리고 짧게 덧붙였다. "그게 내 일이니까."

미스테리오소의 입장에서는 다른 건 잊고 자기 일을 제대로 한 사진기자가 많이 고마웠을 것이다. 그 사진 덕분에 그가 하인을 위해 보여주었던 이타적인 용기와 허세가 전설처럼 생생하게 남았으니 말이다. 그 뒤로 두 사람은 친분을 유지하고 있었다. 소년의 어리석은 위협이 갑작스레 물리적인 공격으로 돌변했을 때 미스터 포토즈에게 조언을 해준 것도 미스테리오소였다.

"그 말이 맞네. 쇼는 계속 되어야 하니까." 미스테리오소가 말했다.

블록 경위는 짜증스럽다는 듯 발가락으로 바닥을 톡톡 치며 말했다. "그렇다면 이 재판도 계속 진행되어야겠군요."

"미안합니다. 그러니까…… 나는 사람들이 몰려들 때까지 계속 사진을 찍었어요. 그러다 보니 사람들 뒤통수밖에 찍을 게 없더군요. 그때 갑자기 총이 이 건물에서 발사되었다는 사실이 생각나서 난간 너머로 살짝 엿보았죠. 그랬더니 무섭게도 총구가 보였어요. 창틀 너머로 보였죠. 순간 내가 왜 그랬는지 모르겠지만, 나는 장비를 모두 제자리에 떨어뜨리고 아래로 내려가기 위해 천장 문이 있는 쪽으로 뛰어갔어요. 뭘 하려고 그랬는지는 모르겠어요. 완전히 미쳤었던 것 같아요. 살인자가 계속 그 자리에 있었다고 상상해보세요! 하지만 난 밑으로 내려갈 수가 없었어요. 천장 문을 있는 힘껏 잡아당기고 걷어차고서야 문이 안쪽에서 잠겨 있다는 걸 알았지 뭡니까. 그래서 나는 다시 총이 보이는 자리로 돌아갔어요. 그때 난 마음속으로 아직도 총구가 속수무책인 사람들을 노리고 있을지도 모른다고 생각했죠."

"범인이 따로 있었으면 오래전에 거길 떠났겠죠. 당신이 사진을 찍으면서 왔다 갔다 하는 동안에요." 소년이 비꼬듯 말했다.

"그래도……." 미스터 포토즈가 예술적으로, 설명하듯이 팔찌를 짤랑거리며 양팔을 벌렸다. "범인은 한 사람이 아닐 수도 있었잖아, 안 그래? 물론 나도 그럴 가능성이 높다고 생각한 건 아니야. 하지만 총을 든 범인이 숨어 있을지도 모른다는 생각이 들었어. 물론 나는 삼각대에 대해서는 전혀 모르고 있었으니까. 그냥 저 아래에 있는 불쌍한 사람들이 모두 위험에 빠졌다고만 생각했지. 그래서 발뒤꿈치로 슬레이트를 부수기 시작한 거야. 마침내 작은 구멍을 간신히 뚫을 수 있었고, 그 구멍으로 적어도 범인이 무엇을 하는지 살펴볼 수는 있을 것 같았지……. 어쩌면 그 소리에 범인이 겁을 집어먹고 도망갔을지도 모른다는 생각도 했어."

하지만 범인은 오래전에 도망가고 없었다. 흔적도 없이 사라져버렸고, 경찰 두 사람 외에는 아무도 없었다. 그들 역시 깜짝 놀라며 미스터 포토즈의 놀란 얼굴을 쳐다보았다.

—여기서 뭐 하는 겁니까?

로빈스 경관이 말했다.

—허가를 받았어. 사진을 찍는다더군. 내가 저 사람은 알아. 그러니까 괜찮아.

"불쌍한 아버지…… 미처 모르고 계셨던 거야!" 소년이 말했다.

미스터 포토즈는 이제 모든 것을 포기한 듯 의자에 털썩 주저앉았다.

"이젠 나도 모르겠다. 어떻게 할래? 이건 사실이야, 이 바보야. 내가 얘기한 건 전부 진실이라고! 나는 지붕 위에 있었고 내려올 수 없었어. 네 아버지가 천장 문을 열어준 다음에야 겨우 내려올 수 있었지. 그런 내가 어떻게 총을 쏘고 살인을 저지를 수 있었다는 거냐? 설령 그렇게 하고 싶었다고 해도 어떻게 할 수 있었단 말이지? 지금 우린 네게 사실만을 말하고 있어."

덫에 걸린 짐승이 이리저리 고개를 돌리며 빠져나갈 길을 찾고 있었다. 그리고…… 풀려난다. 소년은 갑자기 엄청난 생각이 떠올라 순간 멍해졌다. 마침내 그가 입을 열었다.

"사과요!"

"사과?"

"누군가 사과가 담겨 있던 종이봉투를 끈으로 묶어놓았죠? 그래요. 그 방에 있던 삼각대와 라이플총도 다른 줄로 묶여 있었다고 했잖아요. 아주 긴 줄로 말이에요. 왜 그랬을까요? 라이플은 짧은 끈으로 고정시켜놓은 상태였는데." 소년이 블록 경위에게 물었다. "창문 반대편 벽에도 못이 박혀 있었나요?"

"못 구멍이 있었어. 다른 곳에도 많이 있었지."

갑자기 소년의 얼굴이 밝게 개더니, 흥분한 듯 생기가 돌기 시작했다.

"라이플총은 먼저 목표를 조준한 다음 끈으로 묶어 고정했죠. 그런 다음 총, 그러니까 라이플의 방아쇠를 끈으로 묶은 거예요. 나중에 쉽게 풀리게 고리를 만들어 건 다음, 그 끈의 다른 쪽을 팽팽하게 잡아당겨서 창문 맞은편 벽에 박힌 못에 역시 고리를 만들어 걸어놓는 거죠. 그리고 사과가 담긴 봉투는…… 그냥 종이봉투니까 사과가 좀 많이 담겨 있더라도 신경 쓰는 사람이 없었을 거예요. 그건 살인자가 기다리면서 먹으려고 가져다 놓았을까요?" 소년이 블록 경위를 멸시하며 물었다.

"나는 그때 말단 경관에 불과했지만, 상관들을 무조건 신뢰하지는 않았지. 그렇다고 하더라도 그 당시 상관들이 모든 일을 대충 했을 거라고 생각하진 않아. 어쨌든 살인자들은 재미있는 동물이지. 그자들은 온갖 비뚤어진 이유로 범죄를 저지르니까. 이를테면 범인이 담배를 피우는 사람이라면 현장에 재나 꽁초를 남겨 주의를 끌고 싶지 않을 거야. 그럴 경우 범인은 그 순간을 견디기 위해 뭔가 다른 음식을 먹는 거지."

"담배 피우시나요?" 소년이 미스터 포토즈에게 심술궂게 물었다.

"두 사람이 지금 무슨 말을 하고 있는 건지 모르겠군." 미스터 포토즈가 말했다.

"사실 사과 봉지는 아주 재미있어요. 일종의 속임수 같은 거죠. 물론 다른 물건이 있었어도 상관없었을 거예요. 하지만 현장에 사과 봉지가 놓여 있었다는 것은 여러 가지로 설명할 수 있어요. 예를 들면, 범인이 담배를 피우고 싶은 마음을 참기 위해 준비한 것이다."

미스터 포토즈에 대한 증오와 혐오감 때문에 어두웠던 소년의 얼굴은 점점 환해졌다.

"나는 당신이 범인이라고 확신하고 있었어요. 우리 아버지는 범인이 아니니까요. 하지만 이제야 알았네요. 어떻게 한 건지 말이에요."

소년이 손을 들어 올리더니 가상의 노끈을 팽팽하게 잡아당기는 시늉을 했다.

"한쪽 끝은 방아쇠에 연결하고, 다른 한쪽은 벽에 고정해요. 그런 다음 때가 됐을 때 그 줄 위에 뭔가 무거운 것을 떨어뜨리기만 하면 되는 거예요. 그럼 줄이 아래로 처지면서 방아쇠를 잡아당기고, 총이 발사되는 거죠."

커다란 방을 압도하는 침묵이 흘렀다. 마침내 미스터 포토즈가 떨리는 목소리로 입을 열었다.

"난 지붕 위에 있었어. 그런데 어떻게 사과 봉지를 떨어뜨릴 수 있다는 거지?"

"자기 입으로 슬레이트에 구멍을 냈다고 말했잖아요. 그 구멍으로 사과 봉지를 떨어뜨린 거죠." 소년이 말했다.

다시 침묵이 흘렀다. 블록 경위가 조용히 말했다.

"기발하군. 하지만 네 아버지는 총이 발사된 다음, 이 분도 되지 않아 그 방에 나타났어. 네 아버지가 봤을 때 줄은 삼각대에 감겨 있었지. 그렇다면 누가 그 줄을 삼각대에 감아놓은 걸까?"

"아마 저 아이의 소중한 아버지가 그랬을 거요. 그 사람이 모든 걸 설치해놓은 거지. 그러면서 자기는 입구를 지키고 있는 척했던 겁니다. 아무도 그 사람을 보지 못했어요. 그 사람이 정말 한 자리에 있었는지 누가 안단 말입니까?" 미스터 포토즈가 다소 악의적으로 말했다.

"총이 발사된 뒤에 로빈스 경관이 계단을 올라가는 모습을 여러 사람이 봤다네." 미스테리오소 씨가 이성적으로 말했다.

"그랬죠. 그 사람은 블록 경위가 발견하기 전에 그 줄을 치운 겁니다."

소년은 이제 두렵지 않았다.

"아버지가 어떻게 그럴 수 있었다는 거죠? 아버지는 삼 층 아래 건물 밖에 계셨어요. 우리 모두가 알아요. 왜냐하면 아버지가 계단을 올라가는 걸 봤기 때문이죠. 그렇다면…… 여기 계신 미스테리오소 씨는 마술사죠. 우리 아버지가 어떻게 그런 속임수를 쓸 수 있었을까요?"

"얼음덩어리나 왁스, 시간을 맞추는 도구를 사용하면 되지. 그 사람은 그냥 현장에 제일 먼저 도착해서 증거만 없애버리면 되는 거야."

"희한하게도 경찰 쪽에서도 그와 비슷한 가설을 세웠습니다." 블록 경위가 말했다. "노끈의 길이는 방 너비와 딱 맞았는데 우리가 찾은 곳에서는 아무런 쓸모가 없어 보였어요. 방금 소년이 지적한 것처럼 그냥 삼각대에 감겨 있었을 뿐이니까요. 심지어 매듭조차 짓지 않았죠……. 그래서 우리도 그 부분에 대해 생각하기 시작했습니다. 물론 사과 봉지가 가진 특별한 의미를 알아내지 못했다는 건 인정합니다. 하지만 우리는 촛농이나 축축한 헝겊 조각, 자명종 시계 같은 것들을 찾아내려고 공사중인 병동을 다시 보고 싶지 않을 정도로 샅샅

이 뒤졌어요. 로빈스도 머리끝에서 발끝까지 철저하게 몸수
색을 했지만 다 쓴 성냥 하나 나오지 않았죠. 정말입니다. 이
건물과 로빈스 경관, 안팎을 다 뒤졌지만 아무것도 나오지 않
았어요."

"그렇다면 내가 그랬다는 건가?" 미스터 포츠는 자기 질
문에 스스로 대답했다. "내가 지붕에 구멍을 낸 건 총이 발사
된 뒤였기 때문에 그 구멍으로 사과 봉지 같은 건 떨어뜨릴
수 없어. 바로 그때 네 아버지를 포함해서 경찰관 두 명이 날
보고 있었으니까."

"두 번째로 구멍을 낸 걸지도 모르죠." 소년이 말했다.

지붕 위에서는 제대로 보이지 않으니, 당연히 그 위에서 정
확한 위치를 찾는 건 어려울 것이다. 그래서 사진기자는 사진
장비들을 들고 여기저기 헤맸을 것이다. 방에 내려오기 위해
슬레이트를 하나, 둘, 셋, 어쩌면 네 장까지 치웠을지 모른다.
그리고 삼각대에 라이플을 고정시키고, 방아쇠에 줄을 묶는
등 모든 준비를 미리 끝마친 뒤, 그 삼각대를 밟고 다시 지붕
위로 올라간다. 손에는 사과 봉지를 들고 있다. 그리고 봉지를
줄 위에 떨어뜨려 총이 발사되게 한 다음, 다시 그 구멍으로
내려와 재빨리 끈을 삼각대에 감아놓는다. 그런 다음 다시 지
붕 위로 돌아가, 로빈스 경관이 계단을 올라오기 전에 구멍을
덮어버리는 것이다. 구멍은 대충 덮는다. 혹시 누군가 이 작은

방에 들어와 라이플과 삼각대를 발견하게 되더라도 바로 천장을 올려다보진 않을 것이다. 그리고 그들이 지붕 위를 살피기 전에 미스터 포토즈는 슬레이트를 두드리고 내리쳐서 다시 구멍을 만든다…….

"맙소사!"

미스터 포토즈가 말했다. 그리고 블록 경위와 눈을 마주치며 다시 한번 말했다.

"맙소사!"

의기양양한 소년은 의자에 꼿꼿이 앉아 있었다.

"말해봐." 마침내 미스터 포토즈가 천천히 말했다. "어째서 내가 그런 말도 안 되는 일들을 했다는 거지? 그냥 저 구멍에서 뛰어내려와 라이플을 쏜 다음 다시 위로 올라가도 될 것 같은데."

"어떻게 올라갈 건데요? 지붕은 제법 높아요. 약간 경사가 진 부분에 구멍을 뚫었다고 해도 말이에요." 소년이 말했다.

"네가 방금 말한 그 기발한 방법을 내가 제대로 실천할 수 있다고 생각하는 거냐?"

소년은 살짝 빈정거리는 그의 말을 무시했다.

"더 중요한 일이 있었죠. 사진이요. 당신은 거기서 사진을 찍어야만 했어요. 그 총이 발사되었을 때 당신이 지붕 위에 있었다는 것을 증명해줄 난간이 찍힌 사진 말이에요."

"그래 내가 했다!"

미스터 포토즈가 말했다. 그 순간 소년은 약간 놀랐다. 어째서 이 남자는 이렇게 아무렇지도 않고 여유로울 수 있는 거지? 미스터 포토즈의 목소리는 빈정거리면서도 절반쯤은 감탄하는 것 같았고, 동시에 연민을 느끼는 듯했다.

"당신은 미스테리오소 씨를 알고 있었어요. 미스테리오소 씨가 정문 앞에서 당신을 알아보고 지붕에 올라갈 수 있게 해줬으니까요." 소년이 불쑥 말했다. 그리고 악의적으로 덧붙였다. "내가 보기에 당신 같은 사람들은 모두 사진 찍히는 걸 좋아해요, 안 그래요?"

"난 저 친구에게 호의를 베풀었던 것뿐이란다. 그게 다야." 미스테리오소가 온화하게 말했다.

"그랬다면 마음이 변하신 모양이네요. 이 년 전에는 더이상 호의를 베풀어주지 않으셨잖아요, 아닌가요?"

소년이 말했다. 그리고 의기양양하게 다른 사람들을 쳐다보았다. 하지만 소년이 너무 원한에 차 있어서 자칫 불쌍하게 보일 지경이었다.

"동기가 궁금한가요? 내가 말해주죠." 소년이 말했다. "경감님이 벌써 오래전에 말씀드렸을지도 모르겠네요. 다른 사람들이 그랬던 것처럼 오직 저 사람을 보호하고 있으니까요. 미스테리오소 씨가 미스터 포토즈의 여자 친구를 빼앗았다는 건 온 세상 사람들이 다 알고 있어요."

"이런, 이쯤에서 내가 끼어들어도 될까요?" 마거리트 디바
인이 말했다.

말 그대로 침묵이 흘렀다. 이런 상황에서는 미스터 포토즈
조차 침착함을 잃어버린 듯, 금팔찌를 짤랑거리며 초조하게
손을 움직였다. 그 짤랑거리는 소리에 힘입었는지 마침내 그
가 입을 열었다.

"내가 정말 여자를 빼앗겼다는 이유로 다른 남자를 죽일
수 있는 사람처럼 보입니까?"

"옛 기억을 떠올려보면, 그 질문에 대한 대답은…… '아니
다'예요." 마거리트가 말했다.

"증명해줄 수 있죠, 마거리트? 난 그저 당신 사진을 찍었을
뿐이라는 걸요."

미스터 포토즈는 '법정'에 설명했다.

"마거리트와 나는 같은 플랫 단지에 살았어요. 지하층에
세 들어 살았는데, 저 소년의 부모도 같은 곳에 살고 있었죠.
여기 계신 이 숙녀분은 5층에서 좀더 편안하게 지냈을 겁니
다. 그 당시 마거리트는 스타였고, 전성기였을 때니까……."

"지금처럼 한물갔다고 할 정도는 아니었죠." 마거리트가
유감스럽다는 듯 인정했다.

"그런 상황인데 마거리트가 날 연애 상대로 여겼겠습니까?

신의 축복을 비는 데 쓸 2펜스도 없는, 하잘것없는 사진기자를 말입니다. 하지만 마거리트는 배우였고, 마침 쉬고 있던 터라 사진을 찍을 수 있게 해줬어요. 모든 여배우들은, 여기 있는 소년이 '그런 부류'라고 부를 만큼 사진 찍히는 것을 좋아하죠. 늘 하는 일이니까요. 아무튼…… 내게는 좋은 연습 기회였어요. 당시에는 정말 근사한 얼굴을 하고 있었죠!"

"'당시에는' 정말 고마웠어요!" 마거리트가 말했다. 그런 다음 소년을 돌아보며 친절하게 덧붙였다. "하지만 내가 바란 건 최소한 정직한 얼굴이었어. 그러니 솔직하게 말해줄게. 저 사람은 나 때문에 파리 한 마리도 죽이지 않을 사람이야."

"그렇다면 다른 이유가 있었겠죠. 그런 게 무슨 상관이에요? 저 사람이 지붕에 있었고, 범행을 저지를 수 있었어요. 다른 사람은 불가능했고요. 그러니까 저 사람이 틀림없이 범인이에요."

그때 블록 경위가 갑자기 자리에서 일어났다.

"날 좀 봐라! 넌 지금까지 많은 이야기를 했어. 아주 영리했지……. 이제는 네가 들을 차례다! 너의 추리는 멋지고 기발하지만 한 가지 작은 결점이 있어. 그리고 그 결점 때문에 정답에서 완전히 멀어졌지.

넌 미스터 포토즈가 천장에 구멍을 뚫어서 밑으로 내려왔다가 다시 올라갔다는 가설에 모든 것을 걸었어. 하지만 경찰도 그 정도는 생각했단다. 그래서 그 구멍을 정말 꼼꼼히 조사했고, 거기로는 저 사람의 머리도 통과할 수 없다는 것을 알아냈지. 그래서 그를 내버려둔 거야. 다른 슬레이트들은 말뚝으로 단단하게 고정해놓아서 전혀 움직일 수가 없었어. 천장에 구멍이라고는 미스터 포토즈가 발로 걷어차서 만들었다는 작은 구멍 한 개밖에 없었지."

소년은 깜짝 놀랐다. 자신의 의심을 정당화하기에 모든 것이 딱 들어맞는 것 같았는데 이제는 아무것도 남지 않았다. 지금껏 입버릇처럼 되뇌던 미스터 포토즈에 대한 의심 덕분에 아버지가 돌아가신 후 쓰라린 세월을 견딜 수 있었는데.

"저 사람은 지붕에 있었어요. 그 방에는 오직 저 사람과 우리 아버지뿐이었는데……."

"맞아. 저자와 네 아버지가 있었지." 블록 경위가 말했다.

소년이 이해가 느리다고 할 사람은 없을 것이다. 그는 그들 중 누구보다 제일 먼저 자리에서 벌떡 일어났다. 그제야 놀란 것 같았다. 정말 깜짝 놀란 것이다.

"그 말은…… 같이 했다는 뜻입니까? 공범이라는 건가요?"

라이플총은 전날 밤에 그곳에 숨겨놓았다. 실제로 기념식 당일에 철저하게 조사를 했더라도 총이나 사과 봉지, 노끈과 같은 물건들은 쉽게 발견되지 않았을지도 모른다. 여전히 공사중인 건물 안에는 셀 수 없이 많은 물건들이 놓여 있었고,

그 사이에 크기가 작은 물건들을 숨겨놓으면 모르고 넘어갈 수도 있었다. 그런 상황에서 미스터 포토즈는 지붕으로 올라가 살인에 방해가 될 만한 건 없는지 살핀다. 만일 아무도 들여보내주지 않으면 당연히 몰래 올라갈 생각이었다. 한참 계획대로 준비하고 있던 중간에 출입구 앞에서 미스테리오소와 관리인을 마주쳤을 때 두 사람이 얼마나 놀랐겠는가? 어쨌든 미스터 포토즈는 지붕 위에 올라갔고, 안에서 문을 잠그는 바람에 그 위에 갇히게 된다.

"문을 안쪽에서 잠그자고 한 건 로빈스 경관이었어. 그는 그렇게 공범을 남겨두고 자리를 떠났지. 이제 미스터 포토즈는 지붕 위에 있는 것으로 되어 있으니 총격이 일어나더라도 범인으로 몰릴 일은 없게 된 거야."

소년은 아무 말도 하지 않았다. 이제 그의 마음은 끔찍한 두려움에 사로잡혀 있었다.

기념식 준비를 위해 모든 사람들이 자리를 비우면 마침내 주위에 아무도 없게 된다. 로빈스 경관은 지키고 있던 입구에서 벗어나 계단을 뛰어올라가기 시작한다. 그런 그의 모습을 주의 깊게 볼 환자들은 아직 없었지만, 혹시 있더라도 그날 오전 내내 경관들이 계단을 계속 오르내린 터라 다시 한번 상황을 확인하러 가는 거라고 여길 것이다.

그렇게 그 현장에 올라간 뒤, 미리 준비해두었던 삼각대를

세우는 데는 일 분 삼십 초도 걸리지 않았다("우리도 실험을
해 봤지"). 그런 다음 줄을 팽팽하게 묶어놓은 뒤, 미스터 포토
즈가 슬레이트 한 장을 떼어내 만든 작은 구멍으로 사과 봉
지를 올려 준다("자, 여기 있어!"). 그리고 로빈스 경관은 기념식
이 시작되기 훨씬 전에 자기 자리로 돌아간다. 그는 총이 발사
된 시간, 제자리를 지키고 있었기 때문에 범인이 될 수 없다.
그 시각 지붕에 갇혀 (사진을 찍고) 있었던 미스터 포토즈가
범인이 될 수 없는 것과 마찬가지로.

팽팽하게 쳐놓은 줄 위로 사과 봉지를 떨어뜨리면 방아쇠
가 당겨지면서 총알이 발사된다. 그런 다음 미스터 포토즈는
미리 떼어낸 슬레이트를 적당한 순간에 두드려 부수기 위해
제자리에 돌려놓는다. 그리고 사진을 찍는다. 한 번에 세 계단
씩 뛰어올라온 로빈스 경관은 풀어진 줄이 뭔가 다른 의도로
쓰이는 것처럼 보이게끔 총신에 둘둘 감는다. 매듭을 묶을 시
간은 없다. 그다음 헐떡거리며 도착한 블록 경관을 맞이한다.

"여기 총이 있다네. 같이 가서 살펴보세!"

소년은 어쩔 줄 모른 채 쳐다보고만 있었다. 말갛고 하얀
얼굴이 눈물로 뒤덮여 초췌해졌다.

"난 믿을 수 없어요! 믿을 수 없단 말이에요!" 하지만 절망
보다는 투지를 보이는 편이 나았다. "그렇다면 무슨 이유로
그랬단 말이죠? 아버지에겐 동기가 없었어요. 어째서 그런 짓

을 했단 말이에요?"

블록 경위가 이어서 말했다.

"미스터 포토즈는 여기 계신 숙녀분과 같은 플랫에 살고 있었어. 넌 아까 미스터 포토즈가 여자 문제 때문에 범행을 저지른 거라고 비난했지. 하지만 네 아버지 역시 같은 플랫에 살고 있었어. 그리고 그 여자는 아주 아름다운 사람이었지. 그래서……."

"이런, 잠깐만요! 처음에는 사진기자, 이제는 그 경관까지. 인정도 많으셔라! 내가 그렇게 까다로운 사람은 아니지만…… 그래도 그렇죠!" 마거리트가 항의했다.

"……미스테리오소 씨도 찾아왔어. 그리고 저 두 사람에게서 그 여자를 빼앗아갔던 거야" 블록 경위가 말했다.

"우리가 정말 삼각관계로 보이나 보군요!" 미스터 포토즈가 말했다.

"난 그런 뜻으로 한 말이 아닙니다. 여자를 사랑하고, 여자를 원하는 방식에는 여러 가지가 있죠. 어쨌든 수많은 동기 중에, 그 사건은 여자를 빼앗긴 분노가 동기였습니다."

"하지만 난 그 경관과 사귄 적이 없었는데."

마거리트가 반쯤 웃으며 말했다. 하지만 소년의 하얗게 질린 얼굴을 보더니 더이상 웃지 않았다.

"이것 봐요, 경위님. 이건 정말 공정하지 못해요. 미스터 포토즈에 대해서는 이미 말했잖아요. 우린 솔직하게 털어놨어요. 제 말을 믿으셔야 해요. 그 경찰과는 아무 일도 없었고, 평생 눈길 한번 줘본 적 없다고 맹세할 수도 있어요. 총격이 일어났을 때까지는 말이에요. 물론 그 뒤에 사건과 관련해 만나기는 했어요. 하지만 그게 다예요."

"그만해요!" 소년이 격렬하게 외쳤다. 그러고는 갑자기 부드럽게 말을 덧붙였다. "아버지는 엄마와 결혼했다고요."

"네 어머니를 사랑하셨니?"

"네." 소년이 대답했다.

아버지는 자신을 소외시킬 만큼 어머니를 지나치게 사랑했다. 물론 아버지와 어머니도 다투긴 했다. 하지만 다툼의 원인은 그 사건에 이어진 부당 해고, 그 뒤로 찾아온 패배감과 가난 때문……이었던 것이 맞을까?

블록 경위는 이어지는 말을 하고 싶지 않았지만, 그래도 하는 수밖에 없었다.

"그래, 네 아버지는 네 어머니를 사랑하셨어. 하지만 미스터 포토즈도 그분들과 같이 살고 있었지. 아마 미스터 포토즈도 자기 방식대로 그분에게 헌신했을 거야. 그분을 위해서라면 복수에 동참할 수도 있을 정도로. 왜냐하면……."

경위는 정말 하고 싶지 않았다. 하지만 그래도 해야만 하는 말이었다.

"왜냐하면 미스테리오소 씨가 그 플랫에 찾아왔으니까. 미스테리오소 씨는 한 번에 한 여자로 만족하지 못했어."

"날 과대평가하는군요."

미스테리오소가 말했다. 하지만 아무도 그의 말을 듣지 않았다. 소년의 얼굴을 보는 것이 너무 끔찍하고…… 무서웠기 때문이다. 지금까지는 소년의 얼굴에 그런 감정들이 스칠 때마다 안색이 어둡고 파리해졌다. 하지만 이제는 남자의 얼굴에, 분홍색 조각들을 우스꽝스럽게 단 하얀 가면을 쓴 광대의 얼굴을 하고 있었다. 그리고 신체적인 위험이 다가오기라도 하는 것처럼 또다시 손을 휘둘렀다. 소년이 흐느껴 울었다.

"오, 아니야! 아니에요!"

"우린 모든 것을 고려했단다." 블록 경위가 변명하는 것처럼 말했다.

"미쳤군." 미스테리오소가 말했다. 그는 의자에 똑바로 앉아 있었지만 얼굴이 창백했다.

"내 명예를 전부 걸고 말하는데, 난 그 여자를 본 적도 없어요. 수사가 시작되기 전에는 말이오." 미스테리오소는 겁을 잔뜩 집어먹은 아이처럼 불쌍해 보였다. "난 네 엄마를 건드리지 않았단다, 얘야. 정말 얼굴 한번 본 적 없어."

"거짓말일 수도 있죠. 거짓말일 수도 있잖아요." 소년이 흐느끼며 말했다. 그는 의자 팔걸이에 주먹 쥔 손을 올리고, 그 위에 이마가 닿을 정도로 몸을 숙이고 있었다. "모두 거짓말만 해……. 당신은 우리 엄마를 모른다고 말하겠죠. 하지만 당신은 그랬을 수도 있어요. 어쩌면 당신은……."

마거리트가 자리에서 일어났다. 그녀는 소년의 옆에 다가가 무릎을 꿇은 뒤, 그의 머리를 들어 올렸다. 그리고 그 이마에 달라붙은 삐죽삐죽한 머리카락을 떼어냈다. 부드럽고 축축했다. 그리고 몸부림치는 소년의 두 손을 꼭 잡아주었다. 그녀의 손은 하얗고 잘 가꿔져 있었으며, 손톱에는 분홍색 매니큐어가 발려 있었다.

"쉬, 괜찮을 거야, 쉬! 저런 이야기가 사실일 리 없잖아." 그리고 미스테리오소를 돌아보며 물었다. "이제부터 할 이야기는 우리와 이 자리에 와주신 너무나 관대하신 분들 사이의 비밀이에요. 밖에서 엿듣는 사람은 없겠죠?" 마거리트가 문쪽을 돌아보았다.

"네." 경위가 말했다.

"그렇다면 여기에 계신 분들만 비밀을 지켜주시면 되겠네요."

그녀는 호소하듯 그 자리에 있던 사람들을 쳐다본 뒤, 미스테리오소를 돌아보았다. 마거리트가 말했다.

"이제는 모든 것을 사실대로 말해야만 한다고 생각해요."

'한물간' 여배우는 심지어 촬영 연습을 한다며 그녀를 모델로 삼았던 시시한 사진기자의 관심을 받는 것조차 좋았다. 하물며 자기 앞에 새로 나타난 부유하고 유명하며 잘생긴 숭배자와 함께 그녀를 알아보는 극장 관계자들과 매니저들이 있는 유명한 식당에 함께 다니는 것은 말로 표현할 수 없을 만큼 고마운 일이었다. 그와는 주로 집에서 만났는데, 특별히 비밀은 아니었다. 오히려 소문이 나도록 은근슬쩍 말을 흘리곤 했다. '그 사람 정말 근사하다니까!' 그 상황을 잘만 이용하면 흔들리는 그녀의 입지가 단단해질 터였다.

실물이 훨씬 커다란 그 남자는 다른 사람과 전혀 달랐다. 그는 덩치가 크고 잘생겼으며, 갈기처럼 휘날리는 황갈색 머리카락 때문에 사자를 닮았고, 진짜 사자인 양 기운이 넘쳤다. 중년의 나이인데도 여전히 남성다움을 과시하며 거들먹거리는 바람둥이로도 유명했다. 그런데 그 모든 것이 한 시간 안에, 단 한 순간에…… 그 사고로 그는 불구의 몸이 되었고, 굴욕적이게도 모든 힘을 잃었다. 뿐만 아니라 남성으로서의 기능도 잃었다.

"마거리트는…… 친절했어요." 미스테리오소가 여전히 소년의 옆에 무릎을 꿇고 있는 마거리트를 바라보며 말했다. "내 비밀을 지켜줬죠." 그리고 소년에게 말했다. "네 젊고 예쁜 엄마는 혹시 나와 눈이 마주쳤다 해도 안전했을 거야."

"사실이야. 그건 내가 알아." 마거리트가 말했다. 그녀는 자기 손을 내려다보았다.

블록 경위는 그녀를 부축해 일으킨 다음 다시 의자에 앉혔다. 그리고 차갑지만, 겸손한 목소리로 두 사람에게 말했다.

"고맙습니다."

위대한 미스테리오소는 몸을 움찔하더니 한숨을 내쉬었다. 그리고 갑자기 현실로 돌아왔다.

"그러니까…… 나는 이제 네가 더 불평할 이유가 없다고 생각한다. 우리가 이 자리에서 할 일은 모두 끝났어. 모든 것을 이야기했어. 네게 모든 사실과 가정, 경과, 개연성만 아니라 단순한 가능성까지 전부 제시함으로써…… 너를 위해 사건의 수수께끼를 풀어나갔어. 그래야 네가 스스로를 지킬 수 있을 것 같았으니까. 그러니 이제 그만하자! 모든 것을 밝혀낸 이 법정의 판결을 받아들이고, 네 마음을 억압하면서 너의 젊음을 망치고 있는 모든 괴로움을 떨쳐버리는 거야. 이제부턴 내가 널 도와주마. 내가 너의 친구가 되어줄게. 처음부터 다시 시작하자. 그렇게 자라서 어른이 되는 거야.

지금 이 자리엔 두 사람의 피고가 있어. 바로 네 아버지를 대신한 너와 이 자리에 있는 미스터 포토즈지. 잠깐 밖으로 나가 기다려주겠니? 우리들, 그러니까 나와 블록 경위, 친절하고 사랑스러운 디바인 양, 그리고 번거로웠을 텐데도 널 돕기 위해 목격자로서 자리에 함께해준 세 분의 의견을 모아야 하니까. 평결이 어떻게 내려지든 받아들이겠니?" 그리고 그는 친절하게 덧붙였다. "솔직히 우리가 원한 건 진실을 밝혀내고 네 마음이 편안해지는 거였단다."

"그 진실로 내 마음이 편안해질 것 같지 않네요." 소년이 말했다.

"그건 우리 역시 같은 심정이라고 말하고 싶구나." 블록 경위가 말했다. 그는 어린아이처럼 엄지손가락을 핥은 뒤 가슴 위에 십자가를 그렸다. "진실만을 말할 것을 맹세하마. 더이상 네게 거짓말을 하지 않을 거야."

"나 역시 피고인이라는 걸 잊지 말아요. 평결을 받아들일 준비는 됐어요. 너도 그럴 거라고 생각한다." 미스터 포토즈가 자리에서 일어나, 금팔찌를 딸랑거리며 문 쪽으로 향하며 말했다. 그가 문을 열었다. "어서 이리 와라. 배심원들만 남겨둬야지!"

그들 뒤로 문이 닫혔다. 미스테리오소가 말했다.

"저 아이가 아무 말도 듣지 못하게 미스터 포토즈가 지켜줄 거요." 하지만 그는 불안해 보였다. "정말로 저 아이에게 진실을 말해줄 건가요? 말이 났으니 말인데, 대체 진실이 뭡니까?"

블록 경위가 자리에서 일어나 방 한복판에 서서 말했다.

"진실은 아주 짧고, 아주 간단합니다. 열네 어절로 답할 수 있죠. 사실 여섯 어절로 줄일 수도 있지만, 내용이 제대로 들어가야 하니까요. 물론 더 길게 말할 수도 있지만 그렇게 하진 않으렵니다. 고소를 위한 것이 아니니까요. 우리가 할 일은 혐의를 벗는 겁니다." 그리고 그는 열네 어절로 답했다. "만장일치로 평결이 났다고 하면 다른 말은 필요가 없습니다. 그냥 저 아이에게 돌아가라고 하면 됩니다."

크고 화려한 방에 커튼을 드리우자, 저녁 시간의 고요함이 내려앉았다. 밖에서 요란하게 덜컹거리는 자동차 소리도 들리지 않았고, 뭉게뭉게 떠오르는 시가와 담배 연기 냄새, 꽃 향기만이 퍼질 뿐이었다. 손만 내밀면 닿을 곳에 술병과 잔이 놓여 있었다……. 문이 열리고 미스터 포토즈가 팔찌를 짤랑거리며 들어왔다. 그리고 다시 안색이 어두워진 소년이 그 자리에 서 있었다. 소년은 겁에 질린 동물 같은 눈빛으로, 긴장한 듯 양손을 꼭 맞잡고 있었다. 의자에 앉은 미스테리오소가 무기력한 몸을 앞으로 내밀며 손을 뻗었다.

"이리 오렴! 어서 내 옆으로 와."

소년이 다가가 그 옆에 섰다.

"다 잘됐다." 미스테리오소는 소년의 가느다란 갈색 손을 위로하듯 꼭 잡아주었다. "그리 오래 걸리진 않았지. 우리 모두 즉시 진실을 가려냈단다. 만장일치로 평결이 났어."

그리고 그는 평결을 말했다.

"미스터 포토즈…… 무죄. 살해 동기도 기회도 없었다. 그리고 네 아버지…… 무죄. 역시 동기도 기회도 없었다. 가슴에 손을 얹고!"

소년은 몸을 떨었다. 눈물을 흘리며, 꼼짝도 하지 않고 그 자리에 선 채 고개를 숙였다.

"이제 해산합시다! 내가 이 아이를 돌보겠습니다. 우리 임무는 끝났어요. 하지만 앞으로 다시는 미스터 포토즈를 위협하거나, 어떤 폭력도 행사해서는 안 된다! 이 평결을 받아들이겠니? 약속할 거야?"

미스테리오소가 여전히 잡고 있는 소년의 손을 살짝 흔들며 말했다. 소년은 여전히 숙인 채로 고개를 끄덕였다.

"착하구나! 자, 이제 그럼 모두 안녕히 돌아가십시오. 감사했습니다."

미스테리오소가 말했다. 그리고 소년을 보며 다시 말했다.

"너도 저분들께 감사하고 있지?"

다시 한번 소년이 고개를 끄덕였다. 혈관이 두드러진 노인의 손은 소년의 가느다란 손을 여전히 붙들고 있었다. 아직도 아름답고 유연하게 움직이는, 늙었지만 위대한 마술사 미스테리오소의 손이었다.

미스터 포토즈는 블록 경위와 함께 걸어가고 있었다.

"일이 잘 끝나서 다행이에요! 이제부터는 내 신변도 안전할 것 같군요. 그 아이도 약속을 했으니 지키겠죠. 안 그렇습니까?"

"그럼요. 이제 아무 일도 없으실 겁니다. 그 아이도 받아들였으니까요." 블록 경위가 말했다. "난 그런 아이들을 잘 알고 있습니다. 그저 확신이 필요했던 거죠."

두 사람은 잠시 말없이 걸었다.

"이제 당신도 나도 알게 됐죠. 적어도 당신은 알고 있었을 거라 생각합니다만…… 비밀은 지키는 편이 낫다는 것을 말입니다."

"미스테리오소와 다른 사람들 역시 알고 있을 겁니다."

"어느 정도는요. 당신 말대로 그건 그들 일이니까요." 경위가 대답했다.

미스테리오소는 자만심이 많은 남자다. 실제로 경위가 이제껏 알고 있는 사람 중 가장 허영심이 많은 사람이었다.

"그 아이가 오늘 밤에 있었던 일을 받아들인다면, 그 사람도 용서받을 수 있을 거라는 생각이 듭니다." 미스터 포토즈가 말했다.

"그렇긴 하지만, 미스테리오소의 허영심이 정의 실현을 가로막고 있었어요. 처음부터…… 아주 처음부터 말입니다."

"그…… 편지들을 말하는 겁니까?"

"바로 '그녀의 남편'이라고 서명되어 있던 익명의 편지들이 죠. 다른 종류, 다른 형태의 봉투에 전부 다른 지역 소인이 찍혀 있던⋯⋯."

"맙소사! 그렇다면 계속 전국을 돌아다니면서 그런 짓을 했단 말인가요? 주목받기 위해서? 미스테리오소가 직접 그 편지를 썼다고 생각하는 겁니까?"

"아뇨. 그 편지들은 진짜라고 생각합니다." 블록 경위가 천천히 말했다. "진짜 봉투에 들어 있던 진짜 편지들이죠. 아마 봉투가 바뀌었을 거라고 생각합니다."

주소를 타자로 친 봉투들⋯⋯. 주로 안내문을 보낼 때 쓰는 것으로, 심지어 보낸 사람을 구별하기조차 힘들만큼 평범한 봉투였다. 우체통에서는 매일 그와 비슷한 봉투들이 셀 수도 없을 만큼 쏟아져 나왔다.

"버밍엄이나 글래스고 같은 곳의 소인이 찍힌 편지를 골라서, 그 안에 들어 있던 편지를 꺼내고 대신 협박 편지를 넣어 다시 밀봉하는 거죠. 그 상태로 경찰서에 가져가서, 그곳에서 뜯어보는 겁니다. 처음에는 유명해지고 싶어서 그랬을 거예요."

"유명해지고 싶다는 마음은 이해합니다. 하지만 내가 둔해서 그런지 편지를 다른 봉투에 집어넣었어야 하는 이유를 모르겠군요. 어째서 그대로 경찰에 보여주지 않은 겁니까?"

미스터 포토즈는 질문과 동시에 스스로 답을 찾았다. "맙소사…… 그래요……. 그럴 수밖에 없었던 거군요! 다른 사람 앞으로 온 편지였으니까."

열네 어절. 소년의 아버지는 절대 톰을 죽일 수 없었다. 왜냐하면 소년의 진짜 아버지는 바로 톰이었으니까 말이다.

고양이가 없으면 쥐가 판을 치기 마련이다. 항상 같이 있어야 하는 그 하인은 주인이 5층 위에서 꾸물거리는 동안 무엇을 하면서 기다렸겠는가?

"그러니까 실제로는 톰에게 온 편지들이었다는 겁니다. 아무래도 이제부터는 그 사람을 '톰캣Tomcat'¹이라 불러야겠네요. 그리고 그 총격…… 맙소사, 그렇다면 주춧돌 아래에서 보여준 모습은 연기였던 겁니까?"

"연기였죠." 블록 경위가 짧게 대답했다.

"죽어가는 남자를 품에 안고 친구라고 하던 게……?"

"불쌍하게 거세당한 고양이가 튼튼한 수고양이에게 진정으로 따뜻한 감정을 느낄 수 있었을까요? 무엇보다 그가 얻은 이득을 생각해보세요! 사진에 나온 도전적인 모습, 무분별한 용기를 보여준 뒤로 명성을 얻었잖습니까. 그 사진은 보너스였어요. 얼마나 과감한지! 그는 또 다른 총격이 없을 거라는

---

¹ 수고양이. 호색꾼이라는 뜻이 있다.

걸 너무나도 잘 알고 있었어요. 살인자는 상대를 제대로 처리했습니다. 처음부터 톰을 노리고 있었으니까요."

"하지만 톰이 직접 말한 건……."

"그때 상황을 떠올려보세요. 그 남자는 입에서 피를 쏟고 있었어요. 똑똑하게 발음하기 힘든 상황이었단 말입니다. 그가 하는 말을 미스테리오소가 먼저 들은 다음, 근처에 있던 여자를 불렀어요. 그리고 그 여자에게 톰이 이렇게 말했다고 전했죠. '저만 맞아서 천만다행입니다! 저들은 주인님을 노렸던 거예요.' 미스테리오스는 그렇게 말했습니다. 여자는 뚝뚝 끊어지는 톰의 말을 들으면서 정말 그렇게 들린다고 생각했을 거예요. 실제로는 톰이 숨을 헐떡거리면서 '그자가 날 이렇게 만들었어요. 정말로 날 노렸던 거예요' 같은 말을 했으리라고는 추호도 의심하지 않았죠. 마술사가 여자에게 자신이 원하는 카드를 뽑게 만들었다는 걸 모르시겠습니까? 그녀는 미스테리오소가 하는 말을 들은 겁니다. 그게 다예요."

"이런 기회주의자 같으니!"

"미스테리오소는 그 편지들을 보여줬습니다. 그렇게 사건이 확대되었죠. 톰은 처음 협박 편지를 받았을 때 주인에게 보여주었을 겁니다. 두 사람 사이에는 비밀이 없었을 거예요. 처음에 미스테리오소는 어떤 반응을 보였을까요?" 블록 경위가 물었다.

"질투했을 테죠." 미스터 포토즈가 말했다.

"나도 그렇게 생각합니다. 특히 우리가 오늘 밤 그 이야기를 들은 다음이라 더 그랬으리라는 생각이 드는군요. 미스테리오소는 그 편지들이 자신에게 온 것이기를 바란 것 같습니다. 그리고…… 그 사람은 온갖 이유를 다 댔을 테죠. 넌 위험에 처해 있다, 누군지 모를 바보가 뭔가 재미있는 일을 시도하려고 한다. 경찰은 크게 신경 쓰지 않는 눈치지만, 만일 내가 보호를 요청한다면……. 오랫동안 '이 일'을 해왔던 톰은 유명해진다는 것이 어떤 것인지 처음으로 알게 되었습니다. 광적인 팬, 자극적인 일을 좇아다니는 사람들은 무의식적으로 비극적인 일이 일어나기를 바라며 서커스를 구경하려고 몰려다닌다는 걸 깨달은 거죠."

"그전에는 왜 편지를 보내지 않았던 걸까요?"

"그런 범죄를 저지를 기회를 계속 노리고 있었을 겁니다. 그러다가 첫 번째 기회가 생긴 거죠. 불미스러운 일이 있고 몇 달이 지나 결국 아기가 태어났으니까요. 로빈스는 화가 치솟았고 분노로 치가 떨렸겠죠. 그렇다고 그냥 좇아가서 그 난봉꾼을 두드려 패줄 수도 없는 상황이었습니다. 그는 경찰이었으니까요. 하지만 도저히 참을 수가 없었습니다. 그리고 무엇보다 중요한 건, 이 수치스러운 사실이 세상에 알려져선 안 된다는 거였죠.

그때…… 몇 달 전부터 이런저런 준비를 해온 미스테리오소가 경찰에 주춧돌을 놓는 기념식에 초대를 받았다고 알려왔습니다. 그렇게 해서 지역 경찰은 그 행사에 대해 처음으로 알게 됐죠. 로빈스 경관은 갑자기 자기 원수가 스러시퍼드에 온다는 것을 알게 된 겁니다.

처음에는 별 의미 없이 위협만 할 생각이었을 거예요. 그저 난봉꾼을 괴롭히고 싶었겠죠. 그러다가 그 원수가 주인과 함께 스러시퍼드에 온다는 것을 알게 되자, 어쩌면 그자를 살짝 흔들어서 겁에 질리게 만들 수도 있겠다는 생각이 들었을 겁니다. 하지만 그 난봉꾼은 도리어 자기에게 유리하게끔 협박 편지를 공공연한 농담 취급하며 다른 사람 손에 넘겼죠. 그걸 알고 나니 마음속에서 사무치던 분노가 점점 더 커져가기 시작했고, 좀더 적극적인 양상으로 변하기 시작했을 겁니다. 그때 두 번째 기회가 나타난 거죠.

어느 쪽이 먼저인지는 모르겠습니다. 총을 손에 넣은 것과, 공사가 끝나지 않은 병동의 입구를 지키는 임무를 얻는 것 중 말이에요. 한쪽을 손쓸 수 있다면 다른 한쪽도 성공할 터였죠. 이를테면, 그는 경찰이었으니 무기를 구하는 건 그다지 어려운 일이 아니었습니다. 가령, 남편이 죽은 뒤에 일련번호나 식별 표식이 없는 총을 발견한 어떤 노부인이 그 위험한 물건에 손을 대지 못하고 있다가, 처음 만난 경찰한테 총을 넘겨주고는 그 일을 잊었을 수도 있죠. 그런 다음 그 경찰은 총을 몇 년 동안 숨겨두었을 수도, 아니면 총을 받자마자 온 갖 의혹을 가질 수도 있습니다. 이전에 총이 사용된 일이 있 었던 건 아닌지, 총을 사용한 사람이 죽었거나 노망이 든 건 아닌지, 다른 곳으로 이사를 간 건지, 어떤 이유로 확실하게 추적되지 않는 건지. 어쨌든 그의 수중에 총이 있었고, 그걸 사용하고 버릴 완벽한 장소도 생겼습니다. 그는 계획을 실행 에 옮기기 위해 진지하게 생각하기 시작하죠. 그리고 총을 가 져옵니다. 그리고 자기 계획이 거의 완벽했다는 것을 증명하 는 거죠." 블록 경위가 천천히 말했다.

"당시에는 사건이 어떻게 일어난 건지 아무도 몰랐나요?"

"상관들은 알았을지도 모릅니다만 근거가 부족했겠죠. 로 빈스 경관은 미스테리오소가 찾아갔던 그 플랫에서 계속 살 았습니다. 그러니 아무래도 의심할 수밖에 없었지만……."

"나 역시 그 플랫에 살았습니다." 사진기자가 말했다.

"그랬죠. 그리고 그건 범죄 현장에서도 마찬가지였습니다. 두 사람 모두 범행을 저지르는 것이 불가능해 보이는 상황에 서, 어떻게 두 사람 중에 하나만을 선택할 수 있겠습니까? 그 래서 상관들은 어떻게든 구실을 만들어 로빈스 경관을 해고 했습니다. 내가 기억하는 로빈스 경관은 생각이 많고 신경질 적이며 상대하기 어려운 사람이었죠. 그런 상황이었으니 그럴 수밖에 없었겠지만! 사실 경찰 쪽에서는 그 사람을 해고한 것에 대해 전혀 유감스럽게 생각하지 않았어요. 오늘 밤까지는……." 블록 경위가 웃었다. "어떻게 그런 생각이 동시에 떠올랐을까요! 그때 당신이 말을 하다 말고 그냥 쳐다보며 '맙소사!'라고 하던 모습이 떠오르는군요."

"하지만 당신이 계속 공모가 가능하다는 이론을 내세우니까……."

"모든 가능성을 살펴봐야 했습니다. 어느 누구의 마음속에도 의구심을 남기면 안 되니까요. 나는 나중에 사람들이 소년에게 가서 '그 경위는 이쪽도 저쪽도 감당하지 못했다' 같은 말을 하지 않길 바랐습니다. 그러다 그때 알아차린 거죠. 내가 보기 전에 당신이 지붕에 구멍을 만들었을 거라고 아이가 비난을 퍼부을 때……."

"사과 봉지에 관해서도 전부 설명이 됐죠. 너무 간단하게 말입니다! 안 그렇습니까?" 미스터 포토즈가 말했다.

너무 간단했다.

로빈스 경관은 증오심을 품고, 복수를 위해 아주 오랫동안 완벽한 계획을 세웠다. 기념식 전날 대대적인 수색이 끝난 뒤에, 총과 노끈, 줄, 사과, 삼각대처럼 만들 판자를 숨겨놓았다. 슬쩍 위로 올라가 최종 점검을 한 뒤, 다른 사람들이 기념식 준비로 자리를 비우자 삼각대를 세우고 총을 고정시킨다. 그

다음 줄을 이용해 특별한 수법을 썼으리라 추측하도록 만들기 위해 총신을 끈으로 둘둘 만다. (팽팽한 줄에 사과 봉지를 떨어뜨려서 방아쇠를 당긴다니…… 말도 안 된다! 아주 잠깐이라 할지라도 대체 어느 누가 그렇게 터무니없고 실패할 것이 뻔한 방법에 눈을 돌린단 말인가!) 그리고 다시 아래로 내려온다. 병원 발코니에 아직 아무도 나오지 않았기 때문에 남의 눈에 들키지 않는다. 혹시 누가 봤다고 해도 그냥 다른 경찰이 일이 있어서 지나가는 줄 알았을 것이다. 온 종일 경찰들이 계단을 오르내렸으니까.

그런 다음…….

공사가 끝나지 않은 병동 안에서…… 총소리가 난다. 경관은 한 번에 두 계단씩 뛰어올라가다가 잠시 멈춰 서서 소리친다. "계단을 잘 보고 계세요!"나 "저 사람을 잡아야 해요!" 병원 발코니 위에서 난리가 날 것은 불을 보듯 뻔했다. 모든 사람들이 동시에 떠들기 시작했고, 아픈 사람들은 쉽게 히스테리를 일으켰다. 혼란스럽고 소란한 와중에 '그 소리'는 묻힐 것이다…….

"진짜 총소리 말이군요." 미스터 포토즈가 말했다.

"당신이라면 갈색 종이봉투를 어디에 숨기겠습니까? 그는 총소리처럼 들리게 갈색 종이봉투를 불었다가 터뜨렸죠. 그리고 그 봉지에 사과를 잔뜩 집어넣고, 터진 틈으로 사과가 두어 개 굴러 나오게 내버려둔 뒤, 잘 보이는 곳에 둔 겁니다."

"그런 다음 소년의 아버지가 진짜 살인을 저지른 거죠." 미스터 포토즈가 말했다. "하지만 사실 그 아이의 아버지가 한 건 아닙니다. 소년은 그 사람을 아버지라고 불렀지만, 진짜 아버지가 아니었으니까요. 그러니 우리가 그 아이를 똑바로 바라보면서 아이의 아버지는 죄가 없다고 말할 수 있었던 겁니다."

"교활한 정신병자입니다!" 블록 경위가 말했다. "오이디푸스 콤플렉스, 망상, 편집증…… 죽은 아버지에 대한 자신의 죄책감을 대신해 희생양을 찾으려는 거죠. 왜냐하면 그는 생전에 자신을 지배하려고 하는 아버지에게 분개하기도 했고, 어머니에 대한 아버지의 소유욕을 질투하는 등 여러 가지 감정을 지니고 있었으니까요…… '장기적인 치료'라니 정말 쓸데없는 짓이죠! 하루 저녁 솔직한 토론을 나누고 나니, 아이의 의심에 근거가 없다는 것을 밝혀내지 않았습니까. 그걸로 모두 해결됐어요. 이제 그 아이는 잘해나갈 겁니다."

소년은 잘해나가고 있었다. 그는 커다란 안락의자에 무기력하게 앉아 있는 미스테리오소 앞으로 몸을 숙였다.

"만일 두 사람 다 범인이 아니라면…… 그렇다면 당신이 한 짓이 틀림없어. 당연히 범인이 죽이려고 했던 대상은 당신이 아니었지. 이제 알게 됐어. 살해 대상은 톰이었던 거야. 그래서 당신은 그 사람을 죽이고 싶었던 거지. 안 그래? 그렇게 된 거야. 다른 사람은 없어. 당신은 그 사람에게 의지했지. 바로 그 사실 때문에, 굴욕스럽게도 어린아이처럼 의지해야 한다는 자신의 처지 때문에 그 사람을 증오했어. 나도 그게 어떤 건지 알아. 어린아이처럼, 누군가를 마음 깊은 곳에서 증오하지만 아무것도 할 수 없다는 게 어떤 건지 말이야. 그리고 당신은 톰을 질투하기까지 했어. 그 사람은 제대로 된 남자고, 당신은 남자 구실을 못한다는 것 때문에. 당신이 말해줘서 이제야 알게 됐지. 당신과 그 여자에 대해서 말이야. 당신이 얼마나 수치스러웠는지 말했잖아. 그 기분도 어떤 건지 알겠어. 난 아이였지만…… 내 아버지는 남자였으니까.

나는 그 때문에 아버지한테 화가 났어. 하지만 당신은…… 당신은 부끄러워하고 있었지. 그래서 그 사람을 죽였어. 틀림없이 당신이 한 짓이야. 다른 사람은 없어. 아, 어떻게 그렇게 할 수 있었는지는 묻지 마. 당신은 마술사잖아. 그런 속임수들을 잔뜩 알고 있겠지. 당신 입으로도 말했잖아. 얼음덩어리, 왁스, 언급하지 않은 여러 가지 방법들이 있다고 말이야. 하지만 당신은 방법들을 다 알고 있었어. 그래서 그렇게 무더운 날씨에 커다란 망토를 걸치고 있었던 거야. 주머니든 어디든 숨길 장소가 있었을 테고…….

당신은 혼자 처리했어……. 사람들이 복도로 나가 미스터 포토즈를 지붕에 올려준 뒤, 천장 문을 안에서 잠그고 있을 때 말이야. 한참 뒤에 그들이 돌아왔을 때, 당신은 문 앞에서 기다리고 있었어. 큰 체구와 커다란 망토로 사람들이 방 안을 보지 못하게 가로막고 있었던 거지. 당신이 혼자서 창문에서 문까지 이동할 수 있었다면, 다른 일도 할 수 있다는 뜻이니까. 아, 어떻게 그렇게 한 건지는 모르겠고, 관심도 없어. 당신은 마술사니까, 아무도 모르는 속임수들을 많이 알고 있을 거야. 이번에도 그런 속임수를 썼겠지. 어쨌든 당신이 한 짓이야. 팔찌를 주렁주렁 달고 사진을 찍는다는 그 멍청한 인간이 범인이 아니라면 말이지. 다른 사람은 없어."

다른 사람은 없다. 그 순간에 다른 사람이 없다는 것이 가장 끔찍한, 최악의 상황이었다. 아무도 도망칠 수 없었다. 마음속 저 깊은 곳에서는 마지막 희생양의 안전이 얼마나 빈약한 줄에 매달려 있는지 냉정하게 꿰뚫어보고 있었다. 그 희생양을 구하기에는 힘도 없고, 너무 멀리 떨어져 있다는 것을 말이다.

"당신이 범인이야. 그리고 당신 때문에 우리 아버지는 남은 평생을 고통받으셨어. 정말 끔찍했지. 우리는 너무 가난했고, 두 분은 항상 싸웠어. 그리고 아버지는…… 항상 그런 건 아니었지만…… 가끔씩 날 매정하고 몰인정한 사생아라고 불렀어. 그러면 어머니는 울고 또 울었지……."

소년의 백지장처럼 하얗던 얼굴이 점차 붉으락푸르락하게 물들었다. 하지만 지금 그는 아주 '잘해내고' 있었다. 소년은 희생양을 찾았고, 앞으로 더이상의 희생양은 필요 없었다. 이제 아버지가 죽었다는 사실과, 그와 경쟁한다는 것에 대한 죄책감을 더는 느끼지 않고 어머니를 사랑하고, 사랑받게 될 것이다. 소년의 아버지는 고통스러워하다가 죽었고, 그 일을 떠올릴 때마다 엄청난 분노가 치솟곤 했다. 하지만 이제 그는 아버지의 복수를 했고, 자유로워졌다.

위대한 미스테리오소의 치켜든 얼굴 위로 뜻 모를 말들과 함께 침이 사정없이 튀었다. 하지만 미스테리오소는 그것을 막을 수 없었다. 소년이 미스테리오소의 목을 양손으로 감쌌을 때 그는 이미 죽어 있었다.

황량하고 완만한 웨일스 산 정상을 뒤덮은 가시금작화는 마치 벗어진 남자의 머리를 덮은 빈약한 머리카락처럼 보였다.

"덤불 옆으로 와, 궤니에."

보어오가 말했다. 그는 오래전부터 기다려온 이 순간을 위해 용기를 냈다. 다른 사람들에게 보이지 않는 곳으로 가자, 마침내 그가 말했다.

"궤니에! 나한테 보여줄래?"

"뭘 말이야?" 궤니에가 말했다. 여섯 살짜리 여자애치고는 둔감했다.

갖은 용기를 다 끌어모았는데도 그는 얼굴이 새빨개졌다.

"네 가슴을 보여줘."

궤니에는 기분이 많이 상한 것 같지는 않았다. 하지만…….

"여기서 어떻게 보여줘? 누가 보면 어쩌라고."

궤니에가 가시가 많고 듬성듬성한 덤불을 바라보며 말했다. 실제로 두 사람이 웅크리고 앉아 있는 곳에서는 골짜기 너머에 있는 펜브린 농장이 보였다. 엄마와 아빠는 흘란권에 열린 시장에 갔고, 얀토는 집배원네 흘레웨흘린과 함께 숲에 갔을 것이며, 블로드웬은 낸시 제임스와 함께 어딘가에 있을 것이다. 하지만 그들 중 맏이인 이드리스는 집에 남아 마당에서 일을 하고 있었다. 땅에 구덩이를 파서 저장고를 만들고, 건초 더미를 옮기는 일이었다.

"여기선 안 돼, 보어오. 동굴에 가자."

"동굴에 가면…… 정말 보여줄 거야?"

건초 헛간 앞마당에는 궤니에의 그네가 한가롭게 매달려 있었다.

"보여주면 그네를 밀어줄 거야?"

"그럼, 물론이지." 보어오가 대답했다.

"백 번?"

"그래, 알았어."

보어오가 말했다. 하지만 백 번이라니!

그들은 산비탈을 구르다시피 내려가 작은 강 가장자리에 있는 나무들로 향했다. 울퉁불퉁한 길을 따라 살금살금 걸어가면 동굴 입구가 숨겨진 녹색 공터가 나왔다. 사실은 진짜 동굴이 아니라 강둑의 낮은 부분이 무너지면서 만들어진 일종의 바위 터널인데, 물가로 통하게 되어 있었다. 바닥 흙더미 위는 풀로 뒤덮여 있었다. 그렇게 숨겨진 동굴 입구에 들어가자, 궤니에가 얇은 면 드레스를 끙끙대며 끌어올렸다. 하지만 아무것도 없었다! 그냥 자기와 똑같은 평평한 가슴이었다. 평평하고 하얀 가슴에는 작고 연한 분홍빛 진주알 같은 것이 두 개 박혀 있었다.

"이건 여자애 가슴이 아니야. 넌 여자가 아니야. 남자애야." 보어오가 정나미가 떨어진 듯 말했다.

"난 여자야." 궤니에가 화를 내며 말했다.

"할 수 없지! 우리 그냥 물가로 가자. 거기서 나뭇잎으로 배를 만들어 물에 띄우는 거야."

보어오가 교활하게 말했다. 궤니에를 낡은 그네에 태우고 백 번 밀어주느니 차라리 그 편이 나았다. 오늘 일은 아무 쓸모가 없었다.

하지만 강에는 누가 먼저 와 있었다. 종종 그들이 몸을 숙이고 물을 마시는 것처럼 어떤 여자가 엎드려서 물을 마시고 있었다. 어깨를 구부린 채 고개를 물속에 밀어 넣고 있는 그녀는 한쪽 팔을 강둑에 걸치고 있었는데, 팔꿈치와 손바닥이 위쪽으로 꺾여 자세가 아주 불편해 보였다. 그들은 눈을 크게 뜨고 손으로 입을 틀어막은 채, 조용히 뒤로 물러났다.

"보어오, 네 누나인 메간 언니잖아."

"만일 우릴 봤으면!"

"너한테 내 가슴을 보여준 걸 언니가 알게 될지도 몰라!"

"말하지 않을 거야."

보어오가 말했다. 위험에서 멀어지자 자신감이 돌아왔다.

"어쩌면 그럴 수도 있겠다. 메간 언니도 재미있었는데."

"건강을 해쳐서 그래."

보어오는 간결하게 어른들이 쓰는 표현으로 말했다. 만일 건강을 해친 거라면 그건 불가항력이고 어쩔 수 없는 일이지만 정확히 말하자면 메간은 몸이 아픈 건 아니었다. 머리에 이상이 있는 것도 아니었다. 그러나……

"절대 말하면 안 돼, 궤니에! 우리가 동굴에 갔던 거 아무한테도 말하지 마. 메간 누나는 이상하게 생각하지 않더라도 다른 사람들은 그렇게 생각할지 모르니까. 네가 나한테 가슴을 보여줬다는 걸 다른 사람들이 알게 되면!"

그들은 농장으로 돌아가기로 했다. 하지만 얼마 지나지 않아 다시 길가 덤불에 몸을 숨겨야 했다. 히피 중 한 명이 공터로 달려오더니 주위를 둘러보며 큰 소리로 이름을 부르기 시작한 것이다. 두 사람 다 생전 처음 들어보는 재미있는 이름이었다. 그러더니 그 히피는 정말 들어가기 싫은 듯이, 계속 그 이름을 부르면서 깡마른 어깨를 굽혀 동굴 속으로 들어갔다. 두 사람이 농장으로 돌아오는 내내 악마가 쫓아오기라도 하는 것처럼 같은 이름을 부르는 그의 목소리가 계속 들려오는 것 같았다.

히피들은 버려진 소규모 농지에 있는, 금방이라도 무너질 것 같은 작은 집을 샀다. 건물은 벽 점토가 다 바스러지고, 굴뚝은 갈까마귀 둥지가 되어 있으며, 슬레이트 지붕도 다 내려앉은 상태였다. 그들은 끈질기게 공을 들여 농장을 복구했다. 울퉁불퉁하던 땅을 고르게 갈아 정원을 가꾸고, 닭과 오리, 염소, 나이 많은 저지Jersey종 젖소를 키웠다. 에믈린 루이스에게 속아서 산 소였다. 그래도 공정한 일이었다. 히피들은 좋은 것을 누릴 자격이 없었으니까.

수염과 머리를 길게 기른 그들은 무지하고 돈을 헤프게 썼으며, 아무런 근심이 없었다. 여자들은 단정치 않은 긴 드레스를 입고 머리를 어깨까지 늘어뜨리고 다녔다. 게다가 문란하기까지 해서 사방에 여자들을 임신시키고 돌아다녔다! 히피 남자들은 초라한 밴에 염소 치즈와 '천연 요구르트'와 정원에서 가꾼 것들을 싣고 다녔다. 과연 그런 것들을 누가 살지 의문이었다. 농부의 아내들은 거칠게 "안 사요!"라고 말하며 단호하게 돌아섰고, 얼룩덜룩한 작업복 차림으로 사방을 누비고 다니며 그 해롭지 않은 침입자들이 떠나기만을 기다렸다. 어쩌면 지나치게 밝은 색 텐트나 이동식 주택에서 지내며 빨래를 널어놓는 여름철 관광객들이 그런 물건들을 사주는지도 모른다. 하지만 그런 사람들은 몇 명 되지도 않을뿐더러,

더이상 5월 축제는 없다……

그나마도 아주 가끔씩 찾아왔다.

크리스토가 동굴에서 돌아왔을 때 히피들은 정원에서 일을 하고 있었다. 그들이 그를 '크리스토'¹라고 부른 이유는 그의 길쭉한 얼굴과 볼품없는 금빛 수염이 마치 신성한 베일에 각인된 그리스도의 얼굴처럼 아름다웠기 때문이다. 그는 프리멀라와 결혼했다. 사실 그들은 전부 다 기혼이었다. 결혼으로 부모들을 안심시키고, 아기가 태어나면서 인생이 단순해지기까지 한 것은 그들의 반항이 통하지 않았기 때문이다. 크리스토와 프리멀라, 로한과 멜리산데, 아벨과 에바이네에게는 각각 한 명씩, 아이가 총 셋 있었다. 농장의 수익만으로도 그들 모두가 먹고살 수 있었다. 로한과 멜리산데는 지역 상점에 직접 만든 도자기를 팔았다. 그들이 모두 아름다운 이름을 가지고 있는 건 웨일스에 정착하면서 스스로 이름을 지었기 때문이다. 그들은 주변의 모든 것들을 아름답게 가꾸는 것을 좋아했고, 때때로 그런 것에 너무 집착한다 싶을 때면 자신들의 과시하는 태도에 웃음을 터뜨리곤 했다. 그럼에도 그들만의 작은 공동체를 이루며 살게 된 가장 큰 의도는, 살아가는 동안 모든 방면에서 아름다움을 추구하기 위해서였다.

지금 크리스토는 아름답게 보이지 않았다. 쉽게 타지 않는

ᅵ '그리스도'를 의미한다.

하얀 얼굴이 분홍색으로 벌겋게 달아올라 있었다. 그가 숨을 헐떡이며 외쳤다.

"코린나가! 코린나가 물에 빠졌어!"

그리고 바깥에 놓여 있는 의자에 앉더니, 얼굴을 양손으로 감싸며 울음을 터뜨렸다.

"맙소사!"

"너무 늦었어. 코린나는 틀림없이 내가 오지 않는다고 생각했을 거야." 크리스토가 말했다.

작업을 중단하고 크리스토를 에워싼 그들은 여전히 원예 도구를 손에 든 채 서로를 멍하니 쳐다보기만 했다. 어리석고 허기진 야생 산양이 가짜 먹이를 바라보고 있는 듯한 모습이었다.

"오, 크리스토! 자책하지 마."

"코린나는…… 어쩔 수 없었어." 로한이 위로했다.

코린나의 원래 이름은 메간 소마스로, 그들처럼 이곳으로 터전을 옮긴 농부의 딸이었다. 하지만 그들은 로버트 헤릭[11]의 시에서 따온 '코린나'라는 이름으로 그녀를 불렀다. 메간은 종종 울타리를 따라 걸어가며 흰 산사나무 꽃을 꺾어 뿌리곤 했기 때문이다. 그녀는 황홀한 표정으로 부드러운 수술과, 숨

[11] 목가적인 서정시를 주로 발표한 영국의 시인.

어 있는 거칠거칠한 가시의 감촉을 느끼며 묘한 사향 냄새를 맡기도 했다. '코린나는 5월 축제에 가네…….'[I] 코린나는 근처에 있는 농장 사람들 가운데 사악한 히피들에게 다가온 유일한 사람이었다. 그녀의 엄마는 히피들한테 가지 말라고 했고, 아빠는 그녀가 그곳에 갈 때마다 때릴 거라고 경고했다. 그럼에도 메간은 이 집 근처를 어슬렁거렸다. 그녀는 멍하고 흐린 정신으로 크리스토의 아름다운 얼굴을 보고, 그의 이름을 듣자 예시 그리스트[II]가 현신했다는 환상에 빠져 다시 찾아왔다.

그리고 지금, 그녀가 제대로 이해할 수 없는 곤경에 처해 그에게 도움을, 즉 위안과 용서를 구할 줄 누가 알았겠는가? 크리스토가 그녀를 공터에서 만나기로 했다면? 그들은 동굴 속에는 들어갈 수도 없었을 것이다. 밀실공포증이 심한 크리스토는 막힌 공간을 견디질 못해서, 집에서도 혼자 있을 때에도 모든 문을 열어놓곤 했다. 하지만 틀림없이 그들은 어딘가 남들이 모르는 장소로 갔을 것이다. 그녀의 아빠가 알게 되면 틀림없이 그녀를 때릴 것이다. 그리고 만일 그녀의 아빠가 이 사실을 알게 되면…… 알게 된다면…….

—아빠가 날 죽일 거예요! 날 죽일 거라고요!

I '할 수 있는 동안 인생을 즐긴다'는 의미.
II 웨일스어로 예수 그리스도를 말한다.

그들은 그녀가 아기를 가졌다 생각하고, 적어도 그녀를 만나 위로와 조언을 해주어야 한다고 크리스토에게 충고했다. 만일 사람들에게 믿음이 있다면…… 마침내 사랑과 친절은 삶의 뿌리가 되어줄 것이다. 하지만 지금은…….

"코린나가 강물에 빠졌단 말이야?"

"강둑에 있어. 몸이…… 강둑에 걸쳐져 있어."

그때의 공포를 되새기고 떠올리는 것은 견디기 힘겨웠다. 크리스토는 공터로 가서 그녀를 불러보았지만 대답이 없었다. 어쩐지 나뭇잎이 부스럭거리는 소리가 들리는 듯했지만 무엇도 보이지 않았다. 그래서 하는 수 없이 강둑에 있는 동굴 속에 억지로 들어가보았다.

"머리가 강물 속에 잠겨 있고, 한쪽 팔도…… 한쪽 팔도 물속에 늘어져 있었어. 그리고 머리털이 마치 해초처럼……."

"여자는 물 밖으로 끌어냈겠지?"

아벨이 물었다. 그는 유능했다. 그들은 평소에 웃으면서 아벨을 기민한 사람, 행동가라고 불렀다. 크리스토는…… 사실 어떻게 보면 아이 같고, 남자치고는 너무 마음이 여렸으며, 지나치게 감정적인 몽상가에 가까웠다.

"코린나는 죽었어. 난 견딜 수가 없어서……."

"죽은 건 확실해?"

"오, 그럼. 그럼. 코린나의 팔을 만져봤어. 다른 쪽 팔 말이야. 몸 뒤쪽으로 꺾여 있었어. 그 팔이…… 차가웠어." 크리스토가 몸서리를 쳤다. "얼굴은 물속에 완전히 잠겨 있었는데…… 도저히 그녀를 다시 만질 수가 없었어. 뒤에 있는 끔찍한 동굴의 압박도…… 견딜 수 없었고. 그래서 여기로 달려온 거야."

크리스토는 갑자기 자리에서 허둥지둥 일어났다.

"아무리 그렇다 해도 코린나를 그대로 놔두고 오다니! 그녀를 그냥 두고 오는 게 아니었어. 당장 돌아가서 물 밖으로 끌어내야겠어."

그는 슬픔과 죄책감이 서린 눈빛으로 모두를 쳐다보았다.

"다시 가야만 해."

"같이 가자. 로한과 내가 같이 가줄게." 아벨이 말했다.

"사람들은 크리스토가 한 짓이라고 생각할 거야. 코린나를 임신시키고 그대로 죽여버린 거라고. 모두가 크리스토를 범인이라고 할 거야." 멜리산데가 말했다.

그들은 겁에 질린 눈으로 서로를 쳐다보았다. 흰 얼굴들이 보기 싫은 잿빛으로 물들어갔다.

"이런, 맙소사, 크리스토……. 사람들은 당신을 범인이라고 생각할 거야."

만일 코린나가 '순진'하다면, 크리스토 역시 순진했다. 물론 궁극적으로는 순박하다는 의미이긴 했지만……. 그를 사랑하는 사람들은 확실히 선의에서 그렇게 말하곤 했다. 크리스토는 대상이 짐승이라고 하더라도, 자신이 그걸 죽이는 건 고사하고 행여 상처를 입힐지 모른다는 믿기 어려운 생각만으로도 두려움에 실신할 위인이었다.

"아무래도 우리는 히피니까. 사람들은 우리가 이 일과 관계가 있다고 생각할 거야. 코린나가 크리스토 주변을 어슬렁거렸다는 걸 모두 알고 있는데다가, 그녀의 부모님 역시 우리에게 가지 말라고 경고했으니까."

로한이 그렇게 말하자 아벨이 물었다.

"로한, 너는 그녀가 자살했다고 생각해?"

"사고일 수도 있지 않을까? 몸을 너무 많이 내미는 바람에……. 이런, 맙소사. 그럼 자네 말은……."

"만일 코린나가 임신했거나, 남자에게 꼬드김을 당했다면……. 아무래도 그런 여자애와 같이 있으면 그렇게 되기 마련이니까……. 분명히 누군가 다른 사람이 연관되어 있을 거야. 코린나가 말했지. 만일 자기 아버지가 알게 되면 자기를 죽일 거라고. 그렇다면 아버지란 사람이 상대방을 어떻게 할 것 같아?" 아벨이 말했다.

"크리스토, 당신은 이 일이 사고일 수도 있다고 생각하는 거지?" 프리멀라가 애원하듯 물었다.

생각에 잠긴 크리스토는 자꾸만 산만해지는 정신을 애써

더이상 5월 축제는 없다……

수습하며 기억하는 것에 집중하려 했다.

"이런 식으로 강둑에서 몸을 숙이고 있었어……. 자기가 원한다면 일어날 수 있었을 거야. 원한다면 물속에서 고개를 들 수도 있었을 테고."

"아벨, 언제든지 고개를 들 수 있는 상황에서 물속에 머리를 박고 죽을 사람이 있을까?"

"아니." 아벨이 날카롭고, 단호하게 대답했다.

"잠깐만!"

프리멀라가 갑자기 외치더니 집 안으로 뛰어들어갔다. 그제야 그들은 자신들이 갈퀴와 괭이를 든 채 뻣뻣하게 서 있다는 것을 알아채고 몸을 움직이기 시작했다. 그들은 들고 있던 도구들을 내려놓은 다음 그대로 바닥에 주저앉거나 무릎을 세워 앉았다. 하지만 여전히 크리스토를 빙 둘러싸고, 지저분한 금빛 수염에 감싸여 희게 질린 그의 얼굴을 들여다보고 있었다.

"어쨌든 그 사람들은 크리스토가 코린나를 유혹했다고 생각할 거야. 코린나의 아버지는……."

"아버지야 우리가 상대할 수 있지만, 만일 살인이라면…… 그건 법의 영역이야." 아벨이 말했다.

"누군가 다른 사람이 연관되어 있어. 조사를 해보면……."

"그 사람들이 누구를 조사할 거 같아? 우리야." 아벨이 간락하게 말했다.

프리멀라가 돌아왔다. 긴 면직물 드레스 앞자락에서 물을 뚝뚝 떨어뜨리고 있는 그녀는 물에 젖은 종이를 들고 있었다. 프리멀라가 말했다.

"그 여자는 자살한 거야."

프리멀라가 메간이 썼을 법한 내용을 인쇄해 왔다. 헝클어진 대문자로 이렇게 적혀 있었다. "난 불행해요. 물에 빠질 거예요."

"편지를 물에 적셨어. 강물이나 어딘가에 떨어졌던 것처럼 말이야. 아마 코린나가 쓴 건지, 다른 사람이 쓴 건지 정확하게 알 수 없을 거야. 나쁜 짓을 당했다거나 임신했다는 것에 대해서는 쓰지 않았어. 그런 건 쓸 필요 없지. 사람들이 몰라야 하니까."

"프리멀라……. 혹시라도 코린나가 살해당한 거라면 어떻게 해!"

"그렇더라도 크리스토가 감옥에 가는 것보다는 나아." 프리멀라가 말했다.

결국 그 말이 나오고야 말았다. 그들은 마침내 그 사실에 직면했다. 크리스토가 고개를 들었다.

"감옥이라고? 맙소사. 만일 저들이 날 감옥에 넣는다면……!" 그 생각만으로도 그는 암흑 속에 빠지는 것 같았다.

밀폐와 질식. "난 감옥에 못 가. 그럴 수 없어."

"내가 이 편지를 갖다놓고 올게."

프리멀라는 그들이 그녀를 가로막기 전에 황급히 정원을 가로 질러서 그대로 사라졌다.

아벨과 로한이 그녀를 따라가려고 했지만 여자들은 그들을 붙잡고 놔주지 않았다.

"만일 누군가 프리멀라를 본다고 해도 그녀가 비난받을 일은 전혀 없어. 게다가 프리멀라는 길도 알고 있고."

"그리고 프리멀라는 크리스토를 사랑해. 그녀가 하고 싶을 거야." 에바이네가 말했다.

5시였다. 눈부시게 높이 뜬 태양이 많이 자란 콩밭 사이에 그림자가 어둠을 드리우고, 시골 농장의 냄새와 향기가 짙어갔다. 멜리산데는 집으로 돌아가 잔뜩 끓인 커피 주전자와, 두 겹으로 포개 흔들리는 도자기 잔을 나무 쟁반에 얹어 들고 조심스럽게 밖으로 나왔다. 그들은 의자 근처의 바닥에 모여 앉았다. 아이들이 사랑해달라는 듯 아장아장 걸어왔지만, 한 번씩 토닥여준 뒤 다시 놀라고 내보냈다. 지금 당장은 그들의 보호가 간절히, 너무나 간절히 필요한 한 사람 때문에 아이들한테까지 신경 쓸 여력이 없었다.

그들 뒤에 있는 산 위에는 작은 소년 두 명이 튼튼한 신발 뒤

축으로 둥근 고사리 잎사귀를 걷어차면서 목적도 없이 어슬렁거리고 있었다.

"우린 계속 여기 있었던 거야, 흘레우. 절대로 산 중턱 동굴 위에 있는 숲 근처에는 가지 않았어. 솔개들 근처에 간 게 아니란 말이야." 얀토가 말했다.

영국제도 안에서 열두 쌍 남짓한 솔개들과 둥지들은 철저하게 보호받는다. 알을 훔치는 건 물론이고, 건드리기만 해도 벌금형이 떨어졌다. 하지만 흘란귄에 있는 남자가 솔개 알 한 개를 이 파운드에 팔았다고 했다.

"산 위에서 도둑잡기를 했다고 하자."

흘레웨흘린은 쉽게 동의했다. 좀 그럴듯한 걸로 생각해봐, 흘레우. 변명거리를 만들 때 항상 그에게 의지하긴 하지만……

낸시와 블로드웬은 흘란귄으로 가는 지름길인 양이 지나다니는 길을 따라 산 옆길로 조심스럽게 내려갔다. 극장에 가는 건…… 나쁜 짓이다! 지저분한 옛날 영화……. 블로드웬의 큰오빠인 이드리스는 엄마에게 극장에 간다고 말하지 말라고 경고했다. 하지만 두 사람은 극장에 들어가지도 못했다. 그날이 장날이었기 때문이다. 부모님이 어떤 남자와 이야기를 하다가 두 사람이 있는 쪽을 흘깃 쳐다보았는데, 블로드웬과 밝은 빨간 드레스를 입고 있는 낸시를 발견한 것 같았다!

"괜찮을 거야. 이런 빨간 드레스는 흔하다고 하면 돼. 우리는 흘란권에 가지 않았어. 산 중턱 들판에 앉아 책을 읽었다고 하는 거야."

블로드웬이 조바심을 내며 말했다. 적어도 그들에게는 높은 품질로 인쇄된 컬러 잡지가 있었다.

"지금 당장 가자, 들판으로!"

낸시는 정말 어리석었다. 흘란권에 가는데 이렇게 눈에 띄는 밝은 색 옷을 입다니!

"낸시 제임스, 언젠간 너랑 절교할 거야."

프리멀라가 일을 마치고 돌아왔다. 평소 사랑스럽던 얼굴은 잔뜩 긴장한 탓에 잿빛으로 변해 있었지만 그녀는 의기양양했다.

"편지를 동굴 입구 근처 덤불 위에 놔두고 왔어. 생각해보니까 그렇게 하는 게 더 좋을 것 같아서. 지나가던 누군가 발견할 수 있게 말이야. 동굴에 아무도 들어가지 않을지도 모르잖아. 너무 오랫동안 발견되지 않을 수도 있으니까……."

"프리멀라…… 그녀를 봤어?"

"그게…… 난 동굴 중간까지만 갔어. 강이 보이기 시작하는 곳 말이야. 그래서 다리를…… 코린나의 다리만 봤어."

어린아이처럼 포동포동하고 햇볕에 그은 다리였다. 발바닥이 보이도록 뒤집어진 채, 발가락이 잔디 사이를 파고들어가 있었다. 프리멀라가 고백했다.

"차마 더 볼 수가 없었어."

"상관없어. 코린나가 죽었다면 더 할 수 있는 일은 없을 테니까." 멜리산데가 자기 방식으로 위로했다.

크리스토가 자리에서 벌떡 일어났다.

"아무도 동굴에 들어가지 않는다면 코린나는 계속 그 자리에 있어야 해. 밤새 있게 될지도 몰라. 저대로 코린나를 내버려둘 순 없어. 그렇게 하면 안 돼."

"크리스토, 그 애는 죽었어."

만일 크리스토가 숲속에서 죽은 동물을 발견한다면, 감상에 빠지거나 작은 십자가를 세우기까지 하지는 않더라도 그 동물을 땅에 묻어 무덤을 만들어주었을 것이다. 미사여구를 늘어놓지는 않더라도 너무 불쌍하다는 말은 했을 것이다. 크리스토는 동물에게조차 경의를 표했다. 그런데 지금은……

"머리가 물속에 잠긴 채…… 그렇게 누워 있어……. 그녀를 그 자리에 놔두고 도망친 건 너무 심한 짓이었어. 아주 잠깐이었더라도 말이야. 동굴만 아니었어도……. 하지만 바로 등 뒤에 동굴이 있다는 사실이 날 압박하는 바람에 그렇게 행동해버린 것 같아. 하지만 그녀를 밤새 저렇게 내버려둘 순 없어." 그가 비참하게 말했다.

"만일 그 편지를 누군가 본다면⋯⋯."

"그쪽 길로 누가 지나다니겠어?" 멜리산데가 마지못해 말했다.

"내가 코린나를 거기 두고 왔다는 사실이 점점 더 끔찍하게 느껴져." 크리스토가 말했다. 그러더니 너무나도 엄청나고 무시무시한 해결책을 내놓았다. "내가 직접 경찰에 가서 말해야겠어."

그들은 겁에 질렸다.

"기다려, 크리스토. 잠깐만! 분명 다른 방법이 있을 거야."

"아이들이 발견했을 수도 있어!" 에바이네가 말했다. 항상 골짜기 너머 펜브린에서 이쪽으로 놀러오는 어린아이 두 명이 있었다.

"우연히 길을 지나가다가, 우리가 그 편지를 발견하고 동굴에 들어가서 코린나를 찾았다고 할 수도 있어." 프리멀라가 말했다.

"그 말을 누가 믿겠어?" 아벨이 주장했다.

크리스토는 이제 시신을 본 충격과 동굴에서 겪은 밀실 공포증에서 어느 정도 벗어나 있었다.

"아무튼 코린나를 거기 그대로 놔둘 수는 없어. 그것뿐이야. 밤새, 어쩌면 내일, 내일모레까지도⋯⋯. 경찰에게 갈 거야. 그냥 코린나가 만나자고 해서 나갔다가 거기서 그녀를 발견했다고 말하면 돼."

"그래도, 그 편지를 봤다고는 말할 거지?"

"알았어. 편지를 봤다고 할게. 사실은 거기서 인기척이 나는 것 같았는데, 그녀가 공터에 없었던 거야. 그래서 강가까지 갔다고 할게."

"크리스토! 그 사람이 살인범이었을 수도 있어!"

"그땐 그 이야기도 해야지…… 아니다, 거기서 편지를 봤다고 말하게 되면 그 말은 할 수 없겠구나."

크리스토는 두려움과 충격이 완전히 가시지 않은 듯했다.

"그럼 우리 다 같이 가보자. 같이 가서…… 다 같이 가서 코린나를 물에서 꺼내는 거야. 그리고 경찰에 가서 말하는 거지. 네가 바로 돌아와서 우리한테 알렸다고 하자. 넌 경찰한테 편지를 봤다는 말만 확실하게 해." 아벨이 말했다.

에바이네는 남아서 아이들을 보기로 했다. 그들은 곤혹스러운 일을 해결하려 가는 자신들의 모습이 다른 사람들의 눈에 띄지 않게 서둘러 숲으로 향했다. 들판을 가로지르고 자라나는 곡식들을 에둘러, 매듭으로 잠겨 있는 대문을 넘어갔다. 보통 대문은 잠글 때 복잡하게 매듭을 묶어서, 농부들은 매일 끈기 있게 매듭을 풀고 대문을 열어야 했다. 그러면서도 매듭을 간단하게 묶거나, 철제 자물쇠를 사용할 생각은 하지도 않았다. 그것이 바로 웨일스의 농장이었다. 그들은 서늘한 숲속으로 들어가 길을 가로질러, 푸른 공터로 향했다. 저물어가는 마지막 햇살이 나뭇가지 사이로 비스듬히 비추어 눈이 부셨다. 〈하느님 아버지〉'라는 오래된 그림에 그려진 하늘처럼 금빛이었다.

그 길을 지나간 사람은 아무도 없었다. 축축하게 젖은 편지는 하얗게 빛나는 꽃과 대비되어 회색빛을 띠는 푸른 가시에 그대로 꽂혀 있었다. 크리스토는 그중 잔가지를 골라 비틀어 꺾은 다음 천천히 일행을 뒤따라 걸었다. 그는 어둡고 밀폐된 동굴이 주는 숨이 막힐 듯한 공포에 또다시 긴장하기 시작했다.

"코린나가 아직도 거기 있을까?"

그녀는 거기 그대로 있었다. 여전히 얼굴은 물속에 잠겨 보이지 않았다. 양 어깨만 우뚝 솟아올라 나지막한 강둑에 쓰러져 있는 모습은 그대로 한 덩어리인 것처럼, 하나의 사물인 것처럼 보였다. 한 팔은 앞으로 뻗어 물속에 잠겨 있었고, 다른 쪽 팔은 몸 뒤로 꺾여 있었다. 그들이 시신을 건져내 강둑에 눕혔을 때 크리스토는 반쯤 기절한 상태였다. 오후 햇살을 받은 코린나의 얼굴은 끔찍했고, 머리털은 시꺼먼 해초처럼 사

| 1430~1440년경에 그려진 작자 미상의 템페라화.

방으로 뻗어 있었다. 크리스토는 몹시 동요하며 그 옆에 무릎을 꿇고 앉아 여자의 텅 빈 푸른색 눈동자를 바라보았다. 그런 다음 손에 들고 있던 산사나무 가지를 그녀의 손에 쥐여주었다.

"누군가는 코린나의 옆을 지켜야 해. 또다시 혼자 남겨두고 갈 순 없어." 크리스토가 말했다.

"내가 있을게. 멜리와 함께 지키고 있을 테니, 너희 세 사람은 마을에 내려가 경찰에게 알려." 로한이 말했다.

그들은 좁은 길을 힘겹게 따라 내려가 작은 경찰서로 향했다. 그들은 자신들을 본 순경의 얼굴이 곧장 기분 나쁘게 굳어버리는 것을 보고도 놀라지 않았다. 이제껏 그들은 경찰의 주의를 끌 만한 나쁜 짓은 조금도 하지 않았다. 하지만 그들은 히피였다! 크리스토가 침착하게 말했다.

"강 옆에 죽은 여자가 있다는 것을 알려드리려고 왔습니다. 물에 빠져 죽은 것 같습니다."

"집배원네 메간이에요."

멜리산데가 웨일스어로 말했다.

"메간 소마스가? 익사했단 말입니까? 세상에, 어떻게 그런 일이!"

순경은 잠시 미심쩍다는 표정으로 그들을 쳐다보았지만 곧 사실을 받아들였다.

"투신했단 말인가요? 불쌍하게도 그녀의 상태가 좋지 않았다는 건 사람들 모두 알고 있었죠. 그러니 놀랄 일도 아닙니긴 합니다."

아벨이 편지를 내밀었다.

"여자가 편지를 남겼어요. 아무래도 젖은 것 같습니다만."

순경은 편지를 읽었다. 또다시 얼굴에 날카롭고 의심스러운 표정이 떠올랐다.

"메간이 편지를 웨일스어로 쓰지 않았다니 이상하지 않습니까?"

프리멀라의 얼굴이 창백해졌다. 정말 바보 같은 실수였다. 그런 여자라면 당연히 자기에게 가장 익숙한 언어로 썼을 것이다! 하지만 아벨이 냉정하게 대답했다.

"우리는 그 편지를…… 그 남자에게 남긴 거라고 생각했습니다. 그래서 영어로 쓴 걸지도 모르겠습니다."

아벨은 차분하게 안심시키듯 이야기했다. 순경조차 그 말을 기꺼이 받아들일 정도였다. 순경의 단순한 사고로는 미친 여자가 물에 빠져 죽는 건 특이한 일도 아니었다.

"어떻게 이런 일이! 불쌍하기도 하지!"

그들은 어스름하게 내려앉은 저녁 햇빛을 받으며 강둑으로 순경을 데려갔다. 순경은 무릎을 꿇고 앉아, 손에 나뭇가지를 쥔 경건한 모습으로 똑바로 누운 메간을 바라보았다.

"가련한 사람…… . 불쌍하기도 하지!"

하지만 다음 날 오후, 순경은 흘란귄에서 온 경사와 함께 전날과는 아주 다른 모습으로 히피들의 집에 다시 나타났다. 죽은 여자를 어릴 때부터 알고 있었던 그는 이제 분노에 차 있었다. 순경은 그 집에서 가장 큰 방에 모두를 불러 모았다. 원래 작은 거실과 식료품실과 주방으로 되어 있었지만, 지금은 다 터서 하나로 만든 방이었다. 순경은 상사의 말을 기다리지 않고, 히피 남자 세 명에게 악의적으로 물었다.

"당신들 중 누구요?"

"피해자는 임신중이었습니다." 경사가 말했다. "그리고 살해당했죠. 누군가 피해자의 머리를 물속에 누르고 있던 겁니다. 방금 순경이 물었습니다만, 당신들 중 누굽니까?"

"우린 그녀가 죽어 있는 걸 발견한 것뿐이에요."

"그녀를 발견한 건 저자입니다. 그가 그렇게 말했죠. 하지만 그때 여자가 아직 살아 있었을 수도 있지 않습니까?"

순경은 크리스토의 얼굴에 한 방 날리고 싶은 것을 참기 힘들다는 듯이 주먹 쥔 손을 들어 올렸다.

경찰과 그들 사이에는 커다랗고 깨끗한 목제 탁자가 놓여 있었다. 여섯 명의 히피는 두려움에 떨며 바짝 붙어 서 있었다.

"그녀가 큰 곤경에 처했다고 했습니다. 내게 그곳으로 나와달라고 했어요." 크리스토가 말했다.

"그렇다면 그 여자가 곤경에 처하게 만든 사람은 당신이겠군요."

"아닙니다. 난 그녀에게 손끝 하나 댄 적이 없어요. 지금껏 단 한 번도, 아무런 힘도 없고 순진한 사람한테 해를 끼친 적 없습니다."

크리스토는 저도 모르게 가냘픈 어깨를 쭉 펴면서 사실을 용감하게 말했다.

"그렇다면 그 여자가 임신한 건 다른 사람 때문이고, 당신에게는 도움을 청했다는 말이군요."

경사의 목소리에는 넌지시 그 다른 사람이 누군지 말하라는 의미가 담겨 있었다.

"그녀는 크리스토를 정말 좋은 사람이라고 생각했어요. 마치 성인聖人처럼 여겼죠." 로한이 말했다.

"그녀는 크리스토를 예수 그리스도라고 생각했어요." 프리멀라가 말했다.

"맙소사, 예수 그리스도라니!"

"크리스토의 얼굴과 수염 때문이에요. 그리고 그의 인격 때문이기도 하고요. 크리스토는 사람은 물론 그 어떤 것에도 상처 주지 않아요. 그녀는 그걸 알고 있었고, 제대로 인식하고 있었어요. 그래서 크리스토에게 의지했죠." 멜리산데가 말했다.

"그래서 저 사람은 여자의 머리를 물속에 처박았단 말이군요."

"유서를 봤잖아요." 로한이 말했다.

"종이가 흠뻑 젖은데다, 오래된 인쇄 활자로 쓰여 있었어요. 크리스토가 그 유서를 썼을지 누가 알겠습니까?"

의사 말에 따르면 메간은 불과 몇 시간 전에 죽었다. 크리스토가 메간을 막 발견했을 즈음에 죽었다는 뜻이다. 그녀는 2시 30분에 집에서 나왔다. 만일 그의 말이 사실이라면, 그녀는 크리스토가 올 때까지 동굴에서 제법 오랜 시간을 기다렸을 것이다. 물론 그때 그 계곡에 두 사람만 있었던 건 아니었다. 경찰 쪽에서는 당시 계곡에 있던 사람들을 대부분 용의선상에서 제외시켰다. 하지만…… 순경의 마음을 불편하게 만드는 것이 있었다. 다이 조네스 펜브린의 아들인 이드리스 조네스는 지역 농부들에게 미움받는 요주의 인물이었다. 흘란권에서 온 경사는 간밤에 이곳을 한 바퀴 돌면서 간략하고 일상적인 질문을 했다. 이드리스는 오후 내내 마당에 있었으며, 아무것도 보지 못했고 농장 밖으로 나간 적도 없다고 간단하게 대답했다. 그 사실을 증명해주는 건 없었다. 반면……에반스 순경은 그 사실이 조금 이상했다. 하지만 다이 펜브린

더이상 5월 축제는 없다……

은 좋은 친구였고, 교회 부목사이기도 했다. 이드리스에게 특정 질문을 하는 것보다는 제삼자인 것처럼 대하며 반응을 살펴보는 편이 좋을 것 같았다.

"펜브린의 아이들은 항상 산이며 강이며 온갖 곳을 다 돌아다닙니다. 그 애들이 뭔가를, 어쩌면 사람들이 오가는 것을 봤을지도 모릅니다. 다 같이 가서 그 애들한테 물어보는 게 어떨까요?"

에반스는 아무것도 모르는 척하며 경사에게 제안했다.

"좋은 생각이군."

경사 역시 이런 외진 마을에서 탐문을 할 때는 완곡한 방식을 써야 한다는 걸 잘 알았다.

그들은 펜브린으로 향했다. 그리고 덤불을 사이에 두고 애매하게 나눠진 농가 마당에, 학교 운동장에서 노는 아이들처럼 마주 보고 섰다. 이드리스가 어제 일한 덕분에 바닥의 자갈은 깨끗하게 치워져 있었다. 잡초가 무성하던 돌밭도 정리했는지 고스란히 드러난 맨땅에는 아이들이 돌아다니면서 걷어차거나, 그네를 타다 스친 부분이 비스듬히 패어 있었다.

조네스는 시무룩한 얼굴을 하고 있는 이드리스를 불안하고 암울한 시선으로 쳐다보았고, 조네스 부인은 수염과 머리를 길게 기르고 있는 히피들을 매우 화가 난 표정으로 노려보고 있었다. 히피 여자들은 모두 아기를 안고 있었는데, 웨일스 방식으로 숄을 접어 아기 포대를 만들어 왼쪽 어깨를 감싸고 오른팔 아래로 돌려 허리에 감고 있었다. 이드리스는 암탉이 곡식을 가려내듯이 고개를 약간 숙인 채 발을 질질 끌며 천천히 걸어 나왔다. 얀토와 그의 친구 흘레웨흘린은 나란히 선 채, 위험을 알리는 듯 양손을 씰룩거리며 모직 코트 소매를 만지작거리고 있었다. 블로드웬에게는 겁 많은 낸시가 이 자리에서 비밀을 누설하지만 않으면 다행인 상황이었다. 이 자리에 참석해야만 했던 집배원네 보이어 소마스와 궤니에는 겁에 질려 눈을 휘둥그레 뜬 채 쳐다보고만 있었다. 열기는 아지랑이처럼 퍼져 있고, 텅 빈 곡식 저장고에서는 시큼한 건초 냄새가 짙게 풍겼다. 경사가 그들 앞에서 간단하게 상황을 설명했다.

"무엇이든 좋으니 어제 오후에 있었던 일이나, 뭔가 알고 있는 것이 있다면 말씀해주시겠습니까?"

모두들 다른 사람이 먼저 말을 꺼내기만을 기다렸다. 경사가 재촉했다.

"어린 친구들부터 말해볼까?"

"우린 그네를 타고 놀았어요." 궤니에는 어린애들이 흔히 하듯 거짓말을 했다.

"오후 내내 말이니?"

"사실이에요, 경사님. 애들은 온종일이라도 그네를 타고

더이상 5월 축제는 없다……

놀 수 있어요."

"네, 조네스 부인. 저도 이해합니다. 궤니에, 하지만 날씨가
이렇게 더운데 잠깐이라도 나무 그늘 밑으로 들어간 적도 없
었어? 그랬다고 해도 잘못은 아니잖니?"

경사는 그렇게 물은 뒤 조네스 부인을 쳐다보았다. 그녀는
어깨를 으쓱하더니 고개를 저었다. 거짓말할 이유가 없었다.

"그런 적 없어요, 경사님. 절대로 그런 적 없어요."

궤니에는 계속 같은 대답을 고수했다. 작고 통통한 손이
떨리기 시작했다. (잘못했다간 보이어에게 가슴을 보여주기 위해
동굴에 갔다는 사실을 저 사람들이 알게 될지도 모른다!)

"강가에는 가지 않았니? 무더운 날엔 강가가 시원하잖아!
그쪽에 동굴이 하나 있었지, 아마?" 순경이 격려하듯 말했다.

보이어의 누나, 미친 메간이 동굴 너머 강가에 엎드려 있었
다. 궤니에와 보이어는 메간이 물을 마시고 있는 줄 알았는데,
이제 와 생각해보니 물에 빠져 죽은 상황이었던 모양이다. 그
리고 그 히피가 나타나 뛰어다니며 이름을 불렀고, 마침내는
메간이 누워 있는 동굴로 들어갔다. 바로 그때 그들은 그 자
리에서 허둥지둥 도망쳤다.

궤니에는 눈물을 살짝 머금은 채 계속 주장했다.

"아뇨, 저흰 그네를 타고 놀았어요."

그때 이드리스가 처음으로 입을 열었다. "맞아요. 난 마당

364

에서 일하고 있었어요. 저 애들은 그네를 타고 있었고요."

불성실하고 태연해 보이는 모습이었지만, 눈썹 아래로 교활한 눈빛을 하고 쳐다보고 있었다.

"오후 내내 말인가?"

경사가 날카롭게 물었다. 자칫하면 양쪽 모두 너무나 쉽게 깨질 수 있는 알리바이였다.

"저녁 식사 전까지요."

이드리스가 말했다. 더이상은 건방지고 도전적인 목소리를 내기 힘든 듯했다.

어린아이들은 깜짝 놀란 듯이 눈을 동그랗게 뜨고 이드리스를 돌아보았다. 이드리스가 뭔가 알아차린 건가? 그들을 보호해주고 있는 건가? 이드리스는 더럽고…… 지저분한 옛날 사진을 헛간에 숨겨놓았다. 블로드웬이 얀토에게 말했고, 궤니에도 들은 적이 있었다. 이드리스는 그들에 대해 사실대로 말하지 않을 것이다. 그리고 반드시 그래야만 한다. 어쨌든 그들은 집 마당에 있지 않았으니까. 궤니에와 보이어는 먼저 산에 가서 한참 놀다가 강으로 내려갔다.

경사가 천천히 돌아섰다. 곁에 있던 순경이 말했다.

"이드리스라고 합니다. 조네스 씨의 장남이죠."

"이드리스, 이번 사건과 아무런 상관이 없습니까?"

"저요? 이미 말했잖아요. 어젯밤에 말이에요. 전 여기 마당에서 일하고 있었어요."

"당신 이름이 이 부근에서는 제법 유명하던데요?"

순경은 조네스 씨 부부를 똑바로 쳐다보지 못하고 참담한 표정만 짓고 있었다. '넌 그저 해야 할 일을 하는 것뿐이야!' 하지만 조네스 부부는 그의 친구였다. 경사는 그런 순경의 표정을 바로 알아차렸다. 경사가 말했다.

"모두가 알고 있습니다."

"전 그 여자한테 손댄 적 없어요. 여자를 죽이지도 않았고요. 아무짓도 안 했어요." 이드리스는 업신여기는 듯한 목소리로 이렇게 덧붙이며 일축했다. "미친 여자였잖아요."

"그래서 더 쉬웠을 수도 있죠. 죽이기도 쉽고, '무슨 짓'을 하기도 쉽고."

"난 마당에 있었어요. 저녁 먹기 전까지요." 이드리스가 화를 내며 다시 한번 말했다.

이 일은 얀토와 흘레웨흘린에게도 도움이 되었다. 만일 이드리스가 어린 동생들과 함께 오후 내내 펜브린의 마당에 있었다고 한다면, 그들도 계속 산에서 그들을 봤다고 주장하면 안전할 것이다. 그들이 솔개의 알을 찾아 숲에 들어갔던 사실을 말하지 않아도 되는 것이다. 얀토는 경고하려는 듯 움찔거리면서 손을 만졌다.

"마당에 있는 형과 동생을 봤어요. 경사님. 저흰 저 계곡

너머 산에 올라가 있었거든요."

"거기서 히피들이 사는 집도 보입니까?"

"아니요. 거기선 펜브린만 보여요. 저흰 계속 펜브린을 지켜보고 있었어요. 꼬맹이들이 그네 타는 모습도요." 흘레웨흘린이 쓸데없이 나서며 대답했다.

"이드리스도 봤습니까?"

"네, 이드리스 형은 저장고를 만들고, 건초 더미를 나르고, 마당을 청소했어요……."

"낸시와 저도 오빠와 아이들을 봤어요. 저흰 들판에서 책을 읽고 있었어요. 거기서 펜브린이 보이거든요. 궤니에와 보이어 소마스가 그네 타는 것도 봤어요." 블로드웬이 말했다.

"이드리스는요?"

"이드리스 오빠가 저장고를 만들기 시작할 때 봤어요." 블로드웬과 낸시가 흘란귄에 가 있던 시간에 이드리스는 저장고 만드는 작업을 시작했을 것이다. "하지만 히피들은 보지 못했어요. 펜브린만 보이거든요."

"알겠습니다."

경사는 이드리스 조네스를 계속 염두에 두고 있었다. 하지만 지금 이 세 가지 알리바이들은 각각 그 이면에 무슨 이유가 있는 것이 아니라 단순한 사실인 듯했다.

"여기 있는 아이들은 모두 제외해도 될 것 같군요."

경사가 말했다. 멍하니 옆에 서 있는 크리스토가 범인인 게 틀림없는 듯했다. 경사는 무서울 정도로 떨고 있는 크리스토의 손에서 시선을 돌렸다.

"자, 역시 당신들 중 한 명인 것 같군요. 이제 어떻게 할까요?"

크리스토는 몸을 전혀 움직일 수가 없는데도 몸을 심하게 떨고 있었다. 본능적인 공포심에 눈앞이 깜깜해지면서 온몸이 마비된 것이다. 그는 생각했다. '만일 저들이 자신을 체포한다면! 날 감옥에 가둔다면! 나는 미쳐버릴 거야.' 말 그대로 미치고 말 것임을 크리스토는 잘 알고 있었다. 난 미쳐버릴 거야. 무기력하게 감옥에 갇힌 채 어둠 속에서 혼자……. 그는 미쳐버릴 것이고, 그보다 더 바랄 게 없다는 것도 알았다. 그런 상황에서는 미쳐버리는 게 최선이리라.

히피들은 이드리스를 무섭게 쳐다보고 있었다. 아이들을 좌지우지해서 편리하게 만들어낸 안전한 알리바이 속에서, 교활함을 가득 채운 그의 건방진 얼굴을 바라보았다.

"너! 모든 사람들이 네가 어떤 놈인지 알고 있어! 그녀를 곤경에 빠뜨린 사람은 바로 너야. 그리고 그녀가 크리스토를 만나러 간다는 것을 알고…… 네가 먼저 동굴로 가서 여자를 죽인 거야." 아벨이 이드리스를 향해 사납게 외쳤다.

경사는 크리스토의 손목을 가볍게 잡고 일어나더니 냉담

하게 물었다.

"그렇다면 어째서 그녀는 자살한다는 유서를 남긴 걸까요?"

"유서? 메간이 유서를 남겼단 말인가요?" 이드리스가 신기하다는 목소리로 말했다.

유서! 바로 그들이 직접 써서 그곳에 가져다놓은 것이었다!

"어쩌면…… 어쩌면 그 여자는 자살할 마음으로 유서를 썼을 겁니다. 하지만 막상 자살하지는 못했죠. 그런데 저놈이 거기서 그녀를 발견하고는 그대로 머리를 물속에 처박아 죽인 겁니다." 아벨이 말했다.

"그건 그에게도 똑같이 해당될 수 있는 이야기죠." 이드리스가 크리스토 쪽으로 턱을 까딱이며 말했다. 이제 묘하게 빈정거리는 그의 목소리에는 자신감이 넘쳤다.

"그 유서는 살인자가 쓴 게 아닐까요?"

경사는 부드럽게 질문하며 이드리스의 반응을 놓치지 않았다. 그가 의기양양하게 대답했다.

"범인이 유서를 쓴 게 분명합니다. 메간은 글을 쓰지 못하니까요."

글을 쓰지 못해? 그녀가 글을 쓰지 못한다고? 로한은 판단력이 흔들리는 것을 간신히 버티고 입을 열었다.

"그쪽이 그 유서를 썼다고 말할 이유가 더 늘어났군. 당신이 그 여자를 죽이고, 그 유서도 쓴 거야……." 그러나 로한의 목소리는 체념한 듯 점차 잦아들었다.

"내가? 무엇 때문에? 메간이 글을 쓰지 못한다는 건 온 동네 사람들이 다 알고 있는데?"

이드리스의 말에 경사는 무심코 크리스토의 팔을 잡은 손에 힘을 주었다. 이 계곡에서 미친 메간이 글을 읽고 쓸 줄 모른다는 것을 몰랐던 건 히피들뿐이리라.

그렇게…… 예쁘고 매력적지만 무지한 바보였던 여자는…… 자유로운 생활을 하는 젊은이들 중 한 사람을 동경해 아이까지 가지게 되었다. 만일 그녀가 연인의 이름을 밝힐 경우 여자의 아버지로부터 보복당할 것이 두려웠던 남자는 여자를 동굴로 유인한 뒤, 그녀의 머리를 물속에 밀어 넣어 살해했다. 확실히 하기 위해 가짜 유서를 만들고…… 친구들과 공모한 것인지 아니지는 아직 알 수 없지만, 그녀를 '발견'한 것처럼 꾸민 뒤 정식으로 경찰에 알린다.

"이제 그만 경찰서로 돌아가죠." 경사가 고개를 푹 숙이고 있는 크리스토의 머리 위로 에반스 순경을 향해 말했다. 그런 다음 정중하게 덧붙였다. "같이 가주시겠습니까?"

"같이 가야죠." 순경의 말투는 전혀 정중하지 않았다.

크리스토는 대답하지 않았다. 그리고 말없이 그들과 함께

갔다.

히피들은 멍하니, 무력하게 크리스토를 바라보고만 있었다. 커다란 농장 문을 밀자, 문짝 기둥이 마른 땅을 긁으면서 흙먼지가 일었다. 바깥에서는 작고 새카만 경찰차가 대기하고 있었다. 창문과 문이 닫혀 있는 것만으로도 고통스러울 듯했다.

시골길을 따라 펼쳐진 울타리는 순백의 꽃으로 뒤덮여 있었다. 하지만 코린나는 더이상 그 길을 따라 5월 축제에 갈 수 없을 것이다. 크리스토가 뒷좌석에 앉자 경사는 그의 손목을 잡고 있던 손에서 힘을 뺐다.

"나를 철창 안에 가둘 겁니까?"

크리스토가 묻자 상사의 대답을 기다리지도 않고 순경이 먼저 대답했다.

"당연히 그래야지."

"지금 당장 말인가요? 경찰서에 도착하면? 그리고 밤새 가둬놓을 겁니까?" 크리스토는 자신의 상태를 설명하려고 애썼다. "밀실 공포증이 있어요. 갇혀 있는 것을 못 견딥니다."

순경이 좁고 구불구불해서 위험천만한 시골길에 반쯤 집중한 채 대구했다.

"그런데도 그 동굴 안에서는 갇혀 있다는 느낌이 들지 않았나 보지? 그곳에 여자를 데려가서 익사시킬 때는 괜찮았던 거잖아? 네놈은 이제 수감될 거야. 지금 당장. 그리고 남은 평생을 갇혀 지내게 될 거다, 이 빌어먹을 자식아!"

"자, 자. 그만하면 충분한 것 같네." 경사가 말했다.

"경사님은 메간을 모르시잖아요." 순경이 거칠게 말했다. "전 어릴 때부터 알고 지냈습니다. 그런데 그 애가 무기력하게……."

"그야 그렇지만…… 아직 유죄판결을 받은 것도 아니니……."

크리스토는 그들의 말을 듣고 있지 않았다. 아무것도 들리지 않았다. 지금, 오늘 밤, 남은 평생. 하지만 지금 남은 평생이 중요한 게 아니다. 이제 곧 다가오는 밤의 끝, 그 끝없는 밤이 끝나기 전에는 남은 평생이 어떻게 될지 알 수 없었다.

끝없는 밤…… 끝없는 밤…….

"지금 뭐라고 중얼거리는 거야? 익사에 대해 말하는 건가?" 순경이 운전하고 있다는 사실은 까맣게 잊은 듯 어깨 너머로 돌아보며 말했다.

헤릭의 〈코린나〉에 나오는 시구. 크리스토는 좀더 큰 소리로 중얼거렸다.

"모든 사랑, 애호하는 것, 기쁨이 끝없는 밤에 빠져 우리와 함께 누워 있다네." 그리고 그가 다시 한번 말했다. "끝없는 밤!"

크리스토는 에워싸는 어둠에 스스로를 내던진 채, 하얀 얼굴을 양손에 파묻었다. 어리석을지라도…… 그가 할 수 있는 유일한 방어였다.

궤니에와 보이어는 들판 너머로 경찰차의 뒤꽁무니를 어렴풋이 볼 수 있었다. 그 히피는 메간이 이미 죽어 강가에 쓰러져 있을 때 그녀를 부르며 찾아다니던 사람이었다.

이런, 이런…… 그래도 어쩔 수 없다! 궤니에가 보이어에게 가슴을 보여주기 위해 동굴에 갔다는 사실을 혹시라도 누군가 알면 안 되니까!

3부

입가심

"당신을 다시 만나다니 정말 꿈만 같군요!"

유쾌하지만 낯선 남자가 깜짝 놀랄 만큼 낯간지럽게 외쳤다. (남자는 속으로 '더 일찍 만났으면 좋았을 거야. 이 할망구!' 하고 생각했다. 이렇게 마주칠 기회를 잡으려고 두 시간이나 어슬렁거렸기 때문이다.)

글래디스는 지난주 막다른 골목 끝에 있는 술집 '그린맨'에서 이 남자를 처음 만났다. 그녀는 주인마님을 상대하러 집에 돌아가기 전에 달지 않은 셰리주를 마시고 있다가 우연히 남자와 동석하게 되었다. 정말 좋은 남자였다! 그는 글래디스에게 흥미가 많은 것처럼 보였다. 가정부 일을 하기에는 그녀가 너무 아깝다고 생각하는 듯했고, 그녀가 어디서, 누구를 위해 일하는지 전부 알고 싶어 했다. 잠시 뒤 그녀는 자신이 그 남자에게 개인적이고 사소한 고민까지 전부 털어놓았음을 깨달았다. 글래디스가 저지른 실수가 있다면, 아무래도 블란쳇 부인과 생활하면서 힘든 점에 대해 지나치게 많이 이야기했다는 것이다. 그런데 지금 그가 다시 이곳에 나타났다. 그리고 잠깐 들렀다면서 그녀와 합석하겠다고 고집을 부리고 있었다.

"좋아요. 하지만 한 시간만 있다가 집에 가야 해요. 안 그러면 마님이 문을 잠그고 열쇠를 숨겨버리실 테니까요. 그 상태로 마님께서 술이라도 두어 잔 마셔버리면 열쇠는 찾지 못할 거고, 그럼 난 끝장이에요."

"다른 방법이 있지 않을까요? 그 집을 관리하는 건 당신이 잖아요. 어딘가 문을 살짝 열어놓는다든가……."

"문을 열어놓다니! 마님은 내가 집 안에 있을 때도 문이든 창문이든 전부 닫아버리는데요. 마님이 얼마나 자주 문단속을 하시는지 당신은 모를 거예요. 만일 집에 들어가지 못하면…… 그 집은 난공불락의 성이나 마찬가지예요!" 그녀는 너무나도 정직하게 집의 방범 시설에 대해 설명했다. "마님은 공포에 사로잡힌 채 살고 계세요, 어두워지고 난 뒤에는 더 심해지죠. 불쌍한 양반."

이 모든 일들은 블란쳇 부인의 과거 때문인 듯했다. 뭔가 수상한 일을 했던 블란쳇 부인은 신탁인지 뭔지를 조작했다. 그렇게 해서 가문의 전 재산을 합법적으로 가로챘는데, 그후 자신이 속인 친척들의 보복을 두려워하게 된 것이다.

"그들 중에서도 특히 '스코틀랜드에서 온 조카딸'이라고 부르는 친척이 있어요. 아마 그때 빼돌린 돈의 대부분이 그 조카딸이라는 사람의 것이었나 봐요. 마님은 조카딸을 무슨 무시무시한 괴물처럼 생각하고 있어요. 정말로 자다가 그 사람한테 살해당할지도 모른다고 생각하는 것 같아요."

그런 불안감 때문에 여주인이 술을 마시는 것 같다고 글래디스는 말했다.

"지금까지 들은 바로, 마님께서는 제대로 된 술꾼이신 것 같군요. 당신이 그런 노부인과 함께 지낸다는 게 이상할 뿐입니다." 낯선 남자가 동정하듯 말했다.

글랜디스의 원숙하면서도 슬퍼 보이는 눈동자에 새로운 표정이 떠올랐다.

"보수가 아주 좋거든요. 불쌍한 동생도 돌봐야 하고. 동생을 공공시설에 넣을 수는 없어요. 그 애 상황으로 보아……보다 적당한 시설에서 다른 환자들과 같이 사는 것이……."

글래디스는 낡은 회전목마를 타고 도는 것처럼 또다시 하소연을 늘어놓기 시작했다. 스미스 씨는 시계를 보더니 그녀에게 한 시간이 다 되어간다고 알려줬다.

패치는 막다른 골목에서 나온 남자가 글래디스를 20번지 현관 앞까지 바래다준 뒤, 안전하게 들어가는 것을 확인하고 돌아 나올 때까지 기다리고 있었다. 패치는 아주 기분이 좋아 보였다. 푸른 눈동자는 빛나고 있었고, 자랑거리인 어두운 색

금발은 머리카락 끝이 올라가 있어 그녀가 들뜨고 흥분한 상태임을 드러내는 듯했다.

"왠지 화사해 보이네." 남자가 작은 차의 운전석에 앉으며 말했다.

"오, 에드거, 그는 정말 애완동물 같아! 불쌍하기도 하지……. 완전히 무방비하게 푹 빠져버린 것 같더라니까."

"페이블 박사 얘기였군." 에드거가 썩 기분이 좋지 않다는 듯 말했다.

"그 사람이 블란쳇 부인 집에서 바로 맞은편인 10번지에 살잖아. 그를 이용하는 건 당신도 동의하지 않았어?"

"그래서 일은 어떻게 하고 있어? 제대로 하고 있는 거야?"

"그럼, 미리 준비한 대로 내가 마지막 환자였어. '컴퍼트 양, 남아서 셰리주 한잔하시겠어요?' 그래서 이렇게 말했지. '어머나, 환자와 의사 사이는 서로 조심해야 하는데 이래도 되나 몰라요!'"

"당신은 그런 말을 해놓고 남아서 같이 셰리주를 마셨단 말이야?"

"그럼, 남았지. 그리고 또 누가 남아 있었게? 그 무기력한 접수원도 있었어. 내 솜씨 정말 기가 막히지 않아? 그 여자도 우리 편으로 만들었다니까. 이제 내 말에 따르는 사람이 하나도 아니고 둘이 되었다는 뜻이야." 패치는 만족스럽다는 듯 자리에서 몸을 뒤척거리며 물었다. "그래, 그 가정부는 어떻게 됐어?"

에드거는 자기가 알아낸 정보를 그대로 전했다.

"전부 사실이었어, 제기랄! 그 집은 요새나 마찬가지야. 빗장, 열쇠…… 도개교가 올라갈 때나 들리는 쇠사슬 소리까지 귓가에 울리는 것 같았다니까. 더 나쁜 건, 일단 집 안에 들어가고 나면 다시 밖으로 나올 수 없다는 거야. 문이 자동으로 잠긴다던데. 그러니까 특수 열쇠가 있어야 해."

어떤 이유로든, 도둑이나 살인범과 함께 갇히고 싶어 하는 사람이 있다는 사실을 그로서는 이해할 수 없었다.

"글래디스에게 몇 군데 열어놓고 나와보라고 충고도 해봤는데 씨알도 먹히지 않았어. 그 노부인은 잔뜩 겁에 질려 있는 모양이야."

에드거는 '스코틀랜드에서 온 조카딸'에 대한 블랑쳇 부인의 반응에 대해 자세히 이야기했다.

"오, 그렇다면…… 복수는 달콤하기 그지없겠는걸. 내 생각에 '숙모님의 진주'를 손에 넣으면 정말 뿌듯할 것 같은데." 패치가 차분하게 대꾸했다.

"가지게 될 거야. 다른 건 모두 은행에 있다니까." 에드거가 말했다.

그들은 다음 날 저녁에 작전을 개시했다. 당황한 기색이 역

381

력한 목소리로 대답한 글래디스는 현관으로 나와 '그린맨'에서 만난 친절하고 낯선 남자를 바라보았다.

"이런 시간에 방해해서 죄송합니다만……."

"시간이 언제든 날 만나러 여기까지 찾아오시면 안 돼요." 글래디스가 닫혀 있는 거실 문을 걱정스럽게 돌아보며 말했다.

"어젯밤에 라이터를 잃어버린 것 같아서요. 개인적으로 무척 소중한 물건이라 잃어버리면 큰일이거든요. 혹시 당신이 알고 있을까 해서……."

"난 몰라요."

글래디스는 현관문을 닫으려고 했다.

"그 술집에는 없었어요……." 그가 무의식적으로 발을 내밀었다. 결국 글래디스는 상대를 힘으로 밀어내지 않는 한 문을 닫을 수 없었다. "당신이 무심코 챙겨서 당신 가방 속에 집어넣었을 수도 있지 않을까요?"

남자는 걱정스러운 마음에, 자기도 모르게 목소리가 커지기 시작했다. 글래디스는 다시 한번 뒤를 돌아보았다.

"아뇨, 절대로요. 그럴 리 없어요!"

"한번 찾아봐주시면 안 될까요? 귀찮게 해서 정말 죄송하지만요."

"제발 목소리 좀 낮춰요. 마님이 복도로 나올지도 모른다고요." 글래디스는 반신반의한 듯 머뭇거리다 대답했다. "알았어요. 가서 확인해보고 올게요."

글래디스는 황급히 주방 쪽으로 뛰어갔다. 너무 정신이 없었던 나머지 남자에게 문밖에서 기다려달라는 말도 하지 못했다. 그런데 정말 놀랍게도 그가 한 말은 사실이었다. 가죽 가방 속에 싸구려로 보이는 은색 라이터가 들어 있었다. 그는 그녀에게 지나칠 정도로 감사 인사를 한 뒤 떠났다. 글래디스는 잠시 거실 문 쪽에 귀를 기울였다. 하지만 병이 유리잔에 부딪치는 쨍그랑 소리 말고는 아무 소리도 들리지 않았다.

그녀의 방은 3층에 있었다. 블란쳇 부인은 최근 들어 계단을 오르내리는 것이 힘든지 3층까지 올라오는 일이 없었다. 이런저런 이유로 글래디스는 편안하고 아늑한 공간을 가지게 되었다. 가끔씩 계단 맨 위에 나와 아래층에 별일 없는지 살피기만 하면, 저녁 시간 대부분은 뜨개질을 하거나 텔레비전을 보면서 지낼 수 있었다.

글래디스가 자기 방으로 올라가자, 패치는 식당에서 살짝 빠져나와 조용히 2층으로 올라갔다. 그녀는 먼저 집주인의 침실 위치부터 확인했다. 에드거가 가정부에게서 많은 정보를 알아낸 덕분이었다! 그리고 다른 방도 살폈다. 사용하지 않는 방이 둘 있었는데, 문에는 열쇠가 꽂혀 있었다. 패치는 그중 멀리 떨어진 방을 골라 안으로 들어갔다. 그리고 방문을 잠근

스코틀랜드에서 온 조카딸

뒤 편안하게 침대에 누웠다. 밤새 기다려야 할 것이다. 누가 잠겨 있는 빈방을 들여다보겠는가?

자정이 되자, 글래디스의 끈질긴 성화에 못 이긴 블란쳇 부인이 휘청거리며 잠자리에 들었다. 글래디스가 술집에서 만난 동정심 많은 친구에게 털어놓은 바에 따르면, 블란쳇 부인은 점심시간이 될 때까지 계속 침대에 누워 있을 것이다. (마님은 내가 몇 시간이나 기다리다가 침대에서 일어나야 한다는 건 전혀 생각하지 않으실 거야!) 패치는 아무 소리도 듣지 못했다. 그녀는 빈방에서 깃털 이불을 덮고 편안하게 잠이 들었다.

다음 날 오전 11시. 평소처럼 커피와 비스킷을 가지러 주방에 가기 전에, 글래디스는 블란쳇 부인의 침실 문을 살짝 열고 안을 들여다봤다. 블란쳇 부인은 여전히 코까지 골며 곤히 잠들어 있었다. 진주 목걸이는 전날 저녁에 베개 밑에 넣어두곤 했다. 진주 목걸이를 따로 숨겨둘 정도로 부인이 영리하진 않았기 때문이다. 글래디스는 주름진 베갯잇 아래 반쯤 보이는 진주를 쳐다보았다. 목걸이는 진주 개수가 많지도, 크기가 아주 크지도 않았다. 하지만 진주의 형태가 완벽하고 가치가 뛰어나 한 밑천 만들 수 있을 정도라고 들었다. 그때 우유 배달원이 문을 두드리는 소리가 들려 글래디스는 뒷문으로 나갔다. 패치는 그날이 우윳값을 정산하는 날이라는 걸 미리 확인했다. 글래디스는 몇 분 뒤에 돌아올 것이다.

다시 집 안으로 돌아온 글래디스는 곧 희미한 비명과 함께 집주인의 방에 달린 벨이 요란하게 울리는 소리를 들었다. 블란쳇 부인은 잠에서 깨자마자 자기 머리와 어깨가 검은색 커튼에 둘둘 말려 있는 걸 깨닫고 깜짝 놀랐다. 도움을 요청해 간신히 커튼에서 벗어났을 때, 멀리서 현관문이 닫히는 소리가 들렸다. 그리고 진주 목걸이가 사라졌다.

글래디스는 스코틀랜드에서 온 조카딸의 위협이라며 불안에 떠는 주인을 한참 동안 진정시킨 다음, 경찰에 신고했다.

경찰서는 막다른 길의 한쪽 모퉁이, 즉 '그린맨'의 맞은편에 위치하고 있었다. 순찰을 하던 경관의 보고에 따르면 평소 아침과 마찬가지로 이 막다른 길에 수많은 사람들이 오고 갔지만, 진주가 도둑맞은 직후 몇 분 사이에 골목을 빠져나간 사람은 없다고 했다. 머리로 수색을 해낸다는 게 가능해 보이지는 않았지만, 어쨌든 다른 집 출구를 통해 빠져나가지 않는 한 물건을 훔친 사람이든 훔친 물건이든 여전히 그 골목에 안전하게 갇혀 있는 상황이었다.

한편, 패치는 20번지 현관문을 통해 조용히 걸어 나와(지금은 대낮이라 방범 시설이 해제되어 있었다) 길 건너편에 있는 10번지로 들어갔다. 접수원이 손을 흔들며 맞이해주었다.

"어머, 컴퍼트 양! 일찍 오셨네요."

"그래요? 나답지 않았네요. 평소에는 늦게 오는데." 패치가 말했다.

"아무래도 11시 30분까지 기다리셔야 할 것 같은데요."

"그래요? 신경 쓰지 마세요. 이 근사한 대기실에서 기다리면 되니까."

오 분 뒤, 그녀는 페이블 박사의 진료실에서 나온 환자를 장난기 어린 눈으로 여유롭게 쳐다보고 있었다. 그래야 경찰의 신문을 받게 될 경우 함께 있던 환자들에 대해 빠짐없이 설명할 수 있을 테니까.

그런 다음 그녀는 페이블 박사를 만났다. 그리고 조금도 나아질 기미가 보이지 않는 그녀의 두통을 열성적으로 치료해줄 의사는 그뿐이라고 확신했다. 페이블 박사는 힘든 내색 하나 보이지 않고, 그녀가 계속해서 병원에 와야 한다는 사실에 동의했다. 치료를 위해서라면 몇 번이라도.

"다른 약을 구해주신다고 하셨죠? 어머나, 친절하셔라! 이 약도 견본품이라 약값을 내지 않아도 된단 말씀이신가요?"

페이블 박사는 하얀 종이로 된 약통을 건네주었다. 비닐로 밀봉되어 있는 약통 안에서는 달그락거리는 소리가 났다.

"아무래도 다음부터는 처방전을 드려야 할 것 같아 걱정입니다. 이게 제가 가지고 있는 마지막 약이거든요. 다음번에 오시면 약이 잘 듣는지 말씀해주세요." 의사가 말했다.

"다음에는 저녁 시간에 예약할 테니 그때 또 한잔 같이 마서요." 패치가 활기차게 진료실을 나가면서 말했다. 그리고 호지 양에게 들릴 정도로 큰 소리로 덧붙였다. "선생님과 친절한 호지 양과 함께 말이에요."

그녀는 호지 양의 책상에 장갑을 내려놓고, 핸드백에서 수첩을 찾기 시작했다. 그렇게 수첩을 찾자, 일정을 살핀 뒤 적당한 날짜에 저녁 시간으로 예약을 했다. 컴퍼트 양은 정신없이 요란하게 농담을 주고받고, 감사 인사를 하고, 작별 인사를 나눈 뒤 병원을 나섰다. 그런 상황이니 컴퍼트 양이 약상자를 깜빡 두고 나왔대도 놀랄 일은 아니었다. 컴퍼트 양은 호지 양이 따라잡을 수 없을 정도로 재빠르게 막다른 골목을 빠져나갔다. 호지 양은 컴퍼트 양의 약통을 선반 위에 올려두었다. 그 선반에는 받아놓고 잊어버린 온갖 의료 관련 견본품들이 가지런히 정리되어 있었다.

경찰은 막다른 골목 입구에서 패치를 붙잡았다. 그녀는 자기가 다니는 병원 맞은편 집에서 진주를 도난당했다는 사실을 듣고 무척 재미있어했다. 그리고 마치 텔레비전에서 보는 것처럼, 경찰서 바로 앞에서 절도가 일어나다니 정말 짜릿하지 않느냐고 물었다. 그리고 그녀는 경찰에게 자신이 용의자인지, 몸수색을 할 것인지 물었다. 패치는 간지럽히지만 않는다면 몸수색을 받아보고 싶다고도 말했다! 경찰은 그녀를 경찰서로 데려가 다소 남자 같은 여경에게 몸수색을 맡겼다.

컴퍼트 양은 매력적인 사람이었다. 가방 안에도 별다른 건 없었는데, 가방 뒤쪽에 이국적인 모양으로 달린 주머니에 희고 둥근 약통이 들어 있었다. 경찰은 통을 뜯어서 알약을 살펴보고, 한 개나 두 개 정도 깨뜨려보기도 했다. 하지만 그건 그냥 알약이었다. 패치는 그들이 그다지 열의를 보이지 않자, 가방 안에 들어 있던 약통 말고 또 다른 약통을 호지 양의 책상 위에 남겨두고 왔다는 말을 할 필요가 없겠다는 생각이 들었다. 대신 그녀는 경찰의 주의를 돌릴 수 있을 만한 이야기를 꺼냈다.

"전 약을 지니고 있던 작고 우스꽝스럽게 생긴 남자가 도둑이라고 생각했어요."

약을 지니고 있던 작고 우스꽝스러운 남자?

"진료를 기다리는데 그 남자가 페이블 박사님의 진료실에서 나왔거든요. 하지만 병원에서 바로 나가지 않고 자리에 앉더니, 호지 양이 다음 환자(임신한 여자였다. 셰리주를 마시지 않았는지 진료실에서 금세 나왔다) 때문에 정신없는 사이 주머니에서 분홍색 약병을 꺼냈어요. 그리고 그 자리에서 벌컥 들이켰죠."

경찰이 흥미를 보이기 시작했다. 그 작은 남자 역시 경찰서 안 어딘가에 있을 것이다. 철저한 몸수색을 막 끝마친 참이리라.

"그런 다음 자리에서 벌떡 일어나더니, 벽에 걸린 그림 중 하나를 무서울 정도로 뚫어져라 쳐다보기 시작했어요. 액자 뒤에 뭔가 재미있는 게 있기라도 한 것처럼 말이에요. 사실 그림이 좀 이상하긴 했어요. 페이블 박사님이 거꾸로 걸어놓은 게 아닐까 싶을 정도로요! 어쩌면 그 남자도 그렇게 생각했을지 몰라요. 아무튼 그는 약을 조금 더 마신 뒤에 병원을 나갔어요."

경관들도 밖으로 나가더니 최대한 빠른 속도로 막다른 골목을 향해 뛰어갔다. 병원에 걸려 있는 그림은 장갑 무늬로 뒤덮인 작품이었는데, 사실 거꾸로 걸든 말든 상관없는 것이었다. 장갑들 위에는 분홍색 알약이 아무렇게나 드문드문 떨어져 있었다. 그러나 그와 별개로 경찰은 그림으로부터 아무것도 알아내지 못할 것이다.

블란쳇 부인이 정말로 진주를 잃어버렸다는 사실에는 일말의 의심도 없었다. 경찰은 분주하게 용의자들을 가려내기 시작했다. 가정부인 글래디스는 지난 십 년간 너무나 성실하게 일해왔고, 그렇기에 앞으로 여주인에게 그보다 덜 헌신적인 태도를 보이더라도 열두 해는 더 믿고 일을 맡길 수 있겠다는 신용이 쌓여 있었다. 페이블 박사는 나무랄 데 없고 예의 바른, 성공한 개업의로 경제적으로도 풍족했다. 때문에 그런 계획적인 절도를 저질렀으리라 의심하기 힘들었다. 무기력한 호지 양은 지난 이십 년 동안 의사를 위해 흠 잡을 데 없이 일해왔다.

당연히 이웃들에 대한 탐문 수사도 진행되었다. 그사이 범인의 범위는 해당 시각 병원을 찾았던 환자들로 좁혀졌다. 즉, 한없이 순진해 보이는 컴퍼트 양과 켄징턴에서 왔다는 얌전한 임산부, 그리고 분홍색 약을 먹었다는 작고 우스꽝스러운 남자였다. 경찰은 키 작은 남자를 집중적으로 의심했던 것에 대해 용서를 구해야 할 터였다. 왜냐하면 그는 호지 양의 사무실에 들어간 적이 없었기 때문이다. 경찰은 페이블 박사의 병원을 철저히 수색했고, 아직 조사하지 않은 곳은 접수원의 사무실뿐이었다.

컴퍼트 양은 경찰서에서 방면해주기를 기다리면서 호지 양 옆에 바짝 붙어 앉았다.

"호지 양, 좀 곤란한 일이 생겼어요. 당신 사무실에 약을 놓고 왔지 뭐예요."

"알아요. 나도 봤어요." 호지 양이 대답했다. "약통은 선반 위에 따로 보관해두었어요."

"그게…… 페이블 박사님 때문인데 말이에요."

곤란하다는 듯 푸른 눈동자를 치켜뜬 패치가 호지 양의 날카로운 회색 눈을 마주 보며 말을 이었다.

"아시다시피 그 약이…… 그러니까 일종의 각성제 같은

건데요. 박사님이 정말로 그 약들을 나한테만 주었을 거라고 생각하진 않아요……. 그러니까 박사님한테 그 약을 부탁한 사람이 나만은 아닐 거예요. 실은 나도 그 약을 끊으려고 애써봤어요. 박사님한테 그 이야기를 살짝 했을 때, 박사님은 내가 그 약들을 먹지 않으려고 한다는 것을 모르셨나 봐요."

패치는 계속 말했다.

"혹시 절 도와주었다는 사실이…… 그러니까 그런 말이 무섭게 퍼지기라도 할까 봐 너무 걱정이에요. 소문이 어디까지 지저분해질 수 있는지 당신도 잘 알 거예요. 그러면 언론도 몰려올 거고요."

"제가 어떻게 해주길 바라는 거죠?" 호지 양이 물었다.

"제가 약을 두고 왔다는 말을 하지 말아줄래요? 그리고 경찰들이 당신 사무실을 뒤지기 전에 약을 몰래 치워줄 수 있겠어요? 전부 페이블 선생님을 위해서예요. 전 그분이 너무 좋아요. 호지 양도 그렇죠?" 패치가 반쯤은 부드럽게, 반쯤은 놀리듯 말했다.

"상황을 봐서, 할 수 있으면 해볼게요." 호지 양이 무뚝뚝하게 대답했다.

"박사님에게도 말하지 말아줄래요? 아무에게도, 당신에게 조차 말하지 않겠다고 맹세했거든요."

"저만 알고 있도록 하죠." 호지 양이 대답했다.

스코틀랜드에서 온 조카딸

수사가 진행되면서 많은 사실들이 속속 밝혀지기 시작했다. 하지만 분홍색 약을 먹었다는 작은 남자에 대해서는 아무것도 알아내지 못했다. 그러다가 지문 감식을 통해 정체가 드러났다.

'그린맨'에서 낯설지만 유쾌한 남자로 통하던 스미스 씨는 사실 전과가 많고 화려한 보석 절도범인 에드거 스네이스였다. 낯익은 인상착의와 지문으로 그가 최근 북부 지방에서 런던으로 들어왔다는 사실도 확인되었다. 그는 보통 누군가와 같이 일했는데, 공범들은 빈번하게 바뀌곤 했다.

스네이스와 페이블 박사와 호지 양, 임신한 부인이나 컴퍼트 양과의 연관성은 확실히 밝혀지지 않았다. 그러나 그가 이제는 깊이 뉘우치고 있는 글래디스(현재 해고 통지를 받았다)에게 접근해, 블란쳇 부인의 집에 대해 상당한 정보를 빼냈다는 것이 밝혀졌다. 목격자들은 사건이 있기 전날 저녁, 블란쳇 부인의 현관 앞에서 에드거를 보았다고 증언했지만, 그가 그곳을 거의 곧장 떠났다는 글래디스의 말에 동의했다. 글래디스와 블란쳇 부인은 남자가 떠난 뒤에도 한참 동안 진주 목걸이가 제자리에 있었다고 증언했다.

에드거 스네이스는 자신에게 알 수 없는 통증이 있으며, 이번에 런던에 오면서 주치의를 데려오지 못했기 때문에 이틀 전 아침 일찍 페이블 박사의 병원에 찾아갔다고 설명했다.

두 번째 진료는 사건이 발생한 바로 그날로, 오전 11시 진료로 예약해달라고 조금 무리하게 부탁했다고 했다.

사교성 좋은 컴퍼트 양 또한 모두에게 정중하게 대접받기는 했지만 그때까지 경찰서에 잡혀 있었다. 만일 그녀가 함께 있는 사람들과 이야기하는 도중에 병원에서 만났던 환자에 대해 언급하지 않았더라면 그 남자를 주목하는 일은 없었을 것이다. 그리고 그 작은 남자는 컴퍼트 양의 수작에 넘어가지 않았다.

"날 이 꼴로 만든 게 아가씨였군! 그때 통증이 너무 심해서 진통제를 벌컥벌컥 들이켰던 거야. 그게 아니면 뭐겠어? 그리고 그 그림 말인데…… 내가 보기엔 그림이 거꾸로 걸려 있는 것 같았어. 난 그저 그림을 똑바로 보면 어떨지 궁금했던 것뿐이야."

컴퍼트 양이 남자를 진정시키자, 그 자리에 함께 있던 사람들은 실망감을 감추지 못했다. 그의 목소리는 이제 웅얼거리는 것처럼 잦아들었다. 이제 모든 일은 자신의 처신에 달려 있었다. 그녀는 이렇게 말했다.

"다 잘됐어, 에드거. 접수원이 물건을 가지고 있어. 당신은 수사에서 가장 우아하게 빠져나가게 될 거야."

"물건은 언제 찾아올 건데?"

"경찰이 당신을 귀찮게 하지 않게 되면 바로 찾아와야지.

당신은 금세 풀려날 거야. 당신을 붙잡아둘 이유가 전혀 없는
걸. 미리 약속했던 대로 연락할게. 모든 일이 잘될 거야."

"그사이에 딴 생각은 하지 마." 에드거가 경고하듯 말했다.

"물론이지." 패치가 다정하게 대답했다. 그건 진심이었다.
에드거는 제 몫을 받을 자격이 있었다.

며칠 뒤, 이제는 때가 되었다고 판단한 패치는 페이블 박사
의 병원으로 향했다. 호지 양이 막 외출용 코트를 걸쳐 입다
가 어깨를 으쓱해 보였다.

"박사님은 외출하셨어요."

패치는 이미 알고 있었다. 그녀는 페이블 박사를 만나러
온 것이 아니었다.

호지 양은 다시 코트를 벗더니, 패치를 자기 사무실로 안
내했다.

"약 때문에 오신 건가요?"

"참아보려고 애는 썼어요. 하지만 견딜 수가 없네요…….
도저히 말이에요." 패치가 연기를 하며 말했다. "아무래도 약
을 가져가야겠어요."

"그러시겠죠." 호지 양이 말했다. 그러더니 몸을 돌려 책상
가장자리에 반쯤 걸쳐 앉아 패치를 똑바로 쳐다봤다. "컴퍼트
양, 난 알고 있어요. 그 약이 뭔지 말이에요."

패치는 시간을 벌기로 했다.

"말했다시피……."

"그게 약이 아니라는 걸 안다는 뜻이에요."

"아."

아무래도 끝난 것 같았다.

호지 양이 말했다.

"당신은 한 가지 작은 실수를 했어요. 맞아요. 난 페이블 박사를 사랑해요. 당신 나이의 사람이 보기엔 아주 우스웠을 거예요. 하지만 거기에는 의미가 있어요. 페이블 박사는 나를 믿어도 된다는 걸 알고 있다는 뜻이죠. 난 절대 그 사람을 배신하지 않을 테니까요. 그러니, 그게 무슨 일이든 그가 내게 말하지 말라고 했다는 건 있을 수 없는 일이에요."

그래서 상자를 열어봤구나. 하지만 그 속에서 아무것도 보지 못했을지도 몰라. 경찰도 한 번에 알아보지 못했으니까. 패치는 용기를 냈다. 어쩌면 지금 호지 양은 가격을 흥정하려는 걸지도 모른다.

"다른 사람에게 이야기했나요?"

패치의 질문에 호지 양이 대답했다. (어쩌면 그때 나눈 셰리주 한 잔이 결실을 맺은 것일까?)

"아뇨, 전 생각해봤어요……. 뭐랄까, 당신은 친절하게도…… 내 앞에서 속내를 보여주었죠. 그리고 나는 블란쳇 부인에 대해 알고 있었어요. 부인도 우리 병원 환자라 아주 끔찍한 노부인이라는 것은 알고 있었죠. 그래서 일단 당신 이야기를 들어볼 때까지 기다리기로 한 거예요."

"앉아서 이야기하기로 해요." 패치가 말했다.

두 사람은 천을 씌운 긴 의자에 나란히 앉았다. 최근 컴퍼트 양이 에드거 스네이스를 웃음거리로 만들 빌미를 준, 거꾸로 걸린 그림 아래 놓인 의자였다.

"블란첸 부인은 제 숙모예요. 숙부님이 돌아가시자 숙모는 사기를 쳤어요. 합법적으로 모든 것을 손에 넣었죠. 숙모는 우리 가문을 위해 일하던 비실거리는 늙은 변호사에게 공을 들여서 이만 파운드를 전부 손에 쥐었어요. 그런데 상황이 너무 나빠졌죠. 최근에 아버지가 돌아가셨고, 어머니는 편찮으세요. 아직도 아름답고, 여전히 젊으신데 말이에요……. 그렇게 끔찍한 병에 걸리시다니! 호지 양, 그 이만 파운드만 있었어도…… 아니, 만 파운드, 아니, 오천 파운드만이라도 있다면 모든 게 달라질지 몰라요. 어머니가 좀더 오래, 좀더 편안한 생활을 하실 수 있을 테니까요.

그러던 중에…… 어느 날 스코틀랜드에 있는 작은 집에 도둑이 들었어요. 그리고 제가 도둑을 붙잡았죠. 저보다 더 놀란 사람은 제가 붙잡은 도둑 말고는 없을 거예요! 저는 그를 방에 가뒀죠. 그리고 경찰서에 보내는 대신, 그자와 잠깐 대화를 나눴어요. 그때 갑자기 깨달은 거예요. 만일 이런 전문가를 데려간다면 원래 내 것이었던 것을 되찾을 수도 있을지도 모른다는 걸 말이에요……. 그래서 그렇게 했어요. 호지 양, 제 것을 되찾은 거예요. 그 진주는 숙모가 우리에게서 훔친 것들 중 극히 일부예요. 그러니까…… 우리는 동업을 하게 된 거죠. 이미 알고 있겠지만, 그 사람 이름은 에드거 스네이스예요."

패치는 깔깔 웃음을 터뜨리며 경찰에 맞서기 위해 에드거와 함께 생각해낸 계획을 설명했다.

"그 사람은 안전해요. 진주에는 손도 대지 않았거든요. 경찰 쪽에서도 분홍색 약을 마셨다거나, 그림을 봤다는 것만으로는 아무 죄도 물을 수 없으니까요. 물론 당신이 우리 이야기를 하지 않는다면 말이지만."

맑고 푸른 눈동자로 올려다보는 그녀는 반쯤은 불안해하고 반은 미소를 짓고 있었다.

"그러니까 나보고 당신한테 진주를 넘기라는 말이군요!" 호지 양이 말했다.

패치는 호지 양의 몫을 제안하기 위해 입을 반쯤 벌렸다가 소용없으리라는 것을 깨닫고 다시 입을 다물었다. 그리고 말했다.

"그렇게…… 해주시겠어요?"

호지 양은 자리에서 일어나더니 초록색 글씨가 새겨진 흰

색 통을 가져왔다. 그리고 상자를 손에 쥔 채로 자리에 앉았다. 그녀가 기분 좋게 제안했다.

"오십 대 오십 어때요?"

"오십 대 오십요?" 패치는 믿을 수가 없었다.

"당신과 스네이스 씨가 이십오 퍼센트씩 가져가는 거예요. 나머지 오십 퍼센트가 내 몫이고."

패치가 상자를 거칠게 낚아챘다. 안은 텅 비어 있었다.

"난 기다리고 있었어요." 호지 양이 말했다. 그리고 컴퍼트 양에게 걱정하지 말라는 말을 덧붙였다. 진주들은 안전한 곳에 있으며, 자기 외에는 찾을 수 없을 거라고.

"오십 대 오십이라고요?" 패치가 다시 물었다.

"결정해요." 호지 양이 말했다.

패치는 재빨리 머리를 굴렸다. 모순점을 발견했다.

"가진 사람이 임자죠. 진주는 당신이 가지고 있어요. 그런데 왜 나누려고 하죠? 어째서 전부 다 가지려고 하지 않는 거예요?"

"난 직업범죄인이 아니에요." 호지 양이 간단하게 대답했다. "그런 물건을 어떻게 처분해야 하는지도 모르고요."

"난관이군요." 패치가 말했다.

"난관이에요." 호지 양이 동의했다.

그렇지만 충분하지 않았다.

"가진 사람이 임자예요. 하지만 법적으로 블란쳇 부인의 진주를 가지고 있으면 안 되죠. 그러나 지금 진주는 당신에게 있어요. 내가 가져가는 몫이 줄어들면 당신을 경찰에 신고할지도 모른다는 생각은 안 해봤나요?" 패치가 다시 물었다.

"그렇게 하고 싶으면 그렇게 해요. 그런 다음 진주를 어디서 찾아낼 생각인지는 모르겠지만."

"못 찾아내겠죠. 진주를 숨긴 장소는 당신만 알고 있으니까. 그렇더라도 진주에 대한 내 몫을 제대로 받을 수 없다면 차라리 그 편이 나아요. 이십오 퍼센트라니……. 그걸 얻자고 얼마나 고생을 했는데! 당신이 징역을 사는 걸 보는 편이 더 낫겠어요.

그럴 일은 없을 거라고 생각하지 말아요. 물론 당신도 경찰한테 나에 대해 말할 수도 있겠죠……. 하지만 경찰은 날 잡을 수 없어요. 난 깨끗하니까. 심지어 경찰은 내가 에드거와 아는 사이라는 것조차 몰라요. 하지만 에드거는 지난밤 그 나이 든 여자를 만났고, 다음 날 아침 여기에 왔어요. 그러니까 에드거가 경찰의 혐의에서 벗어날 때까지 기다린 건 내가 아니라 당신이 되는 거예요. 그 사람을 매수해 진주를 처분할 생각이었던 거죠……. 아니면 그보다 훨씬 전에 블란쳇 부인이 병원에 왔을 때 진짜를 가짜로 바꿔치기했을 수도 있죠. 의사가 환자를 진료하고 있는 사이에 보석을 바꿔치기하는 건 쉬웠을 테니까. 그런 다음 당신은 그 남자에게 그림 액자의 뒷면을 살펴보라고 했던 거고요."

패치는 점점 더 열을 내며 말했다.

"남자는 그렇게 찾아낸 진주를 약과 함께 삼킨 다음, 유유히 밖으로 나가는 거예요……." 그녀가 어깨를 으쓱했다. "허점이 많더라도, 에드거는 두려워하지 않고 그 틈을 메웠을 거예요! 그 사람은 경찰을 속이는 데 명수니까요. 그리고 여전히 에드거의 혐의를 입증할 것은 아무것도 없어요. 그 사람은 진주를 건드린 적이 없으니까. 결국 에드거는 진주를 당신이 가지고 있다고 말할 거예요. 그건 사실이니까요. 그렇게 되면 내가 범인이라는 것 역시 입증할 수 없어요."

"조금만 조사하면 당신이 '스코틀랜드에서 온 조카딸'이라는 사실이 밝혀지리라는 것만 제외하면 그렇겠죠. 당신은 블란쳇 부인에게 원한이 있고, 그 부인이 가진 것은 원래 당신 것이라는 근거 있는 확신을 가지고 있잖아요."

"오, 저런! 그건 사실이 아니에요! 정말 그런 거짓말에 속아 넘어간 거예요?" 패치가 말했다.

"아뇨. 불쌍한 글래디스가 당신 친구인 스네이스 씨한테 그 이야기를 한 순간, 당신이 그렇게 지어낸 거예요. 그런 이야기로 감성적인 노처녀의 마음을 건드리면 진주를 얌전히 돌려줄지도 모른다는 생각이 들었겠죠."

"내 이야기를 믿지 않은 이유는 뭐죠?"

"블란쳇 부인은 아주 나이가 많아요. 당신 같은 나이의 조카딸이 있다는 건 아무래도 이상하죠. 더군다나 불쌍하게 죽어가고 있다는 당신 엄마가 아직 젊다면…… 나이 많은 부모의 늦둥이 자식도 아니라는 뜻이니까."

호지 양은 컴퍼트 양을 바라보며 미소 지었다. 악어 같은 미소였다.

"당신은 그렇게까지 깊이 생각하지 않았겠지만, 스코틀랜드에서 온 조카딸은 적어도 중년일 거예요."

컴퍼트 양은 상대방의 얼굴이 즉시 환해지는 것을 알았다.

"당신처럼 말인가요?"

"맞아요. 나처럼." 호지 양이 대답다.

스코틀랜드에서 온 조카딸은 스스로 생계를 이끌어나가야만 했고, 마침내 신분을 속이고 아주 가까운 곳에서 늙은 숙모를 지켜볼 수 있는 특별한 일자리를 얻었다. 심지어 숙모의 환심을 샀을지도 모른다. 사람이 늙어갈수록 점점 더 병원을, 그것도 바로 길 건너편에 있는 의사를 찾아가게 될 테고 그와 더불어 친절한 접수원에게도 점점 더 관심을 가지게 될 것이다. 컴퍼트 양은 고개를 숙일 수밖에 없었다.

"당신이 스코틀랜드에서 온 조카딸인가요?"

"당신은 전문 도둑이죠. 이제 이야기를 마무리해도 될 것 같네요."

호지 양은 볼품없는 드레스의 먼지를 털어내며 자리에서 일어났다.

"이제는 오십 대 오십이 아주 공정하다고 생각하는데. 어디서부터 시작할까요?"

20번지. 블랑쳇 부인이 글래디스를 호출하는 벨을 울렸다. 그녀는 사람들 앞에서 부주의하게 입을 놀린 어리석음과 잘못에 대해 계속해서 글래디스에게 잔소리했다.

"하지만 앞으로도 계속 내 집에서 일할 수 있게 해주지."

글래디스는 전혀 놀라지 않았다. 지난 세월, 그녀는 이 집에서 없어서는 안 되는 존재가 되도록 살아왔기 때문이다. 그렇지만 정중하게 고맙다는 인사를 했다.

"고맙습니다, 마님."

"보험회사에서 보상을 제법 많이 받아서 기분이 한결 나아졌어."

"오, 정말 다행이에요. 이제 다시 진주를 장만하실 수 있겠네요."

글래디스는 안도하며 겸손하게 말했다. 이번에 일어난 불가사의한 도난 사고가 전적으로 자기 책임이라는 것을 알고 있었기 때문이다.

"늘 마님이 진주를 두른 모습을 봐왔는데…… 저도 그 목걸이가 아쉽네요, 마님."

"그럴 생각은 없었는데……." 블란쳇 부인이 거울을 쳐다보더니 말을 이었다. "아무래도 뭔가 있긴 있어야겠네."

아무것도 두르지 않고 크레이프처럼 늘어진 목과 축 처진 턱살의 주름은 해마다 깊어질 것이다.

"이번에는 두 줄짜리로 하시는 게 어때요? 저번 것과 같은 모양은 아니지만 두 줄짜리가 더 잘 어울리실 것 같은데?"

블란쳇 부인은 정말 좋은 생각이라는 생각이 들었다. 무엇보다도 그녀로서는 좋은 보석이 은행에 있는 돈보다 훨씬 나았다.

글래디스에게도 그러는 편이 더 좋았다. 도둑이 들어서 얼마나 다행인지! 그런 일이 일어나기를 바라지 않았다면 술집에서 일부러 부주의하게 이야기를 흘리지는 않았을 것이다! 사실 그녀는 스미스 씨가 나타나기 전까지 거의 자포자기한 상황이었다. 처음 진주를 팔아 번 돈은 영원하지 않았다……. 그녀에겐 돈이 절실했다. 불쌍한 남동생이 온갖 배경을 지닌 환자들과 뒤섞여서 지내야 하는 탓에 온전한 사생활조차 누릴 수 없는 공공시설로 가지 않기 위해서라면……!

고급 보석 상점 뒤에서 호지 양과 컴퍼트 양, 스네이스 씨는 양식 진주 목걸이에 이십오 파운드를 주겠다는 제안을 받고 아연실색한 채 서 있었다. 한편 블란쳇 부인의 집에서 많은 보수를 받고 있는 가정부는 자신의 편안한 방에서 스코틀랜드로 보낼 편지를 쓰고 있었다…….

4부

프티 푸르

"세상에, 이 보기 흉한 재킷 하고는. 대체 어디서 난 거야?" 플레처스토어 부인이 말했다.

"술집에서 만난 어떤 남자한테 샀어." 플레처스토어 씨가 대답했다.

"남자라니……. 어떤 남자였는데?"

"몰라, 그냥 남자였어."

"정말이지, 술집에서 낯선 사람한테 뭘 살 때는 조심해. 너무 보기 싫잖아. 뒤집으니까 꼭 죽은 양처럼 보이네."

"맙소사! 그 남자가 자기 아내도 그런 말을 했다고 했는데."

그는 가슴에 턱을 바짝 붙인 채, 의심스러운 눈으로 재킷을 살펴봤다. 사실 재킷은 조금 밝은 황갈색이었다. 안감은 도톰한 양털로 되어 있고, 잘 보면…… 약간 독특해서 그의 마음에 들었다. 머릿속 상상에서 그는 재킷을 입은 채 어깨를 으쓱거리고 양팔을 흔들며, 자신을 기다리고 있는 전투기를 향해 활주로 위를 뛰어가고 있었다.

"내 눈에는 아주 좋아 보인단 말이야."

그가 말했다.

"당신이야 구닥다리 래프RAF처럼 보인다고 생각했겠지."

플레처스토어 부인은 영국 공군을 줄임말로 '래프'라고 불렀다.

"격추의 마법사, 전우, 젊었을 때는 술을 두 짝씩 마셨는데……. 내 말을 믿지 못하겠으면 (아마 믿지 못하겠지!) 이 팔자수염이 증거야."

그녀는 남편을 아주 혐오스럽다는 듯 쳐다보았다.

"이런 형편없는 거짓말쟁이랑 지금까지 어떻게 살았는지……."

플레처스토어 씨가 항의했다. "난 영국 공군이었어."

"고작 육 개월뿐이었잖아." 그녀가 지독하게 쏘아붙였다. "그것도 지상 근무였고. 햄프스테드히스[1]에서 본 걸 제외하면 비행기는 본 적도 없잖아. 인정하고 싶지 않겠지만 그게 사실이야, 제럴드. 당신은 형편없는 거짓말쟁이에 겉만 번지르르한 가짜야. 아무리 당신이 공군이었고 특별한 사람이었다고 세상을 속이려고 해도, 당신은 여전히 가짜고 실패자에 불과해. 평생 제대로 된 직업 한번 가져본 적 없고, 나 이외에 다른 여자를 사귀어본 적도 없지. 정말 유감이야. 술집에서나 가끔

---

[1] 런던 북서부 고지대인 햄프스테드에 있는 커다란 공원.

마주치고, 감당도 못 하는 주제에 술을 사 먹이는 구질구질한 인간들 외에는 제대로 된 친구도 없잖아. 그런데 이젠 이런 재킷까지 사들이다니……."

"알았어, 이제 그만해. 나도 아니까." 플레처스토어 씨가 말했다.

"당신이 안다고? 당신은 아무것도 모르고, 알고 싶어 하지도 않아."

"어떤 남자도 이런 식으로 자기 자신에 대해서 알고 싶어하지는 않을 거야. 특히 그게 사실일지도 모르는 경우에는. 그리고 이런 식으로 끊임없이 상기시킨다고 해서 실질적으로 도움이 되는 것도 아니잖아."

"그렇다면 하틀링에 있는 그 조그맣고 형편없는 술집에서 쓸데없이 돈을 쓰거나, 쓰레기 같은 내장을 먹지도 못할 만큼 많이 사거나 하지 마. 당신은 잊고 있는 모양인데, 이 집에 있는 돈은 전부 내가 번 거야. 당신이 쓴 조잡하고 어설픈 단편 소설들은……."

"알았어, 알았어. 이제 그만하자. 무슨 말인지 알아들었으니까. 앞으론 술집에서 아무것도 사 오지 않을게."

그런 다음 그는 혼잣말처럼, 하지만 아내에게 들릴 정도의 목소리로 중얼거렸다. 엘사는 자기보다 많이 배운 제럴드에게 열등감을 느끼곤 했다.

"히크 야케트……."

"히크 야케트? 지금 뭐라고 한 거야?"

"말장난 좀 한 거야, 라틴어로. 이 재킷 때문에 싸우다가 당신이 나를 죽였다는 의미지. 히크 야케트……. 여기 잠들 다……."

늘 그렇듯 그녀는 그의 의도를 알아채고 대꾸했다.

"그래, 당신은 늘 그딴 걸 잘했지."

그는 아내가 쿵쾅거리며 계단을 올라가 저녁 수영을 하기 위해 옷을 갈아입으러 침실로 들어가는 소리를 들었다. 잠시 뒤 현관문이 닫히는 소리가 들렸다.

제럴드는 오 분 정도 더 기다렸다. 그녀가 돌아오지 않을 거라는 확신이 들자 위스키 병을 숨겨놓은 공구 창고로 향했다. 아내가 술집에 가지 못하게 할 때의 차선책이었다. 곧장 한 모금을 쭉 들이켜기도 했지만, 정신이 혼란스럽거나 깊이 생각해야 할 일이 있을 때는 물을 섞어 좀더 천천히 마시기도 했다. 그는 술병을 들고 거실로 돌아와 달빛이 비치는 창문가에 의자를 놓고 앉았다. 그리고 아내를 죽일 계획을 구상하기 시작했다.

그가 아내를 죽이기로 결심한 이유는 승산이 있을 것 같았기 때문이다. 서두를 필요는 없다. 물론 빠르면 빠를수록 좋긴 하지만, 점차 빈번해져가는 아내의 신랄한 비난을 듣는 것조차 아직까지는 즐길 수 있는 상황이다. 그녀가 한마디 할 때마다, 탁탁거리며 불길이 치솟고 있는 장례식 화장터에 기름을 붓는 것과 같았다.

그에겐 구체적인 동기도 없었다. '다른 여자' 같은 건 없다. 엘사는 이 끔찍한 지역에 살게 된 원인 중 하나가 바로 다른 여자의 위협에서 벗어나기 위해서였다고 말했다. 확실히 여기에는 그럴 만한 후보가 없었다. 그리고 금전적인 이해관계도 없었다. 두 사람은 글을 써서 근근이 버는 돈으로 간신히 생활하면서, 제럴드가 소규모 농지에서 일해 얻는 과일과 채소, 달걀로 생활비를 아꼈다. (소규모 농지라니! 역겨운 늙은 돼지와 말라빠진 암탉들을 돌보고, 별별 거름을 주고, 땅을 파고…… 거의 온종일……)

그는 또다시 망상 속에서 힘들지만 근사한 옛 시절로 돌아갔다. 버려진 술 상자, 추락한 전투기, 시끌벅적한 단골 술집에서 커다란 맥주잔을 들어 올리며 서로의 무용담을 함께 떠들던 가까운 전우…… 정말 그랬다! ……기회만 있었다면 그에게도 그런 근사한 친구들이 있을 수 있었다는 말이 아닌가? 남자는 실패하기 위해 태어나지 않는다. 지금 그의 처지가 이런 것은 어찌 보면 운이 나빴기 때문이라고 할 수 있지 않을까?

그래도 엘사를 죽이는 일만큼은 실패하지 않을 것이다.

그들의 집은 외떨어진 곳에 있었다. 하틀링의 작은 마을에서도 약 5킬로미터가량 떨어져 있었고, 다른 지역에서도 약 10킬로미터 정도 떨어져 있었다. 대성당이 있는 내륙 도시까지는 24킬로미터나 떨어져 있었다. 따라서 미주알고주알 캐물어볼 이웃도 없었다.

심지어 친구도 없었다. 그녀의 말은 사실이었다. 이곳에도 없고, 예전에도 없었다. 친구는 없었다. 오직 선술집이라는 작은 세계를 저녁부터 밤까지 떠돌면서, 빌이나 바버라, 노라나 톰 같은 사람들을 만났을 뿐이다. 이름도 집도 제대로 모르고, 서로에 대해 아무것도 모르는 사람들이 모여 환하게 불을 밝힌 카운터에 앉아 쨍그랑거리는 유리잔 소리와 함께 허풍을 늘어놓거나 진부한 농담들을 주고받는다.

그마저도 이제는 눈부신 도시 불빛 속에 남겨놓고 왔다. 좋아, 아무 문제 없어. 제럴드는 생각했다. 친구가 없으니 아무도 그의 진짜 동기가 무엇인지 증언하지 못할 것이다. 그의 동기는 바로 그 여자가 혓바닥으로 남자를 발가벗겨, 영혼까지 몸서리치게 만든다는 것이다. 이제 더이상은 참을 수가 없다.

그는 아내를 익사시키기로 결정했다.

엘사는 젊었을 때 유명한 운동선수였다. 높이뛰기인지 달리기인지 하는 종목에서, 전 세계에서인지 영국에서인지, 아니면 서리 주에서만인지 모르지만 어쨌든 신기록을 가지고 있었다. 정확히 기억이 나지는 않았다.

하지만 다른 무엇보다 엘사는 수영 선수이기도 했다. 그녀가 소중히 여기는 옛날 사진들 중 절반은 물속에서 배영이나 접영을 하고 있거나, 작지만 근육질인 몸으로 씩씩거리며 쫓아오는 다른 선수들을 제치고 앞서 나가는 모습이었다. 이제는 근육들도 모두 사라지고 하얗게 피둥피둥 살이 올랐지만, 엘사는 자신의 명예를 걸고 더이상 살이 찌지 않게 노력하고 있었다. 그리고 여전히 수영하는 것을 좋아했다. 그곳에 집을 얻은 가장 큰 이유가 가까이 있는 키틀 만에 좁고 외딴 해변이 있기 때문이다. 그녀는 거기서 아침저녁으로 수영을 하면서도 만족하지 못했다. 제럴드는 수영에 취미가 없어서 엘사는 늘 혼자 밝은색 비치가운 속에 규정에 맞는 검고 낡은 모직 수영복을 입고 혼자 해변으로 달려가곤 했다. 그녀는 달리면서 흰색 수영모 속에 결이 거칠고 곱슬거리는 갈색 머리카락을 밀어 넣었다. 좁고 험한 외길을 따라 뛰어가면 해변까지는 이십 분이 걸렸고, 돌아오는 데 다시 그만큼 걸렸다. 그녀는 삼십 분 남짓 수영을 했다.

"운동 좀 해."

엘사는 그의 축 늘어진 올챙이배를 작은 손등으로 툭 치면서 말하곤 했다. 제럴드는 그럴 때마다 사납게 대구했다.

"지저분한 밭을 온종일 파헤치고 있는 걸로 운동은 충분히 하고 있는 것 같은데."

그래서 익사로 결정한 것이다. 사고사로 보이게끔. 하지만 엘사처럼 실력 좋은 수영 선수가 그런 사고를 당했다고 누가 믿겠는가? 그는 두 잔째 위스키를 마시면서, 속으로 스노클의 구멍을 막거나, 날개 모양 부낭에 구멍을 내면 어떨까 하는 터무니없는 생각을 하고 있었다. 하지만 그녀에겐 그런 장비들이 아예 없었다. 그냥 물속으로 들어가 저 멀리 있는 바위까지 헤엄쳐 갔다가, 그 바위 위에서 몇 번인가 다이빙을 한 뒤, 다시 그 주위를 돌아 헤엄쳐 나왔다. 기록을 세울 필요도 없고, 어리석은 기회를 잡을 필요도 없고, 조심해야 할 거친 해류도 없다. 그저 순수하게 수영을 좋아하는 마음으로 헤엄을 치는 것이다.

만일 아내가 익사한다면, 용의자로부터 멀리 떨어져 있을 때 죽어야만 했다. 바닷가로 내려가 여자의 머리를 물속에 처박은 다음, 도움을 청하며 뛰어가는 식으로 실행했다가는 큰일이다.

종잡을 수 없이 헤매던 제럴드의 마음이 갑자기 멈춰 섰다. 뭔가 마음에 걸리는 지점이 있어 가만히 생각해보았다.

'여자의 머리를 물속에 처박는다.'

결국 익사란 폐에 물이 차서 죽는 것이 아닌가? 바다에서 익사하는 것처럼, 깊이가 고작 8센티미터인 대야 속 물로도 익사하게 만들 수 있고, 집 안 욕실에서도 익사시킬 수 있다.

그런 다음 시신이 바다에서 발견된다면…….

아내의 머리를 억지로 대야에 밀어 넣어 익사시킨다. 그런 다음 그 시신을 바다에 던진다. (주의할 점. 시신의 폐에 들어간 물이 소금물인지, 일반 물인지를 확인할 수 있지 않을까? 그렇다면 바닷물을 먼저 퍼 온 다음, 그 물로 죽인다. 그리고 그 바닷물은 어딘가 멀리 안전한 곳에 가서 버린다. 행여 배수관에 소금 결정이 남거나 정원의 꽃이 시들어버린다면 비밀을 그대로 누설하는 꼴이 될 테니까.)

그런데 죽은 여자가 바다에 유기된 것과 익사한 여자의 사체에는 어떤 차이가 있을까? 경찰 쪽에서는 그가 아내의 머리를 파도 속에 밀어 넣어 살해한 다음 도움을 청했다고 여길 수 있다. 알리바이……. 이 상황에서 필요한 것은 알리바이다. 그러자 그의 머리는 또다시 냉정하고 정확하게 돌아가기 시작했다. 여기서 아내를 익사시킨 다음 시신은 차 트렁크에 싣는다. 엘사가 운동을 하기 위해 해변에 가 있는 한 시간 동안은 집에 있었다고 하면 된다. 알리바이가 사라지는 건 차를 몰고 해변에 갔을 때다. '아내가 돌아오지 않아 걱정이 되기 시작했습니다.' 시신을 바다에 버렸다가 다시 건져낸 다음 도움을 청하러 간다. 사망 시간은 부검을 통해 두 시간 전으로 밝혀질 것이다. 그 시간에 그는 집에서 안전하게 누군가와 대화를 나누고 있어야 했다.

문제는 누구와 대화를 나눈단 말인가? 대체 누가 숲속에 있는 미개간지에, 험하고 좁은 길밖에 없는 이런 곳까지 찾아와 그와 한 시간이나 대화를 나눈단 말인가? 그것도 사고가 일어난 바로 그날 밤에 말이다. 분노로 살아온 지난 열 달 동안 이 집을 찾아온 사람은 한 명도 없었다. 매일 저녁, 엘사가 수영을 하러 가면 그는 힘없이 타자기 앞에 앉아 단편소설을 써 내려가곤 했다. (그녀는 낮 시간에는 제럴드가 글을 쓰게 내버려두지 않았다. 암탉들과 돼지, 끔찍한 채소밭이나 돌보라고 했다. 아내는 그가 쓰는 단편소설들이 땅에서 나오는 것보다 벌이가 나쁘다고 했다. 그건 사실이었다. 하지만 망상 속에서 그는 엘사가 사라지고 나면 더이상 지저분한 흙을 손에 묻히지 않을 거라고 다짐했다. 만일 그가 온종일 그녀의 비웃음 어린 방해를 받지 않고 글을 쓴다면…… 그땐, 빌어먹을, 그제야 시작할 수 있을 것이다. 정말 엄청난 작품을 쓸 수 있을 것이다. 그는 알고 있었다.)

그러니까 알리바이, 알리바이가 있어야 한다! 그날 저녁 내내 그와 같이 있어줄 누군가가 있어야 한다.

물론 술집에 갈 수도 있다. 그럼 어떻게 될까? 그녀를 죽은 채로 남겨두고, 하틀링까지 차를 몰고 가, 술집에서 한 시간쯤 시간을 보내다가 다시 집으로 돌아간다. 미리 계획한 대로 '아내가 돌아오지 않아 찾으러' 차를 몰고 해변으로 간다. 하지만 그가 그때 범죄를 저질렀을 거라고 생각할 수 있지 않을까? 술집에 가기 전에 아내를 물에 빠뜨려 죽인 다음, 돌아와서 찾는 척하는 거라고 말이다. 안 된다. 누군가 그녀가 살아서 해변으로 가는 모습을 직접 보고, 그 뒤로 한 시간 반 정도 그와 함께 시간을 보내주어야만 한다.

자리에서 일어난 제럴드는 아내가 돌아오기 전에 위스키 잔을 씻어서 치우려다가 그만 잔을 바닥에 떨어뜨렸다. 그리고 유리 조각들을 치우다가 파편에 엄지손가락을 찔렸다. 그 순간 떠오른 아이디어에 기분이 정말 좋아졌다.

"바로 이거야!"

막상 하려니까 속이 울렁거렸다. 하지만 때가 되자 그는 잔디 깎는 기계에 일부러 왼쪽 손가락을 베었다. 그리고 평소 성격대로 손을 다친 것에 대해 필요 이상으로 호들갑을 떨며 아내에게 말했다.

"도대체 어떻게 해야 해? 의뢰받은 시리즈를 시작도 못 하고 있어. 이 상태로는 타자를 한 글자도 칠 수 없으니까."

그 시리즈는 전시를 배경으로 한 영국 공군에 대한 여섯 편의 단편소설로 이루어져 있었는데, 그 일을 의뢰한 사람은 당연히 플레처스토어 씨 자신이었다.

"이런, 제럴드. 글을 쓰는 사람인데 좀 조심했어야지." 엘사가 말했다.

"나도 이렇게 될 줄은 몰랐지, 안 그래?" 그가 속으로 웃으며 대답했다.

"나처럼 손으로 쓰면 안 돼?"

"난 손으로는 못 써. 그건 당신도 알잖아."

그건 사실이었다. 모든 작가들은 각자 금기시하는 것이 있었고, 엘사 역시 작가로서 그가 인쇄해서 보지 않으면 한 글자도 쓰지 못한다는 것을 잘 알고 있었다.

"내가 타자를 칠 줄 안다면 당신 대신 쳐줬을 텐데. 그런데 나는 타자를 치지 못하잖아."

그렇게 말하기는 했지만, 엘사는 평소 남편을 위해 뭔가를 해야 한다는 생각만으로도 화를 내기 때문에 어차피 아무것도 해주지 않았을 것이다.

"아무래도 그만둬야 할 것 같아." 그가 말했다.

"그만두다니! 당신의 그 허접한 소설로 조금이라도 돈을 벌어볼 처음이자 유일한 기회인데."

엘사는 잠시 생각에 잠겼다 말했다.

"아무래도 이런 외딴 동네에서 타자수를 구하긴 어렵겠지?"

사실상 그녀가 먼저 제안한 것이다. 제럴드는 벌써 하틀링의 술집을 정찰해둔 상황이었다. 그는 자리를 떴다가 의기양양하게 돌아와 부처 부인이라는 여자가 있다고 말했다. 부처 부인의 남편은 야간 근무와 잔업이 많고, 부인에게는 결혼하기 전에 타이피스트로 일한 경험이 있어서 저녁에 자신의 차 미니를 직접 여기로 몰고 와 한두 시간 정도 그를 도울 수 있다고 했다. 손을 다치기는 했지만 밭일과 닭들을 보살피는 일들은 중단할 수 없기 때문에, 제럴드는 자기가 땅을 파면서 작품에 대해 구상을 하면 부처 부인이 속기로 받아 적은 뒤 다음 날 타자를 쳐서 가져다달라고 말했다. 그리하여 몸집이 작고, 내성적이고, 얌전한 부처 부인이 이 집에 규칙적으로 드나들기 시작했다. 엘사는 계속해서 아침저녁으로 수영을 다녔다. 제럴드는 그날을 위해 바닷물 한 동이를 미리 떠서 공구 창고에 숨겨놓았다.

이제 남은 건 만일을 대비한 희생양이었다. 엘사가 물에 빠져 죽은 것이 사고가 아니라는 사실이 드러날 경우를 대비해두어야 했기 때문이다. 그는 무슨 이야기든 반응이 빠른 부처부인에게 조금씩 힌트를 흘리기 시작했다. 부처 부인은 플레처스토어 부인이 달빛이 환한 밤에 혼자 수영을 하러 다니는 것을 좋아한다는 사실을 듣고 깜짝 놀랐다.

"그래요……. 그게…… 혼자인지 아닌지 모르겠지만요."

제럴드는 정확하게 말하지 않고 한숨을 쉰 뒤, 단호하게 일과 관련된 내용으로 넘어갔다.

또한 그는 엘사를 배웅하기 시작했다. 자기가 십 분 정도 자리를 비우는 것에 부처 부인이 익숙해지도록 충분히 시간을 들였다. 그런 다음 방에 돌아올 때는 근심이 어려 있거나 불쌍해 보이는 표정을 지었다.

"무슨 일이든 좋은 쪽으로 여겨야겠죠."

한번은 그저 불쑥 말이 튀어나온 것처럼 그가 먼저 입을 열었다. 그리고 완벽한 신사답게 그 말을 다시 거두려고 했다. 부처 부인은 아무 말도 하지 않았지만, 그를 동정하고 이해하고 있다는 것이 느껴졌다. 그녀는 플레처스토어 씨가 쓰고 있는 허접한 회고담에 대한 자기 의견도 말하지 않았다.

마침내 그날이 왔다. 흘러가는 구름에 가끔 달빛이 가려지는 저녁이었다. 부처 부인이 자기 일을 정리하고 있는 동안, 그는 엘사와 함께 대문을 나와 길 쪽으로 내려갔다. 최근 들어 제럴드는 '아내의 방식을 따르지 않아 당혹스럽게 만드는' 행동을 하고 있었다. 대문을 지나 조금 가면 무성한 진달래 덤불이 있었는데, 그는 그 뒤에 바닷물이 담긴 양동이와 안감이 양털로 된 바로 그 재킷을 가져다놓았다.

엘사가 짜증스럽게 말했다.

"맙소사, 이게 다 뭐야?"

"내가 떨어뜨렸나 봐."

그는 애써서 둘러댈 생각이 없었다. 그러고는 몸을 숙여 옷을 집어든 뒤, 곧장 그 옷으로 아내의 몸을 감쌌다. 엘사가 팔을 조금도 움직이지 못하도록 거꾸로 옷을 입힌 뒤, 벨트를 꽉 조였다. 긴 소매가 여자의 손을 다 덮어버려 손톱으로 그를 할퀼 위험도 없었다. 그런 다음 양동이를 가져와 아내의 얼굴을 밀어 넣었다. 그녀는 강단 있게 온 힘을 다해 저항했지만, 그는 엘사보다 몸무게가 1.5배나 더 나가는데다 그녀 자신은 가죽과 양털로 된 재킷으로 움직임이 자유롭지 않은 상태였다.

엘사의 저항을 대비하기도 전에 모든 것이 끝났다. 그는 덤불 밑에 그녀의 시신을 밀어 넣은 뒤 양동이의 물을 쏟아버렸다. 그리고 서둘러 양동이와 재킷을 창고에 다시 가져다놓았다. 그 즉시 손에 위스키잔을 들고 부처 부인이 있는 곳으로 돌아갔다. 술을 창고에 숨겨두고 마신다는 비밀은 부인에게 이미 털어놓았다. 평소보다 시간이 좀더 걸린 것을 설명하기 위해서였다. 술잔은 미리 들고 오기 편한 곳에 준비해두었다.

"자, 이제 시작해볼까요."

하지만 술잔을 들고 있는 손이 떨렸다.

"아까보다 안색이 나빠 보여요, 플레처스토어 씨."

자그마한 부처 부인이 걱정스러운 듯 말했다. 그는 이런 상황조차 미리 대비해두었다.

"실은 손이 너무 아파서요. 아무 말도 하고 싶지 않네요."

엘사와 몸싸움을 벌일 때 붕대를 감고 있던 부위가 심하게 뒤틀렸는데, 이제는 심하게 욱신거리고 있었다.

"오늘 샐러리를 캤거든요. 상처 부위가 벌어진 것 같아요."

실제로도 샐러리를 좀 캤기 때문에 그의 말은 진짜처럼 들렸다.

"그 손으로 그런 일을 하면 안 된다고 생각해요. 솔직히 그런 힘든 야외 작업은 하면 안 돼요."

"누군가는 해야 하는 일이니까요. 그러니까 내 말은……아내는 영리한 여자예요. 글 쓰는 데 집중해야죠. 우리 생활비가 거기서 나오니까요. 부인도 아시겠지만, 아내는 예전에 유명 인사였답니다. 아무래도 여기서 지내는 건 재미가 없을 거예요."

그는 순간 침울한 생각에 잠기는 듯하더니 덧붙였다.

"아니겠죠. 아내는 아주 행복해 보이고, 게다가……." 제럴드는 다시 말을 멈추고 먼 곳을 쳐다보며 위스키를 들이켰다. "아주 순진한 사람이니까요, 부처 부인."

"그렇고말고요."

부처 부인은 플레처스토어 부부 사이의 신뢰에 호응해주었다.

"이 근방에는 사람들이 별로 없죠, 부처 부인? 우리 나이와 비슷한 사람들 말입니다. 혹시 친구로 사귈 만한 사람이 있을까요? 물론 우리 부부가 같이 사귈 만한 사람이요."

당연히 없었다. 부처 부인은 하틀링의 이쪽 지역에 사는 사람들은 아무도 몰랐고, 완전히 종교에 미친 사람들은 모두 대성당을 중심으로 모여 있을 뿐만 아니라, 아예 이쪽 지역을 등지고 도시 쪽을 향했다.

"하틀링 술집에 모이는 사람들은 대부분 농장 노동자들이죠. 최근엔 농부들도 빠른 차를 타고 도시로 놀러가니까요. 제 남편 프레드는 하틀링 경을 위해 일하는데, 우리도 이정도로 외진 곳에 살지는 않아요. 음, 나중에 시간이 되면 저녁에 부인과 함께 저희 집에 들르셔도 좋아요. 하지만 내가 부인 같은 사람을 별로 만나보지 못해서 어떨지……."

플레처스토어 씨는 긍정적으로 대답했다. 하지만 부처 부인은 그가 창문 밖으로 멍하니 해변이 있는 방향을 바라보고 있다는 것을 알았다. 어쩌면 그의 아내는 그곳에서 연인으로 의심되는 누군가와 함께 물속을 오가면서 즐기고 있을지도 모른다.

"괜찮을 거라고 생각합니다. 우리 사이는 결코 끝나지 않을 테니까요."

부처 부인이 떠날 시간이 됐는데도, 이상하게 엘사가 돌아오지 않았다.

"플레처스토어 씨, 내가 당신이라면 정말 걱정될 것 같아요. 해변에 가서 괜찮은지 보고 오는 게 낫지 않겠어요?"

"그래요, 그래야겠죠." 그가 머뭇거리며 대답했다.

"날씨가 많이 쌀쌀해졌어요. 부인이 아직까지 수영을 하고 있을 리가 없잖아요."

"바로 그 점이 문제죠." 플레처스토어 씨가 말했다.

"그 말씀은……? 플레처스토어 씨, 하지만…… 오, 이런! 설마 진짜……."

"염탐하는 것처럼 보이고 싶진 않아서요."

"혹시 괜찮으시면 내가 같이 가드릴게요. 그렇게 보이지는 않게……." 부처 부인이 제안했다.

"맙소사, 아닙니다!" 제럴드가 거칠게 대꾸했다. 그리고 이내 감정을 숨겼다. "낯선 사람과 함께…… 그런 장면을 발각해서 아내에게 굴욕감을 주고 싶진 않아요."

"하지만 당신도 모르잖아요. 지금 생각하고 있는 일이 사실이 아닐 수도 있어요. 그러니까 주위에 들리도록 큰 소리로 말하면서 그쪽으로 가보자는 거죠……. 당신 말처럼 부인이 순진한 사람이라면, 당신이 자신을 의심해서 몰래 지켜봤다는 걸 알게 되는 경우를 더욱 끔찍하게 여길 거예요."

그는 격하게 고개를 저었다.

"분명한 사실이기 때문에 두려운 거예요. 난…… 이젠 정말 솔직히 말할게요. 부처 부인…… 내가 봤어요."

제럴드는 망상 속에서 젖은 모래사장 위를 함께 걷고 있는 그들을 보았다. 다정다감하고 즐거워 보이는 엘사는 거칠고 곱슬거리는 갈색 머리카락을 전부 드러낸 채, 한쪽 손에 수영모를 들고 흔들고 있었다. 덩치가 크고 가무잡잡하게 잘생긴 남자가 그녀를 감싸 안고 있었다.

"피부가 가무잡잡하고 어깨가 넓은 잘생긴 남자였어요, 부처 부인. 사실은 조금 전에 이 근방에 누가 사는지 물어봤던 것도, 그 남자가 누군지 알아낼 수 있을까 싶어서였어요." 그가 약간 부끄럽다는 얼굴로 털어놓았다.

"실제로 봤다고요? 부인이 남자와 같이 있는 모습을? 하지만…… 우연히 만났을 수도 있잖아요?"

"그런 거라면 어째서 아내가 아무 말도 하지 않았겠습니까? 어쨌든 우연히 만난 관계 같지 않았어요. 그렇다는 건…… 서로 아는 사이란 말이죠. 안 그렇습니까?"

하지만 부처 부인은 동의하지 않았고, 정확히 알고 싶어 하지도 않았다.

"그만 가봐야겠어요. 그 일은 당신이 알아서 하는 게 좋겠어요. 난 당신이…… 아니, 사실은 무슨 말을 해야 할지 모르겠어요, 플레처스토어 씨."

말을 마친 그녀는 자신의 작은 미니에 올라탔다. 곧 차체가 흔들거리더니, 미니가 바큇자국이 많이 난 도로를 따라 하틀링까지 달리기 시작했다. 차가 속도를 내기 시작하자 부처 부인의 자동차 미등은 반딧불이처럼 희미하게 깜박거렸다.

마치 달빛 아래에서의 지저분한 밀회가 의심스럽다고 말하는
듯이. 그런 건 현실에서 마주치는 진저리 나는 일들 만큼이
나…… 지나치게 많았다.

그는 진달래 덤불이 있는 곳으로 돌아갔다. 엘사는 아까
와 똑같이 그 아래에 누워 있었다. 제럴드는 창고로 달려가
소금기가 남지 않게 양동이를 씻었다. 그리고 예의 재킷을 집
어 들고 다시 덤불로 돌아왔다. 그가 바랐던 대로, 재킷 안감
의 부드럽고 두꺼운 양털 덕분에 그녀의 몸과 팔에는 몸싸움
흔적이 남지 않았다.

제럴드는 시신을 들어 올렸다. 살아 있을 때는 그렇게 작
고 활기 넘치던 엘사의 몸이 지금은 이상할 정도로 무거웠다.
그는 묵직한 그녀의 몸이 너무나도 힘없이 축 늘어지는 느낌
에 속이 울렁거리는 것을 꾹 참으며 시신을 차로 옮겼다.

트렁크가 크지 않았지만 시신은 그 안에 넣기로 했다. 누
군가를 마주칠 확률은 희박했지만, 운에 맡기지 않고 신중을
기하기 위해서였다. 농담이긴 해도, 혹시 엘사에게 정말 연인
이 있고 그 남자가 해변에서 기다리고 있을지도 모르는 일이
니까! 하지만 설령 그런 일이 있다 해도 그 남자 역시 오래전
에 집으로 돌아가지 않았을까? 이런 경우에는 누구의 것이든
지문이 나오는 편이 나을 것이다.

그는 천천히 해변으로 향했다. 달빛이 오래도록 사용하지

않은 울퉁불퉁한 길 위에 남은 비틀린 바큇자국과 구멍을 흐릿하게 왜곡시켰다. 차가 심하게 흔들렸다. 그는 트렁크 안에서 몸을 웅크리고 있는 시신에 무슨 일이라도 있을까, 단서가 될 만한 흔적이라도 남을까 걱정했다. 마침내 무사히 도착한 그는 어두운 그림자 속에 차를 세웠다. 그리고 차에서 내려 해변을 내려다보았다.

정찰에 많은 시간을 보낼 순 없었다. 의심을 받을 수도 있고, 지금 당장 최선을 다해 엘사를 물가로 옮겨놓아야만 했다. 또 날카로운 경찰관이 그가 무거운 짐을 지고 모래사장을 가로질렀을지도 모른다는 의심을 하게 만들 흔적을 남기지 말아야 했다. 그는 해변까지 바위 사이로 난 길만 골라 조심스럽게 오가야만 했다. 그렇게까지 했는데도 혹시 그가 남길지도 모를 흔적들은 최대한 빨리 밀물이 들어와 지워주기만을 바라야 했다.

하지만 일단은 곧장 모래사장을 가로질렀다. 아내의 이름을 부르며 찾아 헤맨 것처럼 여기저기 돌아다녔다. 시간이 되면 모래사장 위 흔적은 밀물에 쓸려나가겠지만, 어떤 위험 요소도 되지 않을 것이다. 혹시라도 누군가 지켜보는 사람이 있더라도, 그가 해변에 있는 작은 동굴이나 바위 뒤를 돌아다닌 것에 대해서도 합리적인 근거를 제시할 수 있을 것이다.

하지만 모래 위에는 아무도 없었고, 아무런 흔적도 남아

여기 잠들다

있지 않았다. 그는 뭔가 남아 있었어야 했다는 사실이 떠올랐다. 그녀가 바다에 와서 직접 남긴 흔적은 남아 있었어야 했다. 조류가 밀려와 모든 것을 뒤덮어버리기 전에는 신고가 들어가서는 안 된다는 사실만 확인한 셈이었다. 따라서 그가 지난 십 분간 했던 예술적인 작업은 사실상 아무 쓸모가 없었다. 상관없었다. 시간은 충분했다. 그는 잔물결이 부딪치는 바위들이 솟아 있는 길을 따라 차로 되돌아갔다.

엘사의 몸은 트렁크 안에 꽉 끼어 있었다. 시신에 어떤 상처나 타박상도 남기지 않고 꺼내느라 시간이 제법 걸렸다. 마침내 그는 비틀거리면서 그녀를 안아들고, 미끄러지고 넘어지기도 하면서 바위가 있는 길로 걸어가기 시작했다. 그는 휘청거리면서도 자기가 죽인 아내만큼은 놓치지 않았다. 달빛이 환하게 비치자, 폐당밀[1]처럼 검고 잔잔한 바다가 드문드문 은빛으로 빛나고 있었다. 거대한 바위들은 끌린 자국이 남아 있는 모래사장 위에 악몽 같은 그림자를 드리우고 있었다. 그는 팔이 아프고 등도 끊어질 것 같았다. 부상당한 손이 욱신욱신 쑤시면서, 붕대 위로 피가 새어 나오기 시작했다. 물가에 도착할 때까지 제럴드는 긴장감 때문에 온몸이 다 아플 지경이었다.

---

[1] 사탕수수나 사탕무의 당밀에서 사탕을 결정시키고 남은 액체.

해안선은 아무것도 없이 단순했다. 만은 바위들로 여기저기 갈라져 있고, 벌써 밀물이 15센티미터나 들어와 있었다. 그는 발밑에서 찰박이는 물속으로 들어갔다. 그리고 그곳에 시신을 내려놓기로 했다. 마음 같아서는 지옥의 사냥개들을 위해 그녀를 바닥에 내동댕이치거나 그대로 떨어뜨리고 싶었지만, 제럴드는 무릎을 꿇고 품 안에서 그녀의 몸을 부드럽게 돌린 뒤 가만히 바닥에 눕혔다. 그는 그녀를 얕은 물속에 뒤집어 눕힌 다음, 바위 사이의 움푹 파인 곳으로 얼굴을 향하게 했다. 검은 바닷물이 그녀를 덮치더니, 온몸을 적시며 염분을 남겼다. 검은 모직 수영복을 입은 시신에 축축하게 젖은 모래들이 달라붙었다. 그녀의 얼굴과 팔과 손에도 모래가 붙었다. 마치 몇 시간 동안이나 그 자리에 누워 있던 것처럼, 물에 잠긴 그녀의 몸 위로 퇴적물이 쌓이기 시작했다. 밤 기온이 쌀쌀해지자 그는 황갈색 재킷을 입었다. 그리고 이제는 만족스러운 기분으로 바위에 기대 있다가 그녀를 다시 들어 올릴 수 있을 정도의 기운이 돌아오자, 모래와 바닷물이 뚝뚝 떨어지는 아내의 시신을 다시 해변으로 옮겼다. 그는 기운이 넘쳤다. 용기도 있었다.

"그만 좀 두근거려!"

제럴드가 미친 듯이 뛰는 자기 심장에게 말했다.

"진정해!"

울렁거리는 속과 빙글빙글 돌면서 쿡쿡 쑤시고 멍해진 머리에 대고도 말했다.

"정신 차리자. 이제 끝났어. 모든 게 끝난 거야."

모든 게 깨끗하게 끝났다. 앞으로 잘못될 일은 아무것도 없었다. 잘못된 행동도 없었다. 그는 그녀를 안은 채, 만으로 돌아와 고조선[1]의 흔적이 남아 있는 어딘가에 눕혔다. 이제 이 소식을 가지고 하틀링까지 미친 듯이 차를 몰고 가기만 하면 된다. 두 사람의 집에는 전화가 없었기 때문이다. 전문가는 그녀가 죽은 지 오래됐다는 것을 한눈에 알아볼 것이다.

모래사장 위에 얼굴을 파묻고 있는 아내의 시신에 남은 증거들을 잔물결이 스치며 지우고 있는 동안, 그는 숨을 헐떡거리며 바위에 몸을 기댄 채 마음속으로 모든 것들이 확실하게 되었는지 다시 한번 되짚어보았다. 검은 수영복, 하얀 수영모, 모두 맞다. 부처 부인은 집 안에서 아내가 나가는 모습을 보았다. 비치가운은 마른 모래사장 어딘가에 놓여 있어야 한다. 양동이에 담겨 있던 바닷물은 버렸고, 양동이는 깨끗이 씻었다. 익사 사건의 증거를 대문 앞 진달래 덤불 밑에서 찾을 사람은 없겠지? 그의 팔이나 손에는 아무 상처가 나지 않았고, 아내에게 미리 재킷을 입힌 덕에 죽기 직전 몸싸움할 때 아무

---

[1] 밀물 때 물의 높이가 가장 높은 선.

상처도 생기지 않았다. 죽은 다음에 뭔가 생겼더라도, 물에 두 시간이나 잠겨 있다 보니 바위나 모래에 쓸린 거라고 생각할 것이다.

그는 해변까지 달려오는 동안 자동차의 트렁크 안에서 흔들리면서 어떤 흔적이 남지는 않았는지도 살폈다. 제럴드가 바위 사이 길로 시신을 옮기는 동안 남겼던 흔적들은 모두 조류에 휩쓸려 사라졌다. 걱정할 일은 아무것도 없었다. 아무것도. 심지어 그가 불안에 떨고 있는 모습조차 자연스레 아내를 잃은 슬픔 때문이라고 여길 것이다. 아내는 살아 있는 모습으로 집을 나섰고, 그 뒤로 그는 한 시간 반 동안 부처 부인과 함께 있었다. 그사이 엘사가 살해당했다는 사실이 검사에 의해 밝혀질 것이다. 그리고 만일 모든 것이 실패해서, 사고사가 아닐지도 모른다는 의심을 받게 될 경우에는 아내의 연인이 희생양이 될 것이다. 그 남자는 결코 자신의 결백을 입증하지 못할 것이다. 이 세상에 존재하지 않는 사람이니까.

그는 발밑에 쓰러져 있는 시신을 내려다보며 냉혹하게 중얼거렸다.

"좋아, 당신이 말한 것처럼 난 여러 번 실패했을지도 몰라. 하지만 이번만큼은 아니야, 여보. 이번만큼은 아니라고!"

그렇게 노력한 덕분에 지금 몸이 아프긴 했지만 여전히 그에겐 강단이 있었다. 그는 그녀를 품에 안아 올린 뒤, 마치 연인들이 하는 것처럼 하얀 수영모를 쓴 머리를 자기 어깨에 기대게 했다. 그 상태로 바위를 뒤로하고 해변을 걷기 시작했다.

누군가가 그곳에 있었다. 확실하진 않지만, 작고 가냘픈 누군가가 만 위에 서서 바닷가 쪽을 내려다보고 있었다. 그는 그 사람이 부처 부인이라는 것을 알았다. 이젠 정말 더 바랄 것이 없었다. 모든 것이 그가 원한 대로 이뤄진 것이다. 부처 부인은 호기심이 동한 채로 집에 돌아갔다가 자꾸 생각이 나자, 결국 무슨 일이 일어났는지 훔쳐보기 위해 몰래 돌아온 것이리라…….

이제 부처 부인은 이 비극의 직접적인 목격자가 되었다. 그는 그 자리에 서서, 축 늘어진 시체를 받쳐 안았다. 그리고 절망과 슬픔에 싸인 표정으로 부처 부인이 앞으로 나오기를 기다렸다.

이윽고 그녀가 앞으로 나왔다. 갑자기 날카롭고, 새된 비명을 지르며 강둑 위에서 가파른 경사면을 뛰어내려오더니 모래사장을 가로질러 제럴드의 코앞까지 달려왔다. 뛰어오면서 계속 소리를 질렀다.

"이 짐승 같은 인간, 더러운 사기꾼……! 지금껏 내내 늦게까지 일한다고 거짓말을 하다니……!"

그러면서 그를 덮쳤다. 부처 부인의 과격한 공격에, 제럴드가 비틀거리며 반쯤 쓰러지자, 엘사의 시신은 모래사장에 떨어졌다. 그의 가슴에 식칼이 박혔고, 부처 부인은 여전히 칼을 쥐고 있었다.

그 순간 부처 부인도 공격을 받아 쓰러진 제럴드의 몸 위로 같이 넘어졌다. 그녀는 자리에서 일어나 그를 내려다보고 비명을 지르기 시작했다.

"프레드? 하느님 맙소사, 프레드가 아니잖아! 세상에, 내가 무슨 짓을 한 거지?" 그리고 피로 흠뻑 젖은 제럴드의 가슴을 두드리며 외쳤다. "당신이 프레드라고 말했잖아요. 프레드가 매일 밤 당신 부인과 같이 사랑을 나눈다고 말이에요. 당신이 봤다고 했잖아요. 체격이 크고, 거무스름한 피부에 잘생겼다고……. 이 근방에 프레드 말고 그런 사람이 또 어디 있어요? 프레드밖에 없어요."

그의 심장에서 솟구치는 붉은 피가 찢어진 황갈색 가죽 재킷에 스며들어 하얀 양털을 적시기 시작했다. 부처 부인이 흐느꼈다.

"게다가 이건 프레드의 재킷이에요. 보자마자 알았어요. 이건…… 이 보기 흉한 재킷은 프레드의 것인데……."

플레처스토어 부인이 진작 말했던 대로였다. 플레처스토어 씨는 술집에서 낯선 사람에게 물건을 살 때 좀더 조심했어야 했다. 그사이…….

그사이 히크 야케트, 그가 여기 잠들다.

린다 하틀리는 빈들 집안 쌍둥이들과 함께 줄넘기를 하며 노래를 부르고 있었다. 잘 알려진 옛날 가락에 자기들 마음대로 가사를 붙여 노래하는 것이다. 오랫동안 해왔던 놀이인지라 조이와 로이는 가사 바꿔 부르기의 명수였다.

조이가 노래를 불렀다.

"하나, 둘, 셋, 넷.
아빠가 사무실 문을 잠그네.
다섯, 여섯, 일곱, 여덟—
아빠는 늦게까지 일하는 척하네."

조이가 줄에 걸려 넘어지자 로이가 뛰어들었다.

"아홉, 열, 열하나, 열둘—
아빠 혼자 일한 것이 아니었다네!"

아이들은 세 명 모두 줄넘기를 멈추고, 깔깔거리며 웃음을 터뜨렸다. 조이가 다시 줄넘기에 뛰어들더니 주제를 바꿨다.

"돼지, 개, 고양이, 소
엄마가 알고 난리가 났네!
말, 염소, 쥐, 멧돼지―
나는 문 앞에서 엿들었다네."

쌍둥이처럼 잘할 자신은 없었지만, 린다도 줄넘기에 뛰어
들어 노래를 부르기 시작했다.

"태양, 달, 낮, 밤
우리 부모님 역시 싸웠다네……."

하지만 린다는 바로 포기하고 산문체로 바꿨다.
"엄마가 아빠한테 그랬는데, 내가 홀필드에 들어갈 수 있
도록 너희 아빠가 너희 엄마를 설득하도록 만들어야 한대."
홀필드는 린다가 목표로 하는 상류층 여학교다. 조이는 이
번 여름 학기부터 그 학교에 다니기로 되어 있었다. 하지만 학
교 운영위원회에 소속된 빈들 부인이 린다의 입학을 반대하
고 있었는데, 아무래도 린다의 엄마를 우습게 여기고 반대했
을 가능성이 높았다.

린다가 다시 줄넘기를 하며 노래했다.

"스토브, 벽난로, 불, 가스레인지 상판.
너희 엄마는 지독한 속물이라네."

"지독하지."

쌍둥이들은 노래를 하다 말고 린다의 말에 동의했다. 불쌍한 린다도 자기 아빠가 신분이 낮은 여자와 결혼했다는 사실이 끔찍할 것이다.

해럴드 하틀리가 자신보다 신분이 낮은 여자와 결혼했다는 사실은 본인과 하틀리 부인을 제외한 모두가 알고 있었다. 당시 해럴드로서는 최선의 선택으로부터 최대한의 이익을 취했다는 사실을 떠올리는 사람은 없었다. 그가 루이자를 함부로 대했다는 뜻은 아니다. 특별히 그녀한테만 그런 것이 아니라 그는 원래 까다롭고 무뚝뚝한 남자였다. 그런데 최근에는 극도로 화를 내는 일이 잦아졌다. 그렇게 고약하게 성질을 부리는 동시에 불안에 떨고 의심도 많아졌다. 루이자가 보기에 남편은 신경증에 걸린 것 같았는데, 심지어 오래전 전쟁중에 은밀하게 손에 넣은 권총을 찾아내서는 침대 옆 서랍 속에 보관하기 시작했다. 그녀는 그 지저분하고 시꺼멓고 보기 흉한 물건에 손도 대지 않았지만 해럴드는 총 덕분에 용기를 얻는 것 같았다.

루이자는 가끔 해럴드가 누군가에게 협박을 받고 있는 건 아닐까 하는 생각을 했다. 때때로 그는 이상할 정도로 비밀스럽게 어딘가에 다녀오곤 했다. 만일 정말 협박당하고 있는 거라면, 루이자는 앞으로도 이런 상태가 유지되기만을 바랄 뿐이었다. 돈이라면 주체하지 못할 만큼 많았고, 사랑하는 린다의 전도유망한 앞길을 가로막을지도 모르는 지저분한 추문을 막기 위해서라면 어떤 대가라도 아깝지 않았기 때문이다.

린다는 그들의 외동딸이었다. 실제로는 끔찍한 아이였지만, 엄마의 절대적인 사랑이 담긴 시선으로 보면 린다는 예쁘고 머리도 좋은, 더할 나위 없이 완벽한 아이였다. 변호사 남편을 둔 빈들 부인의 주도하에 좁고 속물적인 '샌스톤' 사교계에서 거절당했을 때도 루이자는 오로지 린다 때문에 분노했다. 그녀는 빈들 부인이 그토록 노골적으로 자신을 적대시하는 이유를 알 수 없었다. 하지만 빈들 부인이 그 집 쌍둥이들과 린다가 단짝이라는 사실을 싫어한다는 것은 확실했다. 루이자는 빈들 부인이 린다의 홀필드 입학을 반대하는 이유가 그 집 아이들과 떨어뜨려놓기 위해서일지도 모른다고 강하게 의심했다. 그렇지만 이 문제는 해럴드가 해결할 것이다. 해럴드가 빈들 씨의 자산에 대해서 많이 알고 있으니, 이 정도 문제는 틀림없이 바로 해결해줄 것이다…….

하지만 12월의 어느 흐린 날, 루이자의 표현을 빌리자면, 안타깝게도 해럴드는 병에 걸려 살날이 얼마 남지 않았다.

루이자는 빈들 씨가 병실에 들어가 있는 동안, 빈들 부인과 함께 휴게실에 앉아 있었다.

"빈들 씨가 들어가도 아무 소용이 없을 거예요, 빈들 부인. 불쌍한 해럴드는 며칠간 계속 알아들을 수 없는 말만 하고 있어요. 연필을 들고 글씨를 쓰기는커녕 서명조차 하지 못하죠."

빈들 부인은 하틀리 부인에게 분수를 알라는 듯 거만하게 말했다.

"우리 남편은 전화 걸고 질문하는 게 일인 사람이에요."

하지만 루이자의 말이 맞았다. 빈들 씨 역시 해럴드의 말을 알아듣지 못했다.

"하지만 뭔가 부탁하려는 것 같았습니다, 하틀리 부인. 자기를 위해 뭔가를 찾아달라고 하는 듯했어요. 부인은 그게 뭔지 아십니까?"

"아뇨, 남편의 유언장과 관련된 건 전부 알고 있어요. 혹시 사무실과 관련된 걸까요?"

"제가 가보겠습니다. 사무실을 둘러볼 수 있게 그쪽에 미리 기별을 넣어주십시오." 빈들 씨가 제안했다.

하지만 직원들은 하틀리 씨가 걱정할 만한 물건 같은 건 사무실에 없다고 했다. 그래서 루이자가 직접 남편에게 물어보려고 하자, 그는 이렇게 말하는 듯한 표정으로 베개 위에서 고개를 돌렸다.

'당신 일이나 알아서 해, 루이자. 날 좀 혼자 내버려둬.'

함께 산 지난 세월 동안 수도 없이 들었던 말이다. 며칠 뒤해럴드는 마침내 세상을 떠났고, 샌스톤 화장터에서 재가 되어 돌아왔다. 그것이 그의 마지막이었다.

빈들 씨는 적당한 기간을 기다렸다가 미망인을 찾아왔다. 애도 기간으로 이 주 정도면 충분하다 여긴 듯했다. 이번에 빈들 씨는 아내 없이 혼자 찾아왔다. 린다는 쌍둥이들과 함께 극장에 가고 없었다.

"하틀리 부인, 이 집에 우리밖에 없다는 게 확실한가요?"

"네, 그런데요?"

루이자는 깜짝 놀랐다. 이제 해럴드가 없으니 부적절한 고백을 하며 그녀에게 덤벼들기라도 하려는 걸까? 루이자는 항상 그가 음란해 보인다고 생각했다.

하지만 빈들 씨는 그녀에게 덤벼들지 않았다. 대신 서류 가방에서 커다란 서류 봉투를 꺼냈다.

"하틀리가 죽기 전에 무슨 말인가 하려고 했던 걸 기억하십니까? 제게 뭔가 찾아달라고 부탁했던 일 말입니다."

"네, 기억해요. 그걸 찾았나요? 대체 뭐였죠?" 루이자가 물었다.

빈들 씨는 서류 봉투에서 반들반들한 아트지에 인화된 사진을 한 장 꺼내, 루이자에게 잠깐 보여준 뒤 다시 봉투 속에 집어넣었다.

"포르노 사진들이었습니다." 빈들 씨가 대답했다. 그리고 이렇게 덧붙였다. "지금껏 본 것들 중 가장 충격적인 사진들이었어요."

루이자는 얼핏 보긴 했어도 사진이 그 정도로 충격적인 건 아니라고 생각했다.

"해럴드가 이런 쓰레기를 가지고 있었단 말인가요?"

"사무실에 있는 개인 금고 서랍에 들어 있었습니다. 물론 그 사진들을 발견하자마자 회사 직원들이 보지 못하게 숨겼죠. 하틀리는 틀림없이 사진이 다른 사람들 눈에 띄지 않기를 바랐을 겁니다." 그는 서류 봉투를 고무 밴드로 고정시키며 말했다.

"그건 그렇죠."

루이자는 그의 말에 동의했다. 이 사실이 소문나게 된다면 아주 불미스러운 추문이 될 것이다. 더럽고 불결하고 음란한 추문은 사방으로 퍼져나갈 것이고, 해럴드가 살아 있는 동안 여러 곳에서 산 원한들이 그 위에 더해질 것이다.

"사진을 찾은 사람이 빈들 씨라 정말 다행이에요. 사진들을 제게 가져다주셔서 정말 감사해요."

하지만 한편으로는 빈들이 이 사진들을 가져와서 과부가
된 자신을 괴롭히는 대신, 발견한 즉시 불에 태워버렸으면 좋
았으리라 생각했다. 아무래도 그는 고맙다는 인사를 제대로
받고 싶었던 모양이었다.

하지만 빈들 씨는 그 이상을 원했고, 그걸 숨기지도 않았
다.

"요즘 돈이 궁해서요, 하틀리 부인. 그런데도 아내는 현재
생활수준을 계속 유지하려고 합니다. 그리고 공부를 시켜야
하는 아이가 두 명이나 있지요. 하틀리가 부인한테 제법 많은
유산을 남겼다는 것을 알고 있습니다. 게다가 부인은 딸 하나
뿐이지 않습니까."

루이자는 무릎 위에 양손을 올린 채 꼼짝도 하지 않고 앉
아 있었다. 협박범이 있을지도 모른다는 그녀의 예상은 맞았
다. 그 협박범의 정체는 빈들 씨였다! 그는 정직하고 존경받는
변호사였다. 그래서 빈들 부인이 그렇게까지 거드름을 피우
는 것이다. 마침내 루이자가 말했다.

"그 사진들이 남편 소유라는 걸 어떻게 알죠? 그런 사진은
누구나 손에 넣을 수 있어요. 어쩌면 빈들 씨의 것인지도 모
르죠. 이런 목적으로 사용하기 위해서 말이에요."

하틀리 부인은 바보가 아니었다! 빈들 씨는 이 여자처럼

신분이 낮은 사람들도 종종 이런 식의 단도직입적이면서 합리적인 사고를 한다는 사실을 깨달았다. 하지만 그는 이런 상황에 대해서도 대비하고 있었다.

"아까 봤을 때 사진이 인화된 종이가 반들거렸죠? 하틀리는 틀림없이 이 사진을 만졌을 겁니다. 침을 흘리며 들여다봤을 테죠. 이 사진들은 하틀리의 지문으로 뒤덮여 있어요."

"……알겠어요. 그래서 어떻게 하겠다는 거죠?" 루이자가 물었다.

"나 같은 위치의 사람이 한마디만 하면 이야기는 로터리 클럽 오찬을 한 바퀴 돌아 완전히 퍼지겠죠. 그런 다음엔 누군가 술집에서 술을 마시다가 취해서 그 이야기를 다시 퍼뜨릴 테고……. 하틀리 부인, 그건 이곳처럼 작은 마을에서 자라나는 어린 딸에게 좋은 일은 아닐 겁니다."

"안 돼요." 루이자가 하얗게 질린 채 말했다. 더이상 다른 말은 필요 없었다. "얼마를 원해요?"

"사진은 모두 열여섯 장입니다. 장당 천 파운드로 하죠. 그리고 부인은 이 사진들을 현금으로 사는 겁니다. 전부 말이죠. 하지만 한 번에 한 장씩만 팔 겁니다." 빈들 씨는 계속 말했다. "한 번에 한 장씩이에요. 부인이 주식을 한 번에 만 육천 파운드어치나 팔게 할 순 없죠. 그 이유를 솔직하게 밝힐 수도 없지 않습니까. 그리고 누가 압니까? 조만간 사진값이 올라갈지 말이에요."

루이자는 더 흥정하지 않고 조건을 그대로 받아들였다. 그녀의 대처 방식에 경계했을 수도 있었겠지만 그는 그러지 않았다. 빈들은 루이자가 단순한 사람이라는 것을 알고 있었다. 뿐만 아니라 그녀에게는 소중한 린다 이외에 다른 건 안중에도 없었다. 앞으로 일이 년만 지나면 루이자의 수중에는 엄청난 돈이 들어오게 될 것이다. 그녀의 입장에서 이 정도 일은 싸울 가치조차 없는 일이었다.

"그럼 다음 주 월요일 저녁, 제 사무실에서 보는 게 어떨까요? 6시 30분에 옆문으로 들어와요. 문을 열어놓을 테니까. 그 시간이면 다른 직원들은 모두 퇴근하고 없을 겁니다. 전종종 늦게까지 남아 일을 하니까 상관없어요."

"그날 비가 오면 가죠. 비가 오지 않으면, 그후 첫 번째로 비가 오는 날 저녁에 갈게요." 루이자가 대답했다.

"비요?"

"업무 시간이 끝난 뒤에 내가 당신 사무실을 찾아가는 모습이 다른 사람 눈에 띄지 않는 편이 나을 것 같아서요, 그런데 비가 오지 않으면 우산으로 얼굴을 가릴 수가 없잖아요?"

영리하고 빈틈이 없었다. 게다가 상황 판단도 빨랐다.

"그렇게까지 할 필요 없어요. 그 근방은 전부 사무실이라 저녁 시간에는 아무도 없을 테니까."

"비가 오지 않을 때는 누군가 남아 있을지도 모르죠." 루이자가 말했다.

그다음 주 월요일에 비가 내렸다. 그녀는 빈들을 찾아가 천 파운드를 주었고, 한 달 뒤에 다시 찾아가 천 파운드를 주었다. 비가 억수같이 내리는 날, 그녀는 벨트가 달린 긴 우비를 걸치고 우산을 쓴 채 고개를 푹 숙이고 아무도 없는 거리를 황급히 가로지른다. 그들은 시간을 낭비하지 않았다. 빈들은 사무실 옆문을 열어놓은 채 책상 앞에 앉아 기다리고 있다. 혹시라도 다른 사람이 방해할 경우를 대비해 미리 책상 위에 해럴드 하틀리 관련 서류들을 꺼내놓는다. 그녀는 2층에 있는 빈들의 사무실에 살짝 들어가 그에게 돈이 들어 있는 작은 봉투를 건넨 뒤, 그가 금액을 확인하는 동안 꿋꿋이 서서 기다린다. 빈들은 사진들이 들어 있는 커다란 서류 봉투에서 그녀가 직접 한 장을 고르게 한다. 루이자는 침착하게 사진을 고른다. 비록 창백하던 뺨이 점차 붉게 달아오르기는 했지만 그녀는 시선을 돌리지 않는다. 그 사진을 특별히 신경 써서 가져온 커다란 가방 안에 넣은 뒤, 한마디도 하지 않고 돌아간다.

그러는 동안, 루이자는 집에 있을 때면 쉴 새 없이 집 안 전체를 쓸고 닦았다. 남편은 이제 없지만, 그녀는 해럴드 하틀리가 존재했던 과거와 그 남자의 손길이 닿았던 부분을 전부 지워버리고 싶었다. 유일하게 닦지 않은 것은, 심지어 손도 대지 않은 것은 침대 옆 서랍에 들어 있는 보기 흉한 검은색 권총뿐이었다.

빈들의 사무실을 세 번째로 찾아가는 날, 루이자는 서랍에서 권총을 조심스럽게 꺼내 실크 스카프로 감싼 뒤 커다란 가방에 집어넣었다. 이번에는 돈을 챙기지 않았다.

그녀는 신중하게, 모든 면에서 가장 단순한 계획을 세웠다. 지금 그녀는 우산을 펼치지 않고, 뾰족한 모자 형태의 비닐로 머리와 얼굴을 감쌌다. 그런 다음 긴 우비가 무릎 밑까지 내려오지 않게 올라가도록 벨트를 꽉 졸라맸다. 그리고 가장 높은 하이힐을 신고 비틀거리면서 종종걸음으로 걷기 시작했다…… 우비는 현관에 벗어두고, 얼굴과 (고무장갑을 낀) 오른손을 내밀 수 있도록 구멍을 뚫은 커다란 비닐 덮개를 뒤집어썼다. 그런 상태로 권총을 들고, 빈들의 사무실이 있는 2층까지 침착하게 계단을 올라갔다.

빈들은 그녀가 들고 있는 권총을 보자 얼굴이 하얗게 질렸다. 곧이어 루이자가 뒤집어쓴 비닐 덮개가 무엇을 의미하는지 알아차리자 그의 얼굴은 한층 더 창백해졌다. 빈들이 더듬거리며 애원했다.

"제발……! 쏘지 말아요! 다 가져가요, 전부 말이에요. 아무한테도 말하지 않을게요. 맹세합니다……"

"술집에서 마시다가 취하기라도 하면 그 이야기를 퍼뜨리게 될 텐데?"

루이자는 그가 했던 말을 그대로 읊었다. 그리고 총구를 빈들의 왼쪽 가슴에 겨냥한 뒤, 더이상 생각하지 않고 바로 방아쇠를 당겼다. 총은 생각했던 것보다 반동이 컸다. 잠깐이나마 그녀의 손 안에서 힘차게 살아 움직이는 것 같았다. 소리도 생각보다 요란했다. 해럴드는 총에 소음기를 장착해야 한다고 했었는데, 그 말을 들었으면 좋았을 것이다. 그렇지만 어쨌든 일은 끝냈다. 이렇게 가까운 거리에서는 실패할 리가 없다. 살아 있을 때도 불쾌한 인간이었던 빈들은 이제 가장 불쾌한 죽음을 맞이했다.

루이자는 권총을 책상에 내려놓고, 피가 튄 비닐 덮개와 고무장갑을 벗었다. 총은 처음부터 추적이 불가능했다. 그저 신원불명인 남자의 지문이 남아 있을 뿐이다. 이제 그 남자의 손가락과 지문은 모두 재가 되어버렸고, 그녀가 구석구석 닦아낸 집에도 더이상 그의 흔적은 남아 있지 않았다. 하지만 여자의 지문이 아닌, 남자의 지문이 남아 있다는 사실이 중요했다. 손에 꼈던 고무장갑 역시 흔히 볼 수 있는 가정용이었다. 그녀는 고무장갑 안쪽에 남았을지도 모르는 지문을 닦아냈고, 남자가 쓸 만한 크기의 고무장갑을 사용했다. 비닐 덮개는 처음부터 맨손으로 만진 적이 없다······. 빈들 본인도 무척 조심스럽게 이 은밀한 거래를 성사시켰기 때문에 두 사람 사이의 접점을 아는 이는 아무도 없었다. 적어도 이런 치명적인 관계를 알아볼 만한 위험은.

루이자는 집에서 미리 주소를 적고 우표까지 붙여서 가져온 서류 봉투에 포르노 사진들을 모두 집어넣었다. 그런 다음 현관으로 나와 조금 전에 벗어두었던 우비를 다시 걸치고, 올 때와 마찬가지로 길이가 짧아지도록 벨트를 올려 묶은 뒤 하이힐을 신고 비틀비틀 걸으며 옆문을 통해 비가 내리고 있는 밤거리로 나갔다.

그녀는 미리 위치를 확인해둔 대로 집과 사무실 중간쯤에 있는 우체통으로 돌아가 봉투를 넣었다. 그리고 우체통 뒤쪽 컴컴한 골목에서 우비를 다시 원래 길이대로 내려 입고, 비닐 모자를 벗었다. 벗은 모자는 물기를 탁탁 털어낸 뒤, 둘둘 말아 작은 플라스틱 상자에 집어넣었다. 가방 안에는 미리 접는 우산을 넣어두었다. 그런 다음 본래 그녀 자신의 모습으로 돌아와 아무것도 숨기는 것 없이 당당하게, 비틀거리는 일 없이 똑바로 걸어 빈들의 사무실로 되돌아갔다.

그녀는 정문을 밀어보고는 곤혹스러운 표정을 지었다가, 다시 돌아 옆문으로 갔다. 젖은 우산의 물기를 털고, 안으로 들어가 2층으로 올라갔다. 피범벅이 된 채 책상 위에 쓰러져 있는 시체를 보고 그녀는 깜짝 놀란 것처럼 비명을 지르더니 옆으로 달려가 무엇이든 해보려는 듯이 부질없는 시도를 했다……. 끔찍한 검은색 권총을 옆으로 밀어내고, 비닐 덮개는 손가락 끝으로 조심스럽게 집어 들었다가 이내 바닥에 떨어뜨렸다. 마지막으로 수화기를 집어 들었다. ("어쩌면 제가 손을 댔을지도 몰라요. 제 지문이 남아 있다면 그래서 그런 걸 거예요. 너무 놀라서 제가 무슨 짓을 했는지도 모르겠어요……. 그리고 피, 맞아요. 어쩌면 피도 제 몸이나 옷에 묻었을 거예요. 그 사람 얼굴을 들어 올리려고 하다가 튄 거죠. 전화기에도 피가 묻어 있었고…….") 아무튼 경찰에 건 전화는 만족스러웠다.

"빨리 와주세요! 너무 끔찍해요. 네, 빈들 씨요. 변호사 말이에요. 네, 전 용건이 있어서 그분을 만나러 왔어요. 서류는 책상 위에 놓여 있더군요. 빈들 씨가 늦게까지 일하니까 아무 때나 오라고 했거든요……."

수사는 오래 걸리지 않았다. 몇 달 지나지 않아 과부인 하틀리 부인은 마침내 때가 되었다는 생각이 들어 과부가 된 빈들 부인을 찾아갔다.

"린다의 홀필드 학교 입학 허가에 관해 부인에게 할 말이 있어요."

"그 일은 화요일에 위원회에서 논의할 거예요."

그때쯤에는 빈들 부인도 냉정한 모습으로 돌아와 있었다.

"그렇다면 린다는 다음 학기부터 조이와 함께 그 학교에 다닐 수 있겠군요." 루이자가 단정하듯 말했다.

"그건 우리가 그 애의 입학을 허가했을 경우의 일이죠."

"난 부인이 린다의 입학을 찬성해줄 거라고 생각해요."

루이자가 말했다. 그리고 커다란 봉투에서 반들반들한 흑
백사진 두 장을 꺼냈다.

"혐오스럽지 않아요?"

빈들 부인은 정말로 충격을 받았는지 소리를 질렀다.

"이게 대체……?"

"당신 남편이 죽은 날 발견한 거예요. 경찰한테는 그 사무
실에서 아무것도 건드리지 않았다고 했지만 사실이 아니에
요. 빈들 씨는 범인한테 불시에 공격을 당했던 모양이에요. 그
추잡한 사진들이…… 빈들 씨 앞에 놓인 압지 위에 펼쳐져
있었어요."

빈들 부인은 무슨 말을 하려는 것처럼 입을 벌렸다가 다시
다물었다.

"마침 큰 가방을 가지고 있어서 그 사진들을 안에 숨기고
나왔어요. 아무래도 다른 사람들이 그 사진들을 보게 되는
걸 부인이 원하지는 않을 것 같아서요. 이런 추문이 도는 걸
원하는 사람은 아무도 없겠지만 당신처럼 이 마을에서 온갖
일들, 이를테면 홀필드 운영위원회 같은 곳에 소속된 사람에
게는 한층 더 민감한 문제일 거예요, 안 그래요?"

루이자가 명쾌하게 말했다. 빈들 부인은 또다시 무슨 말인가 하려다가 이번에도 아무 말도 하지 못했다.

"아마 당신은 이 사진들이 빈들 씨 것이라는 사실을 입증하지 못하리라 생각하겠죠? 하지만 이런 종류의 사진이라면 대개 자세히 들여다보기 마련이에요. 아마 침이라도 흘리면서 봤겠죠. 그러니 이 반질반질한 인화지에는 당신 남편 지문이 잔뜩 묻어 있을 거예요."

의자에 축 처진 채 앉아 있는 빈들 부인은 생각에 잠긴 것처럼 보였다. 지금까지의 허세와 오만함은 전부 사라진 듯했다. 결국 그녀는 깜짝 놀랄 정도로 빨리 이 모든 사태를 무마할 적당한 해결책을 제시했다.

"얼마를 주면 되겠어요?"

루이자는 빈들 씨에게 이천 파운드를 주었다. 거기에 말로 할 수는 없었지만, 그간 받았던 고통과 스트레스에 대한 '보상금'으로 천 파운드를 더하기로 했다.

"삼천 파운드만 받기로 하죠. 그 정도면 일종의 빚이랄까, 그런 게 청산될 것 같네요. 그리고……."

루이자가 어깨를 으쓱하며 말을 이었다.

"사실 난 돈이 급하지 않아요, 빈들 부인. 경제적으로 안정적인 상태죠. 그래서 돈은 문제가 아니에요. 나는 린다가 샌스톤에서 행복하게 잘 지낼 수 있기를 바랄 뿐이에요. 그러기 위해선 당연히 좋은 학교를 다니는 게 도움이 되겠죠. 그러다 보면 조이와 같은 수업을 듣게 될 수도 있을 거예요. 언젠가 모델이든 뭐든, 아이들이 정말 하고 싶은 일을 하게 될 때까지는 말이에요. 도움이 될 만한 사람들을 알아두는 것도 좋겠죠. 우리가 그런 목적으로 온갖 파티에 참석하듯 말이에요……."

루이자는 봉투를 다시 가방에 넣었다.

"비밀이 새어 나가는 일은 없을 거예요. 난 로터리 클럽 오찬에 참석하거나, 술집에 가서 술을 마시거나 하지 않으니까 말이에요."

그런 다음 가방을 소리 나게 닫고는 자리에서 일어났다.

"월요일 오후에 돈을 가지고 우리 집으로 올 수 있겠어요? 당신이 레이디 윌리엄을 위해 주최하는 바자회에 날 초대하러 찾아온 걸로 하죠. 그런 것까지 도와달라고 부탁하는 건 절대 아니에요. 솔직히 말해 다른 사람들은 아무래도 상관없고, 그저 레이디 윌리엄을 만나고 싶을 뿐이에요. 그분의 자녀들은 무척 매력적이잖아요. 게다가 아들이 린다보다 세 살 많다던가요……. 어쨌든, 아무도 모르는 일이죠. 안 그래요?"

루이자는 곤혹스러운 듯 잠시 생각에 잠겼다.

"그 아들은 뭐라고 불러야 하죠?"

"오너러블[1]이요." 빈들 부인이 힘없이 대답했다.

"지금처럼 소소한 일부터 도와준다면 큰 도움이 될 거예요."

린다와 조이는 다시 줄넘기를 하고 있었다. 로이는 열쇠 구멍으로 집 안을 들여다보다가, 가쁜 숨을 몰아쉬며 두 사람이 있는 쪽으로 달려와 줄을 잡았다. 그리고 린다에게 노래를 불러줬다.

"대구, 홍어, 철갑상어, 상어—
네 엄마가 협박하고 있다네!
고래, 바다코끼리, 바다소—
지금 네 엄마가 추잡한 사진들을 가지고 있다네!"

"정말?" 린다가 물었다.
"그래, 정말이야." 로이가 말했다. 그는 줄넘기를 계속했다.

"바다, 호수, 강, 수영장—
이제 넌 홀필드 학교에 들어가게 될 거라네."

---

[1] 백작 이하 귀족의 자녀 등에 대한 경칭이다.

"정말?" 린다와 조이가 흥분해서 동시에 소리쳤다.

"그래, 그렇게 될 거야. 할 말이 더 있어."

로이가 다시 줄넘기를 하며 노래했다…….

"사람, 말, 토끼, 사냥개—

넌 삼천 파운드를 갖게 될 거라네.

조이와 나와 같이 놀 수 있게 되었다네.

그리고 귀족과 결혼할 거라네……."

그가 줄넘기를 멈추자, 아이들은 모두 배를 잡고 웃으며 의기양양하게 서로를 끌어안았다.

"우리 중 누군가가 학교에서 부정행위라도 하는 날엔 난리 나겠다!"

"그러면 우리 엄마가 진짜 너네 아빠한테 총을 쏜 거야?"

"물론이지." 로이가 말했다. "너희 엄마는 근무시간이 끝난 뒤에 매춘부들이 사무실로 간다는 걸 알고 있었어……. 샌스톤 사람들이 전부 다 아는 일이지. 아마 네 엄마도 치마만 짧게 올리면, 매릴린 먼로처럼 걸으려고 애쓰는 십 대 매춘부들처럼 보였을 거야. 경찰은 그 여자애들의 남자 친구나 아빠, 혹은 그 광경을 지켜보고 있던 누군가가 안으로 뛰어들어가서 아빠를 죽였을 거라고 생각해. 물론 경찰은 협박에 대해서는 아무것도 모르지."

로이는 갑자기 여동생과 의미심장한 눈빛을 주고받았다. 하틀리 부인이 살인자라는 그들만 알고 있는 사실이 언젠가는 유용하게 쓰일 것이다.

린다는 쌍둥이들의 눈빛을 알아채지 못했다.

"너희들은 이런 일을 너무 아무렇지 않게 받아들이는 것 같아."

"아, 우린 아빠를 별로 좋아하지 않으니까. 그렇지, 오빠?"

"우린 어른들은 다 싫어." 로이가 대답했다.

"아빠가 돌아가신 다음에 그 추잡한 사진들을 가지고 우리 엄마를 협박했다고 생각하면 너희 아빠는 그런 일을 당할 만했어."

"음, 반대로 네 아빠도 그 사진들을 가지고 오랫동안 우리 아빠를 협박했어. 그러니까 이건 '눈에는 눈, 이에는 이'였던 거지."

로이가 줄의 한쪽 끝을 잡고 조이가 반대쪽 끝을 잡자, 린다가 가운데로 뛰어들었다. 그들은 줄넘기를 시작했다. 세 사람 모두 즐겁게 노래를 불렀다.

"눈에는 눈, 이에는 이—

혹 떼러 갔다 혹 붙이고 오네.

사냥개는 여우를 쫓고 여우는 사냥개를 쫓네—
아, 재미있고 낡은 회전목마!"

비가 그쳤다. 젖은 우산을 조심스럽게 쥔 도린다 존스 부인은 택시 한구석에 몸을 바짝 붙인 채 앉아 있었다. 도로는 완전히 정체되었지만, 그녀는 (연신 딸깍거리며 올라가는 택시미터를 불안하게 쳐다보는 틈틈이) 길 건너편 가게에 진열된 근사한 부츠를 바라보면서 그 순간을 충분히 즐기고 있었다. 택시는 조금 움직이는 듯하더니 거의 완공된 새 요양원 앞에서 또다시 멈춰 섰다.

중동의 오일 머니로 지었다는 요양원은 반들거리는 검은 대리석 위에 순금을 박아 넣은 듯 근사한 소용돌이 모양이 장식된 아름다운 건물이었다. 어느 기회주의자가 중동 고객을 유치하기 위해 서둘러 요양원 바로 옆에 문을 연 것이 분명한 화려한 식당을 구경하는 것도 재미있었다. 마침 하얀 옷을 입은 수십 명의 신사들이 축하 오찬을 끝마치고 밖으로 쏟아져 나왔다. 커다란 놋쇠 단추가 달린 진홍색 외투와 챙이 있는 모자 차림이 눈길을 끄는 안내원은 이리저리 뛰어다니면서 고급 승용차들의 문을 열어주고는 오 파운드인지, 십 파운드인지 알 수 없는 지폐를 받아 흰 면장갑 속에 쑤셔 넣고 있었다.

존스 부인은 그 중동 신사들 중 한 명이 호러호러^{Horror-horror} 족장이라는 것을 알아보았다. 그녀는 그를 그렇게 불렀다. 사실 신문에 나오는 외국인의 이름은 정확하게 발음하기 어려웠다. 게다가 그 사람은 실제로도 무서울^{horror} 것 같았다. 그는 크로이소스¹처럼 부유했지만 어딘가에 있다는 자기 고국의 가난한 사람들을 핍박했고, 온갖 선량하고 죄 없는 사람들을 죽였다. 그것으로도 부족해 그들의 아내 몇 명과 아들 두 명까지 죽여버리자, 그 어딘가에 있다는 나라에서 그에게 맞서 엄청난 쿠데타인지 뭔지가 일어났다고 했다. 도린다 존스 부인은 아주 정확하다고는 할 수 없는 선정적인 외신 기사들을 열심히 읽곤 했다.

교통 체증이 살짝 풀리면서 그녀가 탄 택시가 몇 미터 정도 앞으로 나아갔다. 이제 존스 부인은 건너편 가게에 진열되어 있는 부츠를 좀더 확실하게 볼 수 있었다. 다시 주위를 둘러보자 아까 본 고급 승용차들 중 한 대가 천천히 달려 나오더니 새로 지은 요양원과 그녀가 탄 택시 사이에 멈춰 섰다. 아무래도 건물에 박혀 있는 소용돌이 모양 장식은 아랍 글자

---

¹ 기원전 6세기 리디아의 왕으로, 엄청난 부자로 유명했다.

곰곰이 생각해보니까

였던 모양이다. 롤스로이스의 뒷좌석에 앉아 있던 호러호러 족장은 그녀와 비슷한 위치에 있게 되었다. 그는 하얀 가운이 늘어진 무릎 위에 양손을 포갠 채 눈을 감고 있었다. 그러다가 잠깐 눈을 뜨더니 그녀를 한번 무섭게 쳐다본 뒤 다시 눈을 감았다. 하지만 존스 부인이 보기에 가장 이상한 것은 지금 그 족장이 아주 기이한 동행과 함께 차를 타고 있다는 것이었다.

롤스로이스 내부는 귀빈들이 타는 차답게, 좌석과 운전석 사이를 유리벽으로 막아두었다. 그리고 그 유리벽 바로 뒤에는 왕실 행사에서 어린 왕자들을 앉힐 때 쓰는, 전방을 향하는 의자가 두 개 있었다. 그중 한쪽에는 험악하게 생긴 사내가 족장을 똑바로 바라보며 앉아 있었다. 그는 아랍인이 아니라 백인이었는데, 런던 토박이처럼 보였다. 연배는 중년쯤 되어 보였는데, 날카로운 옆모습에 검은 머리는 지저분했다. 게다가 그녀가 얼핏 본 바로는 허름해 보이는 싸구려 재킷을 입고 있었다. 경호원인가? 하지만 경호원이라고 보기엔 너무 이상했다! 무엇보다 호러호러 족장은 자신을 지키는 사람들을 옆에 두는 것을 싫어한다고 알려져 있었다. 전 세계에서 미움을 받다 보니(자기도 알긴 아는 모양이다) 자기 자신 이외에는 아무도 믿지 못하는 모양이었다. 또 그는 수행원 없이 혼자 다니는 것을 즐긴다고 알려져 있었다. 말이 안 되는 생각인지도 모르지만 만일 피살자가 될 운명으로 태어나는 사람이 있다면 그건 바로 호러호러 족장 같은 사람일 것이다.

그리고 그게 사실이라는 것이 입증되었다. 그날 저녁 신문 기사에 따르면, 호러호러 족장을 태운 차는 환영 파티가 열리기로 되어 있던 애스콧 외곽에 있는 호화 저택으로 향했다. 그런데 저택에 도착한 뒤 운전사가 족장이 앉은 쪽 문을 열어보니, 등에 단검이 박힌 채 뒷좌석 구석에 쓰러져 있었다.

운전사의 이름은 스미스로, 영국인이었다. 그리고 다음 날 아침, 스미스는 경찰의 "임의동행에 응한 뒤 신문"을 당하게 되었다. 살아 있는 족장이 마지막으로 목격된 것은 식당이었고, 그후 곧장 한적한 교외에 있는 저택으로 향했다. 스미스는 이동하는 내내 차 안에는 두 사람뿐이었다고 증언했다. 범행에 사용된 흉기는 아랍식 칼로, 흔히 볼 수 있는 무기이자 장식품으로도 쓰이는 것이었다. 칼에서 지문은 나오지 않았다.

도린다 존스 부인은 그 기사를 단어 하나 빼놓지 않고 꼼꼼하게 읽었다. 차 안에는 두 사람밖에 없었다……

"말도 안 돼!"

존스 부인은 경찰청에 있는 높은 사람에게 바로 전화를 걸었다. 어째서인지 그녀는 모르는 사람이 없었다.

"그 험악하게 생긴 남자는 어떻게 됐어요?"

곰곰이 생각해보니까

운전사인 스미스는 '험악하게 생긴 남자'에 대한 그녀의
제보가 무척 고마웠다. 그의 처지가 아주 위험했기 때문이다.
그의 손과 제복에서 핏자국이 발견되었는데, 그건 주인의 시
신을 차에서 꺼내는 것을 도왔으니 당연한 일이었다.

스미스는 숨길 것이 없었다. 주인에 대한 혐오감과 두려움
조차 더는 숨길 필요가 없었다. 그는 험악하게 생긴 사내나 다
른 침입자를 보지 못했다고 인정했다. 하지만 차는 교통 체증
때문에 거의 기어가다시피 하고 있었을 뿐만 아니라 종종 멈
춰 서기까지 했다. 운전석과 좌석 사이를 가로막고 있는 유리
벽은 방음도 되고 불투명했다. 누군가 차에 몰래 탔다가 그가
알아차리기 전에 내리는 것도 가능했다.

스미스는 경찰에게 열심히 설명했다.

"주인님은 차 뒷좌석에서 사업에 관련된 이야기들을 많이
했습니다. 그리고…… 다른 일도 많이 했죠."

스미스는 족장 밑에서 몇 년을 일했다. 그는 저택 부지 안
에 있는 별채에 살고 있었는데, 주인이 영국에 머무는 동안
그의 롤스로이스를 운전했다. 사실 편한 직업이었다. 주인이
영국에 머물 때만 제외한다면.

피의자인 스미스는 족장이 배려심이 많은 고용주는 아니
었다고 솔직하게 털어놓았다. 성격이 나쁘고, 무절제했으며,
어딘지 모를 고국에서 영국으로 돌아올 때 데려오는 불쌍한

사람들을 악마처럼 괴롭히곤 했다. 그런 광경을 볼 때마다 스미스는 피가 끓어오르곤 했다. 그리고 족장에게는 한 가지 습관이 있었는데…….

"주인님은 나이트클럽 같은 곳에서 데려온 불쌍한 여자들을 차에 태우곤 했습니다. 그러면 집으로 돌아가는 길에……차의 유리막이 방음을 해주는데도 여자들의 비명 소리가 들렸습니다. 그리고 제가 밤중에 다시 나와 그들을 처음 있던 장소로 데려다줘야 하곤 했죠. 여자들 중 일부는 차라리 죽는 게 나을 것처럼 보일 때도 있었습니다. 불쌍한 아가씨들. 그때마다 화가 치밀어 오르긴 했어요."

"화가 났어도 경찰에 신고할 정도는 아니었나 보군요?"

스미스는 호러호러 족장에게 반항했던 사람들이 어떻게 됐는지 잘 알고 있었다. 이 세상 끝까지 도망가 숨어도 족장의 부하들이 찾아낼 것이다. 뿐만 아니라…….

"불쌍한 여자들. 그들은 모두 일을 했던 겁니다. 안 그런가요? 돈을 받았으니까요. 그것도 제법 많은 돈을요. 그들은 그 돈을 챙겼어요. 인생을 잘못 살고 있는 거죠. 불쌍한 어린 것들. 모두 길을 잃어 그 지경에 이르게 된 겁니다."

"음, 혹시 스미스 씨에게도 그렇게 인생에서 길을 잃은 딸이 있습니까……?"

"제가요?" 스미스는 자세를 똑바로 했다. "제가 그렇게 깊

　　　　　　　　　　곰곰이 생각해보니까

은 수렁에 빠진 딸이 있을 사람처럼 보입니까?"

하지만 경찰 고위층에 있는 친구가 존스 부인에게 말한 대로, 스미스는 말쑥한 제복과 모자 대신 이렇게 사복을 입고 있을 때는 자신에게 그런 문제가 있는 딸이 있는 것처럼 보일 수 있다는 사실을 잊고 있었다. 그건 동기가 될 수도 있었다.

"내가 본 험악하게 생긴 남자는 어떻게 된 거죠? 그 운전사는 그냥 풀어줘야 한다니까요." 존스 부인은 고집을 부렸다.

그리고 실제로 그렇게 됐다. 존스 부인이 타고 있던 택시 기사를 찾아내서 물어보자, 차가 많이 막혀서 앞쪽만 쳐다보고 있긴 했지만 롤스로이스에 험악하게 생긴 남자가 타고 있는 것을 얼핏 본 것 같다고 인정했다. 경찰은 무겁게 한숨을 내쉰 다음, 스미스를 풀어주며 잘 가라고 인사했다.

존스 부인이 말했듯 모든 사람이, 어딘가에 있다는 고국에서조차 호러호러 족장이 응분의 대가를 받았다며 기뻐했다. 동시에 영국 정부의 입장은 몹시 난처해졌다. 경찰은 도린다 존스 부인이 봤다는 험악하게 생긴 남자에 대한 경계 태세를 취하기로 했다.

스미스 씨는 고마움의 표시로 그리 조화롭진 않지만 아주 커다란 꽃다발을 들고 존스 부인을 찾아갔다. 그리고 이제 렌터카 회사에 다니기로 했으니, 아무 때나 존스 부인이 필요할 때 무료로 이용해달라고 했다. 존스 부인은 기뻐하며 그의 제

안을 받아들였고, 첫 번째 외출 때 사건 현장 쪽을 지나가보 자고 했다. 거기 있던 가게에 근사한 부츠가 있었는데 아직도 진열되어 있을지 궁금했다.

아직 점심시간이 시작되기 전이라 그 아랍 식당은 분주하 지 않았다. 안내원이 교통 체증 탓에 문 앞에 서 있는 것이기 를 바라며 그들이 타고 있는 차 앞으로 다가왔는데, 어쩐지 그녀를 알아보는 것 같았다. 존스 부인은 사진이 잘 받는데다, 그 험악하게 생긴 인물의 몽타주만큼 그녀의 사진도 신문에 많이 실렸기 때문이다. 커다랗고 혈색이 좋아 보이는 안내원 의 안색은 이상할 정도로 어두웠다.

그녀는 생각했다. '뭔가 이상한데!'

"잠깐만요."

존스 부인은 스미스에게 말한 뒤, 차문을 열고 밖으로 나 갔다. 그리고 안내원에게 말했다.

"저번에 끼고 있던 근사한 흰 장갑이 보이지 않네요."

안내원의 안색이 점점 더 어두워졌다.

"때가 너무 많이 묻어서요, 마담."

"얼룩도 졌나요? 만일 얼룩이 진 거라면 장갑을 벗어서 주 머니 속에 넣으면 됐을 텐데요. 하지만 그러면 지문이 남죠."

존스 부인은 안내원을 친절하게 바라보며 물었다.

"혹시 따님한테 무슨 문제가 있나요?"

안내원이 손을 떨기 시작했다. 아주 심하게 떨고 있었다.

"마담, 제게 딸이 있었습니다만 지금은 죽고 없습니다. 부상을 입고…… 병원에서 죽었죠." 안내원은 마음을 가다듬었다. "경찰도 제게 와서 그런 질문을 했답니다, 존스 부인. 바로 부인이 바로 여기서…… 나가는 차 안에서 그 사람을 봤다고 했기 때문이죠. 여기서 나갈 때까지 그 족장이 멀쩡히 살아 있었다고 말씀하셨죠."

"족장은 살아 있었어요, 멀쩡했는지는 모르지만. 눈은 뜨고 있었으니까 말이에요. 정말이에요. 그리고 날 쳐다봤죠. 하지만…… 그때 알아차렸어야 했는데……. 그때 그 사람의 얼굴은 여자를 좋아하는 남자들이 혹시 뭐라도 얻을 수 있을까 기대하는 듯한 표정이 아니었다는 걸 말이에요. 무서운 표정이었어요……. 마치…… 그래요, 마치 내가 그 사람 등에 칼을 꽂기라도 한 것처럼요. 아니면 이미 누군가 그 사람 등에 칼을 꽂았든가요. 그리고 그는 다시 눈을 감았죠."

침묵이 흘렀다. 마침내 안내원이 입을 열었다.

"어떻게 하실 겁니까?"

"잠깐 생각을 해봐야겠어요. 아무래도 시민으로서의 의무라든가 여러 가지 것들이 있으니까. 하지만 그전에 당신한테 하고 싶은 말이 있어요."

존스 부인은 이렇게 말하고 다시 차에 올라탔다. 안내원이 문을 닫아주기 전에, 그녀는 몸을 내밀더니 장갑을 낀 작은 손을 그의 팔에 올렸다.

"따님에 관해선 정말, 정말 유감이에요."

그와 동시에 분위기가 어색해졌다.

차가 출발하자, 존스 부인이 말했다.

"모르겠어요. 무슨 말을 했어야 하는 걸까요?"

두 사람은 또다시 건너편에 있는, 검은 대리석으로 지어 금 빛 소용돌이로 장식한 요양원 앞을 지나가고 있었다.

"마담, 잊어버리셨나 봅니다. 그 험악하게 생긴 남자 문제 가 여전히 남아 있잖아요." 스미스가 말했다.

"아, 맞아요. 그게 있었죠."

존스 부인이 고마워하며 말했다. 길 건너편 가게에 있던 근 사한 부츠에 대해서는 생각할 틈이 없었다.

"여기서 잠깐 차를 세워봐요. 그 남자가 앉아 있었는 데……."

그녀가 말을 멈췄다. 그때 요양원 문 앞에 차가 한 대 서더 니, 환자가 부축을 받으며 내린 것이다. 그리고 운전석에는 사 람이 앉아 있었다.

"정말 신기한 우연이 다 있네! 저 운전사가 당신과 똑같은 제복을 입고 있어요." 존스 부인이 말했다.

스미스가 고개를 돌려 그쪽을 쳐다보자, 그 운전사도 똑같

곰곰이 생각해보니까

이 고개를 돌려 그를 보았다.

"네, 그렇군요, 마담. 정말 그런데요? 뿐만 아니라…… 얼굴까지 똑같군요." 스미스가 말했다.

"이런, 알았어요. 그 사람이었던 거야!"

존스 부인이 작은 소리로 말했다. 그녀는 나름대로 냉정하게 생각해보았다.

"그날은 비가 왔어요. 난 우산을 쓰고 고개를 숙이고 있어서, 내가 탄 택시 기사 얼굴을 보지 못했어요. 다른 상황에서…… 그 사람을 봤어도 그 사람인 줄 알아보지 못했을 거예요." 존스 부인이 말했다.

"이를테면 거울인 셈인 거죠. 저 검은 대리석이 말입니다……. 비에 젖으면 지금보다 더 반들거렸을 거예요. 실제로 보려고만 한다면, 부인 얼굴도 보일 겁니다." 스미스가 말했다.

"아니면 다른 사람을 본 거겠죠. 그러니까 난 내가 타고 있던 택시의 기사를 봤던 거예요. 그렇죠? 그 기사가 지금 당신처럼 내 앞에 앉아 있었어요. 족장의 차가 내가 탄 택시 옆에 섰을 때 그 차의 유리창을 통해 저 검은 대리석에 비친 택시기사의 모습을 봤던 거예요. 그래서 그 사람이 꼭 그 차에 타고 있는 것처럼 보였던 거죠!" 존스 부인이 면목 없다는 듯 말했다.

"저도 그렇게 생각합니다. 저번에 비가 오는 날 이곳을 지나가다 알게 되었죠. 이 자리에 경찰을 부른다면 이번 사건의 진상은 바로 밝혀질 겁니다."

"맞아요. 그러니 당장 경찰한테 가서 이 사실을 말해야 되겠죠?"

존스 부인은 앞으로 벌어질 일들을 생각하니 기분이 그리 좋지 않았다.

"아마 그렇게 해야겠죠. 하지만 그렇게 하면 마담은 주인 님이 그 여자애들에게 그런 짓을 했을 때의 저처럼 그들을 외면하게 되는 겁니다. 그 불쌍한 어린 것들은 집까지 가는 내내 차 안에서 울었어요. 그리고 저 남자, 그러니까 저 안내원의 딸은…… 죽었어요. 그 사람이 말한 대로 병원에서 말입니다."

"만일 사람들이 험악하게 생긴 남자가 존재한다고 계속 믿는다면……. 종합적으로 생각해보니 아무래도 그냥 입을 다무는 게 나을 것 같네요. 그렇지 않나요, 스미스?"

도린다 존스가 희망적으로 말했다. 그리고 한마디 덧붙였다.

"곰곰이 생각해보니까 말이에요."

발코니에서

발코니에서 내려다보면 그들은 그녀의 집 안을 훤히 들여다볼 수 있었다. 그리고 그녀는 저들이 자신에 대해 이야기한다는 걸 알고 있었다. 그중 노부인은 날씨가 좋은 날이면 매일같이 휠체어를 타고 발코니에 나와 있었는데, 이쪽을 들여다보는 것 외에는 다른 할 일이 없는지 난간 사이로 계속 쳐다보곤 했다.

"저럴 줄 알았어. 저 여자가 또 저러네! 커다란 빵 덩어리를 카레 소스에 찍었어."

"맛볼 생각인가 보죠." 노부인의 딸이 비웃으며 말했다.

"눈 깜박할 사이에 먹어치웠어. 저러고 저녁 식탁에 앉아서는 또 어마어마한 양의 밥에 저 카레를 곁들여 먹겠지."

그렇게 말하는 노부인의 몸은 오래전에 걸린 병으로 비쩍 말라 있었다.

"뚱보! 정말 혐오스럽다니까요."

그녀의 딸은 비쩍 마른 정도는 아니었지만 날씬했다. 그녀는 날씬한 몸을 유지하기 위해 먹는 것에 신경을 쓰고 조심했다. 남편은 아내의 아름다운 몸매에 감탄했고 그녀를 사랑했다.

"저 여자의 남편은 어떻게 저런 비곗덩어리와 결혼할 생각을 했을까요?"

제닝스 부인은 비곗덩어리라고 할 정도까진 아니었지만 살집이 있기는 했다. 그리고 그런 그녀의 모습을 남편이 보기 좋게 여기지 않는 것도 사실이었다.

"또 카레 먹었어?"

"응, 요리하면서 좀 찍어 먹었어. 그래서 이 모양이지."

"그 버릇 고쳐야 해." 남편은 그녀 앞에 놓인 음식까지 먹어치우며 말했다.

"당신이라도 날 존중해줘야지." 그녀가 농담처럼 말했다.

"오래전부터 그랬는데." 그가 대답했다.

그들은 다음 날에도 발코니에 나왔다. 노부인은 휠체어에 앉아 있었고, 노부인의 남편과 딸, 사위, 십 대 손주 두 명이 들락날락하며 그녀를 기다리고 있었다. 제닝스 부인은 그 가족Family을 패밀리Family 일가 사람들이라고 불렀다.

그들은 모든 걸 지켜볼 수 있었다. 주방과 거실, 위층과 아래층, 심지어 집 뒤쪽 정원까지 일부 보였다. 제닝스 부인의 정원에는 작은 수영장이 있었다.

　남자아이가 할머니에게 줄 차가운 우유를 들고 나오며 말했다.

　"저 아줌마한테 저기 들어가지 말라고 해요! 저 수영장 물이 어떻게 되겠어요?"

　"정원에 다 넘치겠지." 남자아이의 여동생이 키득거리며 말했다.

　"비키니를 입은 저 여자도 같이 떠내려가는 걸 보고 싶구나." 노부인이 말했다.

제닝스 부인은 수영장에 들어가지 않았다.

　"저 집 사람들이 날 지켜보고 있을 거야." 그녀는 집에 돌아온 남편에게 자기고백하듯 말했다. "나에 대해 뭐라고들 떠들고 있겠지."

　"휠체어에 타고 있는 고약한 노부인 따위에 신경 쓸 이유가 뭐가 있어?"

　그들은 '패밀리 집안' 때문에 종종 다퉜다. 그녀는 간혹 그 집 사람들이 이 모든 일의 원흉이라고 생각했다. 지금까지는 그녀가 살졌다는 것을 느끼지 못하고 있던 남편이 점차 그 점에 신경을 쓰게 된 것도 다 그 집 사람들을 욕하기 시작하면서부터가 아니었던가?

"그래서 아무것도 안 하고 집에서 뒹굴기만 한 건 아니지? 그러다간 군살이 자꾸 더 붙을 거야" 남편이 말했다.

"그럼, 나도 알아. 대신 안에서 힘든 집안일을 했어."

"결국 포기했나 보구나. 이제 우리도 집안일이나 해야겠다."

제닝스 집안 거실을 내려다보며 노부인이 손녀딸에게 말했다.

"잠깐만! 이제 저 여자가 비스킷을 잔뜩 먹으면서 소파에 이십 분은 누워 있을 거야."

그건 사실이었다. 무거운 몸 탓에 제닝스 부인은 집안일을 하고 나면 쉽게 녹초가 됐다.

"하지만 아무것도 먹진 않았어." 제닝스 부인은 혼잣말을 했다. "저 고약한 할망구가 내가 뭘 만질 때마다 지켜보고 있는 걸 다 알아."

그녀는 커피 한 잔 마시지 않았지만, 한 시간이 넘게 소파에 드러누워 십자말풀이를 했다.

"운동을 하는 편이 좋을 텐데." 노부인의 남편이 말했다. "다 돈이 있어서 그런 거야. 좀 어렵게 살았더라면 저 여자도 일을 하러 나갔을 테지. 걸어서 말이야."

"오늘은 좀 분발한 모양인데?"

제닝스 씨가 잘 차려진 저녁 식탁에 앉으며 말했다. 제닝스 부인이 생각하기에는 남편의 외모도 그렇게 보기 좋은 편은 아니었다. 몸도 늘씬하지 않았다.

"큰 상점에 갔었어." 제닝스 부인이 말했다. "버스를 타고 말이야. 짐이 이것저것 많긴 했지만."

사실은 마지막 순간에 결국 포기하고 택시를 타고 집에 돌아왔다.

"그랬겠지." 제닝스 씨는 듣기 싫게 비아냥거리는 목소리로 말했다.

"거의 그랬다니까. 참, 당신 양복도 세탁소에 맡겼어. 주머니에 편지가 들어 있더라. 그래서 책상 위에 올려놨어."

제닝스 씨의 안색이 파리해졌다.

"그 편지 읽었어?"

"아니. 난 다른 사람 편지는 읽지 않아."

"여자들은 전부 다른 사람 편지를 훔쳐 읽어. 남편 편지는 말할 것도 없고."

"읽지 않았고, 읽을 생각도 없어. 내가 왜 그래야 하는데?"

"그냥 같이 점심 먹은 여자야." 남편이 변명하듯 말했다.

"여자? 어떤 여자?"

"그 편지를 쓴 여자. 아주 날씬해."

"애인이 나타났어."

거실에서 편안하게 쉬고 있던 노부인이 말했다. 그 집안사람들은 건너편 집에 사는 여자에 대해 이야기하며 커피를 마시러 몰려온 친구들을 즐겁게 만들었다.

"그날 밤 저 나이 많은 뚱뚱보가 외출하니까 남편이 바로 애인을 데려오더라고. 무슨 이유였는진 모르지만 뚱보는 그날 밤 내내 집에 없었어. 남편이랑 그 난잡한 애인은 굴에 들어가는 토끼들처럼 집에 들어갔지. 곧 불빛이 켜졌는데…… 현관하고 거실에 말이야. 거실 불을 켰다 끄고, 계단 불이 켜지고…… 침실 불이 켜졌다가 다시 꺼지고……."

"애인은 어떻게 생겼어요?" 손주들이 물었다.

"말랐어." 노부인이 말했다.

이제 그녀는 제대로 일을 하기 시작했다. 다이어트도 했다. 일이 힘들다 보니 먹을 걸 자제하고 굶는 것만으로 살이 빠지기 시작했다. 하지만 너무 조금씩 빠지다 보니 아무도 그 사실을 알아차리지 못했다. 살이 전혀 빠지지 않은 것처럼 보이기도 했다.

"부인은 전혀 뚱뚱하지 않아요. 여기서 조금만 더 빠지면 요정처럼 보일 겁니다."

주치의가 말했다. 여기서 조금이란 13킬로그램을 말했다.

"전 정말 아무것도 먹지 않아요."

"아무것도 먹지 않는다니요?" 의사가 물었다.

"식사를 하지 않아요. 하지만 음식을 만들면서 맛을 봐요. 숟가락을 핥아 먹죠. 어쩔 수 없어요. 남편을 위해 기름진 음식을 요리해야 하는데다 중간에 맛을 안 볼 수는 없는걸요. 안 그래요?"

"어째서 남편분을 위해 기름진 음식을 차려야 하죠? 부인 몸에 해가 되지 않는 식단을 준비하는 게 좋지 않을까요?"

"안 돼요. 그이가 그런 걸 바라니까요. 남편은 모든 음식에 크림이 들어가야 좋아해요. 그래서 전 그이가 원하는 대로 만들고 있어요."

의사가 웃었다.

"실은 부인이 숟가락 핥아 먹는 걸 좋아하기 때문이겠죠."

"숟가락을 핥아 먹고 있네."

노부인의 딸이 말했다. 그녀는 지금 발코니 난간 위로 몸을 내밀어 불이 켜진 부엌을 들여다보고 있었다.

"저 여자 봤어요? 제가 보기엔 저 더블크림¹을 반 파인트

---

¹ 유지방 농도가 높은 크림.

는 먹은 것 같아. 일 분에 한 번씩 크림 통에 숟가락을 푹 담 갔다가 핥아 먹고 있어요. 초콜릿 소스도 먹고 있고요. 아마 아이스크림을 만들려는 것 같은데. 저 여자는 뜨거운 초콜릿 소스도 좋아하나 봐요. 식당에서 가져온 병에 초콜릿 소스를 약간 담더니, 그다음에는 바로 한 숟갈 크게 떠서 입에……."

그날 밤 제닝스 씨가 말했다.

"이 먹지도 못할 건 대체 뭐야? 키르슈가 너무 많이 들어 가 있잖아. 이런 것 하나도 제대로 못 만들어?"

"만드는 내내 맛을 봤는데."

"그럼 당신이 다 먹어. 난 다른 데 가서 저녁 먹고 돌아올 테니까."

그래서 제닝스 부인은 더이상 음식의 맛을 보지 않기로 했 다. 자신의 매력이 부족하다는 것을 알게 되자, 마음은 아프 지만 남편의 부재를 인정할 수밖에 없었다. 점차 그런 일들이 빈번해지고 그녀가 더이상 아무 말도 하지 않게 되자, 남편은 어깨만 으쓱하고 밖으로 나가버리기 시작했다.

"남편이 여자를 떠났어." 그 가족들은 연민이 담긴 목소리 로 덧붙였다. "거의 끝났다고 봐야지. 어쩌면 겉으로 보기에 는 아무 일 없는 것처럼 행동할지도 몰라. 하지만 그것도 이제 머지않았어."

제닝스 씨는 계속 가식적으로 행동했는데, 그렇게 하는 게 더 편했기 때문이다. 날씬한 애인은 자꾸만 존재를 드러냈다. 하지만 남편은 집에서는 아무 문제도 일으키지 않았다.

"불만 있으면 거울을 한번 보고 스스로에게 물어봐. 이렇게 된 게 누구 잘못인 것 같아? 당신 정말 혐오스러워."

"저 여자 잘못이지." 건너편 집에 사는 사람들이 말했다.

제닝스 부인은 미친 듯이 살을 빼기 시작했다. 더이상은 음식 맛을 보는 일도 없었다. 그렇지만 힘들지 않았다. 그녀가 음식을 지나치게 많이 먹기는커녕 애초에 과식한 적이 없다고 말한 건 사실이었다. 다른 사람들의 기준이 아닌 그녀 자신의 기준에서는 그랬다. 제닝스 부인이 살이 찐 건 그저 유별난 신진대사 때문이었다. 남편을 위해 요리하는 일이 사라지자 그녀는 점차 살이 빠지기 시작했다.

제닝스 부인이 의사에게 말했다.

"요즘은 거의 샐러드만 먹어요."

"저렇게 계속 푸성귀만 먹으면 저 여자는 토끼로 변하고 말 거야."

발코니에 앉아 있던 노부인이 양배추만 가득한 제닝스 부인의 집을 바라보며 말했다.

　"아마 샐러드에 크림을 듬뿍 뿌려 먹겠죠." 맥아 식초를 바르느라 아무것도 손대지 못하는 딸이 말했다. "내기라도 하실래요?"

　"자신하지 않는 게 좋을걸." 노부인이 말했다. "저 여자 살이 많이 빠졌으니까! 이젠 비쩍 마르기까지 했어. 그냥 살이 빠진 정도가 아니라 뼈밖에 안 남았다니까."

　"어울리지 않는데. 저 여자는 살진 게 나아." 그녀의 남편이 말했다.

　"이제 저 여자가 다시 뚱뚱해지는 일은 없을 거야. 살 때문에 어떤 꼴을 당했는데?"

　"그때로 다시 돌아가는 일은 없겠지."

　가족들이 편안하게 말했다.

"당신 정말 뚱뚱했는데." 어쩌다 한 번씩 집에 오는 남편이 말했다. "지금은 너무 말랐네."

　"내가 날씬해지니까 싫어?"

　"난 당신이 싫어." 남편이 말했다.

　"아." 그녀는 충격을 받았지만, 조심스럽게 물었다. "예전에는 좋아했었잖아. 내가 날씬했을 때 말이야."

　　　　　　　　　　　　　　　　　　발코니에서

"지금 당신은 날씬하지 않아. 보기 싫을 정도로 비쩍 마른
거지."

"저 여자, 술을 마실 거야. 봐봐!" 노부인이 말했다.

아직 6시밖에 안 되었지만 제닝스 부인은 벌써 셰리주 반
잔을 마셨다. 외롭고 슬픈 그녀가 양배추밖에 없는 저녁 식사
를 하기 전에 새로 만든 습관이었다. 반 잔은 한 잔이 되고, 다
시 두 잔이 됐다. 점심 샐러드를 먹기 전에, 저녁 샐러드를 먹
기 전에, 밤 11시에.

"와인 가게에서 정기적으로 배달을 받는 모양이야." 할아
버지가 말했다. "더 독한 것도. 이제는 셰리주가 아니라 더보
니를 마시겠지."

"술을 너무 많이 마시는 것 아닙니까?" 의사가 물었다.

"그 사람들은 '사교적'이라고 할걸요."

"무슨 말씀을 하시는지 잘 모르겠습니다만."

"건너편 집에 사는 사람들과 이야기해보세요." 그녀가 말
했다.

"건너편 집에 사는 사람들이요?"

"그쪽 플랫에 사는 사람들이요. 늘 발코니에 나와서 절 지
켜보고 있거든요."

"전 그 사람들이 누군지 모릅니다. 그런데 왜 그 사람들과 이야기를 해보라는 거죠?"

"그들이 계속 절 지켜보고 있어요. 그리고 자기들끼리 절 비난해요."

"그걸 어떻게 아십니까?" 의사가 물었다.

"확실해요. 그게 아니라면 왜 쳐다보고 있겠어요? 그 집에 는 휠체어를 타고 있는 병약한 노부인이 있는데, 온종일 발코 니에 나와서 난간 사이로 저를 지켜봐요. 그 외에는 아무 일 도 하지 않아요. 다른 가족들도 들락날락하면서 제 이야기를 하고요."

"그 사람들이 부인에 대해 이야기하고 있다는 걸 어떻게 아십니까? 그 사람들이 하는 말이 들리진 않을 텐데요."

"제 얘기가 아니면 무슨 말을 하겠어요? 발코니에 매달린 채 온종일 저를 내려다보면서 말이에요. 늙은 여자에게 달리 무슨 재미가 있겠어요? 그 노부인은 가족들에게 저에 대해 떠 들어요. 그들 모두가 모여 앉아 제 이야기를 하죠. 그들이 저 에 대해 모르는 게 없어요. 그 사람들은 제게 살이 붙는 것도 봤고, 뚱뚱한 상태인 것도 봤고, 살이 빠지는 것도 봤어요. 그 리고 다시 살이 쪘다가, 또다시 살이 많이 빠진 것도, 지금처 럼 몸이 바짝 마른 것도 전부 지켜봤어요. 전 지금 샐러드만 먹어요. 다른 음식은 아무것도 먹지 않죠. 그 사람들은 그것

도 알고 있을 거예요. 그들은 제 모든 것을 지켜보고 일거수일
투족을 평가하니까요."

"혹시 좋은 이야기를 할 수도 있지 않을까요?"

"아뇨, 그렇지 않아요. 무엇 때문에 그러겠어요? 그 사람들
은 제게 너무 매력이 없다며 남편이 집을 나가는 것도 봤고,
그이가 애인을 데리고 집에 온 것도 봤어요. 베개에서 여자 냄
새가 나더군요……."

"그렇다면 남편분을 비난했을 수도 있잖습니까?"

"아뇨, 그렇지 않아요." 그녀는 다시 한번 이렇게 말했다.
"무엇 때문에 그러겠어요? 선생님도 제 남편을 비난할 수 없
을 거예요."

하지만 제닝스 부인은 마음속으로 남편을 비난하고 있었
다. 그녀는 열심히 노력했지만, 남편은 잔인했다. 제닝스 부인
은 이제 자신이 남편을 증오하기 시작했다는 사실이 두려웠다.

"자, 자." 의사가 말했다. 더이상 할 말이 없는 것 같았지만,
그래도 조언은 해주었다. "술은 조금만 드세요."

"조만간 금주모임이 있을 거야." 휠체어에 탄 노부인이 말했
다.

제닝스 부인은 병원 대기실에서 잡지를 뒤적거리고 있었다.

'외출을 하고 새로운 머리 모양을 해보자.' 잡지에서 떠나간 사랑을 되찾는 방법들을 알려주었다. '얼굴 마사지를 받고, 매력적으로 보이는 옷을 입어라.' 그녀는 외출을 하고 새로 머리를 했다. 얼굴 마사지를 받고, 화사한 새 옷도 조금 샀다.

"세상에, 그게 대체 무슨 꼴이야?" 오랜만에 집에 온 제닝스 씨가 말했다. 이제 두 사람 사이에는 남아 있는 것이 거의 없었다.

술을 약간 마신 그녀는 시시한 농담을 하기 시작했다.

"잡지에서 보니까 남편의 사랑을 되찾으려면 매력적으로 보여야 한다고 해서."

"괴상해 보일 뿐이야." 남편이 말했다.

사실 제닝스 부인은 술을 제법 많이 마신 상태였다. 비틀거리면서 일어난 그녀는 목이 튼튼한 디캔터를 머리 위로 들어올렸다. 제닝스 씨는 무심코 쳐다봤다가 깜짝 놀라 망연자실한 표정을 지었다. 그녀가 디캔터로 내려치자, 그는 뒤로 물러서다가 대리석 벽난로의 딱딱한 모퉁이에 관자놀이를 부딪치며 바닥에 쓰러졌다. 제닝스 부인은 디캔터를 다시 쟁반 위에 천천히 내려놓은 뒤 그의 옆에 무릎을 꿇고 앉았다. 잠시 뒤 그녀는 남편이 죽었다는 것을 깨달았다.

갑자기 술이 확 깼다. 불과 일 분 사이에 벌어진 일이었다. 반쯤 취한 상태라 머리가 빙글빙글 돌았다. 그러다 멍한 상태에서도 참을 수 없을 만큼 모욕적인 남편의 말에 마음속 깊은 곳에서부터 분노와 고통이 끓어오르더니, 이윽고 머리가 맑아지고 제정신이 돌아오자 엄청난 두려움이 엄습했다.

빨리 뭔가 생각해내야 해. 난 이 사람을 건드리지 않았어. 그래, 내가 이 사람을 때리긴 했지. 하지만, 남편은 넘어지면서 벽난로에 머리를 부딪쳐서 이렇게 된 거야. 그렇다면 이렇게 말해도 되지 않을까……. 남편은 여기 오기 전에 술을 몇 잔 마셨고, 그 바람에 그만 미끄러져 뒤로 넘어지다가 머리를 박은 거라고. 난 이 사람을 때리지도, 건드리지도 않았어. 이 일은 나와 아무 상관없는 일이라고 하는 거야.

제닝스 부인은 디캔터를 집어 들고 병목 부분에 혹시 남아 있을지도 모르는 흔적을 닦아낸 다음, 마치 위스키를 따르는 데 사용했던 것처럼 쟁반 뒤쪽에 내려놓았다. 그런 다음 다시 무릎을 꿇고 앉아 남편의 머리에 난 상처에서 흐르는 피를 자기 손가락에 묻히고, 그의 잿빛 머리카락을 잡아 뽑았다. 다시 자리에서 일어난 그녀는 벽난로 모서리에 자기 손가락에 묻은 남편의 피를 문지른 다음, 뽑은 머리카락을 그 자리에 붙였다……. 끔찍했다. 하지만 통찰력이 뛰어난 의사도 알아차렸듯이 그녀 역시 알고 있었다. 자신은 더이상 남편을 사랑하지 않았고, 그가 돌아오는 것을 원하지 않았다. 그래서 죽은 남편을 만지면서도 별로 당황하지는 않았다. 그가 없어져

버리면 앞으로 더 좋으리라는 생각도 들었다. 이사를 갈 수도 있을 거야. 저 끔찍한 사람들이 발코니에서 쳐다보지 않고, 내 이야기도 하지 않는 곳으로.

발코니에서 쳐다보고 있다! 이렇게 밝은 저녁이면, 저 가족들은 틀림없이 발코니에 나와 몸을 내밀고 창문을 통해 이 광경을 전부 지켜보았을 것이다!

"남자가 쓰러졌어." 노부인이 말했다. "지금은 누워 있네. 저 여자는…… 지금 뭘 하는 거지?"

"남자한테 몸을 숙이네요." 딸이 말했다. "저 사람이 죽었나 봐요. 여자가 확인하는 거예요. 여자가 남자를 죽였어요."

"저 남자를 유리병으로 내리쳤어요." 노부인의 사위가 말했다. "지금 뭘 하는 거지?"

"병목을 닦고 있어요." 손녀가 말했다.

"흔적을 지우려는 거예요." 손자가 열심히 설명했다.

"다시 무릎을 꿇고 앉았네. 저 여자는…… 나라면 절대 못 할 것 같은데! 대체 지금 뭘 하는 거죠?" 딸이 물었다.

"벽난로에 피를 묻히고 있어. 저 여자는 남자가 저기 부딪친 걸로 보이게 하려는 거야. 남자가 술에 취해서 저절로 넘어졌다고. 혼자 미끄러져서 머리를 부딪친 것처럼 보이게. 자기는 남자를 때리지도 않았고, 아무 상관 없는 것처럼 보이게 만들려는 거지." 노인이 천천히 말했다. "아무래도 경찰에 신고를 해야겠어……."

제닝스 부인은 그 자리에 서서 소리를 들었다. 집중해서 귀를 기울였다……. 이제 거의 들리는 것 같았다. 그들이 무슨 말을 하고 있을지 너무 잘 알 수 있었다. 잠시 뒤, 그녀는 전화를 걸었다.

"경찰이죠? 이쪽으로 와주세요."

그녀는 주소를 말했다.

"아무래도 제가 남편을 죽인 것 같아요. 여기 남편이 죽은 채 쓰러져 있어요."

제닝스 부인은 수화기를 내려놓은 뒤, 창문으로 다가가 그들을 올려다보며 말했다.

"내가 왜 '죽인 것 같다'고 말했는지 모르겠네. 당신들이 벌써 경찰에 말했을 텐데."

노부인의 사위가 말했다.

"경찰이죠? 이쪽으로 와주셔야 할 것 같아요. 지금 막 살인 사건을 목격했어요."

"네, 제가 전화했어요."

경찰이 도착하자 제닝스 부인이 말했다.

"하지만 이미 신고를 받으셨을 거예요. 건너편에 사는 사람들로부터 말이에요. 저 위에 있는 발코니 달린 플랫에 사는 사람들이요. 저들이 절 지켜보고 있었거든요. 저 사람들은 제가 하는 모든 일들, 저에 관한 모든 것들을 다 알고 있어요!"

그녀는 바짝 마른 몸에 걸치고 있던 말쑥한 새 옷을 내려다보았다. 그리고 바닥에 쓰러진 남편의 시신을 바라보았다.

"모든 것을 말이에요. 저 사람들은 절 염탐하고 있거든요. 그리고 비난하죠. 저는 저들에게서 벗어날 수가 없어요……. 저 사람들이 내 인생을 망쳤어요. 저들만 아니었다면 이런 일은…… 이런 일은 절대 일어나지 않았을 거예요."

경관은 부하에게 신호를 보낸 뒤, 시신 옆에 무릎을 꿇고 앉았다. 그 자세로 벽난로를 올려다보니, 그 모서리에 잿빛 머리카락과 피가 묻어 있는 것이 보였다.

"남편분이 뒤로 넘어진 건가요?" 경관은 앞으로 숙이고 있던 몸을 쭉 펴며 자리에서 일어났다. 그리고 다시 물었다. "뒷걸음질 치다가 매트에 걸려 미끄러졌나 보죠? 그때 뒤로 넘어지면서 머리를 부딪친 겁니까?"

"그 말씀은…… 사고란 뜻인가요?" 제닝스 부인이 물었다.

"일단 사고로 보입니다만, 혹시 부인께서 저희에게 뭔가 해주실 말씀이 있으십니까?" 경관이 호기심 어린 목소리로 물었다.

"아마 저 사람들은 사고가 아니라고 말할 거예요. 저 건너편에 사는 사람들 말이에요. 제가 여기 있는 디캔터로 남편을 내리쳤다고 하겠죠. 남편이 날 모욕하는 말을 했어요. 한 번도 아니고 여러 번 말이에요. 남편은 날 모욕했어요."

"부인이 남편을 때렸습니까?"

"디캔터로요. 저 사람은 뒤로 물러섰고, 절 피하려다가 미끄러지면서 넘어졌어요. 그러면서 벽난로에 머리를 살짝 부딪쳤죠. 하지만 제가 먼저 때리긴 했어요."

"부인 말씀은……."

"오, 그래요. 제가 남편을 죽였어요." 그녀가 거듭 말했다. "인정하는 편이 낫겠죠. 저 사람들도 그렇게 말할 테니까요."

"건너편에 사는 사람들이요?"

"저 사람들은 전부 다 보고 있었어요. 항상 쳐다본다고요. 휠체어에 타고 있는 저 노부인 말이에요. 달리 무슨 할 일이 있겠어요? 저 노부인의 가족들도 마찬가지에요. 항상 나에 대한 말을 하죠. 들리지 않아요? 나에 대해 떠드는 목소리가?"

"저 여자가 누구한테 전화를 한 거지?" 노부인이 말했다.

"경찰이겠죠. 우리가 신고할 거라는 걸 저 여자가 안 모양이에요."

"다시 살이 찌기 시작하겠네." 그 딸이 말했다.

"'다시 살이 찌기 시작하겠네.' 지금 그렇게 말했잖아요. 들리지 않아요? '우리가 신고할 거라는 걸 저 여자가 안 모양이에요.' 이렇게 말하고 있잖아요. 항상 절 지켜보고 있어요. 언제나 제 이야기만 한다고요. 저들만 아니었으면 이번 일은 사고로 위장할 수 있었어요. 도망갈 수도 있었을 거예요. 하지만 저 사람들이 그렇게 내버려두지 않았어요. 저 사람들이 말했어요. '아무래도 경찰에 신고를 해야겠어.' 그리고 그 사위가 경찰에 전화를 걸었죠. 그 사람이 '지금 막 살인 사건을 목격했어요'라고 말하는 소리도 들었어요. 저 사람들이 하는 말이 계속 들려요. 저들은 저만 쳐다보고 제 이야기만 해요. 저 소리가 들리지 않아요? 들어봐요!"

"지금은 저 사람들이 말을 하지 않습니다" 경관이 말했다.

"아뇨, 저들은 멈추지 않아요. 계속 떠들어대요. 떠들고 있어요……."

여경관이 들어오더니 그녀의 어깨를 부드럽게 감쌌다.

"날 어디로 데려가는 거죠?"

"저 사람들의 말소리가 들리지 않는 곳으로요. 이제 걱정하지 마세요. 더이상은 저 사람들이 부인을 지켜보는 일이 없을 겁니다."

"당신이 날 데려가는 걸, 저 사람들이 보고 있을 거예요."

"아니에요, 아닙니다. 저 사람들은 이제 모두 집 안에 들어갔어요. 발코니에는 아무도 없습니다."

"저 사람들 말소리가 들리지 않아요? 아직도 계속 말하고 있잖아요."

"아, 그 말을 듣고 보니 들리는 것 같기도 하네요. 하지만 좋은 말이에요. 부인이 떠나서 유감이라고 말하고 있네요. 아주 훌륭한 숙녀였다면서, 정말로 부인을 싫어했던 건 아니라고 하는군요. 부인이 이곳을 떠나게 되어 유감이라고……."

경관은 제닝스 부인이 어서 밖으로 나갈 수 있도록 부드럽게 재촉했다. 여경관이 계속 그녀의 어깨를 붙잡고 있었다. 제닝스 부인이 밖으로 나가자, 경관이 부하에게 말했다.

"다른 가족은 없었지?"

"원룸 플랫이었습니다. 그 집엔 노부인 혼자 살고 있었어요. 이웃들 말로는 낮 시간에는 휠체어에 앉아 발코니에 나와 있는다고 하더군요. 보온병과 샌드위치를 가지고 말입니다."

"다른 사람을 부른 적은?"

"없습니다. 친구도 없고, 가족도 없어요. 불쌍하고 안쓰러운 노부인이었습니다. 장님이었어요."

5부

블랙커피

이 집에 축복을

두 사람은 아름다웠다. 나중에 생각해보니, 나이 든 여자는 처음 봤을 때부터 그 사실을 알고 있었던 것 같았다. 그녀의 불쾌하기 그지없는 공격에도 두 사람은 조용하고 차분하게 맞섰다. 딱 붙는 청바지를 입은 젊은 남자는 그날 저녁 내리는 빗방울을 막기 위해 우비를 걸치고 있었는데, 마치 망토를 뒤집어쓴 것처럼 머리부터 완전히 가리고 있었다. 임신한 젊은 여자는 볼록한 배에 닿을 정도로 긴 머리카락을 베일처럼 늘어뜨리고 있었다. 하지만 두 사람에 대한 의심이 가신 뒤에도, 나이 든 여자에게는 여전히 불만이 있었다.

"여기서 뭘 하는 거죠? 이렇게 창문 바로 앞에 차를 세워두면 안 돼요."

그들은 이 거리가 전부 그 노부인의 것은 아니지 않느냐고 따지지 않았다. 젊은 여자는 그저 미안하다는 듯 이렇게 말했다.

"잠자리를 찾는 중이었어요."

"잘 곳이 없어요?"

나이 든 여자는 젊은 여자가 반지를 끼

지 않은 손으로 얇은 코트 앞섶을 여미는 것을 흘깃 쳐다보고
는 다시 물었다.

"집에 갈 수도 없고?"

"우리는 런던에 집이 없어요." 젊은 남자가 말했다.

"간밤에는 어디서든 묵었을 거 아니에요."

"원래 지내던 곳에서 나올 수밖에 없었어요. 집주인인 메
이스 부인이 떠나자마자 부인의 조카딸이 오더니 집을 비워
달라고 했거든요. 그래서 며칠째 지낼 만한 곳을 찾아다니고
있는 중이에요. 그런데 아무도 우릴 들여보내주지 않네요."

"아기 때문이에요. 언제 태어날지 모르거든요." 젊은 여자
가 말했다.

나이 든 여자는 다시 그들이 의심스러워졌다.

"날 보지 말아요. 여기도 빈방은 없으니까. 내가 쓰는 지하
방 하나를 제외하면요, 다른 방들은 모두 창고로 쓰고 있어
서 잠겨 있어요. 위층 방들도…… 전부 다 찼고."

"아, 그럼요. 그런 뜻으로 한 말은 아니었어요. 저흰 차 안
에서 잘 거예요." 젊은 여자가 말했다.

"차 안에서?"

나이 든 여자는 비를 막기 위해 숄을 걸치고, 현관 앞 계단
가장 높은 곳에서 가로등 불빛 아래 서 있는 두 사람을 내려
다보고 있었다.

"애기 엄마를 그런 곳에서 재우면 안 돼요. 몸에 좋지 않아."

"알고 있습니다. 하지만 어쩔 수 없어요. 그래서 이렇게 조용한 곳까지 들어오게 된 겁니다." 젊은 남자가 말했다.

"저희가 여기 있는 게 불편하시다면 다른 곳으로 갈게요." 젊은 여자가 말했다.

"여긴 공용 도로예요."

나이 든 여자가 불쑥 말했다. 하지만 이 젊은 남녀가 가엾고 불쌍하기도 했다. 그리고 그들에게는 뭔가…… 알 수 없는 무언가가 있었다. 두 사람의 핏기 하나 없는 얼굴에서 보이는 조용하고 차분한 표정은 마치…… 크리스마스에 어두컴컴하고 오래된 성당에서 촛불이 비추는 인형처럼 아름다웠다. 꼭 크리스마스트리에 장식하는 조각상 같았다.

나이 든 여자는 애매하게 말했다.

"몇 실링 정도라면 도와줄 수도……."

하지만 그들은 즉시 거부했다.

"아니요, 아닙니다. 돈은 있어요. 부족하지 않을 만큼은요. 그리고 이 사람은 아침마다 일하러 나가요. 그런 게 아니에요, 그저……."

젊은 여자는 뭔가를 설명하려는 것처럼 천천히 양손을 펼치며 말을 이었다.

이 집에 축복을

"아까 말씀드린 대로예요. 곧 아기가 나올 것 같으니까 아무도 우리를 받아주지 않는 거예요. 다들 미안하다고만 하면서…… 방이 없다고 했어요."

그때 노부인은 자기가 무슨 말을 하고 있는지 알았을까? 그녀는 저도 모르게 이렇게 말하고 있었다.

"뒤뜰에 가면…… 헛간이 하나 있는데……."

젊은 여자는 아무 희망도 없고 불확실한 상태로 온종일 머물 곳을 찾아다니느라 긴장했던 모양이었다. 그날 밤 아기가 태어났다. 의사나 산파를 부를 시간도 없었다. 하지만 그런 일에 경험이 있었던 본 부인은 젊은 엄마를 도와 아기를 안전하게 받아낼 수 있었다. 젊은 여자는 연약한 외모와는 다르게 마지막까지 기운을 내며 불평 한마디 없이 차분하게 분만의 고통을 이겨냈다. 헛간에 있던 매트리스는 낡았지만 깨끗한 시트를 깔아두었고, 그녀는 그 위에서 편안하게 아기를 낳을 수 있었다.

"몸을 추스른 다음에 움직여야 해요." 그런 다음 본 부인은 젊은 남자를 돌아보며 날카롭게 말했다. "거기서 뭐 하는 거예요?"

그는 아기가 나오기를 기다리는 동안 재빨리 요람으로 쓸 만한 나무 상자를 만들어, 차에서 가져온 오리털 쿠션 두 개를 그 안에 깔았다. 본 부인의 물건에 손을 댄 것은 아니었다.

전부 자기들이 가지고 있던 것으로 만들었다.

"봐, 매릴린. 우리 아기 거야."

"오, 조. 당신은 정말 목수 같다니까! 언제나 무슨 물건이든 척척 만들어내잖아." 젊은 여자가 말했다.

조섭과 매릴린. 조섭은 목수처럼 손재주가 뛰어났다. 이 남자아기가 집 밖에서 태어난 것은 두 사람을 집에 들인 사람이 아무도 없었기 때문이다……. 본 부인은 관절염 때문에 부어오른 무릎을 천천히 꿇어 매트리스 위에 앉았다. 그리고 마음 깊은 곳에서 우러나는, 뭔지 모를 경외감 같은 것을 느끼며 아이 엄마의 품에서 아기를 받아 들었다.

"내가 아기를 저 요람에 눕힐게요. 아이한테 딱 맞겠네." 그리고 혼자 중얼거렸다. "아이가 우선일 상황이 아닐 텐데."

젊은 남자는 본 부인에게 필요한데 써달라며 돈을 맡긴 뒤 외출해서는, 건축 현장에서 일자리를 얻었다는 소식을 가지고 저녁 무렵에 돌아왔다. 그리고 흉터가 있는 한쪽 손에 들고 있던 시들어버린 작은 꽃다발을 조심스럽게 나누어 반은 매릴린에게, 반은 본 부인에게 건네주었다.

"다음에는 좀더 좋은 것으로 드릴게요."

그런 다음 조섭은 남겨두었던 제비꽃 한 송이를 아기의 얼룩덜룩하고 작은 손에 쥐여주며 말했다.

"다음에는 좀더 좋은 것으로 줄게."

두 사람은 아기에게 이름을 지어주지 않았다……. 젊은 부부들이라면 보통 한가한 시간에 미리 '뭔가 특별한' 이름을 고민했을 것이다. 아니면 머리를 길게 기르고 가벼운 입으로 말도 안 되는 소리나 질러대고, 아무 짝에도 쓸모없이 마약에 취해서는 가느다란 다리를 허우적거리며 터무니없는 짓이나 저지르고 다니는 팝 스타의 이름을 따거나. 하지만 그들은 그러지 않았다. 이 아이는 그저 '아기' 또는 '어린 것'이었다. 본 부인은 어쩌면 두 사람이 아기의 이름을 지어줄 엄두가 나지 않기 때문에 그런다고 생각했다. 그들 자신도 인정하기 힘든 것일지도 모른다…….

본 부인은 마음속에 크나큰 의문이 들었다. 그들은 얼마나 많이 알고 있는 것일까?

이 일에 관해 그녀 자신은 얼마나 많이 알고 있는 것일까? 알고 있는 건 무엇일까? 그중에서도 진짜로 알고 있는 것은 무엇인가? 거룩하신 아기님은 이미 태어났다, 그것도 아주 오래전에. 본 부인의 머릿속에는 '재림'이라는 말이 어렴풋이 떠올랐지만, 그건 분명하게 알 수 있는 어떤 커다란 사건이라기보다는 모든 것이 끝난다는 무시무시한 전조가 아니었던가? 즉, 종말이다. 그리고 다른 하나는 시작이었을 것이다. 그녀는 생각했다. 어쩌면 새로 시작할 수도 있지 않을까? 모든 것이 타락한 이 세상에 두 번째 기회를 주신 것은 아닐까……?

그녀는 성당에 나가지 않은 지 오래되었다. 예전에는 열심히 다녔다. 착한 가톨릭 신자로 성장한 두 소녀는 일요일 아침마다 세수를 하고 단정하게 차려입은 뒤 미사에 참석했다. 수녀원도 드나들며 교리문답에 참석하는 등 많은 활동을 했었다. 그후 그녀에게는 많은 일들이 일어났다! 두 소녀 모두 전시에 이교도인 군인과 결혼해서 미국으로 떠났다. 그게 좋은 일이었는지 나쁜 일이었는지는 모르겠지만, 그녀는 더이상 성당에 관심을 두지 않게 되었다. 그 뒤로 친구 부부의 소식도 아주 오랫동안 듣지 못했다. 그런데 지금…… 그녀는 구깃구깃하고 낡은 모자를 쓰고, 관절염 때문에 절뚝거리는 다리로 세인트스티븐 성당을 찾아갔다.

고해실에 들어서자 다시 여학생 때로 돌아간 기분이었다. 공기가 텁텁하고 커튼이 컴컴하게 드리워진 좁은 공간에 무릎을 꿇고 앉자, 앞을 가로막고 있는 작은 철제 가림막 뒤로 비레타[1] 끝을 기대고 앉은 사람의 윤곽이 보였다.

"성부와 성자와 성령의 이름으로…… 무슨 일이십니까, 자매님?"

성부와 성자의 이름으로…… 본 부인이 불현듯 말했다.

"신부님……. 저희 집에 아기 예수가 있어요."

---

[1] 로마가톨릭교 또는 일부 성공회 성직자들이 착용하는 각진 모자. 정수리에 술을 얹어 장식하기도 한다.

이 집에 축복을

신부는 그녀를 차분하고 친절하게 대해주었다. 그러는 동안 참회를 위해 밖에서 기다리던 사람들은 쉴 새 없이 자리를 옮기고 있었다. 개심이라는 확고한 목적을 가지고 있는 그들이 보기에는, 저 나이 든 여자에게 털어놓아야 할 죄들이 많은 모양이었다.

신부는 그건 단순한 우연의 일치이며, 거룩하신 아기님은 마음속에 있는 것이니, 그런 일은 도저히…… 있을 수 없는 일이라고 말했다. 본 부인은 신부에게 감사 인사를 한 뒤, 십자성호를 긋고 그곳에서 나왔다.

그녀는 혼잣말했다.

"다른 사람들은 그분을 알아보지 못하는구나."

그리고 방으로 돌아와 나무 요람 앞에 몸을 숙인 채 조용히 잠든 아기의 얼굴을 바라보았다. 분명히…… 아기 머리에서 후광이 비치고 있지 않은가?

급료를 받은 조셉은 이번에도 꽃을 사 왔다. 하지만 꽃을 꽂자마자 화병이 넘어졌고, 꽃과 물이 바닥에 쏟아지고 말았다. 조금의 여유도 없이 작고 밀폐된 방 안, 매릴린은 나무 요람 옆에 놓인 안락의자에 앉아 있었다. 아기에게 필요한 물건들이 점점 늘어나면서 공간은 한층 비좁아졌고, 차는 매일 쓰지 않는 물건들을 넣어두는 창고로 사용하고 있었다.

"이번 주 안에 집을 알아보겠습니다." 조섭이 말했다.

"집이라고?"

본 부인은 전혀 예상하지 못한 소리라는 듯 되물었다. 그렇지만 사실 그녀는 그런 말이 나올까 봐 두려워하고 있었다.

"매릴린은 아직 움직이면 안 돼."

"이번 주말에도요?" 조섭이 물었다.

"아주머닌 너무 좋으신 분이에요. 더이상 아주머니 방을 차지하고 있을 순 없어요. 어디로든 나가야 해요." 매릴린이 말했다.

하지만 나가는 일은 쉽지 않았다. 조섭은 저녁마다 방을 구하러 돌아다녔지만 아기 이야기를 꺼내기만 하면 모두 그의 면전에서 문을 닫아버렸다. 본 부인은 그들이 집에서 나가는 것을 반대했다.

"당신들이 나가지 않았으면 좋겠어. 나도 세 들어 사는 신세지만, 계속 여기 있었으면 좋겠어." 그러더니 부인은 종종 그랬듯 나무 요람 옆에 무릎을 꿇고 앉아 경건하게 말했다. "그리고 난 이분을 보낼 수 없어."

본 부인은 중고 침대를 사다 헛간에 놓고, 매릴린을 자기 방으로 데려갔다. 매릴린은 방 안에서 나무 요람 옆에 매트리스를 깔고 잘 수 있게 되자 몹시 기뻐했다. 이제 아이가 밤중에 칭얼거리면 자신이 달래거나 자장가를 불러주며 다시 재울 수 있었기 때문이다.

그분은 모든 것을 알고 계실까? 본 부인은 속으로 궁금해하곤 했다. 이렇게 어려도 모든 것을 이해하고 있을까? 그분을 잡고 있는 것이 나라는 것을 하느님께서 알고 계시는 걸까? 이 세상에서 당신의 유일한 아들을 보살펴준 대가로 언젠가는 하느님의 오른편에 앉게 되는 걸까? (아니, 하느님의 두 번째 아들이라고 해야 하나……? 그렇다면 완전히 다른 이야기다. 그녀는 감히 물어볼 엄두가 나지 않았다.)

본 부인은 최근 들어 친구도 만나지 않았다. 그러던 어느 날, 그녀는 술집 도그에서 약간 취한 채 넬리에게 속삭였다.

"우리 집에 누가 계시는지 상상도 못 할 거야!"

브라운 에일을 다섯 잔째 마신 넬리는 야한 이야기만 늘어놓았다.

"젊은 남자와 여자, 그리고 아기."

본 부인은 넬리의 이야기를 무시하고 말했다. 그런 다음 나무 요람에 누워 계실 그분을 떠올렸다.

"그분의 작은 머리…… 그 뒤에서 빛이 나. 어둠 속에서도 눈부시게 빛나고 있지……. 마치 후광처럼 말이야."

"내 머리 뒤에서도 후광이 비칠걸. 자기가 발리 와인[1]을

| 독한 잉글랜드 맥주.

한 잔만 더 마시면 말이야." 넬리가 자신만만하게 말했다.

본 부인이 약간 비틀거리면서 집으로 돌아간 뒤, 넬리는 술집 주인에게 털어놓았다.

"솔직히, 나만큼이나 저 여자도 제정신이 아니라고 생각해요."

"내가 보기엔 멀쩡해 보이던데."

술집 주인은 단골손님들이 미쳤어도 전혀 상관없다는 것처럼 대꾸했다.

"틀림없이 본 부인의 양말을 노리고 있는 거예요. 알잖아요. 그 젊은 부부와 아기 예수 말이에요. 그 사람들은 본 부인이 가진 걸 전부 다 뺏으려고 할 거예요."

넬리는 술집에 있는 사람들이 다 듣도록 떠들었다. 그리고 살짝 덫을 놓았다.

"이봐요, 빌리. 당신도 그 조라는 남자와 같은 데서 일한다고 했죠? 그 사람은 언젠가 저 늙은 여자의 재산을 차지할 작정인 거예요. 본 부인은 양말 안에 장례비를 모으고 있거든요. 공동묘지에 묻히게 될까 봐 걱정하거든요. 뭐, 누군들 안 그러겠어요? 그러니 본 부인이 무서워하는 건 특별한 일도 아니죠."

그 말을 들은 빌리는 다음 휴식 시간에 조셉을 찾아갔다.

"자네가 술집 근처에 사는 본이라는 할망구와 지내고 있

이 집에 축복을

다는 소리를 들었어. 양말을 노리고 있는 거지?"

빌리는 양말이 숨겨진 장소가 어딘지 아는 척했다.

"그 양말 속에는 뭔가 다른 걸 넣어두는 거야. 자네가 도망간 뒤에도 눈치채지 못하게 말이지. 만일 내가 그 양말을 숨긴 장소를 말해준다면 3분의 1을 주겠나?"

그때 빌리는 처음으로 조셉이 자신을 어떤 얼굴로 보고 있는지 알아차렸다. 그는 무시무시한 표정을 짓고 있었다.

그날 밤, 도그에서 본 부인은 넬리에게 말했다.

"그가 곧장 집으로 오더니 이렇게 말하는 거야. '아주머니가 돈을 모아두고 있다고 하더군요. 정말이라면 어딘가에 숨겨놓으셨겠죠. 그런데 그걸 어디에 숨겨놨는지 사람들이 다 알고 있어요. 아주머니 혼자 여기 사시는 건 위험해요. 사람들이 아주머니 돈을 훔칠 생각을 하고 있어요.'"

그런 다음 조셉은 우체국에 돈을 맡기는 법을 설명해주면서, 그렇게 하면 아무도 손대지 못할 거라고 했다. 그 돈은 장례 비용을 위해 몇 파운드씩 저축한 것이었다.

"공동묘지에 묻힐 거라고 생각하면 견딜 수가 없어. 모르는 사람들과 같이 있고 싶지 않아……."

"공동묘지가 문제가 아니야. 조심하지 않으면 쓰레기통에 버려지게 생겼으니까. 자기하고 마리아와 요셉은…… 어쨌든 그들은 당나귀가 아니라 차를 타고 온 거지?" 넬리가 물었다.

"직접 보지 못해서 그래. 그 애들과 살아보지 않아서 그런 거야."

"그 사람들도 여기 오기 전에 다른 곳에서 살았을 것 아니야. 이전 집주인들을 만나본 적 있어?"

이름이 뭐라더라……. 메이스 부인이라고 했던가? 그 부인은 아기가 태어나기 전에 그 부부가 어떤 사람인지 알아챘을까?

"당연히 아니겠지. 그 여자는 그들을 내쫓았으니까, 안 그래?" 넬리가 심술궂게 말했다.

"아니, 그렇지 않아. 그 여자는 스스로 그 집을 떠난 거야. 아들인지 누군지가 집이 필요하다고 해서."

만일 메이스 부인을 만날 수 있다면 의논해볼 수 있을 것이다…….

본 부인이 젊은 부부에게 자연스럽게 물었다.

"이전 집주인은 만나러 간 적 있니? 여기서 먼 곳에 살아?"

"아뇨, 그리 멀지 않아요. 하지만 아기가 있어서……. 매릴린, 안 그래도 조만간 한번 찾아뵙는 게 좋을 것 같아." 그런 다음 조셉이 본 부인을 돌아보며 말했다. "같이 가시죠. 드라이브도 즐길 겸 해서요. 온갖 꽃과 나무들이 있고 작은 개울물도 있는 아름다운 곳이에요."

"난 그런 건 별로 좋아하지 않아. 메이스 부인은 너희들에게 잘해주셨니?" 본 부인이 교묘하게 물었다.

"우리에게 친절하게 대해주셨어요. 아주 잘해주셨죠." 매릴린이 대답했다.

"그럼 아기는? 그러니까…… 깜짝 놀라지 않으셨어?"

"놀라다니요? 메이스 부인은 그저 감격하셨어요." 조셉이 말했다. 그런 다음 이상한 표현을 썼다. "조용히 감격하셨죠."

그렇다는 건 그 집주인도 알고 있다는 뜻이다. 메이스 부인은 알고 있었다. 그 부인을 만나서 이 일을 의논하고, 궁금한 것을 물어보고, 모든 것을 털어놓고 싶다는 본 부인의 욕구는 점점 더 간절해졌다. 자신의 신앙을 다른 사람들과 나눌 수 없다는 것이 점점 힘들어지고 있는 이때 메이스 부인을 만난다면 친밀감도 느끼고, 자신이 받은 이 믿을 수 없는 경이로움과 충격도 완화시켜줄 것이었다.

"그분의 머리에서 후광이 빛나는 것을 봤어요!"

본 부인은 같은 버스에 탄 낯선 사람들이나, 지역 상점에서 간간히 마주치는 사람들에게 비밀을 털어놓았다. 그들은 흥미를 가지는 척하다가 서둘러 자리를 뜨곤 했다.

"불쌍해라……. 완전히 미쳤나 봐."

비범하고 자신들이 이해할 수 없는 것을 알게 되면 그들은 재미가 없어도 소리 내어 웃으며 이런 식으로 말하곤 했다. 본 부인은 마을 전체의 웃음거리가 되었다.

그 소문은 집주인의 귀에도 들어갔다. 그는 집을 둘러본 뒤 젊은 남자에게 말했다.

"내가 본 부인에게 말했네. 이 작은 방에서 자네 식구들과 계속 같이 살 순 없다고 말이야. 이건 온당하지 않아."

"헛간도 있어요. 제가 헛간에서 잡니다." 조셉이 말했다.

"자네도 계속 이렇게 살 순 없지 않은가." 집주인이 음흉한 표정을 지으며 말했다.

빌리는 건축 현장에서도 그와 똑같은 표정을 짓는 사람들을 본 적이 있었다. 하지만 그는 차분하게 말했다.

"혹시 저희에게 빌려주실 방은 없으십니까? 본 부인 말씀에 따르면 다른 방은 전부 창고로 쓰고 있다고 하던데요."

"그게 전부 세를 준 거라서 말이야." 집주인이 교활하게 말했다. "빌려준 방을 창고로 쓰든 말든 나와는 상관없는 일이지. 자네가 어떻게 살든 그것도 나와 상관없는 일이긴 하지만…… 그래도 어른 세 명과 아이 한 명이 한 사람 몫의 세만 내고 사는 건……."

"만일 그게 문제가 된다면 제가 돈을 따로 내겠습니다. 그 정도는 감당할 수 있어요. 사실 돈 때문이 아니라 적당한 집을 찾지 못한 것뿐입니다."

"그렇다면 우리 사이의 문제는 해결됐네. 자네가 이런 불편함도 감수하겠다면 할 수 없지."

이 집에 축복을

집주인은 조섭의 주머니 사정을 확인한 뒤 다시 말했다.

"잘 모르겠군. 본 부인은 미쳤어. 자네 아이 머리에서 후광이 비친다고 하던데? 그리고 자네 부인에 대해서도……."

집주인은 이번에도 아까와 같은 음흉한 표정을 지었다. 깜짝 놀랄 만큼 이상한 표정이었다.

"뭐, 온갖 말들이 많던데, 예수가 어떻다느니. 어쨌든 그 여자는 미쳤어."

"본 부인은 좀 다르게 생각하는 것뿐이에요. 그분은 미치지 않았어요." 젊은 남자가 말했다.

하지만 다른 사람들은 그의 말에 동의하지 않았다. 어느 날 장을 보러 나간 매릴린에게 청과물 상인의 아내가 달라붙었다. 본 부인은 아기를 숭배하기 위해 집에 남아 있었다.

"다들 본 부인이 미쳤다고 하던데. 아기한테 무슨 일이 생길지도 모르니 아기 엄마도 거기 있으면 안 돼요. 위험할 수도 있으니까."

매릴린의 아름답고, 차분하고 조용한 얼굴은 베일처럼 드리운 머리카락으로 감싸여 있었다.

"본 부인이…… 위험하다니요? 그분은 친절해요. 우리에게 아무런 해도 끼치지 않으실 거예요. 우리를 사랑하시니까요."

"그 여자가 지난번에 우리한테, 아기가 팔을…… 십자가처럼 벌렸다고 하면서 어떻게 죽게 될지 알고 있는 거라고 말했어요. 그런 건 신성모독에 가깝잖아!"

"아기가 정말 팔을 벌리고 누워 있긴 했어요."

"애기들이야 가끔 그러지. 게다가 본 부인은 그 아기에게서 빛이 난다고 했어요. 아기 머리 뒤에서 늘 후광이 비친다고."

"아기가 눈부시지 말라고 램프를 바닥에 놔둬서 그래요. 그 빛이 나무 요람의 갈라진 틈으로 비쳐서 그렇게 보이는 거죠. 그건 우리가 잘 말씀드렸어요."

"그래도 본 부인은 그 말을 듣지 않을 거예요. 아무래도 정상이 아니라니까. 다른 사람들도 다 그렇게 말해요. 사람들 말로는……."

청과물 상인의 아내는 무척이나 차분하고 조용한 매릴린의 얼굴을 바라보며, 입을 열기 위해 용기를 내야 했다.

"사람들 말이 애기 엄마가 본 부인을 의사에게 데려가야 한다고 해요."

예상대로 본 부인은 의사를 보러가자는 말을 듣자마자 저항했다.

"왜? 난 아프지 않은데. 지금처럼 좋았던 적이 없어." 하지만 그녀는 갑자기 불안해졌다. "너희들이 보기에 내게 뭔가 문제가 있는 것 같니?"

"그냥 안색이 좀 안 좋으신 것 같아서요. 그뿐이에요."

"난 괜찮아. 도리어 지금이 제일 좋은 상태야. 심지어 관절염조차 거의 다 나은 것 같다니까. 요즘에는 별로 아프지도 않아."

본 부인은 그 이유를 알고 있었다. 그분과 단둘이 있을 때마다 그녀가 그 작은 손을 살짝 붙잡고 부풀어 오른 자기 무릎을 만지게 하거나, 마디 굵은 손가락을 쓰다듬게 했기 때문이다.

다음 날 저녁 본 부인은 술집에서 넬리에게 말했다.

"이것 좀 봐! 반으로 줄어들었잖아! 부어올랐던 관절이 다 가라앉았어."

"저번이랑 똑같아 보이는데."

그렇게 말한 넬리는 분리된 방으로 들어가는 호스킨스 부인을 발견하고 서둘러 그 뒤를 쫓아갔다.

"제정신이 아니야! 저 여자와 있으면 위험하다는 생각이 든다니까. 저 여자가 갑자기 미친 듯이 굴면서 날 비난할지 누가 알아? 멈추게 해야 돼."

제정신이 아닌 것처럼 보이는 본 부인을 불안하게 하는 건 오직 그녀가 아끼는 매릴린과 조셉, 아기가 떠날지도 모른다는 말뿐이었다. 조셉이 여전히 방을 알아보고 있대도, 그 사실을 입에 올리는 일은 없었다.

다른 사람들은 그 젊은 부부가 자기들만의 공간에서 함께 지낼 수 있도록 본 부인이 내보내줘야 한다고 말했다. 하지만 그녀는 자신과 그 부부는 '그런 사이가 아니'라고 대답했다. 매릴린은 '달랐다.' 그러면서도 본 부인은 젊은 사람들이 언제까지나 늙은 여자와 같이 지낼 수는 없다면서, 자기가 헛간으로 옮길 테니 그들에게 자기 방을 쓰라고 우겼다. 날씨가 따뜻하고 건조해져서 헛간에서 지내는 것도 괜찮았다.

게다가 본 부인은 세 식구가 오붓한 시간을 보낼 수 있도록 저녁마다 술집에 갔다. 하지만 그런 속사정을 모르는 술집 사람들은 그녀에게 불친절하게 굴었다. 본 부인이 보기에 다른 사람들은 집에 신이 있다고 주장하는 자신을 가끔씩 우스꽝스럽다는 듯 쳐다보거나, 뒤에서 비웃고 있는 것 같았다. 본 부인은 그런 일에 크게 신경 쓰지 않았다. 예전에도…… 그때도 사람들은 그분을 믿지 않았다. 내가 저 사람들에게 입증해 보일 거야. 본 부인은 생각했다. 그녀는 거리에서 아이들이 노는 것을 지켜보다가, 넘어지거나 다치는 아이를 아기에게 데려가 그 작은 손으로 상처 난 부위를 만지게 했다.

"이제 아프지 않을 거야, 그렇지?" 그녀는 애타게 말하곤 했다. "이제 피가 멈출 거야. 그렇지? 아기가 널 만지면 금세 낫는 것 같지 않니? 말해봐, 그렇지 않니?"

"맞아요."

　　　　　　　　　　　　　　이 집에 축복을

아이들은 나이 든 여자의 손아귀에서 벗어나려는 생각으로 그렇게 대답했다.

아이 엄마들은 상가에 모여 그 걱정스러운 소문을 쑥덕거리곤 했다.

"너무 위험해요."

"저 여자가 저런 식으로 아이들을 끌고 가서 무슨 짓을 할지 아무도 모르잖아요."

그러다 마침내 마을 사람들의 대표로 호스킨스 부인이 조셉을 찾아갔다.

"당신들이 그 집에서 나와서 부인을 내버려둬야 해요. 부인이 저런 생각에 빠진 건 당신들 탓이잖아요."

"지금으로선 저희도 어쩔 수 없어요." 조셉이 말했다. "말을 꺼내기만 해도 부인이 속상해하시는걸요."

"더이상 견딜 수 없게 될 거예요. 그러다 보면 언젠가 본 부인과의 관계도 끝나겠죠."

호스킨스 부인이 말했다. 그녀는 술집에서 넬리로부터 이제까지의 이야기를 모두 전해 들었다.

"그때는 본 부인도 저희 없이 편하게 지내시게 되겠죠."

"당신들도 평생 본 부인과 같은 방에서 살 수는 없잖아요."

"저희가 집을 구해서 본 부인을 모신다면 좋겠지만……적당한 곳도 없고, 본 부인까지 모시고 살 집을 구할 여유가 없네요."

"뭐라고요? 당신들처럼 젊은 사람들이 그 늙고 제정신이 아닌 여자를 책임지겠단 말이에요? 그건 못할 짓이에요."

"본 부인은 저희가 책임져야죠. 부인이 아니었으면 지금쯤 어디서 지내고 있었겠어요?"

하지만 무슨 일인가 벌어질 것은 확실해져갔다. 그들과 함께 지내는 시간이 하루하루 늘어갈수록 본 부인의 집착은 점점 더 심해졌다. 그녀는 잠시라도 아기가 눈에 보이지 않으면 견디지 못했다. 매릴린과 함께 아기를 안고 바람을 쐬러 밖에 나가면, 이제는 유명 인사가 된 아기에게 호기심을 갖고 슬쩍 쳐다보려는 사람에게 위협적으로 경고하기도 했다. 아기를 숭배하기 위해서라면 어쩔 수 없는 일이지만, 그게 아닐 경우에는…….

결국 청과물 상인의 아내가 조셉에게 말했다.

"당신은 저 여자에게 아무 조치도 취하고 싶지 않을지 모르겠지만, 난 해야겠어요. 저 여자가 온 동네를 위협하고 있다고요."

"본 부인은 파리 한 마리 잡지 못하는 분이세요. 그저 우리 아기가 뭔가 특별하다고 믿고 계실 뿐이에요. 그렇다고 다른 사람에게 해가 되는 건 아니지 않습니까?"

그러자 청과물 주인이 아내의 편을 들었다. 그는 본 부인

이 집에 축복을

을 좋아했지만, 사람들이 좀더 마음 편히 살기 위해서는 어쩔 수 없었다.

"댁이 모르는 게 있어요. 사람들이 이상하게 생각해요. 어째서 본 부인을 의사에게 보이거나 병원에 데려가지 않는 거죠?"

"본 부인이 병원에 가려고 하지 않으세요. 의사도 보지 않으려고 하고요."

"억지로라도 데려가야죠." 청과물 상인의 아내가 말했다. "구속복을 입혀서라도 말이에요. 보통 실내에 쿠션을 댄 밴에 본 부인 같은 사람들을 싣고 병원에 가잖아요."

그녀는 빠른 시간 안에 어떤 조치를 취하지 않는다면 자기가 직접 경찰에 전화를 걸어 이 문제를 해결하겠다고 말했다.

"본 부인은 우리 가게의 오랜 단골이긴 하지만 이젠 더 이상 안 되겠어요."

조셉은 서둘러 약속했다. 그런 다음 본 부인에게 불만이 있는 사람들과 모임을 가졌다.

"여러분이 말씀하신 대로 했습니다. 병원에 가서 전문의를 만나 이 일에 대해 의논했어요. 의사가 말하길, 본 부인의 의심을 사지 않고 그쪽으로 데려오면 이른바 '관찰'을 한 뒤에 부인을 치료할 거라고 합니다. 일시적일지는 몰라도 부인의 상태가 좋아질 거라고 하더군요."

"그렇다니까! 그럼 그사이에 매릴린과 함께 지낼 만한 곳을 찾으면 되겠네요. 본 부인이 돌아올 때쯤이면 당신들은 그 집에 없을 테고, 그럼 부인도 다시 괜찮아지겠죠."

"적당한 곳을 찾지 못하더라도 그 집에선 나와야죠. 이런 일을 처음부터 다시 시작할 순 없으니까요."

"그런 병은 그렇게 빨리 낫지 않아요. 집을 알아볼 시간은 충분할 거예요."

"부인을 그런 곳에 보내고 우리가 그 방을 차지하려니 마음이 좋지 않네요."

"일단 본 부인을 그곳에 보낼 방법은 있어요?"

"생각해봤는데요, 저희 예전 집주인을……."

"아, 그래요. 본 부인이 메이스 부인에 대해 말했어요. 메이스 부인이라면 이해해줄 거라면서 말이에요. 메이스 부인은 모든 것을 알고 있다며……. 본 부인에게 메이스 부인을 만나러가자고 하면 되겠군요."

"네, 메이스 부인은 여기서 24~25킬로미터 떨어진 시골에 살고 계세요. 제가 본 부인을 차로 그곳까지 모시겠다고 하겠습니다. 메이스 부인을 보러 간다고 하면 부인도 갈 거예요. 잘될 거라고 생각합니다."

모든 일은 계획대로 되었다. 본 부인은 메이스 부인을 찾아가 이야기를 나누기 위해 소중한 아기와도 잠시 떨어져 있기로 했다. 그녀로서는 알 수 없는 일들이 너무 많았는데 메이스 부인이라면 모두 알려줄 수 있을 것이다. 이를테면 재림에 대해서, 그리고 동방박사들이 오지 않은 것이나, 양치기가 양을 데려오지 않은 것에 대해서도 알고 싶었다. 그리고 헤롯이 남자 아기들을 모두 죽이라고 했던 것은 어떻게 되었을까? 지금 같은 현대사회에서 한 마리 양으로 무엇을 할 수 있단 말인가? 그리고 사람들은 더이상 아기들을 죽이러 돌아다니지 않는다. 하지만 그런 사건들을 대체할 무언가가 있을 것이다. 상징적인 것이든, 어떤 소식이든 간에 그들이 알아차릴 수 있을 만큼 중요한 사건이 있을 것이다.

메이스 부인은 모든 것을 이해할 것이다. 적어도 그녀에게 공감하고, 함께 이런 이야기를 나눌 수 있을 것이다. 그 사람은 그 아기가 태어나기 전에 가브리엘이 날개로 쓰다듬으면서 "은혜를 받은 자여, 평안할지어다. 주께서 너와 함께하시도다 하니……"[1]라는 메시지를 전할 때부터 알고 있었으니까……. 본 부인은 짐을 싸는 시간도 아까워서 낡은 옷가지들을 짐 가방으로 쓰고 있는 판지 상자에 집어넣었다.

"이틀만 부탁해, 매릴린. 메이스 부인과 이야기를 마음껏 나누고 싶으니까. 부인이 거기 머물러도 된다고 할까?"

---

[1] 『누가복음』 1장 28절.

"아주 넓은 곳이에요. 호텔 같은 곳이죠. 하지만 나무와 꽃도 많이 있어요. 좋은 사람들도 많이 있고요." 조셉이 조심스럽게 말했다.

"난 작은 시골집인 줄 알았는데? 내가 보고 싶은 사람은 메이스 부인뿐이야. 그 사람과 같이 있을 수 있는 거지?"

"그럼요, 물론이죠. 이미 편지를 보냈어요. 아주머니가 우리한테 얼마나 잘해주시는지 말이에요."

"내가…… 잘해준다니! 너희들이 내게 해준 일들을 생각해봐. 난 선택받은 거야! 하지만 잠깐만! 원래대로라면 내가 아니라 술집 관리인이었을 테지, 안 그러니?"

아무래도 지난번에 그들이 몇 블럭 아래에 있는 술집 앞에 차를 세우려 했던 일이 떠오른 모양이었다. 그때의 실수로 그들은 본 부인과 함께 지내게 되었다.

"신경 쓰지 마. 내가 선택받을 가치가 없는 사람이라 하더라도, 너희들을 받아준 사람이 나였다는 사실은 그대로 남아 있으니까. 난 너희들을 알아봤어. 그것도 처음 본 순간에 말이지! 결코 잊을 수 없을 거야."

마리아와 요셉, 그리고 복중에 계신 거룩하신 아기님이 너무나 아름다운 모습으로 조용히, 아무것도 요구하지 않고 저녁 비를 맞으며 서 있었다. 그때처럼, 그들은 조용하고 사려 깊으며 온화한 모습으로, 감정을 드러내지 않은 채 조심스럽게 그 자리에 있었다. 본 부인은 자기 같은 보통 사람들과는 약간 동떨어진 것처럼 보이는 두 사람의 핏기 하나 없는 모습에 동요하고 호의를 드러냈다. 뿐만 아니라 비좁은 공간에서 그들과 같이 살을 맞대고 살면서 그녀는 그들, 그러니까 성모와 신의 아들의 수호자, 말씀의 현신現身의 유일한 친구가 되었다.

본 부인은 무릎을 꿇고 앉아 아기의 작은 손에 키스했다.

"다시 돌아올게요, 어린 주님. 제가 언제나 당신을 사랑하고 받들 거라는 사실만을 알아주세요. 전 그저 당신에 관해 모두 알고 싶을 뿐이에요. 모든 일을 제대로 이해하고 싶어서 메이스 부인에게 물어보려는 거랍니다."

다른 이들이 창문 커튼 뒤에서 악의나 연민, 또는 안도감이 어린 시선으로 지켜보고 있다는 것을 전혀 알지 못한 채, 본 부인은 조셉과 함께 작고 낡은 차에 올라타 출발했다.

그가 집에 돌아왔을 때, 매릴린은 아기를 돌보고 있었다. 조셉은 달라진 방 안을 둘러보고 깜짝 놀라 말했다.

"방을 깨끗하게 치웠네. 힘들지 않았어?"

"마음속은 아직 복잡해."

매릴린이 말했다. 하지만 마음속에 가장 먼저 떠오른 질문을 아직 하지 않았다.

"본 부인이 여기 없으니까 공간이 더 넓어졌어. 메이스 부인 집에 있을 때와는 다르게……."

"메이스 부인의 조카딸이 바로 들어오는 바람에 그 집에서는 지낼 수 없었잖아."

"나도 알아. 그냥 말해본 거야."

매릴린이 결국 조셉에게 물었다.

"일은 잘됐어?"

"그래, 아무 잡음 없이. 도착하니까 부인이 조금 놀라는 것 같았어. 당연히 그렇겠지. 하지만 내가 계속 재촉했어. 메이스 부인과 같이 있게 될 거라고 말이야."

"거긴 쉽게 찾았어?"

"그럼, 바로 찾았지. 그 숲 한가운데 있는 아주 근사하고 완벽한 곳이니까."

"메이스 부인은?"

"여전하지. 모든 게 좋아 보였어. 약간 외로운 것만 빼면 말이야. 이제 메이스 부인도 친구가 생겨서 기쁠 거야."

"두 사람이 잘 지냈으면 좋겠다."

매릴린이 특유의 차분하고 조용한 미소를 살짝 지었다. 그녀가 어깨에 올려 안고 있던 아기의 자세를 바꾸자, 솜털로 뒤덮인 아기의 머리가 그녀의 뺨을 따뜻하고 기분 좋게 눌렀다.

"본 부인이 바라던 대로 됐네. 그 정도면 공동묘지라고 부를 순 없잖아."

"그렇지. 본 부인과 메이스 부인밖에 없으니까. 게다가 전에 본 부인에게 말했던 대로 숲 한가운데 있어서 꽃도 많이 피어 있고, 강물도 흐르는 아름다운 곳이기도 하지."

조셉이 매릴린의 옆으로 다가가 아기의 부드러운 목뒤에 움푹 들어간 부분을 집게손가락으로 어루만졌다.

"본 부인을 때려눕히자니 면목이 없긴 해. 아무래도 나이가 있으니까 말이야. 그렇지만 우리가 지내기에 적당한 곳을 찾기가 너무 힘들어. 그러니 이곳을 차지할 수밖에."

너무나 괜찮은 사람

그 남자를 집에 들이다니 얼마나 어리석은 지! 어째서 이렇게 항상 사람을 믿어버리는 걸까? 그녀는 다른 생각을 할 새도 없이 바로 사회적인 본능에 따라버리는 스스로에게 망연자실했다.

남편은 그녀에게 이렇게 말하곤 했다. "서른다섯이나 됐으면 이젠 좀 알 때도 되지 않았어?" 그런 경고라면 충분히 받지 않았던가? 만일 지금 눈앞에 있는 이자가 바로…….

하지만 그럴 리 없었다. 너무 괜찮은 남자였으니까! 문 앞에 선 그는 정말 좋은 사람처럼 보였다. 점잖고 성실해 보이는 단정한 외모의 중년 신사로, 오래되기는 했지만 고급으로 보이는 어두운 색 승용차가 바로 뒤에 서 있었다. 충동적으로…… 지나가다가…… 어린 시절 이 집에서 휴일을 보낸 행복한 기억이 있어서…….

"부인을 곤란하게 할 생각은 없습니다." 남자가 주위를 살피며 말을 이었다. "집에 남편분이 계신가요? 만일 안 계시다면 더이상 부인을 귀찮게 하지 않겠습니다. 그건 옳지 않으니까요. 그냥 가겠습니다."

하지만 그는 그대로 떠나지 않았고, 집 안까지 들어와 현관문을 닫았다.

"저, 사실 남편은 집에 없어요. 하지만…… 곧 들어올 거예요……."

수녀원에서 운영하던 학교에서 배운 예의범절이 몸에 밴 탓에, 그녀는 남자를 커다랗고 오래된 농가 한가운데 있는 주방으로 안내했다. 그러나 손님을 입구 쪽에 세워둔 채 그로부터 뚝 떨어진 벽에 붙어 선 웨일스식 찬장으로 물러나 거리를 두었다.

"어린 시절을 이 집에서 보내셨다니, 여기도 기억하시나요? 저 괘종시계는요?"

그녀는 자신이 집을 구경시켜주는 부동산 중개업자처럼 말하는 것 같다고 생각했다.

"괘종시계는 잘 모르겠군요. 아무래도 그땐 아주 어렸으니까요."

남자가…… 뭔가 숨기고 있는 건가?

"그럼 이 찬장은요? 이 낡은 찬장은 기억나지 않으세요? 사람들 말로는 이 집이 지어질 때부터 있던 물건이라고 하던데요."

사실 그 찬장은 이 년 전에 구입한 것이었다.

자기를 떠보려는 질문인 걸 남자가 알아챘는지도 모르겠지만, 그렇더라도 그는 더이상 개의치 않는 모양이었다. 그는 자신의 정체를 숨길 마음이 없는 듯했다.

"아, 그렇군요. 찬장은 기억이 납니다."

그제야 그녀는 확신했다. 심장이 오그라들고, 속이 심하게 울렁거리며, 욕지기가 목구멍까지 올라와 질식할 것 같았다. 그녀가 더듬거리며 말했다.

"이 집의 다른 곳은 남편이 보여줄 거예요……. 혹시 남편이 올 때까지 기다리시겠다면 말이에요. 금방 돌아올 거예요. 바로 말이에요. 그이는 절대로 어두워진 다음에는 저를 혼자두는 법이 없으니까요." 그리고 불쑥 덧붙였다. "어떤 남자 때문에요……. 자꾸 전화를 걸거든요……."

그녀는 그 남자가 자신을 평가라도 하듯 똑바로 쳐다보고 있다는 것을 느꼈다.

"그 남자는 온갖 추잡한 이야기를 해요. 아주 음란한 이야기 말이에요."

남자는 말없이 서 있었다. 이윽고 그가 입을 열었다.

"그래, 당신이 날 알아볼 줄 알았어. 그러니까…… 당신말이 맞아. 내가 바로 그 남자야. 그리고 당신 남편 이야기는…… 사실이 아니야, 그렇지? 당신 남편은 늦게까지 돌아오

너무나 괜찮은 사람

지 않을 거야. 창밖에서 당신이 남편과 통화하는 걸 들었으니까."

그 남자의 성실해 보이고 호감을 주는 넓적한 얼굴이 갑자기 창백해지더니 죽은 사람처럼 잿빛이 되었다. 그는 사과라도 하는 듯이 변명했다.

"당신 집을 엿보고 있었어. 기회가 오기만을 기다리면서 말이야."

그녀가 더듬거리며 반문했다.

"기회라니요? 무슨 기회를 말하는 거예요?"

남자는 갑자기 경련이라도 일으키는 것처럼 두툼하고 하얀 손을 살짝 움직였을 뿐, 꼼짝하지 않고 서 있었다. 그리고 마치 다른 세상에서 말하고 있는 것처럼, 무서울 정도로 잿빛으로 변한 얼굴로 무표정하게 말했다.

"나도 어쩔 수 없어. 그 전화도 이 모든 일도. 혐오스럽다는 건 알아. 그런 짓을 하고 난 뒤에는 나도 정말 수치스러우니까. 하지만 어쩔 수 없어. 난 병에 걸린 거나 마찬가지니까."

주방 입구에 서 있던 남자가 살짝 안으로 들어와, 두 사람 사이에 놓여 있는 커다란 나무 식탁 끝에 섰다. 그녀는 남자에게 다가오지 말라고 말하려 했지만 엄습하는 공포에 말이 빨리 나오지 않았다.

"왜 나예요? 난 젊지도, 예쁘지도 않은데."

"사람을 보는 게 아니야." 남자는 그녀를 안심시키려는 듯 설명했다. "그냥 전화번호부에서 찾는 거지. 다른 주, 다른 지역에서 말이야. 집에서 가까운 곳은 안 돼. 직업적인 면이 약간 도움이 되기도 하지. 사실 제일 먼저 보는 건 집이야."

"집이요?"

"여기처럼 외따로 떨어져 있고, 눈에 띄지 않는 집. 난 조심성이 많거든. 잡혀가고 싶지 않으니까. 먼저 적당한 집과 그 집에 사는 사람들을 알아내. 그런 다음 차를 타고 멀리 나가서 공중전화로 전화를 걸지. 그후엔 상대방이 어떻게 반응하느냐에 달려 있어. 드물긴 해도 냉정하게 대응하는 사람들도 있거든. 그런 사람들은 '당신 미쳤어'라고 말한 뒤 바로 전화를 끊어버리지. 나도 그런 사람들은 더 건드리지 않아. 그렇지만 상대방이 당황하거나, 화를 내면…… 내 입장에서는 그 편이 훨씬 낫지."

그는 불룩하게 주먹을 쥔 하얀 손을 식탁 위에 올려놓고 내려다보았다.

"어쩌면 난 미쳤을지도 몰라. 무서운 일이지. 하지만 그 순간이 오면…… 이미 말했듯이 마약중독처럼 나도 어떻게 할 수가 없어. 그래서 더 조심하는 거야. 절대로 붙잡히면 안 되니까. 감옥에 처박히는 건 참을 수 없어. 갇혀 있다가 그런 순간이 오면 어떻게 하지? 그땐 정말 미쳐버릴 거야."

너무나 괜찮은 사람

그녀는 실낱같은 희망을 붙잡았다.

"경찰이 당신에 대해 알고 있어요. 그런 전화가 온다고 신고했으니까."

"경찰은 아무것도 할 수 없어. 밤낮으로 계속 전화를 도청하지 않는 한. 그리고 당신한테만 전화한 건 아니야. 안전을 위해 한 번에 여러 명한테 전화를 거니까. 경찰들을 혼란스럽게 만들기 위해 말이지."

남자는 잠시 말을 멈추더니 옛 생각에 잠겼다.

"한번은 거의 붙잡힐 뻔했던 적도 있었지. 하지만 그땐 상황이 달랐어. 그 불쌍한 여자를 죽였거든."

그녀는 손으로 입을 틀어막았지만 비명이 새어 나왔다.

"오, 안 돼요! 안 돼!"

"그럴 생각은 없었어." 남자가 불쾌한 듯 말했다. "그렇게 하고 싶지도 않았지. 사실 그건 전혀 즐겁지도 않고 끔찍하기만 한걸. 젊고 예쁜 여자였는데. 그 여자한테도 전화를 걸었지. 그리고 당신한테 한 것처럼 음란하고 상스러운 이야기를 했어. 어쩌다 그렇게까지 된 건지는 모르겠어. 그후에 기분이 얼마나 나빴던지……."

"치료 같은 걸 받을 순 없나요? 도움은 청해봤어요? 요즘은 경찰들도 이해해줄 거예요."

"그래, 알아. 나도 그랬으면 좋겠어. 솔직히 나도 바라는 일이야. 하지만 이제 와서 어쩌겠어? 그건 나 자신을 포기한다는 말인데. 그리고 나한테 너무 불리해. 그 여자를 살해한 혐의로 기소될 테니까."

남자는 거의 애원하는 것처럼 그녀를 바라보았다.

"여자들이 반항하지만 않으면 나도 그들을 다치게 하진 않아. 다치게 할 의도는 없지만 아무래도 내가 힘이 세니까 그렇게 된 거겠지. 그리고 그 여자는…… 난 그녀를 보러 갔어. 당신한테 했던 것처럼, 예전에 그 집에서 살았던 척하면서. 그리고 그 여자한테 말했지. 당신한테 말하는 것처럼 모든 걸 설명했어. 하지만…… 여자는 받아들여주지 않았어……. 그리고 나도 끔찍하다고 생각하지만, 사실 여자가 반항하는 편이 더 좋아."

그는 천천히 식탁을 주위를 돌아 그녀가 있는 곳으로 조용히 다가왔다. 주걱 모양의 두툼하고 하얀 손가락 끝으로, 식탁 가장자리를 꾹꾹 누르면서.

그녀는 소름이 끼치고 속이 메스꺼웠다. 익숙하기만 했던 주방이 물속에 잠긴 듯이 그녀 주위를 떠다니는 것 같았다. 횡설수설하기 시작한 그녀는 몸을 심하게 떨면서 뒷걸음질 치다가 떡갈나무로 만든 찬장에 부딪쳤다.

"건드리지 마! 가까이 오지 말란 말이야!"

남자의 슬프고, 진지한 얼굴은 점점 더 가까워졌다. 유감

너무나 괜찮은 사람

스럽다고 생각하는 것처럼 보였지만, 그래도 인정사정없었다. 그녀는 흐느끼면서 더듬거리며 말했다.

"제발 절 해치지 말아주세요, 제발……."

남자는 다시 멈춰 섰다. 그 자리에 서서, 또다시 진지하고 공손하게 설명하기 시작했다.

"나도 그렇게 하고 싶지 않아. 당신이 친절하고 편안하게 받아준다면 말이야. 난…… 그냥 보통 남자야. 당신은 그 사실을 알아야 해. 방식이 다르긴 해도, 완벽하게 평범한 보통 사람이란 말이야. 맞아, 독신이긴 하지. 하지만 날 왕처럼 떠받드는 늙은 어머니가 계셔. 직업도 좋고, 성실하고, 사회적인 지위도 있어. 아무도 내가 이런 일을 할 거라고 의심하지 않아. 그렇다고 내 말을 오해하진 말았으면 해. 내가 지저분한 걸 원하는 건 아니야. 그냥 평범한 남자들이 원하는 것과 같아."

그가 다시 입을 다물자 침묵이 흘렀다. 그러다 벽난로에서 재가 떨어지고, 석탄이 튀면서 귀에 거슬릴 정도로 큰 소리가 났다. 괘종시계가 거친 소리로 종을 한 번 울렸다.

"반항하지 않는다면 다치게 하지 않을게. 가끔 여자들이 반항해야지만 흥분된다는 생각이 들 때도 있어. 그래서 여자들이 반항하기를 바라기도 하지. 결국에는 모든 게 전화로 말했던 내용으로 통하는 거야. 난 여자들을 무릎 꿇리는 게 좋아. 왜냐하면…… 아무도 날 원하지 않으니까. 단 한 번만이라도 여자들 중 누군가 나를 친절하고…… 다정하고 편안하게 대해주었다면…… 조금만이라도 사랑해주었다면…… 난 치유되었을지도 모르지. 이런 일을 저지르지 않았을 수도 있었으리라 생각하기도 해."

그녀는 필사적으로 희망을 품고 임기응변으로 남자를 설득하기 시작했다.

"당신한테 맞는 여자가 아무도 없었나요?"

"있긴 했지. 하지만 그들은 날 원하지 않아. 그런 여자들은 아무래도 다른 목적이 있는 것 같아. 그런 낌새가 느껴진다고나 할까."

"그럼…… 매춘부들이 있잖아요. 그들은 당신을 편안하게 받아주고, 친절하게 대해주지 않나요?"

이런 위험까지 감수해야 하다니, 너무나 위험하게 살고 있는 불쌍한 여자들이었다.

"하지만 사랑해주진 않지. 난 조금이라도 좋으니 사랑받고 싶어. 내가 찾고 있는 게 바로 그거야. 만일…… 만일 그렇게 전화로 온갖 음란하고 추잡한 이야기를 듣고 난 뒤에도…… 나를 이해해주는 여자가 있다면, 만일 누군가 정말로 나를 이해하고, 용서해주고, 그저 병에 걸린 보통 남자로 받아들여준다면……."

남자는 생각에 잠겼다.

"사실 나는 대체로 제법 괜찮은 남자라고 생각해. 정직하고, 믿을 수 있고, 예의 바르니까. 다른 쪽으로는 예의가 바른 편이야. 그리고 나는 엄마한테도 친절하고, 배려하며 아주 잘 모시고 있어. 나보다 더 좋은 아들은 없으리라 생각해."

"나도 당신이 좋은 사람이라고 생각해요. 당신 말이 맞아요. 당신은 아주 괜찮은…… 보통 남자예요. 다만 병에 걸렸고, 도움이 필요할 뿐이에요."

"맞아. 난 도움이 필요해. 하지만 이제 와서 여자가 아닌 누구의 도움을 받을 수 있겠어? 그게 뭔지 알 수 있다면 나도 인생을 완전히 새로 시작할 수 있을 거야. 하지만 그때까지는……."

그때까지는! 그녀는 찬장을 뒤로 한 채 움직이기 시작했다. 손을 뒤로 내밀자, 반들거리는 선반이 손에 닿았다. 남자는 재빨리 상황을 인식했다. 그가 말했다.

"소용없어. 만일 당신이 문으로 도망친다고 해도…… 내가 보기엔 아무런 소용도 없는 짓이야. 난 당신을 오래전 그 불쌍한 여자애처럼 죽이고 싶지 않아. 다른 여자들처럼 당신을 다치게 하고 싶지도 않아. 난 당신이 좋으니까. 아주 많이 좋아하고 있어. 이제까지 당신처럼 상냥하게 내 이야기를 들어주고 이해해준 여자는 없었거든. 하지만 그렇다고 해도 날 막을 순 없어. 당신이 하늘에서 보낸 천사라 할지라도 지금의 날 막을 순 없을 거야. 그 순간이 오면 나도 어쩔 수가 없어. 그리고 지금이 바로 그때야."

여자가 더듬거리며 말했다.

"남편이……."

"당신 남편이 돌아오려면 아직 몇 시간은 더 있어야 해. 당신도 알고 있잖아. 남편이 전화를 건 건 햄프셔에서였잖아."

그는 다시 겸손하고 진지하게 말했다.

"나도 특별히 추잡한 걸 원하는 건 아니야. 보통 남자들이 바라는 것과 같아."

그녀는 이제는 그 일을 할 수밖에 없다는 것을 깨달았다. 너무 끔찍하고, 무섭고, 위험한 일이었지만…… 다른 방법이 없었다. 그녀는 마음을 가다듬었다. 이제는 더이상 방이 떠다니지 않았다. 그녀는 찬장을 붙잡고 있던 손을 떼고, 아무 저항 없이 양손을 그대로 늘어뜨렸다.

"이해해. 당신도 어쩔 수 없다는 걸. 스스로도 어떻게 할 수 없다는 걸 말이야. 나도 어쩔 수가 없으니까. 우리 둘 다 어쩔 수 없었던 거지."

그리고 그녀는 찬장에서 몸을 떼고, 천천히 남자를 향해 다가갔다.

그는 제자리에 가만히 서서 그녀가 다가오기를 기다리고 있었다. 그녀는 어딘가 고통스러워 보이던 남자의 얼굴이 믿을 수 없을 정도로, 말로 표현할 수 없을 만큼 기쁨으로 가득해지는 것을 보았다.

그녀는 어디를 공격해야 하는지도 몰랐다. 아무 곳이나 날카로운 식칼로 찔렀는데, 그것이 치명타였다. 어느새 그녀는 쓰러진 남자 옆에 무릎을 꿇고 앉아 흐느끼고 있었다. 남자는 이제 더이상 위협적이지 않았고 가련해 보였다. 남자는 끔찍한 대가를 치른 것이다! 만일 그녀를 포함한 모든 여자들이…… '상냥하고 편안하게' 해주는 여자들이었다면. 상냥하고 편안하게 이해하고, 용서해주고, 심지어 사랑까지 해주는 여자들이었다면. 하지만 그들은 그렇게 할 수 없었다. 그녀는 남자 옆에 무릎을 꿇고 앉아 흐느껴 울었다. 위로 치켜든 남자의 정직한 얼굴을 보며, 그녀는 훌쩍거렸다.

"당신을 죽일 생각은 없었어요! 나 자신과 앞으로 이런 일을 당할지도 모를 또 다른 여자들을 지키기 위해서는 이렇게 할 수밖에 없었어요. 찬장에 칼이 있었을 뿐이에요. 하지만 당신을 죽일 생각은 없었어요……."

어쨌든…… 한 가지만 제외하면, 남자는 너무나 괜찮은 사람이었으니까.

카운터에 기댄 그녀는 반지를 끼지 않은 왼손을 흔들며 마호가니 탁자에 빈 잔을 탁 소리 나게 내려놓았다. 저쪽 구석에서는 사람들이 그녀에 대해 수군거리고 있었다. 그녀가 바텐더에게 말했다.

"저쪽 사람들이 나에 대해 수군거려요."

"그만 좀 해요. 당신은 항상 사람들이 수군거린다고 생각하잖아요." 바텐더가 대답했다.

"저 사람들은 어째서 수군거리는 걸까요? 왜 나한테 와서 직접 말하지 않죠?"

"당신에게 직접 말을 하고 싶지 않거나 다른 방법이 없기 때문이겠죠. 솔직히 그건 나도 마찬가지예요."

커다랗고 푸른 눈동자에 눈물이 그렁그렁 차올랐다. 그녀는 우아하지만 감정적인 목소리로 말했다.

"앞으로 이 술집엔 오지 않을 거예요."

"맘대로 해요. 우리도 당신 얘긴 신물 나니까."

하지만 그녀는 계속 그 술집에 왔다. 언

제나 그 자리에 있었다. 다른 곳에 가도 마찬가지였기 때문이다.

그녀가 바텐더에게 물었다.

"아주 오래전에 있었던 일인데, 어째서 사람들은 아직까지 그 일을 수군거리는 걸까요?"

그들은 수군거렸다. 수군거림은 점점 심해졌다.

그렇게 오래전 일인데도…….

당연히 사이먼은 그녀를 그곳에 데려갈 마음이 없었다. 하지만 그녀가 애원하고 사정하자 거절할 수 없었다.

"할 수만 있으면 널 데려가고 싶어, 대피. 널 위해서라면 무엇이든 할 수 있는걸. 내가 널 위해서 죽을 수도 있다는 거 알잖아."

그건 다른 이들도 모두, 모든 남자아이들이 마찬가지였다. 다들 대피 존스를 위해서라면 죽을 수도 있다고 큰소리쳤다. 어린 아이들만 그런 건 아니었다.

"우리 아빠, 아빠는 나를 위한 일이라면 무조건, 그대로 밖으로 뛰어나가 달리는 차에 뛰어들 수도 있는 사람이야. 아빠는 정말 그럴 거야. 날 위해 죽을 수도 있으니까."

우리 수선화, 그는 딸을 황금 수선화라고 불렀다.

대피는 정말로 그랬다! 사이먼은 생각했다. 밝은 금빛 머리카락을 둥글게 묶고, 짧고 딱 붙는 초록색 원피스를 걸친 호리호리한 몸매와 청순한 모습을 보면 그녀는 정말로 한 송이 수선화처럼 보였다.

"그렇지만 블루 바에 데려갈 순 없어, 대피. 사람들이 말하는 것처럼 거긴 상스럽고 무서운 곳이야. 그런 곳에 널 데려갈 수는 없어."

그 말을 들으니 그녀는 더욱 짜릿해졌다. 그런 곳에 가봤다는 말을 들으면 학교 친구들은 까무러치게 놀랄 것이다.

"오, 사이먼. 그렇게 답답하게 굴지 마! 부탁이야."

"정말 안 돼. 너희 아버지에게는 뭐라고 말씀드려? 이 사실을 알면 심장마비를 일으키실걸."

"우리 아빠는 심장병을 달고 사는데."

"그런 뜻이 아니라 펄쩍 뛰실 거란 소리야."

"우리 아빠가 펄쩍 뛰면 심장마비에 걸릴 수도 있잖아. 그러니까 같은 말이지." 대피가 웃으며 말했다.

"그냥 싫어하시는 정도가 아닐 거야. 날 죽일지도 몰라!"

대피는 사이먼의 사촌 동생이었다. 그녀의 아빠 존은 사이먼의 큰아버지였다.

"무섭고 지저분한 곳이야. 술에 취했거나 취한 것처럼 보이는 선원이랑 창녀가 드나든단 말이야. 마약을 하는 사람도 있어."

사실은 사이먼도 이미 졸업한 두 살 많은 선배들을 따라 딱 한 번 가봤을 뿐이었다. 그는 기숙학교에 다니고 있었지만 대피는 아니었다. 그곳에서 사이먼은 놀라고 겁에 질렸고, 자신이 그곳에 갔다는 사실이 알려질지도 모른다는 상상만으로도 두려워했다.

그녀는 그걸 눈치챘다. 어린 대피 존스는 약삭빨랐다.

"넌 가봤잖아." 대피는 약간 교활하고 의미심장한 시선으로 사이먼을 쳐다보며 말을 이었다. "작은아버지께 뭐라고 말씀드릴까?"

결국 그는 그녀를 데려갔다. 무언의 협박 때문이 아니라 그녀를 사랑했기 때문이다. 사이먼은 언제나 그녀를 사랑했다. 언제나. 어린 시절 같이 지내던 때부터 항상. 대피는 생기 있고 천진난만했으며 거부할 수 없이 매력적이었다.

블루 바에 도착하자 대피가 말했다.

"와! 이게 뭐가 무서워? 근사하기만 한데!"

"자, 여기선 어른스럽게 굴어야 해."

사이먼은 이런 데 익숙한 것처럼 자연스럽게 말했다. 하지만 매끈한 벽에 붙여놓은 의자에 앉아 있던 남자가 옆에서 약을 권하자마자 바로 대답했다.

"괜찮아요."

"해보자! 한번 해보고 싶었어."

대피가 말했다. 학교에서 그녀는 두 가지 의미에서 성적으로 매력적이라 알려져 있었다. 그렇게 된 데에는 그럴 만한 충분한 이유가 있었지만, 사이먼은 그 사실을 전혀 모르고 있었다.

"다른 사람이 하던 건 싫어요." 대피가 남자에게 말했다.

"저쪽에 가면 훨씬 많이 있어." 남자는 곧 약을 피우려는 듯 종이에 한 움큼 말면서 말했다. 그리고 사이먼에게 제안했다. "빵값에 줄게."

전부 사기였다! 불쌍한 사이먼은 완전히 속아 넘어가 대피가 아무 때나 학교 정원사에게서도 구할 수 있을 마약과 똑같은 것을 두 배 가격에 샀다.

"나도 한번 해볼래. 이게 약이지? 사이먼, 나도 해보고 싶어."

마약의 효과는 두 사람에게 다른 방식으로 나타났다. 사이먼은 아름다운 꿈속으로 들어갔다. 의자에 웅크리고 앉아 있는 그의 눈앞에서 아름다운 사람들이 춤을 추거나 서로를 끌어안았고, 모든 사람이 보는 앞에서 아름다운 행위를 숨김없이 보여줬다. 그러다가 대피의 비명에 정신을 차렸다. 그녀가 소리치며 그를 흔들고 있었다.

"나 좀 봐! 저 사람이 내게 무슨 짓을 했는지 보라고!"

사이먼은 멍하니 생각했다. 반쯤 찢어진 원피스 사이로 하얀 속살이 드러나고 머리는 엉망으로 헝클어진 채, 눈동자에서는 이상할 정도로 빛이 나는 대피의 모습은 아름다웠다. 그녀도 틀림없이 아름다운, 아주 아름다운 시간을 보냈을 것이다.

"정말 예쁘다, 대피. 좋은 시간 보냈어?"

"좋은 시간? 끔찍했어. 저 사람이 나한테 무슨 짓을 했는지 보라니까!"

"싫었으면 저 남자를 따라가지 말았어야지."

대피도 좋았다, 조금 전까지는. 여태까진 진짜 성인 남자와 있어본 적이 없었다. 하지만 이제는…….

"저 남자가 이상한 짓을 하려고 했어. 완전히 미친 것 같아. 나한테 무슨 짓을 하려던 건지 모르겠어." 대피가 자세히 설명했다. "그래서 그만두라고 했어. 무슨 일이든 선이 있잖아. 그러자 저 사람이 난폭해졌어. 정말 무서웠단 말이야!"

사이먼은 기분 좋은 도취에서 깨어나려고 애쓰며 대피를 다시 쳐다보았다. 분명 상태가 엉망인 것 같았다.

"그만 가는 게 좋겠어. 집으로 돌아가자."

사랑과 행복이 가득한 집, 따뜻한 침대, 편안한 꿈…….

대피는 찢어진 원피스 자락을 부여잡고 헝클어진 머리를 대충 빗었다. 정신이 없는 와중에도 평소같이 멀쩡한 모습으로 돌아가야겠다는 생각에 가방에서 립스틱과 눈을 반짝거리게 해주는 화장품이 든 작은 튜브를 꺼내 대충 바른 뒤, 직사각형 모양의 마스카라 통까지 꺼내 속눈썹을 두껍게 칠했다.

"이제 뭐라고 해? 아빠랑 엄마한테 이 꼴을 어떻게 설명하냐고. 두 분 다 엄청 화내실 텐데."

"사실대로 말하면 되잖아. 어쩔 수 없었다고 해. 남자가 널 덮쳤는데 피하려고 하다가 맞았다고 말이야." 사이먼이 편안하게 대꾸했다.

"내가 여기 와서 뭘 했는지 부모님한테 말하란 말이야?" 불안해지자 대피는 공격적으로 변했다. "이런 곳에 날 데려오지 말았어야지."

"네가 데리고 와달라고 했잖아." 사이먼이 항의했다.

"하, 사촌! 우리 아빠한테도 그렇게 말할 셈이야?"

대피의 아빠는 단순한 사람이었다. 단순하고 온화했다. 하지만 자신의 딸이, 소중한 보물이, 사랑스럽고 순진하기 짝이 없는 수선화가 이런 꼴을 당한 것을 알게 되면…….

"우리 아빠가 널 죽일 거야." 대피가 말했다.

"네가 남자를 따라갔잖아. 난 가지 말라고 했는데!"

"어떻게든 말렸어야지."

"어떻게? 나도 약에 취해 있었는데." 사이먼이 솔직하게 대답했다.

"날 내버려둔 채 약에 취하지 말았어야 했어."

대피가 그의 옆에 웅크리고 앉았다. 호기심 가득한 사람들의 시선이 또다시 두 사람에게 쏠렸다. 그녀는 블루 바에 오는 사람들 중에서 어린 편에 속했다. 사실 너무 어렸다. 다른 사람들이 보기에는, '도살자'라 불리는 선원처럼 거칠게 살아온 사람의 눈에 그녀는 아주 달라 보였다. 두 사람은 지나치게 어려 보였고, 다른 세상에서 온 어리석은 아이들처럼 보였다. 그들은 여전히 자신들만의 문제에 빠져 있었다. 이번에는 대피가 그들을 돌아보았다. 젊음과 아름다움을 오래전에 잃어버린, 더럽고 지쳐 보이는 여자들이 난폭한 술주정뱅이나 약에 중독된 건달을 상대하고 있었다.

"사이먼, 이 일이 우리 아빠 귀에 들어가기만 해봐! 절대로 내가 여기 왔다는 말은 하지 않겠다고 맹세해."

"그럼 뭐라고 말할 건데?"

"이렇게 말해. 그러니까 우리는…… 건전한 음악 카페에 갔다가 집으로 돌아가는 길에 강둑을 따라 걷기로 한 거야. 그러다가, 우리 둘이 똑같이 말해야 하니까 마던 호텔 앞에 있는 벤치라고 하자. 그 옆을 지나가는데 남자애 세 명이 달려들어서 날 공격했다고 해. 네가 남자애들을 물리친 거야. 난 네가 정말 용감했다고 말할 테니까. 하지만 삼 대 일이었기 때문에 난 간신히 도망칠 수 있었던 거야. 그러니까 너도 싸운 것처럼 타이를 풀고 옷도 엉망으로 만들어."

하지만 사이먼에게는 타박상이나 긁힌 상처도 없었고, 눈에 멍 같은 것도 들지 않았기 때문에 전혀 싸운 사람처럼 보이지 않았다. 그녀가 말한 대로 행동했을 것처럼 보이지도 않았다. 누가 봐도 사이먼은 약에 취해 있었다. 대피의 순진한 아빠도 알아볼 수 있을 정도였다. 그는 이제 좀비나 다름없이 아무것도 하지 못할 지경이었다.

그녀가 말했다.

"안 되겠어. 관두자. 차라리 나 혼자 가는 게 낫겠어."

대피는 찢어진 옷을 가리기 위해 얇은 여름 코트를 걸쳤다. 그녀는 강둑길이 아니라 지름길로 집에 돌아왔다. 시간이 많이 늦었다. 하지만 대피가 아무리 늦게 들어가도 대피의 아빠는 딸이 안전하게 들어오는지 걱정하며 기다리곤 했다. 현관 열쇠를 돌리는 소리가 나고 현관 등이 켜지자, 그는 낡은 갈색 체크 가운을 걸친 뒤 아내를 깨우지 않도록 조용히 아래층으로 내려왔다. 계단을 한 발짝씩 내려올 때마다 뒤로 늘어진 가운 끈이 살짝살짝 흔들리며 뒤따랐다.

"대피? 어디 있다 온 거니? 오늘은 많이 늦었구나."

찢어진 옷은 코트로 가렸지만 멍이 든 창백한 얼굴과 헝클어진 금발은 숨길 수가 없었다. 집에 오는 내내 대피는 어떻게 말할지 고민했다. 언제나처럼 지쳐 보이는 아빠의 마른 얼굴이 그녀가 익히 알고 있는 심각한 표정으로 변하자 대피는 준비한 것을 풀어놓았다. 일단 아빠의 품에 몸을 던졌다.

"오, 아빠!"

"대체 무슨 일이니? 어떻게 된 거야? 이런, 세상에. 대체 무슨 일이……? 누가 이런 짓을……."

아빠는 온몸을 떨며 흐느껴 우는 대피를 거실로 데리고 가 소파에 앉혔다. 일단은 그녀가 따뜻하고 편안해지기를 기도하는 사람처럼 무릎을 꿇은 뒤 전기난로에 불을 켰다. 그런 다음 딸의 곁으로 돌아와 떨리는 팔로 어깨를 감싸 안았다.

"울지 마라, 아가. 이제 안전하니까. 아빠한테 말해보렴. 말하고 나면 기분이 나아질 거다."

그는 그녀를 혼자 남겨두고 거실 문을 열고 나가더니 위층을 향해 소리쳤다. "헤스터!" 그러고는 찬장에서 브랜디와 유리잔을 꺼내 왔다. "자, 애야. 한 모금 마시렴. 그리고 무슨 일이 있었는지 아빠한테 말해봐."

유리잔을 들고 있는 그의 손이 떨렸다. 얼굴이 아주 시퍼렜고, 드문드문 깜짝 놀랄 정도로 탁한 붉은색으로 얼룩져 있었다. 그는 잠옷 가슴에 달린 주머니를 슬그머니 더듬어 약병에서 작은 알약을 꺼내 삼켰다.

그녀는 온몸을 떨면서 흐느껴 울다가 마침내 입을 열었다.

"오, 아빠! 사이먼 오빠가 그랬어요."

"사이먼?" 그 이름을 듣자마자 대피의 아빠가 깜짝 놀라며 반문했다.

"강가에 있는 벤치에서 그랬어요, 아빠. 마던 호텔 앞에 있는 벤치요……."

"마던 호텔? 그쪽은 집으로 오는 길이 아니잖니."

"맞아요. 근데 사이먼이…… 사이먼 오빠가 그쪽으로 가자고 했어요. 그래서 같이 그쪽으로 걸어가다가 잠깐 멈춰서 벤치에 앉았어요. 강을 보면서 이야기를 나눌 생각이었는데…… 저는 그냥 이야기만 할 생각이었어요. 그런데……." 대피는 아빠의 어깨에 얼굴을 묻었다. "더이상은 말할 수 없어요!"

"이런 세상에, 대피!"

그는 딸의 애원에 세심하고 차분하며 부드럽게 대응했다. 대피에게 필요한 사람은 아빠가 아니라 엄마였다. 그는 딸을 혼자 남겨놓고 복도로 나가 다급하게 위층을 향해 소리쳤다.

"헤스터! 일어나, 내려오라고! 대프니가 왔어, 어서 와봐!"

대피의 엄마가 허둥지둥 아래층으로 내려왔다. 따뜻한 집 안인데도 차가운 겨울바람을 막는 것처럼 손으로 가운을 부여잡고 온몸을 떨고 있었다.

"왜 그래, 대체 무슨 일이야? 맙소사! 얼굴에 난 상처 좀 봐……. 손도 그렇고, 머리도 엉망이잖아!"

대피의 아빠가 그랬던 것처럼 엄마가 소리쳤다. 형언할 수 없는 공포가 마음속 깊은 곳에서 터져 나온 듯했다.

"너한테 무슨 짓을…… 대체 누가……?"

대피가 멍하니 대답했다. "사이먼 오빠요."

"사이먼이라고? 어떤 사이먼? 누구를 말하는 거니? 네 사촌인 사이먼은 아니겠지, 대피?"

"엄마, 저도 사이먼 오빠를 끌어들이고 싶진 않았어요."

엄마는 그 사실을 받아들일 수 없었다……. 받아들이지 않았다.

"사이먼이라고? 그 애는 아직 어려. 겨우 열일곱 살밖에 되지 않았잖아."

"요즘 열일곱 살짜리 남자애들은……." 아빠가 말했다.

"하지만 사이먼인데? 그 애는 대피의 사촌이야. 친남매나 마찬가지잖아."

"아뇨, 엄마. 아니에요, 오빠는 그렇게 생각하지 않았나 봐요."

하지만 대프니처럼 순진무구한 아가씨가 그런 일에 대해 잘 알아서는 안 되지 않겠는가?

"제 말은, 그러니까 사이먼 오빠는 항상 질척거리고 정에 약하다는 뜻이에요." 그녀는 작고 명민한 머리로 엄마가 결혼 생활에 대해 말했던 표현을 떠올렸다. "사이먼 오빠는 절 계속 짝사랑하고 있었던 것 같아요."

"대피, 무슨 일이 있었던 거니?"

무슨 일이 있었냐고? 그는 그녀를 그런 곳에 데려가선 안 됐다. 누가 이번 일을 조사한다면 대피가 '도살자'라는 선원에게 추파를 던지며 적극적으로 따라가는 모습을 본 사람을 찾을 수 있을지도 모른다. 사이먼은 그들이 그곳에 갔었다는 것을 금세 인정할 것이다. 자신이 그녀를 그곳에 데려갔다는 것도 바로 털어놓을 것이다. 대피의 간청을 이기지 못해 데려갔다고 말이다. 그리고 그 사악한 곳에서 마약을 했으며, 대피가 그를 놔두고 가겠다고 고집을 부리는 바람에 그녀를 말릴 수 없었다고 말할 것이다. 어리석을 정도로 순진한 사이먼은 모든 것을 털어놓을 것이다. 그러니까 그전에 사이먼에 대한 믿음부터 떨어뜨려야 했다.

"사이먼 오빠는 취해 있었어요, 아빠. 자기가 무슨 일을 하는지도 몰랐을 거예요. 오빠는 취해서 제정신이 아니었어요."

엄마와 아빠는 텔레비전에서나 볼 수 있을 것 같은 무시무시한 표정을 지었다.

"그 애가 술에 취해 있었단 말이냐?"

"마약에 취해 있었어요. 해시시[1] 말이에요. 물론 전 몰랐

---

[1] 인도 대마의 이삭과 잎에서 분리한 수지를 가루로 만든 것이다. 일반 대마초보다도 마약 성분 함유량이 높아 환각성이 높다.

죠. 전 사이먼 오빠를 이해할 수가 없었어요. 저한테 계속 어떤 무서운 곳에 대해 얘기를 했어요. 춤추는 곳이라면서, 선원들이 여자들, 그것도 지저분한 여자들과 같이 가는 그런 곳 말이에요. 그곳에서는 사람들이 해시시 같은 걸 한다고 했어요. 그러면서 수많은 사람들이 '독한 마약'도 한다고 말했죠. 사이먼 오빠는 절 그곳에 데려가겠다고 말했고, 정말로 그러고 싶어 했어요. 아무래도 오빠는 절 거기에 데려갔다고 착각했던 것 같아요. 꿈을 꾸는 상황에서, 악몽을 보면서 자기가 그곳에 갔다고 생각했나 봐요. 그리고 절 그런…… 그런 여자들 중 한 명으로 생각했던 모양이에요……."

대피는 말을 멈추고는 몸서리를 치며 흐느껴 울기 시작했다. 그러면서 혹시라도 자신을 의심하는지 확인하기 위해 고통에 잠겨 하얗게 질린 부모님의 얼굴을 쳐다보았다. 의심의 기색은 전혀 없었다.

처음에는 사이먼도 저항하고 부인하겠지만 결국에는 마약의 알 수 없는 영향을 받았다고 인정할 수밖에 없을 것이다. 그는 너무 어리석고 정직하기 때문에 모든 것을 사실대로 털어놓을 것이다. 그러다 결국에는 그녀의 이야기를 반쯤 믿게 될지도 모른다. 그곳에 있던 누구도 그들이 그 자리에 있었다는 사실을 알지 못할 것이다. 너무 어리고 그곳에 익숙하지 않은 게 분명한 그녀를 지켜보다가 강간하려 들고 때리기까지 했던 '도살자'라는 남자는 말할 것도 없고.

"우린 포크송을 부르는 카페에 가기로 했어요. 다 같이 둘러앉아 커피를 마시면서 노래를 듣는 그런 곳 말이에요. 우리는 무대에서 떨어진 카페 뒤쪽에 자리 잡았어요. 그때 갑자기 옆에 있던 남자가 사이먼 오빠에게 담배를 권했어요. 오빠는 고맙다고 하면서 담배를 받아 피웠어요. 그런 다음에 돈이 없어서 더이상은 살 수 없다고 말하니까 그 남자가 이렇게 말했죠. '빵값 정도는 있겠지.' 그 말은 당연히 '돈을 내게 될 거야'란 뜻이겠죠. 전 그렇게 생각했어요. 어쨌든 그 남자는 사이먼 오빠에게 몇 개비를 더 팔았고, 오빠는 담배를 피웠어요. 사이먼 오빠는 마치 꿈을 꾸는 것처럼 보였어요. 좀비 같다고 할 정도는 아니었어요. 저야 당연히 음악 때문인 줄 알았죠. 거길 나와서 집으로 돌아오는 길에 아까 말했던 벤치에 앉았어요……. 아빠……."

"더이상 말하고 싶지 않다는 거야." 대피의 아빠가 재빨리 아내에게 말했다.

"그렇게 큰 문제는 아니야. 만일 그랬다면, 그러니까 달빛 속에서 벤치에 앉아 있다 보면……." 대피의 엄마는 세상이 변했으니 더이상 편협하고 고지식하게 굴어서는 안 된다고 생각하는 것이 뻔했다. "키스 정도는 할 수 있다는 말이야."

대피는 부모님이 짜증날 정도로 순진하다고 생각했다. 그녀가 말했다.

"아, 그럼요. 저도 알아요, 엄마. 하지만 전 피곤했고, 집에
가고 싶었어요. 그런데 오빠가…… 사이먼 오빠가 이상한 고
집을 부리더니 제게 키스하려고 하다가…… 그러다가……."

"오, 대프니, 사이먼이 그런 짓을……?"

엄마는 울음소리를 내지 않으려는 듯 손으로 입을 틀어막
았지만 흐느끼는 소리가 간간이 새어 나왔다. 아빠는 아무 말
도 하지 않았지만 침묵은 흐느낌보다 훨씬 불길했다.

무서울 정도의 침묵 속에서 대피가 빠르게 말했다. 기억이
봇물처럼 터져 나오는 듯 계속해서 말했다.

"그런 다음 오빠가……. 전 싸웠어요. 반항했어요……."

그녀는 어긋난 욕망에 좌절하고 술에 취해 난폭해진 남자
가 덤벼든 순간의 충격과 공포, 엄청난 두려움을 떠올리고 있
었다. 처음에는 그녀도 묵인하고 있었다는 것은 말하지 않았
다. 훌쩍거리며 흘린 눈물도 진짜였고, 무심코 터져 나온 끔
찍하고 혐오스러운 기억들로 인한 역겨움도 진짜였다. 이제
남은 것은 지금껏 몸을 감싸고 있던 얇은 여름 코트였다. 그
녀는 자리에서 일어나 코트를 벗었다.

찢어진 초록색 원피스가 백합처럼 하얗고 가냘픈 몸을 간
신히 가리고 있었다. 연약한 피부, 목, 팔, 가슴에 시퍼런 멍이
들어 있었고, 다른 부위들에도 하루만 지나면 보라색으로 변

할 붉은 멍 자국이 남아 있었다. 지저분한 손톱으로 할퀸 상처는 피가 말라 있었고, 부드럽고 둥근 어깨에는 이빨 자국이 보였다.

너무나도 괴로운 눈으로 쳐다보던 엄마는 반쯤 실신한 상태로 소파 구석에 쓰러졌다. 아빠는 귀에 거슬릴 정도로 크고 갈라진 목소리로 물었다.

"대피, 반드시 대답해야 한다. 그 애가 한 짓이냐? 정말 사이먼이……."

수사를 하게 된다면 어리고 사랑스러운 처녀는 더이상 없다는 사실이 명백히 밝혀질 것이다. 대피는 또다시 흐느끼면서 자리에 주저앉았다.

"오, 아빠, 제발 부탁이에요! 물어보지 마세요."

다행이랄까, 무서울 정도로 시퍼렇던 아빠의 얼굴은 조금 전 먹은 약 덕분에 혈색이 조금 돌아온 상태였다. 아빠는 넌더리 날 정도로 질문을 반복했다.

"다시 한번 묻겠다, 대피. 그 애가 그랬어? 맙소사! 대피, 사이먼이 널…… 강간한 거냐?"

그녀는 고개를 들어 아빠의 얼굴을 쳐다보았다. 작은 꽃 같은 얼굴이 마르고 초췌한 시퍼런 잿빛 얼굴을 쳐다보았다. 대피는 피가 날 정도로 세게 입술을 깨물며 고개를 돌렸다.

그는 단순한 사람이었다. 어쩌면 심장병 때문에 오래 살지 못할 수도 있었다. 그가 가진 한 가지 열망, 한 가지 희망, 한 가지 생각, 모든 것은 바로 그의 인생에 눈이 부실 만큼 완벽한 행복을 안겨준 어리고, 깨끗하고, 세상 어떤 때도 묻지 않고 너무나도 순수한 황금빛으로 빛나는 딸, 황금 수선화였다…….

그는 인생의 대부분을 온화하게 살아왔다. 하지만 힘겨웠던 과거에는 거칠게 살 수밖에 없었고, 그때의 증표인 낡은 군용 권총을 지니고 있었다. 그는 권총을 꺼내 들었다. 총이 있는 곳으로 무의식적으로 달려가, 적들의 손에 끔찍하게 죽어나가는 친구와 동료를 보면서 견뎌야만 했던 고통 속에서 불타올랐던 분노의 상징을 다시 집어 들었다. 분노의 상징은 이제 그가 반드시 해야만 하는 일을 위해 다시 날개를 펼쳤다. 눈먼 복수심에 불타오르는 분노의 날갯짓이었다. 그는 기계처럼 권총에 총알 하나를 장전하고 집에서 나가 근처에 있는 동생 집으로 향했다. 하얗게 칠한 현관문 앞으로 가서 어둠 속에 우뚝 선 채, 날카롭고 거친 목소리가 제대로 들리도록 크게 외쳤다.

"사이먼! 밖으로 나와!"

현관문이 열렸다. 현관 등이 켜지고 금방 집으로 돌아온 사이먼이 나왔다. 그는 무서울 정도로 선명하게 떠오르는 기억 때문에 속이 메스꺼운데다 아직도 몸이 떨릴 정도로 충격을 받은 상태에서 어둠 속을 바라보았다. 현관에서 새어 나온 불빛에 권총의 검은 총열이 빛났다. 사이먼이 외쳤다.

"제 잘못이 아니에요, 큰아버지! 대피가 데려가달라고 했어요!"

남자는 귀도 들리지 않고 말도 못 하는 것처럼 총을 들어 올려 사이먼의 왼쪽 가슴을 겨누고 그대로 쐈다. 그런 다음 경찰이 체포하러 올 때까지 한쪽에 조용히 물러나 있었다.

그렇게 해서 황금 수선화는 모든 신문의 1면을 장식했다. 언론은 곧바로 그녀의 별명을 조명했다. 예상대로 엄마는 사진기자와 신문기자를 상대로 싸웠지만, 모든 곳에 똑같은 사진이 실렸다. 끔찍한 사진이었다. 다음 날 아침 일찍 찍힌 사진으로, 대피는 사이먼의 죽음과 감옥에 갇힌 불쌍한 아빠 때문에 눈물에 젖은 얼굴로 화장도 하지 않은 모습이었다. 미용실에 갔다 올 시간이 없었기 때문에 머리도 심하게 엉망이었다. 온통 멍 자국이 남아 있는 얼굴에 가운 차림이었는데, 그나마 다행인 건 지난 생일 엄마에게서 선물받은 새 가운을 입고 있었다는 점이다.

모든 것이 위태로웠다. 여자 경관을 포함하여 경찰들이 계속 찾아와 질문을 던졌다. 어찌나 조심스럽게 대하는지 대피는 자칫하면 낄낄거리며 웃음을 터뜨릴 것 같았다. 비록 아빠와 사이먼에게 심한 일이긴 했지만.

엄마는 대피를 침대 밖으로 나오지 못하게 했다. 대피는 베개를 받치고 앉아 창백한 얼굴로 사이먼에게 공격당했던 순간을 다시 한번 자세하게 설명하고, 이야기를 했을 때 아빠의 반응에 대해 말했다. 모든 것이 제대로 돌아가고 있었다. 무엇보다 사이먼은 그녀의 이야기를 반박하지 못하게 되었다. 하지만 그후에⋯⋯.

제일 먼저 모린과 린디가 나타났다. 엄마들 사이에서 걱정스러운 전화가 오간 뒤에야 두 사람은 대피의 집에 와도 좋다는 허락을 받았다.

"그 일에 대해서는 말하지 않을 거지? 그 애들은 이해하지 못할 거야. 물론 너보다 나이가 많긴 하지만 그래도⋯⋯."

결국 모든 일을 귓속말로 이야기할 수밖에 없었다. 블루바에 대한 이야기가 아니었다. 그녀는 당연히 자신의 비밀을 지키기 위해 최선을 다했다. 확실하게 모든 일들을 불쌍한 사이먼의 탓으로 돌려놓았다. (대피의 예의 바른 사촌이 그런 비정상적인 생각을 하고 있었다는 것을 어느 누가 알았겠는가?) 하지만 그녀가 마던 호텔 앞 벤치에 대해 말하자 모린이 즉시 말했다.

"너 거기 안 왔잖아. 그때 우리가 그 벤치에 있었어. 거기서 프레이저네 남자애들이랑 한밤중까지 같이 있었는데."

"세상에, 대피. 모린이랑 로디 프레이저가 몇 주 동안이나 어울려 다녔던 거 알아? 그렇지, 모린?"

"걔 정말 멋지던데." 모린이 말했다.

"에디가 나쁘지는 않지. 경험은 부족하지만."

그렇게 말하곤 린디는 그를 신경 쓰는 건 아니라고 덧붙였다. 하지만 그들은 네 명으로 짝을 맞춰 다니고 싶어 했다.

"나도 예전에 에디를 만난 적 있어, 지루하던데."

"아, 우리도 네 눈높이는 알아, 대피." 린디가 웃으며 말했다. "그런데 어째서 네 사촌인 사이먼과 그런 극적인 사건이 일어난 거야? 그냥 받아주지 않고?" 그녀가 웃으며 덧붙였다. 사이먼이 그렇게 비정상적이든 아니든, 그것 때문에 대피가 잃을 것이 뭐가 있느냐고.

"사이먼은 어쩌다 보니 죽게 된 거야."

대피가 강가 벤치로부터 화제를 돌리기 위해 일부러 뻣뻣하게 말했다.

"아, 그렇지. 우리도 그건 알아. 아주 끔찍한 일이기도 하고. 네 아빠에 관한 일이나 여러 가지 일들 전부 말이야. 세상에, 정말 끔찍하잖아!"

"도대체 왜 아빠한테 그렇게 이야기를 한 거야, 대피?"

"집에 몰래 들어가다가 아빠한테 들켰거든. 꼴이 엉망이라 무슨 말이든 할 수밖에 없었어. 게다가 열 받은 상태이기도 했고. 정말 끔찍한 시간이었으니까 말이야. 이 멍 자국을 봐."

수군거림

"어째서 반항 같은 걸 한 거야? 그냥 받아주면 됐잖아?"

"맙소사! 사이먼은 색정광 같았다니까! 술집, 아니 카페에서 만난 마약 밀매상한테 뭔지도 모를 약을 사서 저녁 내내 빨았어. 그러고는 완전히 취해서 미친놈처럼 구는 거야. 부모님한테는 내가 사이먼을 받아주었다고 말할 순 없잖아. 그래서 사이먼이 나한테 강제로 그랬다는 것처럼 말했던 거야."

"세상에……. 불쌍한 사이먼!"

"맞아. 하지만 사이먼은 나를 못살게 굴었어. 아빠가 총으로 쏜 건 끔찍한 일이지만 사이먼이 나한테 못되게 군 건 사실이야."

"대프니, 그렇다고 해도 그 일이 마던 호텔 밖에 있는 벤치에서 벌어진 건 아니잖아. 거긴 우리가 있었다니까." 모린이 다시 화제를 돌렸다.

"마던 호텔 밖에 있는 벤치라고 말한 적 없어. 마던 호텔 바깥에 있는 벤치가 아니라고 한 거야. 우리는 거기서 좀더 떨어진 창고 근처에 있었어. 내가 그 창고 근처에 잘 간다는 거 알잖아. 적어도 톰하고는 그랬지."

"톰이 불쌍하고 가련한 어린 처녀를 강간했다고 떠들어대는 이야기가 거기서 나온 거였어?"

"대피, 다른 사람들한테는 뭐라고 할 거야? 너에 대해 알고 있는 사람들 말이야."

"모두 입을 다물지 않을까?"

대피는 슬그머니 모린과 린디를 곁눈질하며 의미심장하게 바라보다가, 끝내는 불쌍한 사이먼을 위협해서 블루 바에 갔었다는 이야기를 털어놓았다.

"그 일만 아니었다면 난 정당방위였다고 말했을 거야. 그러니까 마약이나 그 밖의 일들은 말할 것도 없고, 학교에서 다들 어떻게 행동하는지 경찰이 알면 어떻게 될 것 같아? 선배들이 선례를 보였고 나한테 그렇게 하라고 부추겼다는 사실이 경찰에 알려지면, 나로서는 그다지 부끄러울 것도 없다는 말이야. 안 그래? 그러니 모두 입을 다무는 편이 나을걸. 그렇지 않아? 그리고 난 마던 호텔 근처에 있는 강가에 있었다고 말하지 않았어. 그저 이렇게 말했을 뿐이야. '우린 벤치에 앉아 있었어요. 마던 호텔 앞 의자가 아니라 다른 벤치에요.' 이래도 우리 아빠가 살인죄로 법정에 서게 된 마당에 나를 그곳에서 본 적이 없다고 솔직하게 말하고 싶어? 그러면 언니들이 밤새 남자애들이랑 거기 있었다는 것도 밝혀야 할 텐데?"

모린은 황급히 대피의 집을 나서면서 린디에게 말했다. "맙소사, 대프니. 어린애인 줄 알았더니 만만치 않네!" (그럼에도 그녀는 자기가 마던 호텔 바깥에 있었다고 말했다.)

대프니는 자신의 대응이 마음에 들지 않았다. 이런 위협에 대해 미리 생각했어야 했다. 왜냐하면 저번에 아빠와 이야기

수군거림

를 했을 때 자신이 마던 호텔 앞에 있는 벤치에 있었다고 확실히 말했기 때문이다. 아빠가 그쪽 길은 집에 오는 지름길이 아니라고 했다. 아빠는 잊지 않았을 것이다. 아빠와 이야기할 때는 애매하게 넘길 수가 없었다. 엄마도 같이 들었던가? 아니, 그때 엄마는 아직 거실에 내려오지 않았었다. 이 사실을 알고 있는 것은 아빠뿐이다. 순간 마음속에서 이런 생각이 스쳐지나갔다. 만일 그녀가 거짓말을 했다는 것을 아빠가 알게 된다면, 사이먼이 결백할지도 모른다는 생각이 들지 않을까?

만일 아빠가 그녀를 배신한다면! 모든 사람들이 대피가 그곳에 갔고, 선원과 어울렸으며, 불쌍한 사이먼에 대해 거짓말을 했고, 또 거짓말을, 거기에 더 거짓말을 덧붙였다는 것을 알게 된다면⋯⋯. 모든 신문에서 불쌍하고 가엾고 상처 입은 금빛 수선화에 대해 떠들기 시작한다면⋯⋯. 그녀가 학교에서 남자애들 대부분과 성적^{性的} 실습을 한 문란한 여자라는 것을 그들이 알게 된다면! 아빠가 사이먼을 죽인 것이, 그러니까 그를 살해해서⋯⋯ 남은 평생을 감옥에서 살게 된 것도 대피의 거짓말 때문이라는 것을 알게 된다면⋯⋯. 엄마, 불쌍한 엄마는 아빠가 사이먼을, 자기 조카를, 자기 동생의 아들을 죽였다는 것을, 총을 쏴서 살해했다는 것을 다 알고 있는 일가친척과 관계를 맺고 살아가야 하는데, 모든 일이 대피의 거짓말 때문이라는 것을 알게 된다면⋯⋯! 아빠가 대피를 배신한다면 그렇게 될 수도 있다!

하지만 아빠는 그러지 않을 것이다. 어떻게 사랑하는 황금 수선화에게 해를 입힐 수 있단 말인가? 그는 딸을 지키기 위해 죽을 수도 있었다. 아빠는 그녀를 위해 죽을 것이다.

문제는 모린과 린디만이 아니었다. 신문에 실린 대피의 사진을 본 어떤 남자가 경찰에 제보했다. 그는 그날 밤 마을에서 선원들이 주로 모인다는 평판이 나쁜 술집, 블루 바에서 그녀를 봤다고 말했다.

경찰이 아빠의 변호를 맡을 변호사에게 그 사실을 알리자, 변호사는 대피를 찾아와 남자의 말이 사실이냐고 물었다. 대피는 푸른 눈동자를 크게 뜨며 말했다.

"아니요. 전 그런 곳이 있다는 것도 몰랐어요."

"그날 저녁 내내 포크송을 부르는 카페에 있었다고 했지?"

"네, 맞아요. 강독을 따라 집에 돌아가기 전까지요."

"그 사실을 확인해줄 사람이 있니?"

"카페에서 말인가요? 아뇨, 그곳에는 아는 사람이 한 명도 없었어요. 노래를 부르고 있는 동안에는 조명도 어두웠던데다가, 우리는 뒤쪽에 앉아 있었거든요."

"어떤 남자가 말을 걸었다고 했지?"

"네, 하지만 그 남자는 마약 밀매상이었어요. 저희 앞에 나타나지 않을 거예요. 안 그런가요?"

변호사는 대프니 존스를 공략하기가 쉽지 않다고 생각했다. 그가 물었다.

"아가씨 사촌이 술집에 아가씨를 데려가고 싶어 했다면서? 아버님이 그렇게 말씀하셨어."

"아, 네. 하지만……."

대피는 모든 게 얼른 끝났으면 좋겠다고 생각했다. 점점 겁이 나기 시작했다.

"어쩌면 그 남자는 그날이 아니라 다른 날에 사이먼 오빠를 봤을지도 몰라요. 날짜를 헷갈린 거죠. 오빠는 종종 그곳에 여자애들을 데려갔으니까요. 아니면 그 비슷한 곳에 말이에요."

"그 남자가 알아본 건 아가씨 사진이야."

"신문을 보고 알아본 게 아닐 수도 있죠. 그게 더 무섭네요. 그 남자는 사이먼 오빠를 보고 다른 날 그곳에서 어떤 여자애와 같이 있던 모습을 떠올렸을 거예요. 그리고 그 여자애가 저일 거라고 연상한 거죠."

그럴듯하게 들리긴 했지만 이걸로 아빠를 속일 수는 없었다. 우연의 일치가 지나치게 많다고 생각할 것이다. 더군다나 그녀는 아빠에게 사이먼이 그런 곳에 자기를 데려가고 싶어 했다고 말했다. 순간 이런 생각이 다시 스치고 지나갔다. 사이먼이 대피를 덮치지 않았고 결백하다는 사실을 알게 되더라도 아빠는 자신의 편을 들어줄까? 아빠는 남은 평생, 죽을 때까지 사이먼이 누명을 쓴 채로 내버려둘 수 있을까? 사이먼은 죽었고, 자신을 변호할 수 없다. 사이먼의 가족, 아빠의 가족, 아빠의 형제자매, 할머니와 모든 사람들이 사이먼이 죽은 것은 그가 나쁜 짓을 했기 때문이고, 아빠에게는 죄가 없다고 계속해서 믿고 있는 이 상황이 더 나쁘다고 생각하지는 않을까?

물론 블루 바에 갔다고 인정할 수도 있었다. 사이먼의 꼬드김에 넘어가 끔찍한 곳에 따라갔는데, 그 사실을 인정하는 것이 부끄러웠다면서 말이다. 그러더라도 그 뒤에 강둑에서 사이먼이 덮쳤다는 이야기에서는 달라질 것이 없었다. 하지만 좀더 많은 사람들이 앞으로 나서게 된다면, 그녀가 제 발로 선원을 따라갔다는 것을 기억하는 사람들이 나올 수도 있고, 사실 사이먼은 약에 완전히 취해 정신이 없었다는 이야기까지 나오게 될지도 모른다. 이 일은 부인하는 것밖에는 방법이 없었다. 완전히 부인할 수밖에 없었다.

"아빠한테 이런 이야기는 하지 말아주세요. 그곳에서 절 봤다는 남자의 말은 사실이 아니에요. 아빠가 들으면 속상해하실 거예요."

변호사 역시 속상했다. 그는 생각했다.

'이 어린 계집애가 이제껏 거짓말을 하고 있었구나!'

이 일은 대피의 아빠에게 전해야 할 필요가 있었다.

우울한 잿빛 얼굴로, 치료 감호소에 갇혀 재판을 기다리고 있던 아빠는 이야기를 듣자마자 말했다.

"사실이 아닙니다."

"그 남자는 확신했습니다. 그날 밤, 그런 장소와 어울리지 않는 어린애들이 와 있어서 눈에 띄었다고 하더군요."

"아뇨, 아뇨. 사이먼은 내 딸을 그곳에 데려가고 싶어 했지만……."

그건 말이 되지 않았다. 갑자기 무언가 떠올랐다. 그는 사안의 심각함에 덜컥 겁이 났다. 하지만 기억을 옆으로 밀쳐두었다.

"그 남자가 잘못 본 것이 확실하면…… 법정에서 그 이야기를 꺼낼 필요는 없지 않을까요?"

"그렇지 않습니다. 우리도 알고 있어야만 하는 이야기니까요. 하지만 검찰 쪽에서는 좋을 게 없는 일입니다. 당신 스스로 유죄라고 주장하고 있으니 검찰 쪽은 그걸로 되겠지요. 변호하는 입장에서도……."

"이미 말했다시피 전 변호가 필요 없습니다. 난 딸에게 그런 짓을 저지른 남자애를 죽였어요. 변호는 필요 없습니다."

"정상참작에는 문제가 됩니다. 이 일은 우리에게도 도움이 되지 않아요. 그러니 변론에서 제외할 생각입니다."

만일 소년이 자기가 저지르지도 않은 일 때문에 총에 맞아 죽었다는 것이 밝혀지면 정상참작이 힘들어진다.

변호사는 떠났다. 대피의 아빠는 다시 기억이 떠올랐다. 그는 사이먼의 호소를 한 귀로 흘렸다. 조금도 신경 쓰지 않았다.

'제 잘못이 아니에요, 큰아버지! 대피가 그곳에 데려가달라고 했어요!'

맙소사, 어쩌면 사이먼은 결백했는지도 모른다!

세상에, 법원 밖에 있는 사진기자들 봐! 인기 있는 영화배우가 된 것 같았다. 당연히 이번에는 미용실에서 머리를 하고 왔다. 제법 괜찮아 보였다. 평소보다 예뻐 보이게 신경 썼다. 얼굴에 생겼던 멍 자국도 많이 희미해졌다. 제대로 화장을 하지 못해서 안타까웠지만, 사람들은 그녀가 화장을 안 하는 편이 전체적으로 둔해 보이지도 않고, 더 어려 보이고, 청순하고, 순진해 보인다고 했다. 또한 그래야 아빠가 사이먼을 죽인 것에 대해 많은 비난을 받지 않을 것이다. 증인석에 선 그녀의 모습은 한 송이 꽃처럼 보였고, 천장으로 스며드는 빛을 받자 금빛 머리칼에서 후광까지 보이는 듯했다. 금빛. 황금 수선화였다.

이름이 대프니 존스인가요? 주소지는 어디입니까? 열여섯 살이 맞나요……?

열여섯 살입니다.

열여섯 살. 학교에서 잘나가는 남자애들과 어울렸다. 약을 하는지 안 하는지와는 별개로.

"네, 지난 생일에 열여섯 살이 되었어요."

"자, 마음을 편하게 가져요, 존스 양. 아니, 대프니. 대프니 라고 불러도 될까요? 그날 밤, 사촌이 죽던 날 밤에 있었던 일을 사실대로 말해줬으면 좋겠어요."

('제 잘못이 아니에요, 큰아버지! 대피가 그곳에 데려가달라고 했어요!')

모든 것을 덮어버리는 게 최선이다. 그 일이 법정에서 언급되지 않을 거라는 사실을 그녀는 잘 알고 있었다. 그렇더라도 모든 것을 덮어버리는 게 최선이었다. 혹시 나중에 그 남자가 신문사에 떠들고 다닐지 모르는 일이니까.

"사이먼 오빠는 자기가 알고 있다는 어딘가 춤추는 곳에 절 데려가고 싶어 했어요. 예전부터 여자애들을 데리고 그런 곳을 다녔던 모양이에요. 하지만 듣기만 해도 너무 끔찍한 곳이라 전 거기 가지 않았어요."

"그래서 대신 간 곳이?"

"음악 카페에 갔어요. 그런 다음 강둑으로 난 길을 따라 집으로 돌아가기로 했어요……."

"집으로 가는 지름길입니까?"

"아뇨, 사이먼 오빠가 그 길로 가고 싶어 했어요. 제게 그쪽 길로 가자고 했죠."

그녀는 속눈썹 아래로 아빠의 가냘픈 손이 피고석 가장자리를 꽉 움켜잡는 것을 보았다. 대피는 실수했다는 것을 깨달았다. 아빠는 지금껏 사이먼이 그녀의 뜻을 거스른 적이 한 번도 없다는 것을 잘 알고 있었다. 이제까지 알고 있던 것과 상반되는 사실이었다.

"사이먼 오빠는 평소와 달랐어요. 마약을 한 뒤였으니까요." 대피는 조용히 말했다.

"그런 다음 그 벤치에 앉았습니까?"

"네." 그녀가 대답했다. 재빨리 다음 말을 이었다. "우리는 벤치에 앉아 강을 바라봤어요……."

이렇게 말하면 그 벤치가 어디에 있는 것이든 존 존스가 들었던 내용과 다를 바가 없었다. 하지만 그 불쌍한 남자를 변호하는 입장에서는, 여기서 조금이라도 다른 이야기가 나오게 된다면 수임료를 좀더 받아야 옳았다. 존 존스는 주먹을 쥔 양손에 몸을 의지한 채, 고개를 푹 숙이더니 눈앞에 지도라도 놓여 있는 것처럼 뭔가를 열심히 쳐다보고 있었다.

"덴트의 창고 밖에 있는 의자라고 했죠?"

"네." 그녀는 재빨리 얼버무리듯 대답한 뒤, 다시 증언을

수군거림

이어나갔다. "그리고 거기 앉아서……."

대피는 아빠가 갑자기 고개를 치켜드는 것을 보았다. 피고 석에서 그는 귀에 거슬릴 정도로 크고 갈라진 목소리로 말했다. 그녀가 기억하기에, 사이먼이 죽던 날 밤 아빠의 목소리와 똑같았다.

"마던 호텔 앞에 있는 벤치라고 했잖아."

판사석에서 엄격하면서도 연민이 담긴 시선을 보내자 법원 서기와 정리가 피고를 조용히 시켰다. 이제 대피는 아빠가 모든 걸 알았다는 사실을 깨달았다. 그렇다고 아빠가 할 수 있는 일은 아무것도 없었다. 아무것도. 그녀는 자기가 진실을 말하고 있다고 법정이 믿게 만드는 데 집중해야 했다. 그녀는 귀여우면서도 수다스럽고 솔직하게 상황을 설명했다.

"전 마던 호텔 앞에 있는 벤치가 아니라고 말했는데, 사람들은 제가 마던 호텔이라는 이름을 말했던 걸 기억하고 그렇게 착각하는 것 같아요. 하지만 아니에요. 창고 앞에 있는 벤치였어요. 사이먼 오빠가 절 창고 앞 벤치로 데려갔죠."

"잘 알겠습니다. 사실 벤치가 어디에 있었는지는 중요한 게 아닙니다. 하지만 증인은 나중에 아버지한테 그곳에서 무슨 일이 있었는지 털어놓았죠? 아버지에게 무슨 이야기를 했습니까? 이 자리에서 그때 했던 것과 똑같이 이야기해주시기 바랍니다."

그녀는 그때 있었던 일을 다시 설명했다. 이번에도 '도살자'라고 불리는 선원과 같이 있었던 끔찍했던 삼십 분을 떠올려야 했다. 그중에서도 뒷부분을 떠올려야 했다. 앞선 십 분에 대해서는 말하지 않는 편이 나았고, 그 뒤에 있었던 나머지 이십 분을 떠올리며 이야기하는 건 이미 여러 번 했다. 그때마다 그녀가 다친 것은 전부 사촌 오빠 때문이라고 했다. 이미 해봤던 일이다. 그녀는 전부 털어놓았다. 더럽고, 진안하고, 무자비한 만행에 대해, 찢어진 원피스에 대해, 심하게 멍이 든 상처들에 대해…….

사람들은 숨을 죽인 채 이야기를 들었다. 그리고 조용한 법정 안에서 그녀의 목소리가 잦아들었을 때, 대피는 자기가 이겼다는 것을 알았다. 이 승리는 자신을 위한 것이기도 하지만 아빠를 위한 것이기도 했다. 아빠가 그 사실을 받아들여준다면. 멍들고 피 나는 입술로 쏟아내는 딸의 이야기를 듣고, 하얀 얼굴에 멍이 들고, 피부는 여기저기 물리고 찢어지고, 머리는 엉망으로 헝클어진 딸을 본 아빠가 저지른 일에 대해 법은 최대한의 온정을 베풀어야 한다.

어리고 상처 입은 가엾은 소녀, 짓밟혀 꺾어버린 황금 수선화! 법정 안에 있던 남자들은 모두 자신도 똑같이 했을 거라고 생각했고, 진심으로 바라고 있었다. 법정 안에 있는 남자들 중 저 사랑스러운 아이에게 그런 나쁜 짓을 저지른 인간의

수군거림

배에 구멍이 났다는 것을 안타깝게 여기는 사람은 없었다. 아무도 없었다.

아니, 한 사람이 있었다.

그는 증인석으로 올라가는 데도 도움을 받아야 했다. 그리고 환한 빛이 비치자, 이번에는 하얀 얼굴과 금발에서 빛이 나는 것 같은 소녀 대신, 얼굴빛과 머리색이 거의 똑같이 잿빛인 사람이 인사를 했다. 그는 더듬거리면서 증인 서약을 했다.

"나는 선서합니다. 진실만을……"

그때 엄마와 함께 법정 방청석에 앉아 있던 대피가 자리에서 벌떡 일어났다.

그녀는 자기가 무슨 짓을 하는지 알지 못할 정도로 겁에 질린 채 무슨 말인지 알아들을 수 없는 소리를 외쳤다.

"아빠!"

그리고 다시 한번 애원하듯 불렀다.

"아빠!"

조용히 하라는 주의를 받았다. 그러는 동안 아빠는 겁에 질린 딸의 얼굴을 쳐다보고 있었다. 아주 오래, 오랫동안 날카로운 시선으로 쳐다보고 있었다. 만일 사이먼에게 아무 죄가 없다면! 그는 하얗게 질린 딸의 얼굴을 보면서 그녀가 거짓말을 했다는 것을 알아챘다. 그는 아무 죄 없는 아이를…… 죽인 것이다.

엄마가 첫 번째 징후를 알아차렸다. 그의 잿빛 얼굴이 무서울 정도로 검붉게 변하면서 침묵이 흘렀다. 엄마가 외쳤다.

"존! 약을 먹어!"

그리고 자기와는 아무 관계가 없다는 것처럼 초연하게 있는 판사의 엄격한 얼굴을 보며 애원했다.

"남편은 심장병을 앓고 있어요. 약을 먹어야만 해요."

아빠는 자리에서 비틀거리면서 천천히 기계적으로 셔츠 앞주머니를 뒤졌다. 그의 시선은 여전히 방청석에 앉은 채 겁에 잔뜩 질려 애원하는 듯한 어린 딸의 얼굴에 고정되어 있었다. 법정 직원이 그에게 물 한 잔을 가져다주었다. 모든 사람들의 시선이 증인석에 서 있는 아빠의 모습에 고정되어 있었다. 대피 역시 사람들의 머리 너머로 아빠를 쳐다보고 있었다. 아빠는 결코 그녀를 배신하지 않을 것이다. 아빠는 자신의 황금 수선화에게 해를 끼치느니 차라리 죽을 것이다…….

흰 가발을 쓴 채 그 상황을 외면하고 있는 판사들에게 대피는 거의 알아볼 수 없을 정도로 살짝 고개를 숙이며 부탁하고 애원했다.

마침내 그의 손이 생명을 구해줄 약을 꺼냈지만, 그대로 떨어뜨렸다. 아빠는 그녀를 위해 죽을 것이다.

그리고 아빠는 죽었다. 무너지는 건물처럼 천천히 고꾸라지는가 싶더니 증인석 바닥에 그대로 쓰러지면서 사람들의 시야로부터 사라졌다. 그가 오랫동안 불안하게 품고 있던 심장이 결국 피를 흘리며 부서지고 말았다. 심장은 더이상 뛰지 않았다.

저녁 신문 1면에 실린 사진들은 훌륭했다. 프리지어에서 한 머리는 마치 후광이 비치는 것처럼 보일 만큼 근사했다. 솔직히 말해 그녀는 천사처럼 보였다.

하지만 다음 날 아침부터 수군거림이 시작되었다. 그리고 그 수군거림은 점점 더, 점점 더, 점점 더 퍼져나갔다…….

그들은 자신들의 귀를 믿을 수가 없었다.

"정말로 아주 천천히 달리고 있었단 말인가?"

"경사님, 그게 아주 빨랐다고는 할 수 없습니다. 시골길인데다가, 지나다니는 차들도 거의 없었지만……."

"에반스 경관, 여기 있는 젤링크스 본인이 빠른 속도로 달리고 있었다고 하지 않나."

"그렇게 빠른 건 아니었습니다." 젤링크스가 재빠르게 말했다.

"이자가 혼동한 겁니다. 충격을 받아 자기가 무슨 말을 했는지 모를 수도 있습니다."

빌 에반스 경관이 말했다. 그러면서 충분히 그럴 수 있는 일이라고 덧붙였다. 중년인 에반스 경관의 큼지막하고 강인한 얼굴이 저녁 햇살을 받아 하얗고 포동포동하게 보였다. 젤링크스는 지금 막 한 여자와 그 어린 자식을 차로 치어…… 죽였다.

"맙소사, 빌, 피해자는 자네 딸과 손녀란

말이야. 자네 딸이란 말일세."

"그렇습니다."

에반스는 무표정하게 말한 뒤, 갑자기 돌아서서 양손을 꼭 쥐고 서 있었다. 젤링크스는 그 기회를 놓치지 않았다.

"저 사람이 말하는 걸 들으셨죠. 아주 천천히 차를 몰고 있었다고요. 그가 한 말이에요. 그리고 저 사람은 경찰입니다. 그러니 그가 잘 알고 있을 겁니다!"

"어쩌면 저 친구가 너무 충격을 받아 혼동했을 수도 있지." 경사가 말했다.

그때 한 여자가 앞으로 나서며 말했다.

"내가 보기에 당신은 아주 빨리 달리고 있었어요."

지나가던 차 두 대가 멈춰 서 있었고, 차에 타고 있던 사람들이 비참한 사건 현장 주위에 서 있었다.

"저 남자는 16킬로미터쯤 앞에서 내 차를 지나쳤는데, 눈 깜짝할 사이에 사라졌어요."

처음에는 조심스럽던 젤링크스가 점차 건방진 태도를 보이며 말했다. "그 뒤에 속도를 줄였을 수도 있잖아요."

"좋아. 그때 넌 '돼지와 휘파람'에서 막 나오던 길이었지? 그 가게 폐점 시간에 말이야." 경사가 물었다.

"네, 맞아요. 난 거의 매일 밤 '돼지와 휘파람'에 있다가 폐점 시간이 되면 나옵니다. 하지만 술은 마시지 않았어요. 한 모금도 말이에요. 술집에 있는 사람들이 증명해줄 겁니다. 그리고 이미 경찰들이 음주 측정도 했어요."

"이번에도 차를 훔쳤나?"

"서류로 확인시켜줄까요? 이건 내 찹니다. 좋아요. 원래 일하던 신발 가게에서 이 차를 훔쳐 달아났습니다. 하지만 감옥에서 형을 다 살고 나온 뒤에 이 차를 샀어요. 엉망인 상태였지만 내가 직접 수리할 수 있으니까요. 차 주인을 찾아갔더니 똥차를 처리하게 됐다고 좋아하더군요."

"그래서 찻값 대신 일을 해준 건가?"

"일정 기간 일을 해주기로 한 거죠." 젤링크스가 어깨를 으쓱하며 대답했다.

경사는 그 자리에 서서 기다리고 있었다. 경관 두 명이 도로를 조사하고 있었다. 차를 살피고, 길을 조사한 뒤, 그 자리에 모인 사람들의 명단과 주소를 확보했다. 경사는 그들을 지켜보고 있었지만, 부하들에 대해서는 잘 알고 있었다. 그들은 효율적이고 철저하게 일을 했다. 그들에게 맡겨놓으면 안심이었다. 그때 빌 에반스가 다시 감정을 추스르고 돌아섰다.

"경사님, 존스 경관이 왔을 때 확인해본 결과 저 차는 젤링크스의 차가 맞았습니다. 그리고 바로 음주 측정도 했는데 기준치 미만이었어요."

"그럴 줄 알았어요." 젤링크스가 말했다.

"그래야지, 그렇지 않나? 네가 어떻게 이 길을 지나갔고, 어쩌다 이런 사고를 저지른 건지도 알고 있겠지." 경사가 말했다. 그리고 다시 에반스에게 말했다. "그러니까 젤링크스는 저 굽이진 길 쪽에서 온 건가?"

다른 차들이 사고 현장 주위에 모여 있는 사람들을 피해 빙 돌아, 도로에 흐릿한 바퀴자국을 남기며 지나갔다.

"그렇습니다."

구급대원들이 구급차 문을 쾅 소리 나게 닫았다. 경사는 에반스의 주의를 다른 곳으로 돌리기 위해 다시 물었다.

"경찰서로 돌아가기 전에, 어떻게 된 일인지 다시 한번 말해줄 수 있겠나? 자네만 괜찮다면 말이야."

경사는 연민 담긴 목소리로 덧붙였다. 에반스는 가련한 시신들을 싣고 떠나는 구급차를 하얗게 질린 얼굴로 쳐다보고 있었다.

"괜찮습니다. 말씀드렸다시피 전 오토바이를 타고 담당 구역 끝 쪽으로 왔습니다. 그곳에서 다른 할머니한테 갔다가 돌아오는 제니와 아기를 만날 수 있다는 것을 알고 있었으니까요. '다른 할머니'는 우리가 그냥 부르는 이름입니다. 제니가 그 할머니의 아들인 톰과 결혼한 뒤, 나와 아내와 함께 살기 시작한 뒤로 그분은 길 아래쪽에 혼자 살고 계시죠."

"그랬지. 그래서……?"

경사가 부드럽게 중간에 끼어들었다. 그는 이미 빌과 빌의 아내, 톰과 제니, 아기는 물론, 다른 할머니에 대해서까지 다 알고 있었다. 그 경찰들은 모두 이 지역 주민이었다.

"네. 그때 그자…… 그러니까 그 차가 제니와 아기 뒤쪽에서 나타났습니다. 저 고부랑길을 돌아 나왔죠. 속도가 빠르진 않았어요. 과속이었다고 말할 수는 없습니다. 하지만……."

에반스는 말을 잇기 위해 엄청나게 노력했다.

"제니와 아기가 절 봤어요. 그 어린 것이…… 손녀딸이 절 보더니 뛰어오기 시작했습니다. 아기가 도로로 뛰어나가자, 제니가 그 애를 잡으려고 뒤따라갔죠." 그는 젤링크스를 쳐다보며 계속 말했다. "이 말을 꼭 하고 싶었습니다."

젤링크스는 그 말을 알아들었다. 저녁 빛에 비친 그는 아픈 것처럼 보였다. 하지만 그는 구원의 옷자락을 탐욕스럽게 움켜잡고 있었다.

"이제 됐죠. 저 사람한테 다 들으셨잖아요. 난 아주 천천히 차를 몰고 있었어요. 아이가 갑자기 도로에 뛰어들었고, 그 여자도 아이를 따라왔어요. 이번 일은 내 탓이 아니에요."

"그리고 넌 바로 차를 세웠어. 계속 달리지 않았지?"

"그야 뭔가 덜컥하고 걸리는 것 같기도 했고……."

"두 번 덜컥했지." 에반스가 살기가 느껴지는 목소리로 말했다.

"……그리고 이 사람이 오토바이를 몰고 내 앞을 가로막 았어요. 멈출 수밖에 없었죠. 어쨌든 차를 세워야 했습니다. 당연히 그래야죠."

"예전에도 이와 비슷한 일이 있었잖아……. 그때는 차를 세우지 않았지."

"그땐 아무도 다치지 않았어요. 그런데 무엇 때문에 차를 세운단 말이에요?" 젤링크스가 말했다.

"하지만 이번에는 세울 수밖에 없었지?"

"꼭 그럴 필요는 없었어요. 어쩌면…… 하지만 당신도 잘 알잖아요!" 젤링크스가 그 자리에서 의기양양하게 말했다. "계속 차를 몰고 갈 수가 없었어요. 안 그래요? 계속 달렸으면 오토바이로 앞을 가로막고 있던 저 사람까지 치고 아무도 모 르게 도망갈 수도 있었죠. 하지만 난 그렇게 하지 않았어요. 안 그래요? 난 거리낄 게 없어요. 저 사람이 말하는 대로 난 속도를 줄여서 달리고 있었는데, 갑자기 그 아이가 차 앞에 뛰어든 거예요."

어느덧 의기양양하던 모습이 사라진 젤링크스가 빌 에반 스를 불안하게 쳐다보았다.

"법정에서 다른 소리 하려는 건 아니겠죠? 그런 건 꿈도 꾸 지 말아요! 나한테는 친구들이 있으니까……."

경사는 엄격해 보이는 에반스의 하얀 얼굴과 자기방어에

여념이 없는 젤링크스의 못된 족제비처럼 가느다랗고 하얀 얼굴을 차례로 돌아보았다. 경사가 천천히 말했다.

"그 친구들을 꽉 붙잡아두는 편이 좋을 거야, 젤링크스. 내가 보기엔 너한테 그 친구들이 필요할 것 같으니까……. 이제부터는 그들 모두 필요해질 거야."

검시관 법원 안에서 큰 혼란이 있었다. 이럴 경우에는 항상 그렇듯, 몇 명 되지 않는 목격자들의 진술은 가지각색이었다. 차가 빠르게 달렸다, 빠르게 달리지 않았다. 가련한 피해자 두 명의 시신은 여기 누워 있었다, 저기 누워 있었다. 산산이 부서진 아이의 유아차는 도로 한복판에 놓여 있었다, 길가 잔디밭에 놓여 있었다. 엄마가 아기를 유아차에 태우고 밀고 있었다, 아이의 작은 손을 잡고 앞장서서 가고 있었다. 하지만 증인석에 올라온 에반스는 안색이 잿빛으로 변한 채, 심하게 손을 떨면서도 부동의 자세로 확실하게 증언했다.

검시관이 사건을 요약해서 보고했다.

"내가 지금껏 이 자리에서 들어본 중 가장 정직하게 이야기한 목격자였습니다. 경관은 사건을 처음부터 끝까지 지켜보았어요. 더욱이 명확하게 당시 상황을 설명하며, 운전자의 과실이 아니었다고 솔직하게 말하고 있습니다. 다른 목격자들은 사건 당시의 충격으로 정황을 혼동할 수도 있지만, 숙련

된 관찰자인 에반스 경관의 경우에는 자신이 본 것을 제대로 보고했을 겁니다. 또한 경관이 자신의 딸과 손녀를 차로 친 운전자에게 편파적인 호의를 베풀 거라고 생각하는 사람은 아무도 없을 겁니다. 이번 사건은 사고사로 결론 내리겠습니다."

그런 다음 검시관은 법원 밖에서 에반스 경관을 찾아가 깊은 존경을 담은 악수를 청했다.

"에반스 경관, 당신의 의심할 바 없는 정직함은 모두의 귀감입니다. 우리 모두 당신에게 탄복하며 감사의 뜻을 전하고자 합니다."

"전 그저 옳은 일을 했을 뿐입니다."

에반스는 무표정하게 말한 뒤 그 자리를 떠났다.

몇 주가 지나자 해가 점점 짧아지면서 어둠이 서둘러 내리기 시작했다. 칠흑같이 어두운 밤이 계속되자, 술집 '돼지와 휘파람'의 주인은 폐점 시간이 되기 한참 전에 젤링크스를 내쫓았다. 포장도 되지 않은 그 시골길의 칠흑 같은 어둠 속에서 유일한 빛은 술집에서 새어 나오는 불빛뿐이었다.

술집 주인은 문가에 서 있었다.

"다신 돌아오지 마! 나도 자넬 내쫓는 게 마음 아프긴 하지만, 여기 원칙을 깼으니 할 수 없지."

그렇지만 작은 도로변 술집에서는 할 일이 별로 없었다. 최근 들어 젤링크스는 증류주를 마시기 시작했는데, 술집에서 쫓겨나기 전까지 제법 많은 양의 술을 마신 상태였다.

"저 친구가 다시는 못 오게 하고 싶진 않아, 샘." 술집 주인은 친구와 함께 떠나는 단골손님에게 말했다. "그는 돈을 쓰니까. 하지만 최근에는 뭐 때문에 저러는지 모르겠군. 이 정도로 심하진 않았었는데. 거의 매일 밤 여기 있으면서……."

"거의 매일 밤 여기서 술을 마셨지. 요요처럼 들락날락하면서 말이야. 창문에 벽돌을 던지기도 하고, 온갖 말썽을 다 부리다가 내빼곤 했잖아." 샘이 말했다.

"내뺐다는 건 적당한 표현이 아니지만……." 같이 있던 친구가 웃으면서 말했다. "그래도 그게 어느 정도는 사실이지. 저 친구가 밖에 있을 때…… 그러니까 여기 있을 때 말이야. 난 '돼지와 휘파람'에서 저 친구가 저렇게 술에 취한 것을 본 적이 없었어. 단 한 번도 말이야."

두 사람은 함께 계단을 내려가기 시작했다.

"내가 보기에는 뭔가 겁에 질린 것 같아."

"여자와 아이를 치어 죽였다는 게 저 친구였나?"

"맞아. 그 여자의 아버지인 에반스는 이 지역 경찰인데, 그 사람이, 그러니까 에반스가 사고 장면을 봤다고 하더군. 하지만 그 사람이 저 건달 녀석이 차를 과속으로 몰지 않았다는 등의 증언을 했다는 거야. 에반스의 입장에서는 젤링크스 때문에 그 사고가 일어났다고 말할 수도 있었어. 하지만 그러지 않았지. 법정에서 말이야……. 난 내 귀를 믿을 수가 없었다니까."

그들은 자기 귀를 의심했다.

"빨리 달리고 있지 않았다고?"

"네, 경사님. 속도가 빠르지 않았습니다."

이번에는 다른 구역의 다른 경관이었다. 그러자 경사가 길 한복판에 쓰러져 있는 컴컴한 형체를 가리키며 말했다.

"하지만 저렇게 사람이 심하게 부딪쳤는데! 죽었잖아."

"자기 잘못이에요. 우리 둘 다 봤어요." 샘이 진지하게 말했다. "여기 있는 짐과 내가 계단을 내려오면서 말이에요. 저 사람은 몹시 취해 있었어요. 내가 짐에게 저 사람 많이 취한 것 같다고 말했을 정도니까."

"휘청거리면서 도로로 뛰어들었어요. 저 사람을 피할 수 없었을 겁니다." 짐이 말했다.

"무슨 뜻입니까? 저 사람을 피할 수 없었을 거라니."

"저 사람을 칠 수밖에 없었을 거란 말이죠. 그뿐이에요. 또 다른 게 있나요?"

"에반스 경관, 자네도 그렇게 말했지? 저 남자가 비틀거리면서 차 앞으로 뛰어들었다고?"

에반스는 살짝 움찔하더니 주먹을 꼭 쥐었다. 그는 침착하게 말했다.

"그렇습니다. 그렇게 말했습니다."

"자네 기분을 상하게 할 생각은 없네. 그런 뜻은 아니야. 하지만…… 혹시 이 두 신사분과는 아는 사인가?"

"무슨 생각으로 그런 말을 하는 건지는 몰라도, 난 처음 보는 사람이에요." 짐이 말했다.

"에반스 경관과 아는 사이가 아니십니까?"

"아니, 몰라요. 그리고 거짓말을 하는 것도 아니고."

"알겠습니다. 기분 상하셨다면 사과드리죠."

"저 사람은 고부랑길에서 돌아 나왔어요. 속도는 기껏해야 50~60킬로미터를 넘지 않았을 거요. 그런데 여기 있는 술집 주인이 젤링크스를 내쫓아서……."

"저 친구 말이 맞아요. 경사. 난 술 취한 손님은 받지 않아요. 그런데 젤링크스는 밤마다 술에 취해 있었어요. 그래서 매일 밤 그를 쫓아낼 수밖에 없었던 거죠. 그렇지, 샘?" 술집 주인이 당당하게 말했다.

"그래서 다른 손님들은 마음을 놓았지." 샘이 말했다.

"젤링크스를 싫어했습니까?"

"아무도 그 사람을 좋아하지 않았어요. 뱀을 좋아하는 사람이 있다면 또 모를까. 하지만 그렇다고 해도 젤링크스가 내 눈앞에서 살해당하는 것을 가만히 두고 보겠다는 뜻은 아니에요. 제 친구가 거짓말을 하고 있다는 의미도 아니고요. 에반스는 제대로 운전하고 있었고, 젤링크스가 비틀거리며 돌아다니다가 이렇게 된 거라는 거지."

"그리고 젤링크스는 죽었죠."

"맞습니다. 그렇다고 제가 유감스럽게 생각해야 합니까? 아뇨, 전 그렇지 않습니다." 에반스 경관이 말했다.

"그래."

경사는 생각에 잠겼다. 그런 다음 그가 망설이며 물었다. 이런 문제는 조심해서 물어야 할 것 같았다.

"그때 마침 자네가 이 길을 지나가고 있었다는 거지?"

"네, 묘지에 가는 길이었습니다." 에반스가 단조로운 목소리로 대답했다.

"밤 9시에 말인가?"

"낮이든 밤이든, 그런 건 상관없습니다. 비번일 때마다 찾아가니까요."

지금 그의 목소리는 그럼 안 되는 거냐고 묻는 것 같았다.

"딸을 찾아가는 길이었다……." 경사가 말끝을 흐렸다가 다시 말했다. "그래, 알았네. 무슨 말인지 알겠어."

"그렇습니다……. 상황을 제대로 설명하자면, 딸의 무덤

앞에서 기도를 하려고 묘지로 향하던 길이었습니다. 딸이 손녀를 안은 채 관 속에 누워 있으니까요."

그리고 에반스는 갑자기 징이 박힌 딱딱한 검은색 부츠를 신은 발로 길가에 쓰러져 있는 젤링크스 쪽으로 돌아섰다.

"저자가 죽였습니다."

"그래, 나도 알아. 그 일은 들었네. 하지만 그건 사고였어. 자네가 직접 증언하지 않았나. 젤링크스가 몰던 차는 속도가 빠르지 않았다고 말이야. 아이가 갑자기 길에 뛰어들어서……"

"그렇습니다. 오늘 밤처럼 말이죠. 사고였어요. 차는 빨리 달리지 않았습니다. 그렇지만……"

"……저 남자가 비틀거리면서 자네 차 앞으로 뛰어들었다는 거지." 경사는 곰곰이 생각에 잠겼다. "우연의 일치군. 아주 기이한 우연의 일치야, 경관. 자네도 그렇게 생각하지 않나?"

"그렇게 생각합니다." 에반스 경관이 여전히 무표정하게 대답했다.

"그렇지만……"

건너편 술집에서 밝은 불빛이 새어 나오는 가운데, 그 앞에 나온 몇 몇 사람들이 담뱃불을 입에 문 채 긴장한 듯 서로 마주 보며 가만히 서 있었다. 그사이 구급대원들은 시신을 들것에 실어 구급차로 옮겼다. 구급차가 요란한 엔진 소리를 내며 어둠 속으로 사라지자, 정막이 맴돌기 시작했다. 이제 경사는 현장에 있던 사람들을 모두 경찰서로 데려가야 했다.

그렇지만······ 그렇지만······.

"에반스, 딸과 손녀가 사고를 당했을 때 자네가 유일한 목격자였다고 하던데, 맞는가?"

"저와······ 저와 운전자뿐이었죠."

"자네의 증언으로 젤링크스가 징역형을 살지 않게 됐어. 그런데 지금······."

"지금 그가 죽었죠. 두 번째 사고로 말입니다." 에반스가 말했다.

"우연의 일치지."

경사는 계속해서 조용히 생각했다. 너무 기이한 일이다. 하지만 우연의 일치일 수도 있다. 그러나 달리 어떻게 할 수 있단 말인가? 경사는 현장 주위를 조사하고, 탐문을 할 수도 있다. 하지만 그렇게 한다고 다른 것을 알 수 있을까? 남자는 평소처럼 차를 몰고 가고 있었다. 한 남자가 술에 취해 비틀거리며 도로에 뛰어들었다. 사건 현장을 전부 지켜본 공정한 목격자들도 둘이나 있다. 저들이 공모한 것일까? 이런 상황을 다르게 설명할 수 있는 건 공모뿐이었다.

하지만 이들은 이런 일을 계획하기 위해 미리 모이지 않았다. 심지어 그들 중 한 사람은 국경선에서 이쪽으로 넘어온 외국인이었다. 경사는 확인해보지 않아도 그게 사실임을 알고 있었다. 두 번째 목격자는 사건 당사자들과 전혀 모르는 사이였다.

우연의 일치가 분명하다. 운명. 신의 힘이다.

경사는 신앙심이 깊었다. 그는 길 위에 검게 고여 있는 피 웅덩이 앞에 서서 모자를 벗었다. 불과 몇 주 전 여자와 어린 아이를 치어 죽인 남자가 같은 자리에서 죽었다.

"신의 힘. 우리는 이런 걸 운명이라고 부르지. 난 이번 일을 신의 힘이라고 하겠어."

다른 할머니……. 그녀는 빈틈없는 노인이었다. 할머니들이라고 해도 나이가 다 다르겠지만, 이 할머니는 아주 오래전부터 대가족을 이루고 있었다. 빌 에반스의 사위는 그 가족의 막내아들이었다. 그녀는 나이가 아주 많았다. 그들은 모두 에반스의 집에 초대를 받아, 그가 젤링크스의 사고에 대해 책임이 없다고 결론이 난 것을 축하하며 조용히 차를 마셨다. 검시관은 전날 밤 경사가 했던 말과 똑같이 아주 기이한 우연의 일치라고 결론 내렸다. 또한 그것은 운명, 예측할 수 없는 운명이라고.

에반스의 집에 모여 다 함께 차를 마시던 그들도 그 일을 운명이라고 했다.

신의힘

"어떤 꼴을 당해도 싼 그 무뢰한에 대해 나쁘게 말할 수 있는 상황이었는데도 당신이 정직하고 진실하게 증언했다는 것을 모르는 사람이 없어. 그러니 다른 말은 안 해도 돼. 우리 모두 알고 있으니까. 당신은 그렇게 말할 수밖에 없었다는 걸 말이야."

"그래, 그랬지." 에반스 경관이 대답했다.

"저라면 그렇게 할 수 없었을 겁니다. 감옥에 확실히 들어가야 할 놈이 무죄로 풀려난다는 건 도저히 견딜 수 없었으니까요. 장인어른, 솔직히 말해서 진심으로 존경합니다."

톰이 말했다. 그는 젊고 예쁜 아내와 어린 딸이 죽은 뒤 처음으로 미소를 지으며, 바로 이렇게 하기 위해 장인이 그때 그렇게 증언했던 것이 아니냐는 말을 덧붙였다.

"어리석은 소리 하지 마라! 젤링크스가 그 시간에 비틀거리며 그 도로 위로 뛰어나올 거라는 것을 빌이 어떻게 알 수 있단 말이니? 술집 폐점 시간도 아니었는데 말이야. 안 그래? 빌은 그저 우연히 그곳을 지나가고 있었던 거야. 언제라도 그곳을 지나갈 수 있었어……. 빌이 어디에 가는 길이었는지는 잘 알고 있잖아. 우리 모두가 가는 곳이기도 하지. 그 일이 일어났을 때 샘과 같이 있던 짐 뭐시기라는 사람도 그 현장을 목격했어. 검시관이 말한 것처럼 그건 운명이야. 그 사람 말이 맞아. 운명, 응징이지. 빌이 그를 벌한 건 바로 운명이야."

노부인이 말했다. 그리고 그녀는 늙은 몸을 일으키더니 빌에게 집에 데려다달라고 말했다.

"제가 사이드카로 모셔다드릴게요, 엄마."

"아니, 고맙지만 사양하마, 톰. 난 빌과 같이 갈 거야. 네 사이드카라니……. 됐어! 그걸 타면 몸이 튀어 오른다니까."

사이드카는 에반스 경관이 타도 몸이 튀어 올랐다. 결국 노부인은 에반스의 차 옆자리에 편안하게 올라탔다.

"자, 이제 모두 끝났어요. 빌. 그러니 기분이 한결 나아질 거예요. 이제 끝났어요."

"뭐가 끝났다는 겁니까?" 에반스가 운전대를 꽉 잡으며 물었다.

"내 말은…… 응보요. 다른 사람들은 운명이라고 부르지만, 그렇게 내버려두죠. 이제부터는 모두가 행복하게 살아야 해요. 그게 최선이에요." 노부인이 말했다.

"운명과 응보…… 같은 말 아닙니까?"

"아니, 달라요. 당신도 알잖아요. 누구보다 잘 알 거예요. 운명은 통제할 수가 없죠, 안 그래요? 하지만 응보는 직접 할 수 있어요."

"신은 스스로 돕는 자를 돕는다고 했습니다." 에반스가 말했다.

"그때 그는 차를 천천히 몰지 않았어요. 그렇죠? 경찰이 쫓아오든 말든, 그놈은 언제나 그렇듯이 미친 듯이 차를 몰고 있었을 거예요. 그러니 고부랑길을 돌아 나올 때 앞을 제대로 보지 않았겠죠. 안 그래요? 당신은 그렇게 증언했어야 했어요. 하지만 그 차는 훔친 게 아니라 그의 소유였기 때문에 사실 젤링크스는 그렇게까지 과속할 필요가 없었죠. 그러니 그는 자기에게 유리하게 말했을 거예요. 아무래도 당신은 제니의 아버지고, 아기의 할아버지였으니까요. 재판정에 있는 사람들도 마음속으로는 그자에게 형량을 높게 매길 수 없다는 생각을 했을 것이고, 실제로도 그렇게 됐겠죠. 기껏해야 몇 개월 정도의 형을 받지 않았겠어요? 그렇게 그자는 집 밖에 있는 집 같은 감옥을 깜짝 장난감 상자[1]처럼 드나들 거예요. 그건 충분한 처벌이라고 할 수 없어요. 그래서 당신은 자기 손으로 직접 벌을 내리기로 한 거예요."

그들은 그녀의 집 대문 앞에 도착했다. 그리 멀지 않았다. 제니는 저녁마다 아기를 태운 유아차를 밀며 여기까지 걸어왔다.

"그 아이는 결코 차도에 뛰어들지 않았어요. 안 그래요? 불쌍한 것 같으니라고. 그 애는 몇몇 사람들이 증언한 것처럼 유아차에 타고 있었으니까요. 한 사람이 그 사람들의 증언을 반

ǀ 뚜껑을 열면 용수철 달린 인형이 튀어나오는 장난감.

박해버렸지만. 유아차가 있는데, 그런 시간에 집에 돌아가면서 아기 엄마가 굳이 아기 스스로 걷게 만들 일이 뭐가 있겠어요? 젤링크스는 모퉁이를 돌았어요. 언제나처럼 미친 듯이 운전하고 있었겠죠. 안 그래요? 그 굽이 길에서 급커브를 돌다가 그대로…… 그대로 그 애들을 죽인 거예요."

그녀의 주름진 뺨에서 눈물이 두 줄기 흘러내렸다. 노부인은 눈물을 닦지 않고, 그대로 흐르게 내버려두었다. 그녀는 대나무처럼 마디가 진 가느다란 손가락으로 운전대를 꼭 붙잡고 있는 에반스의 두툼한 손을 감쌌다.

"날 믿어요, 빌. 이 일은 아무도 모를 거예요. 하지만 난 제니가 아기를 유아차에 태워 갔다는 걸 알고 있어요. 왜 모르겠어요? 그래서 알게 된 거죠. 당신은 겉보기처럼 어리숙하지 않아요. 안 그래요? 당신은 재빨리 생각했고, 신속하게 행동했어요. 지금까지 내 이야기가 맞든 틀리든 당신은 날 믿어도 돼요."

"난 결심했습니다."

에반스는 그렇게 말하며 차의 시동을 껐다. 차는 작은 대문 앞에 은밀하고 따뜻한 오아시스처럼 서 있었다.

"모든 것을 결심하는데 일 분도 걸리지 않았어요. 그 결심은 바뀌지 않았고, 지금 다시 생각해도 바뀌지 않을 겁니다. 그자가 대가를 치르게 해야만 했으니까요. 다른 사람들은 이해하지 못할 겁니다. 사랑하는 딸과 손녀가 죽어가는 것을 보지 못했으니까요. 그 애들이 죽어가면서 지른 비명을 듣지 못했으니까요."

"그자는 목숨으로 대가를 치렀어요." 노부인이 말했다.

"목숨이 끝날 때까지 모든 시간 동안 그래야죠." 에반스가 말했다. "사부인은 그 차가 빨리 달리지 않았다고 말했을 때 그자의 얼굴을 보셨어야 해요. 젤링크스는 자기가 천천히 달리고 있지 않았다는 걸 알고 있었어요. 그래서 내가 그렇게 말하자 어떻게 해야 할지 궁리하고 있었죠. 바로 그때 내가 말했어요. 아기가 나를 보고 차도에 뛰어들었다고 말이에요! 손녀는 유아차에 타고 있었고, 그자도 그 사실을 알고 있었어요. 제니는 그 유아차를 밀면서 풀밭 가장자리를 따라 걸어가고 있었어요. 그런데 어째서 내가 다른 말을 하는 건지, 어째서 자기 목숨을 살려주는 건지. 그는 순간 덜컥 겁이 났죠. 하지만 달리 무슨 말을 할 수 있겠습니까? 난 그에게 덫을 놓았어요. 그럴 수밖에 없었죠······. 하지만 그는 반박할 수가 없었습니다. 무슨 짓을 하던 그는 이미 내가 친 덫에 걸린 상태였으니까요."

"그래서 그가 그렇게 술을 많이 마시게 된 건가요?"

"네, 그가 그런 식으로 받아들일 줄은 나도 몰랐습니다. 난 그저 기회가 오기만을 바라며 기다릴 생각이었어요. 이런 일로 체포되고 싶진 않았거든요. 나야 어떻게 돼도 상관없지만, 아내와 사위가 있으니까요. 사부인은 이해하실 겁니다. 그렇죠? 난 톰이 더이상 고통받는 걸 원하지 않았어요. 그런데 젤링크스가 과음을 하기 시작했습니다. 난 그자가 협박받을지도 모른다는 두려움을 잊기 위해 매일 밤마다 어리석을 정도로 술을 퍼마시는 것이 내가 하려는 일에 도움이 될 거라는 것을 알았죠. 그는 언제 어디선가 위협을 받게 되리라는 걸 알고는 있었지만, 할 수 있는 일이 아무것도 없었어요. 위증을 하고, 난폭 운전으로 우리 애들을 죽였다는 사실을 인정하지 않는 상태에서 그가 무엇을 할 수 있었겠습니까?"

"그도 결국에는 그렇게 하는 수밖에 없었을 거예요. 차라리 감옥에 가는 편이 나았을 테니."

"젤링크스는 짧은 감옥살이조차 하고 싶지 않았기 때문에 모든 사실을 위증했던 겁니다. 그리고 그에게는 이번 사고가 처음이 아니었고, 마지막도 아닐 거예요. 하지만 사부인 말씀대로 젤링크스가 새삼 자백을 할 수도 있는 상황이었습니다. 그래서 난 그자에게 좀더 주의를 기울여야 했어요. 계속 그를 지켜봤습니다. 매일 밤 말이죠. 아내는 제가 울적한 마음에 혼자 어딘가에 가는 거라고 생각했어요. 사실이기도 했습니다. 다만 그자를 감시하고 있었을 뿐이죠. 술집 밖에 있는 나무 아래에 차를 세워둔 채, 어둠이 내려앉는 것을 조용히 지켜보곤 했어요. 그렇게 시간이 흐르고 나는 술집에서 젤링크스를 쫓아내는 시간이 언제쯤인지 정확하게 알게 되었습니다. 그러다 적당한 순간이 오면 그를 덮치기로 마음먹었죠. 그리고 그렇게 했습니다."

"전부 계획된 것이었나요?"

"말씀드렸다시피 운에 맡길 생각은 없었습니다."

"그렇다면 두 사람의 목격자가 나왔을 때 기회가 생긴 거군요, 빌. 아무리 당신이라도 그 사람들이 언제 나올지는 짐작하지 못했을 테니까."

"짐작 같은 건 하지 않습니다. 계획을 세웠죠."

"세상에, 그건 말이 안 되잖아요!"

"난 이 지역 경찰입니다. 아시겠어요? 여기서 일어나는 일들은 전부 알고 있습니다. 샘의 야간 근무는 10시에 시작하죠. 난 샘이 출근하는 길에 항상 '돼지와 휘파람'에 들른다는 걸 알고 있었습니다. 그리고 몇 시에 나오는지도 알고 있죠."

"그래도 그 사람이 낯선 사람과 같이 있을 거라는 건 몰랐죠?"

"그것도 알고 있었습니다. 걱정하지 마세요. 난 모든 걸 계획했습니다."

"좋아요, 영리한 양반." 노부인이 한발 물러나며 놀리듯 말했다. "그러니까 샘이 술집에서 나오는 그 시간에, 젤링크스가

당신 차 앞으로 뛰어들 것까지 모두 계획했단 말이군요. 그것
도 샘이 낯선 사람을 데리고 나와…… 그런 사람들을 뭐라고
불렀죠?"

"공정한 목격자요."

"그것까지 계획하고 있었단 말이에요?"

"그 지역은 내 관할이었습니다. 무슨 일이 있는지 다 알고
있죠. 샘의 친구인 제이미가 일주일간 비번이라는 것까지 말
이에요……."

"그러니까 전부 계획된 거란 말이군요?"

"그렇습니다. 불쌍한 제이미……. 결국 밀입국으로 붙잡히
고 말았죠."

"빌, 그러면 안 돼요!"

"그 사람은 그렇게 될 수밖에 없었습니다. 지금까지 운이
좋아 잡히지 않았던 거예요."

"당신한테 그 사람이 필요할 때까지였겠죠."

"샘이 야간 근무를 하기 전까지는 제이미가 필요 없었습
니다. 그들은 임시로 끌어들인 거니까요. 이미 말했듯이 나는
다른 공장에서 사람이 올 것이며, 8시 40분 이전에 '돼지와
휘파람'에 잠시 들를 것도 알고 있었습니다. 그들이 그 술집에
서 만나 맥주를 한 잔씩 하고 일을 하러 간다는 것도 알고 있
었으니까요. 그러니 젤링크스가 쫓겨난 뒤에 바로 그 사람들

　　　　　　　　　　　　　　　　　　　신의 힘

이 뒤따라 나오는 날이 오기만 기다리면 되는 거였어요. 그리고 그때가 머지않았다는 것도 알고 있었어요. 아니나 다를까 바로 그날이 왔죠. 사부인, 우연 같은 건 없어요. 행운 같은 것도 없죠. 그저 정확하게 판단했을 뿐이에요."

"그래요. 정확한 판단이었죠."

그게 바로 신의 뜻이 아니었을까? 재판을 열고, 유죄를 입증하고, 판결을 내리고, 형을 집행하는 일을 한낱 인간의 손에 맡기셨을까? 그녀는 사고의 흐름을 따라갔다.

"하지만 빌, 그건 살인이 아니었어요. 그에게는 제니와 아기를 죽일 의도가 없었으니까 말이에요."

"그자는 자기가 무슨 짓을 했는지 전혀 신경 쓰지 않아요. 그것만으로도 이유는 충분합니다."

"당신은 신이 아니잖아요, 안 그래요? 사람들은 이번 일을 '신의 힘'이라고 부르고 있어요."

노부인이 반신반의하며 말했다. 그녀는 그 문제에 대해 다시 생각했다.

"신의 힘. 걱정하지 말아요. 더이상 이 일에 대해서는 말하지 않을 테니까. 당신한테조차 말이에요. 하지만…… 이제는 그 힘을 돌려드려야 한다고 말하는 사람들이 있죠, 빌? 당신이 이제 신의 손을 놓아야 한다고?"

"그렇게 했습니다."

그는 몸을 숙여 그녀의 다리를 따뜻하게 감싸고 있던 무릎 담요를 벗긴 뒤, 그녀를 집까지 안내했다.

"그렇게 했어요. 하지만 확실하게 놓기 위해 약간 잡아당겨야만 했죠."

크리스티아나 브랜드

Christianna Brand

장편소설

The Single Pilgrim (1946, '메리 롤런드'란 이름으로 발표) [1]

Cat and Mouse (1950)

The Three-cornered Halo (1957)

Starrbelow (1958, '차이나 톰슨'이란 이름으로 발표)

Court of Foxes (1969)

The Radiant Dove (1974, '애너벨 존스'란 이름으로 발표)

Alas for Her that Met Me! (1976, '메리 앤 애시'란 이름으로 발표)

A Ring of Roses (1977, '메리 앤 애시'란 이름으로 발표)

The Honey Harlot (1978)

The Brides of Aberdar (1982)

코크릴 경위 시리즈

Heads You Lose (1941)

---

[1] 미스터리 소설이 아니라, 2차세계대전 시기 영국에서의 매독의 위험성을 다룬 작품이다. '서문'에 짧게 언급되어 있다.

Green for Danger (1944)

  - 『녹색은 위험』(이진 옮김, 시작 펴냄, 2009)

Suddenly at His Residence

  (1946, 미국판 제목은 'The Crooked Wreath')

Death of Jezebel (1948)

London Particular (1952, 미국판 제목은 'Fog of Doubt')

Tour de Force (1955)

찰즈워스 경위 시리즈

Death in High Heels (1941)

The Rose in Darkness (1979)

단편집

What Dread Hand (1968)

Brand X (1974)

Buffet for Unwelcome Guests (1983) - 『초대받지 않은 손님들을 위

  한 뷔페』(권도희 옮김, 엘릭시르 펴냄, 2023)

The Spotted Cat and Other Mysteries from Insepctor Cockrill's

  Casebook (2002)

단편집에 수록되지 않은 단편소설

Dance Hostess (1939, 《스타The Star》 4월 8일 자 게재)

Gloria Walked down Bond Street (1939, 《태틀러The Tatler》 게재)

Shadowed Sunlight (1945, 《우먼Woman》 게재)

Cloud Nine (1979, 영국추리작가클럽 앤솔러지 『Verdict of Thirteen』
에 수록)

Over My Dead Body (1979, 《엘러리 퀸 미스터리 매거진》 8월호 게재)

A Piece of Cake (1983, 《엘러리 퀸 미스터리 매거진》 1월호 게재)

And She Smiled at Me (1983, 《엘러리 퀸 미스터리 매거진》 5월호 게재)

To the Widow (1984, 《세인트 매거진The Saint Magazine》 6월호 게재)

Bank Holiday Murder (2017, 《엘러리 퀸 미스터리 매거진) 9/10월호 게
재)

Cyanide in the Sun (2018, 《데일리 스케치Daily Sketch》 8월호 게재)

The Rum Punch (2018, 『도서관에서 온 시체들Bodies from the Library』
수록작)

어린이소설

Dead Unlimited (1948, 영국판 제목은 'Welcome to Danger')

Nurse Matilda (1964) - 『유모 마틸다 1』(안종설 옮김, 문학수첩 리틀북
펴냄, 2006)

Nurse Matilda Goes to Town (1967) - 『유모 마틸다 2』(안종설 옮김,

문학수첩 리틀북 펴냄, 2006)

Nurse Matilda Goes to Hospital (1974) - 『유모 마틸다 3』(안종설 옮김, 문학수첩 리틀북 펴냄, 2006)

연작 장편소설

No Flowers by Request (1984)

논픽션

Heaven Knows Who (1960)

Naughty Children: An Anthology compiled by Christianna Brand (1962)

||| 미스터리 책장 전체 목록 |||

옮긴이 권도희

미스터리 전문 번역가. 옮긴 책으로는 퍼트리샤 콘웰의 『스카페타 팩터』, 『죽은 자의 도시』, 베리 리가의 『나는 살인자를 사냥한다』, 릭 얀시의 『제5침공』, 애거서 크리스티의 『누명』, 『비뚤어진 집』, 『움직이는 손가락』, 존 카첸바크의 『하트의 전쟁』, 조지핀 테이의 『시간의 딸』, 타나 프렌치의 『페이스풀 플레이스』 등이 있다.

초대받지 않은 손님들을 위한 뷔페
BUFFET FOR UNWELCOME GUESTS

초판 발행 2023년 9월 12일

지은이 크리스티아나 브랜드 | 옮긴이 권도희

책임편집 김유진 | 편집 임지호 박을진
표지디자인 데일리루틴 | 본문디자인 최미영
저작권 박지영 형소진 최은진 서연주 오서영
마케팅 정민호 서지화 한민아 이민경 안남영 김수현 왕지경 황승현 김혜원 김하연
브랜딩 함유지 함근아 고보리 박민재 김희숙 정승민 배진성
제작 강신은 김동욱 이순호 | 제작처 천광인쇄사

펴낸곳 (주)문학동네 | 펴낸이 김소영
출판등록 1993년 10월 22일 제2003-000045호

주소 10881 경기도 파주시 회동길 210
문의 031-955-2637(편집) 031-955-2696(마케팅) 031-955-8855(팩스)
전자우편 editor@elmys.co.kr | 홈페이지 www.elmys.co.kr
인스타그램 @elixir_mystery | 트위터 @elixir_mystery

ISBN 978-89-546-9409-4 03840

엘릭시르는 출판그룹 문학동네의 장르문학 브랜드입니다.